绣像私藏版

中国禁书文库

马松源◎主编

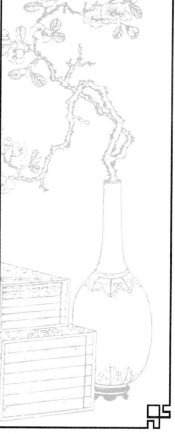

线装书局

图书在版编目（CIP）数据

中国禁书文库. 8/马松源主编.—北京:线装书局,2010.3

ISBN 978-7-5120-0092-6

Ⅰ.①中⋯　Ⅱ.①马⋯　Ⅲ.①古典文学-作品综合集-中国　Ⅳ.①I212.01

中国版本图书馆 CIP 数据核字（2010）第 027206 号

中国禁书文库

主　　编：马松源
责任编辑：崔建伟　赵　鹰
封面设计：博雅圣轩工作室
出版发行：线装书局
地　　址：北京市鼓楼西大街 41 号（100009）
　　　　　电话：010-64045283
　　　　　网址：www.xzhbc.com
印　　刷：北京彩虹伟业印刷有限公司
字　　数：3600 千字
开　　本：787×1092 毫米　1/16
印　　张：336
彩　　插：8
版　　次：2010 年 3 月第 1 版 2010 年 3 月第 1 次印刷
印　　数：1-1000 套
书　　号：ISBN 978-7-5120-0092-6

定　　价：4680.00 元（全十二卷）

ISBN 978-7-5120-0092-6

9 787512 000926 >

目　　录

第三篇　刘少奇藏书

《五凤吟》

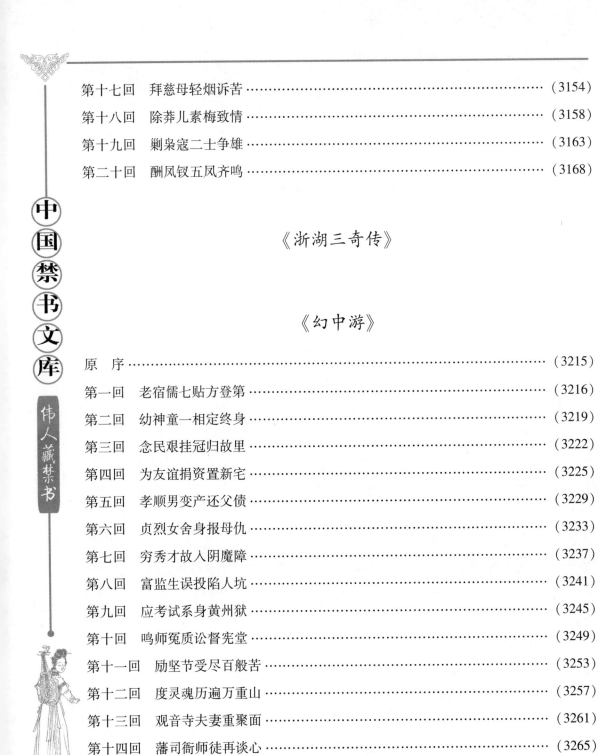

《浙湖三奇传》

《幻中游》

第四篇　邓小平藏书

《狐狸缘全传》

中国禁书文库

目录

三

《警寤钟》

四

《章台柳》

中国禁书文库

伟人藏禁书

中国禁书文库

伟人藏禁书

马松源◎主编

线装书局

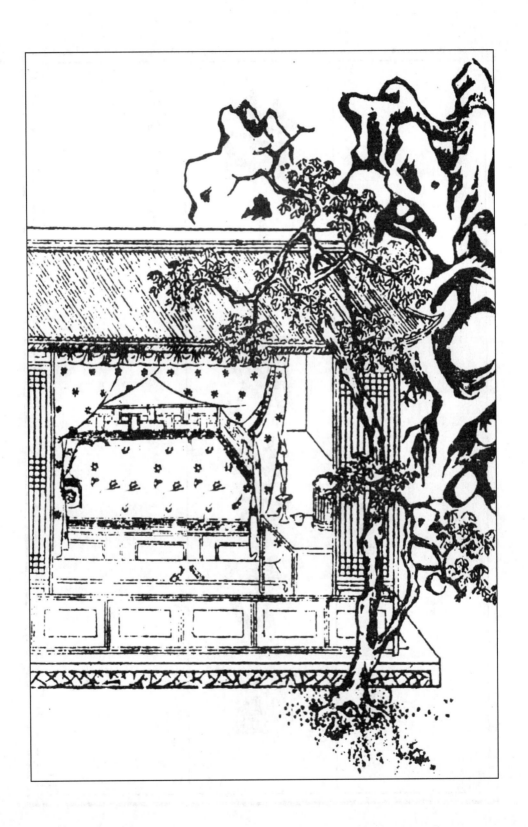

刘少奇藏书

中国禁书

第三篇

五凤吟

〔清〕云间嗤嗤道人 撰

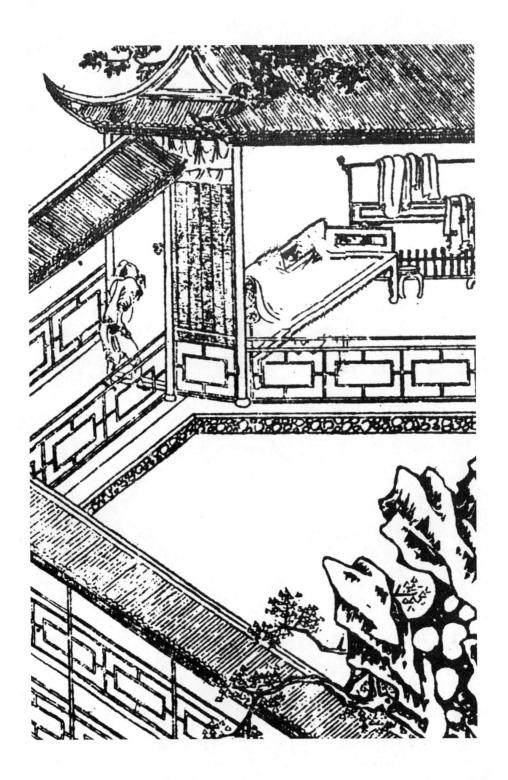

第一回　闹圣会义士感恩

词曰：

> 燕赵士，流落在他乡。翰墨场中乔寄迹，风尘队里受凄惶，穷途实可伤。
>
> 嵇康辈，青眼识贤良。排难解纷多义气，黄金结客少年场，施报两相忘。
>
> 右调《梦江南》

话说嘉靖年间，浙江宁波府定海县城外养贤村，有个乡宦姓祝，名廷芳，号瑞庵。原任太常寺正卿，因劾奏严嵩罢归林下。平日居官清介，囊内空虚，与夫人和氏年俱六旬，仅生一子，名琼，字琪生，年始十六。文章诗赋无不称心，人都道他是潘卫再世，班马重生。祝公夫妇尤酷爱之，常欲替他议亲。他便正色道："夫妇，五伦之首。有夫妇而后有父子，有父子而后有君臣、兄弟、朋友。所以圣王图治先端内则。圣经设教则曰：宜尔室家、乐尔妻孥。可见婚姻是第一件大事。若草草成就，恐怕有才的未必有貌，有貌的未必有才，有才貌的未必端庄自好、贞静自持。一有差错，那时听其自然恐伤性，弃而去之又伤伦。与其悔之于终，何如慎之于始？"琪生这一篇话，意中隐隐有个非才貌兼全、德容并美者不可。祝公见他说出许多正道理，又有许多大议论，也莫可奈何，便道："小小年纪就如此难为人事。"以后虽有几家大家来扳亲，俱索付之不允。琪生却惟以读书为事，与本县两个著名的秀才互相砥励，一个姓郑，一个姓平。那姓郑的名伟，字飞英，家计寒凉，为人义侠。那姓平的名襄成，字君赞，家私饶裕，却身材矮小满面黑麻，做人又极尖利。众人起他一个混名，叫做枣核钉。三人会文作课，杯酒往来，殆无虚日。

一日，正是二月中旬。三人文字才完，就循馆中陋规，每人一壶一菜，坐而谈今论古。琪生道："在家读书终有俗累，闻知北乡青莲庵多有空房，甚是幽雅，可以避

尘。我们何不租它几间坐坐。一则可以谢绝繁华，二则你我可以朝夕互相资益。二兄以为何如？"飞英踊跃道："此举大妙，明日何不即行？但苦无一人为之先容耳。"君赞笑道："此事不劳二兄费心，小弟可以一力承当。那庵中大士前琉璃灯油，舍妹月月供奉。这住持与小弟极厚，明日待小弟自去问他借房，想来无有不肯，断无要房金之理。"飞英道："不然。盟兄虽与他相知，小弟二人与他从不识面，却不好叨他。况僧家利心最重，暂借则可，久寓则厌，倒是送些房金为妙。"琪生道："飞兄说得有理。"君赞听说，也觉随机便，道："也是，也是。"当晚散去不题。次日三人去见和尚，议定房金，即移书箱、剑匣进庵读书，颇觉幽静自在。

过了几时，又是四月初八，庵中做浴佛会。郑、平二人以家中有事回去，琪生独住庵内。至半夜，和尚们就乒乒乓乓揎铙打钹，擂鼓鸣钟，一直至晓。琪生哪曾合眼，只得清早起来，踱至后殿去避喧。这些人都在前边吵闹，后殿寂无一人，琪生才觉耳根清静。看了一会，诗兴偶发，见桌上有笔砚，随手拈起，就在壁上信笔题《浴佛胜事》一绝：

> 西方有水浴莲花，何用尘几洗释迦。
>
> 普渡众生归觉路，忍教化体涉河沙。

题毕，吟咏再四，投笔行至前殿。举眼见一老者，气度轩举，领着一绝色女子在佛前拈香。琪生一见，就如观音出现，意欲向前细看，却做从人乱嚷，只得远远立着。那女子听得家人口中喊骂，回头一看，与琪生恰好打个照面，随吩咐家人道："不得无礼骂人。"琪生一发着魔。只见那老者与女子拜完了佛，一齐拥着到后殿来，琪生也紧紧赶着老者同女子四下闲玩。抬头见壁上诗句墨迹未干，拭目玩之，赞道："好诗！好诗！"对女子道："不但诗做得好，只这笔字，龙蛇竞秀，断非寻常俗子手笔。"女子也啧啧赞道："诗句清新俊逸，笔势飞舞劲拔，有凌云之气，果非庸品。"老者因问小沙弥道："这壁间诗句还是谁人题的？"小沙弥尚未答应，琪生正在门傍探望，听得这一问，便如轰雷贯耳，先声答道："晚生拙笔，贻笑大方。"

老者听得外边声，连忙迎将出来，见琪生状貌不凡，愈加起敬。两人就在门首对揖。老者道："尊兄尊姓大号？"琪生道："晚生姓祝，贱字琪生。敢问老丈尊姓贵表、尊府何处？"老者道："老夫姓邹，贱字泽清，住在蒲村。原来兄是瑞庵先生令郎，闻名久矣，今日始觏台颜。幸甚！幸甚！"两人正在交谈，忽君赞闯来。他原是认得邹公的，叙过礼，就立着接谈。一会，邹公别了二人，领着女子去。二人就闪在一边偷看女子，临行兀是秋波回顾。琪生待邹公行未数步，随即跟出来，未逾出限，耳边忽听得一声响亮，低头看时，却是黄灿灿的一枝金凤头钗，慌忙拾起笼入袖中。出门外一望轿已去远，徘徊半晌，直望不见轿影方才回转，心中暗喜道："妙人！妙人！方才嚷家人时节，我看来不是无心人，如今这凤钗分明是有意贻我。难道我的姻缘却在这里？叫我如何消受。"忽又转念道："今日之遇虽属奇缘，但我与她非亲非故，何能见她诉我衷肠？这番相思又索空害了。"一头走一头想，就如出神的一般，只管半猜半疑。

却说那君赞亦因看见女子，竟软瘫了一般，只碍着与邹公相与，不便跟出来，恐怕邹公看见不雅，遂坐在后殿门限上，虚空摹拟。不防琪生低着头，一直撞进门来，将他冲了一个翻筋斗，倒把琪生吓了一跳。慌忙扶起，两下相视大笑。君赞道："弟知飞兄不在，恐兄寂寞，所以匆匆赶来，不意遇见有缘人。此是生平一快。"琪生道："适间邹老是何等人？"君赞道："他讳廉，曾领乡荐，做过一任县尹，为人迂腐不会做官，坏了回来。闻知他有一令嫒，适才所见想必就是。谁道世间有此尤物，真令我心醉欲死。"二人正在雌黄，忽闻殿外甚喧嚷，忙跑出来。只见山门外三四十人围着一个汉子，也有上前去剥他衣服的，也有口里乱骂不敢动手的，再没一个人劝解。

琪生定睛看那汉子，只见面如锅底，河目海口，赤髯满腮，虽受众侮却面不改容，神情自若。因问他人道："是什缘故？"中间一人道："那汉子赌输了钱，思量白赖，故此众人剥他衣服，要他还分。"琪生道："这也事小。怎没人替他分解？"那人道："相公不要管罢。这干人俱是无赖光棍，惹他则甚。"君赞也道："我们进去罢，不必管他闲事。"琪生正色道："凡人在急迫之际，不见则已，见而不救于心何安？"遂走进前分开众人道："不要乱打。他该你们多少钱俱在我身上。你们只着两个随我进来。"遂一手携着那汉子同进书房，也不问他名姓，也不问他住居，但取出一包银子，约有十二三两，也不去称，打开与众人道："此银是这位兄该列位的，请收了罢。"众人接着银子，眉欢眼笑谢一声，一哄而散。

琪生对那汉子道："我看足下一表人才，怎么不图上进，却与这班人为伍，非兄所为。"那汉子从容答道："咱本是山西太原人，姓焦，名熊，字伏马，绰号红须。幼习武艺，旧年进京指望图个出身。闻知严嵩弄权，遂转过来，不想到此盘费用尽。遇见这些人赌钱，指望落场赢它几贯，做些盘缠。谁想反输与他，受这些个人的凌辱。咱

要打他又没理，咱要还分又没钱。亏得相公替咱还他，实是难为了。"因问相公姓甚名谁，琪生就与他说却姓名，又取三两银子送他作路费。红须也不推辞，接在手中，也不等琪生送他，举手一拱叫声"承情了"，竟大踏步而去。

君赞埋怨道："这样歹人盟兄也将礼貌待他，又白白花去若干银子。可惜可惜。"琪生笑道："人各有志，各尽其心而已。若能扩而充之，即是义侠。岂可惜小费哉。"两人说了一会，却又讲到美人身上。你夸她妩媚，我赞她娉婷；你说她体态不同，我说她姿容过别。直摹写到晚，各归书房。不知后来如何，且听下回分解。

第二回　题佛赞梅香沾惠

中国禁书文库

词曰：

　　佳人纤手调丹粉，图成大士。何限相思恨，无端片偈心相印，杨枝洒作莲花信。

　　侍儿衔命来三径，柳嫩花柔，风雨浑无定。连城返赵苍苔冷，残红褪却余香蕴。

右调《蝶恋花》

说这君赞别了琪生到自己书房，思思想想，丑态尽露，自不必说。这琪生亦忽忽如有所失，日日拿着凤钗，鼻儿上嗅一回，怀儿中搓一回，或做诗以消闷，或作词以致思，日里做衣衬，夜间当枕头，一刻不离释。读书也无心去读，饭也不想去吃，只是出神称鬼的，不在话下。

且说这邹泽清，年及五旬，夫人戴氏已亡。只生一女，小字雪娥，年方十六，貌似毛施，才同郗卫，尤精于丹青。家中一切大小事务俱是她掌管。邹公慎于择婿，尚未见聘。房中有两个贴身丫鬟，一个唤轻烟，年十七岁，一个唤素梅，年十六岁，俱知文墨，而素梅又得小姐心传，亦善丹青。二人容貌俱是婢中翘楚。雪娥待以心腹，二人亦深体小姐之意。

那日雪蛾自庵中遇见琪生，心生爱慕，至晚卸妆方知遗失凤钗。次早着人去寻不见，一发心中不快。轻烟与素梅亦知小姐心事，向小姐道："小姐胸中事料不瞒我二人，我二人即使粉骨碎身，亦不敢有负小姐。但为小姐思量，此事实为渺茫，思之无益，徒自苦耳，还劝小姐保重身体为上。"雪娥道："你二人是我心腹，我岂瞒你。我常操心砺志，处已恒严，既不肯越礼又焉肯自苦？只是终身大事也非等闲，与其后悔，无宁预谋。"说罢唏嘘似欲堕泪。

轻烟见小姐愁闷不解，便去捧过笔砚道："小姐，我与你做首诗儿消遣罢。"雪娥道："我愁肠百结满怀怨苦，写出来未免益增惆怅，写它则甚。"素梅又道："小姐既不做诗，我与你画幅美人玩耍何如？"雪娥道："我已红颜命薄，何苦又添纸上凄凉？就是描得体态好处，总是愁魔笔墨，俱成孽障，着手伤心，纵多泪痕耳，画它何用。"二人见小姐执性，竟没法处。

雪娥手托香腮闷闷地坐了一会，忽长叹道："我今生为女流，当使来世脱离苦海。"遂叫素梅去取一幅白绫来。少顷白绫取到，雪娥展放桌上，取笔轻描淡写，图成一幅大士，与轻烟着人送去裱来。又吩咐二人道："如老爷问时，只说是小姐自幼许得心愿。"

轻烟捧着大士出来，适遇邹公，问道："是什物件？"轻烟道："是小姐自幼许得的大士心愿，今日才图完的。"邹公取来展开一看，见端严活泼，就如大士现身。遂拿着圣像笑嘻嘻地走进女儿房中道："孩儿这幅大士果然画得好。"雪娥笑道："孩儿不过了心愿而已，待裱成了，送与爹爹题赞。"邹公笑道："不是我夸你说，若据你这笔墨，虽古丹青名公，当不在我儿之上。若是题赞，必须一个写作俱佳的名儒方可下笔。不然，岂不涂抹坏了？只是如今哪里去寻写作俱佳的人？"遂踌躇半响，忽大笑道："有了，有了。前日在庵中题诗的人，写作俱佳，除非得他来才好。裱成之时待我请他来一题。"雪娥道："凭爹爹主意。"邹公点首，竟报着圣像笑嘻嘻出去，就着人送去裱褙。不两日裱得好了，请将回来，邹公就备礼着人去请琪生。琪生正在庵中抚钗思想，但恨无门可进，一见请帖就喜得抓耳挠腮。正是：风衔丹记至，人报好音来。遂急急装束齐整同来人至邹家。邹公迎将进去，各叙寒温毕。邹公道："适有一事相恳，先生既惠然前来，真令篷荜增辉矣。"琪生道："不知何事，乃蒙宠召？"邹公道："昨日小女偶画成一幅大士，殊觉可观，恨无一赞。老夫熟计，除非先生妙笔赞题，方成胜事。"琪生道："晚生菲才，恐污令嫒妙笔，老先生还该别选高人捉笔才是。"邹公道："老夫前已领教，休得过谦。"就起身来请过大士展开。琪生向前细看，极口称赞道："灵心慧笔，真令大士九天生色，收夏何能。"遂欣然提笔在手不假思索，一挥而就：

圣像端严，远过瑶宫仙女；神像整肃，殊胜蟾窟姮娥。慧眼常窥苦海，隐隐现于笔端；婆心欲渡恒河，跃跃形诸楮上。洵慈悲之大士，真救苦之世尊。只字拜扬休美，实切皈依，片言歌咏隆光，用由瞻仰。沐手敬题谨舒忱悃。

弟子祝琼拜跋

琪生之意句句题赞大士，却句句关着小姐。邹公哪里意会得到，待他题完，极口称赞，即捧着大士对琪生道："还有小酌，屈先生少坐，老夫即来奉陪。"遂走向女儿房中道："孩儿你看题得如何？"

雪娥看完，默知其意，赞道："写作俱工，令人可敬。"遂吩咐素梅将大士挂起。邹公出来陪琪生饮酒，问及琪生年庚家世，见他谈吐如流，心甚爱慕，竟舍不得放他回去的意思，因道："先生在青莲庵读书，可有高僧接谈否？"琪生道："庵中倒也幽静，只是僧家行径可憎。幸有同馆郑、平二兄朝夕谈心，庶不寂寞。"邹公道："庵中养静固好，薪水之事未免分心，诚恐荤素不便，毕竟不是长法。据老夫管见，恐先生未肯俯从，反觉冒渎。"琪生道："老先生云天高见，开人茅塞，晚生万无不遵之理。"邹公道："舍间后园颇有书房可坐，至于供给亦是甚便的。"琪生谢道："虽蒙厚爱，但无故叨扰，于心不安。"邹公欣然便道："你我既称通家，何必作此客态，明日即当遣使奉迎。"琪生暗喜，连应道："领命，领命！"至晚告别。邹公尚恐女儿不悦，当晚对女儿道："我老人家，终日兀坐甚是寂寞。今见祝生，倾盖投机，我意欲请他到园中读书，借他做个伴侣，已约他明日过来。你道何如？"雪娥听说喜出望外，应道："爹爹处事自有主意，何必更问孩儿。"二人商议已定，只待次日去请琪生。

再说琪生当晚回庵就与郑、平二人说之。飞英倒替琪生欢喜，只有君赞心中怏怏。闲话休题。

次早，邹家来接。琪生即归家告知父母，回到庵中遂别了飞英、君赞，带一个十四岁的书童并书籍，径到邹家。邹公倒屣相迎，携手同至书房，已收拾得干干净净。自然邹公时常出来，与琪生讲诗论文，各相倾倒。只是琪生，心不在书中滋味，一段精神全注在雪娥小姐身上，却恨无一线可通。

一日午后，素梅奉小姐之命到书房来请邹公。邹公不在，只见琪生将一只凤钗看过又看，想过又想，恋恋不舍，少顷，竟放在胸前。素梅认得是小姐的物，好生诧异，急跳将转来，对小姐道："奇哉！怪哉！方才到书房请老爷，老爷却不在，只见祝相公也有一只凤钗，后来放在怀中，恰似小姐前日失去的一般。"雪娥道："果然奇怪，怎

么落在他手里？须设个法儿去讨来便好。"轻烟在傍笑道："可见祝相公是个情种。把凤钗放在怀内，是时时将小姐捧在怀内一般。"雪娥深喜，默然不答。轻烟又道："若要凤钗不难，待人静后老爷睡了，就要素梅进去取讨。若果是小姐的，他自然送还。"雪娥道："有理。"

等至人静黄昏，素梅来到书房门首，只见琪生反着手在那里踱来踱去，若有所思。素梅站在门外不敢进去。琪生转身看见一个美貌女子，疑是绛仙谪凡，便深深作揖，道："婵娟何事惠临？"素梅含羞答道："我家小姐前日在庵中失去一钗，我辈尽遭捶楚。闻知相公拾得，特求返赵。"

琪生大惊道："你怎知在我处？"素梅道："适才亲眼见的。"琪生涎着脸笑道："钗是有一支在此，须得你家小姐当面来讨，方好奉还。"素梅道："妾身有事，乞相公将凤钗还我罢。"琪生又笑道："你即身上有事，我就替你做了去。"素梅见他只管调情弄舌，渐渐有些涉邪，就转身要走，早被琪生上前一把搂住，道："姐姐爱杀我也。若不赐片刻之欢，我死也，我死也。"素梅苦挣不得脱身，红了脸道："相公尊重，人来撞见，你我俱不好看。"琪生道："夜阑人静，书童正在睡乡，还有何人。"一面说一面将她按倒簟茵之上。素梅料难脱身，口中只说"小姐害我，小姐害我"，只得听他所为。有词为证：

> 月挂柳梢头，为金钗，出画楼。相思整日魂销久，甜言相诱，香肩漫搂。
>
> 咬牙闭目，厮承受，没来由。风狂雨骤，担着许多忧。
>
> 右调《黄莺儿》

素梅原是处子，未经风雨，几至失声。琪生虽略略见意，素梅已是难忍。事毕，腥红已染罗襦矣。素梅道："君不嫌下体，采妾元红。愿君勿忘今日，妾有死无恨。"琪生笑道："只愿你情长，我决不负汝。"素梅发誓道："我若不情长，狗彘不食妾余。"琪生道："情长就是，何必设誓。"又搂了半晌。素梅道："久则生疑，快放我去。后边时日甚长，何须在此一刻。"琪生遂放手。

素梅将衣裙整一整好，同琪生进书房来。琪生灯下看她，一发可爱。素梅道："快将钗与我去罢。"琪生试她道："你方才说小姐害你，分明是小姐令你来取的，怎又瞒我？"素梅微笑。琪生愈加盘问。素梅才把真情与他说知，又笑道："我好歹撮合你们成就。只是不可恋新忘旧。"琪生大喜道："你今日之情我已生死不忘，况肯与我撮合其事乎。"因向素梅求计。素梅道："你做一首诗，同凤钗与我带来，自有妙计。"琪生忙题诗一首，取出凤钗，一齐交付，又嘱她道："得空即来，切勿饶我望眼将穿。"遂携手送至角门。不知雪娥见诗如何，且听下回分解。

第三回　做春梦惊散鸾俦

词曰：

　　山盟海誓，携手同心，喜孜孜，笑把牙床近。魂销胆又销，今宵才得鸳
鸯趣。

　　绣带含羞解，香肌着意亲。恨乔奴，何事虚惊，又打断我风流佳兴。

右调《忆娥眉》

　　说这素梅拿着诗与凤钗进来递与小姐，又说祝相公许多思慕之意。雪娥且不看钗，先将诗打开一看。却是七言绝句一首：

　　主人不解赠相思，可念萧郎肠断诗。
　　空抱凤钗凭寄恨，从教花月笑人痴。

雪娥爱卿妆次　　薄命生祝琼泣笔题

　　雪娥看到"空抱凤钗凭寄恨"这一句，长叹一声。轻烟在傍道："据他诗意，未知小姐一片苦心。礼无往而不答。小姐何不步他韵，也做一首回他，使他晓得，岂不是好？"雪娥道："我是一个闺中弱女，怎便轻露纸笔。"素梅道："小姐差矣，既要订终身之约，何惜片纸？若恐无名，则说谢他还钗亦可。"

　　雪娥情不能制，又被二人说动机关，就也依来韵和诗一首，仍着素梅送去。素梅依旧出来，门已扃闭，只得回来，到次晚才得送去。琪生拆开一看，见是和韵：

　　梦魂不解为谁思，闷倚阑干待月时。

愁积凤钗归欲断，几回无语意先痴。

琪君才人文几　　弱质女邹雪娥端肃和

琪生读毕，狂喜异常，遂起身搂着素梅道："这道优旨，卿之力也！这番该谢月老了。"又欲与她云雨。素梅道："昨晚创苦，今日颇觉狼狈，俟消停两日，自当如命。君且强忍，以待完肤。"琪生见她坚托，也不相强。又制一词，折做同心方胜儿，递与素梅道："与我多多拜上小姐。此恩此德已铭肺腑，但得使我亲睹芳容，面陈寸衷方好。若再迟迟，恐多死灰焦骨，不获剖肝露胆，虽在九泉之下，不能无恨于小姐矣。"素梅笑道："好不识羞！哪见要老婆的是这等猴急？你若不遇我时，就急死了？看谁来睬你。"琪生笑道："你须快些与我方便。那时你也得自在受用。"素梅啐了一口，径往内来见小姐，将词呈上。雪娥一看，却是短词：

时叹凤雏归去，今衔恩却飞来，试却盈盈泪眼，翻悲成爱。　　度日胜如年，时挂相思债。知否凄凉态，早渡佳期，莫待枯飞。

右调《泣相思》

雪娥爱卿妆次　　沐恩生祝琼拜书

雪娥看罢，钟情愈痴，不觉潸然泪下。素梅、轻烟齐声道："小姐，你两下既已心许，徒托纸笔空言，有何益处？不若约他来当面一决也好。"雪娥道："羞人答答的，这却如何使得。"二人又道："佳人才子配合，是世间美事。小姐你是个明达的人，怎不思反经从权，效那卓文君故事，也成一段风流佳话。若拘于礼法之中，不过一村姑之所为耳，何足道哉。当面失却才子，徒贻后悔，窃为小姐不取也。"雪娥呻吟不语。二人见如此光景，亦没摆布。看看雪娥日觉消瘦，精神愈愈。

那琪生虽得素梅时来救急，无奈心有小姐，戏眼将枯。就是有素梅传消递息，诗词往来终是虚文，两下愈急愈苦。一日，素梅到馆，琪生求她设计。素梅道："我窥小姐之意，未必不欲急成，只是碍着我们不便，所以欲避嫌疑，不好来约你。今我将内里角门夜间虚掩。你竟闯将进来，则一箭而中矣。"琪生喜道："既如此，就是今晚。"素梅道："她今日水米不曾粘牙，怏怏而睡，哪有精神对付你，料然不济。还是迟一日的好。"二人说完话，又行些不可知的事，方才分手。

到次晚，恰好邹公不出来。琪生老早催书童睡了，一路悄悄走将进去。果然角门不关，轻轻推开。望见里面有灯，想必就是小姐卧房，战战兢兢走到门口一张，里面并无一人，想道："奇怪，莫非差了？"因急急复转身，只见角门外一个人点着纸灯走将来。琪生大惊，暗自叫苦不迭，正没个躲处，遂潜身伏在竹架边。偷眼一观，来的却是一个标致丫鬟。暗想道："素梅曾说小姐房中还有一个贴身丫鬟，名唤轻烟。莫非就是她？倒好个人儿。"让她过去，遂大着胆，从背后悄悄走上搭着她肩，问道："你可是轻烟姐姐么？"

轻烟蓦然见个人走来，着实吓了一吓，忙推道："是谁？"及回头看时，却认得是琪生，已有三分怜爱。便道："你是祝相公，到这里来何干？这是我小姐卧房，岂是你进来得的。"琪生见说果是轻烟，便来搂她。轻烟待要跑时，灯已打熄，被琪生紧紧抱住。轻烟道："休无礼！我喊将起来，想你怎么做人。"琪生兴不能遏，说道："就有人来，宁可同死，决不空回。"竟按倒行强。轻烟道："这事也得人心愿意着。怎就硬做？"琪生笑道："爱卿情切，不得不然。"一面就去扯裙扯裤。轻烟缠得气力全无，着他道："快些放手。小姐来了。"琪生笑道："不妨，正要她看我们行事。"轻烟哀求道："待我明日到你书房里来罢。此时决不能奉命。"琪生也不答应，只是歪缠。轻烟没奈何，道："随便从你，只是这路口，恐人撞见不雅。我与你到角门外空房里去。"琪生才放她起来，紧紧捏着她手，同往角门外。轻烟又待要跑，被琪生抱向空房深处，姿意狂荡。正是：

　　未向午门朝凤阙，先来花底序鹓斑。

原来轻烟年虽十七，尚未经破。一段娇啼婉转，令人魂销。琪生两试含葩，其乐非常。云雨已毕，琪生见她愁容可掬，愈加怜爱，搂在怀中，悄悄问道："小姐怎么不在房中？"轻烟道："老爷见她连日瘦损，懒吃茶饭，特意请她过去，劝她吃些晚膳。想此时将散了。放我去罢。"琪生还要温存。片晌，忽听得邹公一路说话出来，却是亲送女儿回房安歇。轻烟忙推开琪生，一溜而走去了。吓得琪生没命地跑到书房，忙将门闭上，还喘息不定，道："几乎做出来。"又想道："料今晚又不济事。"竟上床睡了。

到次日，闻知邹公在小姐房中，又不曾进去。一连十数日，毫无空隙。琪生急得无计可施，只是长吁短叹。一日薄暮，正在无聊之际，只见素梅笑嘻嘻地来，道："失

中国禁书文库

伟人藏禁书

贺！失贺！"琪生道："事尚未成，何喜可贺？"素梅道："又来瞒我。新得妙人，焉敢不贺？"琪生料是晓得轻烟之事，便含糊答应道："不要取笑，且说正话。今晚何如？"

素梅道："我正为此事而来。老爷连日劳倦，已睡多时。你竟进来不妨。"素梅说完先去，琪生随即也就进去。到房门口张看，只见小姐云鬟半拖，星眸不展，隐几而卧。素梅与轻烟在灯下抹牌。二人见琪生进来，便掩口而笑。琪生走向前，轻轻搂抱小姐，以脸偎香腮。雪娥梦中惊觉，见是琪生，吓了一跳，羞得满面通红，忙要立起身来。琪生抱住不放，道："小姐不必避嫌。小生为小姐，魂思梦想，废寝忘餐。又蒙小姐投我以诗，终身之约，不言而喻，情之所钟，正在此时耳。何必作此儿女之态耶？"轻烟、素梅亦劝道："小姐，你二人终身大事，在此一刻。我二人又是小姐心腹，并无外人得知。何必再三疑虑，只管推阻，虚以良夕。"雪娥含羞说道："妾之心事非图淫欲，只为慕才使然。故不惜自媒越礼，多露贻讥，君如不信，请观妾容。然犹恐一朝订约，异日负盟，令妾有白头之叹。君亦当虑耳。"

琪生听到此处，就立起身来，携着小姐手道："小姐慧思。我两人何不就在灯前月下，明心见性，誓同衾穴。何如？"遂双双在阶前同发一誓起来。雪娥拔下凤钗，向琪生道："当初原是它为媒，你还拿去，以为后日合欢之验。"又题诗一首，赠予琪生道：

> 既许多才入绣闱，芳心浑似絮沾泥。
> 春山倩得张郎画，不比临流捉叶题。

　　　　　　　琪君良人　　辱爱妾邹氏雪娥敛衽书"

琪生将诗玩索一遍，然后将凤钗与诗收讫，也题诗一首答道：

> 感卿金凤结同心，有日于归理瑟琴。
> 从此嫦娥不孤零，共期偕老慰知音。

　　　　　　　雪卿可人唱随　　沐恩夫祝琼题赠。

雪娥也收了。琪生又将小姐搂着同坐，情兴难遏，意欲求欢，连催小姐去睡。雪娥羞涩道："夫妻之间，以情为重，何必图此片刻欢娱。"琪生刻不能待，竟搂着小姐到床前，与她脱衣解带。雪娥怕羞，将脸倚在怀内，凭他去脱。琪生先替小姐脱去外衣，解开内裺，已露酥胸，鸡头嫩剥，伸手去拈弄。滑腻如丝，情兴愈浓，忙将自己巾帻除去，卸下外衣。正待脱小衣，忽闻外边一片声乱叫相公。吓得他四人魂不附体，雪娥忙对琪生道："你快出去，另日再来罢。"琪生慌慌张张，巾也没工夫戴，就拿在手中，挟着衣服，拖着鞋子，飞奔出来。轻烟忙将角门闩上。

琪生奔到书房，原来是书童睡醒起来撒尿，看见房门大开，就去床上一摸，不见相公，只说还在外边步月。时乃十月中旬，月色皎然，乃走至外边，四下一看并不见影。叫了两声，又不应，寻又不见。一时就害怕起来，因此大声喊叫。琪生回来听见这个缘故，心中恨极，着实狠打一个半死，道："我去外边出恭，自然进来。你怎么半夜三更大惊小怪，惊吓人？好生可恶！今后若再如此，活活打死！"正在嚷骂，邹公着人出来查问。琪生回道："我起来解手，被书童梦魇惊吓，在此打他。"那人见说，也就进去。琪生就吩咐书童快睡，自己却假意在门外闲踱，心中甚急，好不难过。闻得人俱安静，书童哭了一会也就睡去。不放心又摸进去。谁知角门已闩。轻轻敲了两下，并无人应。低头垂手而回，跌脚苦道："一天好事，到手功名被这蠢奴才弄坏！"愈思愈恨，走向前将书童打上几下。书童惊醒，不知又为何事。琪生无计可施，只得涕泣登床。偏睡不稳，细细摹拟，只管思量，只管懊恼，情极不过，又下床来，将书童踢上几脚。半夜之间，就将书童打有一二十顿，这是哪里说起。登时自己气得身上寒一会、热一会，病将起来。只这一病，大有关碍。谁知同林鸟，分开各自飞。且听下回分解。

第四回　活遭瘟请尝稀味

诗曰：

> 风流尝尽风流味，始信其中别有香。
> 五味调来滋味美，饥宜单占饿中会。

说琪生好事将成，为书童惊散。一夜直到天明，眼也不曾合一合。早起来，就觉头眩，意欲再去复睡片时，只见轻烟拿着一帖进馆。琪生展看，却是一首小词：

> 刘郎误入桃源洞，惊起鸳鸯梦。今宵诉出，百般愁。觌面儿教人知重，灯前说誓月下盟心，直恁多情种。
> 携云握雨颠鸾凤，好事多磨弄。忽分开连理枝头，残更挨尽心如痛。想是缘悭，料应薄幸，不为妒花风。

右调《一丛花》

良人心鉴　辱爱妾邹雪娥敛衽制

琪生把玩，喜动颜色，对轻烟道："昨晚心胆皆为蠢奴惊破。临后进来门却已关，几乎把我急杀。今早起来身子颇觉不爽。又承小姐召唤，今晚赴约。贤卿须来迎我一迎。"

轻烟道："我们吓得只是发战，老早把门闩好在里面，担着一把冷汗，哪里晓得这样的事。"一头说，一头将手去摸琪生额上，道："有些微热。不要到风地里去，须保重身体要紧。我去报与小姐知道。"琪生道："我这会头目昏黑，不及回书。烦姐姐代言鄙意，说今晚相会，总容面呈罢。"轻烟点头，急急而去。

琪生才打发轻烟进去，转身书房，愈觉天旋地转，眼目昏黑，立脚不住，忙到床

边倒身睡下，将帖压在枕下。不一时浑身发热，寒战不已。邹公闻知，忙来候问，延医看视。药还未服，只见素梅、轻烟二人齐至问候，手中拿着两个纸包道："小姐闻知相公有恙，令我二人前来致意相公，教千万不可烦躁，耐心调理，少不得有时，相公今晚不能去也罢。若有空时，小姐自己出来看你。侯你玉体少安自然来相约，今日切勿走动。这是十两银子，送你为药铒之用，这是二两人参，恐怕用着。又教相公看要什物件，可对我们说，好送来。她如今亲自站在角门口候信。你可有什话说？"琪生感激不尽，泣道："蒙小姐与姐姐这番挂念恩情，我何以报答。与我多多拜上小姐，说我无大病，已觉渐好，教她不要焦心，减损花容。少刻若能平复，晚上还要进来，再容当面拜谢，致呈款曲。若缺什物件，自来取讨，不劳费心。小姐自己珍重，方慰我心。"轻烟就将参银放在琪生床里，素梅又替琪生盖好被。二人摩摩蹭蹭，百般疼热，恨不能身替。怕有人来，含着眼泪致嘱而去。

琪生刚欲合眼，适郑飞英同平君赞二人来探望。见琪生病卧，就坐在床边问安。邹公也出来相陪。琪生见二人来至，心中欢喜，勉强扶病坐起。平君赞就去拿枕头，替他撑腰，忽见枕下一帖，露出爱妾两字来，就当心暗暗取来放在袖中。与琪生谈了一会，推起身小解，悄悄一看，妒念陡生，暗想道："这女子怎么被他弄上手？大奇！大奇！然而当日原是我两人同见，焉知她不属意于我？你却独自到手，教我空想。殊为可恨！"就心内筹算。在外踱了一会，进来约飞英同去。邹公因二人路远，意欲留客。君赞道："只是晚生还有不得已之事，未曾料理。容日后来取扰罢。"琪生亦苦苦款留。飞英也道："我们与祝兄久阔，又未竟谈，且祝兄抱恙，不忍遽回。又蒙贤主人爱客，我们明日去罢。"君赞道："小弟原该奉陪，但有一舍亲赴选，明日起程，不得不一饯耳。"琪生恃在知己，便取笑道："盟兄怎么只在热灶添火，不肯冷灶增柴，这等势利？"邹公与飞英大笑。君赞闻言，如刀钻入肺腑，仇恨切骨，勉强陪笑道："不是这等说。小弟还要修一封书，寄进京去候个朋友，不专为一饯而行。再不然，可留飞英兄伴兄一谈，小弟明日再来把臂如何？"飞英道："既是平兄有正事，不可误他。小弟在此，明日回罢。"君赞随即别却三人，悻悻而去。

琪生原无大病，因连日辛苦，又受了些寒，吃了些惊，着了些气，一时发作。医生用些表散药服了，就渐渐略好。那枕下帖子，是昏瞆时所放，竟影也记不得。虽不能作巫山之想，却因身体尚未全愈，小姐又吩咐今晚不要进去，遂与飞英谈心，倒也没有挂碍。飞英直至次早方回。雪娥诸人时常偷隙问安，自不必说。

且说君赞在路上切齿恨道：“这穷鬼畜生！我因你有些才学，所以与你相好。你倒独占美人。我不怪你也就够了，你反当面讥诮我势利，剥我面皮。亏得我还有些家私，难道反不如你这穷鬼，倒要去奉承人不成？好生无礼，好生轻薄，可恨可恶。须摆布他一遭。那个好女子，可惜是这穷鬼独占。我怎地设个法去亲近一番，死亦瞑目。”心内左思右想，再无计策。固又取出诗帖展玩，一发兴动。正是一极计生，忽然点头道：“必须如此如此，使他迅雷不及掩耳，万无不妥。”赶至家中，做起一张揭贴，央人誊清，放在身边。

次日又到琪生馆中，君赞假作惊慌之状，道：“昨日失陪，负罪不浅。今日特来报兄一大祸事，作速计较。”就袖中取出揭帖，递与他看。琪生接过一看，写道：

揭为淫厕宫墙，污蔑纪纲，大伤风化秽法事。今有恶衿祝琼，虽读孔圣之书，单越先王之礼，不思捉笔跳龙门，惯为钻穴，哪想占鳌扳月桂，惟解偷香。正是卖俏班头，宣淫领袖。邹氏翁里中仁德，为怜才而招席。祝姓子，人中禽兽，拍假馆以吞凤。既已升堂，复入乃室。不止窥穴，又逾其墙。搂处子，邹翁女也。彼丈夫祝姓子欤。乞其不足，更有不可知者。又顾之他扶之，何必问焉。彼施此受，在女子犹宽其责。先强后从，于士人更何其诛。几属同人，鸣鼓而攻犹晚；合里人民，鼎烹而食何伤？于是谨修短揭，遍告合城，共殛淫衿，以肃闺化。是揭。

琪生不看则已，一看就惊得面如土色，半日不能言语，气得发昏，汗如雨下。君赞道：“此一张是我看见，故此揭来，外边不知还有多少哩。此事非同儿戏，关系两家的身家性命。盟兄快些筹画要紧。小弟告别。”琪生扯住说道：“兄且不要去。为今之计，何以策我！”君赞道：“此事邹老想未必知。若得知时，怎肯与兄甘休？我想别无计较，千着万着，走为上着。乘他未知快些走罢，此是妙计。”

琪生道：“若是走时，家里是藏不得。还是到哪里躲避好？”君赞道：“既没处去，且到我家去住几天，再作区处。”琪生再不细详其理，一味恐惧，遂弄得没主意。就悄悄带了书童，急跟君赞到家。君赞就安他在外面书房内住下。

琪生暗想，“遭这祸是哪个起的？这揭帖又没名姓。我这事神儿不知，外边人怎么晓得？就是晓得，与他何因，便出帖揭我？”再摸头不着。又想道：“我也罢了，只是

害了小姐与轻烟、素梅三人性命。岂不教我痛杀，不如死休。"又反自解道："莫忙，且听消息何如。"思来想去不觉大哭。到次日，就打发书童回家安慰父母，因吩咐道："如老爷奶奶问时，只说相公是因个朋友有要紧事，约往象山县去，不得回家面说，却叫小的来说。你也不必来了，切不可说我在这里。万一邹家有人来问，也是如此答应，不可有误。"书童应声而去。

不说琪生在平宅。且说邹家不见琪生主仆二人，好生惊异，只道有要紧事到象山去了。邹公也就不问，不在话下。

单说君赞用调虎离山之计，将琪生藏在自己家里，私自想道："这畜生虽然调开，只是我怎么到邹家与小姐相会？就是相会怎能使她必从？"想一想，道："有了。我不若抚她情诗。到明日晚上，竟悄悄进她房中，若顺我就罢，若不从时，我将此帖挟制她，不怕她不从。岂不妙哉？"于是备酒到书房，与琪生同饮，慢慢试探他的事情，往来的路径门户。琪生是个忠厚人，见他患难相救，信为好人，遂尽情告诉，一毫不瞒。君赞甚是洋洋得意。正合着两句古语道：

　　　　"画虎画皮难画骨　知人知面不知心。"

次日，君赞出城，到蒲村先寻了着脚之所。到晚，带着情诗往邹家后园来。时值十月下旬，没有月色。君赞为人，素性畏鬼。这日为色所迷，大着胆前来。才转过几家门首，忽闻背后悉索之声。却是自家衣服上挂了一根刺枝子，拖在地上响。他哪里晓得？天又黑，暗听得背后响，回头又不见人，登时毛发皆竖。还强挣扎往前行走，响声渐渐紧急，他心中更怕，道："古怪！"及站住听时，又不响了。及移步走时又响起来，吓得浑身汗如雨下，被风一吹，一连打了十几个喷嚏，一发着忙，将自己额上连连拍几下道："啐！啐！"假意发狠，卷手露臂，道："是什邪鬼？收来近吾！我是不怕的。"口虽如此说，却心慌意乱，不管是路不是路，一味乱走。脚底下却七高八低的，愈走得快，愈响得高，俨然竟像有个人赶来一般。他初时还勉强挣挫，脚步不过略放快些，到后来听得背后响声越狠，只不离他，就熬不过怕，只得没命地飞跑起来。谁想这件东西偏也作怪：待他跑时，这东西在他脚上身上乱撞乱打。他见如此光景，认定是个鬼来迷他，只顾奔命，口中乱喊："菩萨爷爷救我！"心虚胆战，不料一个倒栽葱，跌在粪窖里。幸喜粪只得半窖，只齐颈项淹着，浑身屎浸，臭不可言。地窖又深，

不能上来。欲待喊叫，开口就淌进屎来，连气也伸不得一口。拼命挨至天晓，幸一个人来出恭，才看见，即去叫些人来捞起。

君赞站在地上，满头满脸屎块只是往下滚来，还有两只大袖，满满盛着，一毫未动。连连把巾除丢地下，将衣服脱下，到河边去洗脸洗身上，却没有裤子换，下身就不能洗。远近人来看的，何止一二百人。看了笑个不止，惧怕腌脏，谁来管他。起先粪浸之时，粪是暖的，故不觉冷，如今经水一洗，寒冷异常。登时发起战来，青头紫脸，形状一发难看。正在危急之际，邹公领着家人，拿衣服来与他洗换。原来邹公家住在前边，有个小厮也来观看，认得是君赞，回去做笑话报与邹公。邹公就忙来救他。见君赞恶状难堪，忙问其故。君赞又羞又恼，答道："昨夜为鬼所逐，失脚跌下去的。"邹公笑道："哪里有这事。"吩咐家人："快将平相公衣服拿去河中洗净。"家人去取衣服，却提起一根大刺针条子来。邹公大笑道："我说哪里有鬼逐人之理，原来是这件物事。平兄为它吃了苦也。"君赞方才明白，又气又苦，又好笑。

邹公遂同君赞到家，重新沐浴更衣，因而留宿。君赞暗思道："我为小姐吃此大苦，他怎知道，幸喜就在他家宿歇，真是缘法辐辏。但只是没有情诗，就没了把柄，怎么处？"又道："罢罢！左右是破相了，好歹走他一遭。万一做出来不妥时，就恶失了这老者，也不为稀罕，难道我有什事求他不成？若是侥幸妥贴，也不枉我这一番苦楚。"

算计已定。直到晚上，待邹公进内，人已静悄，他却寻路一般，也到角门口。角门关得紧紧。他就将门弹了两下。恰好素梅在阶沿上玩耍，听得门响，走来问道："是谁？"君赞道："我是琪生。"素梅一时懵懂不察，闻得是祝郎，正在渴想之时，忙将门开了。上前一看，陌生不像，便又问道："你是哪个？"君赞道："实不相瞒，我是平君赞，来见小姐的。"

素梅怒道："该死胡说。还不走你娘路，去葬你的粪坑！"君赞见骂得切实，顿足道："葬你粪坑！这句话骂得我刻毒，骂得我狠。我也哪里寻这样一句毒的回她才好。"便道："你这偷琪生的精！休得口强，有把柄在我手里。好好叫小姐出来便罢。不然，我若恼起来，叫你们俱不得干净。"素梅见他话里有来历，便道："你既要见小姐，且站在门外，待我通知，再来接你。"君赞见她口软，以为中计，料道必妥贴，点头簸脑道："我在此立等，你去说来。"素梅依旧将门关上，跑来对小姐道："祝郎不知有什破绽落在早间那个平臭驴眼里。他公然来硬做，好生无状。怎么回他？"雪娥吓得啼哭起来。轻烟也急得没法，想一想，生个急智，对小姐道："说不得了，我有一计在此，万一事声张，我与素梅自去承当，决不累小姐。"雪娥拭泪道："你有何计？"轻烟道："小姐不要管我，也不要则声，只凭我与素梅做来便见。管叫他又做落汤鸡回去。"因走向素梅耳边道："如此如此。"素梅笑道："好计。我去招他来。"轻烟待素梅出来，就将外门闭紧。

素梅走去复开角门，抱怨道："我为你去说不打紧，倒将我一顿肥骂。"君赞道："她难道不怕死？"素梅道："你这人，原来是个活现世报。哪里有外人欲见小姐，倒教丫头去明说的理？纵欲相见，也避嫌疑，自然不肯。"君赞被她一句提醒，便笑道："好个伶俐好人，说得是。待我自去看她如何？"就走进门来。素梅将角门仍旧关好，同他到外门口。君赞就去轻轻一推，哪里推得动？问素梅道："怎么得进去？"素梅低低说道："旁边墙上有个雪洞。你从那里进去，甚便。"素梅就领他到洞边。君赞见雪洞甚小，只好容一身。里面却明幌幌地点着灯。君赞道："也罢。我从这里进去，你须撮我一撮。"素梅当真将他身子撮起，君赞遂探头钻入雪洞。将及半截身子之时，素梅咳嗽一声。里面轻烟早将他头发揪在手中，外面下半截身子又被素梅捺住。君赞两只手又紧紧地挤在雪洞里。内外齐齐往下发狠捺住，几乎连肚肠俱磕出来，君赞两头受亏，疼不可忍。正待要叫喊，只见轻烟一手揪发，一手拿着一把又大又尖的快剪子，在他脸上刺一下道："你若则则声儿，我立时截断你的咽喉子！"君赞连忙道："我再不敢则声，千万莫动剪子！只求略放松些，我肠子已压出。"又叫道："外边的好奶奶，我的脚筋已被磕断，再不放松时，我的屎就压出来了。"一会又哀求道："二位奶奶，我从今再不敢放肆，求饶我罢。我浑身疼死也。"疼得叫苦连天，将"娘娘""奶奶"无般不叫。雪娥在旁倒转怒为笑。轻烟数说骂上一会，问道："你说把柄在哪里？"君赞道："其实有诗一首。昨日被压得烂，一时没有。"轻烟与素梅不信，将他遍身乱搜，果然没有。轻烟道："你怎么敢进来无状？好好实说我就饶你。若有半字糊涂，只是槊死你便罢。"君赞不肯实说。轻烟与素梅就尽力齐往下只一捺，君赞疼得话也说不出来。轻烟将他脸上又是一剪子。君赞骨节将苏，头面甚痛，只是要命。遂将得诗做揭帖、吓他逃走、自己进来缘由直招。三人也暗自吃惊，又问道："闻祝相公往象山去了，可是为此事躲避么？"君赞道："正是。"轻烟又叫小姐将笔砚接过来，又取一张纸放在他面前，却将绳一根从雪洞内塞过去，叫素梅将他两脚捆紧，又带住一只在手，又将一根绳扣在他颈项，一头系在脚上，然后将他一只右手抔出，对他道："你好好写

中国禁书文库

伟人藏禁书

一张伏状与我，饶你罢。"

君赞见她手段，不敢违拗，忙拈笔问道："还是怎样写？"轻烟道："我说与你写。"君赞依着写道：

> 立伏状。罪衿平襄成于四月初八日在青莲庵遇见邹清泽家小姐，遂起淫心，妄生奸计。不合诬邹氏与同窗祝琪生有染，遂假作揭帖，飞造秽言，色藏祸胎，挑起衅端，欲使两下兴戈，自得渔翁之利。不料奸谋不遂，恶念复萌。又不合于本年十月二十九日，黉夜穴入绣房，意在强奸。邹氏不从，大喊救人，竟为家人捉住，决要送官惩恶。是恶再三恳求保全功名，以待自新，故蒙赦免，眷恶廉脏。此情是实，只字不虚。恐后到官无凭，立此伏状存案。
>
> 嘉靖三十一年十月二十九日立伏状罪衿平襄成

写完又叫打上手印。轻烟交与小姐收好。却笑对君赞道："死罪饶你，活罪却饶不得。待老娘来伏事你。"遂将他头发剪得精光，又一手扯过净桶，取碗屎，将他耳、眼、口、鼻、舌俱塞得满满，把黑墨替他打一个花脸。然后把绳解开放他，就往外一推，跌在墙下。素梅还怕他放赖，匆匆跑过来，相帮轻烟掇着净桶出来，一人一只碗，把屎照君赞没头没脸乱浇将来。君赞被推出雪洞，正跌得昏天黑地，遍身疼痛，见她二人来浇屎，急急抱头跑出角门，如飞而去。

轻烟二人闩上角门，一路笑将进来，雪娥也微微含笑。三人进房议论，又愁祝郎不知此信，未免留滞象山。怎地寄信与他，叫他回来？三人愁心自不必细说。闲话略过，且听下回分解。

第五回　爱情郎使人挑担

词曰：

　　喜得情人见面，娇羞倒在郎怀。获持一点待媒谐，又恐郎难等待。

　　教妾柔心费尽，游蜂何处安排。权将窃玉付墙梅，聊代半宵恩爱。

右调《西江月》

　　说这君赞，又弄了一身臭屎出来，这一遭身上倒少，口内却多，竟有些些赏鉴在肚里。跌足恨道："活遭瘟！连日怎么惯行的是屎运。"这样美味，其实难尝。幸而房中有灯，又有一壶茶。取些漱了口，脱却外衣，揾却头脸与身上。一壶香茶用得精光，身上还只是稀臭。心内想道："天明邹老出来，见我这样断发文身，成何体面，就有许多不妙。不若乘此时走了罢。"遂逾垣而去。天已微明，急急回来。到得家里无顿入内，竟入书房，重新气倒椅上。合家大惊。

　　琪生也才起来，闻知这无气像就进书房来看视，却远远望见两个女人在里面。那一个年少的，真正是天姿国色，美艳非常。那女子脸正向外，见琪生进来，也偷看几眼。琪生魂迷意恋，欲要停步细观，却不好意思，只得退出来。心中暗道："今日又遇着相思债主也。"你道那二女子是谁？原来君赞父母双亡，家中只一妻一妹。那个年长些的，是君赞妻陈氏，也有六七分容貌，却是一个醋葫芦、色婆婆。君赞畏之如虎。那个年少的，正是君赞妹子，字婉如，年方十六，生得倾城倾国，妖媚无比。樱桃一点，金莲三寸，那一双俏眼如凝秋水，真令人魂销。女工自不必说，更做得好诗，弹得好琴。父母在时，也曾许过人家。不曾过门，丈夫就死了，竟做个望门寡。哥哥要将她许人家，她立志不从，定要守孝三年，方才议亲，故此尚未许人。房中有个贴心丫鬟，名唤绛玉，年十八岁，虽不比小姐容貌，却也是千中选一的妙人，也会做几句

诗。心美机巧，事事可人。君赞时时羡慕，曾一日去偷她。她假意许他道："你在书房中守我，待小姐睡了就来，却不可点灯。点灯我就不来。"君赞连应道："我不点灯就是。你须快来。"遂扬扬先去。这绛玉眼泪汪汪走去，一五一十告诉陈氏。陈氏就要发作，绛玉止道："大娘不要性急，我有一计。如今到书馆如此而行。"陈氏大喜道："此计甚好。"遂到书房，绛玉也随在背后。天色乌黑，君赞正在胆战心惊地害怕，惟恐鬼来。听得脚步响，慌问道："是谁？"绛玉在陈氏背后应道："是我来也。"君赞喜极，跑上前将陈氏竟搂在怀内，摩来摸去，口内无般不叫。陈氏只不则声。君赞伸手摸着她下体，道："好件东西。我大娘怎如得你的这等又肥又软。"陈氏也不则声。君赞弄得欲火如焚，就去脱她裤子。陈氏猛地大喊一声，君赞竟吓了一跌。被陈氏一把头发揪在手，便拳打脚踢，大骂道："我把你这没廉耻的枣核钉！做得好事！平日也是我，今日也是我，怎么今日就这般有兴得隙，又这等赞得有趣。难道换了一个不成？怎又道：'大娘不如你的又肥又软。'你却不活活见鬼，活活羞死！"说完又是一顿打。绛玉恨他不过，乘黑暗中向前将两个拳头在他背上如擂鼓一般，狠命地擂了半日。他哪里知道？只说是陈氏打他。疼不过，喊道："你今日怎么有许多拳头在我后心乱打？我好疼也。"陈氏又气又好笑，君赞只是哀求，幸亏妹子出来解劝方罢。自此君赞遇见绛玉，反把头低着，相也不敢相她一相。岂不好笑？

前话休题，再说君赞气倒椅上。众人不知其故，见他头发一根也没了，满脸黄的黄、黑的黑，竟像个活鬼，大为惊骇。又见满身稀臭，俱是烂屎，污秽触人。就替他换下衣服，取水洗澡。陈氏问他缘故，只不答应。君赞连吃了两番哑苦，胸中着了臭物，吃了惊，又被轻烟二人两头捺上捺下，闪了腰胯，就染成一病。寒热齐来，骨节酸痛，睡在书房不题。

一日，琪生欲到书房去看君赞。刚刚跨出房门，恰好与婉如撞个满怀，几乎将婉如撞了一跌，还亏琪生手快，连连扯住。原来婉如独自一人，也要到书房去看哥哥。因这条路是必由之地，要到书房定要打从琪生门首经过。婉如才到门口，恰值琪生出门，故此两身相撞。琪生扯住婉如，遂作揖道："不知观音降临，有失回避。得罪，得罪。"婉如原晓得琪生是哥哥朋友，今见是他，回嗔变羞，也还了一礼，微微一笑，跑向书房去了。

琪生直望她进了书房，才复进房来。欢喜道："妙极！妙极！看她那娇滴滴身子，一段柔媚之态，羞涩之容。爱杀！爱杀！我祝琪生何幸，今日却撞在她绵软的怀里，

粘她些香气？我好造化也。"又想道："看她方才光景，甚是有情。她如今少不得回去。待我题诗一首，等她过时，从窗眼丢出，打动她一番，看她怎样。只不知她可识字否？不如将凤钗包在里面更好。"不一会，婉如果至，才到窗前，就掉下一个纸包来。婉如只说是自己东西，遂拾在手中，又怕撞着琪生，忙走不迭。琪生见她拾了去，快活不过。

说这婉如走进房中，捏着纸包道："这是什么东西？"打开一看，是一支凤钗，"不知是哪个的？"又见纸包内有字，上写绝句一首：

> 梦魂才得傍阳台，神女惊从何处来？
> 欲寄相思难措笔，美人着意凤头钗。

婉如看完，知是琪生有心丢出的。暗道："那生才貌两全，自是风流情种。我想哥哥见如此才人不与我留心择婿，我后来不知如何结局？我好苦也。"不觉泪下。又想道："或者也已有聘亲了，哥哥故不着意？"正在猜疑，恰好绛玉走至面前。婉如忙收不及，已为看见。绛玉问道："小姐是哪里来的钗子？把我看看。"婉如料瞒不过，遂递予她。绛玉先看凤钗道："果是好支钗子。"及再看诗，暗吃一惊，笑道："是哪个做的？"婉如就将撞见琪生，拾到缘由告诉她。绛玉见小姐面有泪容，宽慰道："这是狂生常态。小姐置之不理便罢，何必介怀。"婉如道："这个不足介意。我所虑者，哥哥如此光景，恐我终身无结果耳。"绛玉已晓得小姐心事，便道："祝生既有情于小姐，又有才貌，若配成一对，真是郎才女貌，却不是好？"婉如道："这事非你我所论。权在大相公。"绛玉道："大相公哪知小姐心事？恐日后许一个俗子，悔之晚矣！小姐何不写个字儿，叫琪生央媒来与大相公求亲？他是大相公好友，自然一说就允。"婉如道："疯丫头，若如此乃是自献了！岂不愧死。"婉如说完长叹一声，竟往床上和衣睡倒。绛玉将凤钗与诗就替小姐收在拜匣内，不题。

再说琪生又过数天，见婉如小姐并无动静，又不得一见，惆怅不已。心中又挂念雪娥三人，忽想道："我在此好几天，并不闻外边一些信息，想已没事。平兄又病倒，我只管在此扰他，甚不过意。不若明日回去，再作道理。"再又想道："我的美人呀，我怎地舍得丢你回去？"遂一日郁郁不乐，连房门也不出，一直睡到日落西山。起来独自一人，闷闷地坐了一会，连晚饭也不吃，竟关门上床。头方着枕，心事就来。一会

挂牵父母，一会思想雪娥三人情份，一会又想到婉如可意。翻来覆去，再睡不着。坐起一会，睡倒一会，心神不宁，五内乱搅。不一时，月光照窗，满室雪亮，遂起来开门步月。只见天籁无声，清风渐渐，口内低低念道："小姐，小姐，你此时想应睡了。怎知我祝琪生尚在此捣床碾枕，望眼将穿？凤钗信息几时到手？"因走下阶，对月歇嘘。独自立上一会，信步闲行。见对面一门未关，探头去张，却是小小三间客座，遂踱进去闲玩。侧首又是一条小路，走到路尽头，又有一门，也不关。进去看时，只见花木阴浓，盆景砌叠。正看之时，忽闻琴声响亮。侧耳听之，其音出自花架之后，遂悄悄随声而行。转过花架边，远远见两个女子，在明月之下，一个弹琴，一个侍立。琪生轻轻移步，躲在花架前细看，原来就是小姐与绛玉。琪生在月下，见小姐花容，映得如粉一般，俨然是瑶宫仙女临凡。登时一点欲心如火，按捺不住。恰好绛玉进去取茶，琪生思道："难得今日这个机会。从此一失，后会难期。乘此时拼命向前与她一决，也免得相思。"就色胆包身，上前抱住婉如，道："小姐好忍心人也。"把婉如一吓，回头见是琪生，半嗔半喜道："你好大胆，还不出去。"遂将手来推拒。琪生紧紧不放，恳道："小姐，我自睹芳容之后，整日度月如年，想得肝肠欲断，日日郁郁待死。我又未娶，你又未嫁，正好做一对夫妻。你怎薄情至此？"婉如道："你既读书，怎不达礼？前日以情诗挑逗，今日又黑夜闯入内室，行此无礼之事。是何道理？快些出去！"琪生跪下哀求道："小姐若如此拒绝，负我深情，我不如死在小姐面前还强似想杀！看小姐于心何忍。"婉如不觉动情，将他扶起，道："痴子！君既有心，妾岂无意？只是无媒苟合，非你我所行之事。你何不归家央媒与我哥哥求亲，自然遂愿。"

琪生道："恐令兄不从，奈何？"婉如道："妾既许君，死生无二。若不信时，我与你就指月为盟。"琪生遂搂着小姐交拜而起。琪生笑道："既为夫妇，当尽夫妇之礼。我与你且先婚后娶，未为不善。"因向前搂抱求欢。婉如正色道："妾以君情重，故以身相许。何故顿生淫念，视妾为何如人耶？快快出去。倘丫头们撞见，你我名节俱丧，何以见人。"琪生又恳道："既蒙以身相许，早晚即是一样，万望曲从，活我残生。"就伸手去摸她下体。婉如怒道："原来你是一个好色之徒！婚姻百年大事，安可草草。待过门之日，自有良辰。若今日苟合，则君为穴隙之夫，妾作淫奔之女，岂不贻笑于人？即妾欲从君，君亦何取？幸毋及乱。若再强我，有死而已。"琪生情极哀告道："我千难万难，拼命进来，指望卿有恋心，快然好合。谁知今又变卦，我即空返，卿亦何安？此番出去，不是想死，定是害死，那时虽悔何及，卿即欲见我一面，除非九泉之下

矣。"说罢泣涕如雨，悲不能胜。婉如亦将手搂着琪生哭道："妾非草木，岂无欲心。今日强忍亦是为君守他日之信，以作合卺之验耳。不为君罪妾之深也。妾心碎裂，实不自安，亦不忍得看你这番光景。如之奈何？"低头一想，笑道："妾寻一替身来，君能免妾否？"琪生笑道："且看替身容貌何如。若果替得过，就罢。"婉如遂呼绛玉。

原来绛玉拿茶走至角门，见小姐与琪生搂抱说话，遂不敢惊她，却将身躲在内里，张望多时。今闻呼唤方走出来，掩口而笑。婉如指着绛玉向琪生笑道："此婢权代妾身何如？"琪生见她生得标致，笑道："只是便宜了我。"遂将绛玉一把搂在怀内。绛玉羞得两片胭脂上脸，便力拒。无奈婉如向绛玉道："养军千日，用在一朝。你权代劳，休阻他兴，今后他自看顾你。"绛玉道："羞答答的，小姐的担子，怎么把予我挑？苦乐未免不均。"婉如又笑道："未知其乐，焉知其苦，你顺从他了罢。"绛玉躲避无地，被琪生抱进房中，无所不至。正是：

> 他人种瓜我先吃，且图落得嘴儿胡。

哪知绛玉又是一个处子。只因年长，不似素梅、轻烟苦楚。那些莺啼娇转，花碎柔声，狎妮之态不想可知。

二人事完，扫去落红，并肩携手出来。见婉如立在阶前玩月。琪生向前将两手捧着她鬓脸，在香腮上轻轻咬上一口，笑道："却作局外人，无乃太苦乎？"婉如也笑道："妾享清虚之福，笑你们红尘攘攘之为苦耳。"因见绛玉鬓发凌乱，脸尚有红色，就带笑替她整鬓，道："你为我乱鬓，喘息尚存，从今却是妇人，实苦了你也。"绛玉含羞微笑。琪生应道："她还感你，要酬谢我等，怎说苦她？"绛玉笑道："方才先在地上，那般猴急的涎脸，救急的眼泪，好不羞。不是你大动秦庭之哭，正好没人睬你哩。"婉如大笑。三人正说笑得热闹，忽闻鸡声乱鸣，开开欲晓。婉如遂同绛玉送琪生出来。琪生对婉如道："卿既守志，我亦不强。只是夜夜待我进来谈笑何如？"婉如笑道："若能忘情于容，虽日夜坐怀何妨。"齐送至门首，三人分别。

看官你道他家门如何不关，就让琪生摸进来？这有个缘故。君赞妻子陈氏，酷好动动，是一夜少不得的。只因丈夫病倒，火焰发作，其物未免作怪，抓又抓不得，烫又烫不得，没法处治。遂仰扳了一个极有胆量、极有气力、最不怕死的家人，唤作莽儿，这夜也为其物虫咬。直待丫头众人睡尽，故此开门延客。正是一人有福，携带一屋。琪生恰好暗遇着这机会。婉儿的房却住在侧首，与陈氏同门不同火，也因睡不着，故此弹琴消闷。哪知琪生又遇着巧，也是缘法使然。这琪生别了婉如、绛玉，进入房中竟忘闭门，解衣就睡。一觉未醒，早有一人推他，道："好大胆，亏你怎么睡得安稳？"琪生吓得不知何事。且听下回分解。

第六回 招刺客外戚吞刀

诗曰：

> 本待欲擒山上虎，谁知错射暗中獐。
>
> 刀头误染冤魂血，半夜铮铮铁也伤。

却说琪生正睡得齁齁的，忽一人进来推道："好大胆！日已三竿，这时还睡！"琪生惊醒，见是绛玉，笑道："我在此养精蓄锐，以备夜战。"绛玉把眼一㪗道："你若只管睡觉，恐动人捉贼。还不快些起来，小姐有帖在此。怕有人至，我去也。"遂将帖子丢在床上，匆匆而去。琪生起来开看，却是绝句诗一首，道：

> 妾常不解凄凉味，自遇知心不耐孤。
>
> 情逐难飞眉黛损，莫将幽恨付东隅。

祝君才郎文几　　弱妾平氏婉如泣笔

琪生看完道："哪知她也是高才，一发可爱。"遂珍藏拜匣。用完早膳，走到君赞处问安。君赞病已渐渐好了。他是个极深心、极有作为的人，待琪生全不露一些不悦的圭角，还是满面春风，更比以前愈加亲热，胸中却另有主张，如剑戟麟甲相似，真是险不过的人。二人谈了半日，琪生依旧回房，也不思想回去了。

至晚却又依路进去。这遭却有绛玉接应，一发是轻车熟路。行至角门，早见婉如倚门而待。两人携手相搀，并肩而坐，在月下畅谈。婉如倚在琪生怀中，绛玉傍坐，三人嘲笑，欢不可言。婉如偶问道："你既未完亲，那凤钗是哪里的？却又带在身边。"琪生陪笑道："我不瞒你，你却不要着恼。"遂将遇邹小姐三人始末说出。又道："若日后娶时自不分大小,你不必介意。"婉如笑道:"我非妒妇,何须着慌。只要你心放公平为主。"琪生接着她道:"好个贤惠夫人,小生顶戴不起。"婉如又笑道:"我不妒则不悍,何必又作此惧内之状。"绛玉也叹道:"如今得陇就望蜀,已自顶戴小姐不起,到后日吃一看二之时,看你顶戴得哪一个起?"婉如与琪生大笑。琪生顿得情兴勃发,料婉如决不肯从,只是连连打呵欠,以目注视绛玉微笑。绛玉低头不语,以手拈弄裙带。婉如已知二人心事,含笑对琪生道:"醉翁之意不在酒。你若体倦,到我房中略睡睡,起来与你做诗玩耍。若要茶吃,我教绛玉送来。"琪生会意,就笑容可掬地进小姐房,见铺饰精洁,脂粉袭人。又见牙床翠被,锦衾绣枕,香气扑鼻,温而又软。一发兴动,遂倒身睡在小姐床上,连要茶吃。外边小姐唤绛玉送茶进来,琪生就捉她做成串对儿了。两人事完就起身整衣出来。婉如迎着笑道:"你们一枕未阑,我已八句草就。"遂复同琪生、绛玉到房取纸笔写出道:

题 月

　　云开空万里,咫尺月团圆。鸟遂分光起,花还浸雨眠。
　　冰人分白简,玉女弄丝鞭。谁识嫦娥意,清高梦不全。

琪生赏玩,鼓掌大赞道:"好灵心慧手,笔下若有神助。句句是咏月,却字字是双关,全无一点脂粉气。既关自己待冰人,又寓绛姐先伴我,却又以月为题主,竟关着三件。才情何以至此?"绛玉也接过来,看见诗中寓意可怜,自不过意,向小姐道:"我不善做诗,也以月为题,胡乱诌几句俗话,搏小姐与祝相公笑笑。"也写道:

　　有星不见月,也足照人行。若待团圆夜,方知月更明。

　　婉如与琪生看了赞道:"倒也亏她,更难为她这点苦心。"琪生拍着绛玉肩背笑道:"这小星之位自然是稳的,不必挂心。"三人齐笑。琪生也取笔作一首月诗寓意道:

　　皎皎凝秋水,涓涓骨里清。冰清不碍色,玉洁又生情。
　　鸟渡枝头白,鱼穿水底明。团圆应转眼,可怜听琴声。

婉如与绛玉同看，赞不绝口。道："君之才，仙才也。其映带题面，含蓄情景，句句出人意表，字字令人心服，自非凡人所及。"

三人做完诗，婉如又取琴在月下弹与琪生听。音韵铿锵，袅袅如诉，闻之心醉神怡，令人欲歌欲泣。琪生听得快活，就睡在琴旁，以头枕在绛玉腿上，以手放在小姐身上，屏气息声，细聆奥妙。及至曲终，犹余音清扬，沁人情性。婉如弹罢，拂弦笑道："郎君一手分我多少心思。"琪生嘿然笑道："我兀乐以忘忧，竟不知尚有一手久碍于卿之佳境。"绛玉又笑道："你倒未必忘忧，只忘了我这个枕头酸麻了。"三人齐笑个不住，就取酒吃，行令说笑，好不兴头，房中虽还有两个丫头，俱在后面厢房宿歇，尚隔许多房子，门又反扣，哪里听见？任凭他三人百般狎妮、调笑、谑混，有谁知道？琪生饮得半酣，将二人左右一边一个搂着，口授而饮，连小姐的金莲也搬起来捏捏摸摸，玩耍一番。婉如也不拒他，凭他摩顶放踵。自己也村一会、雅一会的相调，只不肯及乱。琪生只拿着绛玉盛水。三人一直玩至鸡鸣方散。

自此无一夜不在一处共乐。渐渐胆大，绛玉连日里敢还常到琪生房中取乐。一连多少天，倒也要得安稳。

谁想乐极悲生。君赞病已大好，不过坐在书房调理头发。一日正午时候，偶然有事进内，走至琪生门口，听见里面有人说话，就打窗眼一望：只见琪生与绛玉搂抱做一堆，只差那一点不曾连接。君赞大怒，也不惊破他，连连暗回书房，恨道："这小畜生，如此无礼。前番当面讥诮我势利，今朝背地奸我丫鬟。此恨怎消？且此人不死，邹氏难从。"越想越恼，发恨道："恨小非君子，无毒不丈夫。"就眉头一蹙，计上心头。

晚间吃酒时，对琪生说道："小弟不幸为病所苦，一向未曾料理到盟兄身上，负罪良多。料知己自能原情。我今日替盟兄细细揣审，邹家此时不见动静，必定是不知，没事也不见得。然而不可不信，亦不可全信。明晚盟兄何不悄悄私到邹小姐处，讨个实信，倒也安稳。省得只管牵肠挂肚，睡在忧苦场中。一则令尊令堂不知盟兄下落，二则邹小姐三人必盼望盟兄。或至相思成疾，反而小弟做了盟兄的罪人了。"琪生也道有理，心中感激，满口应承，谢之不尽。夜阑各散。

君赞私唤莽儿到书房，取出一锭银子，对他道："我家中只有你膂力甚大，心粗胆壮，为人忠心可托。我有一件事要你去做，今儿赏你这锭银子。若做得干净时，我自抬举你管两个庄房，还娶标致妻子与你。"莽儿道："相公差遣焉敢不去，何必赏银？

不知是何事？求相公说明，虽赴汤蹈火也要做了来。"君赞道："好！好！我说你有忠心，果然不差。叵耐祝家这小畜生，竟与绛玉小贱人有奸。我欲置之死地，但家中不便下手。他日日在我家思想邹小姐，我诱他明晚去私会小姐。你到明晚可悄悄闪进邹家后园，将他一刀杀了，急急回来，人鬼不知，除此一害。如万一有什话说，我自料理，你放心去做就是。只是不可走漏风声，此为上着。"莽儿见君赞一顿褒奖，花盆好不会顷，又为利心所动，慨然应允而去。

次日，君赞待琪生动身出门后，就去向妹子尽情说绛玉如此没廉耻。婉如闻言，几乎吓傻，只得假骂道："这贱人该死。"君赞也不由妹子做主，就去叫绛玉来，骂道："我道你贞节可嘉，原来只会偷外汉！"遂剥下衣服，打一个半死，也不由她分辩，立刻就唤王婆婆来领去卖她。婉如心如刀割，再三劝哥哥恕她，不要卖出，恐惹人笑话。君赞立意要卖，怒道："这样贱人还要护她！岂不替你妆幌子？连你闺女体面也没有了。你若房中没人伏事，宁可另讨一个。"婉如气得不好则声。

顷刻媒婆来领绛玉。绛玉大哭，暗向小姐泣道："谁知祝郎才动脚我就遭殃。小姐若会他时，可与我多多致意，我虽出去，决不负他，当以死相报。切勿相忘，教他访着媒婆，便知我下落，须速来探个信息。我死亦瞑目。"遂痛哭一场，分手而别。恰好一个过路官儿，正寻美女要送严嵩。媒婆送去，一看中意，两下说明，即日成交，就带人去。这事虽在同时，还在琪生之后，按下不题。

却说琪生听君赞言语有理，当晚酒散就进去与婉如、绛玉二哭别。二人一夜恓恓惶惶，你嘱咐，我叮咛，眼泪何曾得干。天明只得痛哭分别，出来又去别却君赞。君赞送出门，嘱道："这是盟兄自己的事，紧在今晚，早去为是。小弟明日洗耳专听佳音。"两下拱手而别。琪生在路想道："家中父母一向不知消息，两个老人家不知怎么心焦。总之今日尚早，不免先到家中，安慰见父母，又可先访访外边动静，再去不迟。"打算已定，竟奔家来。父母一见，如获珍宝。两个老人家问长问短，哪里说得尽头。时已过午，琪生一心要去，便道："孩儿还要去会个朋友，明日方得回来。"祝公道："才走到家如何又要出门？有事亦在明日去罢。"琪生道："有紧要事，约在今日。"老夫人道："是何事这等紧要？"琪生一时没法子回答。夫人道："料没什大事，迟日去不妨。"琪生执意不肯。祝公与夫人齐发怒道："你在外许多日子，信也没个寄来。教我两人提心吊胆，悬悬而望。你难道没有读过书，说父母在，不远游，游必有方。你何曾学他半句？你今日归家，正该在我父母面前谈谈说说，过他三日五日再出

门去未迟。怎坐未暖席又想要去？可知你全不把父母放在心上，竟做了狼心野性。这书读他何用！我又要你儿子何用！"千不孝，万不孝，忤逆的骂将起来。琪生见父母发怒，只得坐下道："孩儿不去就是。"遂郁郁在家不题。

单说邹泽清在家，日日盼望琪生不至。这日才到一个内亲，却是夫人戴氏的堂侄，名戴方城。父亲戴松，是个科甲。是严嵩门下第一位鹰犬，现任户部侍郎。这方城因姑娘在时，常来玩耍，见表妹标致，心上想慕。因表妹年幼，不好启齿。后来姑妈又死，一向不曾来往。近日因父亲与他议亲，他就老着脸要父亲写书向姑夫求亲。父亲道："路途遥远，往返不便。既是内亲，不妨你将我书自去面求。万一允时，就赘在那里，亦无不可。"故此特到邹家。邹公心中原有招琪生之念，只待他到馆面订。今见内侄来求，心上就犹豫不决，且安顿在后园住下。

恰好这晚莽儿进园行刺，悄悄越墙而过，行至园中，伏着等候。这晚是云朦月暗，方城偶出书房，门外小解。莽儿恍恍见个戴巾的走来，只道是琪生，心忙意乱，认定决是琪生，走上前照头尽力一刀，劈做两开，遂急急跳墙回家献功。

那戴家家人见相公半日不进房，忽听得外边"扑"的一声响。其声甚是古怪，忙点烛笼来照，四下一望，哪有个相公的影？才低下头来，只是一个血人倒在地上。仔细一看，不是别人，却就是他贵主人，吓得大声喊叫。惊得邹公连忙出来，看见这件物事，吓倒在地，没做理会。戴家人连夜县堂击鼓的击鼓，打点进点，报信的报信。数日之间，戴家告下谋财害命的状来，将邹公拘在县里。一拷六问，严刑拷打，备尽苦楚。雪娥在家日夜啼哭，自己是女子，不能出力。幸亏轻烟母舅吴宗是本县牢头禁子，央他去求分上，打点衙门。往戴家求情，戴家哪里肯听，定要问他抵偿。好不可怜！

话分两头，再说君赞这枣核钉。当晚见莽儿回来，报说事已做妥。好生欢喜，赏了莽儿些银子，自己却一夜算计道："我虽吃尽若干苦恼，受了丫头之气，但那日邹小姐并不曾出一恶言。虽然有情于我，却怎地弄得她到手？"思量一夜，并无半条计策。到次日，老早着人打听邹家消息，方知杀差了。又惊又恼道："那畜生又不曾除得，反害却邹老与小姐。怎么处？"一连几日，放心不下。遂将巾帻包好新样头发，自己要到县前访信。出门忽撞见一个大汉，项上带着麻绳、铁索，许多人围送过去。君赞问人，说是才拿住的有名强盗，叫做冯铁头。君赞闻知，陡然一计上心。急回家取了若干银子，到县前弄个手段，竟要买嘱那强盗来扳害琪生做窝家。

不知琪生此番性命何如，再听下回分解。

第七回 遭贪酷屈打成招

词曰：

生死从来有命，无缘空想娇娥，千方百计起干戈，再将大盗扳他。
恰遇剥皮县令，纵然铁汉才过。书生漫无生活计，暂时且受煎磨。

右调《西江月》

且说平君赞虽恨莽儿杀差了对头，又不好声张此事，难为莽儿。闷闷不乐，踱进踱出，再想不出一个弄杀琪生之计。且自出门走走，恰好遇着两个捕人锁着一班强盗走过。不觉计上心来，便想买盗扳答琪生。遂尾着强盗，到了县前。扯过捕人，寻个僻静去处，问这盗首姓什么。捕人道："在下也不知道他什么名字，人都叫他冯铁头。相公问他何干？"君赞便将心事对他说明，许他重谢。

捕人转身便与冯铁头商量道："你今一见过官来，衙门内有许多使费、监内有许多常例要分。我看你身无半文，也须生发些用用，方不受苦哩。"冯铁头道："纵如此，咱又无亲戚在此，钱银从何措备？只好拼命罢了。"捕人道："我倒为你生发一路在此。你若依我行去，只用一二句话，吃也有，银子也有。"冯铁头道："好个慈悲的差公。咱在江湖上，人也杀过多少，何难没两句话？你请说来。"捕人便将扳害祝琪生做窝家的事教他道："官府如夹打你的时节，你便一口供出他来。你的衙门使费，监中用度，都在我身上，一文都不要你费心。"冯铁头道："多承感情，敢不领教。"捕人见已应允，就往复君赞道："强盗已说妥了，须得百金方好了事。你若要处个死情死意，县里太爷也须用一注，方能上下夹攻，不怕他不招认。"君赞道："此番自然要处他一个死，断不可放虎归山。"一面拿出银百两，与捕人看看，道："占堂冯铁头果然招出祝琪生，琪生一到官，你便来取此银子罢。"

一面收拾二十名长夫，顷烦一最用事的书房钱有灵送与孙知县，要他不可因琪生是乡绅之子，又是秀才，轻轻发落，必须置之死地。却好孙知县是有名的赃官，又贪又酷，百姓送他一个大号，叫"孙剥皮"。凡告状人寻着他，不但咬他一口，直到剥他的皮，方才住手。至于强盗所扳，极是顺理的事，一招一夫，怕他不招。自得了采头，遂立刻出签，拿窝盗犯生祝琪生听审。

差人忙到祝家门上问："祝相公可在家么？"管门的道："你是哪里来的？要见相公做怎事？"差人便道："我们是本县大爷差来的，不知何事请相公立刻过去一会。"祝公闻言，对儿子道："来得诧异，我与县尊素不往来，又非季考之期，名帖也不见一个，忽然来请？还须容个明白方行。"奈外边两个差人催得甚紧。琪生对父亲道："谅无大事。待孩儿去走走就回。"随即出来，与二人同行。那差人也并不要祝家一盅茶吃。看官你道天下有这等不要钱的公差么？只因枣核钉已送过差人十两银子，说道"不要得祝家分文，决要立时带他落地，不可被他知风逃脱"的缘故，所以即刻骗到县中。恰好孙剥皮坐堂听审，一面叫监里取出冯铁头来，与琪生对质。

琪生初意走上堂来，正要与县尊行礼，及至跪将下去，差人忙禀"犯生带到！"知县泰然不理，反将案桌一拍，道："好个诗礼之家！如此清平世界，何故窝藏大盗？"琪生闻言，犹如青天霹雳："不知此话从哪里来的？生员闭户读书，老父休养在家，平素不交面上可疑之人。老父母此言必有差误……"道犹未了，只见牢中早带出冯铁头来。剥皮便道："这不是你窝的人？差与不差，你自问他。"琪生遂向冯铁头乱嚷道："我从不与你识面，是哪一年、哪一月窝你的？好没良心伤天理！必是名姓相同，扳差是实。"

冯铁头道："一些不差。你假不认得咱，咱却真认得你。满县多少人家，咱何不扳别人，独来扳你？你自去想一想，必有缘故。请招了罢。"剥皮见琪生不招，便道："不动刑是决不招的。且带起收监，待我申过学院，革退衣巾再审。"立时申文革去秀才，重提细审。

此审竟不问虚实，先打三十大板，然后连问："招也不招？"琪生打得死而复生，哭诉道："毫无踪影之事，如何招得？"剥皮又不许他再开口，便叫夹起来。立时双夹棍一百敲，已是昏跪在地下了。看官，你道一个幼弱书生，如何当得如此极刑，自然招了。剥皮便叫立刻图招，同冯铁头一齐监候不题。

且说祝公见儿子屈打成招，正在愤急之际，适值郑飞英来望，说及此事，大为不

平，道："太平之世，岂为盗贼横扳，吾辈受屈之理？明日待小侄约些学中朋友，吵到县中去，问那孙剥皮，如何昏聩至此？我辈可以鱼肉，小民一发死了。老伯不必忧虑。"一径别了祝公，先去见平君赞。说及琪生被盗扳之事，"吾兄可闻得么？"君赞道："怎不知道？但别的讼事可为祝兄出办，若说到窝盗二字，当今极重的盗案，断管不得的。那问官倘若说道'你来讲情，分明是一伙的'，如何是好？"

飞英道："祝兄是被盗所扳，又非图财害命真正强盗，保举何害？"君赞道："窝家更不可保。倘若强盗见我们出头强保，他怀恨在心，不叫同伙的来打劫我们，便再来扳起我来，不是当耍的。只可送些酒食进监里去问候他，便是我辈相与之情了。兄请细思之。"郑飞英见他言语甚淡，便立起身道："小弟一时不平，且为吾辈面上，不可坏了体统，已约了通学朋友，动一公举呈子。吾兄不来，恐为众友所笑。"君赞道："小的来是决来的，但不可把贱名假呈头。近日功令最恼的是公呈头儿，况且祝兄已自认了，公呈恐未必济事。"飞英道："呈头自然是我，岂有用兄之理。只求兄即日早些带了公服在县门首会。"一拱而别，飞英再往各朋友处一联。

次日，先在县门外候齐了众友。待孙剥皮升堂，众友一拥而进，郑飞英拿着呈子，跪禀道："生员们是动公举的。"剥皮接上呈子一看，是长夫坑儒，道学不平事。便道："诸生太多事了，岂不闻圣谕：凡是不平之事许诸人，不许生员出位言事。况且强盗重情，更不宜管。祝琪生窝盗，诸生自然不得而知。本县亦不敢造次成招。已曾申详过学道，革去衣巾，方才审定。与众生员何干？"郑飞英道："祝琪生朝夕与生员辈会文讲学，如何有窝盗之事。还求老父母细察开释。不可听强盗一面之词，至屈善良。"剥皮怒道："据你所言，强盗竟不该载有窝家的了，律上不该载有窝家的罪款的了。本该将公呈上名姓申送学道，念你等为朋友情面上相邀，得他一个感激，便来胡闹，姑不深究，请自便罢。"

众人知不济事，皆往外走。郑飞英还立着道："天理人心，如何去得？"那孙剥皮道："众生员俱退避，独你哓哓不已，想是窝盗，你也知情的。"郑飞英见他一片歪话，只得恨恨而出。独有平君赞乐杀，一路自忖道："真正钱可通神。若不是这二十名长夫在腰里，哪能够如此出力。琪生此番定中我计了。"到家忽想起邹小姐来："如何生个法儿，骗得她到手，方遂吾之愿。"

适值王婆婆走到，说起小姐与要讨一个丫鬟，"倒有个与绛玉姐一样的在此，只是身价也要与绛玉姐一样，不知相公可要么？"君赞道："相貌果像得绛玉，她的身价尚在，

就与她罢了。但不知是哪一家的使女。"王婆道："说也可怜，就是邹泽清老爷家的。他因遭了人命官司，对头狠得紧，把家私用尽，到底不能出监。小姐无计可施，只得两个丫头，入卖一个为衙门使用。"君赞闻言满心欢喜道："妙极，巧极。邹小姐机缘恰在这个所在了。"遂与妹子说道："我原许你讨个使女。今日王妈妈来说，有一个与绛玉一般的，即将卖绛玉的原银与你讨来。你意下若何？"那婉如含笑道："人是要的，悉凭哥哥主张便了。"王婆遂同了平管家到邹小姐外交足银子，就要领素梅上轿。

谁知轻烟、素梅俱是小姐朝夕不离，心上最钟爱的。何独把素梅来卖？但轻烟一来因他母舅吴宗衙门情熟，邹公上下使用，全情于她。二来有她母舅在彼，监中出入便利。三来留她做伴小姐，意不寂寞。千思万算，只得将素梅卖些银子救父亲之命。三人久已商量定的，但今立刻起身，自难割舍，三人哭做一团，自午至酉，只是不住。连做媒的也伤心起来，不胜凄怆。倒是素梅抹了眼泪，朝小姐拜别道："小姐不必悲伤了。我与小姐不过为老爷起见，况又不到远处去，日后还有相见之时，也不可料得。我去罢。"又与轻烟作别，道："我去之后，小姐房内无人，全烦姐姐服侍。我身虽去，心是不去的，定有重逢之日，且自宽怀。"竟上了轿，到得平家。

一进门来，见了平君赞便知不好了。心中刀刺一般，自忖："此人是我与轻烟姐的对头，怎我偏落在他手里。当日那样凌辱他过的，今在他门下，自然要还报了。但我辱他不过一时，他要辱我何日得完？"又转一念想道："我原以身许祝郎的，祝郎已不知下落，总以一死完我之愿便了，怕不得这许多。"遂大着胆，竟上前去见礼。

里边听得买的人到了，婉如与陈氏，都走出来见礼。素梅逐位叩头完了。陈氏一见素梅姿容体态，醋瓶又要发作了。便开口吩咐道："你是姑娘讨来做伴的，以后只在姑娘房里，无事不必到我房里来，不可与我相公讲话。他是没正经的人，恐有不端之事，我是不容情的。你初来不晓得我家法度，故先与你说声。你随了小姐进来罢。"此时君赞听了妻子这一片吃醋的话，本心要与素梅理论，话未出口，当日尝粪剪发的臭气都不敢发泄出来了，紫着面皮随即吩咐她到姑娘房里去，竟像天上降下一道赦书来，不胜欢喜。素梅即随了婉如到卧房里去，烹茶送水，叠被铺床，还比绛玉更细心更殷勤。弄得个婉如非常之喜，顷刻不离。因问素梅道："你可识字么？"素梅道："笔墨之事，自幼陪伴小姐读书，也曾习学过，但是不精。"婉如道："既是习过的，在我身边再习习，自然好了。"素梅道："若得小姐抬举教诲，感恩不浅。"自此两人十分相得，竟无主婢体统。但是枣核钉臭气未出，后来不知肯独放素梅否，且听下回分解。

第八回　逢义盗行劫酬恩

词曰：

父命事关天，闷愁泣杜鹃。一朝恶煞又牵缠，虽着坚将敏□，□□□□
□□□　　□□□□□□□□□□　　□□□□□□□知恩又侠浦珠还。

右调《南村子》

再说枣核钉，自那日讨了素梅回来，便有得陇望蜀之意。自忖道："论起前情来，我该奈何素梅一个死，方出得我的臭气。又想到邹小姐身上，她绝无一些不好的。我或者借这个恶丫头，做个蜂媒蝶使，机缘或在她身上，亦未可知。权且不念旧恶，及以情义结之，使她替我传消递息，有何不妙？但说到情义二字，必须弄这丫头到手。一来且出出我的火，二来使她倾心于我，自然与我干事了。"算计已定，每日在妹子房门外张头望脑，寻个风流机会。

这日恰当有事。婉如偶然走到嫂子房里去，适值陈氏独自在那里铺牌，见了姑娘便道："来得好。我只晓得铺牌，不晓得打牌。你可教我一教？"两个便坐落了，打起牌来。天九九、地八八、人七七、和五五，且是打得高兴，竟忘记素梅独自在房里了。恰好枣核钉从外边来，往妹子房门内一观，不见妹子，只见素梅，便钻将进去，叫一声："我的亲姐姐，几被你想杀我也。"忙把手搂定素梅颈子，要去亲嘴。惊得个素梅魂不附体，回转头来，将他臂膊着实一口，咬得鲜血淋漓，还不肯放。枣核钉此时恐怕妻子知觉，不是小可，只求不要声张，放她出去罢。素梅道："我一到你家，原是羊落虎口，知是必死的了。但因姑娘待我甚厚，苟延在此。你若再来时，我惟有一死以完我的节操。"枣核钉此时亦无可奈何，他但口内喃喃地道："节操节操，少不得落我的圈套！"只得又像养头发一样，推病在书房里，替任数日，养好咬伤之处，以免妻子

打骂，按下不题。

且说邹小姐自那日卖了素梅之后，一面付这银子与轻烟，叫她到伊母舅吴宗家里去，烦他衙门、监口使用，只要老爷不受狠苦，就多费些也罢，一面叫父亲写了一封辨冤书子，遣一得当家人，再往京去求戴侍郎宽释。

家人兼程到京，投了书。戴侍郎接来一看，大怒道："胡说，叫他家奴才来见我。"一见来使，便连声骂道："你家老畜生还有什亲情写书来与我？若是晓得亲情，不该杀内侄了。若说不是你杀的，你该还出凶身来了。我家公子现杀在你家，你主人又寻不出杀人的贼，还赖到哪里去？若要求活，只好再抱个胞胎罢！"邹家人跪求道："家主人又非挑脚牧羊之辈，也知王法的，焉有大相公数千里而来探亲，从来又无口角，一到即杀之理；求老爷详察，必竟另有个杀人的在那里。只求老爷姑念亲情，略宽一线，待家主人慢慢去缉访出人来，就是老爷万代恩德了。"

戴侍郎道："有事在官，我这里也不便回书，也不能宽释。你去对那没良心的主人说，有何法拿得凶人着，有司自然宽释。你主人若拿不着，决要借重抵命的了。不必在此胡缠！"家人回来，对小姐说完，即往监中，一五一十说与邹公知道。邹公也默默无言，叹口气道："我今生又不曾枉害一人，如何有此恶报？除非是前世冤业了。在戴家，也说得是。既不是我杀的，也该还他一个凶身抵命。我想凶身岂得没有，但我决还不出。如何是好？"一面且用些银子求知县孙剥皮缉获杀人贼，一面打发管家各处察访致死根由不题。

再表红须，自那日祝琪生送他银子，救了赌分之厄，便往北京去寻个头脑，发在兵部效劳。奈严嵩当权，朝政日坏，非钱不行，不能展他的技勇。便回身仍往南来，遇着一班昔年结义的好汉，复邀他落草，劝他还做些没本钱的生意罢。红须道："将来是个统局，我辈循规蹈矩，原改用处。我今随便随你们去，须得要听我调度。"众人道："兄是智勇双全的，自然调度不差，我辈焉有不奉命之理。且请到寨中去领教便了。"红须遂随众上山歇了一晚。次日见寨中不成个体统，因道："咱今来此，必须帮你们兴旺起来，另有一番作为，不可贼头贼脑，以见我等皆仁义之师。一不许逞凶杀人；二不许淫人妻女；三不许擅劫库藏；四不许打抢客商。"众人皆笑起来道："这不许，那不许，若依兄所言，是佛祖临凡，不是罗刹出世了。叫俺弟兄们去寻哪一家的钱？如非敲梆募化度日了。"

红须道："有，有。有第一可取的，是贪官污吏的钱。他是枉法来的，取之不为

贪。第二可取的是为富不仁的钱，是盘算来的，分些不为过。列位依咱行去，又无罪过，尽够受用。"众道："不如遵命便了。"

遂过了数日，家人思量出门走走。若要依计而行，除非贪官。且寻个世宦人家，发发利市。照大哥所言，枉法的有银钱是大家用得的。内中一人道："闻得邹乡宦家里为了人命重情，本主现拘禁在狱。家中六神无主，尽可行事。"一齐皆说有理。是夜，便明火执杖打将进去。各处一搜，并无财宝。径打到内室里，只见一个标致女子在床后躲着，便问她道："你家做官的，财宝在哪里，快快说出来免你的死。"便把刀在邹小姐的颈上边一吓。惊得邹小姐魂不附体，哭诉道："我家父亲是做清官的，哪得有钱？况且目下又遭无头人命，衙门使费尚然不敷，连些衣服、首饰，也皆当尽，实是没有。"众人见她如此苦告，难道空手回去不成？奸淫一事，又是大哥所戒。不若将此女带回本寨，送与大哥做个夫人，也不枉走这一遭。遂将邹小姐一挟，带回寨来。

红须见了个女子，便不悦起来，道："我叫你们不要奸淫幼女，你们反掠回来，是何主意？"众人齐道："奸淫是遵谕不曾奸淫一个。因大哥寂寞，领这一个回来与大哥受用受用。"红须便问那女子道："众人可啰啈你么？你是谁家宅眷，可有丈夫的么？"此时邹小姐已惊得半死，哪里说得出一句。停了一会，方才说道："我是邹泽清之女，已许祝琪生为室的了。"红须听得祝琪生三字，便立起身来，吃惊问道："你既是祝恩人之妻，便是咱恩嫂了。请起坐下，慢慢细讲。"

邹小姐听得叫琪生是恩人，便知有十分命了。红须又道："果是祝恩人之配，我便立时送你到祝家去。"邹小姐又哭个不止道："蒙君大德，感激深恩。但祝郎近日遭大盗冯铁头所扳，已在狱多时了。"红须大喊道："岂有恩人受无妄之灾，咱不往救之理？如此说来，恩嫂且权住在咱寨中，此也自有女伴相陪，断不致污恩嫂。"邹小姐又泣着道："祝郎有难，义士可以脱得。不知我父亲之冤，亦能脱得否？"红须道："令尊翁与祝恩人可同在一处么？"邹小姐道："同在一监的"红须道："这就不难了。恩嫂且自宽心，待咱明日集领众弟兄去，都取了来就是。"邹小姐此时见红须有些侠气，也不疑虑，随他住下便了。但此去正是：

　　青龙与白虎并行，吉凶事全然不保。

却说轻烟因那日到母舅吴家歇宿，不曾被掳。次早回来，见家中如此光景，小姐

又被抢去，举目无亲，不觉泪如雨下，大哭一场，死而复生。便对管门的老苍头道："你且关好门，管着家中，不可放人进来。待我去报知老爷，或递失单，或告缉捕，与老爷商量速差人去查访我小姐下落要紧。"即时走到监口叫禁子开门，到邹公面前放声大哭，道："老爷不好了。"惊得个邹公魂飞魄散，只道上司文详发下来，想是要斩的了，急急问道："是何缘故？"

轻烟便将家中被盗、小姐抢失的事细说一番，又哭起来道："老爷呀，这事怎处？"邹公听她说到小姐抢失，不觉也哭起来道："清平世界，岂有强盗如此横行之理？前番暗来杀我内侄，今又明来抢我女儿。我之清贫，人岂不知？这强盗不是劫财，分明是要我断根绝命了。杀人抢掳看来总是这起人，岂可不严追速告，但恨我拘系于此，不能往上司呈告。你可与我烦舅子到捕厅衙门先递一张失单，出一广捕牌，便可四路差人缉访此盗啸聚何所，自然小姐消息有了。"

轻烟忙来见舅子，说了这番异事，要他代告之情。吴宗叹口气道："真所谓福无双至，祸不单行。你老爷实是晦气，偏在这两日又要起解了，如之奈何？"又想一想道："若要总捕厅去出广捕牌，倒也是便路，但你是一幼年女子，此番不能随老爷去的了，家中小姐又不见了，如何是好？"轻烟听得老爷起解的信，不觉泪如雨下，哭个不休。吴宗道："事已如此，不必悲伤。你且在我家里暂住几时，看老爷小姐两下消息再作理会罢了。"轻烟从此就住在吴宗家里。不知后会何如，且听下回分解。

第九回　致我死反因不死

词曰：

最险人藏暗里枪，椿椿俱是雪加霜。凄凉难忍伤心泪，哪怕豪雄铁石肠。

怀热血，眼横张，霎时提挈出忠良。谁言巧计皆能就，始信奸谋枉自忙。

右调《鸥鸪和》

话分两头，再将琪生事从前叙起。琪生自那日屈打成招下狱，棒疮疼痛，骨瘦如柴，求生不得，要死不能。一日，父亲进来看他。他抱头痛哭，伤心切骨。祝公跪着强盗冯铁头苦告道：“我父子与你往日无冤，近日无仇，何为扳害到这个田地，绝我宗嗣？就是我儿身死，也替不得你的事。你也是个豪杰，怎要陷平人，害我全家。豪杰之气安在？我儿若有什得罪所在，不妨明正其罪，我父子死而无怨。”琪生不忍父亲苦恼，也跪在旁向祝公哭道：“豪杰料难饶我，也是孩儿命数当冤。爹爹你回去罢，母亲在家不知苦得怎样。爹娘年已高大，不要悲伤坏了身子，不肖孩儿再不能来报鞠育之恩，爹爹母亲譬如没生孩儿，割断爱肠罢。这所在不是爹爹来走的，徒自伤心无益。孩儿自此别却爹娘，再无一人来体贴你心，爹爹与母亲自家保重，千万要紧。得替孩儿多多拜上母亲，说孩儿不能当面拜别。”言罢眼中竟流出血来，搂着祝公大叫一声“爹爹、母亲，孩儿心疼死也！”就哭绝于地。祝公搂抱哭唤孩儿苏醒，未及两声，也昏沉哭倒，闷绝在琪生身上。还亏铁头叫唤半响，二人方醒。

冯铁头见他父子伤心，恻然不忍，不知不觉也流下几点英雄泪来。叫道：“我杀人一世也不曾心动，今见你父子如此悲戚，不觉感伤。是我害却好人也，然与我无干。俱是平君赞害你，是他教我扳扯的。你如今出去叫屈，若审时，我自出脱你儿子。”祝公父子听了喜极，磕他头道：“若是义士果肯怜悯，就是我们重生父母，祝门祖宗之

幸。"铁头止住道:"不要拜,不要拜。我决不改口,去去去!"

三人正在说话,恰好轻烟来看老爷,听见隔壁房中哭得悲切,转过来一张,却认得是琪生,惊得两步做一步跌进房来问道:"你是祝郎么?"琪生抬头见是轻烟,也惊道:"你怎得进来看我?"两个又是一场大哭。祝公问道:"这是何人?"琪生道:"话长慢慢告禀。"因私问轻烟道:"小姐、素梅姐好么?"轻烟泣诉:"家中多事,我来服侍老爷,小姐在家被盗掠去。"琪生大叫一声登时昏倒,众人慌忙救醒。琪生哭得落花流水,楚国猿啼,对轻烟道:"我只道你们安居在家,谁想也弄得颠沛人亡。我命好苦!"又道:"伤心哉小姐!痛心哉小姐!"哀声令人酸鼻。轻烟劝道:"君当保重,不宜过悲。但不知君何以亦遭此厄?"琪生恨道:"我不知何事恼了平家枣核钉恶贼!"就指着冯铁头道:"却买这位义士扳我做窝家,备尽苦楚。今日亏这义士怜我,方才说出,又教我补状出脱我。甚是难得!"

轻烟道:"若说这平贼欺心,一言难尽,想必就是为此。待你出来慢慢告诉。"大家说了一会,各人散去。祝公即刻到县前叫冤。孙剥皮不得已又拘来一番,铁头将枣核钉买嘱之情直言告上,自己宁甘伏罪。孙剥皮明知此情,只因受了枣核钉若干白物,怎肯翻招,拍案大怒道:"必竟是受祝家买嘱!"反将铁头打了二十板,又将琪生也责三十板。说他买嘱强盗,希图漏网,依旧收监。祝公号痛归家,思欲到上司去告,因没盘费,只得在家设处。谁知到第二日,孙剥皮又受了枣核钉大惠,就着落禁子,在即晚要讨病状。正是:

> 前生作下今生受,不是冤家不聚头。

再说轻烟次日将晚,又要去看邹公与琪生。母舅吴宗吃得烂醉,从外进来道:"你今日不要去罢。今晚狱中有人讨病状,恐你害怕。"轻烟道:"怎么叫做讨病状?"吴宗笑道:"这是衙门暗号,若犯人不该死罪,要暗暗绝他性命,第二天递一个病死的呈子,掩人耳目。故此叫做讨病状。"轻烟又问道:"如今讨病状的是什么犯人?"吴宗道:"是强盗窝家。"轻烟吃一吓,留心问道:"他是哪里人,姓什么?难道没有个亲人在此,怎么就晓不得?"吴宗暗暗笑道:"痴孩子,这事你娘舅我不知做过多少。怕他什么亲人,他就是本地人,姓祝。他父亲也是个败运乡宦,你看我可怕他一些?"吴宗乘着酒兴,放肆直谈,不怕把个轻烟吓死。轻烟心里惊得发战,眼泪就直流出来。吴宗两手摩腹，又呵呵地笑道："他又不是你亲人，为何就哭起来？"轻烟忙讳道："他与我何干，却去哭他？只是为我老爷明日起解，到府中去。愁他那里没人照管，我又不能随去，故此苦楚。"吴宗把头点了两点，还要开口说些什么，连打两个恶心，就闭住了嘴，强忍一会，又是一个恶心上来，忍不住就直吐呕起来。呕完遂翻身倒在床上，轻烟又对他道："乘如今不曾动手时，待我去看看老爷来。可怜他明日一去，我就不能伏侍他也。"说罢，又哭。吴宗又点头道："既然如此，你去就来。切不可走漏一点风声，不是当耍。我醉了，晚间还要用力，让我且睡睡着。叫小牢子同你去罢。"口才住声，已鼾鼾睡熟。

小牢子拿着锁匙，同轻烟来。轻烟三脚两步，急奔进去，对琪生哭道："天大祸事到了！今夜我母舅来讨你病状，快作速计较！"琪生惊得魂飞天外，泪如雨下，扯着轻烟道："你看我如此手纽脚镣，有什法使？你替我快设一法，怎么救我才好。"轻烟心慌意乱，一时也无计可施。两下只是痛哭。

冯铁头在旁问道："你二人为什只管啼哭？"二人告诉其故，铁头不平起来，向轻烟道："我倒有一计，可以救得他。只恨没有这几件物事。"轻烟道："要什物件待我取来。"铁头道："你去寻一把斧头，一条粗壮长绳，大约要四五丈长。短就两条接一条也罢。再寻两个长大铁钉进来与我，有用处。"轻烟连忙去寻取将来。铁头道："既有此物，就不妨了。你放心去罢。"轻烟道："这几样东西，怎么就救得他？"铁头道："不要你管，包你救得此人就是。"轻烟就倒身拜他几拜，再三嘱咐道："祝相公性命全在义士，幸勿有误。"转身又向琪生道："相公出去安身之后，可速设法早来带我。妾以死守待君，幸勿负心。"遂哭别而回。

渐渐天晚，时乃十二月中旬，月色已高。铁头道："此时不动手，更待何时？"他臂力甚大，将手尽力只一进，手纽早已脱下。取斧将脚镣铁锁砍断，连忙去将琪生手纽一捽，登时粉碎，将他脚镣也砍断。二人撬开门，悄悄走到后墙。琪生抬头一看，连声叫苦道："这般插天也似的高墙怎能过去？"铁头道："不要忙。"将斧插在腰间，取出绳子，把一头系来住琪生两肋，将那一头系在自己腰上。收拾停当，却取出两个铁钉一边一个，捏在两只手中，扒墙而上。顷刻站于墙顶，解下腰间绳头，握在手内，对琪生道："你两手扯住绳子，不要放松。"说完，遂双手将绳盘扯，霎时把琪生拢将上来，也立于墙头。略歇一口气，转身向着墙外，又拿着绳子将琪生轻轻坠下，站于地上。铁头叫琪生站开，飞身往下一跳。两个解下绳子要走，琪生道："且住，待我悄

悄通个信与父母知道。"铁头道："不可！迟则监中报官，闭城一搜，岂不你我俱休！不若逃脱，寻个藏身去处，再商量通知不迟。"二人就忙忙赶到城边。幸喜城门未关，二人出城，也顾不得棒疮腿疼，大开脚步如飞逃难去了。正是：

　　鳌鱼脱却金钩钓，摆尾摇头再不来

　　且说那吴宗吃得烂醉，一觉直睡到四更天气。醒来揉一揉眼，见月色如银，不知是什么时候，慌张道："怎地只管贪睡，几乎误却大事。"起来就去拿绳子要走。哪里有半寸？连两个大钉也不在。谁知俱是轻烟刚拿去。

　　吴宗道："却也作怪。明明是我放在这里，难道我竟醉昏了？"四下找寻没有，只得另拿一副家伙，忙到牢中，只见铁索丢在一边，手纽瓣瓣碎裂在地，没有半个人影，吓得屁滚尿流，跌脚叫苦道："我是死也！"跑去看看，门户依然，各房犯人俱在。去看后墙又高，摇头道："竟飞去不成？如今怎么去回官府？"不觉大哭。去查问小牢子与轻烟，俱说锁得好好的出来。吴宗垂头落颈，眼泪鼻涕，走来走去，没法处置。

　　一会天明，已有人来带邹公。吴宗只得去报本官。孙剥皮正批发完解差，解邹泽清到府去，又将邹公当堂交付毕。见他报了此信，怒得将案桌一拍，连签筒掼下来，拖下打到五十。叫放起时，已直挺挺地赖在地上，动也不动。你道此老为何这样不经打？只因吴宗年纪已老，愁烦了半夜，又是空心饿肚，行刑的见官府发怒，不敢用情，所以五十就送上西天。孙剥皮见吴宗打死，叫抬出去，另拨一人当牢。一面差捕役缉拿逃犯，一面出签去拿祝公夫妇，兼搜琪生。登时将祝公与夫人拿至。

　　孙剥皮将信炮连拍几下道："你儿子哪里去了？"祝公方知儿子脱逃，心中暗喜，答道："是老大人监禁，怎么倒问罪生？"孙剥皮冷笑道："你将儿子劫将出来，难道藏过就罢了不成？你道你是乡绅，没法处治你么？且请你监中坐坐，待我请旨发落。"遂吩咐将祝公送监，夫人和氏讨保。

　　夫人一路哭哭啼啼回来。恰好轻烟送邹公起解回来，半路撞见。闻人说是祝家夫人，见儿子越狱，拿她到官放回的。轻烟遂跟夫人到家。待进了门，上前叫道："奶奶，婢子见礼。"夫人泪眼一瞧，却不认得。问道："你是哪里来的？"轻烟请屏去旁人，方细细告诉始末缘由，以及放琪生之事。夫人又喜又悲，致谢不尽，重新与她见礼，就留她过宿。正是：

未得见亲子，先见子亲人。

却说祝公坐在监中悲戚，又不知儿子怎么得出去，又欢喜快活道："且喜孩儿逃走，已有性命。我年已望六，死不为夭。将这老性命替他，也强如绝我祝门后代。只是托赖皇天保佑，叫我孩儿逃得脱性命，就是万幸。"一日左思右想，好生愁闷。坐至半夜，忽闻一片声打将进来，几乎把这老头子吓死。

你道是谁？却是红须领着百余喽啰进来劫狱救琪生，顺便又要救邹公。哪知二人一个在昨晚出来，一个是今早动身。那红须手执短刀，当先进门，劈头就拿住祝公问道："你可晓得祝琪生在哪间房里？"祝公道："琪生就是我儿子，昨晚不知逃往哪里去了，累我在此受苦。"

红须道："早来一日，岂不与恩人相会？"因对祝公道："咱单来救你令郎的，你快随咱出来。"就吩咐两个手下带他先出牢门等候，却自去寻邹公，并不知影响。临出门又大叫道："你们各犯人，有愿随咱去的快来！"遂忙出门外领着兵卒，竟奔入县堂打开私衙，捉住孙剥皮，剁做几块，将他合家三十余口杀尽，家财尽数掳掠，县中仓库分毫不动。

一拥出城，才出得城门，后面已有几个怕前欲后的官兵，远远敲锣打鼓，呐喊摇旗，恐吓而来。红须准备相杀，望着半日，也不见他上来，料到交战不成。遂领着众人，连日连夜赶回至寨中。雪娥只道祝郎与父亲已至，忙迎出来。红须叹气道："咱指望救咱恩人与恩嫂父亲，不想恩人于前晚逃出，你父亲又解上府去，只救得你公公出来。恩嫂过来相见。"雪娥见两人俱无着落，扑簌簌掉下泪来，忍着苦楚过来拜见祝公。祝公不知其故，不肯受礼。雪娥备细禀上。祝公惊愕，方才受她两拜，反哭道："媳妇生受你也。只是我儿不知去向，岂不误你青春？你婆婆一人在家，不知怎样光景。"

红须闻知懊悔道："咱不知还有老夫人，一时慌促，没有检点，怎么处？也罢，明日多着几个孩儿们一路去探访恩人下落，一路去悄悄将老夫人接来。"雪娥也叮嘱访访父亲，又道："素梅虽已离家，轻烟尚在他母舅家中。可与我连二人一同带来。"红须就吩咐那接老夫人的小卒紧记在心。

过却二十余天，两路人俱同说祝相公并无信息。老夫人也寻不着，家中房产变成白地。邹老爷已解放别处，素梅轻烟俱无踪影。大家好生着急，自不必说。自此雪娥

尽媳妇之礼，孝顺祝公一同住在红须寨中，不在话下。

单表那定海城中，当夜劫狱之时，众犯人抢掳不消说得。还有那一班无赖之徒，乘风打劫，不论城里城外，逢着人家就去抢掠，杀人放火，惨不可言。和氏老夫人与轻烟还在那里欢苦，忽听得喊杀连天。隔壁人家火起，顷刻烧到自己房子上来。二人连忙抢了些细软东西跑出大门。不上两个时辰，已将一座房子烧得精光。二人只是叫苦。

次日进城打听，祝公又无踪迹，轻烟又闻得母舅已死，家中也被人烧，众人不知去向。二人正是屋漏遭雨，雪上加霜。祝家这些家人见主人如此光景，俱去得尽绝，书童数月前又死。单单只存得夫人与轻烟一双，没去处，又没一个亲戚投奔。夫人娘家又在绍兴府，父母已过，只有一个兄弟，素常原不相投，一向不通往来，而且路又远。丈夫族间虽有几个房头，见这强盗事情已不得远离他，谁来招揽？二人痛苦几致伤生。

夫人拭泪向轻烟道："我们哭也没用。我有一句话对你说。你若有处安身，你自去干你的事罢。我如今就一路讨饶，也去寻我孩儿与老爷。"轻烟道："夫人说哪里话。我与祝郎虽非正配，也有数夕之恩。既已身许，岂以患难易心？夫人去得我亦去得，虽天涯海角，我愿同去。又好服侍夫人，又好打听小姐下落。"夫人踌躇不决，又道："我年近六十岁的人，就死何妨。你是少年女子，又有容貌，而且尚未嫁人，难道怕没处安身？况你身子柔弱，怎么吃得外边风霜之苦。不要管我，你老实自寻生路罢。"轻烟哭道："生则同生，死则同死。夫人若弃贱妾，妾宁可先死于夫人前。"夫人见她真切，也哭道："难为你这点真心，我死不忘你。我怎忍得累你跋涉？以后不要叫我夫人，只以婆媳相唤，我才心安。"轻烟遂背着包裹，二人互相搀扶而行。拦过一边，再说琪生与铁头逃走何路，且听下回分解。

第十回　该他钱倒引得钱

诗曰：

床头金尽誉难堪，不受人欺不偏先。
从此遇钱卑污入，莫图廉节受人惭。

再说琪生与铁头，自越狱而出，一路趱行，二人相得甚欢。琪生与铁头商议道："出便出来，却到何处安身？"铁头道："不妨，我有一班兄弟在苏州洞庭山做生意，与你到那里尽可安身。"二人连夜趱至洞庭。铁头到各处招集，顷刻聚集二百余人，原来俱是响马强盗。起初原是一个马夜叉为首，一伙有千人。若访着一个兴头的人家，就不论别府外省，定要去劫取来。后来马夜叉身死，人心不齐，就各自为伍，乱去行事。去的去，犯的犯，渐渐解散。今日铁头回来，却又中兴。自己为首招亡纳叛，一月之间又聚有千人。就打县劫府，好生猖獗。官兵不敢正觑，骚扰得远近不得安宁。琪生屡屡劝道："我们不过借此栖身避难，忧望天赦。若如此大弄，则罪在不赦，怎么望出头日子？"铁头恃着勇力，哪肯回心？

过了数月，果然巡抚上本，朝廷差大将领兵前来征剿。琪生又劝他坚守营垒，不可出战，待他懈弛，一战可获全胜。他又不听，领着众人出战，官兵大败而走。琪生道："目今虽胜，更要防他劫寨。"铁头骄兵，全不在意。至晚，果被兵来劫寨。人人慌乱，个个逃生。只一阵杀得尸如山积，遍地西瓜，一千余人存不得几十。铁头见势头不对，独自一人逃往别处去了。

琪生原料必至于此，见大势已去，也急急逃走。却不敢回家，又没个主意，只是乱走。行上几天，来到常州，住在饭店。次日陡然大雨倾盆，不能起程，只得住下，好不心急。正是：

天亮不逢谁是主，荒凉旅次泣西风。

再说和氏老夫人与轻烟二人无处栖身，恓恓惶惶，出来寻访琪生与祝公踪迹。漫漫的不知打哪里去寻起，只得听凭天命，遇路即行，遇船便搭。行了数月，方到得常州码头上。天色已晚，二人急切寻不出个宿头，又不好下饭店。见前面有座庙宇，二人疑是尼庵，要去借宿。及到庙前看时，门已闭上，只得就在门楼下蹲了一夜。次早，尚未动身，见庙门早已大开。夫人道："媳妇，我想天下甚大，知我老爷与孩儿落在何处？你我只管这等行去，何时是个了期？身边盘缠又将尽，我与你不如进庙中哭诉神明，讨个苦儿，求他指点。若是到底不能相逢，我与你现什么世，同去寻条死路，也还干净。"

轻烟道："婆婆说得有理。"二人遂进来，一看庙宇甚大，却是一个关帝庙。二人倒身便拜，哭诉前情。见有签筒在上，就求了一签，是第十三签。去看签诗道：

彼来此去两相逢，咫尺风波泪满衣。
休道无缘乡梦永，心苗只待锦衣归。

二人详了半日，俱不能解。轻烟道："'休道无缘乡梦永'这两句，想还有团圆之日，我与婆婆还是向前去的好。"夫人点首。轻烟一团苦境久结，正没处发泄，偶见有笔砚在神柜上，就取起向墙上题诗一首道：

觅尽天涯何处着，梵梵姑媳向谁啼？
若还欲问题诗女，便是当时花底谜。

定海邹氏妾轻烟

题完回身送笔到柜上去，耳边忽闻酣睡之声。轻烟低下头来，见一个人将衣蒙着脸儿，卧在神柜之下。遂慌忙扶着夫人出门，还未跨出山门，忽见两三个人进来。却是本地一个无赖公子，带着两个家人，赶早来烧香求签。一进庙门就撞见她婆媳二人，见轻烟模样标致，遂立住脚狠看。轻烟与夫人低头就走，他拦住门口不放出去。夫人只得向前道："求官人略略方便，让我们出去。"

那公子道："你们女人家，清早到和尚家何事？了不得，了不得。"夫人道："我们是远路来的，在此歇歇脚走。"公子见是外路来的，一发放胆，便道："胡说！放屁！难道偏是和尚家好歇脚？这女子莫非是你拐来的？待我认认看。"就跨向前去扯轻烟。轻烟连连退步时，被他扯住要看。轻烟怒嚷道："清平世界调戏良家女子，你这强贼！该问剐罪！"遂大叫地方救人。夫人也上前死扭做一团。

两下正在吵闹，只见神柜底下钻出个人来，道："是何人在此无状？"轻烟一见，连道："义士救我！"原来就是冯铁头。因在洞庭被败，一路逃走至此。昨晚因走得困倦，就藏在神柜下睡觉。正睡在浓处，却被他们惊醒。出来见轻烟被一个人搂住，两太阳火星直爆，大发雷霆。走向前，将那公子只一掌打得他眼中出火，四脚朝天。公子忍着疼，爬起来要走，又被一拳，打个狗吃屎。同来两个家人，齐来救主，竟不曾拢身，却被铁头飞起一脚将一个踢出门外。那一个连道："厉害！"待要跑时，也被一脚踢倒。三人被打得昏头昏脑，爬起来没命地走。

轻烟连忙问道："祝郎如今在哪里？"铁头遂将前情告知，又道："我因兵败，各自逃生，不知他逃往何处。"二人大哭。铁头问轻烟："因何到此？这同来的是何人？"轻烟就道其所以来的缘故。铁头闻是琪生母亲，慌忙施礼。夫人也问轻烟备细，方知孩儿是他救的，着实致谢。

铁头道："既是如此，你们不消远去了。我有一熟人在吕城，正要去找他。你二人不若随我去住在那里，待我慢慢寻祝兄下落何如？"二人大喜，遂同铁头来到吕城。铁头访着熟人，借间房儿，将夫人与轻烟安顿住下。过了几日，铁头就别二人，去寻琪生不题。

单说琪生雨阻在常州饭店中，盘费又尽，日日坐在店房，思量父母，不知在家安否。又想轻烟放他之情，心内感激。又念婉如与绛玉，近来不知怎样想望。又想到雪娥与素梅被盗劫去，永无见面之期，就放声大恸。正是：

刻肠回九转，五更泪洒千条。

一日雨止。欲要动身，又没银子打发店主。欲要再住，一发担重。进退两难，无计可施。闷闷地到街上闲走，只见一簇人围在那里看什榜文。琪生也挤进去看，却是两张告示。一张是奉旨拿定海县劫狱大盗的，一张是奉旨拿定海县越狱盗犯二名，各

出赏分三千贯。后看这一张，画影图形，后面填写姓名。第一名，越狱大盗正犯冯铁头。第二名，窝犯祝琼。仰各省实贴通衢。琪生不看则已，一看时险些吓死。在众人堆中，不得出来，慌忙转身就走。奔到店中，忙把房门关上，尚兀自心头乱撞，道："厉害！厉害！"

正在惊恐，忽门外人有人叫道："相公开门。"又把他一吓。开门看时，却是店主人来算饭钱。琪生不得已，实对他说道："身边实是分文也没有，怎么取？"店主笑道："相公说笑话。我们生意人家，靠此营生，当得几个没有，快些算算。"琪生道："实是没有，算也没用。"

店主见说当真没有，就发急道："呵哟哟，你身子住在房里，茶饭吃在肚里，我们一日烧汤煮水服侍你，怎说个没钱的话？"琪生道："委实盘费用尽，叫我也没奈何。"店主便着急道："吃饭还钱，古之常理。你是个斯文人，我不好开口得罪，难道打个披子罢？"琪生见他渐渐不雅，只得说道："若要我钱，除非割肉与你。今烦你外边寻件事来，与我做做，设法挣些银子还你。"店主见他说得苦恼，就不好发话，问道："你会做什么事？"琪生道："我会做文章诗词及写法帖。"店主摇头道："都是冷货，救不得急。"琪生道："除此之外就一样也不能了。却如何处置？"店主道："我有事去。你再想想，还会做什么否？"店主遂匆匆出去。琪生思前想后，别没法子。

到次日，店主人进来道："相公，事倒寻得一件在此。你若肯去，丰衣足食，一年还有几两银子趁，又清闲自在，落得快活。你可去么？"琪生问是什么事。店主人道："码头上有个关帝庙，少一个写疏头的庙祝。你若肯去，我去一说便妥。"琪生听是做庙祝，就不肯则声。店主人道："这是极文雅之事，何必踌躇。你既没饭钱打发钱，又没得有盘缠出门，不如权且做做的好。"琪生叹口气道："也罢，你去说罢。"店主人就忙忙去说。少顷来回道："事已妥当。我叫小二替你送行李去。饭钱我已算过，共该三钱四分银子。你只称三钱与小二带来，那四分银子就作我贺仪罢。"琪生别却店主人，同小二到关帝庙来。有已改姓张，名祝。小二领他见了当家和尚，议定银子，又称了饭钱打发小二回去。

琪生踱到殿上，忽见壁上诗句。大惊道："她在定海县母舅家，怎地来此？却也奇怪。"再细玩诗中之意，恍然道："哦，她说梵梵姑媳向谁啼，分明是嫁与人了。怎么又道梵梵向谁啼？终不然她嫁不多时，就守寡不成？"遂叹息道："咳！可惜这样好女子，却没有节操。"又气又怜，待要责她负约，却没处寻她，心中感慨就和诗一首于壁。自此只□□□□□做庙祝安身。不知后来如何，且听下回分解。

第十一回　害妹子权门遇嫂

词曰:

　　欲图献媚,那官气连枝,世上道我会逢迎,不过暂时帮衬。　　愚兄之意,借你生情,若能得彼笑颜妾,就是拙荆不容。

右调《三挝鼓》

适分两头,再表平家枣核钉,被素梅咬伤臂膊,在书房将息。忽闻祝琪生逃走,惊得汗流不止。到晚又听得劫狱,只是发战,上下牙齿相打个不住。及打听得贼已远去,方才上床少睡。才合着眼,只听得门外敲得乱响,只道不知何事发作,吓得从床上滚下地来,连忙往床底下一钻。小厮们去开看,觑见妹子领着丫头、仆妇进来,枣核钉才敢爬出来。

婉如哭道:“嫂嫂不知哪里去了。”枣核钉惊慌忙入内去看,但见满房箱笼只只打开,床上被也不在。又见两个家人来报道:“莽儿也不知哪里去了。房中铺盖全无,却有大娘一双旧鞋在内。”枣核钉已知就里,不好说出,竟气得目瞪口呆。原来陈氏与莽儿弄得情厚,一向二人算计要走,因无空隙不能脱身。今日乘着强盗劫狱打抢,众人俱出去打听消息,所以与陈氏将房中金银首饰,与丈夫细软席卷而去。

枣核钉次日着人缉探,又出招子赏银,只当放他娘屁,毫无下落。心中气苦,又为祝琪生未死,怕着鬼胎,连日肉跳心惊,坐卧不宁。想道:“我在家恐防有祸,而且脸上惶恐。不若将田产变卖银子,进京去住。明岁又逢大比之年,倘秋闱侥幸得意,有个前程,就可保得身家。”计算已定,就央人作保,将产业变个馨尽。忙忙地过了年,到二月间带着婉如妹子与素梅,举家搬往北京,买房住下。

倏忽将至场期,遂赶到本省入场。到八月十五日完却场事,文字得意,拿稳必中。

到揭晓那日去看榜时，颠倒看来，定海却中四名，俱是熟识相知，郑飞英亦在其列。独是自己养高，决不肯中，名字像又换了。垂首丧气，心内不服。进去领出落卷来看，却又三篇皆密密圈点，且竖去一笔不上两个字，再看批语，上面写着"铸局清新，抒词安雅，制艺之金科玉律也，当拟五名之内。惜乎落题三字，姑置孙山。"枣核钉看完，自恨自苦，号呼大哭。正是：

到手功名今又去，可知天理在人间。

遂依旧到北京家中，恼得门也不出。

一日，有个相识在严世蕃门下，就托他脚力，用了许多银子，备上若干礼物，进去拜严世蕃为门生。恐门生还不大亲热，就拜他做干儿子。一味撮臀捧屁，世蕃倒也欢喜他。有人问枣核钉道："世蕃与兄年纪相等，兄怎就拜做儿子？"枣核钉道："这是我讨他便宜，替我家父多添一妻。"那人笑道："只是难为了令堂也。"枣核钉也不以为耻，反洋洋得意。

一日去见严世蕃，世蕃偶然谈及道："我欲讨一妾，再没有中意的。你在外替我留心。"枣核钉心内暗想道："我若再与他做一门亲，岂不更好？"便应道："孩儿有一胞妹，容貌也还看得，情愿送与爹爹做妾。"严世蕃听了甚喜道："足见我儿孝顺之心。明日我送聘金过去。"枣核钉连连打恭道："一些不要爹爹费心，孩儿自备妆奁送上。"二人谈笑一会。

枣核钉高高兴兴回家打点，临期方对妹子说知，就将素梅做陪嫁。婉如一闻此言，哭将发昏，忙将凤钗藏在贴身，对素梅泣道："哥哥坏心，将我献与权门为妾，我到即□□□□□□素梅哭道："我将不负祝郎。料此门一人必无好处□□□□小姐到他门口，妾自逃生回去，寻探祝郎与我家小姐下落。小姐须耐心，相机而动，切不要短见。"

二人正对面啼泣，只见枣核钉领着伴婆，生生将她擒抱上轿。恐有不测，就将伴婆同放轿中。枣核钉大摇大摆，自己送亲到门，交代而回。

严世蕃见婉如果然美貌异常，心下甚喜，亲自来搀扶。婉如把手一推，眼泪如雨。世蕃不敢近身，且教将新人进房去。婉如哪里肯进去，跌脚撞头，凶险难当。伴婆也被她推得跌倒爬起，爬起跌倒，脸上又着了几个耳刮子，好不生疼，也不敢近她。严

世蕃一时没法。忽见一个妇人从屏后笑将出来。严世蕃看见笑道："姨娘来得正好，为我劝新人进房。"那妇人笑嘻嘻地来笑婉如。婉如正要撞她，睁眼一看，倒老大一吓，遂止住啼哭，舒心从意地随她进来。世蕃快活道："好也！好也！且去进了衙门回来享用。"忽闻有一个陪嫁丫鬟不见，想必走失。世蕃不知也是个美物，只认是平常侍婢，遂不在心上，吩咐着人去寻一寻，自己匆匆上轿而去。

看官你道那妇人扯婉如的是什么人？原来就是婉如嫂嫂陈氏。自那日同莽儿逃出，走到宛平县。莽儿有个兄弟在宛平县放生寺做和尚，莽儿投奔他，就在寺旁赁间房儿住下。陈氏又与他兄弟勾搭上了，被莽儿撞见，两下大闹。哥哥说兄弟既做和尚怎睡嫂嫂？兄弟说哥哥既做家人怎拐主母？你一句我一句争斗起来，两个就打作一团。地方闻知就去报官。宛平知县立刻差人拿到，审出情由。将和尚重责四十大皂板，逐出还俗。将莽儿也打上二十个整竹片，分开却是四十，定贼例罪。又要去责陈氏，定她大罪。忽觑见陈氏窈窕色美，暗动一念。遂嘱暂且寄监，明日发落。这知县却是严嵩门客，到晚私自将陈氏带进衙中，吩咐牢头递了个假病状，竟将陈氏献与严嵩。严嵩爱她娇美俊俏，就收做第八房亚夫人。近日明知丈夫在京，她也公然不惧，料道不能奈何于她。今日晓得丈夫送姑娘与严世蕃做妾，故此过来瞧看。

那婉如一见嫂嫂，同到房中，问道："嫂嫂缘何却在这里？"陈氏假意伤悲道："缘为恶奴串通强人，掳至此间。幸蒙这边老爷救活，收我做妾，其实可耻。"婉如心中有事，也不再盘问，哭对陈氏道："嫂嫂既在这里，必须保全我才好。"陈氏劝道："既来之，则安之，何必如此。终不然一世再不嫁人的？"婉如泣道："嫂嫂，我与你共处多年，怎尚不知我心？今日既不救我，我也只抛着一死而已。"遂泪流满面。陈氏原与婉如相好，便道："这事叫我也难处，我又替不得你。我今日且在此与你做伴，看光景何如。则怕这事再不能免的。"

说言未了，严世蕃早已回家，就跌进房来去与婉如同坐。婉如连忙跳起身要走，被严世蕃扯住道："勿忙，是你自家人，何必生羞。"婉如大怒，将世蕃脸上一把抓去。世蕃不曾防得，连将手格时，专脚已抓成三条大血槽，疼不可忍，急得暴跳如雷。走去将婉如揪过来，拳打脚踢，甚是狼狈。陈氏横身在内，死命地劝，严世蕃方才放手出去。临出门又骂道："不怕你这贱人不从。"婉如在地下乱滚，放声啼哭。陈氏哪里劝得住。到晚，严世蕃又往人家赴宴。陈氏陪着婉如在房，劝她吃晚饭，又不肯；劝她睡觉，又不从。急得陈氏也没法。看看半夜，众丫头们俱东倒西歪，和衣睡着。只

有陈氏一人勉强撑持，伴着婉如。再停一会，耐不得辛苦，渐渐伸腰张口，困倦上来，左一撞，右一撞，怎奈这双痨眼，只是要睡下来。不上一刻，也呼呼地睡着在椅上。

婉如见众人睡尽，想道："此时不死，更待何时。"见房中人多，不便下手，遂拿条汗巾，悄悄出房。前走后闯，再没个下手处。见一路门竟大开，就信脚走出。谁知大门也开在那里，却是众家人去接世蕃开的，守门人又去洗澡，将门虚掩，被风吹开。婉如轻轻潜出门外，往前就走。此是三月下旬，头上月色正明。婉如不管好歹，乘着月色，行有半更时候，却撞着一条长河，前边又见一簇人，灯笼火把渐渐近来。她心中着慌，又无退步，遂猛身往河中一跳。那些来的人，齐声叫道："有人投水也！"后面轿内人就连声喊道："快叫救起！"这些人七手八脚地乱去捞救。哪知婉如心忙力小，恰好跳在一块捶衣石上，搁住腰胯不得下去，只跌得昏昏摔在石上，被众救起。却失去一只鞋子与汗巾两件。

众人见是一个绝色女子，忙拥至轿前。轿内的人反走出来步行，让轿子与婉如乘坐，一同到寓所盘问。原来轿不是别人，却是郑飞英。自从为救琪生与孙剥皮抗衡之后，日日怀念，却无力救他。遂欲进京投个相知，指望寻条门路救他。才过钱塘，就闻得本县劫狱，琪生已走。遂不进京，在杭州一个亲戚家处馆。旧年乡试进场，已中学人。今年进京会试，又中了进士，在京候选。今日也在人家饮宴回来，恰好遇见婉如投水，连忙救回。

飞英叩问婉如来历。婉如把哥哥害她之事直陈。郑飞英连道："不该！不该！令兄主意果然差谬。但见小姐心中，要许与哪等人家里。"婉如哭道："妾已许与本乡祝琪生了。"郑飞英失惊道："既许祝琪生盟兄，怎又献入权门，做此丧心之事，一发不该。"婉如见他称盟兄，就知与祝琪生交往。先问了飞英姓名，然后竟将往事含羞直诉，以见誓不他适。飞英心甚不平，道："既是如此，盟嫂不必回去，在此与老母贱荆同居，待日后访得着盟兄，送去完聚。"婉如又问："祝琪生可曾有功名否？如今可在家么？"飞英垂泪道："原来盟嫂还不晓得，因令兄买嘱强盗冯铁头扳琪生作窝家，监禁在狱。"及越狱逃走事情，细细对她说明。婉如听了，哭得死去还魂。飞英唤妻子领她进内，好生宽慰。自此，婉如遂拜郑太夫人为母，安心住下。不多几日，飞英就选了云南临安府推官。婉如随他家眷赴任不题。

说那严世蕃赴席回来，进房不见新人，大声叫唤。众人俱从梦中惊醒，吓得痴呆。家中前后搜寻，并无人影。忙着家人四下追赶，吵闹了一夜。及次日，忽见一个家人

中国禁书文库

五凤吟

三二七

拿着一只绣鞋、一条汗巾，水淋淋地进来禀道："小的昨夜因寻新人，一路追赶不见人迹。及至河边。偶见河中有此一物，不知可是新人的。"陈氏看道："正是我姑娘之物。"不觉流起泪来。严世蕃心内亦苦，忙着人去河中捞尸。何曾捞着一根头发？合家苦楚。那枣核钉闻知此事，也大哭一场，追悔不及。不必多赘。再把素梅如何逃走，且看下回分解。

第十二回　想佳人当面失迎

诗曰：

晨风夕雨皆成泪，月惝花帘总是忧。
咫尺玉人不见面，从兹旧恨转新愁。

且说素梅送婉如小姐到严府门首，乘人忙乱之时，就往外一走，如鱼儿般，也摸出城来。在路上自己想道："我这等打扮，未免招人疑惑，且易遭歹人之祸。"忽想一会道："我不免妆做男人，画些画儿，没路去卖，既免遭人疑惑，又可觅些盘费，岂不两便？"幸喜身边带有银子，就往卖衣处买几件男衣，又买一双鞋袜、一顶帽子，纸墨笔砚件件停当。走到僻静处穿换。只有这一双小脚，不能穿鞋袜。就取了针线，将鞋缝在袜上，里边多用裹脚衬紧。却将耳环除下，倒也打扮得老到。竟公然下路走，乘船只，绝无一人疑她。她的画又画得好，没一人不爱，拿出就卖脱，每日风雨无阻，定卖去几幅。盘费尽有多余，还可蓄积。一路行将走来。

一日，来到常州。下在饭店，见天色尚早，出去闲踱。行至码头上，走得劳倦，思量到哪里去歇歇脚再走。抬头见个关帝庙，遂涉步进去拜过关帝，就坐在门槛上歇脚，观看庙前景致。忽望见粉墙上两行字，就站起身去看。却是三首诗。第一首就是轻烟的。

心内惊骇道："她怎地到这所在来，却又道'梵梵姑媳向谁啼'这是何说？"再看到第二首诗道：

不记当年月下事，缘何轻易向人啼？
若能萍蒂逢卿日，可许萧郎续旧谜？

第三首道：

　　　　一身浪迹倍凄淇，恐漏萧墙不敢啼。

　　　　肠断断肠空有泪，教人终日被愁迷。

　　　　　　　　　　　　　　　　定海琪生和题

素梅看罢，不觉泪满衣襟道："原来祝郎也在这里。我好侥幸也。"急忙忙跑到后边，去问那些长老道："可有一位定海县祝相公在此么？"

　　和尚们道："我们这里没有什么祝相公。"素梅又问道："众师父从前可曾会见过么？"和尚答道："不曾会过，我们不知道。"素梅又道："外面粉墙上现有他题的诗句，怎么就不曾会过？求师父们再想一想看。"众和尚正欲吃饭，见她问得琐碎，变色答道："这还是旧年，不知是哪里过路的人偶在此间写的。我们哪里管他闲事？不晓得，不晓得。"

　　素梅见说，带着满脸愁容出来，心里苦道："原来还是旧年在此，想已回家。"却又走近墙边去看，自己取出笔来在壁间也和一首。一人无聊无赖，见天色将晚，只得出门回店。次日绝早又起身上路。

　　你道琪生因何不见？只因琪生是个有名才子，凡写的疏头词情两绝，字又佳，常州一城闻他大名。凡做善事，没有张祝去写疏头就做不成。故此不但和尚道士们奉之如神，连合城人，无不敬重，俱不呼他名字，只称他老张。近日为天旱求雨，各处做法事打醮，把个张祝头多忙得，东家扯，西家争，及完却这家回来，到半路上，又是那家扯去。这日又去写，就直缠到乌暗才得回来。谁知事不凑巧，素梅前脚刚才出去，琪生后脚就跨进来。因身子劳顿，就上床安歇。

　　次早起来，又要去写疏。正走到殿上，偶见神前一张疏纸被风吹起，直飘至墙脚下。走近才要拾，抬头忽见粉墙上又添了几行字。上前看时，也是和他原韵，一首诗道：

　　　　迢迢长路弓鞋绽，妾为思君泪暗啼。

　　　　手抱丹青颜面改，前行又恐路途迷。

　　　　　　　　　　　　　　定海邹氏女妾素梅和题

三一三〇

琪生一看，异常惊喜，道："她与小姐一齐被贼掳去，今日缘何来此？我看人俱还无意，同在此间谢天谢地。"想一会，又虑寻不着，遂跌脚哭道："我那姐姐呀，你既来此，怎不等我一等，又不说个下落，却叫我哪里寻你？"

里头这些和尚听得哭声，忙跑出来，见是老张对着墙哭，问为何事。琪生道："昨日有个女人来寻我，你们晓得她住在哪里？"和尚道："并不曾有什女人来寻你，只有一个少年男子来寻什么定海县祝相公。何尝再有人家？"琪生闻是男子，心内狐疑不解，又问道："那男子住在哪里？"和尚道："我们又不认得他，哪个去问他住处。"琪生遂不则声，也不去拾疏纸，转身就往外飞跑。行至门外，复又转来叮咛和尚道："这人是我嫡亲。今后若来，可留住他等我，说我晓得那祝相公的信息，切不可又放他去。要紧，勿误。"说罢，就如一阵风，急急奔出。跑至街上，正遇着写疏的来接。琪生道："我有天大的要紧事在身上，今日不得工夫。明日写罢。"那人道："这怎迟得？"动手就扯琪生。琪生只是要走，被他缠住，发急大怒，乱嚷起来。那人见他认真发极才放他去。

整整一日，水也不曾有一点在肚里，满街满巷俱已跑到。没头没端又没个姓名下落，哪里去寻？直至日落才回。一进庙门，气不过，捧起砚台笔墨尽力往地下一掼，打得粉碎道："只为你这笔砚，尽日写什么疏头，误却我大事。好恨也，好苦也。"遂掩面顿脚，大呼大哭。这些和尚只认他惹了邪祟，得了疯病，俱替他担着一把干系。次日，祝琪生又出去乱跑乱寻，连城外船上也去问问，一连几天寻不着。自此也不替人写疏，只是厌厌郁闷，就恼成一病。睡在庙中，整整一年有余，病得七死八活方才渐渐回好。

一日，又是八月天气。琪生新病初愈，要踱到殿上，亲近亲近旧日的诗句。只见先有一个人，在那里墙而立，叹气连天。琪生怪异，指望待他回头问他。不想那人只管看着墙上点头长叹，不一会又哭起来。琪生一发骇然，忍不住走上前去看。那人也回过头来，却是一个老者。再近前一观，原来却是邹公。自解府之后又提进京，坐在刑部牢中。因旧年大旱，朝廷减刑清狱。刑部官却是邹公同年，又因戴松势败身死，没有苦主，遂出脱他出来。却一路来寻女儿消息，偶过此间，进来求签，不想于此相会。

二人又悲又喜，邹公忙问道："兄怎认得素梅，又在哪里会见的？既知素梅消息，必知小女下落，还是怎样？"琪生道："我亦不曾遇见。"邹公道："现有壁上诗句，但

说何妨。"琪生道:"虽睹其诗,实实不曾遇见其人。"邹公道:"哪有不曾会过,就和这诗之理?"祝琪生道:"先前原是会过的。老先生若能恕罪,方敢直呈。"邹公发极道:"诗中之情我已会意,何必只管俄延这半日。若是说明,就将素梅丫头奉送,也是情愿。"祝琪生料来少不得要晓得,遂将与小姐订盟之事直言禀上。邹公听得与女儿有约,忽然变色,少顷又和颜道:"这是往事可以不言。只说如今在哪里,生死若何?"琪生哭道:"闻说是强人劫去,不知下落。"邹公顿足跳道:"这还是前事,我岂不知,只管说他则甚。你且说素梅如今在哪里,待我去问她。"祝琪生道:"她来时小婿不曾在此,她就题诗而去。落后小婿回来,寻了几日不见,因此就急出一场病来,至今方好。"

邹公哭道:"原来还属虚无。我好命苦!"拭泪又问道:"轻烟也怎地在此?"祝琪生道:"她来在我之前,一发不知。"邹公含泪,默默半响,重新埋怨琪生道:"我当初原有意赘你为婿,不料为出事来中止。你却不该玷我闺门,甚没道理。"祝琪生谢罪道:"小婿一时匿于儿女痴情,干冒非礼,然终未及乱。尚求岳丈大人海涵。"邹公流泪道:"罢是也罢了,只是我女儿不知究竟在何方,生死尚未可料。"言罢又放声大哭。琪生忍着悲痛劝解,二人就同到这边用了饭。琪生问邹公行止,邹公道:"我拼着老骨头,就到天边海角,也少不得要去寻女儿一个生死信息。"祝琪生道:"岳父大人既然如此,小婿也要回乡,去看看父母近来何如。就与岳父同行。"二人商量已定,到次日起来,就收拾行李,别却和尚,一路寻至家中。正是:

宁到天边身就死,怎教骨肉久分离。

话分两头。半日笔忙,不曾理得到绛玉事情,且听细表。说这绛玉,自那日枣核钉卖她,恰好一个官儿买来,指望进京,送与严嵩讨他个欢喜,要他升官。不意这官儿行至常州府,忽得暴病身亡。夫人见丈夫已死,儿女又小,没个人撑持家门,恐留着这少年美貌女子惹祸,就在常州寻媒婆要嫁她。这常州府有个极狡猾、极无赖的公子,姓邪,名国端,字得祥。妻子韩氏,是个酸溜溜的只好滴牙米醋,专会降龙伏虎打丈夫的都元帅。公子父亲是吏部郎中,他不愿随父亲到任上去,故此在家,一味刻薄胡行。见一有好田产就去占,不占不住。见人有美妇人就去奸,不奸不止。领着一班好生事的悍仆,惯倾人家、害人命。合城人受其茶素,畏他权势,皆敢怒而不敢言。

这日只在外边闲荡，不知她怎么晓得那夫人嫁绛玉的信儿。知她是外路的新寡妇，一发可欺，就思量要白白得来。叫家人去对那夫人说："你家老爷当初在京选官时，曾借我家大老爷若干银子使用。原说有个丫鬟抵偿。至今数年，本不见，利不见，人又不见。今日到此，并不提起。是何缘故？若是没有丫鬟，须还我家银子。"那夫人正要发话，却有当地一个媒婆私捏夫人一把，悄悄说道："人人说邢公子叫做抠人髓。夫人莫惹他。若惹他，就是一场大祸。老实忍口气，揉一揉肠子，把人与他去罢。"遂将公子平日所为所作，如此如此，这般这般地告诉夫人。那夫人是寡妇人家，胆小畏祸，又在异乡不知事体，就忍气吞声哭泣一场，唤绛玉出来随他家人去。那绛玉自从枣核钉打发出来时，已将性命放在肚外，自己还道这两日余生是意外之得，便就叫她到水里火里去，她也不辞。闻夫人吩咐随他去，也不管好歹，居然同那些家人到邢家去了。

不知绛玉此一去性命如何，再听下回分解。

第十三回　玉姐烧香卜旧事

词曰：

孤枕双眉锁，多愁只为情。昨宵痴梦与君成，及醒依然衾冷伴残更。

此苦谁堪诉，寒灯一盏迎。赌将心事告神明，谁晓神明早把眼儿瞪。

右调《南乡子》

却说绛玉同邢宅家人至他家中。邢公子见家人带绛玉来，连连责家人道："我只说他夫人不肯，还要费口舌、动干戈，故不曾吩咐得你们。哪知一去就带人来？你们难道不知家里大娘利害！怎么不先安顿个所在，再来报我，却就带进家中。怎么处？快与我带进书房藏躲，待晚上再悄悄领她别处安置罢。"家人忙来带。绛玉不肯走，邢公子自己下来扯她。绛玉一把揽住他衣服，喊道："今日不是你，就是我。你来！你来！"众家人见她扭住主人，齐来扯开。绛玉大喊。

内里韩氏闻得喊叫，惊得飞滚出来。一见丈夫抱住一个美貌女人，大吼一声，跳上前来将公子方巾一手揪来，扯得粉碎，把公子脸上披一个不亦乐乎。那些家人惊慌，俱各没命地跑个干净。公子见韩氏撞见，早已惊倒在地。绛玉却走向前，扯着大娘跪下哭道："望大娘救小婢子一命。"韩氏道："你起来对我讲。"绛玉不以实告，只说道："妾是定海祝秀才妻子，因出来探亲，为某官人半路抢来。今某官人已死，他夫人就要嫁我。我实拼着一死，讨一口好棺材。如今被公子劫来，我总是一死，不若死在大娘面前，省得又为公子所污。"言罢就要触阶。韩氏忙忙扯住道："不要如此。有我做主，他焉敢胡行。待我慢慢着人寻觅你丈夫来带你去。"就指着公子波罗揭谛的骂个不数，还险些要行杖。公子缩做一团，蹲在地上，哪里敢出一声，只是自己杀鸡，手作狗停的拜求，韩氏才不加刑，还骂个浪淘沙找足，方带着绛玉进内，不许公子一见

绛玉之面。

过有一月，绛玉偶在后园玩耍，恰好公子从后门进来。绛玉瞧见，恐他又来胡为，吓得红着脸，急奔进内。正遇着韩氏走来。韩氏道："你为何脸红，又这等走得急剧？"绛玉尚未答应，公子也走到面前。韩氏大疑，遂与公子大闹。却将绛玉剥去衣服，一一个臭死。二人有口难分。绛玉到晚就去上吊，却又被人救活。韩氏道："她拿死吓我！"又打有四五十下。就叫她与丫头辈一样服役，却自己带在身边，一刻不离。晚间定交与一个丫头同睡，一夜也唤她一二十次，若绛玉偶然睡熟不应，自己就悄悄下床去摸。若公子在房与韩氏同宿时，绛玉才得一夜安静睡觉。

然绛玉虽受韩氏磨灭，倒反欢喜。她喜的是韩氏看紧，可以保全身子，所以甘心服役。只恨落在陷阱，不知终身可有见祝郎的日子。又念着小姐，时时伤心，望天祷祝。光阴荏苒，倏过四个年头。韩氏见她小心勤力，又私自察她，果然贞节。就心生怜念，比前较宽，不叫她服役，也不似以前那样防她。

一日，韩氏偶然一病。吃药祷神，无般不做，又许了码头上关帝庙愿心，果然病势就渐渐痊好，调理几天，病已痊愈，韩氏要到码头上关帝庙还愿，备了牲礼香烛。遂带着绛玉与两个丫头，一同至关帝庙中。韩氏烧香拜佛，祷祝心愿已毕，绛玉也去磕个头，私心暗祝道："若今生得于祝郎相逢，关老爷神帐飘起三飘。"才祝完，就见神帐果然飘起三次。绛玉心中暗暗欢喜，连忙再拜，感谢神明。韩氏不知其故，问绛玉道："信也奇怪，今日没一些风气，神帐怎地就动起来？"绛玉含糊答应："神圣灵显，是大娘虔心感应之故。"韩氏点头，遂领着绛玉众人满殿游玩。

绛玉陡然见壁上诗句，逐首看去，看到第二首第三首后面写"定海琪生和题"，心下吃了一惊，暗暗流泪道："祝郎原来也至此间，可怜你我咫尺不能一见。怎诗意这等悲怆？难道扬州之事，还不曾结？"从头看到完又想道："轻烟、素梅既在一处和题，诗中又各发别离思想之意，三人却似未曾会面一般。祝郎前一首诗，又像恨负他的一般，这是何说？"猜疑半晌，见桌上有笔砚，意欲和他一首，透个风信与他，好使他来找寻。又碍着韩氏在面前，难于捉笔，不觉垂泪。韩氏见她流泪，问道："你为什事流泪？"绛玉情急，只得说道："偶见妾夫诗句，故此伤感。"韩氏惊讶道："既是你丈夫在此，料然可寻。你怎不对我讲，徒自悲伤？待我回家着人打听，叫他来带你回去，不必苦楚。"绛玉闻言感激，就跪下拜谢。韩氏忙忙扶绛玉起来，着实宽慰一番。绛玉见韩氏如此贤惠，料不怪她，就在桌上提起笔来和诗一首于壁上。其诗道：

一入侯门深似海，良宵捱尽五更啼。

知君已有知心伴，空负柴门烟雾迷。

定海平氏侍妾绛玉和笔

绛玉和完，放下笔来。韩氏虽不识字，见她一般也花花地写在壁上，笑道："你原来也识得字，又会做诗！"因一发爱她。耍了一会，动身回家。韩氏果遣人城内城外去寻祝琪生。谁知琪生已同邹公回家，并无一人晓得。绛玉闻琪生无处访问，内心只是悲咽。每每临风浩叹，对月吁嗟。正是：

十一时中惟是苦，愁深难道五更时。

再说琪生与邹公同寻雪娥小姐与素梅、轻烟。祝琪生改名张琼。一路夜宿晓行，依旧来到定海县。先到邹公家里，只见门庭如故，荒草凄凉。那些家人半个也不在，只有一个年老苍头还在后园居住。见主人回家，喜不自胜，弯腰驼背地进来磕头。邹公叫他扯去青草，打扫一间房屋，二人歇下。邹公看见一幅大士还挂在上面，哭向琪生道："记得那年请贤婿题赞，我父女安然。岂知平地风波，弄得家破人亡。我小女若在，怎肯教大士受此灰尘？"遂一头哭一头去替大士拂拭灰尘，心中叫道："大士有灵，早教我父女相会。"琪生也哭个不住。

少顷，只见那老苍头捧着几碗稀粥走来，与二人吃，苍头就站在旁边伏侍添粥。偶然问道："老爷与祝相公，可曾遇见素梅姐么？"二人闻说，忙放下碗问道："她在哪里？"苍头道："她从去年腊月到此告诉我说，受了多少苦楚。她从北京出来，要寻祝相公，在路上又受了多少风霜方能到此。她却改了男妆，一路卖画而来。住在这里好几个月，日日出去访祝相公。见没有信息，又到北京去看什么平小姐。故此从十月二十七日就起身去了，到今日将近有十余天光景。难道不曾遇见？"二人问道："她可晓得小姐在何方呢？"苍头道："她却不曾细说，是我问她，只说道小姐被强人抢去。"二人苦道："她原与小姐同被抢的，怎说这囫囵话？她又怎地却在北京出来？我们只恁命薄，不得遇她讨个实信。怪道她诗上说'手抱丹青颜面改'，原来是男妆卖画。"二人烦恼，整整一夜不睡。

次日，祝琪生到自己家中去看父母。走到原居，却是一块白地，瓦砾灰粪堆满。

心内大惊，悄悄去问一个邻人，才知父母为他陷害，不知去向，强盗劫狱，房屋烧光。哽哽咽咽，仰天号哭，只得再至邹公家，向邹公哭救。正是

　　　　流泪眼观流泪眼，断肠人诉断肠人。

邹公劝道："令尊令堂自然有处安身，你纵哭无益。我与你还去寻访，或者有见面之日，也不可知。只是我小女被盗劫去，身陷虎穴。她素性激烈，倒恐生死难保。我甚慌张。"说罢也悲悲戚戚，哭将起来。二人心中苦楚哪里写得尽。

　　祝琪生又悄悄去看婉如小姐，指望见她诉诉苦。哪知平家庄房俱是别人的。访问于人，俱说迁往京中多时。一发愁上加愁。再去访轻烟信息，也无音闻。去候好友郑飞英，全家皆在任上，处处空跑，一些想头也没有。绝望回来恨不欲生，对邹公道："我们在家也没用。老父老母又不在，小姐、素梅又不见。我方才求得一签在此，像叫我们还是去寻的好。"就将所求签诗递与邹公看。那签诗道：

　　　　劝君莫坐钓鱼矶，直北生没信不非。

　　　　从此头头声价好，归来方喜折花枝。

邹公看了道："这签甚好。"祝琪生道："揣签意，却宜北去。难道又进京去不成？"邹公道："凡事不可逆料。或者尊翁令堂见贤婿不在，竟寻进京去，也不可知。而且素梅又说进京，小女亦在京中也未可料。我们不免沿路细访，倘然遇着素梅也就造化。"祝琪生心中也道："进京兼可探听婉如小姐与绛玉姐信音，更为一举两得。"二人次日遂动身又往北上。不在话下。

　　再说郑飞英在云南任上，做了三年推官。严嵩怪他没有进奉，诬他在任贪酷，提进京勘问。幸亏几个同年解救，才削职为民，放他回去。此时飞英已至淮安，闻赦到，遂同家眷在淮安转船回家。他见严嵩弄权，倒不以失官为忧，反喜此一回去，可以访求琪生，送婉如小姐与他成亲。

　　一日，船到常州府。泊船码头，买些物件。他因是削职官员，一道悄悄而行。这常州知府，飞英相厚同年，回去来拜一抽丰乡亲。郑飞英偶在船舱伸出头来与一个家人说话，被他看见，登时就来拜候。飞英倒承他先施，怎么不去回拜。那同年就要扳

留一日，意思要飞英寻件事去说说，等他做情。哪知郑飞英为人清高，不屑如此。因情义上不好歉然而去，遂住下与他盘桓一天。

　　这婉如与夫人们在仓望着岸上玩耍，见对面一个庙宇，甚是齐整。夫人问小厮道："这是什么庙？"小厮道："是关帝庙，好不兴旺。"夫人遂对婆婆道："我们一路关在船舱，好生气闷。左右今日是不动身的，平家小姐又终日愁容不解，我们又难得到此，大家下船，去到庙中看个光景。"太夫人道："我年纪大，上船下船不便。你与平小姐上去，略看看就来。"夫人就同婉如上岸，行至庙中。不知进庙来怎么玩耍，再听下回分解。

第十四回　婉如散闷哭新诗

诗曰：

> 原为愁魔无计遣，且来古刹去参神。
>
> 庙堂又咏悲秋赋，信是愁根与命连。

话说郑夫人与平婉如小姐，领着丫头小厮走入庙中随喜。先到后边游戏了一番，又一拥至前殿来。夫人见墙上有字，笑对婉如道："好看这样齐整庙宇，独是这块墙，写得花花绿绿，何不粉他一粉，是何意思？"原来，是本城这些施主来修庙宇，爱墙上一笔好字，不忍粉去。故此粉得雪白，单留这一块墙不粉。婉如倒也无心，听得夫人说笑，就回头观望，果然有几行字迹。

信步行去一看，劈头就是轻烟的诗，暗惊道："曾闻祝郎说有个轻烟，是邹小姐身边使女。缘何这里也有个轻烟？"再去约酒，是写着"定海邹氏妾"，便道："原来就是她。为什么来到这里呢？"也不关心，就看第二首，惊道："这笔迹好像祝郎的。"遂不看诗，且先去瞧他落款，不觉大惊，且喜。忙对夫人道："原来是祝郎题的两首诗。他竟在此也不可知。"夫人猜道："这诗像已题过多年。你看灰尘堆积，笔画已有掉损的所在。断不在此间。"婉如不觉悲伤。再将诗意重复观玩，滴了几点眼泪，又去看第四首。却是素梅的。一发奇异，叹道："看她诗中，果然祝郎不在此间，连她也不曾遇见，是见诗感慨和的。"再看第五首诗，又是绛玉的。垂泪道："咳！你却卖在这里。可怜可怜。"看完，心上也要和他一首。就叫小厮到船中取上笔砚来，也步和一首绝句道：

> 身在东吴心在赵，满天霜雪听乌啼。

近来消瘦君知否，始悔当初太执迷。

定海平氏婉如步和

婉如题罢，就着实伤心，忍不住啼泣。夫人着忙劝道："我原为你愁闷，故上来与你遣怀，谁知偏遇着这样不相巧事，倒惹得你悲苦。快不要如此，惹得旁人看见笑话。"遂玩耍也没心肠，大家扫兴而回。随即就着人遍城去访绛玉。又没个姓名，单一味捕风捉影，自然是访不出来的。晚间郑飞英辞别常州府出城上船。宿了一夜，次日就开船，一直到家不题。正是：

　　妾已归来君又去，茫茫何日得佳期。

　　再说祝琪生与邹公，依旧北上。一路寻访祝公与夫人，并雪娥小姐信息，兼找寻素梅。哪里有一个见面？一直寻至京师地面，连风闻也没一些。二人恼得不知怎得是好。两人算讨来到京城中，下个寓所，祝琪生先去访平家消息。在京城穿了两日，才问到一家，说住在贡院左首。祝琪生连忙到贡院，左首果然问着平家一个七八十的老家人。

　　祝琪生不先问他小姐，先问道："你家相公在家么？"家人夸张道："如今不叫相公，称老爷了。"原来枣核钉得严世蕃之力，竟弄了个老大前程，选是福建福州府古田县主簿。祝琪生闻说称老爷，疑他前科也中进士，便问道："如今你老爷还是在家，还是做官？"那家人兴头的紧，答道："我家老爷，如今在任上管百姓、理词讼，好不忙哩。"祝琪生忙道："你家小姐可曾同去么？"家人笑道："这是前时的话，也记在肚里，拿来放在口里说。我家小姐死了，若是托生也好三岁。"祝琪生闻言，就如顶门上着了个大霹雳，心中如刀乱刺，眼泪直滚，问道："是什么病死的？"家人遂将主人把她嫁与严家为妾，小姐不从投河身死，起根发脚的说与他听。祝琪生听了，肝肠寸寸皆断。又问道："你家绛玉姐姐呢？"家人又笑道："原来你是个古人，愈问愈古怪，偏喜欢说古话的。我家绛玉丫头卖在人家，若养孩子，一年一个，也养他好几个了。"琪生又吃一惊，遂问道："毕竟是几时卖的？"家人道："卖在小姐未死之前。"祝琪生道："奇怪！小姐既还未死，怎么就先卖她？却卖在哪家呢？"家人道："这个我就不知道。"琪生只是要哭，恐怕那家人瞧着不雅，又忍不住，只得转身走回，就一直哭到寓

所。邹公忙问其故，祝琪生哭诉："平小姐已死，绛玉又卖，小婿命亦在须臾了。"诉罢，拍桌打凳泪如涌泉。邹公亦为抚恤劝解，再四宽慰。正是：

　　　一点多情泪，哭倒楚江城。

　　一日，二人愁闷，在街上闲闯。忽撞见巡城御史喝道而来，看祝琪生，就叫一个长班来问道："相公可是定海祝相公？"祝琪生暗吃一吓，问道："你问他怎的？"长班道："是老爷差来问的。"祝琪生道："你老爷是哪个？"长班道："就是适才过去的巡城沈御史老爷，讳宪，号文起的。"祝琪生才悟放心道："既是沈老爷，我少刻来拜。"长班又问了祝琪生寓所，就去回复本官。

　　祝琪生与邹公转身也回。邹公问道："方才那御史，与贤婿有一面么？"祝琪生道："他是家父门生，又受过舍间恩惠的。小婿与他曾会过数次。"二人一头说话一头走，才进得寓所，尚未坐下，已见长班进来，报老爷来拜。二人仓卒之际，又没一个小厮，又没一杯茶水，弄得没法。只见沈御史已自下轿，蹀将进来。邹公又没处躲闪，二人只得同过来相会。沈御史先请教过邹公姓名，后问祝琪生道："世兄几时到这边的？怎不到敝衙来一顾。尊翁老师在家可好么？"祝琪生道："小弟到才数天，不知世兄荣任在此，有失来叩。若说起家父，言之伤心。暂退尊使，好容细禀。"沈御史遂喝退从人。祝琪生通前撤后，兜底告诉。沈御史恻然道："曾闻得贵州劫狱之事，却不知世兄与老师亦在局中大遭坎坷。殊实可伤。"三人各谈了些闲话。祝琪生赧然道："承世兄先施，小弟连三尺之童也没有，不能具一清茶，怎么处？"沈御史道："你我通家相与，何必拘此形迹。只是世兄与邹老先生居此，未免不便。不若屈至敝衙，未知意下何如？"祝琪生二人苦辞，沈御史再三要他们去。二人只得应允。沈御史道："小弟先回，扫榻以待。"遂别琪生与邹公而去，留两个衙役伏侍二位同来。二人遂一同至沈御史衙中安下。

　　过了几日，二人有满腹心事，哪里坐得住，意欲动身。沈御史劝琪生道："世兄如今改了姓名，令尊令堂又不晓得下落。世兄若只而北去访，就走尽天涯，穷年计月，也不能寻得着。依小弟愚见，今岁是大比之年，场期在迩。世兄若能在此下场，倘然闱中得意，那时只消多着人役，四路一访，再无不着。今徒靠着自己一人，凭两只脚，走尽海角天涯，就是有些影响风闻，也还恐路上相左。而况风闻影响一些全无，焉能

有着？还是与邹公先生，权在敝衙住两月，待世兄终过场，再定局面为是。"

祝琪生道："世兄之言甚是有理，但是小弟本籍前程已无可望。今日怎能得进场去？"沈御史道："这事不难。小弟薄有俸资，尽够为世兄纳个监。只消一到就可进场，况如今是六月间，还有一月余可坐。"邹公也道有理，从旁赞劝，琪生遂决意纳监。沈御史就用个线索，替琪生纳了监，仍是张琼名字。即日进监读书。

转眼就是八月场期，琪生三场得意。到揭晓那日，张琼已高挂五名之内。祝琪生欢喜自不必说，惟沈御史与邹公更喜。琪生谢座师、会同年，一顿忙乱。顷刻过年，又到二月试。琪生完场，又中第四名会魁。殿试在第二甲，除授韩林院庶吉士。随即进衙门到任。不及两天，就差人四路去寻访父母消息。

过了一月，邹公欲别他起程去寻女儿。祝琪生泣道："这是小婿之事，不必岳父费心。小婿岂恋着一官，忘却自己心事？而且老父老母不知着落何地，小婿竟做了名教负罪人，恨不即刻欲死。但因初到任不能出去，待看机会谋个外差，凭他在哪个所在，也少不得要访出来。再不然，宁可挂冠与岳父同死得道路，决不肯做那不孝之子、薄幸之人也。岳父且耐心坐待，与小婿同行，有何不可？"于是邹公复又住下不题。

再说红须自劫狱之后，在梅山寨中无日不着人在外打听祝琪生与老夫人音信。又因雪娥小姐思量父亲，时刻痛苦，也一连几次遣人探听邹公音耗。俱说解往别处，不知下落。祝公与雪娥小姐，翁媳二人每日只是哭泣。光阴似箭，不觉过了三四年光景。

一日，红须在寨中看兵书。忽小卒来报道："古田县知县已死，却是一个平主簿署印。赃私狼藉，倒是一头好货。特来报知。"红须道："再去打听，访他是哪里人，是何出身，一向做官何如，有多少私财。快来报咱。"不到一日，小卒来报道："访得是浙江定海县人，寄籍顺天，姓平名襄成，字君赞，原叫什枣核钉，今百姓呼他叫'伸手讨'。资财极富，贪酷无厌。"红须闻知是枣核钉，怒发冲冠，咬牙切齿道："这贼也有遇咱的时候！"忙请出祝公与雪娥小姐。遂言道："今日你们仇人平贼已到，咱去枭了他首级来，替咱恩人报仇，一灭此恨。"

祝公与雪娥尚未答应，红须早已怒气冲冲地出去。只带十数个人，各藏短刀，昼夜并行。到了古田县，竟进县衙，将枣核钉捉出，剁做肉泥，又将他合家不论老少男女，上下一齐杀绝。遂领着众人出城。恰遇福建巡抚正领着大兵到闽清县去剿山贼，在此经过，两下相遇。红须全无惧怯，领着十余人杀进阵中。手起刀落，杀人如砍瓜切菜，一连杀死官兵八九十人。刀口已卷，只以刀背乱砍。巡抚见势不好，指众官兵

一齐杀上，团团围住。红须外无救兵，内无兵器，竟被擒住。巡抚怕贼党抢劫，连夜将陷车囚好，做成表章，解京献功。

　　有那逃得性命的小卒，跑至梅山寨中报信，雪娥小姐正在。祝公说恐怕不分玉石，连婉如一同遭害，替她担着惊恐。忽闻此信，二人大哭。不知后事若何，且听下回分解。

五凤吟

第十五回　邹雪娥急中遇急

词曰：

> 义海相斗，爱河复攻。哪堪这袜小鞋弓。恨杀杀，倒做了两头俱空。
>
> 阳关人又急，天台路不通。欲学个丈夫女中，怎奈我南北西东，各天又共。

却说祝公与雪娥小姐，闻知红须被擒，二人号天哭地，连忙着人出去打听消息。说一些刑也不曾受，只是明早就要起解上北京。祝公顿足道："这却怎么处？他能救我，我不能救他。真是枉为人一世。"说罢痛哭。雪娥小姐也哭道："我们若非他救时，今日不知死在何地。焉可坐视不理？我与公公宁可拼着性命，赶上前随他进京，看他是怎的结局。若有可救则救，若无可救时，也还可以备他后事。"祝公道："有理。只是你是个女子，怎的出得门？你且住在此间，只待我自去罢。"雪娥道："公公年老，路途中谁人伏事。媳妇虽是女人，定要同公公去。"

二人正在争论，忽见几个小卒慌慌张张，跑来喊道："快些走！快些走！巡抚领兵来洗山了。"众小卒一声喊，各自逃命而去。祝公与雪娥二人心慌，略略带些盘费，跑出山寻一只小快船，一路赶来。

直赶到常州府，方才赶着。祝公就要去见红须，雪娥止住道："不可造次。若是这样去，不但不能见他，亦且有祸。必须定个计策去，方保无事。"祝公道："定什么计才好？"

雪娥思想一会道："我有一计。解子必要倒换批文，少不得将囚车寄监。我们多带些银两，再买些好酒好肴，到监门对牢头禁子哭诉，只说他当初是我们外亲，曾周济我们过。今日不知他为何犯法，来送一碗饭与他吃吃，以报他昔日周济我们之恩。却多送些银两，买住牢头。他见公公是一个老实人，我又是一个小女子，料不妨事，再

见有银子予他，自然肯容我们进去。待进去之时，再将些银两送与守囚车之人，却将酒肴就与他们吃。他们只顾吃酒，我们就好与义士说话。"祝公点头，遂去备办停当。

二人来到监门口，寻着牢头，照依行事。果然放他二人进去。二人进得牢门，也照前施行，无不中计。红须见二人来此，大惊道："你二人怎的远远来此？"祝公与雪娥小姐，抱着囚车哭道："义士救我二人性命，又为我等受害，我二人就死不忘。今日间义士解上北京，恨不能身替。特赶来随义士同去。"

红须道："不须啼哭，你二人也不须进京。咱这一去，多分必死，倒喜得仇人死在咱前，咱就死也甘心，杀也快活。人生世上少不得有一死，有什怕他？只要做一个硬汉子，了一件痛快事，开眉舒眼得死，就到下世做条汉子也是爽利的。你二人快不要随咱去。就随咱去，也替不得咱的死，却不是多送在里边烦恼的？而且又使咱多担了一片心，反叫咱死也不得干净。但是你翁媳二人，日后遇着祝翁恩人，替咱道及，就咱不能与他相会，叫他念咱一声，咱就死也甘心。"祝公与雪娥二人定要与同行。红须发怒道："不听咱言语，必然有祸。难道要随咱去。是要看着咱吹头么？何不就在这里砍了咱去，省得你二人要去。"祝公与雪蛾见他不容同去，及发起怒来，因哭道："但是不忍义士独自一人解去。"红须道："不妨事。咱也是一条汉子，不怕死的人。"祝公遂取出一包银子，递与红须道："既不容我二人随去，这一包碎银子，义士自己带去做盘费。"红须摇头不受道："咱要银子何用？咱既犯罪，朝廷自然不能饶咱，料来也是这包银子买不下咱命来的。这条路去，怕他敢饿死咱不成？你二人拿去，寻个安身所在，慢慢将这银子度日。等待打听恩人信息。"又想一想道："不如就在这里安下也罢。这常州地方，还是个来往要地，可以访信，省得往别处去，又要花费盘缠。你们如今用去一厘，就少一厘了。那得没钱度日，谁肯来顾你？"祝公道："义士虑得极是，为我们可为极至。我二人就在这里住下，候讨义士信音也罢。"雪娥又悄悄问道："平贼家眷可曾杀伤？"红须笑道："咱才杀一畅快。被被半个不留。"雪蛾闻言暗暗叫苦不迭。又问道："有酒肴在此，义士可用么？"红须道："这倒使得。"雪娥遂取酒肴至。祝公亲自喂他，雪娥在旁斟酒。红须大嚼，如风卷残云，须臾用完。对祝公二人谢道："生受你们。你二人去罢，以后再不要念咱痴心哭泣，也没听了。"二人涕泣而出。

雪蛾向祝公道："义士既不要我二人随去，生死只在明早一别，就终身不能见他。我们须就在码头上寻个下处，明日起早，送他一别。"祝公道："我也是这等说。"二人遂依旧出城到码头上寻了下处。二人一夜不曾合眼。雪蛾想念父亲，不知存亡。祝郎

又不知消息。婆婆又没去向。又怜公公年老衣不遮身、食不充口，苦恼不过。素梅、轻烟，未知归着何处。又悲义士解去，性命自然不保。婉如姐姐，不知逃得性命否。又回想自己是个闺女，终日随着一个老者东流西荡，凡事不便，究竟不知是何结果。那祝公心里却又思量，夫人年老，不知流落何方，生死未料。孩儿年少，不知可逃得性命出来，还是躲在哪里，不知何方去寻。又见一个少年媳妇日日尽心孝顺，服侍体贴，甚不过意，惟恐耽误她青春，却一般落在难途，怎叫她受些风霜苦楚，终于怎样结局？又念红须，解上北京，毕竟是死，一发可伤。两人心中各怀哑苦，暗自伤心。真是石人眼内，也要垂泪，好不凄惨。

二人至五更时分，就起来伺候。祝公打听得解子俱在间壁关帝庙动身。遂领着雪娥，在关帝庙中等候。雪娥皱着眉头，就坐在鼓架上，祝公却背叉着手，满殿两头走来走去，心神不宁。忽走到墙边，抬头一看，见壁上许多字，知是唱和的诗句。看到琪生诗句，大声惊怪叫道："媳妇你来瞧，这不是我儿的诗么？我老眼昏花，看不仔细，莫是我看差了？"

雪娥听说，飞跑过来。祝公指着琪生的诗句，教她来看。雪娥看着诗句，就哭起来道："叫我们望得眼穿，哪知他在这里。"祝公喜得手舞足蹈，心花俱开。雪娥又重新将诗句第一首看起。那是轻烟的，心已骇然。看到第二首第三首是琪生的。点头悟道："哦，轻烟已嫁，他故此怪她。"又看到第四首是素梅的，心内一发诧异道："愈看愈奇了！她也缘何得来？我莫非还在梦里？"再看至第五首，是绛玉的。心下暗想道："平家姐姐曾说有一个绛玉，为与祝郎有情，被主卖出。怎也在此？"及看至第六首，是婉如之诗。就失声大哭道："哪知平家姐姐也曾来此。可怜你那日，不知可曾遭害否。若是遭害，想必死于非命。我又不能得你个实信，好生放心不下。"又想一想道："我看他们诗中口吻，像是俱不曾相会祝郎的，怎的诗又总在一处呢？"心中疑惑不解，愈思愈苦。心内又想道："轻烟、素梅二人如今不知在哪里。"诸事纷纷，眼泪不住。祝公也看着这些诗，反复玩味道："这些人的来历，你前日曾对我说过，我也略知一二。但不知怎么恰好的皆到此间，令人不解。"雪娥应道："正是呢，媳妇也是如此狐猜。"祝公又悲道："我孩儿既有题诗在此，料然不远去。我和你待送了义士起身，就在此慢慢寻他。"雪娥道："公公说得有理。"

正说话间，只见解子们押着囚车，已进庙中来。二人就闪在一旁。祝公与雪娥乘解子收拾行李，忙忙上前去看红须。红须道："咱道你二人已去，何必又来？你二人好生过活，今日咱别你去也。"祝公与雪娥还要与他说两句话，尚未开口，只见那些解子早来扎缚囚车，赶逐二人开去。已将红须头脸蒙住。祝公与雪娥眼睁睁地看着他上路去了。祝公与雪娥复大哭一场，回到庙中。正是：

望君不见空回转，惟有啼鹃血泪流。

祝公拭泪，对雪娥道："我想孩儿这诗不知是几时题的。"雪娥忽见一个和尚走进来，便应道："公公何不问这位长老？"祝公就迎往和尚问信。和尚道："我们也不曾留心。大约题待甚久，像有三四年了。"祝公就呻吟不语。雪娥道："公公可向长老借个笔砚一用。"祝公果去借来。雪娥执笔向祝公道："待媳妇也和他一首，倘若祝郎复至庙中，便晓得我们在此。方不相左。"遂和诗道：

父逐飘蓬子浪迹，斑衣翻做楚猿啼。
柔肠满注相思意，久为痴情妾自迷。

定海邹氏雪娥泣和毕

祝公看着伤怀。雪娥道："我们不宜再迟，趁早去寻下住居，就去寻祝郎下落。"祝公道有理。二人就央人赁却一间房子，祝公将雪娥安下。自己人却日日不论城市乡村、寺观庵院，各处去寻琪生、访和氏夫人。

寻了一二个月，并无一毫影儿。雪娥就要回定海家里，寻访父亲信息。祝公道："我岂不欲回家一看，只为天气渐冷，我年老受不得跋涉，抑且路途遥远，盘费短欠，怎么去得。不若在此挨过寒冷，待明年春气和暖，同你慢慢支撑到家。你意下如何？"雪娥依允。哪知不及半年，看看坐吃山空，当尽卖尽，不能有济。房主来逼房钱，见他穷得实不像样，料然不得清楚。恐又挂欠，遂舍了所挂房钱，定要赶他二人出去，让房与他另招人住。逐日来闹吵嚷骂。二人无奈，只得让房子与他。

却又没处栖止，又不能回去，遂一路流了三四里。原指望到淮安投奔一个门生，身边盘费绝乏，委实不能前行。初时还有一顿食、一顿饿，挨落后竟有一日到晚也不见一些汤水的时节。雪娥哭道："我也罢了。只是公公年纪高大，哪里受得这般饥寒，怎不教我心疼？"却又没法商量。二人夜间又没处宿歇，却在馆驿旁边一个破庙里安身。日里翁媳二人就往野田坟滩去拾几根枯草，换升把米子充饥。雪娥要替人家拿些针线做做，人家见她这等穷模样，恐怕有失错，俱不肯与她做。雪娥也不去相强，只是与祝公拾柴度日。二人再不相离，苦不可言。且将此事按下不题。

再说祝琪生在京做官，只想谋个外差。一日恰好该他点差，南直隶又缺巡按，他遂用些长例，谋了此差。别却沈御史，同着邹公出京，并不知红须之事。祝琪生这里才出京，红须那里解进京。两下不遇，各不晓得。闲话休题，说这祝琪生出京。他是宪体，好不威武。他却只把邹公坐着大船，自己只带两个精细衙役，一个叫做陆珂，一个叫做马魁，一路私行，以巡察民情为由，兼探父母与小姐诸人音信。未知琪生此去可曾寻着否，且听下回分解。

第十六回　张按院权内行权

诗曰：

> 机权慢道无人识，也有人先算我前。
>
> 然遇境穷非命拙，折磨应是巧成全。

却说琪生出京，一路寻访父母、小姐诸人音信。一日，私行巡至镇江，与衙役陆珂、马魁三人装做客商搭船。同船一个常州人，忽问道："列位可晓得按院巡到哪里？"众人回道："闻知各府县去接，俱接不着。这些官员衙役吏民都担着一把干系。"有的道："他私行在外。"有的又道："按临别处。"总是猜疑，全无实信。琪生也拦口说道："我也闻说他出巡，已巡到常镇地面，但不知他在哪个县份。兄问他怎么？"那人说道："我为被人害得父散子亡，连年流落在外。今闻得他姓张，是个极爱百姓的、不怕权势的好官。故此连夜赶来，打情拼个性命，去告那仇人。"祝琪生道："告的是何人？为着什事？"那人道："若说起这个人，是人人切齿，列位自然晓得，料说也不妨。就是敝府一个极毒极恶，惯害人的无赖公子。姓邢，不知他名字，只听得人叫他做'抠人髓'。"众人听见是抠人髓，一船客人有一半恨道："原来是这个恶人。告得不差。"琪生笑道："这个名字，就新奇好听，叫得有些意思。"

那人道："什么有意思！他害的人也无数。我当日原做皮匠。有一女儿，好端端坐在家里。只因家贫屋浅，被他瞧见，他就起了歪心。一日唤我缝鞋，将一只银杯不知怎么悄悄去在我担中，故意着人寻杯。我低着头缝鞋，哪管他家中闲事？却有一个小厮，在我担中寻皮玩耍，寻出这只杯来。他遂登时把我锁起，道我偷他若干物件。就将送到官，打一个死还要我赔他许多金银。你道我一个皮匠怎有金银赔他？竟活活将我女儿带去奸淫。他的婆娘又狠，日日吃醋，倒不怪他丈夫，单怪我女儿，百般拷打。

我女儿受不过磨难，就一索吊死。"说到这里，竟呜呜咽咽地哭将起来。祝琪生道："怎不告他？"那人道："还说告他！他见人已吊死，恐我说话，将尸骸藏过，倒来问我要人。说我拐带他婢，要送官究治。我是个穷苦的人，说他不过，反往他方躲避。直到前月十六日，遇见他家逃走出来的一个小厮告诉我，才晓得情由。意欲告他一状，出口闷气。"说罢又哭。

琪生道："事虽如此，风宪衙门的状子也不是容易告的。还要访个切实才是。"那人道："左右我的女儿吊死了。我在外也是死，回家也是死。不如告他一状，就死也情愿。"众人也对琪生道："客官你是外路人，却不晓得这抠人髓造的恶，何止这一端？"又是某处占人田产、某处谋人性命、某处谋人妻女……你一件，我两件，当闲话搬出来告诉。琪生又道："只怕这位朋友不告。若这位告开个头，则怕就有半城人去告他哩。"琪生又问了那公子的住居，放在心上。也不在丹阳停留，就一直行到常州，依旧到码头上关帝庙去歇下。

和尚们齐来恭喜道："张祝一向在哪里，今日才来，就养得这样胖了？"琪生支吾过来。遂走到殿上来看旧日诗句，只见又添了三首。上前去看，前诗如故。看到绛玉的惊道："终不然她卖在这里么？不然何以到此和诗。若在此间，定然寻着她。"及看至婉如的，大惊大喜道："你原来不曾死，喜杀我也。"又想道："我想那家人决不哄我。这诗决是她迁家进京时题的，死于和诗之后耳。"遂掩面号呼道："我那苦命的小姐呀！你为我而死，叫我怎不痛杀。莫非你一灵不灭，芳玉子来，到此寻我悲痛一会？怪道绛玉也在此题和。自然俱是那时进京时节同小姐在此和的。可见枣核钉那恶贼在那路上，已留心进京卖她。绛玉也先晓得，故道'一入侯门深似海'。可伤！可伤！"想到此际，把那一片寻访热肠又化为冷水。再看雪娥诗，就一发踊跃叫异道："好奇怪！你也曾到这里。可怜你身陷强盗，叫我哪里跟寻你？只怪素梅姐姐，向日不在庙中等我，致你珠玉久沉海底。不知今日你还中此否？"心中就欲着人去访。见天色已晚，只得忍住。一会又拍墙哭道："我这些美人一个个的来此，俱有题和。怎诗倒都与我对面相亲，人却一个不见。我好痛杀也！早知你们俱到此间，不如在此写疏头过日子也好。如今只博得一个空官，要他何用。当初求签曾许我中后重逢，哪知相逢的都是些诗句。原来菩萨神圣也来哄我。"就越发闹起，且大呼大哭。庙中和尚还道张祝出去这几年，病还未好，今日旧病复发。

琪生苦得一夜不曾睡觉，次日老早就起来，只得且理眼前公务。先吩咐一个衙役

满城去访邹小姐消息，单着一个在庙中等候。自己妆做个相面的，竟来到邢家门首，只管在那里走来走去。

那邢公子恰好送客出来，见这个人在街上看着门里，走过去复又走过来。遂着家人唤他进来，问道："你贵姓？是做什么事的？"琪生道："在下姓张，相面为生。"公子道："既是一位风鉴先生，请坐下。学生求看看气色。"琪生也鬼谈嘲笑看上一会，胡诌几句麻衣相法，叹道："可惜。"公子道："在下问灾不问福。有何祸福但请直言无隐。"琪生道："在下名为铁口山人。若不怪直谈，请与公子一言。"公子以目注视琪生道："原求直言，指示迷途，方可趋避。"琪生遂道："目下气色昏暗，印堂泪纹直现，当主大祸。"公子道："可还有救否？"琪生摇头道："滞色沉重，甚是不祥。"公子毫无惕意，笑道："人力可以回天。学生只是自己修省，挽回天意，祸自消天。哪有个救不得的事？多蒙先生指教，相金自当奉上，还有便饭，敢屈先生到书房去坐罢。下次就做成个相与，可时常到舍间来，与学生看看气色。"遂起身携着琪生手，往后园来。

琪生暗道："可见人言不足信。幸是来访，不然几乎害却好人。以后便当细心，不可不察。"二人走进书房，公子与他闲谈观玩一番，又领他各处游玩，领到一间雅致房子里面坐下。那房甚然高深幽静，料谢绝尘事，养高于此。再摆饰些花草书籍，俨似深山，竟是在城山人，一世可忘世务。琪生倏地清凉，怡然自爽。公子道："此处倒还雅静，就在这里坐罢。"就连唤家人，一个不在。公子对琪生道："这些奴才一个也没用。先生请坐，学生走一走就来。"公子出得门槛。哪知家人俱在门外等候，皆是做成圈套。忙叫家人将房门紧紧锁上，公子在门外冷笑道："你道我有大祸。只怕我倒未必，你的大祸到了。你相自己还不准，还来相别人？"

琪生在内叫道："公子开门。在下还要赶做生意，怎么闭我在此？"公子又冷笑道："你今生今世，休想出我此门。如今按院姓张，偏你也姓张。既是相士，却单单望着我门里走来走去，独要相我，偏又相我甚是不样？"琪生道："在下委是相士。适来冲撞莫怪！"公子道："你还要瞒赖！哪有相士有这等一个品格。我的相法还比你好些。我就开门，叫你死得心服。"就唤家人把门开了，将他身上一搜，却搜出一颗印来。琪生哑哑无言。公子大怒道："你还要再抵赖么？人无害虎心，虎无伤人意。是你来寻我，不是我去寻你。你既来访我，自然不是好意。我也不得不先下手。"琪生哀求道："既然被你识破，你放我出去，我誓不害你。"公子笑道："你好不识时务。我焉肯纵虎自伤？"遂将印带在身边，将琪生送进黑房，把门重重锁上。笑道："任凭你有两翅，也

不能高飞去了。"遂欣欣然同家人出去，再设法来送他性命。

琪生在押，房中乌黑，真正伸手不见掌。却是公子有心起的一间暗房：开门则明亮如故，闭户则零明乌暗。不知有个什么关掇子儿起造的，周围插天高墙，也不知送了多少人的性命在里头。今日琪生撞在里中，料知必死。只是在内惊异。正是：

恶人未剪身先死，哪得云间伸手人。

却说绛玉在邢家终日告天求地，愿求保佑再得与祝郎团圆、小姐相会。凡有月之夜，就到后园悄悄望月祷祝。这日正在园中拜月，耳边阿阿闻得慨叹之声甚是凄惨。暗想道："我今日闻得公子讨大娘喜欢，说做了一件大事。落后又闻得说'只待三更下手'，莫非又着个什么人在此，要绝他性命么？"遂悄悄走近暗房边窃听。忽然心动道："这声音却像是我们乡里，又熟识得紧。"就低低问道："里面叹气的是谁？"琪生听得外面人问，急道："我是本省张按院，你是何人？快些救我，自有重报。"绛玉闻是按院，暗自踌躇道："我在此间几时是个出头日子？不若救他出去。那时求他差人送我回家，与祝郎相会，岂不是一个绝好机会。"筹算已定，便道："我今救你出去，你却快来救我。"琪生连道："这个自然。你快些开门才好。"绛玉就忙要救他，门又锁紧。幸喜此房离内宅颇远，不得听见。绛玉见门旁有一石块，双手举起，将锁环尽力一下，登时打断，开门放出琪生。赶到月下两人一见，各吃一惊。

绛玉连声道："你好像我祝郎模样。"琪生喜道："正是！你可是绛玉姐姐么？"绛玉亦喜道："我就是！"两人喜不可言。琪生还要问她在此缘由，绛玉忙催道："公子半夜就着人来杀你！有话待慢慢地讲。你快些走脱，就来救我。若稍迟延，你我二人之命休矣。"琪生就不再言。绛玉急领他到后边，开了后门，琪生飞也似奔到码头上来。此时才至黄昏，城门未关。

那陆珂、马魁俱会在庙中。见月上甚高，老爷还不见回，不知何故也。一路寻进城来，恰好撞见。陆珂悄悄禀道："小姐并无音信。"琪生喘息不已，对他二人道："这事且待明日再访。只是我今日几乎不得与你二人相见。"二人吃这一吓不小，忙问何故。琪生也不细说，同进庙中。即刻出个信批到府，着府县立刻点二百名兵，去拿邢公子全家家属。

二人如飞，分头至府至县击鼓。府县闻得按君在境，俱吓得冷汗如雨。武进县知

三一五二

县就领壮兵去拿邢公子。知府与各官忙忙至关帝庙禀接。琪生只教请本府知府进去，各官明日到察院衙相见。知府进去，琪生对他细说邢家之事。把个知府吓得魂魄俱丧。琪生又道："本院有个侍妾绛玉，失陷邢家。恐众人不知，玉石俱焚。烦贤府与本院一行。"知府忙忙趋出，赶到邢家来。那些官员闻知按台受惊，俱怀着鬼胎，没处谢罪，也一哄来捉邢公子，并保护绛玉。祝琪生待知府出去，就进后殿。只听得和尚们交头接耳，个个吃惊打怪地道："谁知写疏张祝竟做了按院?"正说时见琪生进来，一齐跪下迎接。琪生笑道："我还是旧时张祝，不消如此。"

不一时，陆珂报道众官又至。不知何事且听下回分解。

五凤吟

第十七回　拜慈母轻烟诉苦

词曰：

王事不惶顾母，一身只恁垂睽。怎知白发困鸡栖。题起心怀欲碎。

缕缕枯目饮泣，盈盈老眼昏迷。蒙卿患难赖提携，枕畔极欢还戚。

右调《西江月》

却说知县领着兵丁，将邢家前后门如铁桶一般围住。那公子还在里内正吃夜宵酒，对妻子韩氏笑道："此时已是二鼓将尽，只好再挨一刻性命罢了。"正说时，忽一声喊，如天崩地裂之声。许多人已拥进来，将邢公子并全家大大小小、男男女女，一齐拿住，用绳扭索绑，就串了一串，不曾走得一个。知县正在逐个点名，忽见知府与众官慌慌张张来叫道："内中有一位绛玉姐姐在哪里？"绛玉也不则声。知府慌了，对知县道："这人是按君家属。方才亲口吩咐本府自来照管，如今单不曾获得。倘有错认，怎么回话？"知县着慌，急得乱喊"绛玉姐姐"。绛玉在众人中，从容答道："妾在这里，不须忙乱。"众官见说，如得活宝一般，齐向前七手八脚，亲自与她解缚，连连赔罪。问绛玉是按君什人，为何却在邢家？

绛玉道："我是按君之妾，为邢贼诈来。"众官见是按台亚夫人，都来奉承效劳，又恳道："卑职等职居防护，致按君受惊，恐按君见罪，烦夫人解释。"又道："适才不知是夫人，大胆呼名，切勿介意。幸甚幸甚！"绛玉道："不妨。"知府遂吩咐衙役，将轿先送绛玉到自己衙内。知县押着邢家男女送监。众官又一齐奔至庙中回复。琪生传言免见。这一夜，庙前庙后许多兵卒围护。揭令唱号，一直到晓。琪生却安然睡觉。那些官员吏役，来来往往，一夜何曾得睡。因按院在城外，连城门一夜也不曾关。

次日五鼓，众官就在庙前伺候。直到日出，琪生才进城行香，坐察院。先是府道

各厅参谒，俱是青衣待罪。琪生令一概俱换公服相见。琪生致谢知府。知府鞠躬请荆不迭。次后就是知县衙官，也换公服相见。落后又是参将游击，一班武职打恭。诸事完毕，即刻就投文放告。知县就解进邢公子一家犯人进来。

邢公子只是磕头道："犯人已知罪不容诛，只求早死。"琪生道："也不容你不死。"又问他印在哪里。公子道："在家中床柜下。"琪生委知县押着公子登时取至。琪生掣签将公子打了五十大毛板。众家人助恶，刑罚各有轻重。

正在发落，顷刻接有一千多状子，倒有一大半是告邢公子的。皮匠亦在其中。琪生逐张教与邢公子看过，公子顿口无言。琪生就将公子问成绞罪发监。韩氏助夫为恶，暂寄女监发落。才将公子押出，已接着老大书札，已有二三十封，俱为邢公子讲情的。琪生一发不看，原书复回转。将招拟做死。正是：

　　　　从前作过事，没与一齐来。

琪生又看了些状子，才退堂歇息。外面报知府亲自送绛玉进来。琪生回却知府，忙教将绛玉接进。两人悲痛，绛玉哭诉往事。琪生说道："我一闻你卖出之信，肺腑皆裂，以为终难萍聚。哪知遭此一番风险。昨晚若非卿救，我已鬼录阴司。卿能守节，又复救我，此心感激，皆成痛泪。我今日见卿，复思小姐。只可怜你小姐为我而死。"遂将她死的缘故说之。绛玉闻知小姐已死，哭得发昏。又问琪生几时得中作官。琪生也将前事细说。绛玉失惊道："原来你也遭了一番折挫。因说道邢家韩氏，我倒亏她保全。你须出脱她罪才是。"琪生应允。二人数载旧情，俱发泄在这一夜。枕上二人，自不必说。

次日琪生对绛玉道："我是宪体，原无留家眷在察院之理，恐开弹劾之门，不便留你在院。须寻一宅房子与你住下，吩咐府县照管。待复命之日再接你进京。你须耐心，不要憔悴。"遂差人寻下一大间住房，安顿已毕。府县闻知，就拨四个丫鬟两房家人来伏事。又差二十名兵丁守护。琪生还恐她寂寞，又将韩氏出了罪，悄悄也发至绛玉处做伴。

数日之间，邢公子已死狱中，闲文略过。琪生发放衙门，事体已完。一连几日，着人探访父母与邹小姐三人，毫无音信。正在烦闷，衙役来报，座船已到。琪生忙将邹公接上来。谈及绛玉之事，邹公也替琪生欢喜。琪生诉说小姐曾来庙中题诗，及至

寻访，又无下落。邹公就急急同琪生去看，又哭得昏晕。次日，琪生复同邹公登舟，往别处出巡。行到半路，复带着马魁、陆珂二人，上岸私行而去。

一日，来到常熟县界。三人进店吃饭，忽听得店内嚷闹，碗盏碟子打得乱响。琪生唤马魁去看。来报道："原是一个客人下店吃饭，他不知饭店规矩：凡先进来者先有饭，务宜依次送来。他见同桌之人先有饭吃，半日还不到他，又见小二捧饭送到东、送到西，他却呆呆坐等，就大怒起来。将同桌人的饭夺过来，就往地上一泼。同桌之人也恼起来，就与他交手，却打他不过，被那泼饭的人一顿拳头，打倒在地。店主忙去扯劝，哪知他正要寻店主厮打。随手带过来，也打一个半死。他还在那里嚷道：'一般俱是客人，怎一桌之上两样看承，偏送与那行人吃独不与我？难道我不还你钱不成。你若误了我的行程，叫你死在我手里。'骂得性起，就将他碗盏家伙打得雪片，特来报知。"琪生还未回言，只见一个汉子，搲拳裸身，从店内跳出门外道："来！来！来！皆来送命。我不打你个臭死，不算好汉。"又见身后几个若大若小，男子妇人，跳出一大堆来，手拿柴棒，俱大步跳将出来要打那汉子。那汉子将这些男女一脚一个，俱踢得翻倒在地。琪生见他行凶得紧，走上前去，要看他何等人物。用心一看，原来是冯铁头。忙去扯他道："冯兄休得啰哴，过来相见。"

铁头见是琪生，喜得目欢眼笑道："我的老相公，寻得我好苦，教我哪里不曾寻得到。"正携手欲行，只见店小二去约了一班光棍、油面辣子赶来厮打。铁头怒道："待我索性打死他几个。"言罢，就迎上前要打。琪生一把拦住道："不可不可。"那小二这些人，不知琪生是劝的，认是他同来的伴。但见赢不得铁头，没处出气，就来打琪生。吓得陆珂、马魁忙上前拦住，将为首的一个打了一掌，喝道："咄！该死的奴才！按院老爷在此，谁敢乱动？"众人吓得屁滚尿流，只恨爹娘少生两只脚，一齐跑得没影。恰好有本县打听按院消息的人在那里。一闻此信，飞马报本官去了。

这琪生携着铁头手，另进去个僻静店中。那店内的人，已知是按院，见他进来，连饭也不敢吃，丢下饭碗就走。店主忙来磕头，琪生道："我暂借此说话。你们不许张扬。"店主应声而去。琪生问铁头："一向在哪里？今日何事到此？"铁头就将逃难遇和氏老夫人与轻烟始末历陈。琪生泪如雨下，忙问老母与轻烟，如今安在？铁头道："住在吕城。我自安顿老夫人二人之后，就各处来寻你。到这常熟县，连今日已是来寻过三次。不想兄已做官，也不负我几番跋涉。"琪生致谢，就要转头见母。铁头道："待我先去报知老夫人二人。兄索性却完公事，从容回来相见何如？"琪生急欲回去一见。

忽陆珂来禀道："常熟合县官员在外禀见。"琪生道："到县相见。"琪生见众官已经来接过，不好一回，遂差马魁同铁头先往吕城报信，自己即到县查盘。诸事已毕，却将昨日被伤店主唤来，赏他几两银子，安慰他一番。就差人往路上知会座船："只在无锡县等候，你不必又来。"

次日复忙忙地巡到各县份与松江府各处。匆匆趱完公事，遂带着陆珂起身，星夜赶至吕城。路上早接着马魁来迎，一同进门。琪生连叫道："母亲在哪里？"和氏老夫人与轻烟听得琪生已到，飞奔出来，抱着琪生痛哭。琪生跪在地上哭道："致使母亲流落他乡。孩儿之罪也。"夫人扶他起来，三人各将前事说知。琪生又向轻烟谢道："我母子若非姐姐，焉有今日。向时我见庙中诗句，还道你失节嫁人，满腔错怪。岂知你反为我母子受苦数年。"言之不觉泪下。轻烟泣道："身已从君，焉肯失节。妾不足措，只苦了婆婆耳。"琪生只又大哭道："母亲幸喜见面，只是爹爹不知还在哪里吃苦。只恐存亡未保。邹小姐与素梅姐姐着落何方，我好痛心。"夫人与轻烟也哭。铁头苦劝方止。

琪生就差人到无锡县，催趱座船快来。过有五六天，方才船到。琪生去接邹公上来相见过。邹公待见轻烟，触动心事，放声大哭道："你母子倒幸团圆，轻烟固而见面。不知我女儿尚在何方，今生可有相会的日子？"琪生与铁头再三劝改。次日，琪生就将母亲与轻烟也送至常州，与绛玉一同居住，待复过命再着人迎接进京。又恐邹公年老，畏见风霜，也留在常州同住。那府县官来叩贺，自不必说。过了两天，琪生别过母亲与众人，带着铁头做伴，乘着座船，又巡往淮安一带而去。正是：

代天巡舟人人惧，过地闻名个个尊。

话分两头，且说素梅自从在常州关帝庙和诗之后，一直寻至定海。家里只见衰草门庭，青苔满院，一个熟人也不见面，只得一个老苍头看守门户。次日问到祝家，又是一片火烧残地。急访于邻人，方知他家也为出事来，逃走在外。苦得没心没绪，含泪回来，就与苍头诉苦。次日又去访轻烟，也不知去向。要打听小姐，一发没处下手。遂住在家中指望等他们回家得一个信音。谁知将近一年，杳无音闻。思量坐在家中，守株待兔，终究不是长法，不若再到京中，且讨平小姐一个好久信息。至十月二十七日，遂又动身进京。至次年五月，方行至淮安府。才下饭店，心里就觉有些不爽利。及睡到半夜，渐觉沉重，竟病倒在淮安店中。不知生死如何，且听下回分解。

第十八回　除莽儿素梅致情

诗曰：

腰间常佩绛错剑，专待仇人颈血磨。

是我姻缘偏复合，问伊何用起风波。

却说素梅病倒在饭店，自己将衣服紧紧穿着，只是和衣而卧。幸藏身边盘费多余，诸事可为。央店主请医调治，一病半年有余。待调理好时，已足一年，盘费花得精光。想道："我多时不曾画幅画儿，今日不免画幅卖来做盘缠。我病已好，只管在此，岂不讨人看出破绽。明日还急急地起程才好。"遂画两幅画，拿在手中去卖。偏又作怪，起初两年，拿出画去就有人买，只愁画不及。今日拿着画，整整打早就走到日午，问也没人问一声。心中苦楚，耳边又闻得按院将到，满街报马与官府往来不绝。心内害怕道："我是个女身，脚下走路，慢蹀则可，快行未免有错。如今街上官府又多，人马又众，而且按院初到，不是当耍，倘有一点迹虞，风波立起。不若且回店去回避一日，再作商量。"遂回身转步，行至南门。忽背后一人拍拍她肩上道："素梅姐姐，怎么是这等打扮？"

素梅吓上一跳，忙回头一看，却是个和尚，颇觉面善，一发竟想不起。那和尚笑道："怎就不认得我？我是平莽儿呀！"原来莽儿自拐主母事犯，从监中逃出，直至这里。无所栖身，就投在南门外□行庵做了和尚。适才正去化盏饭，遇见素梅在街上卖画。他的眼□□生认得。只因是男妆，不敢造次。悄悄尾在她背后，细细瞧看。左看右看，见她举趾动步，一发知是素梅无疑，所以放胆叫她。素梅数年不曾被人识破，今日蓦然平空有人唤出她本像，吃这一大惊。见是平莽儿，就仇人相见分外眼明，将一副心事对付他。

莽儿见果是素梅，就起奸淫之念，意欲拉她同至庵中，又恐照顾了众和尚，没得到她。心上暗自打算道："待我先弄她上手，然后再带进庵。她若一心向我，要拒和尚也就不难。"遂诱至僻静处，一把搂住求欢。素梅竟不推辞，笑道："这所在，人迹往来，不当稳便。倘遇着人来，你是个出家人，我是个假男子，岂不弄出事来。同你到我下处去，闩上房门，一人不知，倒甚稳当。"莽儿道："你下处在哪里?"素梅道："在府前。"莽儿甚喜，放手跟着素梅就走。

素梅一路暗恨道："我与这贼前生做下对头，今生与他一劫。罢，罢，说不得了。我今日必然是死，且到府门前喊官。誓不与这贼俱生。"一头走一头算计。耳中远远闻得喝道之声，忽听得旁人喝道："按院老爷来了，还不站开，只管低着头走，到哪里去?"素梅闻知就一手携着莽儿，避在一边。不一会，锣声将近，两面肃静牌早已过去，许多仪从执事，络绎而过。看看按院轿子已近，素梅猛然一声大喊："爷爷救命!"莽儿吓得心胆皆碎，急得要跑，被素梅死紧揽住。

那按院正是琪生。闻得有人拦路喊叫，必是急事。就差人押住，将二人带到察院衙门。先唤素梅上去，一见已吃一惊，忙叫至案桌跟前，吩咐她抬起头来。心内大喜，不觉出神，就失声道："嗳哟，你莫非……"连忙又住了口。素梅抬眼见像琪生，也暗吃一吓，又不好问。两人默默无言，你看我我看你，倒有些趣。一个告的不诉，一个审的不问，各人心里登时搅乱。琪生恨不得跑出公案来问她，衙役们看着又不好意思。只得审问道："你怎没有状子，拦路乱喊? 所告何事?"素梅从直诉道："小妇人靠实不是男人。"琪生听了这一句，正合若他痒处，喜得抓耳挠腮，含笑问道："这是何说?"素梅将平宅从嫁，自己不从，改扮男妆，来寻丈夫祝琪生，今日遇见平莽儿要奸淫之事，一一哭禀。琪生已知果是素梅，遂叫莽儿上去，将信炮连打一二十下，忿然道："你有何说!"

莽儿尚兀自左支右吾地抵赖。琪生拍案大怒道："你这该死该剐的奴才! 还不直招。你且抬头认本院一认看!"莽儿果抬头一看，认得是祝琪生。吓得他顶门上走了三魂，脚底下荡了七魄，半日不能则声。琪生叫夹起来，又问："他买盗扳害可是你经手的?"莽儿料赖不得，遂将主人遣他行刺，错杀戴方城，又买盗扳害，落后如何抢邹小姐二人，自己如何拐主母，犯事逃做和尚，今日又不合要奸素梅，一一招出。琪生如梦方醒，始知以前情节。素梅在旁，也方知琪生就为此受累。琪生道："今日真是神差鬼使叫你犯在本院手里。明白前事，我也不定你罪例，从宽发落，只将你活活熬死

罢。"欲要掣签行刑，恐素梅胆小害怕，吩咐差人带出二门，将莽儿重责一百板，生生断命。已交与老阍收管。

琪生发放事完，忙掩门退堂，差陆珂将素梅悄悄接进。二人悲喜交集。琪生忙问道："小姐在哪里？"素梅重新哭诉前事。琪生闻得小姐又被强人劫去，痛哭号呼。琪生也将自己事情并见诗及到家中遇苍头之事历历告诉，又道："你既送平小姐到严家门口，落后可曾闻些动静么？"素梅道："彼时我就出来。大约平小姐誓在必死，叫我多致意你，叫你自家保重，切勿以她为念。"琪生哭道："我曾去访，她果然投水而死。"素梅闻知，亦心酸大哭。琪生又说："她也曾到常州关帝庙和诗哩。"素梅道："这却又奇。她既死在我题诗之前，怎和诗又在我题诗之后呢？好不令人难解。"

二人正在猜疑，忽冯铁头怒气冲冲跑来对琪生道："适闻人说严贼事败，发烟瘴充军，随身只带得一名军妻，是平家之女。今已到河下。明日动手，我去将平小姐取将来何如？"琪生骇异道："平小姐已死，哪有此事？"铁头道："或者传闻不的，小姐未死也不可知。"琪生又问铁头道："你怎得有法子去取？"铁头道："我自有道理，管你取得来就是。"琪生喜极道："既是不曾死，你快些去，务在必取才好。但不宜声闻于外，恐碍官箴。"铁头道："咱家自有制度，断不令人知道。"言罢出来。

先去认了船，买了一包火药。至三更时分，悄悄去那船边，放起一包火来。那船登时大焰，火光烛天。众人惊慌，俱爬起来。有摸着衣服没有裤子的，有全然摸不着的，有摸着一件又是别人的，一齐喊叫，乱窜上岸。惊动许多人来救火，解子又要顾行李，又要顾正犯，哪有工夫去照管军妻？铁头杂在人丛里来救火。众人之中，见船上有个标致女人奔上岸来，忙走向前，一把挽着就走。那女子被火吓得昏头搭脑，单顾性命，只认是本船上的人救她，所以头也不抬，惟顾脚底下，只是跟着他走。铁头带至无人所在，从袜筒里取了一把刀来，恐吓她道："你随到边远充军有什好处？好好随我去，还有快活日子。你若不肯，开开声儿就杀了你。"那女子忙道："情愿随你同去。"铁头遂收起刀，同至城边。那城门早已大开，却是衙官亲来救火，故此开的。铁头竟将女子带进察院，全无一人知觉。

琪生忙迎出去看，却不认她，心甚索然。对铁头道："我说没有此事，果然有误。怎么处？"恰好素梅出来看见，拍手笑道："怪道说是平家之女，原来是平大娘。差到底也！"琪生问是哪个平大娘。素梅笑道："就是枣核钉之妻陈氏耳。"琪生与铁头大笑，问陈氏因何在严家。陈氏尚要支吾，琪生道："莽儿已被我打死，你直说不妨。"

陈氏满面羞惭，料然不能隐讳，只得把罪放在莽儿身上，略略被宣几句。琪生又问："你家姑娘生死如何？"陈氏却将姑娘不从，投河身死之故说知。琪生知小姐死信果真，大哭不止。素梅亦甚是悲伤。琪生与素梅叙了两宿旧情。琪生因陈氏在院，恐人晓得谈论，一发连素梅俱教铁头也送至常州宅里同住。又嘱咐铁头就住在常州宅内照管，不须又来。铁头别却琪生，送二人而去不题，正是：

本将携手同欢乐，只为官箴又别离。

琪生又忙了数月，各处俱已巡到。一省事完，要进京复命，一路无话。不一日到京，面过圣出来，去拜一个邢部侍郎，是他最相契的同年。偶见案头一张本稿，信手取来瞧看。起首就是"速枭元恶，以防不测事"，看到后边，却是"大盗焦熊，绰号红须，速宜正法，不可久滞狱底。恐防贼党窥伺，致生他变。"琪生暗道："这人名字我却在哪里听见过的。"一时再想不起，只管垂头思索。侍郎道："年兄踌躇何事？想是稿中有什不妥贴的所在？不妨改正。"琪生一心思想，口内咨咀道："非也。这又有些古怪。"侍郎无心中答道："这人果有些古怪。据他自供说，替他什么祝恩人报仇，杀了古田县主簿——枣核钉平襄成，自家甘心受死。日日在狱中恨，问官不早些处决他，叫他在狱中受闷。你道天下有这等不怕死的亡命之徒么？故此连弟也在这里疑惑，心中却反有些怜他。你说奇也不奇？年兄怎也知他古怪呢？"

琪生才记得数年前青莲庵所救之人。暗道："他怎晓得我的事？这又大奇。"遂动了个救他之念，便应道："这人与小弟曾有一面。恳年兄怎地为小弟开豁他才好。"同年道："罪案已定，似难翻改。怎么处？"想了一会道："除非只有抵换一法。"二人再三计议，竟吩咐狱官，将一个多年死囚绞死，却递个红须身死的报呈。轻轻把个红须救出，带进琪生官寓。

红须一见琪生，喜出望外，踊跃跳道："咱道是哪个张爷救我，原来却是恩人。咱不喜得命，倒喜今日得遇恩人。"琪生道："何意？"红须道："太爷与尊夫人，眼也望穿。恩人既做了官，怎就忘却父亲、妻子？"琪生垂泪道："我心几碎，怎说忘却二字。你想是知道下落，快与我说明。"红须就把遇雪娥小姐并劫狱以至杀枣核钉时被擒、解京之事，从前细说。琪生又悲又喜，感谢不尽，忙问道："老父与邹小姐，目今还在何方？"红须道："咱解之时，蒙他二人赶来，要随咱进京。是咱不肯就他，就住在常州

中国禁书文库

五凤吟

三一六

府，想还在那里。"琪生顿足哭道："我也曾在那里，着实寻访，怎偏不遇。早知如此，就不做官，只在那里访着他相会，何等不好。岂知当面错过。我真是天地间大不孝大不义之罪人也。"遂呼天大号。红须劝道："不要烦恼。既有着落，自有相逢日子。明日待咱去接他到京何如？"琪生谢道："多感厚情，生死不忘。"二人正在谈说，忽一个衙役送报单进来道："广东山贼窃发，连破惠、潮二府，官兵杀败，巡抚阵亡。今又围困南雄。本府郑爷，百计死守，信息甚紧。方才又是三报，奏请救兵。阁里去九卿六部老爷出了会单，不论文武翰林有司，俱于午门会议。请老爷就行。"

琪生惊道："郑兄有难，安可坐视？我当为朝廷出力，替知己死难，正此时也。"遂换朝服急急进朝。原来严嵩拿问，凡是当初被他削逐官员尽皆起复。郑飞英也当起复，就选了广东南雄府知府，带着家眷赴任。到任才一月，就被贼兵围住，屡战屡败。外无救兵，内无粮草，破在旦夕，命在须臾。故此差人突围，星夜进京求救。这琪生晓得是他，所以着忙。奔到午门，只见众官会议，欲议出一人领兵前去救援。众人闻巡抚也被杀死，声势凶勇，哪个敢去？俱面面相觑，各不出言。琪生大声言道："朝廷高官厚爵养士，原在分忧。今日俱是这等畏首畏尾，坐视累卵，则朝廷要我们何用？今日正是事君致身之秋，卑职虽属文臣，愿提一旅之师，解南雄之围，替君父分忧。"说罢遂同众大臣面圣自举。龙颜大悦，御笔亲授广东巡抚、兼提调各省兵马都督。又加上一道御敕。琪生谢恩，连夜带着红须起程。这番兼官各省兵马，一路人马拥护，好不威赫。琪生与红须坐着大船，这些兵马、执事，却摆在岸上，晓夜趱行，不知此去何如，再听下回分解。

第十九回　剿寇二士争雄

词曰：

　　巡方才得返星诏，又把从戎征战讨，何苦独贤劳？不因援友路，哪得会多娇？

右调《菊花新》

　　却说祝琪生自领马出京，一路人马随从而行，多少威武。直到常州地界，忙差人往母亲处报信。自己随即下船来见母亲，道及朝廷又差孩儿往广东剿贼，不日要往长江、过梅岭去了。一则记念母亲并探父亲下落，二则不知邹、平二位小姐消息何如，三则要□□□助义兄同往广东建些功业，以报知己。如此由浙江、福建□□□□□飞英被贼围困南雄，正在危急之秋，望孩儿救他。□□□□□□别母亲前去。绛玉、素梅、轻烟亦来送别，遂邀了冯铁头下船□□□令开行。那些常州府所属官员，俱来投手本候见，并送下程。琪生一概不收。但要地方官纤夫多拨几百名，以便连夜趱行。那些府县俱是琪生旧属，今又见新升抚院，且不受一文私礼，岂有要几名夫，不竭力奉承的道理？遂传各方总甲人等，立刻要纤夫一千名。前任广东抚院大老爷军前应用如遭重究。只见毕递火速同了差人，各处要夫。

　　谁知祝公与邹小姐自随红须起解进京，劝他暂住常州后，身边盘费俱已用尽，口食尚且不给。正是走投无路，忽听得县里立刻要夫，左右邻皆去。祝公与邹小姐商量道："我今早膳尚缺，如何得有银钱雇夫？只得自去应个名罢。"邹小姐闻说，泪如下雨，便道："公公如此老年，焉能受得此苦？若是不去，地方总甲又恶狠狠地，决不肯放过。"只得随在祝公身边，同着扯纤而行。

　　此时琪生正别了家眷下船。冯铁头虽然初与红须相会，向日已闻琪生口里赞过，

一见自然气味相投。三人说了些闲话，船已行有二三里。红须忽记起祝公并邹小姐尚无下落，便高叫道："咱有罪了，快放咱上岸去。"琪生忙问道："兄要往哪里去，却是为何？"红须道："你道为何？还是为你。难道你忘了令尊并尊夫人么？"琪生道："怎敢片刻有忘。只因军机紧急，已吩咐家人多方寻觅去了。如再不见时，待班师之后，仍还要借重。"

正说之间，忽然岸上人声嘈杂，其中似有妇人号哭之声，更觉凄惨。琪生偶而动念，随立身往船窗外一觑，但见一老者打倒在地，一女人号哭在旁，不知其故。连唤差役上岸，速去二人情节回话。差役忙过脚船上岸，问那老者道："因何倒在此间？"那女子答道："我公公是拿来纤夫。因年老行走不快，被夫头打坏的。"差役随来回话。琪生听了复想道："既是纤夫，如何又有一个少年女子随行之理？其中必有情弊。你可去带那二人上船来见本院。"原差立要拿祝公上船。祝公决不肯去，邹小姐道："公公不妨。待媳妇去哭诉苦情，或者还可出得夫头之气。"二人随了差人上船时，琪生先已看见是父亲了。慌忙迎出舱门来，一把抱住父亲哭拜道："男该万死。如何累父亲受苦到这田地。"祝公道："这也是我的命运。再不想你改了姓。如何使我寻得着？"琪生转身见了邹小姐，也拜谢她年来伏事父亲之劳。红须、冯铁头亦过来下了礼。祝公一见红须便问道："义士从何得放？真喜杀我也。"

外边又禀道："知县锁夫头在此请罪，求大老爷发放。"琪生闻之正欲出去痛责一番，被祝公劝道："他只知赶路要紧，哪知你我事情。若不是他这一番啰唣，我与你哪得相逢？此系无心之过，饶他罢了。"琪生领命而出，只见知县驿丞跪在船头上请罪。琪生道："人夫自当选壮丁着役，如何差老弱的塞责？此皆谀役朦胧作弊。已后当细心料理，姑且一概不究。"众皆叩头感谢而去。

琪生进舱来，祝公便问道："你母亲曾有下落否？"琪生道："母亲已在此住久。男今奉命付贼，刻不容缓。父亲可同媳妇且与母亲暂住此地，待男班师之日，一齐进京。"随唤轿而送太爷、小姐到衙。即时点鼓开船。

不须半月，即到福建。探报日日虽有，琪生又暗差精细军士前往贼营探其虚实。随取广东全省地图一看，何处可以进兵，何处可以埋伏，何处可以围困，何处可以屯粮，何处系藏奸之所，细细筹划已定。一个境内，便传惠在南雄三府附近地方官进见，着他速备粮草，军前听用。且不到省行事，急忙整顿兵马，竟往潮州而进。一边与焦红须、冯铁头密议道："我若先去解南雄之危，恐贼兵全力俱在南雄，急促不能取胜。

不若先攻惠潮，他必无备。乘其无备狠打一仗，即不能全胜，立时恢复三府。谅有二将军威勇，也断不输予他。南雄贼兵若闻得大兵取惠潮，必将南雄之兵来救惠潮，则南雄不战而围自解。我兵那时随往南雄会同郑飞英，再商议灭贼之策，有何不可。"

红须道："恩主言之有理。以我二人去征惠潮原非难事。"琪生遂择日祭旗发兵，将人马分为三队。首队以焦红须为大将，率领一千人马，密授以方略先行。后队以冯铁头为副将，率领一千人马，亦授以方略随行。琪生自领一千人马，从中接应。并不许一丁沿途扰害良民、奸淫妇女。所过地方除粮草应供之外，鸡犬不惊。但见：

　　　　旌旗蔽日，剑戟如林。

不数日已到潮州。探报人禀道："贼兵因攻南雄不下，俱将精勇调去了惠潮二府，只存千数老弱兵在内，着他紧守城池不可乱动。倘有官兵讨战，速来通报，不可轻出。所以惠潮二府城门，每日午时一开，除放柴米蔬菜之外，即紧闭不出。上城守宿俱是百姓。"

琪生闻得此信，遂觉此来果系不差，便对焦冯二将道："看此光景只宜智取，不宜与战。"红须道："如此毛贼，何须智取。随咱力量砍去便了。有何惧哉？"冯铁头道："恩主所见极是。倘只固守不出，何时得下。若有妙计，自当领命而行。"琪生道："别人行兵，多以先声夺人。只得三千，报称十万，使之畏威投顺。今番逆贼擅能杀死总督、巡抚，连下二郡，正在猖狂得意之秋，安能望其投诚。我今寂然而至，略不示以进剿之威，则城内无备。我今将精勇四十名，随了冯副将扮作客商，待午时混进城去。伏至更深，听城外炮响，便放开城门杀出，与焦将军合兵杀进，自无不克之理。"二人依计而行，果然迅雷不及掩耳，里应外合。那些老弱兵无从招架，各皆逃生去了。焦冯二将，赶杀了半夜，并无敌手。遂请琪生进城，出榜安民。再将府中仓库细细查点一番，委任一贤能官署了府事。次日起兵，竟往惠州。

琪生在路对红须道："此番又不是前日局面了。已前要寂然而至，如今要耀武扬威，大彰声势，方才有济。"红须道："一样两府，何故又要变局？"琪生笑道："贼人必知我里应外合之计，此番断然死守城门，不放面生之人进城，以待南雄救援之兵到来。则此计不行矣。"惟四路大张招抚榜文，云我雄兵数万，战将百员，已驻于此，怜尔辈原系良民，不过为贼人所陷。若肯改逆从顺，一概免死不究。原系守土之官仍还

旧职。特此晓谕，速速投诚。此时城内已知榜文所谕。那府县自料力不能胜，即会同总兵官商议："若不见潮州三日内被彼大兵所破，我者兵微将寡，如何是他敌手。不若早早投诚，还可保我旧职。"道犹未了，来报："张巡抚大兵已满山塞野而来，围住城门了。"但见：

　　　　一路霜威凌草木，三军杀气贯旌旗。

守城百姓一见，便皆惊倒，就欲开门迎接。适值官军皆有此意，遂一齐出郭迎接。

　　探报立时传进中军，红须闻报大笑道："好个主帅，料敌不爽分毫，果然来投诚了。"即便麾军入城，探其虚实。一面请主帅发放投诚人众。就在府中坐下，出了安民榜，查过仓房钱粮，仍令谍属官军管理地方。即日拔营往南雄。

　　贼寇已知惠潮有失，火速前来，却与大兵途中相遇，不能前进。便扎住营头，就在此决过胜负罢。琪生亦见贼兵到来，即传令且在此扎住，命焦冯二将乘机进剿。那些贼众见我兵声势勇猛，也便胆寒。及至对垒，战有五十余合，杀得红须性发，赶上一刀，贼首一闪，跌下马来，被我兵捉住，捆解辕门。那副将见贼首捉去，奋勇前来，与红须死战不休。冯铁头见红须不能取胜，便跃马横枪，随来接战。直至天色渐晚，各自收兵回营。次早复来讨战。琪生道："贼首已获，决该骇散，何以还来讨战？二位将军，今日决要擒得此贼，方可无虞。"焦冯二人道："如此毛贼，只须一人够了。今有我二人在此，怕他飞上天去？不消半个时辰，包管取他驴头来献恩主就是。"二人便整顿兵威出战。只见贼众不因头目被擒，兵威消灭。红须大声问道："贼首已被我拿下，汝等何不早降，也免得一死。"那贼将道："主帅被擒，我军中豪杰尽多，难道再立不得一个的么？休得夸能，放马过来。"两下又战有五十余合。冯铁头在后，看清了那贼的刀法，冷地赶上前来，斜刺一枪，即时跌下马来，被红须一刀砍死。贼皆落荒而走。焦冯二将尽力砍杀一番，方传号令：如有愿降者免死。众皆倒戈乞命。遂收兵回营。正是：

　　　　忽闻战鼓震山林，剑戟交加鬼神惊。
　　　　暗淡愁云浑似梦，二雄从此显威名。

但见得胜回营，琪生亦来迎焦冯二将进帐，称其大功，随往南雄进发。郑飞英探知张巡抚到来，已先出郭跪接。琪生一见，连忙扯住道："弟与兄真异姓手足，何必拘此大礼。"遂请琪生到察院衙门住下。郑飞英就随在后禀参，琪生也不坐堂，扯住飞英手往内便走。二人坐下，飞英深深又打一恭，感谢道："自被贼兵围困数月，料无生理。忽然解散，深为诧异，又闻张巡抚亲来进剿，谁知就是台兄。若非台兄雄略，弟焉能有今日之重生。莫大之恩，何时可报？日来老伯、伯母与尊嫂还是在京，还是在家？"

琪生道："承念及老父老母，弟真名教中罪人。自被平兽毒害之后，俱各流落天涯。直至巡方之日，才接老母奉养。老父是行兵路遇的。相会尚未及两月。至于家室一事尚未有期。"飞英道："若未曾恭喜，弟替为兄作月老何如？"琪生道："这又不敢当。有是有的了，但不得全美耳。"飞英道："何为全美，何为不全美？"琪生笑道："一言难尽。弟向因浴佛会，拾得凤钗，与邹小姐有约，此吾兄所知者。随后还有平婉如小姐之约。不料兽兄君赞，竟将妹子送入权门，小姐为我守节而亡，至今悬悬。"飞英道："台兄既知平小姐已死，何不再续鸾交？"

琪生道："还有一疑案未释。弟在常州关帝庙，见婉如诗一首，又像未曾死的。故此还要细访。"飞英道："台兄果有心于她，也是易得的事。"遂作别回署。即请平小姐出来道："恭喜贺喜！祝琪生已做本省巡抚，因剿贼至此。少间来拜时，便可相会。"婉如道："闻说新巡抚姓张，难道广东有两位巡抚么？"飞英道："巡抚倒只得一位，祝兄却有两姓。小姐不必多疑，待他来时，自见明白。"一面吩咐整备筵席。道犹未了，衙役飞报："巡抚张老爷已亲到门。"飞英连忙迎接进来，琪生下了轿，径往内衙便走。飞英仍要行属礼。琪生笑道："若要行此礼，我便不该来看兄了。"遂扯飞英手，一同坐下。

茶罢。琪生即问道："兄所说平小姐果还么？可以通得一信否？"飞英道："信是极易通的。但闻张字便不通了。台兄若真心念她，弟之月老定做得成矣。"连忙叫请小姐出来。

此时平小姐在内，认得果是祝郎了。闻请相会，也便出来。琪生一见，果是婉如，两下悲喜交集。飞英就将投河救起缘由说明。琪生感谢不已，方才商量奏凯还朝之事。遂将地方军政俱交辖部院掌管。把郑飞英亦叙有军功，邀他同行。一边报捷，一边出本候旨赏封。且看下回分解。

五凤吟

第二十回　酬凤钗五凤齐鸣

诗曰：

　　一番离别一番逢，转眼当年似梦中。

　　终是金钗作巧合，大家齐谢凤头翁。

　　再说琪生修起本章，将陷车囚了贼首，着兵防护，先解进京。又着红须与铁头至常州宅内报信，然后带领婉如下船。飞英领着家眷，另备一船，也同起身。一路逢府逢县，官员远接送礼请酒，起夫马，备供应，热闹不过。一月已到常州，飞英自泊船码头。琪生却坐着献轿八抬八撮，前呼后拥，来到宅中，拜见父母与邹公。雪娥小姐领着素梅、轻烟、绛玉也相见过。又有韩氏与陈氏，也过来拜见。琪生就着人打轿，将婉如小姐接至。婉如先拜见公婆与邹公，又与众人相见。绛玉见了小姐，喜从天降，二人互相流泪。绛玉要行婢子礼，婉如垂泪不肯，也以平礼相见。婉如又向陈氏洒了几点眼泪。次日飞英也上来拜祝公与邹公，留住饮酒自不必说。

　　琪生遂择吉日，将韩氏配了红须，又将陈氏与铁头成亲。各有妆奁奉赠。韩氏错赐，处防贤德。陈氏邪荡，有失贞节。这也是近朱者赤，近墨者黑，天理当然耳。

　　祝公与和氏夫人商议道："孩儿、媳妇，年俱长大。不若拣个黄道吉日与他成了亲，一同进京岂不更妙。"老夫人甚喜。择了吉期，就央红须为雪娥小姐之媒，却有邹公主婚。央铁头为婉如小姐之媒，就是飞英与陈氏主婚。琪生与两位新人成其花烛。次日，又是邹公、飞英二人替素梅、轻烟、绛玉三人为媒，立为侧室。素梅、轻烟，却是铁头与陈氏主婚。绛玉却是红须与韩氏主婚。这两日，连郑飞英家眷也接上来，大吹大擂，好不兴头，好不风骚。只便宜了一个琪生。你想他这两夜的光景是怎么个模样？

第一个夜词寄：

翠被翻红，桃浪叠卷，内外夹攻上下向曾得歇。左右受敌，彼此真是难支。一个雨汗淋漓，顾首不能顾尾，两个娇声婉转，且战而又且却。数载相思，今日方了，连摘二枝，其乐如何。

第二夜词寄：

齐搂三个新人，各出四般旧物。三面受围，一将难敌。彼往此来，左冲右突。汗浸浸，个个争先勇猛。声喘喘，人人循序攻求。既渴吾力，欲罢不能。三战三北，其余不足观也已。

琪生连日新婚，乐而忘返。那些远近官员，登门拜贺，连络不绝，门口竟拥挤不开，不消细说。一日，婉如小姐将出凤钗，对琪生笑道："她真你我之媒。如今该酬谢她了。"琪生就笑问雪娥小姐道："这凤钗，原是你的。哪知竟与我做了两次冰人。先聘你，后聘平夫人。"又笑指素梅三人道："且搭上这三位星君，其功甚大。当封它个什么官职？"五位大小夫人齐笑。雪娥也取出琪生旧日所题汗巾诗句还他。琪生看了，忽想起庙中之诗。对她五人道："你我六人，俱遭一番磨难，却俱在关帝庙题诗。今日复入完聚，岂非神圣之力？还皆齐去拜谢才是。"轻烟接口道："果然神圣显应。妾与婆婆，当时进退无门，欲寻死路。求得一签，妾还记得是第十三签。诗上道：'彼来此去两相遗，咫尺风波泪满襟。休道无缘乡梦永，心苗直待锦衣归。'恰好我与婆婆同冯义士要往吕城，才出得门，你就到庙中。这是头一句也应。我与婆婆出脚门时，就遇着那无赖公子窘辱。第二句又应。直待你如今做官，方得相逢，又应了后两句。这签句句应验，岂不是关帝感应？"

琪生道："若说起求签，我向日在家中，也于关帝庙求一签。诗道：'劝君莫坐钓鱼矶，直比生涯信不非。从此头头声价好，归来方看挂添肥。'神圣叫我莫坐家里，快些进京，果然进京就中。两次出差，却遇着爹娘与你五人，岂不句句也应？"绛玉也道："我那日同韩大娘还愿，自心暗祝神前说'若与你有重逢之日，神帐飘起三次，后祝完，神帐果然连飘三次。今日果聚一次，岂不也应验了。"众人惊异，齐道："既如

此，不可不去拜谢，就是明日去罢。”琪生又道：“金凤钗是你我撮合老人，不可亵它，明日何不备下香灼纸马，大家送它到关帝庙中供奉，便他日受香烟，千年不朽，以报它作媒大恩。”数人欢然，次日果备了许多牲礼，一二十乘大轿，三四十乘小轿，一齐俱到码头上关帝庙中，众和尚出门跪接。琪生领着许多人进庙拈香，取金凤钗将拜匣盛好，双手捧着，供在香案之上，大家拜它两拜，吩咐和尚好生看守。后来这金凤钗竟做了山门传世之宝，如今尚在。雪娥小姐道：“我当初画的那一幅观音大士，不知可还在家么？”琪生道：“向日我与岳父在家看见，还见好好地挂在房中，可惜不曾差人请来今日一齐供奉，我与望空拜谢罢。”遂同向空中拜了四拜起来。祝公与邹公、飞英、红须、冯铁头、一班男人，都到两廊游玩，和氏老夫人陪着飞英家眷并韩氏、陈氏一班女客，在后殿随。喜琪生却携了雪娥小姐、婉如小姐与素梅、轻烟、绛玉五位美人到前殿来看旧日诗句，俱是红纱罩好，墙上半点灰尘也没有，比不得旧时那样零落。这些和尚都说是巡抚老爷与众位夫人之笔，遂将墙上搌得干干净净，用数丈大红好纱粘成方架，将诗句罩好。琪生与众位夫人将纱架揭起，见诗句宛然，字迹仍旧。琪生与五位夫人齐念了一遍道：

觅尽天涯何处着，梵梵姑媳向谁啼。
若还欲问题诗女，便是当初花底迷

定海邹氏轻烟题

不记当年月下事，缘何轻易向人啼。
若能萍蒂逢卿口，可许萧郎续旧迷。

又和一绝：

孤身浪迹倍凄淇，恐滞萧墙不敢啼。
肠断断肠空有泪，教人终日被愁迷

定海琪生和题

迢迢长路弓鞋绽，妾为郎君整日啼。
手花丹青面目改，前行人恐路途迷。

定海邹氏素梅和题

一入侯门深似海，逢宵挨尽五更啼。

知君已有知心伴，恐负柴门烟雾迷。

定海平氏绛玉和笔

身在东吴心在越，满天霜雪听鸟啼。

近来消瘦君知否，始悔当初执着迷。

定海平氏婉如步和

父逐飘蓬子浪迹，班衣翻做楚猿啼。

柔肠满泣相思泪，只为情痴妾自迷。

定海邹氏雪娥泣和

六人各看了一遍，琪生复又重新再看，向轻烟道："我那时详你诗意，只疑你另适他人，哪知为我老母致你吃苦。"看素梅诗道："彼时却不知你改妆卖画，直到定海家里，遇着老苍头告诉，方才知道。"看绛玉之句，道："那时只道你卖与人家，终身难见，岂知你诗中之藏，苦志待我。"又看婉如小姐诗，道："那时我只道你身入龙宫，倒我永抱思弦之惨，长怀青冢之悲，怎知你死里求生，依旧重圆，这快活从哪里说起。"看到雪娥小姐诗，道："闻你被劫，已道珠沉玉碎，及看诗之首句，也只道是为你父亲自感，哪知却为我老父受那般苦恼。今日喜得个个相逢，人人遂愿，又皆为我立赞，岂非乐事？"又道："我当初奇遇是逢浴佛会诗起，次后就因题观音赞的一个机会，遂先与你三人订的，落后□枣核钉生妒，就起衅端，倒与平卿二人巧会，总是福缘相俗，五凤齐鸣，明日又该去拜谢佛会诗。"众美人又笑做一堆。琪生道："我心中甚是快畅，待我再和壁间原韵一首，见得你我团圆诗也该题满。"遂唤人取笔墨过来，和道：

金屋深藏春意足，携手花下凤鸾啼。

从兹共作长衾乐，只恐情深春又迷。

定海祝琪生携五美人重题

琪生题毕，众美人个个看了，大赞。相视面笑，琪生又道："你五人何不再各和一首玩耍。"五人齐道："各做没趣，不若共联一首何如？"琪生道："更妙，就以你我各人之事为题，我先吟起。"联道：

旧诗令作新人语，愁句翻成笑眼看。琪生

回忆凤钗疑有儿。雪娥

迳对冰瑟岂无端。婉如

谈心还及花前事。素梅

携手犹思月底欢。绛玉

珍惜韶华莫浪过。轻烟

须知当日刻时难。琪生

　　琪生妻妾六人联完各看一遍，欢然大笑。大家玩了一会，祝公诸人早已进来，飞英问琪生道："你们写的什么东西，可好与我看么？"琪生笑道："是联的一首律诗，虽系眤昵之词，然看亦不妨。"就随手递与飞英。飞英接过一看，赞不绝口："不知诸夫人俱蓄妙才，盟兄占尽人间闺中情秀，真世间大福人也。若非如此，佳人也不能配盟兄；若非盟兄也不能配这几位佳人。"又笑道："那时盟兄窃玉怜香之况料然可观得紧。"琪生大笑，祝公与众人也拿去细看，大家赏鉴，当下尽一日之欢，至晚方回。次日，就收拾起程，各人登舟。琪生是四只大座船，小船不计其数。飞英也是一只座船，四只小船，一同到临清起岸。马轿、暖轿、牲口、车子，一路风风显显，直到北京。琪生面过圣上，就保奏红须和铁头大功。此时红须改名焦廷爵，铁头改名冯杰，圣上就升琪生为都察院都御史，授焦廷爵为五军都督府同知；后来又做到三边总制善终。授冯杰为留守司，后来也做到大都督，屡建高功。又将贼首乃雄枭首示众。焦冯二人各领家眷别琪生赴任，琪生又将南雄知府郑伟守城有功，臣节可嘉，圣上也升他做了按察司副使，亦别琪生到任去了。琪生又上本，复了自己姓氏，也匆匆到任。祝公年老不愿做官，只与邹公闲酣山水之乐。这琪生日日完了衙门事体，就与五位大小夫人又下棋弹琴，联诗画画，无所不乐。不上二年，五位夫人各生一子，更是锦上添花。后来，祝公与老夫人又过十数年方才相继归世。琪生请谥封为吏部尚书，谥忠肃公，母为一品洛郡夫人。邹公亦相继而亡。琪生与雪娥亦尽殡葬之礼，待三年服满之后，正要上京做官，忽然想起在关帝庙写疏头的时节，得到此地地位，富贵已极。便与五夫人商量不去补官，安心林下，除课子成名之外，一味以山水诗酒为乐，寿至八十一

岁。儿五子齐登科甲，与好友飞英并焦冯二姓，世世联姻，人人称羡，在下知之最真，故有此一段婆话奉闻。

浙湖三奇传

[明] 三台馆山人 撰

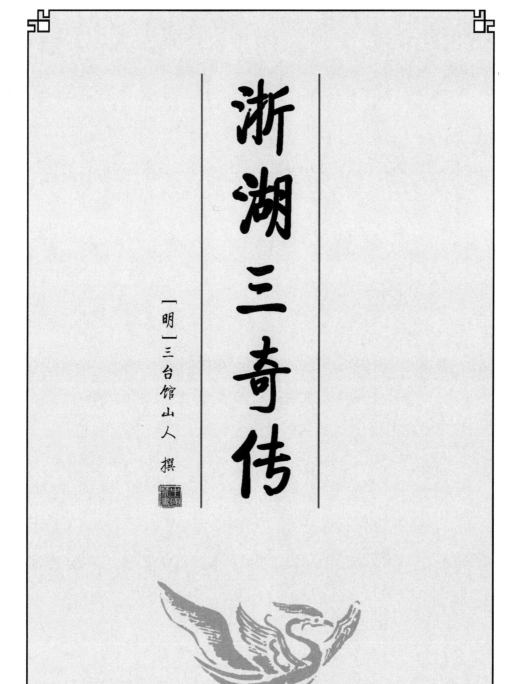

元末时，秋官吴守礼者，浙之湖人也。初，论伯颜专权乱法，蠹国害民，疏上，忤旨，夺职放归。于是买田筑室，以训子为事。子名廷璋，字汝玉，号寻芳主人。涉猎书史，挥吐云烟，姿容俊雅，技通百家，且喜游侠及兵事，真文章班、马，风月张、韩也。守礼欲使子谋仕，生曰："今何时也？可求仕哉！水溢山崩，荧飞日食，天变不可挽矣。异端作乱，隶卒称兵，人谈不可支矣。兼以侏儒御重位，腥膻执大权，直节难容，奸邪立党。予家本南人，何忍拜犬羊、偶豕彘乎？有田可耕，有庐可守，适性怡情，偃仰于世足矣，何必披袍束带，徒为夷虏所贵乎！况天人交变，运历将终，不几十年，必有真天子出。吾其俟之。"守礼闻言，亦服其识见之卓。

一日，以事辞父往临安，过蕴玉巷，见小桥曲水，媚柳乔松，更有野花衬地，幽鸟啼枝。正息步凝眸间，不觉笑语声从风自墙内来者，娇柔小巧，温然可掬。暗思："必佳娃贵丽也。"遂促马窥之。果见美姿五六，皆拍蝶花间。惟一淡装素服，独立碧桃树下，体态幽闲，丰神绰约，容颜潋滟，娇媚时生，惟心神可悟、而言不足以形容也。正玩好间，忽一女曰："墙外何郎？敢偷觑人如此！"闻之，皆遁去。

生归寓，若有所失。情思不堪，因赋诗一律以自解：

> 无端云雨恼王孙，不觉归来意欲狂。
> 为惜桃花飞雨急，难禁蝶翅舞春忙。
> 满怀芳兴凭谁诉，一段幽思入梦长。
> 笑语无情声渐香，可怜不管断人肠。

晨起，再往候之，小门深闭而已。俄见一老妪据石浣衣，生揖而进曰："墙内何氏园也？"妪曰："参府王君家玩也。"生曰："非其讳士龙者乎？"对曰："然。""彼有息女否？"答曰："有女二：长曰娇鸾，寡服未释；次曰娇凤，聘伐未谐。""为人何如？"妪曰："姿容窈窕，且工词章，善琴弈，而裁云刺锦，特余事耳。"生求见之心益笃矣。因自喜曰："此吾老父契也。备赞谒之，以假馆为名，万一允焉，他日之事未可知也。"

于是持书及门，款曲之际，生进曰："家君自别麾下，日志林泉，不获进瞻伟范，徒仰慕耳。侄因游学贵地，遍索雅静居，俱不如意。昨闻名园闲旷，且极幽丽，欲贷

少憩习业，未审尊意如何？倘念夙交，特赐容爱，小子当效草环之报。"王老笑而言曰："尊翁与朽，握手论契，已非一朝，彼此情犹至戚。今君弃家求名，盛举也，敢不如命。"且嘱之曰："日用之需，吾当任奉，毋使牵书史心可也。"

翌日，生遗随仆携琴剑书囊而往。王老乃馆生于池亭小阁中。生虽身居书室，心忆鸾娘，采青拾紫之念顿忘，而窃玉偷香之谋益计矣。处及旬余，心事杳杳，不胜悲叹。然王老见生举止端详，言词温润，接人待物，罔不曲尽理道，心甚爱之。虽夫人、二娇之前，亦尝以伟器目焉。

时台州李志甫作反，朝廷诏巩卜班总江浙军事行讨，王以武名亦与，因召生谓曰："正欲与君亲益，奈征蛮之制已下，行期旦夕矣。家中外事，望乞支任。"生一一允诺。明日，王备舟促唧，送者驰骤。生晚归，心幸曰："待月之事可成矣。"

后一夕，鸾独坐卧云轩中，手弄花枝，影碎风旋，炉篆香遗，自念："金兰流水，不能倚玉树而遇知音，其为情也，诚不堪矣！"即呼侍婢春英者——慧巧倜傥，亦艳质也——同至后园集芳亭前，步月舒闷。忽闻琴声丁丁，清如鹤唳中天，急若飞泉赴壑，或怨或悲，如泣如慕，诚有耳接而心怡者。鸾即往，穿窗窥之，见生正襟危坐，据膝抚床而弹，清香袅袅，孤竹煌煌，望之若神仙中人。恐为生所觉，即呼春英，怏怏而去。归不能寐，适笔砚在旁，援书《如梦令》词云：

> 正好欢娱彩慢，何事赤绳缘断。
> 步月散幽怀，又被琴声撩乱。
> 情愿，情愿，孤枕与君分半。

自是，口虽不言，心则已领会矣。后夜复至，意为听琴计也。适生独立柳荫玩月，鸾不知而突至，见生报颜，与春英相笑而去。生意必鸾也，欲追不能及，欲舍难为情，因借柳为喻，遂书二律于壁云：

> 沿溪弱柳绿方稠，牵惹离人无限愁。
> 半娜腰肢风力软，长颦眉黛雨痕愁。
> 章台旧恨成虚度，汉苑新缘欲漫酬。
> 缕缕含情休荡漾，画桥之外有朱楼。

烟锁长堤两渭城，浅妆浑恨别离轻。

影临曲水如无倚，花入栏杆若有情。

学舞柔姿轻掠燕，偷眠弱态引流萤。

依稀可惜闲情夜，攀取疏斋续旧盟。

生就馆三旬，见鸾仅再，心猿意马，不能自驯。因访知春英乃鸾得意婢也，欲面求一会。越二日，英独至园亭采茉莉花，生揖曰："露气未多，采何早耶？"英曰："迟恐他人所得。"生曰："今采奉谁？"英曰："鸾姐惜爱，方理妆候簪。"生笑曰："然则惜花起早，诚然欤？但不知爱彼何如？"英曰："爱其清香嫩素也。"生曰："清香嫩素，子但知人爱花娇雅温柔，独不见花亦爱人乎？"英曰："花无情，何能爱人？"生曰："万一有情者爱之，我予以为何如？"英微笑不答，盒花而去。

明早，复会英于亭前。英曰："官人亦欲此耶？"生曰："欲则欲矣，恨未一攀。"英曰："盆花满亭，任采何害。"生曰："此花贵丽，不能自折，必欲仗人引手耳。"英即连摘数朵与生，曰："蕊瓣整洁，君试取之。"生佯受花，因把英手曰："子，敏人也，犹不悟耶？"即出碧玉环一双，跪而进曰："久怀鄙私，未获一展，吾子若许，方敢毕陈。"英扶起曰："既有高明，任言无隐。"生乃从容语曰："予自家干谒，蒙尊主款留，幸矣。但意不在索居也，实因墙外睹芳容，顿起攀花之念；柳边聆笑语，未承题叶之交。虽名节之系，吾不敢也，第风月之怀，人皆有焉。是以昼夜彷徨，梦魂颠倒，不愧兼葭托玉树，必期青鸟付娇鸾。所赖以道达维持者，吾子也。可不乘机动意，效待月之红娘；因事进言，法遗香之淑女？万一云雨之债得偿，纵使捐躯之报何惜，子其为我图之。"英见生丰姿俊俏，词气扬逸，心亦爱之，故摄色目生而言曰："先生将希圣希贤，何忍谋及乃事？娘子素冰清玉洁，岂容干彼以私？人谋固当忠，天理实难泯，吾不敢也。然而自古佳期雅会，多谐于月夕花朝，况今女貌郎才，或出于天授人与，敢不委曲引君归洛浦，周旋扶汝至阳台乎？所赐之物，义不敢领。"生强纳诸袖中而去。自喜事遂一二，归赋一律，以自庆焉：

天台花柳暗，今喜路能通。

密意传何切，幽怀话正匆。

青灯空待月，红叶未随风。

漫说鸾台远，相逢咫尺中。

越数日，春英不至。生出庭前观之，见一小鬟，手持香草。生曰："拾此何用？"鬟曰："浸油润发耳。"又曰："见春英否？"鬟曰："不见。"生曰："彼此一家，何为推阻？"鬟曰："吾值新姨房，彼为鸾姐所属，是以不见。"生曰："新姨为谁？"鬟曰："姓柳，名巫云，家翁之宠妾也。迩因远征，权为家长，郁郁不得志，惟吟哦以度清宵耳。"言毕，鬟去，春英适来。生语英曰："别后心事悬悬，痴病日笃。贤姐何不出一奇谋，以活涸辙之枯鱼哉！"英曰："吾尝为汝图矣，但芳心玉石，何能即开？迟之岁月可也。"生曰："予岂不谅，第势如累卵，信子所言是，犹输万里之米而救饥饿士也，事能济乎！"英良久曰："鸾姐知诗，不若制一词以挑之，何如？"生曰："善。"乃邀英至书阁中。方欲构思，见英侍立，星含眸俏，云鬟笼情，彼此互观，欲思交动。乃谓英曰："诗兴不来，春兴先到，奈何，奈何！"即挽英就枕，英亦不辞。当芙蓉露滴之时，恍若梦寐中魂魂矣。生起，喜曰："予欲建策谋人，得子发轫，既能一战致捷，后虽有劲敌坚城，可破竹下矣。"英曰："但恐得手之日，不记发轫之人耳。"生曰："如有此心，神明共殛。"将行，索词。生一挥而就，乃《忆秦娥》也：

> 相逢后，月暗箫声人病酒。人病酒，一种风流，甚时消受。
> 无聊独立青青柳，恍然邂逅原非偶。原非偶，觅个良宵，丁香解扣。

英度来久，急忙趋回，所索之词，竟遗于路。不意为小鬟所见，拾送巫云。云拆视之，曰："此情词也，娇鸾有外遇矣。执而白之渠母，免玷王氏风，可乎？"复自忖曰："彼母窘我，我亦无赖，又何苦自作怨？况闻吴公子潇洒聪明，愈于王老十倍，不若诈鸾词以先接之。"遂作《好事近》词以付，云：

> 好梦久飘遥，一束将人轻撩。准拟月儿高，莫把幽期负了。
> 曲房深幕护绞绡，留待多情到。此际殷勤报道：要轻轻悄悄。

生方倚槛看花，忽见小鬟报曰："鸾姐有书，约公子一会。"生曰："春英何在？"鬟曰："侍老夫人，无暇。且鸾姐害羞，夜不设火。公子如约，竟过集芳亭，越小门，达太和堂，越迎晖轩，由左而旋，即鸾寝所。慎毋误也。"生得词，喜溢颜色，恨不得挥太阳归咸池，遏清光于石室。

少顷，远寺钟声，孤村灯影，一家人寂，满树鸦宁。生整衣冠，循路而入。正疑左右两道，小鬟已执香待矣。引至闺中，别一洞房，虽无灯烛之光，而月映纱窗，人物可辨。彼方巧妆艳服，莹彩袭人。生进揖曰："佳词下赐，厚爱何当！极慕深思，顿令尽释。"云亦答礼曰："久沽待价，拟弃于时，辱翰钟情，愧惭自献。"言毕，生抱曰："今服何不素耶？"答曰："幸按新郎，固宜易服。"生于此时，兴不能遏，乃为之解衣，并枕而卧。但见：酥胸紧贴，柳腰款款春浓；玉脸斜偎，檀口轻轻津送。虽戏水鸳鸯，穿花蝴蝶，未足以形容也。彼此多情，不觉漏下三鼓。生因谓曰："一自识荆桃下，几裂肺腑，万策千谋，今获遂愿。但不知长远之计何出耳！"巫因答曰："妾非娇鸾，主人侧室巫云也。偶得私词，不欲妆败，因而情动，以致蝇疵。况容貌虽殊，恩义则一，百年交好，今夕殆与君订矣。何必他顾，以自苦耶？"

生得语，默忖曰："承主不拒，受惠良多，意属孀居，反淫爱妾，心虽不安，而悔无及矣。"云见生不答，复又慰曰："娇鸾不足异，其妹娇凤，学绣于予，眉秀而长，眼光而润，不施朱粉，红白自然，飘逸若风动海棠，圆活如露旋荷盖。且又工诗善弈，尝为回文歌，听者不自知其心怡神迥也，爱作懒鸦鬓，袅娜轻盈，甚是可目。今方十六，情事想渐识矣。意或鄙妾，当与君图之，何如？"生曰："自知愚拙，得遇仙姬，恨无以报雅爱，敢想吹嘘也。"云曰："君果厚妾，妾亦当厚君。必不以此介意。"言语间，窗外鸡唱。生求再会，云曰："愿得情长，不在取色。"生曰："亦非贪淫，但无此不足以显真爱耳。"阳台重赴，愈觉情浓，如此欢娱，肯嫌更永。事毕，口占一律以谢云曰：

> 巫山十二握春云，喜得芳情枕上分。
> 带笑漫吹窗下火，含羞轻解月中裙。
> 娇声默默情偏厚，弱态迟迟意欲醺。
> 一刻千金真望外，风流反自愧东君。

云亦答以复生，曰：

浪说佳期自古难，如何一见即成欢。

情浓始信鱼游水，意密方知凤得鸾。

自讶更深孤影怯，不期春重两眉攒。

愿君常是心如一，莫使幽闺翠鬟寒。

诗成，披衣而散。

那娇鸾自月夜闻琴之后，一点芳心为生所鼓，但无隙之可乘耳。春英自愧失词，久不与生会；而生亦闻巫云之言，思鸾之心浅矣。云在凤前，每每赞生。

一日，凤持素枕面，托云描花。云曰："吴公子博艺多才，丹青尤最，不若求彼一绘，岂不胜予哉？"凤曰："吴公子外人，倘求不雅。"云曰："彼父与家君至契，以理论之，兄妹间何避嫌为！"即呼鬟召生，生即往见。凤与云方并体而立，见生至，即掩云背。生进揖，从容且恭，因而睨视。果然眉清眼媚、体秀容娇，诚婉若游龙，飘似惊鸿也；展转间，进退无主，景态万千，不能尽述，惟翠枝振振而已。云曰："屈君无事，凤姐有二枕面，敢劳公子一挥洒耳。"生曰："承命宜遵，但拙笔不足以当雅视。"凤微哂，欲言自止。生即按几运思，唾手而就。一描拳石水仙花，一描并头金莲花。意犹未足，又各题一绝于旁云：

素质天成分外奇，临风袅娜影迟迟。

孤衾寂寞情无限，一种幽香付与谁？

翠盖红衣水上芳，同心并蒂意何长。

多情莫道年来瑞，还是风流学洞房。

写完，呈上。凤不觉大喜而去。云曰："两日候君，何不一顾耶？"生曰："无小鬟，恐为他人所遇，故不敢耳。"云曰："今幸娇凤先去，可坐此一语。"即命小鬟候门，具酒与生对酌。生曰："向闻卿言，意为过誉。今视之，卿言犹未尽也。天地生物之巧，何尽钟于此女耶！使我心胆不能自制，将若之何？"云曰："非我赞襄，焉识天台之路？"生乘酒兴，即抱云曰："卿德如山，涓埃无效。当以此心，铭之没齿。"即插手云怀，潜解云带。云亦情动，与生入帐，共效鸾凤，绸缪缱恋之际，恨前情犹未馨也。云起，谓生曰："娇凤读书知礼，不可苟动。彼婢秋蟾者，亦颇通文。凤之情性，蟾素音识，诚能以计得之，凤可不日取矣。"生曰："予固愚疏，惟卿指示。"乃相与执手而别。

生方及门，见一女童持盒至前，口称："凤姐奉谢，望公子笑留。"生开视之，乃牙扇一柄，九龙香百枚。生急问曰："子非秋蟾姐乎？"对曰："公子何识？"生曰："久慕芳名，尝悬念虑。"将近身叙话，蟾即害羞别去。生因自悔，作《望江南》词以道之：

　　春梦断，心事仗谁怜？寂寂归来情未遣。小窗幸接新缘厚，觑自天传。

　　鬓翠展，相与欲留连。恍随莺燕忙飞远。望断红尘重怅然，徒使旅魂牵。

越两日，生独坐凝思："着意者失意，无情者有情。"正唏嘘间，闻启户声，视之，乃秋蟾也。生曰："昨有柬寄答凤姐，子竟不将去。今复来，殆非忍心者。"因命坐。蟾辞曰："昨日承画枕画，早检妆奁，不料为画眉灯烬所秽，自欲描补，笔法不类公子。凤姐知之，必笞挞矣，故特奔求，幸赐垂怜。"生即承命描焉。未毕，问曰："将何润笔？"蟾曰："谢在后耳。"生曰："笔还未尽，欲子发兴，何云后乎？"即抱蟾于榻。蟾力挣不能脱，意欲出声，恐两有所累，自度难免，不得已，从之。生试狎之，小心护持，不使情纵，得趣而已。将起，不觉猩红满衣，发鬓俱乱。生为之饰鬓，因谓曰："巫云与鸾、凤，熟胜？"蟾曰："鸾姐绰约，云姨丰艳，凤乃兼得，而雅逸尤过之。"生曰："情事何如？"蟾曰："固不可测。然昨见《惜春》诗云：

　　无聊独立意徘徊，记得春来春又催。

　　几片落花门静掩，数声啼鸟梦初回。

　　微风入幕红绡篆，细雨收阶绿长苔。

　　弱质自怜光景掷，晓窗羞试鬓中煤。

观此，则情可识矣。"生又曰："子能挑否？"蟾曰："异姓骨肉，何萌此心？"生曰："世事纷纷，子尚认真耶？"蟾曰："今患眼，颇无兴，徐可图之。"生曰："予有一方，甚验，子肯持去否？"

蟾曰："果有效验，何为不可。"生即录方，并致书于前曰：

浙湖三奇传

三一八三

久荷姘榮，未伸寸悃，又蒙睨下，愧面惊心。自接芳容以来，神魂恍惚，不知其为何物也。及顾赐仪，仍益凄怆。执扇痛风流之未遂，燃香慨意气之难投。朝暮依依，莫测所事。近闻尊眸病热，又不暇自惜矣。顾影徘徊，犹患在体。千思万计，敬荐一方。倘得和平，则他日清目之本，谁曰不在是哉。

书成，封付与蟾，兼完前枕，并持而去。娇凤素爱生才，今得书，亦不甚怪，以医方治之，疾果愈。时暮春景候，幽禽乱呼，舞蝶相逐，生无聊，欲趁会巫云，以话得秋蟾事。道经迎翠轩，得一金凤钗，制极工巧可爱。生喜，取而藏之。及至云所，云已不在。复回故道，而凤与蟾方咄咄相视。生趋揖，曰："目患方除，今又竭功耶？"凤未及答，蟾在旁应曰："承方致愈，幸已涵明。早失一钗，来此寻觅。"生曰："何以失之？"凤曰："无心而失之。"生曰："失虽无心，得者有缘。"凤曰："弃之而已。"生曰："金质凤名，何忍相弃？"凤曰："纵不忍，奈无觅何。"生曰："心诚求之，天下未有求而不得者矣。"凤怒蟾曰："汝在我后，眇不一看，安用汝为！"生出钗，曰："仆久蓄此，毋怒蟾矣。"凤接，笑曰："旧物耳，兄何欺？"生曰："绣闺书室，若隔天渊，而失钗竟入仆手，不可谓无缘也。敢云欺乎？"语未竟，报："鸾娘来。"生即趋出，漫成一词：

访旧归来嗟不遇，转过迎晖，又与新人语。数句情言微自露，娇娥可是犹难悟。

拾得金钗原有主，笑接殷勤，好把云鬟护。虽得相逢游洛浦，反教添我相思慕。

《蝶恋花》

日晚，仍赴云处。小鬟曰："被酒睡矣。"生揭帐视之，但见桃花映面，绿鬓欹烟，困思朦胧，虽画工不能模写也。生即解衣潜入衾内。云从梦寐中作娇声曰："多情郎，乃为穿窬行耶？"生曰："本入幕宾，何得相讶。"兴止而罢，生曰："卿知秋蟾事乎？"云曰："虽不知，试观其言，似与君相洽者。"生曰："何以见之？"云曰："还钗赐药，凤曾道来。"生曰："然则感予否？"云曰："纵彼不感，兄当乘此机会。"生深然之，天曙而出。

一日清明，夫人代王祭扫，举家随行。凤以处女，得不与焉。生知其然，直抵其寝室。凤见生，惊曰："读书不知内外，所读何事？"生曰："客居寂寥，访景怡情，逶迤而来，不觉至此。"秋蟾从旁赞曰："早是亲雅，不然，取侮多矣。"生俯立鞠躬，莫敢进退。凤亦平颜，曰："姑舍是，后宜慎之。然既来，理不当空返。"乃劝生坐。但见画床锦幕，香气袭人，室虽不甚幽，广雅则若仙境，可爱也。正欲遍观，见几上有《烈女传》一帙。生因指曰："此书不若《西厢》可人。"凤曰："《西厢》，邪曲耳。"生曰："《娇红传》何如？"凤曰："能坏心术。且二子人品，不足于人久矣，况顾慕之耶！"生曰："崔氏才名，脍炙人口。娇红节义，至今凛然。虽其始遇以情，而盘错艰难间，卒以义终其身，正妇人而丈夫也，何可轻訾。较之昭君偶房，卓氏当垆，西子败国忘家，则其人品之高下，二子又何如哉？"凤亦语塞。

顷之，蟾捧茶至，因谓生曰："公子识此味否？"生曰："嫩绿旗枪，天池一种，味虽美，恨不能一饱尝耳。"凤曰："兄果欲，当奉少许，以助清趣。"生即拜曰："若蒙俯爱，愿粉身以谢。"凤艴然曰："兄病心乎？何语之颠倒也。"生曰："旅馆萧条，幽怀苦逼，昏昏卒梦，百事不复措情。卿我兄妹之交，意宜怜惜，反过责耶！"凤又曰："然则兄思归乎？"生曰："携囊负笈，兴何匆匆也。一旦凤望投空，踯躅行止，正昔人所谓要归归不得者矣。"凤曰："何不倩一排遣？"生曰："知心在眼，欲倩久矣，其如不肯垂情耶！"凤稍意会，不辞而去。生因趋出，吟绝句二首以自叹：

> 池平窗静独归时，一见娇娥心自痴。
> 情滞不堪回首处，倚栏空赋断肠诗。
> 乳燕飞飞莺乱啼，满腔心事被人迷。
> 琴堂轸冷知音少，无限芳情带草萋。

越数日，春英来园中。生招谓曰："别后耿耿，子忍不一顾耶？"英曰："予心亦然，但娇娘子常有恙，难相离耳。"生曰："向承许，杳不效力，岂为信人？"英曰："公子将别望，敢相强乎。"生笑曰："知心有几？"反顾间，秋蟾、小鬟亦至。生曰："不约而俱，良会也，安可虚负。试斗草一乐，劣者任胜者罚，何如？"众美皆曰："可。"时有翠色花一种，生先得之。秋蟾潜欲分之，英亦求惠，生方欲与，不料为小鬟所见，并力来夺。三女一男，混作一处。鸾度英来，又谅必遇生，忌有所私，亲往

伺察。鸾已近身也，春、秋犹争笑自若。鸾叱曰："男女不相授受，而顾狎戏如此，体面何在！"众皆遁去，惟春英伏地请罪。鸾欲责遣，哀求而止。后两日，英忿鸾之辱己也，乃盗鸾《如梦令》词及红凤头鞋一只与生，曰："此娇娘子手制，当为公子作媒。"生览之，大喜过望。候晚，密趋卧云轩。见鸾独立凝神，口诵"不如意事常八九"之句，生即在背接曰："何意不如？仆当解分一二。"鸾惊问曰："汝来此何干？"生曰："来赴约耳。"鸾曰："有何约可赴？"生出鞋，曰："此物卿既与之，今复悔耶？"鸾愕然，曰："此必春英所窃，兄何见欺？"生曰："然则'与君分半'之词，亦春英所作乎？"鸾不觉面色微红，低首不答，指捻裙带而已。生复附耳曰："白玉久沉，青春难再，事已至此，守尚何为？"即挽鸾颈，就大理石上，罗裙半卸，绣履就挑；眼朦胧而纤手牢钩，腰闪烁而灵犀紧辖。在鸾，久疏旧欲，觉芳兴之甚浓；在生，幸接新目，识春怀之正炽。是以玉容无主，任教踏碎花香；弱体难禁，拼取翻残桃浪。真天地间之一大快也。生喜鸾多趣有情，乃于枕上构一词以庆之，名《惜春飞》：

　　蝶怨蜂愁迷不醒，分得枕边春兴。何用鞋凭证，风流一刻皆前定。

　　寄语多情须细听，早办通宵欢庆。还把新弦整，莫使妆台负明镜。

鸾起曰："通宵之乐，实妾本心，第碍春英耳。"生绐曰："不妨，当并取之，以塞其口。"彼此正兴逸，遥见火光，望之，乃夫人也。鸾即使生逾窗而避之，鞋与词俱不及与。生且惧且行。不意小鬟在路，承命邀生。生不能却。至，则巫云方守灯以待。见生面色萧然，亲以手酌生，坐生膝上，每酌，则各饮其半，不料袖中鸾鞋为彼觉而搜之，生亦不能力拒，竟留宿焉。但生虽在云房，而一念遑遑，实属于凤。于是诈言早起就外，欲至凤所，意彼尚寝，当约秋蟾为援，以情强之。谁知凤以宿妆起矣：云鬓半丝，梦态迟迟，何啻睡未足之海棠，雾初回之杨柳；独倚窗栏，看喜鹊争巢而舞。见生，问曰："举家尚在梦中，兄何起之早耶？"生曰："孤帏清淡，冷气逼人，欲使安枕，难矣。"凤亦凄然无语。少顷，几上小瓶插红梅一枝，凤竟往添水，若不礼生者。生从后抚其背，曰："卿能惜花憔悴，独不念人断肠乎？"凤曰："人自肠断，于我何与？"生作意又问："向有小束，托秋蟾奉谢，不识曾赐览否？"凤亦作意答曰："虽有华章，但意思深长，语多不解，今亦置矣。"生曰："卿既不屑一观，当掷下还。"凤笑："恐还则又送人也。"生曰："身萍浮梗，见弃于人久矣，尚有谁送？"凤曰：

"新姨每每致爱，何谓无人？"生曰："果有之，但十巫云不足以易一卿耳。"凤又曰："得陇望蜀，兄何不知足耶。"生曰："噫！卿犹不谅，无怪其视我怒然也。盖欲取虞，不得不先取虢。至以灵台一点，惟卿是图，刺骨穿心，不能少释，予岂分情博爱者比哉。"凤见生言词恳切，颇亦感动，睨视生移时，而秋蟾报："夫人呼凤问事。"即与偕去。生亦出外，怏怏不能披卷。及夜，赋五言律云：

> 话别幽窗下，情深思亦深。
> 佳期凭素枕，乡梦恋重衾。
> 自信人如玉，何妨钗与金。
> 莫怜空凤侣，还拟再论心。

鸾自通生后，忌春英眼，每降节下之，欲得其欢心。一日，英持玉丁香侍妆，失手堕地，竟损一角。鸾收匿而不问。英因德鸾，乃叩启曰："侍奉闺帏，久蒙恩育，倘有所使，当竭力以图报。"鸾曰："我无他，惟汝玉一节，两难周旋耳。"英曰："夫人性宽，即在所略，则下此俱不足畏。况娘子情人，即我情人也，何自生嫌疑？"鸾曰："汝既有美心，能引我一见乎？"英曰："不难。"即与鸾同至生室，相见欣然。因以眼拨生，曰："那人已回心，今夜可作通宵计矣。"生点首是之。正笑语间，忽索前鞋及词，已无觅矣。生遮以别言，鸾疑其执。生不得已，遂以实告。鸾重有不平意，少坐而去。生虽喜得鸾，而以凤方之，则彼重于此多矣。是夜，因凤事未谐，郁郁不乐，伏枕而眠，不赴鸾之约。鸾久候不至，意为巫云所邀，乃怨云夺己之爱，欲谋相倾。然所恨在彼，而所惜在此，又不敢悻然自决也。寝不能安，作《一丛花》词以写其意：

> 晓来密约小亭中，戚戚两情浓。良宵捱尽心如痛，徒使我望成空。红叶无凭，绿窗虚扃，何处觅飞鸿？
> 欲眠犹自倚薰笼，幽恨积眉蜂。孤灯独守难成梦，凄凉了一枕残红。不是缘悭，非干薄幸，都为妒花风。

明早，鸾以此词命春英持送与生。生接览之，自悔无及，即同英入谢罪。过太和堂，望见凤立丽春馆下，看金鱼戏水。生使英先回，竟趋赴凤。凤问秋蟾曰："一雌前

行，众雄随后，何相逼之甚耶？"生曰："天下事，非相逼，焉能有成？"凤整容施礼，而生已当胸紧抱，曰："今日乃入手耶！"凤怒曰："兄何太狂！人见则彼此名损多矣！"生曰："为卿死且不吝，何名之有？"凤因且拒且走，生恐伤彼力，寻亦放手，但随之而行，直至闺中。凤即坐而舒气，生蹲踞面前，曰："子诚铁石人耶。自拜丰姿，即劳梦寐，屡为吐露，不获垂怜，使我空处虚馆中，当月朗灯残之候，度刻如年，形影相吊，将欲思归，则香扇犹在目也，情柬犹未还也，何忍一旦自弃。及至姑留，又以热心而对冷眼，甚不能堪。是以千回万转，食减容消，若痴醉沉昏然者，无非卿使之也。卿纵欲为彭娥德耀之行，何卿送人至此极乎！"言讫，不觉泪下。凤持生起，曰："妾非草木，岂谓无情，方寸中被兄索乱久矣。然终不显然就兄者，诚以私奔窃取，终非美满之福，只自招人议耳。况观兄之才学，必不久卧池中者，故父母亦爱兄敬兄。苟或事遂牵红，则偕老终身，妾愿足矣。计不出此，而徒依依吾前，何不谅之甚耶！"生曰："卿言诚是，但世情易变，后会难期，能保其事之必谐乎？倘或天不从人，则万斛相思，顿成一梦，必难复牵子襟以自诉矣，悔恨又当何如！"凤又曰："汝我情缘，甚非易得。此身既许于君，死生随之，复肯流落他人手哉！"即脱指上玉记事一枚、系青丝发一缕与生，曰："兄当以结发为图，以苟合为戒。"生袖中偶有鸳鸯荷包，亦与凤，曰："情联意绊，百岁相思。"正话间，秋蟾驰至，颇知此情，乃曰："彼此歃盟，不可无证。兄姻缘得意，妾亦有所托者。"即折髻上玉簪，以半与生，祝曰："君情若坚。"以半与凤，祝曰："姐志若白。绿鬓成交，苍天无恨。"生、凤笑而收之。生感凤意，口占《清夜》词一阕云：

> 兰房兮春晓，玉人起兮纤腰小。誓固兮盟牢，黄河长兮太山老。
> 莺愁兮蝶困，绿荫荫兮红翠。密约兮虽都，苦沉梦兮难醒。

凤亦以词答生，词名《点绛唇》。

> 默步庭阑，无端又被狂郎见。排莺狎燕，顿使酥胸颤。
> 订说盟言，半怯桃花面。情洽处，且休留恋，早中金屏箭。

生回间，鸾见，挽生手，同至寝所，恣行欢谑。枕席中所讲会者，千态万状，虽

巫云辈，远拜其下风矣。事阑，日已西向。鸾起，挽生而坐。自含五和香，以舌舐生口中：或使生吸茶，又自接唇而饮。惓惓之情，实未有如鸾之极者也。是夜，复留生。生颇倦，婉辞而出。鸾疑有他就，终不快于巫云。

　　生自说盟之后，虽常会凤，或携手，或联肩，或笑狎赓歌，或花月下对膝以话心事，无所不至，但语一及淫，则正色曰："妾岂淫荡者耶？妾果淫荡，兄亦何贵于妾！"，每每不能相强而罢。一日，房前新荷盛开，谓生曰："出污而婷婷不染，垂实而颗颗含香，真所谓花之君子也。"生曰："凌波仙子，香色俱倾人矣。然当娇红嫩绿时不趁一赏，则秋风剥落，虽欲见，得乎？"又一日，与生并坐，秋蟾忽持新蛾来，两尾相连，四翅绰约。因谓凤曰："物类钟情，卿何固执？"凤掷蛾不语。生亦愀然曰："大丈夫欲为一蛾不可得，虚生何为！"语虽感伤，而凤终坚守。是夜归馆，适月朗风清，因作诗以自怨云：

　　　　相逢不若未相逢，赢得心忡意亦忡。
　　　　独立小栏凭往事，汪汪两泪泣西风。

　　　　当初邂逅望成欢，今日谁知恩意难。
　　　　镜里好花溪映月，不能入手即能看。

　　　　佳期不偶惜芳年，设尽盟言也枉然。
　　　　情重几回心欲裂，青灯夜雨梦魂颠。

　　　　着意寻花花正酣，相思两字用心探。
　　　　伤情无奈恓惶处，一嗅余香死亦甘。

　　吟一句，嗟叹一声，不觉以闷郁之怀，感风露之气，二鼓就寝，寒热迭攻。明旦，不能起，馆童言于夫人，夫人命求汤药以治之。然生素脱洒，今患此，心益躁则病益剧，留连三五日，犹勿药也。巫云、娇鸾俱遣人问候，惟凤若不知者。正忆忖间，秋蟾在目，且持蜡丸一枚奉生，曰："凤姐多致意。"生曰："吾病不在丸，子必知之。当复凤，如不弃盟，时来一顾，九泉无憾矣。"蟾欲回，见几上所存诗稿，并拾以报凤。

凤得凶信，又味诗词，情意飘荡，心甚忧之。傍晚，密与蟾亲往问其疾。见生，执其手曰："兄达人，何不幸罹此？"生曰："一卧难起，自谓不得复睹芳容，此亦孽缘所因，不自悔也。但夙愿未酬，使我饮恨泉下，卿亦独能恝然乎？"语未终，泪随言下。凤亦带泪谓生曰："妾身不毁，则良会可期，兄宜自爱。"亲出红帕，与生拭泪。见生面冷，又自以面温之。临别时，依依不能舍。乃解绡金束腰与生，曰："留此伴兄，胜妾亲在枕也。"含泪而去，且顾且行。

生虽未得通凤，然而脂香粉色，殆领会尽矣。况其意念惓惓，生亦感释，病为之少瘥。生匿不闻，欲丝凤再至。越日，果来。近床问曰："两日颇快否？"生曰："痴病恹恹，未知此身孰有，敢望快乎！万一复理巾栉，当索快于吾卿，不识周旋之意何如耳。"凤欲宽生，乃曰："恭喜后，惟兄是从。敢执前见以负罪耶？"生不胜喜，病亦渐愈。初起，即往候凤。凤见生，喜爱过于平日，因谓生曰："兄在患时，妾心胆几裂，夜不解衣者数晚。忧兄之情，行止坐卧不释也。今幸无恙，绵远之期可卜矣。"因出词以示生：

> 缘乖分薄，平地风波恶。得意人而疾作，两处一般耽搁。
>
> 书斋相问痛泪魂，孤衾拼与温存。忍别归来心戚，一线红泉偷滴。
>
> 右（上）调（青玉案）

生亦出词，乃谢凤者也，词名《南乡子》：

> 病起识红尘，患难方知益故人。朿喓扣含娇经解处，情真。一枕酥香分外亲。报德愧无因，惹我相思恨转新。骨瘦不堪情事重，伤春。绿暗红稀再问津。

彼此看讫，情话绸缪。生不觉兴动，欲求凤会。凤不允，生曰："卿言在耳，今又背之，守信者当不知是也。"凤曰："妾非爽信，但兄新愈，当迷云溺雨之时，能保其情之不少纵乎！倘有不虞，虽曰爱兄，实害兄矣。妾忍见耶？"生闻凤言，历历可听，亦不甚强之。又越两日，生意无聊，本欲会鸾一叙，然意重情坚，不觉足为心使，沉吟之间，寂至凤室。以指击门，不应。生怒，排窗而入。凤方在围屏中拥炉背灯而浴，见生至娇羞无措，即吹灭灯。生从黑中抱住，曰："正欲情胜，何相拒耶？"又以手摸其乳，小巧莹柔，软温香腻，虽寒玉酥鸡豆肉，不足以喻其妙也。因逼之就枕。凤度不可解，因诓生曰："夙世姻缘，今夜必偿兄矣。所虑者，兄花柳多情耳，万一抛人中道，使妾将何所归？必当对天证誓，然后就枕未晚也。"生以为然，乃曰："此素愿耳，何难之有。"即舍凤自誓。凤徐理衣，诈呼："秋蟾觅火！"竟从小门遁去。灯至，誓完，而凤已去久矣。生彷徨怅望，不能为情。秋蟾为生新愈，恐复激恚，因慰之曰："凤姐裸裎灯下，是以害羞，然心实未尝昧也。公子无欲速，则好事何患不成？今妾欲留公子，恐得罪凤姐，未敢也。不若游至新妙姨处一遣，何如？"及至，云已睡熟，不能进矣。急辞蟾投鸾，鸾尚未寝。见生闷闷不言，问之亦不答，鸾又促膝近生，曰："对知心人不吐露心曲，何也？"生难以实告，诈应之曰："才梦见杨太真试浴，正戏狎间，为风竹所醒，不得成欢。然而情状态度，犹隐隐在腔子中，所以恋恋不已若此也。"鸾曰："果郁此乎？妾虽不及太真，情则一也，即当与兄同浴，以解此怀。"乃命春英具汤，设屏秉烛，各解其衣，挽手而浴。生虽负闷，然当此景，情岂不动？即抱鸾于膝，欲求坐会。鸾亦任生所为。灯影中残妆弱态，香乳纤腰，粉颈朱唇，双湾雪股，事事物物，无非快人意者。生于此时，不魂迷而魄扬也哉！浴毕，即携手共枕，戏谑无所不至，而情事未可以言语形容也。生早起就外，思凤之念犹未释然。乃画美女试浴图，写诗于上，以道忿怨之意：

灯前偷见一娇娥，试浴含羞脱绮罗。
怯露芙蓉新映水，舒香荷芰啸凌波。
云迷弱质欢情杳，月暗残妆梦想多。
旧日相思合愈渴，兰汤不共待如何。

　　生方掷笔，适凤使蟾候生起居，且曲为谢罪。生曰："吾当面责之。"即持画而入。凤见生，掩口笑曰："苟非遁去，几入虎喙。"生亦笑曰："狗盗之谋，何足为幸。"因出所题与观。凤曰："高才妙味，具见之矣。但今虽迷暗，岂无虚朗之日乎？"生曰："卿之操志，心领已深，第中热若难忍耳。譬之于酒，醇醪在手，何忍弗醉，未有不取而吸之者也。譬之于花，芳葩在前，何忍望香，未有不嗅而攀之者也。苟为不然，至愚且负甚矣，人将不重嗤之耶！今卿具醇醪之美，芳葩之娇，而仆又非愚而负者，此

其所以欲一吸且攀也，何自蹈守株缘木之行，徒作其人也哉！"凤曰："妾非忍心，虑在远耳。兄知酒矣，独不知一泼不能收耶？兄知花矣，独不知一开不能蕊耶？兄固非薄幸者流，妾实念及于此，若徒逞目前之欲，则合卺时将何以为质耶？是以今日之守，亦为兄守也，兄何不谅之甚。"生曰："是则是矣，吾恐媒妁未偕，归期在迩，一会且未知何日也，何合卺之可望乎！"。

生言愈恳，凤不能当，即抑生于怀内，曰："兄何钟情之极！"生亦捧凤面，曰："向使病骨不起，则国色天香又入他人手，而温存款曲之情今将与卿承绝矣，此情安能不钟也。"凤又顿足起，曰："芳盟在迩，岂敢昧心。万一事不可料，有死而已，不忍怜香惜粉以负兄也。兄何出此言哉。"生不得已，乃难凤曰："知呈拙题，敢请一和。以刻香半寸为则。香至诗成，永甘卿议。不然，虽翅于天，鳞与渊，亦将与子随之。心肯灰冷耶？"生料凤虽陪慧，未必如此敏也。不意得命即成，无劳思索。

夜静人阑浴素娥，曲凭深处解香罗。
偷看舞燕冲红雨，戏逐轻鸳起绿波。
意重不妨言意淡，情真何用讲情多。
红泉一点应难与，无奈东君欲速何。

香未至刻而诗先就，生亦无如之何，乃仰天叹曰："大丈夫死只死矣，何向儿女子口中取气耶！"即拂袖而出。生虽不得志，然亦直凤之言，高凤之节，未尝不私自叹赏，而爱慕之心益加切矣。自是，生久居鸾处，将及旬余，绝不与凤一面。巫云间或会焉。凤则常使人问候，殆无虚日。时四月二十三，夫人初度辰，召宴亲戚于忠烈堂，生亦在焉。内则巫云辈五六人。外则叔侄辈六七人，垂帘为蔽。优乐尽歌舞之美，水陆极龙凤之珍。聒耳充目，无非富丽者也。内有褚晴岩者，夫人侄也，亦事举子业，与生话甚投，因对弈赌酒。生棋虽优，然心眼常在帘内，连负三局，罚酒六大杯。凤恐致醉，密使小鬟视生。罢弈，生方收局，褚复逼生投壶。手虽把箭，而心愈属凤，故矢皆落地，又得酒四大觥，而生渐醉矣。凤见生，扬言恐失礼于人，急检王所合干葛丸，贻生嚼之。三咽后，清爽如故。生得不及乱者，凤之力也。席罢，夫人先寝，事托巫云为理。

家人俱散，时近二更，生知无碍，即直造凤所。凤方坐床脱绣，见生至，且惊且喜，曰："兄久忙，何暇至此？"生曰："被斥之人，无颜求见，今蒙不醉之德，故来谢耳。"凤曰："果非妾，兄将不胜甚矣。"生移身近凤，曰："曲蘗所酿，不过醉面，至于情意所绊，实能醉心。仆因卿，醉心甚矣，顾乃咨不一醒，何耶？"凤曰："兄果执迷，必欲以情事相尚，则秋蟾，爱婢也，亦颇俊艳，荐以代妾，何如？"生曰："卿误矣。燕石满囊，不若粒玉之能宝；骀蹄盈厩，何如一骥之可良。病入膏肓，心力俱困。若曰荐代如蟾者，虽得不死于卿前，凄凄孑，如穷鳞毙翼之所归。意在卿也，岂爱婢哉！"凤意稍解，但默默不言。生又进曰："天下有强奴悍寇，始虽甚恶之，及其输情纳款，匍匐所哀之时，未尝不屈法怜宥。然则仆之于卿，亦可谓输款甚矣，而卿意不少怜，岂奴寇之不若乎？"凤见生言恳恳，乃曰："兄意既如此，妾敢固爱？但姑待明夜可也。"生兴正发，即抱住，曰："仆肠颇短，不能优游以待。且人定回天，何况于子。"乃力推仆枕。凤亦不敢相却，任生解衣。悲翠衾中，轻试海棠新血；鸳鸯枕上，漫飘桂蕊奇香。情深任教罗袜之纵横，兴逸那管云鬓之撩乱。生爱凤娇，带笑徐徐；凤怜生病，含羞怯怯。肺腑情倾细舌，不由得香汗沾胸；绞绡春染红妆，难禁娇声聒耳。从今快梦想之怀，自是偿姻缘之债矣。是夜，生为情欲所迷，将五鼓才睡。当旭日红窗，而生凤犹交颈自若。秋蟾恐惧人来，乃揭幔低声曰："阳台梦尚未醒耶？"生、凤乃惊觉，整衣而起。凤急饰妆，娇姿愈艳。生在旁大喜狂溢，乃缀《乐春风》一词以庆之：

　　锦褥香栖，幽闺春锁。几番神思蓬瀛，今得身游梦所。风流何处值钱多。

　　兰蕙舒芬芳，桃榴破颗。娇羞袅娜，情重处，玉堂金谷皆左。才识得，

一刻千金价果。

凤观毕，曰："妾之蒲柳，不避淫污，一旦因兄致玷，诚以终身付之也。若曰暮暮朝朝，甚非所愿。惟兄谅之，则万幸矣。"亦口缀前词以复焉：

　　鸾镜才圆，鹊桥初渡。暗思昨夜风光，羞展轻莲小步。杏花天外玉人酡。

　　难禁眉攒，又何妨翼玵，情谐意固，管甚么，褪粉残红无数。须常记，

一刻千金价果。

是夜，娇鸾席散，欲得生一罄酒兴，乃自往邀生，至则野渡无人，几窗寂寂而已。因忍生不先会己而赴巫云，不知生在凤处也。于是欲决意谋云，而未得其便。一日，会台州人归，以军功报夫人。鸾乃重贿使，诈传王命："早暮衙内凄凉，可送新姨作伴。"使者得贿，果如计语夫人。夫人亦怜王在外，信而从之，即使云去。云患涉险，又以生故，不欲行。正踌躇闻，生忽趋至，云曰："何来？"生曰："闻卿被召，时决有无。"云曰："诚然。"生曰："去则去矣，仆将何依？"云曰："一自情投，即坚仰托，正宜永好，常沐春阳，奈事不如人，顿令隔别，虽曰后会有日，而一脉心情，不得与鸾、凤辈驰骋矣。"生曰："事已至此，为之奈何！"乃相与执手嘘唏。而夫人以明当吉日，又使小鬟促云整妆。生夜即留宿云所，眷恋不可悉记。

早起，凤持纱衣一套，桂饼、梅丸各二封以赆。云因谓生曰："凤姐与我，自从奉接闺帏，情同己出，况以公子之故，敢负斯心。汝百岁良姻，此行可力任矣，善自绸缪，毋生嫌隙。但不知他日待我何如事！"言讫泪下。凤与生亦大恸。正惜别间，报"夫人来送"。生即致意而出矣。然自巫云走后，夫人以凤无所托，命鸾与俱，家事代云分理。是以人之出入、门之启闭，亲为防闲。鸾欲独任生情，今反两不得便，心窃悔焉。行亦怏怏失意，且遭连雨，益难为情。是夜，伏枕不安，漫成诗词各一首：

熟梅小雨故连宵，旅馆愁来不待招。
笔砚病余功课少，家乡云外梦魂遥。
檐声逼枕添惆怅，灯影怜人伴寂寥。
新绿满园虽可意，久虚寻常任风摇。

对孤灯悄然，对孤灯悄然。夜阑人倦，雨声滴破相思怨。这情绪可怜，这情绪可怜。展转不成眠，懒把罗衾恋。想伊儿妙年，想伊儿妙年。肠断心灰，务谐姻眷。

《香柳娘调》

不料夫人劳役太过，忽卧一疾，不能起。凤方侍汤药，而鸾密使得春英报生，生乃以俟礼问安。回至太和堂散步。自思曰："此中旬日不登，风景入目顿别。"不感鸾突在后，相见各喜。鸾促而行，生逡巡不敢进。鸾曰："老母伏床，余皆无虑，兄宜宽心。"同行间，宛然凤寝旧路。至则二闺紧贴，仅间一壁耳。坐谓生曰："向夜自走候兄，意成不偶，何也？"生曰："想缘醉梦中，知罪，知罪！"又曰："那人去后，颇劳兄念耶？"生曰："相思情爱，何人无之？苟为不然，薄幸其矣，卿亦何取于仆？"鸾不能对，乃出饼果，与生并体而食。正细话间，报："凤姐请议药方。"生即告出。鸾曰："暮夜无知，愿兄着意。"生曰："中门锁钥，谁则任之？"鸾曰："自有处。"

生及昏时，潜入太和堂，正欲叩门，鸾已先瞩英候矣。至，谓鸾曰："今何能此？"答曰："才与凤约，每夜轮伴老母，庶可节劳。幸吾妹如议，妾可常常而见，兄可源源而来。妾之为兄，无不尽意如此。"生不暇备谈，即与就枕。时方清和，狂荡甚过，千态万状，不能悉明。乃以头枕生股，手抚生腮，曰："观君丰神，情趣，色色可人，真大作家也，恨相见之晚。"生曰："但得此身在，永远可期，何晚之有？"语毕，鸾体颇倦，竟熟睡。生忆春英在近，不无动情者，乃径舍鸾，索欢于英。英曰："鸾姐性酸，不敢仰就。"生曰："向无子，焉人今日？纵知，且不较，况在梦乎。"英感生情，即如命。交接时亦甚有趣。生虽战后，而眷恋新人，愈发豪兴。且其牡丹一朵，样是可人，貌固不及诸美，而此实为最胜者也。生留连不忍去，英促之，复就鸾所。鸾亦瞑目不觉。东方白矣。临行时，鸾又约曰："后夜莫推佳会。"

生至园亭，默忖"轮伴"之言，思欲与凤一款。及晚，密启中门，密趋内室。但见二闺杳然无人。生乃独卧凤床，垂帏自蔽。候至更余，凤来，起幔见生，半惊半笑。生亦笑曰："待卿久矣。"凤曰："正欲见兄，决一大事，"生曰："何以教我？"凤曰："一自见兄，情颇难制，说盟不已，又辱私奔，虽其反已怀惭，而事原凤定，不足追也。奈此来老母染病，俗言'喜可破灾'，求婚者日无停议。妾在女流，不敢自白。兄，丈夫列也，事将安图？"生曰："托迹门来，即承二大人俯爱，正愧一无所报，而可以此情闻乎？卿固慧人，若以己谋之，则势便而机投，倘谐所言，勉当恪遵，虽死不避。"凤低首蹙容，半晌不语，乃谓生曰："此事若图之老母，鸾姐在侍，必难允谐。为今之计，兄急索尊翁一书、聘物一二件，竟送父任。老父素喜兄，而新姨又力赞，事想八九矣。苟得父命，纵母有别议，而妾可执以为词，岂不万全也哉？"生喜曰："此良策也，明当东归，一如卿议。"凤因命蟾备酒，自捧觞，谓生曰："此酌一则饯别，二则永诀。盖妾之一身既寄兄手，万一天不从人，妾宁碎玉而沉珠，决不忍抱琵琶过别船也。此行勉旃，不可草草。纵老父未许，老母他从，亦当再来一会，莫使万种恩情竟成疏逖，则妾死无憾矣！"言皆，悲咽不胜，泪下如雨。生亦愀然泣泪，唯唯

中国禁书文库

浙湖三奇传

承命。是夜虽与凤并头交股，奈欢心为离思所拘，未及构情而鸡已唱矣。凤乃枕上成绝句二首以送生：

> 比翼初分肠断猿，离愁欲语复吞言。
> 相思好似潮兴水，一路随君到故园。

> 送别余情分外浓，行行独泛酒旗风。
> 明朝此际凄凉处，凤枕鸾衾半截空。

生即辞凤，入谢夫人。娇鸾知之，急使春英留生。生托以"家尊有书远召，故不敢违。多致意鸾姐，事完，当复来谒也"。鸾度不可留，乃送细果二盒、巾绢十衣为钱行之敬。生抵家，备以王爱留之情、凤永谐之意，曲道于父。父不胜喜曰："此吾责也。"即为书及白金百两、彩缎二端、金钗环各二事，遣人往台求婚。

王得书，谓巫云曰："吴兵部家求凤姐亲，汝为何如？"云曰："簪缨世胄，才茂学优，何不可之有？"王笑曰："吾亦久蓄此意，但不欲自启耳。今当乘其来求索，以为赘，则吾老亦有托矣。至于花烛之事，且待贼平荣归，亲自校点也。"因以聘礼送归夫人，答书许焉。人还，生大喜如醉，因作《西江月》以自庆：

> 久待西厢明月，今方愿遂乔。已知鸾凤下湘潇，何用信传青鸟。晓苑飞
> 花有主，春田蕴玉成瑶。云桥再渡乐良宵，正是姮娥年少。

生欲再往复凤，生父止之曰："前以客礼留连，今初聘结，不宜轻造，姑俟有便而往可也。"生郁郁不敢违。居家两月，人事、书史俱不介意，参前，侍侧，一凤之外无余思也。

不意巫云自别生后，朝暮思忆，食减容消，成一郁疾。王千方求治，毫不能愈。临终时，召小鬟，谓曰："吾病已属膏肓，势在难救，然而取死之故，汝必知之。今亦不足言，但前有鞋词，我身且不保，留之何用！汝持归，万福公子，我不能再见矣，当与凤姐永好耳。"言讫大悲，目亦寻闭。鬟急呼叫，意无济。王乃从厚荐殓，募僧追葬，举枢寄安国寺中。虽甚资痛悼，亦无知之何矣。

家中夫人受聘之后，病患日减。一日，时当七夕，乞巧于庭。二娇以夫人新愈，筵极丰洁，又使英、蟾辈歌诗侑觞，而夫人终若不豫。娇鸾请之，因答曰："凤事告吉，可谓得人，吾无忧矣。但汝父监军，未乞骸骨，汝年方壮，孤节难终，怀抱间所末释然者，犹坐此耳。汝自成欢，毋吾以也。"是夜，皆不乐而罢。

二娇回房，鸾独长叹不卧。英私问曰："娘子彷徨，得非忆吴公子乎?"鸾不答，但首点之。英曰："何不招之使来，徒自苦耶。"鸾曰："招之使来，置凤何地?"英曰："天下莫重者父母，所难者弟兄。今娘子与凤姐一脉所存，何不成以恩义，结以腹心，彼此忘怀共事也?"鸾曰："然日登凤凰之台，时处潇湘之馆，岂不快哉；顾乃各立门墙，自生成隙，此夺彼进，时忧明虑，不亦愚耶!"鸾又曰："汝言唯良，开我蒙蔽多矣。"即相与诣凤，曰："我汝骨肉，犹花两枝，本则一也。倘不见别，当以一言相告。"凤曰："遵命。"鸾曰："予与吴生有不龉之爱，自拟终身以之。不料六礼先成，予亦窃幸。但今一去三月，颇烦念表，欲招之，则于妹有碍，欲舍之，则于心不忍。两可之间，敢持以质也。"凤怃然曰："不敢请耳，筹之熟矣。予之得配吴君，论私恩，姐当为先，执公议，妹忝为正。必欲相较，则分薄而势争。不若骨肉同心，事一君子，上不贻父母之忧，下可全姊妹之爱，不出户庭，不烦媒伐，而人伦之至，乐自在矣。但愿义笃情坚，益隆旧好，大小不较，无怀二心。妹之所望于姐者此耳，何必郁郁拘拘于形迹间哉!"鸾曰："妹果成我，我复何忧。"即为书邀生。

生托以他事，赴焉。及门，夫人待之，礼加于昔。出就池馆，有感风景依然，漫成一律云：

> 园亭复得启窗扉，案积凝尘手怕挥。
> 池净萍开鱼自跃，梁空泥落燕初归。
> 深知一遇生难再，况是三奇世所稀。
> 景色依然情事重，栏杆倚遍夕阳微。

是夜，二娇度生必至，设酒以待。更初，生果入谒。鸾迎，谓曰："新女婿来矣。"生答曰："旧相知耳。"相笑而坐。语中道及姐妹同心事，生喜曰："情爱这间，人所难处也。二卿秉义，娥、英不得专美矣。"然亦自惭曰："而僭获奇逢，谨当毋倦盟心，少酬知已，二卿其尚鉴之。"鸾、凤皆唯唯。酒罢，生欲就凤。凤辞曰："凡事让长，妾不敢先。"生倾鸾，鸾又曰："奉礼新人，义不可僭。"相逊者久之。生不能主，乃曰："鸾娘不妒，凤卿不私，既在兼成，尤当兼爱。"即以一手挽鸾颈，一手拍凤肩，同入罗帏中。二娇虽欲自制，亦挫于生兴之豪而止。于是枕长枕，披大被，二美一男，委婉若盘蛇，屈贴如比翼，彼此行春，往来递爱，殆不知生之为生、鸾凤之为鸾凤也。

一日，新雨初收，凉风微动。生觉寂困，乃趋凤闺。凤方昼卧一榻，生欲乱之，才起裙，不料鸾至。鸾即低声抚生曰："兄欲何为？"生曰："刻心人阻我高兴。"乃舍凤狎鸾，推到于榻头，取双莲置之两臂，立而猎之。兴趣不能状，情逸声娇。凤竟惊觉。生复逼体私凤，力拒不从。正持案间，鸾曰："凤妹独作清客耶？"乃助生开絜，纵情大战。事毕，鸾指生柄，曰："斯何物也？尝能授人如是？"凤笑曰："坚肉。"盖以生字"汝玉"也。生答曰："非此不能补缝。"盖以"凤"字同音也。鸾大笑而起。

一日，夫人以生馆寂寥，命迁之太和堂侧，意便供值，而不知益近娇所矣。鸾约凤携觞往贺，至，则生谓曰："胜会难逢，不可独乐，虽英、蟾说宜侍坐。"二娇许之。酒至半，生令其取绯色，多得者为状头，余者听调。不料生果得五绯，而凤仅得一。乃使英执壶，蟾把觞，而鸾侑食，凤则歌以劝生：

蛟起渊兮鸟出幽，红妆待兮绿蚁浮。人生佳会兮不常有，及早行乐兮为良谋。古人有见兮能达，不甘利禄兮优游。邀明月兮歌金缕，披清风兮醉玉楼。惟此二物兮何友，取诸一襟兮奚求？堪嗟白驹兮易过，任汝朱颜兮难留。百年兮纵然能寿，其中兮几日无忧。所以偷闲兮及时买笑，赏心兮何惜缠头。殷勤把盏兮愿拼酩酊，岂可碌碌徒效蜉蝣。

歌罢，鸾曰："今赌拳，当便宜行事，何如？"生曰："可。第无悔。"二娇欲难生，而胜算又为生得。秋蟾则在无算，生即抱蟾于怀，以手弄其乳；命鸾进酒，与蟾同饮，一吸酒，则一接唇，戏谑无所不至。生因大醉，众美扶挟而寝。

一日，中秋后晚，鸾凤宴生于卧云轩之庭中。饮至二鼓，星月愈皎。生曰："仆与卿等相与，乐则乐矣，未曾通宵。今夕颇良，不若再陈狼籍之杯盘，检点将阑之兴趣，席地而坐，互韵而歌，倦则对月长憩，醒则洗觞更酌，略分忘形一乐，可乎？"于是设重罟，铺绣褥，用矮几置菜果，罗坐其上。时凤履青金点翠鞋，生爱其纤巧俊约，则捧上膝头，把玩不忍释；又脱以盛杯流饮，笑傲戏乐，人间之所无。生兴不能遏，欲

求凤会。凤曰:"清光皓色中,何可为此?"生曰:"广寒求此不能得,岂相妒耶。"生夜大醉,诸美亦被酒回房,时漏五下矣。

自后朝出暮入,习以为常。一凤一鸾,更相为伴。或投壶花下,或弹棋竹间,或携手联赓,或连袂对酌,生之一身,日在脂粉绮罗中优游,而他不暇顾矣。因作《芳闺十胜》以自赏:

云鬓

梳罢香丝扰扰播,笑将金凤带斜安。玉容得汝多妆点,秀媚如云若可餐。鸦色腻,雀光寒,风流偏胜枕边看。

雪股

娟娟白雪绛裙笼,无限风情屈曲中。晓睡起来娇怯力,和身款款倚帘栊。水骨嫩,玉山隆,鸳鸯衾里挽春风。

凤眼

波水溶溶一点清,看花玩月特分明。嫣然一段撩人处,酒后朦胧梦思盈。梢带媚,角传情,相思几处泪痕生。

蛾眉

淡月弯弯浅效颦,含情不尽亦精神。低头想是思张敞,一抹罗纹巧簇春。山样翠,柳般新,菱花镜里净无尘。

金莲

龙金点翠凤为头,衬出莲花双玉钩。尖小自怜行步怯,秋千裙里任风流。穿芳径,上小楼,浅尘窄印任人愁。

玉笋

　　春葱玉削美森森，袖拥香罗粉护深。笑拈花枝能索巧，更怜留别解牵襟。机中字，弦上音，纤纤红甲漫传心。

柳腰

　　娇柔一捻出尘寰，端的丰标胜小鸾。学得时妆宫样细，不禁袅娜带围宽。低舞月，紧垂环，几回云雨梦中攀。

酥乳

　　脉脉双含绛小桃，一团莹软酝琼醪。等闲不许春风见，玉扣红绡束自牢。温比玉，腻如膏，醉来入手兴偏豪。

粉颈

　　霜肌不染色融圆，雅媚多生蟾鬓边。钩挽不妨香粉褪，倦来常得枕相怜。娇滴滴，嫩娟娟，每劳引望怅佳缘。

朱唇

　　胭脂染就丽红妆，半启犹含茉莉芳。一种香甜谁识得，殷勤帐里付情郎。桃含颗，榴破房，衔杯霞影入瑶觞。

　　是月，台贼得平，且靖欲峒堡塞百余处。王以功领封敕归。至家月余，欲与生、凤完礼，不料奔走宴贺之事甚劳，箭疮顿发，流血数升而死。遗命嫁鸾，夫人则托生终养。

　　凤闻云死，固自痛惜，今又遭丧，哀毁愈切，绝不许生一会，虽见，亦不戏一语。

生重其孝，不敢相夺，时在太和堂纳闷。不意小鬟自内出，见生，唱礼后即垂泪曰："新姨自公子而亡，公子不为新姨而戚，何耶？"生曰："子不知耳。自去经年，指望再续旧好，今忽闻变，泪从心饮，苦自神知，欲求一面，无由可得，纵死以俟，戚亦难以尽我矣。"鬟怃然曰："公子情义如此，无怪吾姨之死犹恋恋也。"生急问曰："曾有言否？"曰："余无嘱，惟愿与凤姐永好耳。且寄红鞋一只，书一束，不知何意。"生急索之，鬟曰："在我处中，容即奉也。"生曰："随取何如？"鬟曰："可。"乃相与至巫云旧房。但见床几依然，箱橱积垢；及视鞋词，事迹如昨，怀人亿古，不觉凄然。生乃流涕大恸，鬟亦对泣。生徐拭泪，抚鬟曰："我无云姨，亦不能至此。今日不料寸报毫无，竟成永别。云姨不可见矣，见汝犹见云姨也，敢欲与子重缔新欢，少偿旧恨，阴灵有见，谅在喜全。"即欲求速，鬟曰："主母果有意，但文鸳不足以托彩凤耳。"生曰："固情夺分，何伤，何伤。"鬟曰："纵无伤，亦与二姐有碍。"生曰："英、蟾且命自荐，何碍于子？"鬟笑而不答。生即挟至床中，为彼脱衣解带。相狎时，甚能承受，勇于秋蟾过多。生笑问曰："原红已落谁手？"鬟应声曰："昔时为老主所得。"生曰："惜哉！娇海棠何忍枯藤缠耶！"鬟亦笑曰："枯藤朽矣，海棠又傍乔木矣。祸福难凭，世情固不测如此。"生因伤感，不得尽兴而起。书馆茕茕，乃作挽云诗一章：

忆别依依出画栏，谁知复见此生难。

湘湖月缺波痕冷，巫峡云消山色寒。

绣架寂寥针线断，妆奁零落粉脂干。

灯残酒醒猿啼绝，空向西窗泪眼漫。

是夜，宿于鬟处，鸾凤寂不知也。

三七后，生因告归，报父，欲举墓祭之礼。岂期娇叔士彪者，素流荡险恶，溺情花酒中，家殖殆与王同，因此败落，王每讽诲，则以为轻己也，心甚衔之。王亡，举一子求嗣，欲利所有。夫人虑其不诚，不许，且以有婚辞。彪怒，乃诬生因奸谋命，竟鸣于官。官得士彪私，将产业一半与彪，以半与夫人赡老，断生有逃不究，二娇则令改嫁。生闻。奈公案已成，竟不能白。士彪大喜，以娇为他妇，则许聘缔。鸾谓凤曰："萧墙起变，骨肉相残，大事去矣！将若之何？"凤勃然曰："难测者外来之变，能定者吾心之天。今虽挫拂间关，正明义之秋，见节之日也。妹当与姐协力同心，坚盟

守礼，万一恶叔悔悟而改，贪官罢黜以行，则卧云之会，终为可期。苟或不能，有死而已。"鸾曰："妹有此志，我亦窃效微末，虽不能为贞节人，免使呼为淫劣妇足矣。"言论之间，悲惨特甚，乃相与大泣。自是，朝暮依依，唯生是念。而生在家，亦惟鸾、凤是图，奈断案之后，士彪严为关防，虽苍头孺子，不许私出入，恐与生有所约也。将及年余，竟不能通一纸。生欲抱义与逞，生父又力阻之，是以两相耽搁。二娇居处怨慕，所自排者，惟形之于诗词耳。有《四景闺怨》，录于后：

寂寂香闺昼掩门，飞花啼鸟两销魂。
眉峰愁重应难尽，事到伤心谁与论！

蔷薇一架雨初收，欲候归舟频上楼。
无奈梁间双燕子，对人何事语绸缪？

晓来强自试新妆，倦倦金莲看海棠。
不是幽人多懊恼，可怜辜负好春光。

开遍棠梨倚遍拦，无端瘦得带围宽。
花前赋就相思句，留与归来仔细看。

窗下新栽白苎衣，等闲红瘦绿成肥。
游人不是迷歌舞，飞尽杨花尚未归。

风定帘垂日正迟，篆烟袅袅午眠时。
簟凉好梦谁惊觉，小院新蝉噪柳枝。

幽栏新笋渐成竿，独对南薰忆旧欢？
露却酥胸香粉湿，倩谁与我掩齐纨？
惭愧红颜果薄缘，风流让与并头莲。
兰汤自解丁香浴，怯怯娇姿不似前。

小庭梧叶乍惊风，立尽清阴盼落鸿。

自信别来多寂寞，一缄犹胜未相逢。

好事磋砣一梦如，应知今日悔当初。

芭蕉绿满芙蕖放，十约佳期九度虚。

览镜消容为念君，恩情何忍等秋云。

黄花不似愁人瘦，人比黄花瘦几分。

南楼待月负良宵，枫冷江空去路遥。

无限凄凉蛩话彻，孤灯明灭泪痕消。

锦幕生寒怯翠环，天涯目断几云山。

相思最是伤情处，野寺寒钟香蔼间。

老干舒香已报春，不禁情动两眉颦。

金樽未举心先醉，惟有梅花是故人。

挑尽残灯拨尽灰，芙蓉帐冷共谁偎？

孤愁一段无凭着，斜倚薰笼梦几回。

芳心一点玉壶冰，谁肯轻捐万斛情。

携手何时重赏雪？卧云轩下话平生。

鸾见诗，谓凤曰："妹是有心，予独无情乎？然待妙矣，吾不能和，当以曲赓之。"

亦成《四景题情》一套于左（下）：

降都春

情浓乍别，为多才，寸心千里萦结。暗想当初，背地香偷曾玉窃。如今

惹下相思孽，倒不如无情安贴。满怀愁绪，几能勾对他分说？

出队子

兰芽长苗，又见春光早漏泄。莺莺燕燕飞成列。凝眸都是伤春物，娇滴棠梨，何心去折！

集贤宾

花飞碎玉飘香屑，凭栏目断天涯。猛听黄鹂声弄舌，唤起我离愁切切。狠心薄岁，闪得我罗裙宽折。无聊也，自且把珠帘半揭。

黄莺儿

枝头梅乍结，困人天，微雨歇。南薰独对枉自嗟。冰弦懒拨，香泉懒啜。端为恩情一旦撇。心哽咽，泪湿纱衫，相看都是血。

玉抱肚

情乖爱夺，盼佳期，顿成永绝。空堪羡，并蒂荷花；怎支吾，暮蝉声迭。兰汤浴罢鬓云斜，倩谁将我腰腰脱！

山坡羊

满地舞旋红叶，欲待题诗难写。近日临妆，不觉娇姿怯。亲瓜葛，梦与同欢悦。又被西风忽动檐头铁，顷刻惊开原各别。闷也，拍瑶台灯灭。怨也，掷菱花拼碎跌。

五供养

西厢待月，挨几个黄昏时节。相思滋味逐头断，秋来更彻。是谁家丰杵声频，捣得我忧心欲裂。芳盟尽属空，好事翻成拙。楚岫云遮，高唐梦蝶。

忒忒令

绣闺寒侵，把兽炉慢燕。叹蓝关，人阻截，几番间揉碎梅花，揉碎梅花，惜孤衾，香自洁。怕寒鸦，啼渐越。

侥侥令

愁结板桥霜，梦冷茅檐雪。书翠流红事已赊。甚时得破镜圆，断簪接？

尾声

相思担重苦难车，拼与他珠沉玉缺，你不见程姬，贞且烈。

是岁丁丑，至元三年也。民间讹言朝廷拘刮童女，一时嫁娶殆尽。有赵应京者，新荫万户官也，家极富，性落魄不羁，好鹰犬博弈，素慕娇名，碍生，不能启齿。今闻讹言，乃以金五百，夜贿士彪，欲求娶凤。彪性贪，竟许之，且使老婢告夫人曰："我因一忿，以致参商。每念寡妇孤儿，不忍一见。不若另觅东床，别联新好，使老有所托，幼有所归，不亦可乎。况吴生官断，义难复全，彼必重婚，我何空守？"夫人未及时。凤即应曰："噫！是何言欤！吾叔利人之有，不义；割人之爱，不仁；既许而又背之，不信。吾与吴生，父母主盟，媒约议礼，情义所在，人皆知之。今欲悔约而谋倾，固非君子厚德之道，亦岂妇人从一之心。拜复吾叔：吾头可断，吾身决不可辱也。"婢以此言达彪。彪知不可强，乃嘱赵子曰："凤姐情义不屈，计取为宜。择一吉辰，尔多带从仆，以亲迎为名，从则可矣。如其不然，始以官势逼之，继以温言诱之，娇年幼质，必有所动，当不久负执迷也。"应京大喜，候日举行，不料为老仆抱其不平，竟走报凤。凤私度曰："老贼所为，险恶无比，吾力既不能制，吾名又不可污，亦莫如之何也，已矣！"将欲自尽，乃作书遗生曰：

难妾王娇凤敛衽拜大文元汝玉夫君大人辱爱下：始而说盟，君心既已属之妾；既而成礼，妾心亦已属之君。正议鱼水百年，不料风波一旦。使我有容不整，有花不簪，玩月反助清苦，吟诗适动幽思，一景一情，无非役吾神、扰吾梦者也。然犹早暮依依，不即为兄轻生者，盖冀彼有所悔耳。既悔，则乐昌复合、延平再还，隐忍之罪，不犹可赎也哉。岂意怙恶不悛，变中生变，移花于别种，割我良缘；辍玉于他田，断兄雅爱。当此时也，欲拼一死，慨兄面之未瞻；欲待苟全，痛妾名之已辱。故与其丧节以捐名，不若死者之为愈与？其徒死而不足以偿千百年之恨，又不若姑存自待，万一得见之为尤愈乎？生不可，死不可，进退两难，会离莫测，虽微躯弱质不足以伴贤哲者心，而断玉联金，尚犹在目也。兄忍蔑视而不为之痛耶？情惊缕缕，笔难遍传，聊上一缄，敢求来会，则妾死生有所诀矣。敢书，敢书。

生得书骇愕，即兼道赴之。又不敢显然自进，乃匿于昔日浣衣之老妪家，持金为礼，使得通焉。挨至鼓余，二娇乃遣春英辈密开小门，放生私入。相见时，各各大恸，但不出声。凤因谓生曰："愚姊妹幸与兄遇，恩爱已非一朝，准拟长松可依，朱弦得托，三生偕老，家室优游。讵意门墙起变，半路相抛，使海义山情，冰消瓦解。故今请兄至者，非他意也，将欲与兄一面，少释终天，必不忍冒耻辱身，甘作因风之柳絮，顺水之桃花。兄自此后，亦当善自珍养，候事少息，与吾姐伉俪百年，实妾至愿，万毋为妾以伤贵重也。"言讫，悲咽不胜，泪痕如线。生含泪曰："好事多磨，佳期难偶，自古然者。今之所值，想亦仆命所该，何忍反累。"凤又谓鸾曰："老贼属意在我，势不俱生，我死则无事矣。"生曰："无累也。彼丈夫也，我丈夫也，吾何畏哉，必当出力与之较焉。"正彼此论间，春英谓生、凤曰："天下事，权则通，泥则病。一时奋激，徒作沟渠，于事何益？不若默忍潜病，再图欢庆。"生怃然曰："计得矣。昔相如窃文君以亡，辜生挟瑜娘而走，古人于事之难处者，有逃而已。今当买舟湖下，与凤姐乘月东归，僻径潜踪，待时舒志，彼求不得，纵有恶谋诡计，将何施哉！苟便可乘，续谋兼并，犹未晚也。"众美皆曰："善。"于是托邻妪周旋，略捡妆资，与娇鸾掩泪而别。舟行时，鼓已三矣。

途中无聊，有联句《古风》一首云。生为首倡，凤次之焉。

露气侵衣月在河，吁嗟好事反成磨。世间只有相思苦，偏我相思苦更多。今夜兰房灯火绝，大声唱别愁千结。归心一似恋帆风，叠叠重重急且咽。水静天空云惨凄，人离家远梦魂迷。依稀重缔生前愿，往事伤心怕再提。怕提往事姑拥膝，夹岸苹芦秋瑟瑟。一篙撑出波涛中，免使鲸鲲受尘泅。悠悠世态古道残，人心尤险行路难。孤根此去托肥土，笑杀王郎成画虎。

越日至湖，觅居凤凰山中，隐僻深幽，虽生父不觉也。士彪以娇凤之变，自激而成，然势不能救，徒悔而已。鸾虽与谋，亦困于孤立之苦，风晨月夕，恩怨之情，不可胜记。聊录数章，为好事者一览。

春愁睡起不胜悲，往事颠危有谁持？
魂逐游蜂身似借，肠牵飞絮意如痴。
泪痕隐血心从落，脸气生香手自支。
几度更深眠未稳，伴人惟有漏迟迟。

别时记得共芳尊，今日犹余万种恩。
绣妒鸳鸯闲白昼，书空鱼雁盼黄昏。
一番对月一成梦，几度临凤几断魂。
挑尽残灯凄切处，薄衾香冷倩谁温！

晓妆台下思重重，懊叹何时笑语同？
情傍游丝牵嫩绿，意随流水恋残红。
当年自恨春如锦，今日应知色是空。
回首雕栏情况恶，闲愁千里付孤鸿。

锦帐朝寒只爱眠，相思如水夜如年。
新诗蔻衾惭吟雪，旧事凄凉怕问天。
酒去愁萦心一寸，梦回神绕路三千。
空庭草色翳苔茵，无奈深愁一样新。

凤髻乱盘浑似懒，娥眉淡扫不如人。

梦中得合非真乐，帐里无郎实是贫。

人情变幻难凭计，何处鸾胶续断弦！

起傍花荫强排遣，数声杜宇更伤神。

凭栏无语怨东风，愁遇春归恨转浓。

一枕凤鸾魂杳杳，半窗花月影重重。

珮环声细千般懒，脂粉容消万事慵。

纸短话长题不尽，殷勤寄取早相逢。

碧桃深处听啼莺，一似声声怨别轻。

翠凤有情歆绿鬓，彩裙无力残红缨。

杨花未肯随风舞，葵荨还应向日倾。

种种幽情羞自语，安排衾枕度初更。

无端日日锁双蛾，缕缕愁来叠似波。

空忆高情疑是梦，难禁积恨欲成魔。

堪磋好事全终少，深憾佳期不偶多。

拂鬓自怜还自叹，名花无主奈如何！

是岁，伯颜以罪徙龙兴，乃复科举制。生曰："此吾明冤之一大机也，当不可失。"即辞凤赴试，果领乡荐。及亲策，又中左榜。左丞相别儿怯不花，素喜生才，竟选生为翰林承旨。生以未娶，奏闻朝廷，诏赐归娶。至家，贺者填门。生欲议日皆姻，凤谓曰："人情处安乐，不可忘患难，向与我姐说盟，协意事兄，今妾先举而倍之，置我姐于何所？不若并妾送归，使老母上主，迎兄至家，与愚姐妹花烛，庶不失吾父赞兄之意也。亦且名正言顺，恶叔何辞！"生曰："此论甚当。"即为书达鸾，兼送凤回。

夫人、娇鸾闻之，大喜，乃择十月戊戌之吉，至正三年也，迎生行入赘之礼。乘鸾后，生谓鸾、凤曰："平生素愿，中道一阻，不料复有今日，天乎？人乎？但士彪之忿，未能少雪，岂丈夫耶？"凤曰："彼虽不仁，分在骨肉。若乘势而窘之，无有不便，但睥睨芥蒂，不惟情涉于薄，亦且量为不弘。故曰：'宁人负我，毋我负人。'兄能忍人之所不能忍，容人之所不能容，正大丈夫也，何留心于小小哉。"生喜，举杯大酌，因浩歌一绝云：

拜罢天墀胆气粗，归来醉倩玉人扶。龙泉三足书千卷，方是人间一丈夫。

吟未终，春英报曰："叔叔才上缢，竟绝咽矣。"生笑曰："此天假手以快我也。"不料彪子见父之变，愧赧痛掉，亦相与投池中。急使人救援，得一最幼者。其余三子，皆夫人为之发丧，各各从厚殡殓。家事悉生掌握，因谓夫人曰："错蒙厚爱，累罪良多。孰意天眷儒生，侥登一第，且人亡事白，两姓万全，岂非至幸者乎？若竟恋夫妻之爱而怡乐于外堂，使堂上者一无所恃，人子之情，不能恝然而无所系也。不若同至家中，处夫人于别院，所存房产，悉与彪叔之子，则在我有父子之养，在夫人有母子之欢，在孤有得所之托，将不两得也哉。"夫人曰："我年老志短，所为事一依公子。"生乃择日命鸾，一家起行。官民有送生者，列鼓吹笙。舟中风景，不能尽述，有《临江仙》词以道之：

心事今朝除悒怏，只怜云绕家乡。豪情骑鹤任翱翔。手扳仙苑桂，身惹御炉香。

极目烟霞迷画舫，一天紫绿斜阳。远山偏向望中长。将何酬美景，宿酒醉新妆。

至家，生父甚喜，即设宴宴夫人。酒罢，生偕鸾、凤寝。鸾与生笑语自如，独凤俯首凭几，若有所忆者。生问曰："我与卿历尽艰辛，幸得至至此，正宜求乐而反含忧，何耶？"凤不答，但潸然泪下。生惶悚曰："仆果有罪，请试数之，何烦自苦如此。"凤曰："兄知今日聚合之乐，独不念昔年引见之功乎？"生曰："云姨盛德，今虽欲报，安从施哉？"凤曰："念我虽非抱育，然而恩情契重，则胜姑也。幼年刺绣既沐提携，壮岁姻亲又承吹赞，本欲托我以终身，不料去而不复返。尔我于朱楼倚阁中吟诗酌酒，使彼孤魂旅枢流落他乡，麦饭香花，欲依无主，于情于分，安得不哀！"言毕，又泣。生抚抱曰："是我责也。非卿言，几作薄幸徒矣。然亦不难，明当遣人移枢

至家，建醮以报，慎毋劳卿忧抑也。"生即使人往安国寺迁棺。往返月余方至，则请玄武观刘真人为法主，起建水陆斋七日。生、凤亦薰沐虔诚，昼夜不懈。醮毕，择后园空地筑圹以厝。

是夜，生因连日事扰，暂憩外书斋中，倦倚醉床之上。方闭目，梦见巫云徐步而前，貌饬如故，曰："别来忧恨，一旦感疾而亡，后会成虚，盟言难续，追思痛伤，然亦禄命所该。"语未终，生即抱住曰："久思无觅，今从何来？汝不死耶？"云曰："冥司以妾无罪，留妾在子孙宫中，候阴例日满，托生贵家。今蒙公子水陆超度，复授妾为本司掌册之官，侍伴天妃，安闲逸豫，得不入鬼箓尘寰者，皆公子惠也。今特致谢，聊释别来之情，嗣后不敢见矣。"含泪欲去。生又抱定，曰："子既成仙，何妨再见？"云曰："公子未知也。冥司立法，比世尤严，毫有所私，重罚不赦，公子善自珍爱，我检簿籍，有二贵子，合生汝门，不必我念，我当永别矣。"生急持其衣，云乃顿袂而去。生惊觉，余香犹在。生趋报凤曰："鬼神之事，昔尝议其佛氏之诬，以今观之，信有之矣。"凤问故，生以前梦悉为诵之。凤曰："若如此，我不负云姨矣。"及言得子事，凤又拊掌曰："果娠三月，未知璋瓦何如。"再问鸾，鸾亦怀娠同日，各大笑。生乃备牲醴致奠，鸾、凤则共作文以哭之：

> 呜呼！以姨之贤，禄宜未艾；以姨之德，寿将天假。胡为乎云散秋空，雪消春海？何为乎玉玦光埋，花飞香碎？呜呼！姨虽逝矣，鸾将安赖，痛哉！凤虽在矣，姨何能爱。徒使帐锁余香，镜空鲜黛，无地通恩，有天难戴。呜呼！痛针刺之犹存，想音容之恍在。恨彼苍之无凭，夺玉人之何迈。是以肠断欲联，眼枯无奈。盼山知怨，望云兴慨。呜呼！仰仙魂之遥遥，望炉烟而长拜。苟或灵其有知，愿芳苹之略采！

后至正四年十月朔日，鸾、凤各生一子，俱在同时，闻者无不为异，因呼为"三奇、二绝"，乡间传诵不已。有好事者作词美之，不及尽录。

生慕果报之理，乃弃官营修，寡欲养气，开义井于路，造赈仓于家。族有寒微者助之，人有孤寡者给之，筑街益殿，塑佛饭僧。凡有便于人之事，虽损己为之，不惜也。

生以二子由神力所致，乃名其鸾出者为天与，凤出者为天锡。七岁能明经，及长，文武俱优。正欲赴举业之科，夸张士诚以兵陷湖，生复挈家避难于凤凰山，不求闻达。一门三代，聚乐怡怡。或著述群书，或调议世务，或讴吟于青山绿水之前，或饮酌于清风明月之下。耕食凿饮，别是人间，不知其有红巾草莽之乱也。

及至正二十六年，大明兵取杭嘉湖等路，生父子喜曰："真天子出矣。急出报效，不失丈夫所为。有功即归，不可久恋取祸也。"生乃自荐。天与为李国公善长参谋，天锡为徐国公达部将。及攻略有功，我太祖封与为枢密官，锡为元帅之职。二子受命，不任而归。后李、徐二公使人迫之凤凰山，并祖、父不知去向矣。

幻中游

[清] 步月斋主人 撰

原　序

　　天下事之所有，必非理之所无，而理之所无，恒为事之所有。此以知胶柱之见不可存，而观变之识所应裕也。即如鬼神一说，过溺则邻于惑，太忽则涉于侮。鲁论云："敬鬼神而远之。"斯言至矣。然，依古以来，往往有生平不信鬼神，而实默受其策遣而莫觉者。亦有明与鬼神相交，而卒收其裨益于无穷者。奇奇幻幻，出人意表。岂第如黄熊入梦，大厉坏寝，纯在恍惚不可为象之间哉！这部小说，单道有明一桩故事，乍看似近荒唐，详考确有实据。其中忠臣孝子、烈女节妇、良师信友、义仆贤妓，无不悉备。俾看官有以启其善念，遏其邪心。较之才子佳人，花前月下，徒以偷香窃玉之态，闺阁床第之言，长人淫欲，贻害幼学者，似为不无较异云！

第一回　老宿儒七贴方登第

诗曰：

修士读书认理真，凡忘气化有屈伸。

游魂为变原不昧，漫道人间无鬼神。

却说万历年间，湖广黄州府罗田县，有一个秀才，姓石名峨，字峻峰，别号岚庵，乃洛阳石洪之后。为无末避乱，流落此处。家有房宅一所，田地数顷。为人素性刚方，不随时好，不信鬼神。夫人竺氏惠而且贤，中馈针织外，黄卷青灯，恒以相夫读书为务，因此峻峰学业成就。每逢考试，独冠一军。四方闻风，无不争相景仰，乐为结纳。可惜时运坎坷，于功名。凡进六场，不是命题差题，就是文中空白。不是策内忘了抬头，便是表里漏了年号。一连七次，俱被贴出。但穷且益坚，立志不懈，待至年过四十，却又是一个科分。这正是：

肯把工夫用百倍，那怕朱表不点头。

凡大比之年，前数月内，魁星偏〔遍〕阅各省。拣其学问充足，培植深厚者，各照省数勒定一册，献于文昌。文昌奏之玉帝，玉帝登之榜上，张诸天门，名曰天榜。是科，石峨早已列在天榜数内。及至八月秋闱，三场如意而出。回至家中，向夫人竺氏道：“今科三场，俱不被贴，吾已中矣！”夫人答道：“相公果能高发，正是合家之庆。”到得揭晓，果然获蒙乡荐。及来春会试，又捷报南宫。二年之间，身登两榜。只因朝纲不振，权奸当道。立意家居，无心宦途。

生有一子，表字九畹，取名茂兰，一名蕙郎，乃武曲星所转。从小丰姿超众，聪明非凡，甫离襁褓，即通名物。七岁读书，竟能目视十行，日诵百篇。不过三五年间，把五经左史、诸子百家等书，俱各成诵在胸，熟如弗鼎。开笔作文，落落有大家风味。长至一十五岁，不惟文章工巧，诗赋精通，亦且长于书画。一县之人群呼为石家神童。峻峰窃喜，以为此子头角峥嵘，日后必能丕振家声，光昭祖业。“吾何必身列鹓班，甘于任人进退耶？”不仕之志，因此益坚。明朝定例，凡一科会试榜发，除鼎甲词林外，其余进士，三年内务要用完。因宦官专权，人多畏祸。殿试后，假托事故，家居不出者，十人之中，不下四五。缘此诠选之时，人材短少，吏部奏道：

朝廷开科取士，原以麟黻皇猷，非使叨膺名器。兹逢选期，人材短少，皆因历科进士，多甘家居，致有此弊。伏乞圣裁，饬各省巡抚，查明报部，提京面检。如或年力精壮，可以备员，即发往各省补缺。庶人材出，而百职修矣。谨疏奏闻。

疏上，皇上批道：准依奏览。部文行各省，各省行各府，各府行各县。

一日，石峻峰偶到县衙吏房。该管书吏一见峻峰，口称："石老爷来的凑巧，我正要着人去送信。"峻峰道："有何信送？"书吏道："今有部文提你赴京检验，文是夜日晚上到的，今早发房。若不信时，请到房里一看。"遂让峻峰房里坐下，把文查出递与峻峰。峻峰一见这文，心中不快，闭口无言。书吏又道："这文提的甚紧，速起县文，上省去请咨，咨文到县，约得半月有余。家中速打点行装，咨文到时，即便起身。断勿迟滞，致使再催。"方才说完，这个书吏，被传入宅里去了。

峻峰出衙回家，路上度量此事，不觉形诸颜色。到了家中，夫人问道："相公往日，从外而来，甚是欢喜。今日面带忧容，是何缘故？"峻峰道："今日适到县衙，见有部文，提我上京检验。意欲不去，系圣上的旨意。去时倘或验中，目下群小专权，恐易罹祸网，贻累子孙。事在两难，踌躇不决，故尔如此。"夫人道："这事有何作难，皇上提去验看，原系隆重人材。相公趁此上京，博得一职，选得一县。上任后，自励清操，勿蹈贪墨，纵有权奸，其奈你何？做得三年两载，急为告退。既不至上负朝廷，又可以下光宗族，两全之道，似莫过此，这是妾之愚见，不知相公以为何如？"峻峰答道："夫人言之有理，但上京一去，往返须得半载。蕙即年当垂髫，夫人亦系女辈。家中无人料理，如何叫我放心去得？"夫人道："这却无妨，我已年近五旬，一切家务，尽可支持。苍头赵才，为人忠诚，外边叫他照料。蕙郎虽幼，我严加查考，他也断不至于放荡。自管放心前去，无须挂怀。"峻峰道："夫人既是这样，吾意已决。"

次日就赴县，起文上省请咨。家中凑对盘费，收拾行囊。一切亲友或具帖奉钱，或馈送贐礼。来来往往，倏忽间已是半月。吏房着人来说："咨文已经到县，请石老爷领文起程。"石峻峰领得咨文在手，就雇了一只大船为"杉飞"。带了一个书童叫做"来喜"。择日起身，又与夫人竺氏，彼此嘱托了一番。这才领着蕙郎送至河岸，看着峻峰上船入舱。打锣开船，然后回家。

却说峻峰这一路北来，顺风扬帆。经了些波涛，过了些闸坝。不下月余，已到京都。下的船来，才落店时，就有长班投来伺候。次日，歇了一天，第三日早晨，长班

领着，就亲赴吏部衙门，把咨文投讫。仔细打听，进京者还无多人。吏部出一牌道：

部堂示谕，应检进士知悉：俟各省投文齐集日，另行择期，当堂面验。各人在寓静候，勿得自误。特示。

峻峰见了这牌，店里静坐无事，除同人拜往外，日逐带着来喜在街上游玩。玉泉山、白塔寺、药王庙、菜市口，俱各走到。一日，饭后出的门来。走到一个胡同里，看见一个说《西游》的，外边听的层层围着。峻峰来到跟前，侧耳一听，却说的是刘全进瓜，翠莲还魂一回。峻峰自思道："无稽之谈，殊觉厌听。"往前走去，到了琉璃场前，心中触道："这是天师府旧第，昔日天师在京，此地何等热闹？目今天师归山，落得这般苍凉。天运有升沉，人事有盛衰。即此可以想见一班。"凭吊了一会，嗟叹了几声。遂口咏七言律一首，以抒慨云：

景物变迁诚靡常，结庐何须饰雕梁。

阿房虽美宫终焚，铜雀空名台已荒。

舞馆歌楼今安在？颓垣碎瓦徒堪伤！

古来不乏名胜地，难免后人作战场。

诗才咏完，回头看时，路旁一人，手拿旧书一部，插草出卖。要过来看，乃是《牡丹庭［亭］记》。峻峰想道："此书是四大传奇之一，系汤玉茗所作，我却未曾看过。店中闷坐无聊，何不买来一看，以当消遣。"因问道："这书你要多少钱？"那人答道："要钱四百文。"峻峰道："这书纸板虽好，却不甚新鲜了。从来残物不过半价，给你二百钱罢。"那人道："还求太爷高升。"峻峰喜其说话吉利，便道："既要看书，何得惜钱。"叫来喜接过书来，付与他钱二百五十文。那人得钱欣然而去。

峻峰回到店中，吃了晚饭。叫来喜点起烛来，把这书放在桌上。从头看起，初看《惊梦离魂》以及《冥判》诸出，见其曲词雅倩，集唐工稳，幽思奥想，别有洞天。极口称道："玉茗公真才人也！"及看到《开墓还魂》一出，鼓掌大笑道："人气聚则生，气散则死，死生者人之所必不免也。死而复生，那有此理？伯有作历，申生见巫，韩退之犹以为左氏浮夸，无足取信。汤玉茗才学名世，何故造此诞漫不经之语，惶惑后人也。疑鬼疑神，学人大病。家有读书子弟，切不可令见此书，以荡其心。"遂叫来喜就烛上一火焚之。峻峰在京候验不题。

但未知蕙郎与夫人在家如何？再看下回分解。

第二回　幼神童一相定终身

　　却说蕙郎在家，自他父亲上京去后，逐日不离书房，功夫愈加纯正。母亲竺氏亦时常查考，凡平日读过的书籍，从新温了一遍。每逢三八会期，求他母亲命题一道，作文一篇。非迎送宾客，足迹并不到大门。如是者，两月有余。

　　一日，偶到门前，见街上走路的，这个说吕公在世，那个说陈抟复生。唧唧哝哝，三五成群，一直往东去了。蕙郎问赵才道："这是为何？互相称奖。"赵才答道："十字街口东，有个相面先生，说他系云南大理府人，姓曹名奇，道号通玄子。一名曹半仙。他的相法，是从天台山得来的。相的委实与众不同，因此哄动了一城人。大相公何不也去相相呢！"蕙郎道："我去是要去，倘或太太找我，你说上对门王相公家讲书去了。"赵才应道："晓得。"

　　蕙郎出了大门，往东直走，又转过两道小巷，抬头一看，已是寓首了。但见口东路北，一簇人围着个相士。里三层，外三层，拥挤不动。蕙郎到了跟前，并不能钻入人空里去，只得在外边静听。闻其指示详细，评断决绝，心中已暗暗称奇。适值相士出来小解，看见蕙郎便惊道："相公也是来相面的吗？"蕙郎答道："正是。"相士道："好个出奇的贵相！"蕙郎道："小生陋貌俗态，有何奇贵？先生莫非过奖了。"相士道："良骥空群，自应诧目，岂是过奖。相公真要相时，今日天色已晚，一时相不仔细。明日饭后，在敝寓专等，肯赐光否？"蕙郎道："既是如此，明日定来请教。但不知先生寓在何处？"相士道："从这条街上东去，见一个小胡同，往北直走，走到尽北头，向东一拐，又是一条东西街，名为贤孝坊。从西头往东数，路北第五家，就是敝寓，门口有招牌可认。"蕙郎道："我明日定去领教，但恐先生不在家，被人请去。"相士道："一言约定，决不相欺。"蕙郎作别而去。相士也收拾了坛场，去回寓所。却说蕙郎回到家中，步进书房。适赵才送茶到此，蕙郎问道："太太曾找我么？"赵才答道："不曾。请问大相公，曾叫他相过否？"蕙郎道："这人真正相的好，但今日时候迫促，相不仔细。说定明日在下处等我。我禀知太太，明日饭后，一定要去的。"蕙郎把相面一事搁在心头，通夜并没睡着。次早起来，向母亲竺氏道："今日天气晴明，孩儿久困书房，甚是疲倦，意欲出去走走。街上有个相士，相的出奇，还要求他给相相。孩儿不敢擅去，特来禀知母亲。"夫人道："这我却不禁止，你但出去，务要早回，我才放心。"蕙郎答道："孩儿也不敢在外久住，毋烦母亲嘱咐。"用过早饭，封了五钱银子，藏在袖内。并不跟人，出门径往贤孝坊去了。蕙郎一来，这正是：

展开奇书观异相，鼓动铁舌断英才。

蕙郎到了这街西头，向东一望，路北第五家门口，果然有个招牌，上写"通玄子寓处"五字。蕙郎走到门前，叫道："曹先生在家么？"内有一小厮应道："现在。"蕙郎走进大门，往西一拐，又有个朝南的小门。进了这门，迎门是一池竹子。竹子旁边，有两株老梅，前面放着许多的花盆。转过池北是三间堂房，前出一厦，甚是干净。往里一看，后檐上放着一张条桌，上面摆着三事。前边八仙桌一张，搁着几本相书，放着文房四宝。墙上挂一横匾，写道："法宗希夷"四字。旁边贴一对联，上写道：

心头有鉴断明天下休咎事，

眼底无花观遍域中往来人。

蕙郎正在打量，小厮进去说道："有客来访。"那相士连忙走出相迎，道："相公真不失信，老夫久候多时了。"让到屋里，分宾主坐下。叫小厮泼了一壶好茶来，彼此对饮了几杯。相士开言道："算卦相面，先打听了人家的虚实，然后再为相算，名曰'买春'。这是江湖中人的衣钵，予生平誓不为此。相公的尊姓大名，并系何等人家，暂且不问。俟相过后，再请教罢。"蕙郎道："如此说先生的大号，小生也不便请问了。"相士道："相公的贵相，非一言半语，可以说完，请到里边相看，尤觉僻静。"相士领着蕙郎，从东间后檐上一个小门进去，又是朝西的两间竖头屋。前檐上尽是亮窗，窗下放着一张四仙小桌，对放着两把椅子。北山上铺着一张藤床，床上放着铺盖。后檐上挂着一轴古画，乃张子房杞桥进履图。两边放着两张月牙小桌，这桌上搁着双陆围棋，那桌上放着羌苗牙板。蕙郎称赞道："先生如此摆设，真清雅人也。"相士答道："旅邸草茅，未免污目。"

两个对面坐定，相士把蕙郎上下细看了一番，说道："相公的贵相，天庭高耸，地阁方圆。两颧特立，准头丰隆。真五岳朝天之相，日后位至三公，自不必说。但印堂上微有厄气，天根亦微涉断缺，恐不利于少年。相书有云：一八、十八、二十八，下

至眉攒上至发，是为上部，主少年。自天根至鼻头，是为中部，主中年。自承浆至颏下，是为下部，主末年。贵相自十八至二十八，这十年未免有些坑坷。过得二十八岁渐入佳境。到得五十六十，功在庙社，名垂竹帛，显贵极矣，以后不必再相了。"蕙郎道："先生如此过奖，小生安敢望此。"相士道："我言不妄发，日后定验。"蕙郎又问道："先生既精相法，亦通柱理吗？"相士道："相法按八卦，分九宫，命理讲格局，论官禄。其实阴阳五行，生克制化，一而二，二而一者也。"蕙郎道："如此说来，先生不惟会相，亦且会算了，愿把贱造，再烦先生一看。总为致谢，未知先生肯否？"相士道："这却使得。"蕙郎就将八字写出，相士接过来看了看说道："贵造刑冲不犯，官杀清楚，诚贵人格也。是九岁顺行运，自九岁至十九，还在父母运内，无容多说。细看流年，不出月余，定有喜事临门。自十九至二十九，这十年大运不通，子平说的好：'老怕长生少怕衰，中年只怕病与胎。'你这十年行的正是胎运。过此以后，官星得权，百事如意了。但年年细查，不胜推算。待我总批几句，亲身领会罢。遂提笔写谶语八句云：

学堂星动继红鸾，何料丧门忽到前。

驿马能牵大耗至，阴伏天牢紧相缠。

幸逢武曲照当命，那怕伤宫与比肩。

寿星应主晚岁运，一生福禄自延绵。

写完递与蕙郎说道："相公，你一生的遭际，尽在八句话中。挨次经去，半点不错。此帖务要收好，勿致遗失。"遂拱手说道："语少忌讳，万望包涵。"蕙郎谢道："代为指迷，曷胜感佩。"就把谢礼呈上，相士道："老夫半生江湖，只重义气，不计钱财。相公日后高发，定有相逢之处。何必拘在一时，厚仪断不敢领。"蕙郎再三相让，相士极力推辞。蕙郎见其出于诚心，说道："先生既然不肯，小生另当致敬，尊命安好过违。"遂把封套袖起，相士方才问道："相公尊姓大名呢？"蕙郎答道："小生姓石名茂兰，贱字九畹。住在永宁街上，家君讳峨，字是峻峰。系壬午举人，癸未进士。现今赴京候验，去有两个多月了。"相士道："既然尊翁大人赴京检验，不出月余，定有喜信。这一句已是应验了。"彼此又盘桓了一会，蕙郎告辞，再三的致谢。相士送至门外，彼此作别而去。却说这个相士住了些时，不知流落何方。街上再不见他相面了。蕙郎在家不题。

但未知峻峰在京候验如何？再看下回分解。

第三回　念民艰挂冠归故里

却说石峻峰在京候验，住至月余，并无音信。一日，长班走来禀道："小的今早经过吏部门前，见有牌示了。限于初四日早刻齐集，当堂面验。今日初三，就是明晨了，老爷把靴帽衣服，逐一打整停当。小的明日早来，好跟老爷同去。或坐车，或坐轿，今日雇下，省的明晨忙迫。"峻峰称了三钱银子，着长班去雇车子，就把衣帽等物，逐一检点了一番。叫来喜俱各包妥。用过午饭，转瞬天黑。峻峰早早关门睡去。

次早起来，叫来喜要水洗了脸，梳了头，用过了早饭。店主方才去开店门，长班进来禀道："车子已到，请老爷早去，勿致有误。"就把衣包、帽盒，送在车上。峻峰上车坐定，长班却先走了。车夫使着车子，来喜随后跟着。霎时间，已到吏部门首。长班前来禀道："路北有一个茶馆，甚是清雅。老爷下车，暂歇片时，换了衣服，再上衙门。"峻峰下的车来，见路北门面铺上，挂着"煮茗斋"三字一个小招牌。进到里面，是三间瓦厦。两边俱是开窗。中间门上吊着帘子，院内东西两边，俱是走廊。时当九月，东廊下放着几盆金菊。西廊下挂着两笼画眉。峻峰步入房中，见后檐上贴着"聊胜指梅"四字。下边贴《茶赋》一篇云：

惟龙团之津液，与雀舌之汁膏。解睡余之烦渴，醒酒后之号呶。尔乃黄芽披蒸，绿脚垂洁。碧乳翻涛，银丝胜雪。列三等以为差，冠六□而独□。酪可为奴，筵堪伴果。味品香泉，烹须炉火。盛玉罂其常湛，转金碾以成埃。至若经作陆羽，录著蔡襄。添温暖于冬腹，涤炎热于夏肠。既无恼夫冰厄，又何美乎琼浆。

两旁又贴一对联云：

开户迎花笑，启窗听鸟鸣。

峻峰里面坐了一会，换过衣服。长班来禀道："大人将近升堂，请老爷过衙门去罢。"峻峰跟着长班，走到仪门前边，挨省次站定。大人已上堂，从北直验起。一省或验中二十多人，或验中十五六人。点到峻峰，吏部停笔问道："你原籍何处？"峻峰应道："原籍河南，后迁湖广。"吏部又问道："洛阳石浚川先生，是你一脉吗？"峻峰应道："是进士的上世先祖。传至于今，已二十二代了。"吏部笑道："你既系先儒苗裔，又当年力精壮，正该为朝廷出力报效。奈何追蒿邙之高风，负王家之遴选。你且下去，明日再听发落。"并未说验中与没验中。峻峰下的堂来，心中甚是恍惚，不敢就走。直候到各省验完，大人退堂，方才回寓。心中度量了一夜。到得次早，叫长班去打听，回来禀道："小的见吏部书办说：大人已经启奏，再看旨下如何？"峻峰心中愈加惊慌，住了两天，亲去打听。吏部已把圣谕贴出。

奉天承运皇帝诏曰：朕思贤为国宝，安可野有留良。兹依部奏，验中进士，二百八十人。大省二十名，中省十五名，小省十名，各照数发往候缺。惟石峨系先儒后裔，理应速用，即授陕西西安府长安县知县。赴部领凭，毋得迟缓。钦此。

峻峰见了这道旨意，不胜欢喜。领过凭文，请了两位幕宾，招了几名长随。离了京城，自通州坝上船，星夜往黄州府进发。京报已早到家中，夫人竺氏叫赵才打扫客舍，制办羊酒，候峻峰来到，以便待客。住了些时，峻峰已到家中，亲戚朋友来叩喜者绳绳不绝，热闹了半月有余。峻峰恐误了凭限，祭过祖坟，择一吉日，率领家众，直往长安上任去了。这正是：

雪里无人来送炭，锦上谁不去添花。

却说峻峰一入陕西境界，就有人役来接。峻峰略把土俗民情，问了一番。因问："衙门广狭怎样？"来役禀道："官衙内有鬼，历来的老爷，俱住民宅。小的来时，早已雇赁停当，修理齐楚。无烦老爷再为经心。"峻峰笑道："本县素性是不怕鬼的。我定住官衙，不进民舍。你等作速回去，给我收拾官衙，违者到任重责。"来役跪央再三，决于不准，只得星夜赶回，把官衙打扫出来。峻峰一到县时，直就官衙内上任。

是晚，更夫巡夜，闻有鬼说道："石青天在此居官，吾等暂且回避。"从此官衙内，安静无事了。上任三日，行香放告已毕。查前任的案卷，未结者还有二三十件，或出票，或出签，把一干人犯，俱各拘齐。出一牌示："本县拟于某日，升堂理事。满城士民，愿看者概为不禁。"到得那日清晨，衙门里人就填满了。峻峰自饭后升堂，坐至日夕。二三十件案卷，俱经理清。当批者批，当断者断，该打的打，该罚的罚，无不情真罪当。一时看者，群惊为神。峻峰把众人唤到案前，晓谕道："本县承乏兹土，虽无庞士龙之材，却有西门豹之心。在此居官一日，必不使尔等坐受陷危也。"众人叩谢而散。历任一年，政简刑清。做至三年，颂声载道。城内绅衿乡间百姓，送万民衣的，

送万民伞的，贴德政歌的，纷纷不一。峻峰悉行阻却。特出一告条云：

长吏为民父母，兆民皆吾子也。父母育子不闻居功，长吏恤民岂意望报。嗣后媚谀之事，断不可复。

一县之人无可图报，遂题诗刻石，以铭其德云：

爱民勿徒美巽黄，窃幸邑侯称循良。

茧绩不繇咸淳化，鸣琴堪并单父堂。

割鸡聊把牛刀试，买犊旋庆筑麦场。

顶祝焚香情莫尽，永登贞珉志不忘。

后天启皇帝登基，太监魏忠贤专权用事。峻峰急欲退出，告优未暇，忽越级升了广西柳州府知府。到任三月怡化翔洽，适广西巡抚提进省议事。峻峰星夜赴省，来见宪台。巡抚道："传贵府来，非商别事，今有东厂魏大人发下银子三十万，叫本院散给各府，各府散给各县，放于民间使用，三分起息，然后本利催齐解司。下岁领去再放。贵府该代放银六万两。作速领去，分派州县。"峻峰禀道："大人之命，卑职固不敢违，但柳州府地瘠民贫，兼之连岁凶歉。有者典当田宅，无者鬻卖妻子。自顾不赡，那有余钱，代为出息。还求大人极力挽转，务使百姓均沾实惠。"巡抚道："这是东厂大人的钧旨，谁敢抗违。"峻峰跪央道："百姓是朝廷的百姓，官员是朝廷的官员。朝廷设官，原为牧民，并非设官代人放账。卑职只上知有皇上，下知有百姓，中知有大人。若浚民生而肥内监，这等样事卑职断不敢做，亦不肯做。还求大人三思。"巡抚道："如此说，难道你不顾你的考成吗？"峻峰起来冷笑道："吾人出仕，原以行节，非图固宠。卑职自幼读书，颇有志气。昔陶渊明不为五斗米折腰，吾宁为五马荣挫志乎？大人既不肯为万民作主，卑职断不给太监放债。"巡抚怒道："你这等的抗上，本院一定题参。"峻峰答道："与其待大人题参，何如卑职先自引退。"遂告辞而出，银子分文不领。回到署中，把仓库检点了一番，并无半点亏欠，未结的案卷逐一理清，应发的发回本县。把他的印绶，亲身送到巡抚衙门。抚院一见，甚是不悦。峻峰禀道："百姓不可一时无官，居官不可一日无印。卑职既得罪东厂大人，岂容卑职久留此地。望大人暂且把印收去，以便委人。如魏大人加以罪谴，就是焚尸灭族，卑职愿以身当，并不累大人。"说到此处，那巡扶就把印收去了。峻峰从省回衙，掩门待罪。住有半月，并无风信。遂雇了车轿，率领家属，仍回黄州去了。

不知峻峰回去如何？再看下回分解。

第四回　为友谊捐资置新宅

话说石峻峰弃官回署。巡抚委官盘查仓库，无半点亏欠，案卷无一件停留。只得一面委人看署，一面修书报与京中。书道：

叩禀：东厂司理监，魏大人座下。前承大人发下银两，卑职径定府县俱各派去。独柳州府知府石峨抗违不领，兼以弃官脱逃。特为禀明，以便究治。专候钧旨，肃此上达。

广西巡抚某人顿首。

魏忠贤拆书一看，心中想到："放账滚利，终属私事。且石峨为人刚直，十分究治，未必甘罪。倘或皇上闻知更觉不妥。莫若将机就机，叫他去罢。"遂写一回书道：

兹承来札，俱已心照。柳州府知府石峨，虽系抗上，乃皇上亲放之人，不便究处。且素称廉明，□□民望，弃官回籍，听其引退。勿得从刻，照书施行。

某月某日东厂特发

却说石峻峰转升之后，巡抚上疏，另题补了长安县一员知县。姓王名璠字止珍，乃广东广州府番禺县人。系进士出身。往长安上任，路过襄阳府。襄阳府城内，有一个致仕的员外，姓胡名荣字涵斋，与王璠素系年谊。王璠来到襄阳拜看胡荣，胡荣设席邀请。席间，王璠向胡员外道："小弟先去上任，少停半载，再接贱眷。自番禺直抵长安，路径太长，一气难以打到。弟欲向年兄借一闲房，在此作个过栈。两截走，庶不艰苦。不知年兄肯相帮否？"胡员外答道："宝眷到此，小弟理应照料，那烦年兄启口。"王璠道："既蒙年兄慨许，小弟就谢过了。"席终之后，王璠回店，次日走身走了。

却说胡员外又自想道："凡官员的家眷，少则二三十口，多则四五十人。现在住的宅子，终是安置不下，且不便宜。莫若另买一宅，权叫他住。一则全了朋友之谊，二则添些家产，岂不两全。"算计已定，遂叫官中，代为买房。本街西头路南，有房子一

三三五

处。房主姓徐名敦，本因宅子里有鬼，住不安稳，要卖了另置。就出了一张五百两银子的文约，交给官中杨小山。杨小山因向胡家来说，胡员外问道："这房子他实在要多少银子？"杨小山道："依他说要银五百两。"胡员外给他三百五十两。说来说去，讲到四百五十两，徐家就应口卖了。胡员外择了日期，同着亲朋，叫杨小山写了文约，把价银足数兑去。徐家把宅子腾出，交给胡员外，他另搬到别处去了。

却说王璠到任，住了半年。写了一封家书，差了一个的当家人，往广东去接家眷。家中男女，上下共有二十余人。一路直投襄阳府胡宅而来。胡员外着人把新买的宅子，打扫洁净。请王夫人与公子住在里面。一切照料，无不尽心。歇近一月，正要起身而去。忽有一个家人，星夜赶来。禀道："老爷已于四月间病故，小的料太太少爷，还在此处。特来报知，好去搬灵。"夫人公子听说，哭倒在地，半日方苏。公子与夫人计议，此处到长安尚有两千余里。往来盘费，非同些小，手中无钱，如何去的。夫人道："央你胡年伯，或者相帮，也未可定。"王公子亲到胡员外家里，央他帮些银子，去接父灵。胡员外慨许，借银二百两。王公子得了银子，领着一个家人，往长安县搬灵去了。往返四五个月，才把灵柩搬到襄阳府来。胡员外城外有一处小房，叫他把灵柩停在里边。胡员外办礼制帐，亲去祭奠。其祭文云：

维吾兄之才略兮，堪称国良。甫操刀于小邑兮，治具毕张。苟骥足之大展兮，化被无方。胡皇天其不佑兮，遽梦黄粱。悲哲人之已萎兮，我心彷徨。陈壤奠于灵前兮，鉴兹薄觞。

这且按下不题。却说广东土寇大发，把广州一带俱被占去。王知县的灵柩一时难以回家。夫人公子，只得在此久住。住有一年，夜间渐闻鬼声，且见鬼形。夫人公子总不肯说出，恐负了胡员外的好意。又住了几月，王夫人并上下人等，俱病死宅中。只剩得王公子夫妇二人，与他庶母所生的一个妹子，年方十一二岁。后广东贼冦平息，胡员外又助银百有余两，叫王公子押着他父母的灵柩，转回广东去了。落下这处闲房，并没人敢在里边去住。胡员外托官中典卖，俱嫌宅子不吉，总无售主。只得把大门常常锁着。

忽一夜间，胡员外梦见一个老叟，苍颜白发，手执藜杖，登门来了。说道："小弟姓焦名宁馨。系绍兴府人氏，有一件要事相恳。西头路南宅子内有我一亲女、一甥女并一甥男。住已数年，今闻尊兄要卖此宅，但这两个女子，与尊兄有父子之分。日后就这宅子上还要招一佳婿，以光门婿。切不可妄听人言，轻为抛舍。"胡员外醒来，把梦中的言语告诉夫人冯氏。冯氏夫人道："梦寐之事，何足为凭。依我看来，咱家尽有钱使，何必典卖房宅，惹人耻笑。与其不值半文舍给人家。何如从新拆盖，赁出打租。"胡员外道："夫人说得极是，我从今再不卖他了。"到得次夜，时近三更，胡夫人有□未睡。忽见两个女子，丰姿绰约，颜色俏丽。领着一个六七岁的小儿，□□缓步从外而来。见了胡夫人，深深一拜。一齐就跪下磕头。胡夫人两手扶起问道："两位姐姐，你是何人？为何行这样的大礼。老身断不敢当。"二女子道："儿等住在西头宅子上，已经几年。今因王夫人上下死在里面。义父说宅子凶恶住不的了，屡次托人变卖，幸得母亲一言劝醒就不卖了。儿等能得安居此处，以待良缘。为此特来相谢。"说罢飘然而去。胡夫人甚是骇异，叫醒胡员外，把见两女子的事，说与他听。胡员外道："夫人所见与吾梦相符。此中必有缘故。这宅子我定是不卖了。但不知后来，应在何处?"这正是：

有缘千里来相会，无缘对面不相逢。

且按下不提。却说这宅子对门，有一个孝廉公姓朱名耀彩，字斐文。年近五旬，他发身时，是中的解元。会试曾荐元三次，俱未得中。闽省之人，群称为文章宗匠，理学名宿。他有一个儿子，名琅，字良玉，年方二十三岁，是个食廪的生员。人物聪俊，学问充足。王公子在此住时，门首时常相见。王公子羡慕朱琅。朱琅也钦仰王公子。王公子也是个补了廪的秀才，因是同道朋友，两个就拜成兄弟。王夫人与朱琅的母亲，亦时相往来，彼此情意甚觉投合。王夫人的女儿并拜朱夫人为义母。王夫人在日，朱夫人不时的把王小姐接过这院修理头面，添补衣裳，待之无异亲生。及王夫人夫妇灵柩归家有期，朱夫人又把王小姐接过来，照料了一番。说道："吾儿我与你果有缘法，日后须落在一块方好。但你居广东，我住湖广，云山间阻，从此一别，今生断不能再见面了。"说罢，不觉泣下。王小姐答道："孩儿仗托母亲的福力，安知后日不常靠着母亲。"亦自滴泪满怀。从此王夫人夫妇灵柩回去。朱夫人日逐想念王小姐，几乎成病。数月以后，方才开怀。王小姐回到家中，父母大事已过。兄嫂欲为他择配，王小姐也不便当面阻绝。作诗一首，贴于房中。其诗云：

婚姻大事系前缘，媒氏冰人徒枉然。

义母临岐曾有约，常思归落在伊边。

年过二十方许嫁，且托绣闺读史篇。

若使赤绳强相系，情甘一命赴黄泉。

　　自从王小姐作诗之后，择配一事，兄嫂二人，也再不敢提了。却说番禺县有一个极灵验的巫婆，能知人已往将来的事情。一日，走到王宅看见王小姐说道："这个姑娘，定是一位夫人，但必须经过三个娘家，方才成人。可惜形神之间，将来不无变换，这是数该如此，也不是他好意这般。"王夫人仔细相问，那巫婆答道："事系渺冥，不可说破，到了那时，便自明白。"又待问时，那巫婆撤身而出。王夫人把这话告诉王公子，王公子道："巫婆之言，殊属可恶。"从此分付看门的："一切巫婆人等，俱不准进门。"

　　王小姐自见那巫婆之后，渐渐的懒于见人。日逐在他卧楼上，做些针指，并不轻发言笑。长至踊十五岁时，容颜甚是标致。忽然坐了一个病根，一时昏去，半日方醒。王公子延医调治，总不见痊。王公子怨他夫人叫巫婆进院，所以致的他妹子这样。王小姐闻知劝说道："人生在世，死生有命。一个巫婆，他如何就能勾叫我这样，哥哥断不可瞒怨嫂子。"王公子听说，方才缄口。且休说王小姐后日怎样。

　　尚未知石峻峰回来如何，再看下回分解。

第五回　孝顺男变产还文债

　　却说石峻峰回得家来，关门避事。自与蕙郎讲几篇文章，论几章经史。除此之外，晴明天气，约相契三四人，闲出郊外，临流登山，酌酒赋诗而已。那蕙郎未有妻室，与未入泮宫，是他留心的两件要事。一日，在客舍内静坐。见两个媒婆先到面前，一个叫做周大脚，一个叫做马长腿。笑着说道："幸逢老爷在家，俺两个方不枉费了脚步。"峻峰问道："你两个是为大相公的婚事而来吗？"二媒婆答道："正是为此而来。"峻峰道："你两个先到里面，向太太说知，我随后就到。"二媒婆听说，走入中堂去了。石夫人一见说道："你两个老媒，为何久不来俺家走走？"二媒婆答道："俺不是给大相公拣了一头好亲事，还不得闲上太太家来哩。"石夫人问道："是说的那一家？"二媒婆答道："是十字街南，路东房老爷家。他家的小姐今年十八，姿色十分出众，工针指，通文墨。房太太只这一位小姐，还有一付好陪送哩。太太与老爷商量，若是中意，俺两个好上那头去说。"夫人道："这却也好。"叫来喜："去请老爷进来。"峻峰进得房中，坐下。夫人向着说道："两个老媒为蕙郎议亲，说的是房家，在十字口南边住，你可知道么？"峻峰道："这是做太河卫守备的房应魁。"二媒答道："正是，正是。"峻峰道："这是毋庸打听的，那里的姑娘多大小了？"二媒道："十八岁，人材针指，无一不好，且是识文解字。过门时，又有好陪送。说的俱是实话，并不敢半点欺瞒。老爷，若说是好，俺就向那边说去。"峻峰道："别无可说，你房老爷若不嫌我穷时，我就与他结亲。"两媒婆见峻峰夫妇已是应许，起身就走。石夫人道："老媒别走，吃过午饭去。"二媒笑道："太太，常言说的好，热媒热媒，不可迟回。俺那头说妥了，磕头时一总扰太太罢。"说毕，就出了大门，直往十字口南去了。

　　二媒婆到得房宅，正值房应魁与夫人刘氏小姐翠容，在中堂坐着说话。房太太一见，便问道："你两个是来给小姐提媒的吗？"二媒应道："太太倒猜的准。"翠容听说，把脸红了红，头也不抬，就躲在别房里去了。房应魁问道："说的是那一家？"二媒答道:"永宁街上住的石太爷家。"房应魁道:"这是石峻峰,他不给魏太监放账,连知府也不做了,好一个硬气人。他的学生,我曾见过。人物甚好,学问极通,人俱说他是个神童。目下,去还未曾进学哩。门当户对,这是头好亲事,说去罢了。"房夫人道:"既是他家,我也晓得。但他家地土不多,居官未久,无甚积蓄,恐过门后,日子艰窘。"房应魁道:"人家作亲,会拣的拣儿郎,不会拣的拣宅房。贫富自有命定,何必只看眼前。"夫人道:"主意你拿,妾亦不敢过谬。"二媒又追问一句道:"老爷太太若是应承,俺两个明日就磕喜头了。"房应魁道:"这是何事,既然应允,岂肯更口。"二媒听说辞去。迟了两日,两媒先到石家磕喜头,每人赏银二两。后到房家磕喜头,也照数赏银二两。石峻峰看了日期换过庚帖,议定腊月十八日过门。

峻峰的要紧心事,就割去一半了。只蕙郎未曾进学,还时刻在念。到得六月半间,学院行文岁考。黄州定于七月初二日调齐,初八日下马。峻峰闻信,就打点盘缠,领着蕙郎赴府应考。这个学院最认的文章,又喜好书写。蕙郎进得场时,头一道题,是季路问事鬼神。次题是,莫非命也。蕙郎下笔如神,未过午刻,两篇文章,真草俱就。略等了一会,学院升堂,蕙郎就把卷子交去。学院见他人才秀雅,送卷神速。遂叫到公案桌前,把卷子展开一看,真个是字字珠玑,句句锦绣。兼之书写端楷。夸奖道:"此诚翰院材也。"遂拈笔题诗一道以赠之。其诗云:

人材非易得,川岳自降神。

文体追西汉,笔锋傲晋人。

箕裘千载旧,经济一时新。

养就从龙器,应为王家宾。

蕙郎出得场来,把文章写给他父亲一看。峻峰道:"文章虽不甚好,却还有些指望。"及至拆号,蕙郎进了案首,对门王诠进了第二。却说王诠乃刑部主事王有章之子,为人甚不端方。兄弟三个,他系居长。自他父母去世,持其家资殷厚,往往暗地里图谋人家的妻女,外面总不露像。蕙郎窥看虽透,因是同进,遂成莫逆之交。这且不说,却说峻峰领着蕙郎回到家来,不觉已□就是十月尽间。蕙郎的婚期渐近。峻峰打点首饰,制办衣裳。到了腊月十八的吉期,鼓乐喧天,烛火照地。把新人房翠容聚进门来。拜堂已毕,送入洞房。到晚客散,夫妻恩爱,自不消说。

过得一月有余,王诠在这边与蕙郎说话,适值翠容从娘家回来。偷眼瞧见王诠,问丫头道："那是何人？"丫头答道："是对门王相公。"翠容默然无言。及到晚间，蕙郎归房。翠容道："对门王生，獐头鼠目，心术定属不端。常相交接，恐为所害，相公千万留心方妥。"蕙郎答道："同学朋友，何必相猜。"翠容因聚的未久，亦不便再说了。到得科考，蕙郎蒙取一等一名，补了廪饩，王诠蒙取二等，亦成增广。两个合伴上省应试。蕙郎二场被贴而回。是岁蕙郎年正十九，回想相士所批"学堂红鸾"一句，已经应验。再想"丧门到前"一句，心上却甚是有些踌躇。及至到了来春三四月间，罗田县瘟疫大行。峻峰夫妇二人，俱染时症相继而亡。才知相士之言，无一不验。蕙郎克尽子道，衣衾棺椁，无不尽心。把父母发送入土。且按下不题。

却说魏太监一时虽宽过了石峨，心下终是怀恨。此时西安府，新选了一个知府，姓范名承颜，最好奔走权贵。掣签后，托人情使银子，认在魏太监的门下。一日，特来参见，说话之间，魏太监道及石峨不给放账一事。意味之间，甚觉憾然。范承颜答道："这有何难，卑职此去定为大人雪耻。"说定告辞而退。及至范承颜到了任所，留心搜寻石峨在任的事件。他居官三年，并无半点不好的事情。惟长安县有引河一道，系石峨的前任奉旨所开。数年以来，将近淤平。范承颜就以此为由，禀报督抚，说此河虽系石峨前任所开，石峨在任，并不疏挑，致使淤平，贻水患害民。理应提回原任，罚银五千两，以使赔修。抚院具了题，就着西安府行文用印。

却说石茂兰在家，那一日是他父亲的周年。一切亲友都来祭奠，午间正有客时。忽然两个差人，一个执签，一个提锁，来到石家门首。厉声叫道："石相公在家么？"赵才听说应道："在家。"石茂兰也随后跟出来。差人一见，不用分说，就走近前来，把锁子给石生带上。石生不知何故，大家喧嚷。众客听说一齐出来劝解。那差人道："他是犯了钦差大事，俺们也不敢作主。叫他自己当堂分辩去罢。"翠容在内宅，听说丈夫被锁。也跑出门外观望，谁知早被对门王诠看了尽情。众人劝解差人不下，也各自散了。翠容见她丈夫事不结局，就回到院内哭去了。

差人带着石生，见了县主。县主问道："你就是原任长安县知县石峨的儿子吗？"石茂兰答道："生员正是。"县主道："你父亲失误钦工，理应该你赔修。你作速凑办银两，以便解你前去。"石茂兰回道："此河生父并未经手，赔修应在前任。还求老爷原情。"县公道："你勿得强辩。着原差押下去，限你一月为期，如或抗违迟误，定行详革治罪。"石茂兰满心被屈，无可奈何，下得堂来，出了衙门。左右打算，没处弄钱，只得去找官中，把房宅地土，尽行出约变卖。这官中拿着文约，各处觅主。此时人人

闻知石生之事，恐有连累，并没人敢要。

这一日，官中在街上恰恰遇着王诠，提及石茂兰变产一事。王诠心里欲暗图房翠容，遂说道："朋友有难，理应相帮，这房宅地土，别人不敢要时，我却暂且留下。俟石兄发财时，任他回赎。但不知文约上是要多少银子？"官中道："是要四千五百两。"王诠道："我也并不揞勒，就照数给他。"官中听了，喜道："王相公这就是为朋友了。"遂把石茂兰请到他家，同着差人，官中把正数四千五百两银子兑讫。王诠又说道："我听说来文是罚银五千。四千五百两，长兄断不能了结此事，莫如外助银五百两，系弟的薄心。"石茂兰谢道："感长兄盛情，弟何以报。"就把这五百银子，也拿在家来了。翠容闻知便说道："对门王家，只可受他的价银，是咱所应得的。外银五百，未必不有别意，断不可受。"石茂兰不听，把翠容送在娘家去。赵才来喜俱各打发走了。遂把宅子地土，一一交清。县公办了一道文书，上写道：

> 罗田县正堂加三级钱，为关移事。敝县查得，原任长安县知县石峨，已经身故。票拘伊子石茂兰。并赔修银两五千正。差解投送，贵府务取收管，须至移者。

罗田县差了两个人役，把石生并银子直解到西安府去了。石生一去莫提。但不知翠容在家如何？且看下回分解。

第六回 贞烈女舍身报母仇

话说房翠容回到娘家，一则挂念石生，又揣度着王家五百两空银子。日夜忧愁，容颜渐觉憔悴。房应魁见他女儿这般光景，心里十分肮脏，积得成病死了。剩下翠容母子二人，更加凄楚。这王诠自见翠容之后，心图到手，苦于无方，闻说房守备已死，他生了一计。因长安现任知县是他父亲的门生，就骑了一个极快的骡子，一日可行五六百里，遂往长安县去了。进得衙门，住了几天，知县金日萃偶然说及石家这桩事来。王诠道："石公子是弟的同进，且系对门。他变了产业来赔修河工，料他不久就到了。但有句话不得不向世兄说知，石生为人甚是诡谲。完工之后，定叫他看守三年，才可放他回家。不然，偶有差失就累及世兄了。"金日萃应道："相为之言，小弟自当铭心。"王诠又停留了几日，就回罗田县来了。

石茂兰来到西安府，落了店，差人投了文。次日早堂，见了太府，太府限他六个月完工。差人把石公子并银子五千，押送长安县去。长安的知县把银子存库。每日只发银子二十五两，着差人同石公子觅夫二百多名，往河上去修理。挑的挑，抉的抉，只消得一百四十五天，就修的依旧如初了。剩下的银子还有两千，石生去领。长安县开出一本上司衙门使费的账来，给石生看说："刚刚足用并没剩得分毫。"石生也不敢十分强要，亲去禀知太府，工已告竣。太府验过，把工收讫。石生送了一个求回籍的禀帖，太府批道："工虽已竣，尚须保固三年，方许回籍。私逃者，拿回重责。"就把石生羁绊在此处了。吃饭没钱买，住店没钱雇，只得在河岸上搭了一个窝铺住着。日间在城里卖些字画，落得钱数银子，聊且糊口。晚上回到窝铺里去睡。受了许多饥寒，尝了无限苦楚。作诗以自伤，其诗曰：

河工告竣不许还，身受艰辛几百般。

异域无亲谁靠恋，故乡相隔多云山。

白昼街头空扰扰，夜间卧听水潺潺。

转筹返斾在何日？心痛曷胜雨泪潜。

石生在外住过一年，王诠在家写了一封假书，着人送到房宅，说是石生的家报。翠容拆开一看，上写道：

予自修河长安，操劳过度。饮食不均，积成一病。迩来日就垂危，料此生断难重聚。贤妻年当青春，任尔自便，勿为我所误。余言不宣。

拙夫石茂兰手书

翠容问家人道："这书字是谁送来的？"那家人答道："是西头王宅里人送来的。"翠容心里道："孽畜是来行离间计了。"也写了一封回书道：

妾自丈夫西去，久已封发自守。此心不惟坚若金石，亦且皎如日月。但祈生渡玉门，以图偕老。如有不讳，情甘就木。禽兽之行，断不肯为。临启曷胜怆凄之至。

贱妾房翠容泣书

写完封好，着人送给王诠说："这是石家娘子的家信，烦王大爷千万托人捎到长安去。"王诠收下，拆开一看。知此计断是不行了。心中又画了一策："听闻那刘氏夫人，夜间常起来焚香拜斗。再把这个老妈治煞，单剩翠容，一个女子，断难逃脱我手了。"主意拿定，他家有个家生子名唤黄虎。年纪二十多岁，甚是凶恶，且善于跳墙。许了他五十两银子，叫他往房家去行刺。黄虎应允。

到了次夜，黄虎拿了一个金刚圈，竟跳入房宅内院，转过堂前一望，见刘氏夫人跪在地下，正磕头拜斗哩。黄虎暗暗走到背后，一把掀倒，使脚蹬住喉咙。顿饭时间，把个刘氏夫人活活的扪死了。翠容在房等候多时，不见他母亲回去，起来看时，早已死了。叫人抬进屋里，痛哭一场。天明料理丧事，不题。翠容想道："害吾母者非他人，定是王诠。"欲待鸣官，苦无凭证，且身系女流，不便出去。无奈何，忍气吞声，把刘氏夫人殡葬了。是时，正当八月尽间。一日，阴雨蒙蒙，金风飒飒。凄凉之状，甚是难言。到得晚间，点起灯来，追念双亲，怀想丈夫，滴了几点血泪。因题诗一首道：

征人一去路悠悠，孤守深闺已再秋。

万里堤旁草渐蔓，望夫石畔水空流。

游鱼浮东渺无望，飞雁衔书向谁投？

忧思常萦魂梦内，几时相逢在重楼。

诗已题完，千思万想，总是无路。长叹道："这等薄命，却不如早死为妙。"遂取

了一根带子，拴在门上阑上。正伸头时，忽见观音老母，左有金童，右有玉女，祥云霭霭，从空而降。把带子一把扯断，叫道："石娘子，为何起此短见？只因石生的魔障未消，你的厄期未过，所以目下夫妻拆散。你的富贵荣华全在后半世哩。我教你两句要言：作尼莫犯比丘戒，遇僧须念弥陀经。这两句话就可以全你的名节，保你的性命。切记勿忘。外有药面一包，到万难解脱时，你把这药，向那人面上洒去。你好逃生。"翠容一一记清了。正要说话，那菩萨已腾空去了。翠容起来看时，桌上果有药一包。上写"催命丹"三字。仍旧包好，带在身边。出来焚香拜谢一番，方才回房。不题。

却说王诠又生一计，使钱买着县里的衙役，拿着一张假文来向翠容道："石公子已经亡故，河工还未修完。现有长安县的关文，叫家里人去修完河工，以便收尸。"翠容不知是计，认以为真，痛哭了一场。对差人道："我家里实没人来领尸，烦公差大哥回禀县上老爷，给转一路回去罢。"差人道："这也使的，但须有些使费。"翠容把首饰等物，当了几两银子交与差人拿去。差人回向王诠道："房小姐认真石公子是死了。"住了些时，王诠着人来题媒，翠容不允。后又叫家人来讨债，翠容答道："我是一个女人，那有银子还债。"王诠又行贿县公，求替他追比这宗账目。这罗田县知县，姓钱名为党，是个利徒，就差了原差，飞签火票，立拿房氏当堂回话。差人朝夕门口喊叫，房翠容那敢出头。谁料祸不单行，房应魁做守备时，有一宗打造的银子，私自使讫，并未奏销清楚。上宪查出，闻其已死，行文着本县代为变产填补亏空。遂把他的宅子尽封去了。翠容只得赁了两间房子，在里边安身。

王诠见翠容落得这般苦楚，又托了他的一个姨娘姓毛，原是房家的紧邻。来向翠容细劝道："你是少年妇人，如何能打官司？又没银子给他，万一出官，体面安在？依我看来，你这等无依无靠，不如嫁了他为妥。到了他家，那王诠断不轻贱看你。"翠容转想道："菩萨嘱付的言语，或者到了他家能报我仇，也未可知。"遂假应道："我到了这般田地，也无可奈何了，任凭王家摆布罢。"毛氏得了这个口角，就回信给王诠。次日，王诠就着他姨娘送过二十两银子来，叫翠容打整身面。怕他夫人不准，择了一个好日子，把房翠容娶在另一处宅子上去。这正是：

真心要赴阳台会，却成南柯梦一场。

话说王诠到了晚间进房，把翠容仔细一看，真是十分美貌。走近前来，意欲相调。翠容正色止住道："我有话先向你说知，我丈夫石生，与你何等相与。定要娶我，友谊安在？且我母亲与你何仇，暗地着人治死？"王诠道："你我已成夫妇，往事不必再

提。"翠容道："咱二人实系仇家，何得不思雪夙恨。"遂把那药面拿在手中，向王诠脸上一洒。那王诠哎哟一声，当即倒地而死。翠容见王诠已死，打开头面箱子。把上好的金珠，包了一个包袱，约值千金，藏在怀中。开了房门，要望路而走。忽然就地刮起一阵大风，把翠容刮在半虚空里，飘飘荡荡，觉着刮了有两三千里，方才落下。风气渐息，天色已明。抬头看时，却是观音堂一座。

进内一看，前边一座大殿，是塑的佛爷。转入后殿，里面是观音菩萨。尽后边才是禅堂。从神堂里走出一个老尼来，年近七旬。问道："女菩萨，你是从何处来的？"房翠容答道："妾是黄州府罗田县人，丈夫姓石，今夜被狂风刮来的。不知这是什么去处？离罗田县有多少路程？"老尼道："这是四川成都府城西，离城三里地。此去黄州，约有两千多路。"翠容道："奴家既到这里，断难一时回家了。情愿给师傅做徒弟罢。"老尼道："我比丘家有五戒，守得这五戒，才可出的家。"翠容问道："是那五戒？"老尼道："目不视邪色，耳不听邪声，口不出邪言，足不走邪径，心不起邪念。"翠容道："这五件，我都守得住。"老尼道："你能如此，我给你闲房一座住着。各自起火，早晚不过替我扫扫殿，烧烧香。除此以外，并无别事派你了，若是愿意，你就住下。"翠容道："这却甚好。"遂拜老尼为师。折变了些首饰，以此渡日。翠容想道："菩萨说，'作尼莫犯比丘戒'这句我明白了。'遇僧须念弥陀经'，僧者，佛也。"就一日两次，来佛殿前焚香祷祝。不题。房翠容在外莫说。

但不知茂兰回来如何？再听下回分解。

第七回 穷秀才故入阴魔障

话说石茂兰看守河工三年，方才回家。进的城来，无处投奔，只得先往岳丈家去看看。到了房宅门口，见物是人非。甚是惊异，打听旁人说："房守备夫妇俱没了。他家小姐被王诠设法娶去。王诠已死，房小姐并不知归往何处去了。这宅子是奉官变卖填补亏空了。"茂兰闻说，大惊失色。回想："不听翠容之言，所以致有今日。"暗地里痛哭一场。前瞻后顾，无处扎脚。遂投城外客店里宿下。反复思想，欲还在此处住罢，这等落寞难见亲朋。不如暂往襄阳，以便再寻生路。店里歇了一夜，次早就往襄阳府去了。到得襄阳，见那城郭宏整，人烟辐凑。居然又是个府会，比黄州更觉热闹。落到店中，歇了两日。买了些纸来，画了几张条山，写了几幅手卷。逐日在街头上去卖，也落得些钱，暂且活生。

一日，走到太平巷来，东头路北第三家，是胡员外的宅子。路南错对门是个酒铺，门上帖一付对联道：

醉里乾坤大，壶中日月长。

石生走近前来，就进酒铺里坐下。酒保问道："老客是要吃酒的吗？"石生答道："只要吃四两。"那酒保把热酒取过四两来，给石生斟上，就照管别的客去了。石生把酒吃完，还了酒钱。正要起身出去，忽从店里边跑出一个人来。却是个长随的打扮。问石生道："你这画是卖的吗？"石生答道："正是。"那人把画展开一看，夸道："画的委实不错，这是桩什么故事？"石生道："是朱虚后诛诸吕图。"那人究问祥细，石生把当年汉家的故事说了一遍。并上面的诗句也念给他听了。那人道："你这一张画要多少钱？"石生答道："凭太爷相赠便了。"那人从包里取出一块银子，约有三钱，递给石生。拣了一张画，卷好拿在手中。仍上里边吃酒去了。

此时，适值胡员外在门首站着，把石生上下打量一番。想道："我相此人，终须大贵。"遂走过来问道："尊客是那边来的呢？"石生答道："在下是从黄州府罗田县来的。"胡员外问道："罗田县有个石岚庵，你可认得他吗?"石生答道："就是先严。"胡员外道："既然这样，世兄是位公子了，如何流落到此处?"此时，石生不知道，方才那个买画的是魏太监私访的家人。就把他父亲生前弃官，死后修河的事情逐一说了个清楚。都被那买画的人，听在心里去了。胡员外也把字画拿过来一看，称赞道："世兄写画俱佳，甚属可敬。若不相弃，到舍下少叙片刻如何?"石生略不推辞，就随着胡员外走过去了。

进得胡员外的院来，让在西书房里坐下，叫人打整酒饭。胡员外问道："世兄曾进过学否?"石生答道："已徽幸过了。"胡员外又道："世兄既经发轫，还该努力读书，以图上进，区区小成，何足终身。"石生答道："晚生非不有志前进，无奈遭际不幸，父母双亡，夫妻拆散。家业凋零，不惟无以安身，并且难于糊口。读书一事，所以提不起了，幸承老先生垂顾，相对殊觉赧颜。"胡员外道："穷通者人之常，这是无妨的。从来有志者事竟成。世兄果有意上进，读书之资，就全在老夫身上。何如?"石生当下致谢不尽。待饭已毕，胡员外道："念书须得个清净书房，街西头我有一处闲房，甚是僻净。先领你去看看，何如?"石生答道："如此正妙。"

胡员外领着石生，家人拿着钥匙，开了大门，进去走到客位，东山头上有个小角门，里边是一个大院子。正中有个养鱼池，池前是一座石山子。山子前是两大架葡萄。池北边有前后出廊的瓦房三间，是座书房。前面挂着"芸经堂"三字一面匾。屋里东山头上，有个小门，进去是两间暖书房，却甚明亮。后边有泥房三间是个厨屋，厨屋前有两株垂杨，后边有几棵桃树，两株老松，一池竹子。石生看完，胡员外道："这个去处，做个书房何如?"石生答道："极好。"胡员外道："世兄若爱中了此处，今晚暂且回店。明日我就着人打扫，后日你就搬过来罢了。但大门时常关锁，出入不便。从东边小胡同里，另开一门，你早晚出入便可自由了。"石生谢道："多烦老先生操心。"遂别过胡员外而去，不题。

却说胡员外到了次日，就叫人另开了一个小门。把书房里打扫干净，专候石生搬来。到了第三日，石生从新买的书籍笔砚，自家拿着。叫人担着铺盖，直走到书房里边，方才放下，时当炎暑天气。西山头上铺着一张小床，把铺盖搁在上面。前檐上，一张八仙桌子，把书籍笔砚摆在上头。胡员外进来看了一看，说道："这却也罢了。"又道："世兄既在此住扎，你我就是一家人了。晴明天气卖些字画，或可糊口。倘或阴天下雨，难出门时，老夫自别有照应，断勿相拘。"石生再三致谢，说完同着胡员外锁了门，仍往街上去了。

胡员外回到家来，向夫人冯氏说道："我看石公子日后定是大发。佳婿之说，大约应在此人了。但不知二女从何而出？"夫人道："渺冥之事，未必果应，这也不必多说。"再说石生到了街上，又卖了几张字画。天色已黑，买了一枝蜡烛，泼了一壶热茶，来到门首，开了锁进来，关上门，走到屋里。把烛点上一看，书籍笔砚俱没有了。心中惊异道："门是锁着，何人进来拿去？"吃着茶，坐了一会。谯楼上，已鼓打二更了。忽听得，东山头上角门响了一声。从里边走出一个女子来，年纪不过十八九岁。两手捧着书籍，姗姗来前，仍旧把书籍放在桌上。你说这女子是什么光景？

人材一表，两鬓整齐。乌云缭绕，柳腰桃腮。美目清皎，口不点唇，蛾眉淡扫。金莲步来三回转，却只因鞋弓袜小。何等样标致，怎般的窈窕。细看来，真真是世上绝无人间少。

——右调《步步娇》

又见一个女子，年不过二八。双手捧着笔砚，袅袅而至。照样放在原旧去处。你说这个女子是何等模样？

面庞圆漫细长身，鬓发如云。鬓匀髻高半尺头上戴，金莲三寸不沾尘。口辅儿端好，眸子儿传神。丰姿甚可人。又虽不是若耶溪边浣纱女，却宛似和番出塞的王昭君。

——右调《耍孩儿》

这两个女子站在桌前，石生麾之不去，问道："你莫非是两个鬼吗？"彼此相视而笑。少顷，走近前来，把石生双目封住。石生全然不怕，极力挣开，又把烛吹灭，石生从新点上。闹有半夜，石生身觉困倦，倒在床上，二女子把他抬着屋里走了一遭，依旧放在床上。石生只当不觉。时将鸡叫，二女子方回竖头屋里去了。只听得两个女子笑着说道："石郎如此胆量，定当大成。吾等得所托矣。"到了次晚，石生又在外回来。点上烛时，二女子仍旧在桌旁站候。石生问道："你两个是要做么？"二女子答道："俺要念书。"石生道："我且问你，你二人是何名姓？"只见那个大的答道："我叫秋英。"小的答道："我叫春芳。"再问其姓氏，俯而不答。石生道："你既要念书，须得书籍。"二女子答道："都有。"石生先写字数行，叫两女子来认一遍。认去无不字字记得清楚。石生道："你两个却也念的书。"二女子转入屋里，各拿四书一部出来上学。石生问道："你各人能念多少呢？"二女子答道："能念两册。"号上两册，一个时辰就来背书，却是甚熟。教他写字，出手就能成个，石生甚是惊讶。

又一日晚间，春芳领着一个唇红齿白七八岁的幼童走进门来。见了石生就跪下磕头。石生问道："这又是谁？"春芳答道："这是我的兄弟，名唤馗儿，特来上来。望先生收留下他。"石生道："这那有不收之理。"春芳送一红纸封套给石生。石生问道："这是什么？"春芳答道："是馗儿的贽见，先生收下罢。日后还有用处。"石生打开一看却是金如意一支，遂叫馗儿过来号书，念的比那两个女子更多。叫他写字，写的比那两个女子更好。没消一月的工夫，三个的四书俱各念完。号上经典没消半年，五经皆通。讲书作文，开笔就能成章。一年之后，文章诗赋，三个俱无不精通。一日晚间，石生向三个徒弟道："尔等从我将近二年，学问料有近益。我各出对联一句，你们务要对工，以见才思。遂先召春芳出一联云：

红桃吐葩艳阳早占三春日，

春芳不待思想顺口对道：

绿柳垂线繁阴遍遮四夏天。

又召秋英出一联云：

竹有箭松有筠历风霜而叶柯不改，

秋英也顺口对道：

金在熔石在璞经琢炼而光彩弥彰。

又召馗儿出一联云：

设几席以程材提耳命面幸逢孺子可教，

馗儿也接口对道：

望门墙而受业淑陶渐摩欣被先生之风。"

石生夸道："你三个对的俱甚工稳，足见竿头进步。"自此以后，师徒四人相处，倏忽间二载有余。这石生在外鳏居已久，见二女子又是绝色美貌，未免有些欣羡之意，时以戏言挑之。二女子厉色相拒道："你我现系师徒，师徒犹父子也。遽萌苟且之心，岂不有忝名教，自误前程，劝先生断勿再起妄念。"石生见其词严义正，游戏之言，从此不敢说了。石生与二女子，虽有幽明，却同一家。只石生自己知道，总不向人说出。

但不知后来终能隐昧否？再看下回分解。

第八回　富监生误投陷人坑

话说石生夜间教书一事，虽不肯向人说出，然亦终难隐昧。太平巷东北鼓棚街上，有一个黉门监生，姓蔡名寅字敬符。家道殷富。太平巷西头面北大街有他绸缎铺一个，本钱约有六七千金。日逐上铺，定经过石生斋前。又尝买他的字画，因此与石生相熟。一日晚上回家，走至石生书斋，闻里面书声朗朗，并非一两人的声音。蔡寅心中异样道："石九畹只他自己，何念书者之多也？莫非收了几个徒弟吗？"到了次日，街上遇见石生问道："九畹兄近日收了几位高徒？"石生答道："只弟孤身一人，有甚徒弟？"蔡寅道："莫要瞒我。"石生道："你若不信，自管来看。"蔡寅终是疑惑。又一日晚间来到此处，竟把门叫开，到屋里看了一看。果然只是石生，并无别人，心上愈加惊异。暗暗想道："石九畹器宇轩昂，学殖深厚，或者后当发迹，默有鬼神相助，也说不定。"从此见了石生分外的亲敬。

蔡寅有个妹子，年届十六，姿色倾城，尚未许人。蔡寅向他母亲说道："石公子目下虽然厄穷，日后定然发迹，不如托人保亲，把妹子许了他为妥。"其母答道："石生半世沦落，何时运转。婚姻大事，不可苟且。我自留心，给他择配。这事你却不必多管。"蔡寅闭口而退。

一日蔡寅在铺内算账，过晚回家，时已鼓打二更。走到石生斋前，听得内里书声，不忍舍去，又听了半个时辰。转身走到太平巷东头，刚才往北一拐，路旁过来了四个棍徒，上前拦住道："蔡大爷怎晚才回家吗？"蔡寅答道："正是。"那一个说："天还不甚晚，请蔡大爷到舍下坐坐，俺去送你。"遂把蔡寅领到一个背巷里去，那人叫开大门，让蔡寅进去。蔡寅留心一看，见不是个好去处，撤身要走。那里容得，只见四个人把蔡寅推推搡搡，架到屋里，外边的门户俱关锁了。蔡寅见他四个甚是凶恶，也就不敢十分强走了。

那人把蔡寅延至上座，他四个在两旁相陪。大酒大肉，登时吃起。蔡寅说道："弟与兄等虽系同城，未曾识面，叨承厚扰，何以相报。请问兄等尊姓大名，异日好相称呼。"这个说："我叫秦雄西。"那一个说："我叫楚旺南。"一个说："我是鲁挟山。"一个说："我是齐超海。"秦雄西道："俺四个系拜的把子，俱是肝胆义气朋友，素闻蔡爷的大名，故斗胆邀来一叙。"说话中间从里面走出两个妓女来。楚旺南叫道："你两个过来，陪着蔡爷吃酒。俺们转一转来。"二妓女走到蔡寅面前，深深道了个万福，就坐在两旁，那四人转入里面去了。蔡寅问道："二位美人尊姓台号呢？"大的答道："贱妾姓白名唤玉琢。"小的答道："贱妾姓黄名唤金镶。"蔡寅见了这两个妓女，不觉神魂飘荡。二妓女又极力奉承，就吃的酒有七八分了。蔡寅道："你我三人猜枚行令，还未尽兴。如有妙调见赐一二，方畅予怀。"玉琢道："蔡爷若不嫌聒噪，贱妾就要献丑了。"遂口唱一曲道：

　　纱窗儿照照，卸残妆，暂把熏笼靠。好叫我心焦躁。月转西楼，还不见才郎到。灯光儿闪闪，漏声儿迢迢。怎长夜几时，叫奴熬到鸡三号。

——右调《蝶恋花》

玉琢唱完金镶也道："贱妾也相和一曲。蔡爷千万莫笑。"蔡寅道："阳春白雪倾耳不暇，那有相笑之理。"金镶遂口唱一曲道：

　　盼玉人不来，玉人来时，闯满怀。解解奴的罗襦，托托奴的香腮。你好风流，我好贪爱。顾不得羞答答上牙床，暂且勾了这笔相思债。

——右调《满江红》

唱完，蔡寅夸奖不已。又略饮几杯，遂把蔡寅引到后边一座房子里去。两边俱是板断间，俱有铺的床铺。当门桌上，一边放着骰盆，一边放着牌包。二妓女道："妾等闻蔡爷仗义疏财，是个丈夫。无非邀来玩玩，以求相帮之意。请蔡爷上座，俺们下面奉陪。"蔡寅只得过去坐下。两个妓女紧靠着蔡寅。秦雄西在旁打头，那三个在下面衬局。把骰盆搁在当中，十两一柱。从蔡寅起首轮流掷去。骰是铅的，三个搭勾，同局一，蔡寅如在梦中。待到五更时分蔡寅已输了一千二百余两。二妓道："夜已太深，叫蔡爷歇息歇息罢。"就叫蔡寅在东间里床上睡了，那四人各自散去。二妓女把门关了，解衣上床，与蔡寅相偎相抱而睡。蔡寅熬的已是困乏，又被二妓缠身，直睡到次日饭后，方才起来。意欲要走，二妓道："蔡爷早饭未用，前账未结断，走不得。"

蔡寅没法，叫齐超海拿着他的手帖，到绸铺中，兑了一千二百多两银子，把前账结清。抽身走时，又被二妓女拉住不准出门。蔡寅在此一连住了十昼十夜，把一个绸

缎铺的本钱尽输给四个棍徒了。二妓女向那四人道："蔡爷在咱家破钞已多，晚上叫他回家去罢。"到得一更多时，楚旺南打灯笼，那三个两旁相跟。蔡寅与二妓作别，出门而去。走了一会，蔡寅见走的不是旧路。问道："这是往哪里去的？"楚旺南答道："从这里上东去，再走一道南北街，往东一拐就是宅上了。"正走着，只见一个人问道："蔡大爷来了么？"鲁挟山指着蔡寅道："这就是。"那人先跑下去了。蔡寅问道："这是何人？"楚旺南答道："那是敝友。"秦雄西道："天还早着哩，咱到他家吃会子茶，再送你未迟。"

蔡寅就跟他们，进了那家的大门，从里边走出一个老妈来，问道："那是蔡爷？"蔡寅答道："区区便是。"老妈便让到客位里。蔡寅进得各位一看，见灯烛辉煌，却像个请客的光景。老妈陪着蔡寅茶未吃完，那四个人俱偷溜了。蔡寅抬身要走，老妈留道："蔡爷既肯下顾，那有走的道理？"蔡寅看看外门又俱锁了，只得回来坐下。因问道："妈妈尊姓呢？"老妈答道："老身姓沈叫做三妈，原是门户人家。因小女桂娘，羡慕蔡爷才貌，知今晚从此经过，特留下一会。秀香，叫你三姑娘出来。"只见一个十四五岁的丫鬟打着灯笼，后面跟着一个女子，年纪不过二十以上。真有沉鱼落雁之容，闭月羞花之貌。走近前来，拜了一拜。就在蔡寅旁边坐了。说道："贱妾久慕蔡爷的才貌，今得一会。可谓三生有幸。"蔡寅答道："陋貌俗态，何堪上攀仙子。"老妈道："请坐席罢。"

于是延蔡寅上座，桂娘在旁，老妈下面相陪。酒是好酒，菜是好菜。霎时，席冷，蔡寅把桂娘仔细看来，比那两个妓女更觉标致，早有心猿意马拴索不住之意。老妈到也知趣，叫道："秀香，夜深了，送你姑爷姑娘上楼去罢。"丫鬟前边引着，蔡寅与桂娘携手并肩，登入楼中。是夜，颠鸾倒凤妙难备述。自此以后，你贪我爱，蔡寅那里还想的起家来。是月梨花正开，院内有白梨花一树。蔡寅向桂娘指着道："美人能作诗否？即以白梨花为题。"桂娘答道："颇晓大略，聊且草就，再乞蔡爷斧正。"遂拈笔题七言律一首。上写道：

冰肌焕彩凝柔条，玉骨喷香散早朝。

淡妆无烦洛下沈，粉蓓宁许画工描。

一枝带雨姿诚秀，万朵临风色更娇。

雪态纷披人耀目，艳红那些比桃天。

题完，蔡寅看了称赞不已。住有月余，桂娘道："蔡爷到此已久，也该往家里看看

去了。"蔡寅道："美人说得极是。"遂叫了老妈来算账。老妈道："姑爷咱是什样的亲，如何提的起钱来？"让到十分尽头，老妈说道："姑爷既然不肯，给老身回几票当罢。"午间设席，给蔡寅饯行。席终之后，老妈拿出几个当票来，递与蔡寅。蔡愈接过一看，本利共该银三千余两。只得应允道："我回家不过半月，就赎出送来。"又与桂娘留恋了一会，彼此才洒泪而别。蔡寅回到家中，他母亲还不知怎样。室人褚氏，因其花费银钱，贪恋妓女，心中暗恼，自缢而死，发送已过。

蔡寅当地数顷，把当票赎出。亲自跟着，叫人送去。老妈喜其信实，又留他住下。晚间上的楼来，桂娘问道："蔡爷你穿的谁的服孝？"蔡寅答道："拙荆新亡，出殡未久。"说罢，不觉泣下。桂娘道："你人亡家败，俱是被俺这老妈所致。"蔡寅问道："这却怎说？"桂娘道："自始至终，俱是这个老妈串通那四个棍徒，先着玉琢金镶两个下脚货，引你入沟。后叫贱妾把你占住，坑你的银子，共计起来大约有万金了。我却不没良心，我本良家女子，误落水中。你若肯把我赎出，你奋志去读书，这花费的银子，我俱照数还你。"蔡寅道："目下手中无钱奈何？"桂娘道："我是八百银子买的，但能结（借）得八百银子来，把我赎出，我自有银子还他。"

蔡寅贪恋桂娘的才色，次日回到家里托人借了八百银子，亲自带到桂娘家来。桂娘就转托魏二姑向沈三妈赎身，沈三妈应允。蔡寅把八百两银子交清。桂娘向沈三妈道："孩儿给母亲弄钱多年，今日出去，别的不要。两个头面箱子并铺盖枕头我要带去。"沈三妈道："这值几何，任凭你带。"桂娘当下谢过三妈，收拾了，上了轿子，直投鼓棚街而来。到了蔡寅家中，桂娘把箱子打开，枕头拆破，叫蔡寅一看，尽是金珠等物，共值万金有余。蔡寅从此恢复家产，奋志读书。这桂娘在蔡寅家改邪归正，也极善于事奉婆婆，接待小姑，合家之人无不欢喜。蔡寅遂以继室相视，终身不再娶了。蔡寅之事已毕。

但不知石生在书房如何？再听下回分解。

第九回　应考试系身黄州狱

却说魏太监的家人，买得石生墨画一张，原要回京献给主人。及私访已完，回到京中，把这幅画献上。魏太监着人悬之"芳草轩"中。家人把石生告诉胡员外的话，详细说了一遍，魏太监却也不搁在心上。一日，光禄寺正卿马克昌谒见。魏忠贤引至轩中，来观此画。马克昌遂把上面诗句，口中一一念道：

安邦自古懒贤豪，群奸杂登列满朝。

幸得手持三尺剑，愿为当代锄草茅。

马克昌把诗念完，向魏忠贤冷笑道："大人你看这诗，分明是以群奸讥弹吾等。以朱虚侯、刘章自任。如此轻薄，殊属可恶。但没落款，不知是谁人写画的？"家人在旁便答道："这人姓石名茂兰，是罗田县秀才。他父亲曾做过长安县知县。后升广西柳州府知府。"魏忠贤道："这一定是石峨的儿子了。罢了，罢了。他父亲违吾钧旨，充官窃逃，我却不十分追究。他反敢这样刻薄，我断不与他干休。"马克昌劝道："些须小事，漫图报复。"彼此相别而去。

却说湖广，选了一个学院，姓韩名嵋字仰山。为人甚无行止，是魏忠贤的门生。临赴任时，来参见老师。魏忠贤嘱托道："黄州府罗田县有个秀才姓石名茂兰。他与我有夙嫌，你考黄州时，替我拿获，解到京来。"韩嵋应诺而去，不题。到了八月中秋，石生此日，在街上卖字画。见一伙赶棚的人，商量起身的日期。石生问道："众位是要上那府里去的？"那人答道："学院按临黄州，行文九月十二日调齐，十六日下马。"石生道："这信果真吗？"那人道："俺亲使管的闫师傅说，如何不真？"

石生闻得此信，因是节下，买了几样菜果，打了一瓶煮酒。拿到斋中，晚间点上烛时。秋英等已在席前侍立。石生俱命坐下，把酒肴摆上，幽明均享了一会。石生见秋英容颜姣好，心中到底有些羡慕。因说道："今晚星月皎洁，诚属佳境。每人咏诗一首，以写雅怀。或从月光生情，或就星辰寓意。起句内或明用或暗用，定要有个照字。

韵脚不必拘定。秋英道:"请从先生起韵,俺们随后步去。"石生遂口咏一诗道:

一轮明月照天中,欲会女霜路莫通。

玉杵空有谁送去,窃思跳入广寒宫。

此诗言虽慕二女之容,终苦无缘到手。秋英口咏一诗道:

汉光散彩射楼墙,织女投梭不自忙。

桥填须当乞巧日,愿君暂且效牛郎。

此诗言虽有佳期,还须待时。春芳也口咏一诗道:

一天列宿照当头,妾羡中宫命不犹。

幸赋小星三五句,何嫌宵行抱衾周。

此诗言正房既有人占去,即列侧室亦所甘心。馗儿口咏一诗道:

月光东上映西厢,金殿风飘桂子香。

但得侧身王母宴,应看仙娥捧寿觞。

此诗言果能读书前进,何患二女终难到手。咏诗完毕,石生道:"你们各自散去。我歇息半夜,明日好打点回家。"秋英问道:"先生回家何干?"石生答道:"我去应岁考。"馗儿道:"先生断不可去,一去定有大祸。俟转岁补考罢。"石生不听,一定要去。三个极力相劝,直说到鸡叫头遍。见石生到底不允,三个方才散去,石生也方就寝。到了次日,石生收拾妥了行李,又为三徒派下些工夫。把门锁上,钥匙交与胡宅收着,天夕出城落店。次早起五更,直回黄州去了。

却说这个韩学院,下马来到黄州,下学放告已毕。挂牌考人,罗田县就是头棚。五鼓点名时,点到石生,茂兰接过卷子要走。学院叫住问道:"原任柳州府知府石峨是你何人?"石生应道:"是生员的父亲。"学院道:"你现今身负重罪,可知道吗?"石生应道:"生员委系不知。"学院道:"此时也不暇与你细说。"传黄州府着人押去送监。俟考竣时,审问解京。黄州府就着人把石生押送监中去了。这石生坐在监中,白日犹可,到了晚间,锁拷得甚是难受。欲要打点,手无半文。暗想:自己无甚过犯,缘何遭此奇祸。"直哭到三晚时分,方才住声。

是时监内人犯,俱各睡熟,禁卒也暂去安歇。石生忽听得门外一阵风响,睁眼一看,却是秋英、春芳领着馗儿,三个从外哭泣而来。走到跟前,秋英道:"先生不听俺劝,果有此祸。俺也不能替你了。俺回去代先生告状鸣冤罢,先生务要保重自己,勿起短见。这是银子二十多两,先生收住,以便买些茶饭,打点打点禁卒。"石生道:

"我不听良言，自投网法，反蒙尔等来照看，愧悔无及了。"秋英道："这也不必，原是先生前定之数。俺们回去罢，说话太长，惊醒旁人，反觉不便。"石生把银子收下，他三个又哭着去了。石生在监不题。

却说三个鬼徒回到家中，秋英写了一张阴状，往城隍台下去告，状云：

具禀秋英，为代师鸣冤。乞天电察，以正诬枉事，切照。身师名茂兰，系黄州府罗田县廪生。今被学宪大人，拿送监中。寻其根由，实系太监魏贼所唆。似此无故被冤，法纪安在。哀恩本府城隍太老爷垂怜苦衷，施以实报，焚顶无既。

馗儿写了一张阳状，上巡抚案下去告。上写道：

具禀馗儿，为辨明冤枉，以救师命事。切照。身师石茂兰系黄州府罗田县廪生。与魏太监，素无宿嫌，竟唆拨学台大人，拿送监内，性命难保。为此哀恩本省抚宪大人，辨明冤枉，救出师命，衔感无既。

写完，彼此细看了一遍。秋英向春芳道："妹子，你年纪尚小，不可出门，在家里看家罢。我先去城隍台下告一张状，看是如何？再叫馗儿上抚院衙门里去。"笼了笼头面，整了整衣襟。把状子藏在怀里，出门往城隍庙前去了。凡在城隍台下告状者，必先到土地司里挂了号，方才准送。秋英来到土地司里挂了号，拿着状子往外正走，遇见一鬼卒，问道："这位娘子如此妙年，又这等标致，难道家中就无别人，竟亲自出来告状？"秋英把代师鸣冤的情由说与他听。那鬼卒称道："看来，你却是女中的丈夫，这状子再没有不准的。但城隍老爷今日不该坐堂，面递是没成的了。一会收发状词，必定有萧判爷。我对你说，萧判爷性子凶暴，倘或问话，言语之间须要小心。如惹着他，无论男女，尽法究处，甚是利害。"说完，这个鬼卒就走了。秋英听得这话，欲待回去，来是为何？欲去递时，恐难近前。筹度再三，硬着胆子，径向城隍庙门口去了。

住不多时，从里往外喊道："判爷已坐，告状的进来，挨次投递。再候点名。"秋英听说跟着众人，往里直走，抬头一看，只见仪门旁边，坐着一位判官。铁面紫髯，□目皤腹。杀气凛凛，十分可畏。秋英递过状去，站在一边伺候。却说这位判官，姓萧名秉刚。乃汉时萧何之后，生前为人粗率，行事却无私曲。死后以此成神。家中有一位夫人名叫俏丢儿，原是个疥癞女鬼。容颜虽好，身上总有些瘢痕。因此萧判官颇不称心，意欲物色一个出色的女子，招为二房。屡次寻觅，总是没有。那夫人窥透其意，往往家中不安。今晨正从家中斗气而来，心中不静。故秋英递状时，未暇观其容色。及挨次点名，点到秋英。抬头一看，惊讶道："何物殊尤，幸到吾前。"停笔问道：

"你是那里的女鬼，为何在此告状？——说清，方准你的状词。"秋英跪下禀道："奴乃浙江绍兴府，焦宁馨之女，奴父同姑丈秦可大作幕襄阳。住在太平巷徐家房子内，表妹春芳、表弟馗儿，俱系与奴同病而亡。走至阎王殿前，阎王爷分付道：你姊妹二人日后该在此处成一段奇缘，不该你们脱生。奴等回来，在此处专候。并表弟馗儿，现今还同在一块里居住。生员石茂兰是奴等的业师，无故被魏贼陷害。所以奴家代师鸣冤，望判爷千万垂怜。"判官道："我看你这般的容颜，恁小的年纪，正该嫁人投主，以图终身的大事。奇缘之成，是在何时。况且你身又系女流，读什么诗书，认什么师长，一派胡说。你的状是断然不准的。"叫鬼卒把这个女子扶入我衙门里去。

鬼卒得令，就拉的拉，扯的扯，把一个秋英女子，直推到判官衙内去了。萧判官收状发放已过，回到本衙内，叫过秋英来。分付道："本厅叫你到北，别无他意。因你的容颜，颇中我心。我意欲招你为二房夫人，同享富贵，断莫错了主意。"秋英并不答应，说之再三，秋英方回道："判爷你系居官，安得图谋良家女子为妾，致干天条。且奴与石生系有凤缘，岂忍从此而舍彼。这桩事是再没有说头的。"萧判官见秋英不从，便当下威逼道："我的刑罚，甚是利害。料你一个女流，如何当得。我百般拷打，不如早早的从下罢。"秋英听了大怒，便厉声道："判爷你若是强相逼迫，我虽不能当下雪恨，宁无异日。万一我若得见了城隍，定然叫你粉尸万段。"说罢大骂不止。判官听说大怒，要着人来打。又恐夫人里面听见，再惹气生。分付鬼卒，把秋英且监在别处一座闲房里。一日三次拷打，且按下不题。

却说春芳馗儿在家候至两日，并不见秋英回去。心里发闷，亲自来到城隍府前打听。才知秋英被萧判官监在屋里不能回家了。春芳回来向馗儿一说，馗儿拿着状子，径投抚院门前去了。

不知馗儿一去如何？看下回分解。

第十回　鸣师冤质讼督宪堂

话说馗儿到得抚院门前，打听了一番。抚院并不出门，又非放告的日期，无路可投，只得把信炮点着了一个。一声响时，里边大人听的炮响，霎时升堂。开了大门，声声喊道："鸣冤人投进。"馗儿不慌不忙，走进前来。只见堂规威严，人役森列，暖阁内坐着一位大人。馗儿近前跪下说："民子初开，向上一遭。"早有茶房接去，送在公案桌上。大人从头看了一遍问道："你是何处的人，石生缘何叫你替他告状？"馗儿回道："小人是襄阳府城里人，石生系小人的师父。他现在监中，家中并无别人。因此小人代师鸣冤，望大人垂鉴。"抚院道："你怎小小的年纪，却敢这样放刁。魏大人在京都，石生视□□风马牛不相及。石生被狱，或为别事。你说系魏大人唆拨，那是凭证？"馗儿回道："魏太监专权弄势，人所共晓。因去岁魏太监的家人，买去身师画图一张。上面有题得律诗四句，诗中有群奸草茅等字，他就说是讥诮的他。转托学院，把身师拿到监里，考完时还要解京究处。小人所供，俱是实话，并无半句诬捏。"抚院道："依你所供，是一派的胡说，着人给我推出门去。"人役听说，遂把馗儿拉着，向外就走。

抚院猛然看见，馗儿在日光之下走着，并无照的人影。便立刻叫道："快把他带回来。"馗儿听说，转身回到堂前，从新复又跪下。抚院发怒道："从来阴鬼无影，本院坐的是朝廷法堂。你是那里的山精水怪，白日青天，竟敢在此胡闹。"叫："左右给我拉下去打。"左右人役，把馗儿扯翻在地。喝声"行杖！"打下一板去，是一股白气，打到三十，并无半声叫苦。及至放起距跃曲踊，倍觉得精神。抚院大怒，叫声："给我夹起来。"人役听说，把馗儿放倒，把腿填在夹棍里，直夹了有三个时辰，方才解去。馗儿神色依然如初。抚院道："这分明是鬼无疑了。"着家人到宅内取出天儿师禁鬼符一道，贴在馗儿胸前。又用纸使印一块粘在馗儿背后。从来阴鬼，原怕天师的法符，朝廷的印信，竟把馗儿一时制的不能动转了。遂着人送入监中，分付禁卒，留心看守。

　　却说馗儿在监中，坐到三更时分，揭去身上的符印，逃出监来。正要寻个去路。忽听得街上传锣响亮，人役喝道之声：却是本省城隍出来巡街。唬的馗儿躲在个更棚里。城隍走的相近，叫声"住轿"。分付鬼卒道："此处有什么冤鬼，意致得怨气冲天，给我搜来。"鬼卒过去一搜，就把馗儿带到轿前，跪在地下。城隍问道："你是何方的游魂，敢在这个去处作怪。"馗儿就把石生被害，并他代为鸣冤的情由，一一禀知城隍。城隍道："据你所供，这番意气却有可取。但你的年纪，甚是幼小。常在阴司里飘飘荡荡，何年是个出头的日子。依本府看来，不如把你送在一个富贵人家，脱生去罢。"馗儿问道："蒙太爷垂怜，小人感恩不尽。但小人有两个姐姐，现在襄阳。业师石生，还在监中。小的转生以后，就再不得见面了。"说罢痛哭。城隍又分付道："你也不必如此悲戚，你那两个姐姐与石生系有夙缘。不久，即成夫妇。剩你自己，何处归宿。魏贼一干奸人，不久祸事将近临头，冤也不必你鸣。你姊妹师徒，日后重逢有期，无烦过为留恋。"叫鬼卒"把他送到杭州府钱塘县里，程翰林家投胎托生去罢。"鬼卒得令，领着馗儿，起阵阴风，一直去了。

　　却说程翰林名谦，字为光，是一个翰林院侍讲。曾点过两次主考，做过一任学院。因他母亲年迈，告终养老回家。年纪不过五十岁，一妻一妾。夫人苏氏，生得一子，名唤程斤。生来姿质鲁笨，念书念到十七八岁，总不明白。屡次应考，尽落空网。程翰林在前也不知道他儿子是个何等样的学问，及至回家，逐日盘问。方才知他不通。凡做一篇文字，功夫必须两天。程翰林也懒于给他改抹。

　　侧室柳氏身怀重妊，八月十三日，夜间时当分娩。苏氏夫人听说，着人请下稳婆。房中点上灯烛。叫丫头妈妈，紧紧在旁边伺候。他也不住的前来照看。鬼卒领着馗儿的灵魂，早在门外等候。及至时辰将到，鬼卒把门上的帘子一掀，馗儿往里看时，只见床上坐着一个少年妇人，声声叫疼，旁边一个稳婆紧相依靠。住的却是朱红亮槅的好房子，才到回头，被那鬼卒一把推到床上，呱的一声，早已投胎落草了。稳婆抱起来看，乃是一男。苏氏夫人不胜欢喜，遂报喜于程翰林。程翰林也甚是欣幸，就起名叫做程堃琅。馗儿投生之时，却未曾喝过迷魂汤，心里极是清白的，但轻易不敢说话。过了三朝、满月，渐渐的添了些见识，却总不想家。长到一两岁，只会认人，不能出语。程翰林夫妇恐真是个哑子了，却也无从问他。

　　一日，程翰林与程斤在书房里讲书。家人来请吃午饭，适值程堃琅在书房中玩耍。心中想道：我哥哥年纪已过二十，连个学还不能进。必定是文章不好，我找出来看看方妥。遂把外门关上，走到屋里，上到椅子上。就书里翻出三篇没动笔的文章来，看了一遍。不觉大笑道："这等文字，无怪乎不能进学。"就磨了磨墨，把笔膏了膏，大批大抹，顷刻之间，把三篇文登时看完。末后题了一首七言律诗，以代总评。其诗云：

轧苗殊属太支离，名落孙山固所宜。

书读五车方为富，文成七步始称奇。

少年不受悬梁苦，老岁无闻后悔迟。

从此问津尚未晚，将来应有入彀时。

评完了，却把三篇文章仍旧放在书里。下来椅子，开了门，就往院子里去了。却说程翰林吃饭已完，领着程斤，仍来书房里坐下。程斤见他的书放的不是原旧去处，便拿过来，掀开一看，见三篇文章，俱经动了笔。心中诧异道："这是何人，敢来作践我。"就送与他父亲一看，程翰林观其批评恰当，诗句明白，但字画不成个头。心里也甚是异样，遂叫看门的来问道："我去吃饭有何人书房里来？看门的回答道："并无外人，只二相公进来。关上了门，玩了一会，就开门出去，上院里去了。"程翰林心里疑惑道："没的就是他不成？"回到院内，叫过程堃琅来。追问道："你哥哥书房中的文章，是你给他看的么？"程堃琅只是摇头。程翰林道："夫人，你再仔细问他。"苏氏夫人，千方百计，吓逼不过，不觉开口应道："是孩儿偶然作孽，叫父母大人不必疑怪。"程翰林夫妇二人，见程堃琅口能说话，且通文理，心中又惊又喜。

一日，程翰林考问程堃琅五经左史，以及诸子百家等书。左右根寻，总盘诘不住。程翰林知程堃琅前世是个无书不读，无一不会的个成学。遂向夫人苏氏说道："此子日后，必能大振家声。断不可以庶子待他。"苏氏夫人答道："这是不消你说的。"就与程斤同在一个书房里念书。这程斤是哥反受兄弟程堃琅的教训。朝渐夕磨，一半年间，把程斤剔拨得也明白了。遂与程堃琅同年入了邑庠。

却说程翰林家，有一件传家之宝，乃金如意两枝。前十年时，程夫人夜梦一女子，年纪不过十六七岁。进他屋里，拿去金如意一枝。说道："程太太，我暂且借去一用，十年以后，定来奉还。"天明看时，果然少了一枝。左找右寻，并无踪影。没去已久，也不提了。及至程堃琅受生以后，程夫人又在佛前讨得一签。其占云：

玉麟成双非无缘，如意一支暗引前。

宝物还家可坐待，何妨借去已多年。

程夫人把这签帖拿给程翰林看。程翰林道："堃琅儿日后成人，或者给你复看此

物，也未可定。"不提。话说这程堃琅进学，年只八岁。到十岁就补了廪。十二三岁就成了钱塘县的一个大名士。事亲至孝，待兄甚恭。日与程斤兄弟两个，奋志读书。但家中人提起师弟两字来，他就不觉泣下。说起姊妹两字来，他便终日呜咽。父母问其缘故，总不肯说。程翰林料其事系前生，以后夫妇二人从此也再不问他了。馗儿转生，暂且不提。

但不知秋英受罪如何？再看下回分解。

第十一回　励坚节受尽百般苦

话说馗儿钱塘投生去后，次日抚宪正要提出来再问。忽见狱走来禀道："监中拘禁的男鬼馗儿，夜间去无踪影了。"抚院惊讶道："奇哉，怪哉。有这等义鬼，代为鸣冤，石生的官司，可见是屈了。"遂办文移会学院，不提。

再说秋英在萧判官衙内，一日三次拷打，甚是难当。却拿定主意，再不依从。一日萧判官上城隍衙门里去了，鬼卒们也偷出外边玩去了。只落得秋英自己在这里。心中暗恼，不觉啼哭起来。宅内有个小使数名唤旋风。闲步到此，见门是锁着，往里一看，有个少年女子，拴在梁头上，在那里哭哩。心下发闷，便跑到宅中，一五一十，俱对夫人说了。夫人道："我却不信。"旋风道："太太不信，请亲去看看，是真是假，便见明白。"

夫人跟着旋风出了宅门，走到那屋子前。一看，真是有个女子。

叫鬼卒给我把门开了，鬼卒禀道："门是判爷封了去的，私自开锁判爷知道了，小的承当不起。"夫人骂道："你这该死的奴才，既怕老爷独不怕太太吗？若不开时，一定重打。"鬼卒无计奈何，只得把门开了。夫人进去，又喝道："把这女子，给我放下来。"这鬼卒又不敢不，给他解下梁来。夫人问道："你这个女子，因何锁在此处？实说与我知。"秋英禀道："奴叫秋英，替业师石生鸣冤，来到这里。判爷不嫌奴丑陋不堪，欲招为二房，奴执意不肯。言语之间，触怒判爷，把奴拘禁在此，如今已月余了。万望太太解救。"那夫人把秋英细看了一看，夸道："好个美貌女子，无怪乎那个老货看中了你。但有了你，何以显我，这个勾当，断是不准他做的。叫鬼卒偷送你出去罢。"秋英叩头道："谢过太太。"

鬼卒领着秋英出离了判衙，往东正走。不料与萧判官两下里正走了个对面。萧判官问鬼卒道："你领了这个女鬼上那里去？"鬼卒回道："小的怎敢领他出来，这是太太叫小的领出他来的。"萧判官道："胡说，快给我速速领回去。"那鬼卒不敢违拗，把秋

幻中游

英仍送到原旧去处，拴在梁上。萧判官叫过这个鬼卒来，责他不小心看守，打了他二十个板子。

方才退入内宅，夫人一见便发怒道："你做的好事！"萧判官道："我有什么不好的事情？"夫人道："你强逼良家女子为妾，该当何罪？我一定上城隍殿前去出首。"判官道："妻妾之说，人伦所有。你既不肯容他，我放他走就是了，何必这等发狠。"两个嚷闹不住。萧判官见他夫人真是不准，又别处找了一座闲房，离衙门远远的，把秋英锁在里面。他一日三次，亲去看着，叫鬼卒拷打。百般刑罚，俱各受过。秋英总不肯半句应承。萧判官见他志节坚确，从此也渐渐的松放他了。秋英到这田地，甚是难受，遂作诗一首，以自伤云：

深闺弱女苦形单，漫露花容惹祸端。

胸矢十年不字志，痛嗟狂奴冒相干。

空房锁禁步难转，终夜哭哀泪眼干。

形体摧残半亏损，负仇终须得鸣官。

却说春芳在家等候馗儿，几日不见回来，秋英亦渺无音信，又亲自□□外边打听，才知道秋英还在那里受罪。馗儿已被城隍发往别处脱生去了。剩得自己冷冷落落，甚难为情。又念石生在监，近已不知怎样。此心一举，就往黄州狱中去了。却说石生在监里，正当半夜中间，闻一个女子啼哭而来。走至面前，却是春芳。石生道："路途遥远，又劳你来看我。"春芳答道："先生在监，女徒何时敢或置念。"石生问道："秋英馗儿为何不同你来呢？"春芳答道："馗儿往巡抚台下告状，被那处城隍看见，发往钱塘县脱生去了。秋英往城隍台下告状，被萧判官拉去强逼为妾，他执意不从。一日三次拷打，现今在那里受罪哩。"石生听说哭道："为我一个，倒连累你众人了。"春芳道："这原是数该如此，也不瞒怨先生。"遂取出一个布包来，交给石生说道："先生的银子使的将完了。这又是银子一十五两，先生随便使用罢。我便这一遭，还不知几时再来看你哩。"遂起身呜咽而去。

到了次日，禁卒见石生手中，又有了一包银子。惊异道："石相公进监时，腰里并无分文。忽然有这银子二十多两，并未见人送来。今又有银子一包，也没见是谁来送。莫非有鬼神暗中佑助他不成？"因留心照料石生，茶是茶，饭是饭，晚间并不拘禁他了。这正是：

善恶到头终有报，只争来早与来迟。

却说石生在监里坐着，忽听得外边有人传说：今日官吏人等，俱出外接诏去了。心中疑道："是接何的诏？"晚上禁卒进得监来对石生道："今日接的不是忧诏，却是喜诏。"石生问道："有何喜诏？"禁卒道："天启皇帝晏驾，崇祯皇帝登基，不日就有大赦。石相公的官司一定是开释的了。"石生道："还恐未必甚稳。"且按下不题。

却说崇祯皇爷未登基时，就深恶魏忠贤。到得登基次日，就把魏忠贤拿了。剿没其家，翻出一本账来，载的俱是些官员，或系他的门生、或系他的干儿，文武共有二三百人。崇祯皇帝大怒，一概削去其职。就有太常卿马克昌、湖广学院韩媚、西安府知府范承颜、陕西学院许寿南，一干人在内。又下了一道旨意：凡被魏贼陷害拘禁在狱者，无论罪之大小，悉行赦宥。旨意已到，黄州府知府把石生立时开出。用好言安慰，令其回家。

石生回到罗田，祭扫了坟墓，仍往襄阳而来。一路上，晚行早宿。听得人相传说，魏太监死后，从新又正了法了。许寿南、韩媚、马克昌、范承颜等，俱流徙出去了。罗田县知县钱为党、长安县知县金日萃，俱各贬家为民。石生心中暗道："天道好还，无往不复。所以今日有此现报。"行不几程，就到襄阳府了。进的城时，天色已晚。先到胡员外家，要了钥匙，好去开门。胡员外一见甚喜。说道："闻兄无辜获罪。今得脱出，可喜可贺。"石生答道："晚生多蒙老先生的福力，是以终获幸免。"又说了几句闲话，拿着钥匙，开了外门，进了书房。已是点灯时候。见春芳站在那里，愁眉不展。石生问道："馗儿转生，无容说了。秋英为何，至今还未归家？"春芳答道："他还在那判衙里受罪哩。不知几时，才得脱网？"石生怒道："他既为我受苦，我定替他争气。"石生吃了晚饭，向春芳道："这个劣判，殊干天伦。我定上城隍台下，去告他一状。"遂提笔写一呈道：

具呈黄州府罗田县廪生石茂兰，为逼良为妾，乞天究治以正法纪事。切照。生身罹刑狱，无由控白。有女徒秋英代生鸣冤台下。不料劣判萧，渔色为念，拉至衙中，强逼为妾。秋英不允，逐日拷打，性命难保。天条何在？为此上呈。

石生把呈子写完，就睡去了。到了次日，早晨起的身来，正是饭时。适值胡员外、蔡敬符，对门朱良玉俱来看望。盘桓了片时，又回看了一番。天色已晚，只得明早去呈了。谁知石生要代秋英出气一事，那萧判官在衙中早已晓得。一日也不言，到得起更时分，叫鬼卒把秋英领到本衙，解去绳锁，安慰道："你这个女子，志同金石，节操冰霜，甚是可敬。但我招你为妾，亦系好意。你既执意不肯，我也断不相强。你回去，

多多拜上石司马大人，量能包原。些须小事，不必怀恨在心，放你去罢。"

秋英幸得脱身，出离了判衙，就直投太平巷来了。石生与春芳在家点上灯坐着，正说秋英那里受罪，彼此伤叹。忽听得外边角门响了一声，春芳招头向外一看，不胜惊喜道："秋英姐姐幸得回家了。"秋英道："妹妹，我几乎死在那里。"春芳道："石先生已回家两天了。"秋英进得屋中，见了石生，不觉放声大哭。石生与春芳两个极力相劝，方才住声。就把他庙前告状，被萧判官拉去的事，详细说了一番。石生恨道："今晚若非放你回来，我断不与他罢手。"秋英又道："方才我回来时，萧判官分付的些话，我都晓的。只'多多拜上石司马'这一句，我就不懂了。你是一个秀才，他如何叫做你司马，敢问先生这是怎说?"石生答道："这是个泛常称呼，别无说处。"石生心中暗忖道："难道我后日官至司马不成?"从此师徒们三个，情意倍加笃厚，石生读书愈有兴致了。但馗儿投生于他处，他三个人提起来，彼此未免有些扼腕。

但不知秋英、春芳二女，后来毕竟如何? 再看下回分解。

第十二回　度灵魂历遍万重山

却说翠容小姐在成都府观音堂内，逐日向佛前焚香拜礼，已经三年。就感动了一位罗汉，托梦给他说道："石家娘子，你的厄期已满，石生的魔障将消。须得我去点化一番，好叫你合家完聚。"翠容醒来却是一梦。这位罗汉就变做一个行脚僧的模样，往襄阳府来了。

袈裟披身市上行，木鱼手敲远闻声。

磕头连把弥陀念，惟化善缘早结成。

这个和尚，日逐在襄阳四关厢里，化那些往来的行客，坐家的铺户。一日石生偶到城外，见这个和尚化缘，他也上了百文钱的布施。那和尚把石生上下一看。问道："相公贵姓？"石生答道："贱姓石。"和尚又问道："尊府住在何处？石生答道："住在城里。"和尚道："我看你满脸的阴气，定有阴鬼缠身。"石生答道："没有。"和尚道："现有两个女鬼，已与你同居三年，如何瞒得过我？"石生道：

"虽然相伴，却无害于我。"和尚道："害是无害，终非人身，难成夫妇。待老僧替你度脱一番，试看如何？"就当下画了一道符，上写两句咒语：

闻得哭声到，便是还阳时。

和尚遂把这符递与石生，说道："你回去，把这符收好，不可叫人看见。到得这月十五日一早，把这道符贴在你外门上。有哭妹子的过你门前，则此符大有效矣。"石生接过符来，谢了和尚，回到家中，并不对秋英、春芳说知。这且按下不提。

却说蔡监生的妹子，年已十九。他母亲给他择配，大门小户，总说不妥。忽得了一个暴病而亡，出殡的日期，正赶到这月十五。一定该石生书房门口经过。到了那一天，这石生黎明起来，把灵符就贴在外门以上。这正是：

妙有点铁成金手，能使死尸为活人。

却说蔡家，这一日出殡。正抬着棺材，到了石生书房门首。蔡敬符哭了一声妹子，那棺材忽然落在平地。这石生书房里的秋英，急忙跑出门来，一头钻入棺材里去了。

人人惊讶，来看的，立时就有二三百人。只听得棺材里面喊叫道："这是个什么去处？闷杀个人，作速放我出去罢！"众人说："□□活了，打开看看，也是无妨的。"蔡监生拦阻不住，抬去了棺罩。打开材盖，只见蔡监生的妹子突然起来坐着。蔡监生向前问道："妹子你好了？"他妹子说道："我不是你妹子，我并没有个哥哥，你是何人？冒来认我。"说完就跳出棺来，直向石生书房里边去了。蔡监生正要拉住，倒被他骂了几句，说道："我只认得石生，你与我何亲何故？竟敢大胆，强来相拉。"蔡监生见不认他，也无奈何。只得叫人把空棺抬到别处，自往家中告诉他母亲去了。

石生知道是蔡监生的妹子，不好出来直看。偷眼一觑，真是一位绝色的佳人。眉眼身材，无一处不与秋英一般。这个女子，连声叫道："石先生那里去了？"石生却再不好出来。说话中间，蔡监生的母亲，走来相认。女子道："我母亲去世早了，只有一个表妹子，在此与我作伴。同跟着石先生念书。你是谁家的老妈？强来给我做娘。东院的胡太太，才是我的娘哩。"蔡监生母亲知是借尸还魂，难以强认了，大哭一场，转身回去。胡员外听说，叫他夫人过来。把这女子，接到家中，认为义女。与蔡监生商议，各备妆奁一付，送过来与石茂兰择吉拜堂成亲。那洞房中夫妻恩爱，也不必细说。却说石生与秋英成亲以后，每日晚间，再也不见春芳的形迹了。忽一夜间石生夫妇二人，忽听得窗外有人说道：

本是同林鸟，迁乔独早鸣。

美尔长比翼，何靳呼群声。

说罢，继之以哭。秋英道："这饲春芳妹子，埋怨我哩。相公何不再求那位老僧也度脱他一番。"石生道："我明日就去，但不知这个和尚走了没走？"到了次日，石生出城一看，那个和尚还在那里化缘哩。石生向前致谢道："多蒙禅师的法力，秋英已借尸还魂，转成人身了。"和尚问道："你今又来做什么？"石生答道："还有春芳未转人身，再求老禅师度脱则个。"和尚道："度脱灵魂，自是好事。但凑合难以尽巧，这只要看他的造化何如？你回去打整一座静屋，里外俱要糊的严密。明日晚上，在家中候我罢。"石生回家与秋英说了，遂打扫一座净屋，糊得严丝合缝。

到了次日，掌灯以后，那个化缘的和尚，果然到了。向石生道："我进屋里去，外边把门给我锁了。住七日七夜，我里边叫开门时，方准你来开。我若不叫，断不可私自开门。"石生悉依其言，等的到了第七日，天将黑时，并无半点动静。秋英道："这个和尚，未必不是遁了。你何不偷去看看。"石生走到窗前，用舌尖舔破了一个小孔。向里一张，只见那和尚两眼紧闭，盘膝打坐。就像个死人一般。石生恐怕惊醒了他，当时把小孔糊煞。回来向秋英道："走是没走，还无音信哩。"

又住了半顿饭时，忽见从外走来一个女子。身材细长，头脚严紧，容色与春芳相似，止好有十七八岁。慌忙跑到屋里，一头倒在床上，似死非死，似睡非睡，唬的秋英躲在一旁站着。外边那和尚连声叫道："快来开门，快来开门。"石生出去把门开开，和尚下的床来，说道："跑煞我，跑煞我。我为你这一位室人，经过了千山万水。方才做的这般妥当。我还得同你到屋里看看去。"石生就领着这个和尚走到屋里。只见春芳从那屋角里钻出，这和尚过去，一把揪到床前，往那女子身上一推，就不见春芳的踪影了。那女子口中叫道："姐姐我好脚疼。"睁开眼看着秋英道："我没上那里去？我身上乏困，就像走了几千里路的一般。"秋英道："妹妹你歇息两天便精神了。"这外边的和尚遂立时执意要走。石生极力相留，再留不住。说道："异日登高眺远，你我定有相逢之期。实不能在此久留。"送出门来，并不知向那里去了。石生进得房中一看，这个女子毕真就是春芳分毫不差。胡员外遂又叫他夫人过来，把这女子领去，收为义女。治办妆奁，择了吉期，以便过门。却说到了过门之时，蔡监生的母亲合对门朱夫人，俱来送饭。朱夫人一见新人便异样道："这分明是王小姐，如何来到这里？"心下游疑，也不敢认真。是夕客散之后，春芳与石生成为夫妇。三人共作诗一首云：

淑女历来称好逑（兰），怀春何必分明幽（英）。

丝罗共结由天定（芳），琴瑟永偕岂人谋（兰）。

荒草冢前骨已掩（兰），芸经堂内魂犹留（英）。

赤绳系足割难断（芳），聊借别躯东同周（兰）。

却说石生既有了室家，又得胡员外的帮助，心中甚是宽舒。留心讨朱装文的指教，到了八月秋闱就与朱良玉、蔡敬符三个合伴赴省应试。及至揭晓石茂兰中了解元，朱琅中了第十一名举人，蔡寅中了副榜。到得来春会试，朱琅不第先回。石茂兰中了第八名进士，在京中多住了月余。有广东一位新进士，姓王名灼字其华。闻石生将回襄阳，找来与石生搭伴，说道："襄阳府有弟的一位年伯，欲去探望探望。要与年兄同船，不知肯相容否？"石生答道："如此正妙，但不知贵年谊是那一家？"王其华答道："是太平巷内胡涵斋。"石生道："那是家岳。"王进士道："这样说来，更加亲热了。"两个同船，来到襄阳。石生回家，王进士直往胡宅去了。

一日，石生请王进士赴席，约胡员外、蔡敬符、朱良玉奉陪，蔡寅先到胡宅与王进士说话，好以便同来。说起秋英还魂一事，王进士道："世间竟有这样奇事？"刚才说完，石生那边就着人来请。胡员外道："老夫有事，不能奉陪。敬符兄陪了王世兄过

去罢。"蔡寅陪着王进士，到得石生家。朱良玉早已过来相候。王进士原与朱良玉系结拜的兄弟，相见已毕，彼此叙了些家常。坐着正说话时，适石生厨下缺少家伙，春芳向邻家去借。王进士看见春芳，随后跟出门来，□地一眼。春芳红了红脸，急三步走到邻家去了。借了几件家伙走出门时，王进士还在街上站着看哩。一眼觑定春芳，直看的他走入院里去，方才回头。

春芳到了家里，放下家伙，向石生道："你请的这个同年，却不是个好人，方才我去借家伙，他不住的左一眼，右一眼看了我个勾数。他是胡娘家的年谊，究非亲姊热妹，如何这般不分男女?"石生道："既是年谊，就不相拘，你莫要怪他。"石生出来，正要让坐，王进士道："年兄不必过急，弟还有一句要紧话相恳。"石生道："年兄有何见教?"王进士道："年兄你既系胡年伯家的娇客，你我就不啻郎舅。方才出来的这位年嫂，是胡年伯从小养成的? 还是外边走来的?"石生答道："却是从外边走来的。"王进士道："即是这样，一定要请出来作揖。仔细看看，以释弟惑。"石生道："就是两个俱看看何妨?"石生与蔡寅陪着王进士走到院中。石生叫道："你两个俱出来，王年兄请作揖哩。"秋英整身而出与王进士见礼让坐。蔡寅指着秋英向王进士道："这就是舍妹，借尸还魂在此。"左右叫春芳，再不肯出来。秋英进入里间，勉强推出，方才与王进士见礼。见过礼仍转入里间去了。

王进士仔细看了一番，不觉泣下。石生道："这是为何?"王进士道："年兄有所不知，前岁三四月间，舍妹促亡，尸首被风撮去，并没处找寻。方才门口看见这位年嫂，还不敢认得十分真切。今对面一看，确是舍妹无疑了。但不知是何时来到这里?"石生答道："就是年前四月间走来的。"王进士哭道："这分明也是借尸还魂了，如何还肯认我?"秋英道："王家哥哥，不必悲痛。你看我待蔡家哥哥如何? 就叫他也跟我一样罢了。"秋英叫春芳出来，仍拜王进士为兄。方才大家到了前厅，坐席。席终而散。朱夫人见是王小姐借尸还魂，仍旧认为义女，不时的来接去。这王进士在胡员外家住了月余，临起身回家时，又到石生家里来看春芳。说道："妹子路途遥远，委实不便接你。但愿妹丈选到广州左近，姊妹见面，庶可不难了。"春芳道："这是哥哥属望的好意，只恐妹子未必有这样造化。"王进士又与石生、朱良玉、蔡敬符盘桓了一天，次日就起身往广东走了。从此石茂兰、胡员外、朱良玉、蔡敬符四姓人家，俱成亲戚。你往我来，逐日不断。

但不知房翠容小姐与石生后来如何见面? 再看下回分解。

第十三回　观音寺夫妻重聚面

话说石生自发身之后，一年捷取，就放了南阳府的刑厅。三年俸满，转升了四川成都府的知府。到任两月，秋英春芳二位夫人因路上经了些险阻，许下在观音堂还愿。先差衙役来对庙中老尼说知。那老尼就打扫了殿宇，预备下茶果。分付翠容道："闻说这两位太太，俱系妙年。我年迈耳沉，应答恐不利便。一会来时，我只在神前伺候。一切照应，俱托付给你罢。"翠容应过。住不多时，衙役进来说道："太太的轿已到山门口了。师傅们速出去迎接迎接。"翠容听说整容而出。两位夫人已经下轿。翠容向前禀道："小尼失误远迎，乞太太见谅。"秋英答道："俺特来还愿，还要仗托师傅的法力，如何怪你。"翠容陪着两位太太，先到了佛前拜过。然后到观音殿内上了香烛，发了钱箔。老尼诵平安经一卷。两位太太方才磕头起来。向老尼谢道："有劳师傅祝赞。"老尼答道："太太到此，理应伺候。但老尼年迈耳沉，叫小徒陪太太禅堂里去吃茶罢。"

翠容陪两位太太，到了禅堂里坐下。把茶果献上，自己却在下面站着相陪。秋英心中打量，暗忖道："看这个尼姑举动有些官样大方，分明是个宦家的气象。如何落在庙中？"因问道："师傅贵庚几何了？"翠容答道："虚度三十岁了。"秋英太太又问道："你是从小出家的，还是半路里修行的？"翠容答道："是半路投来的。"秋英又问道："你系何处人？为什么来到这里？"翠容道："说起来话长，恐二位太太厌听。"秋英道："这却无妨，你说俺才明白哩。"翠容道："小尼是黄州府罗田县人氏。"秋英又问道："你曾有丈夫吗？"翠容道："有。"秋英道："姓甚名谁，是什么人家？"翠容答道："拙夫姓石名茂兰，是个廪生。公公石峻峰，系两榜出身，做过长安县知县。后升广西柳州府的知府。"秋英太太便道："这等说来，你真是个宦家的娘子了，失敬失敬。"就让他在旁边里坐下。春芳听见提起石茂兰三字，心中诧异，两眼不住的向秋英尽觑，秋英只当不睬。又问道："你为何一个女流就来到这里？"翠容答道："公婆不幸早逝，后被奸人陷害。因公公在长安居官时，有一河道失误挑修。文提石郎变产修河，

一去二年并无音信。后有长安县的关移说石郎已经病故了。对门有个王诠，要娶小尼为妾，暗地着人，把小尼的母亲治死。小尼欲报母仇，因假为应承。幸有观音老母，赐给神药一包，名为催命丹。及至到了他家，把这药向那人面上洒去，那人就立时死了。小尼那时正要逃走，忽被一阵狂风，刮到这里。因此修行，不能回家，已数年了。"这正是：

诉尽从前艰苦事，渐启后来亨通缘。

秋英太太道："我丈夫姓石，我家老爷也姓石。你是黄州罗田县人，我家老爷虽居襄阳，原籍也是黄州罗田县人。你丈夫既然是个秀才，说起来我家老爷未必不认的他。回去向我家老爷说知，如有人上罗田县去，叫他把你丈夫或存或没，再打听个的确。设法送你回籍如何？"翠容谢道："多蒙二位太太垂怜。"两位夫人各送了二两银子的香资。翠容送出山门，上轿而去。

两位夫人回到内宅，秋英向春芳道："今日在庙中见的这个尼姑，定是翠容姐姐无疑了。"春芳道："若不是他，如何知得这般清楚。"晚间石生归房问道："你两个还过愿了。"秋英答道："愿是还过了，俺却见了一桩异事。"石生问道："什么异事？"秋英道："今日庙中，见了一个连毛的尼姑，年纪不过三十。问其来历，他丈夫的姓名籍贯却与相公一般。你说前妻翠容姐不知死在何处？据今日看来，还是活在这里哩。何不速去接来，以图完娶。"石生沉吟道："接是不难，恐未必的确，尤不可造次，下官职到黄堂，属下有多少官员，城中有多少绅衿。突然认一尼姑为妻，恐惹人耻笑。"秋英答道："相公差矣，夫妇一伦，本诸性天。避小嫌，而忘大伦，何以为人。公祖统驭万民，不认断使不的。你若是信不真，明日权当斋僧，亲去一看。如果然不错，就接来罢了。"石生依允。

到了次日，石生率领人役，往观音堂内斋僧。进的庙来，先参拜了佛像。惊异道："这尊佛像，好与襄阳化缘的老僧相似。"转入后殿行礼已毕，走到公案前坐下。把庙中几个尼姑叫出来从头点名。点到翠容跟前，石生一看，果然是他前妻房翠容。翠容一见石生，明认的是她的丈夫，却不敢相认。石生问道："夜日太太回宅，说有一个出家的尼姑，系黄州府罗田县人，就是你吗？"翠容答道："正是小尼。"石生道："现今有本府的一个亲戚姓吴。他是罗田县城里人，不久他的家眷回家。本府接你到我衙中，叫他携带你同船回去。你意下如何？"翠容谢道："多蒙太老爷的恩典。"石生斋僧已过，回到宅中。对秋英、春芳说道："果然是我前妻房翠容。我已许下，明日去接他。"

秋英道："如此才是。"石生道："但恐来到，有些不妥，叫下官却作难了。"秋英道："天下原有定礼，妾虽无知，颇晓得个尊卑上下。接来时，自能使彼此相安，相公无容多虑。"闲言提过。

到了次日，石生适值抚台提进省去。秋英便着人役，打着全付执事，抬着四人大轿。差了两个管家婆去接翠容太太。他与春芳姊妹二人，却在宅内整容相候。及至接回来，轿到宅门，翠容方才下轿。秋英、春芳两个向前紧走几步，伏身禀道："贱妾秋英春芳，迎接太太。"翠容连忙上前，两手拉住。说道："奴乃出家贱尼，石郎还未知肯相认否？二位太太，如何这等恭敬。"秋英道："妾等已与老爷说明，那有不认之理。但老爷适值进省，妾等先把太太接进宅来，俟老爷回署，好合家完聚。"就把翠容让到中堂，延之上座，地下铺上毡条。秋英春芳两个转下，并肩而立。让道："太太请上，受妾等一拜。"房翠容回礼道："奴家也有一拜。"彼此拜礼已毕。翠容向秋英春芳道："奴家若非二位妹子引进，何由得见天日，嗣后只以姊妹相称，切莫拘嫡庶形迹，使我心下不安。"秋英道："尊卑自有定分，何敢差越。"三个从此，彼此相敬相爱。转眼间，不觉数日了。

石生自省回署，进得后宅，秋英迎着说道："房氏太太已经接来数日了，老爷进来相认罢。"石生见了翠容抱头大哭，秋英春芳在旁亦为落泪。翠容向石生道："你为何捎来书叫我改嫁？"石生道："书是假的。"翠容又道："长安县的来文，说你已经死了。"石生道："文也是旁人做的。"石生问翠容道："怎么你能来到这里？"翠容把从前情由，自始至终，说给石生听了。石生也把秋英春芳配合的情由，也说给他听。翠容道："我只说这两位妹子是你另娶的，却不料世间竟有这等出奇的姻缘。"石生向翠容道："你为我受尽折磨，他两个的灵魂与我同过患难，情意一也。大小之分，任凭夫人所命罢。"翠容说道："妾虽妄居□□，幸得离而复合，吾愿足矣。嗣后家中一切大小事务，俱叫他两个执掌。俺总以姊妹相处，讲什么大小嫡庶。"石生道："夫人既能这样，日后下官定请三付冠诰，封赠尔等。"

翠容又向石生道："妾在患难之时，曾蒙菩萨点化，到得此处，又多承老尼照理，曾许下团圆后，重修庙宇，酬谢师恩。望相公先领妾去参拜一番。不知准否？"石生应允，着衙役先去向庙中老尼说知。衙役回来禀道："观音寺只剩得一座中殿，两边廊房、前面的佛殿、后面的禅堂俱成空地，连老尼也走去杳无踪影了。"翠容方知这老尼就是菩萨变成的。佛殿神堂俱是菩萨布置的虚景。遂叫人重修庙宇。不题。

中国禁书文库

幻中游

石生一日在衙中无事，与三位夫人坐着闲谈。庭前有老槐一株，石生以此为题。叫三位夫人联句，作诗一首。石生先咏道：

回忆当年徒奔波（兰），古槐影下堪婆娑（翠）。

劲枝虽被春光早（英），柔条还沾雨露多（芳）。

绿作复云叶茂密（兰），黄应秋日气冲和（翠）。

势成连理有缘定（英），何必诵诗慕伐柯（芳）。

又一日，石生登峨眉山。到了山上，往下一看，形势崇高，如在半虚空中。又向四下里一望，但见层峦叠峰，袤延八百余里。石生一时兴发，遂拈笔题诗一首道：

悬崖万丈梯难升，峭壁转回须攀藤。

一带连冈形险戏，两峰对峙不骞崩。

白龙日绕池中跃，夜晚遥望放锦灯。

四蜀固多丛茧处，此较剑阁尤为曾。

题诗已完，往前走到一座古刹前，名叫华林禅院。意欲进去一看，和尚听说，打扫了一座干净禅室，把石生迎到里边去。经过大殿山头旁，有一个小角门。忽闻一阵异香，从中吹出。石生到禅室里坐定，问和尚道："你前边小门里锁的房子，盛着什么东西，气味如此馨香。"和尚禀道："无甚东西，内有一座禅堂。相传百余年前，有一位老师傅坐化到里面，至今并未葬他。里外门俱是他亲自叫人锁的，说下不准人开。这些年来，也没人敢动。又相传这位师傅已经成佛，常与观音老母虚设法象，点化愚人。留下四句禅语，并无人解得。"石生道："取来我看。"和尚从柜中，取出一个红纸帖来，递与石生。拆开一看，上写道：

似我非真我，见我才是我，烦我曾留我，遇我岂负我。

石生暗想道："这莫不是襄阳化缘的老僧吗？"叫和尚开了角门，进里一看，见禅堂门上，贴着一道封皮。上写着"门待有缘开"五个字。揭去封皮，开了房门。当门一张大床，床上有一位坐化的老僧，浑身尽是尘土，背后贴着个纸条。写着道："坐化人即是化缘人。"叫人扫去土尘，仔细一看，就是那化缘的老僧，面貌如生。石生拜道："此乃罗汉点化我也。"下了山来，就命人立时重修殿宇。把坐化的老僧妆塑金身，送在里面，焚香供养。石生一家团聚不题。

不知尴儿转生还能相见否？再看下回分解。

第十四回　藩司衙师徒再谈心

　　却说石生在成都，做知府三年。转升了四川粮道，做道三载。屡有奇绩，选迁了浙江的布政。是时尨儿，已转生十三岁了。石生到任，簿书之暇，行文观风，取的钱塘县首卷就是程生。石生喜其写作俱佳，赏赐的甚是优厚。一日程生来谢藩台。石生闻其年幼，有些羡慕。请到内书房里相会。程生进得书房，向石生行礼已毕，石生让他坐下，着人献茶。石生上下打量，宛然是尨儿的模样。开口问道："贤契青春几何？"程堃琅答道："生员虚度十三岁了。"石生又问道："入泮几年？"程堃琅答道："侥幸五载了。"石生又问道："贤契如此妙年，佳章居然老手，可是宿构，却出新裁呢？"程堃琅答道："生员虽拙于作文，然深耻抄录。"石生道："文章既系尽出心裁，异日所造，应难相量。贤契的先生果是何人？"程堃琅答道："生员幸承庭训，并未曾投师。"石生听其言谈，又毕真像尨儿的声口，心中愈发惊异。程堃琅细看石生依然是昔日的光景，但身系转生，难以遽认。程堃琅因说道："生员年幼无知，陡胆冒渎，敢问大人籍贯何处？"石生答道："本司原籍黄州，寄居襄阳。"程堃琅又问道："住在襄阳那街？"石生答道："住在太平巷内。"程堃琅又问道："太平巷有个胡员外，大人可曾认识他吗？"石生答道："此人是本司的岳丈，贤契你如何知得这般清楚？"程堃琅答道："胡员外与家君曾在京中同寓，是以知其端底。"随即又问道："胡员外有闲宅一处，里面住着一位石先生，大人可曾会过吗？"石生见程堃琅句句道着自己，便答道："此人本司却和他甚熟。"就转问道："我闻他有个徒弟名唤尨儿，后来转生钱塘，不知归落

谁家了？"说到此处，程堃琅便不得不认，说道："大人莫非就是九畹石先生吗？"石生道："你莫非就是尨儿所转的吗？前世之事还记得否？"程堃琅答道："月下赋诗，当堂质讼，为时几何？竟至忘记耶？门生今日，幸得再见先生。但不知二位姐姐，还在彼处否？"石生答道："他两个已转成人身，与本司结成夫妇了。"程堃琅道："门生虽系转世，两位夫人意欲还求一见，不知肯相容否？"石生道："那有不容之理，但须本司

先为说明，以便请你进去。"

石生说罢，转入内宅。春芳便问道："听说老爷外边会客，不知会的何客？"石生答道："下官观风，取中了钱塘的一个廪生，年纪才十三岁。今日特来谢我，下官仔细盘问，方知他就是尫儿所转。问到你姊妹二人，他还要求见一面，不知该怎么样？"秋英说道："既是这般，就该请进来一会才是。"石生便着家人，把程堃琅请入内宅。秋英、春芳两位夫人，早在檐下相候。三个见面，彼此落泪。春芳道："兄弟你转转生才几年，就长的怎模大了。"程堃琅道："弟已系转世为人，不料与二位姐姐，尚能相会一面。"秋英道："这是数该如此，你我焉能作主。"秋英春芳领着程堃琅并参见了翠容夫人。程堃琅就要告辞。石生道："今日这样奇逢，那有遽去之理。"就在内宅里设席款待程堃琅。石生作诗一首，相夸道：

聚首一堂尚可提，校书灯下仿青□，

形骸虽变元神在，素□依然一木鸡。

程堃琅也作诗一首，相和道：

天形下覆如张弓，世事百年一梦中。

桃李公门犹在列，前缘宁敢付东风。

席终以后，春芳向石生道："昔年尫儿上学，曾以金如意为许，老爷今日还他的罢。"石生道："正该还他。"秋英道："我收着哩。"立时取出，交与程堃琅。春芳道："这是你程家传世之宝，你前世上学时，无以为贽，我暗与程太夫人借用。许下十年以后，定去还他。今日带去，务要交个清楚。"说完程堃琅辞谢石生而归。到了家中，程翰林与夫人问道："你为何在衙门里就住了一天。"程堃琅答道："石大人见孩儿年轻，甚是喜欢，设席款待，所以未能早回。三位太太俱准我见，孩儿临来时，三太太给了一件宝物，叫我回家交给母亲。"夫人道："是何宝物？"程堃琅从袖中，取出一个纸包，递与夫人。展开一看，却是金如意一枝。夫人大惊道："奇怪，奇怪，这金如意是咱家传世之宝。十数年前，梦一女子借去。左右找寻，并无踪影。生你之后，讨得一签，说此物不久还家。今日果然原物还来。但不知这枝如意，缘何落到石太太手中。我将来一定要问个明白。"这且不提。

却说石生得了程堃琅这个门生，虽系新交，实属故人。不时的请到衙门里来叙谈。是时正当春月，天气清朗，人烟和煦。石生向程堃琅道："闻得天台山，雁荡系贵省的名山。同贤契一游何如？"程堃琅答道："大人既肯屈驾，门生理应奉陪。"石生于是拣

了一个良辰，带得程埕琅径往天台山去。上的山来，一看，真正是奇峰插天，长溪绕地，名秀之致。与别山大不相同。石生道："胜地不可空游。你我须各人赋诗一首，以志登赏。石生遂口咏一诗道：

□茨遗踪不复留，石梁胜景犹堪游。

飞峰壁立可回雁，激湍奔腾似龙湫。

华顶宠从胜熊耳，玉宵凿秀喻牛头。

桃花洞远无人到，误入至今传阮刘。

程埕琅也口咏一诗道：

昙华亭迹至今留，骚客梯岩时一游。

玉阁参差堪宿雁，瑶楼层转锁灵湫。

碧林风动震人耳，瑶草缤纷满岭头。

寒拾二仙足尝到，一方蒙佑免虔刘。

吟咏已毕。石生夸道："贤契此诗，可谓英年之作，倍胜老成。"程埕琅答道："门生在大人面前，不揣固陋，何异雷门击鼓。"山上有一座古庙，名为天台神观。观内有道士，听说藩台大人上山，观内打整的甚是干净，就请到里面献茶。石生说道："此山佳景甚多，一时难以遍览。不知别处还有古迹吗?"道士禀道："小观东南里半许，有太白金星的行宫。庙门前有石碑一统，上面有长就的律诗一首，风吹日晒，多少年来，字书总不磨灭。这却是此处的一景。大人请屈驾一览。"石生听说，遂同程埕琅跟定道士，出了观门，直上东南而去。走不多时到了庙前，见山门上挂着"太白金星行宫"六个大字的一面竖匾。门前果然有一统碑，碑上的诗句，真如长就的一般，却又甚是□亮。石生向前读其诗道：

时运亨通不厌迟，两阴相助尤为奇。

天台虽异贤孝坊，须忆当年相面时。

石生念完了诗句，恍然大悟，才知道曹半仙是太白金星变成的，并非俗人。遂进到庙中，礼拜了。游玩一会，石生遂下了山。回入衙中，向三位夫人说知此事。秋英说道："太白金星既这样的点化老爷，老爷不可不仰答神庥。"遂立时把庙宇盖的焕然一新。这且不题。

再说程埕琅，那日同石生上了天台，回到家中，把石生上山的事情，一一告诉他父亲程翰林。说道："石大人乃当代文人，一生却有这些异事。"苏氏夫人遂接口道：

中国禁书文库

幻中游

"咱的金如意，多年不见，忽然还家。难道就不是一桩异事吗？恨我不能亲见石太太，问个详细。终叫我心里发闷。"程翰林道："这也不难，堃琅儿既是石大人的门生，便与石大人即系通家兄弟般。就彼此来往，也是无妨的。明日下三个请帖，请三位太太过来赴席。你当面问他，便见分晓。"次日，程夫人果下启来请。秋英禀知石生，石生道："门生家不同别人，去也无妨。"

到了那日，程夫人又着人速请了三次。这三位太太盛饰仪容，午间乘轿过去。到得程宅门首，才落轿时，程夫人早出二门来迎。三位太太，走入内宅。程夫人看这三位太太，真真是个个俊如天仙。又仔细把春芳太太端相，却与当年梦中所见的女子一般。又与程堃琅的神情相彷，心下更加疑闷。让入中堂，相见叙礼让坐献茶已毕。说话之间，程夫人渐渐言及金如意一事。秋英太太说道："今日蒙程太太厚爱，正该彼此谈笑。从前已过之事，莫须深究。"程夫人转问春芳，春芳总是笑而不言。席终以后，程夫人把翠容太太让到别处，再三的根问。翠容太太方把秋英春芳借尸还魂并尪儿投生钱塘的事，一一说了一番。程夫人才知道程堃琅与秋英春芳原系前世姊妹，和石大人原系师生。平日提起师徒、姊妹四字，程堃琅不胜怆戚，正是为的这个缘故。自此以后，程夫人与石大人家三位太太，彼此往来不绝。

但不知石生在浙江后来做官如何？再看下文分解。

第十五回　狼虎店义仆救主难

话说石生做浙江布政，适值代理按察事务。滁州地方有一座老山，山上多洞，洞中聚集有两三千人，欲谋不轨。地方官秘密报知巡抚，巡抚与石生商议。石生道："事系风闻，未见确据。不可冒为题奏，亦不可轻行剿没。必须打听个真实，方可相机行事。"巡抚道："就烦贵司前去私访一番，回来再作计较。"石生依允。回衙只得换上便服，带了一个茶房。妆作算卦的模样，出了省城。一路私访前去。不多些时，到了滁州地方。日遂在镇店上卖卜。忽有一个贼眉贼眼的，上来算卦。石生观其气象，分明是个反叛。那人问道："先生是子平，是六壬?"石生答道："两件都会。"那人道："既是两件都会，我一定算算。但此处不甚僻静，你跟我到家里算上一天。如果算的好，卦资情愿加倍奉送。"石生答道："我就跟你去。"

那人把石生领到一座山上，进入洞中，同伙的问道："这是何人?"那人答道："是个六壬先生。"又指茶房问道："这系先生的何人?"石生答道："这是小徒。"石生偷眼一觑，见刀枪旗帜，无不俱备。真真是谋反无疑了。石生问道："既要算命，请写出贵造来一看。"那人说道："实不瞒你，俺们要举行大事。特请先生来，给俺择一个兴兵的日期。以便起手。"石生把六壬书展开一看说道："这三个月以前，并无兴兵的日期。必须过这三个月以后，方好。现今是四月尽间，过了五六七三个月，到得八月十六，是个黄道吉辰。下山定获全胜。"那人道："俺也看着必到那时才好。"方才算完要走，那人道："先生既到我山中，有来的路，没去的路。洞中正缺少一个军师，俺就拜你做个军师罢。若要强回去，殊觉不便。"石生恐丧性命，只得假为依从。

到了次日，山中筑起一坛，叫石生登在坛上，众贼罗拜于下。那些贼人认真石生住下，自此以后，任所指挥，无不奉命。住有十数多天，一日天气清明，众贼齐下山去打猎。只剩得石生、茶房二人在洞中看守。石生分付茶房道："你看看这些贼人下山是往那里去，即来禀我。"茶房出去一看，见洞中两三千人，张弓挟矢，牵狗架鹰，下

山俱往西南一路去了。茶房速进洞，禀知石生。石生道："咱访查已真，还不速走，更待何时。"茶房遂扶着石生下山，往东北而去。这石生一路走着，遂口咏古风一首，单单自道其苦云：

山势嬢听，暗说：这样慢待斯文岩石径斜，草木丛冗乱如麻。穷绝鸟难投步，左盼右顾堪咨嗟。嗟私行太伶仃，仓皇误入险陂中。万丈崇岭藏豹，千层深洞伏蛇龙。君不见，白云笼罩影缥缈，红日照射色暗淡。子规声叫高树头，孤猿哀啼长溪岸。一路行来多崎岖，气竭力尽肝肠断。

却说石生怕贼人追赶，走的甚是忙迫。直走到红日西沉，并未住脚。忽然山上跑下来一只猛虎，把茶房一爪叼去。吓得石生魂不附体，半日心神方定。往前又走，天色渐黑，见一个樵夫担着一担山柴，从旁而过。石生问道："前面何处有店？"樵夫答道："前去三十五里，方才有店，左近是没有的。"石生甚是担忧，黑影里又走了五七里路。抬头一看，远远望见山坡下有一道火光，像个庄村的模样，就望着那火光投去。到了跟前，却是一个小独庄。外边门户高大，里面楼阁层层。石生把门一敲，内有十四五岁的一个幼童开门问道："是做什么的？"石生道："是借宿的。"幼童道："相公少待，我去禀知主母，再回你信。"住了一会，出来说道："主母已知，请相公客舍里坐。"

石生进到客位里面。见灯烛灿列，摆设齐整。从背靠后转出一位少年妇人，花容艳妆，缓步来前。与石生见了礼，分宾主坐下。向石生问道："相公从何处而来？"石生答道："在下姓梁，往山中治买木料。下山过晚，赶店不及，欲借贵舍暂宿一宵。"妇人答道："房子尽有，但恐屈驾。"石生问道："娘子尊姓？"妇人答道："贱妾姓薛，拙夫叫做薛呈瑞。是个茶商。往山东登州府贸易，去已数年，并无信息。落得妾身，茕茕无依，甚是凄凉。相公适投寒舍，这是前世有缘了。"遂命人收拾桌张，让石生上座，自己在旁相陪。美酒佳肴，登时陈上，叫出两个头发眉齐的女童，在桌子以前歌舞，舞的甚是好看。只听得口歌古风一章道：

野有蔓草兮，零零瀼瀼。有美一人兮，宛如清阳。邂逅相遇兮，与子潜藏。

歌罢，石生看那妇女，甚是风流，不觉的引动了春心。席终，两个同入卧室。观其床帐、器皿，并非寻常人家所有。是夜，石生与那女子同枕共寝。到鸡将叫时，那女子向石生道："此处非君久恋之所，天色渐明，作速起来出去罢。"石生起的身来，还有些留恋之意，两个女童，前面拉着，这个女子后边推着，把石生一直送出门外，就把大门紧紧关上，再叫也无人答应了。石生甚是漠然，往前走不多时，回头看时，却是一家大坟。坟前以上，写着宋贵妃卞氏之墓。石生叹道："吾幸得该入桃源，宁复许后人问津耶。"

往前走到日夕，落到一个店中。院子甚深，房子甚稠。石生进来拣了一间干净小屋住下。到了掌灯以后，忽有一个卖绒线的，背着包袱进店来投宿。店主道："别无闲房，只有半间草屋，你将就着住一夜罢。"这人就进屋去睡了。石生那知道这是贼店，约有半更天时，也就放心睡去。到得夜静众贼齐出，把别房里住的几个行客，俱经害讫。后到石生屋中，石生正在梦中，这贼上去，用绳紧紧捆住。石生方醒来，求道："我与你无仇，行李内还有三五十两银子，任你拿去，饶我的性命罢。"那贼道："银子是要拿的，这个馄饨汤你也是要吃了。"那一个贼道："夜未甚深，江上打渔的还未散尽，俟四更后送他去未迟。"众贼拿了银子，仍转回院内，却把个草屋里卖绒线的忘下了。

石生身上捆的难受，口中长叹道："我石茂兰不料死在此处。"那卖绒线的听见，心中暗道："这莫不是我故主吗？"起身出来，走到窗前，小声问道："□客，方才说你姓名，你是那里人？"石生答道："我是黄州府罗田县永宁街上人。"卖绒线的道："这样说起来，分明是我家大爷了。"石生问道："你系何人？"卖绒线的道："我是来喜。"石生道："你快来救我。"来喜把屋门治开，进去解了石生。回到草屋把包袱背在身上。领着石生到外边一看，那房子后边，有一小墙与当街相靠。就把石生扶过墙去，他也随后跳出。

是夜，月色光明，如同白昼。二人往前紧走。石生道："倘或贼人随后赶来，这却怎处？"来喜道："大爷放心，小的新学成一个拳棒，就有三二十人，还不是小的的敌手。请问大爷，缘何来到这里？"石生把他私访的来由说了。来喜磕头道："大爷高发，小的那里知道。小的自从宅内出来流落此处，以卖线为生，至今还未成家哩。今日幸逢大爷，不知还肯收留小的否？"石生道："你是我的故人，就跟我去罢，不必在此住了。"又往前走，约有五更时分，已到江边了。月下看见江中一只渔船，船上站着一个渔翁。头戴斗笠，身披茅蓑，正在那里下网。听得他口中唱道：

驾小艇兮，鼓桧桨。击空明兮，溯流光。侣鱼虾兮，凌万顷。念故主兮，来一方。

来喜这边叫道："快撑船来。"那渔翁问道："是做什么的？"来喜答道："是过江的。"那渔翁把船摇到岸前，来喜向上一望，讶道："你莫不是赵哥吗？"那渔翁看了一

三二七一

看，说道："你莫不是来喜吗？奇遇，奇遇。"又问道："那一个是谁？"来喜道："是咱家的大爷，目下做这省的布政司了。出来私访，误投贼店，被我救出，同跑到这里来，你快接上船去。"那渔翁双手把石生搀入舱中，来喜随后跳上。渔翁跪下道："赵才给老爷叩头。"石生道："你且起来，作速送我过江去，咱再说话。"赵才道："老爷已经上船，料贼赶来也无妨了。"开船走不多时，见三四十个人从后赶来。见船已到江心，无可奈何而回。过得江来，石生问赵才道："你在此打渔为生，成了家没有？"赵才道："小的一身一口还不能从容，那有余钱娶老婆。"石生道："既是这样，你也跟我去罢。"

却说石生带着赵才来喜走到一座山前，是个南往北来的总路口。见两个少年妇人哭的甚是可怜。石生分付来喜道："你去问他为何这等悲楚？"那妇人道："俺家姓李，系邵州府人，颇有家私。于前月间，忽有大盗入宅，将几个男人尽情杀害，拿了俺许多金银，虏了俺姊娌两个。来到此处。嫌俺带脚，抛下俺走了。欲要鸣冤，不知官在何处？欲待回家，不知从那路走？只得在此哀告往来行人，能代俺报此仇者情愿嫁他为妻。"石生叫来喜找小轿二乘，把两个妇人带回衙门。

次日，石生把私访的真信，禀报巡抚。巡抚统兵前去，把洞中的叛贼尽行剿没。石生差役把贼店中一干人犯拿到。仔细审究，打劫李姓一家，就是这人。俱各照律正法。石生分付二妇人道："你大仇已报，送你回籍去罢。"那妇人道："小妇人有誓在先，能代为报仇者，情愿嫁他为妻。今既蒙大老爷天恩，情愿住在宅内，任凭大老爷赏人罢。落入贼手，已经月余，有何颜面见人？"石生劝之再三，两妇人死不肯去。石生就把大的配了赵才，小的配了来喜。朝夕在宅内伺候。石生私访已毕。

但不知秋英在家如何？再看下回分解。

第十六回　碧霞宫神女授兵符

话说石生的衙门后边，是一处花园。园内有一白石碑，其光可鉴。至夜半时分，中有人喊马嘶甲兵响亮之声，听的甚真。相传这碑是衙门中的镇物，历来官长俱莫敢动移。石生往外面私访时，秋英在宅中无事，只身步入花园，来看这碑。到了跟前，忽见这碑变成一门，两扇俱开，从里边走出两个女童，说道："娘娘有旨，请石夫人里面相会。"秋英跟着女童进去。当中是一条砖砌的甬路，两墀下俱是些异树奇花。走有箭许，是一座紫石桥。从桥上过去，又走了数十步，是一座朱红大门。门上悬着一匾，匾上写着"碧霞宫"三字。才到门首，又出来了四个仙女。两个执着宝幡，两个执着提炉，说道："娘娘候夫人多时，特着奴等相迎。"

秋英随着宝幡又进了两三层门，才是一座大殿。殿当中莲花座上，坐着一位娘娘。下边放着四个绣墩，排着两行侍女。秋英进的殿来，望上行礼。娘娘辞道："夫人尊贵，小神怎敢当礼。"命二仙女急忙抚起，让在东边头一个绣墩上坐下。秋英道："贱妾尘埃俗人，何烦圣母相诏。"娘娘答道："石武曲不久即应大敌，军旅未娴，何以制胜？夫人聪明过人，特请来把军中一切机务，说与你知。日后誓师郊原，你两人庶可共赋六月，以奏肤功。"叫仙女取出兵书三卷，付与秋英。

娘娘说道："这书名为《行军机要》，首一卷是天时，第二卷是地利，第三卷是人和。自古以来，兵家总不外此三者。"秋英问道："天时怎样？"娘娘道："春夏秋冬，天时之总名。其间所逢的月，逢日辰，俱为天时。时逢吉日则胜。如汤以辛卯而破昆吾。武以甲子而克商纣是也。"秋英又问："怎谓地之利？"娘娘说道："山川林薄俱是地利。凡扎营必相地高下平坡，方可以保无恙。若依山靠林，使敌兵得所埋伏，则受害不小。此楚师背离，而舍所为，贻患晋候。此务择平坦宽阔之处，左右前后，俱无遮挡，这才是安营的吉地。"秋英又问道："何谓人和？"娘娘道："人和者众人结成一心也。凡行军之首先人心。人心齐则气壮，气壮则力勇。一鼓而前，谁能御之。若人怀异心，子弃其父，弟弃其兄，各鸟兽散，安能破敌。如殷旅之前途倒戈，这就是人

不和的一个榜样。"秋英道："这三件是行军大要，幸承圣母指明。但摆阵之法，终属茫然，还求圣母详说一番方妙。"娘娘道："这口说不如眼见，你随我来。"

娘娘下了莲座，秋英随后跟着。一曲一湾，走到一个演武厅前，娘娘上去坐定，秋英旁边相陪。娘娘分付仙女道："取我的兵符来。"这个仙女转入后厅，取出一杆红旗，递给娘娘。娘娘接在手中，把红旗一展，急听一阵风响，立时就有数万人马，站在演武厅前。娘娘分付道："今日操演，尔等有失律者，定行枭首。"众兵丁无不唱喏。娘娘把红旗向东一摆，就成了一个阵势，娘娘向秋英道："这叫做八卦连环阵，生伤休死诸门俱备。昔年诸葛亮坐困陆郎，其遗迹至今尚在。此阵法之神妙莫测者也。"娘娘领着秋英下了将台，从生门而入，八门游遍。那吉那凶，说得清清楚楚。然即转回厅台，从新坐下。把红旗向西一摆，又成了一个阵势。秋英问道："这是何阵？"娘娘道："这名为一字长蛇阵，击首则尾应，击尾则首应，击中则首尾俱应。此阵法之最活者也。"又把红旗一摆，成了一个阵势。对秋英道："是为鹅阵。"又摆成一阵道："是为鹳阵。"又把红旗左边一摆，右边一摆，众兵丁交互奔腾，多时方住，成了一个阵势，前后人马相接，密如鱼鳞。秋英问道："这阵叫做什么？"娘娘道："这阵名为鱼鹿。昔年郑庄公与周王战于需葛，用的就是这个阵法。"阵已摆完，娘娘把红旗一卷，数万人马，风流云散，当时就没有了。

秋英谢道："重烦娘娘指教，贱妾顿开茅塞。"娘娘道："这系你我有缘，方能遇的这般凑巧。"娘娘领着秋英，下了厅台，转回殿内，仍照前坐定。娘娘分付仙女道："取我兵符一道，付与石夫人带去。"仙女取一红旗交与秋英。娘娘道："你后日临阵时，把这兵符执在手里，任所指麾，无不如意。成功以后，仍把这书与兵符交还于我。"秋英问道："贱妾从何处给娘娘送来？"娘娘道："这却不劳你送，就把这书符供在香案桌上，默祝一番，我自有人来取。"秋英又为致谢。娘娘道："我还有律诗一首赠你。你朝夕度念，方知军务艰难，不至于轻忽偾事。"遂手写一诗道：

丈人行阵林师贞，何得轻心漫谈兵。

无备终招悬雷夺，曳柴曾致班马声。

舟中掬指因争济，弃甲复来为食羹。

临戎常怀量敌意，诘朝奏凯在盛京。

娘娘把诗付与秋英道："你回去再留心细看兵书，就成女中一员名将，但系天机不可泄漏。"秋英应过，遂着两个仙女，领着秋英从旧路送出。出的门时，秋英回头一看，仍然是统石碑。秋英转入内宅，进了自己房中，把兵法神书秘密收好，总不肯告诉别人。秋英自得了这神书，白日不敢明看，俱是晚间，夜静无人时，方才展开细玩。从头看去，并无一字半句，心中模糊。看至月余，行军摆阵之法，就遂一遭通了。心中暗忖道："老爷是个文官，那至于身历行伍。我乃女流，怎至于同赴疆场，圣母所嘱，有些令人可疑。"这且不表。

却说石生，自从访真了洞中的叛贼，巡抚喜其有功，奏知皇上。皇上旨下，着浙江布政兼理按察事务，石茂兰赴京引见。石生把一切事务，交与委图的官员。从河路往北而下。船至济宁，有他一个同年，姓殷名莫磐，字永安。闻石生路过本州，就上船来参拜。石生也下船去拜他。殷莫磐向石生道："小弟选期已到，意欲赴京。苦无脚力，年兄大人，若肯携带前去，承情不浅。"石生答道："这是弟所情愿，明日请上船来同行。"到得次日，殷生收拾行李，上了船，与石生同往京去。到了京中，石生引见圣上。圣上甚是嘉奖，着仍回原任理事。殷物掣签，选了广东惠州府的同知，对石生道："弟实望选在浙江，今天各一方，终不能蒙年兄的护庇了。"石生道："仕路窄狭，安知不还遇在一处。"住了几日，石生辞殷生道："年兄在京还有些事，故小弟实不能奉陪，不日就要先回浙江去了。"殷生道："年兄责任重大，小弟怎敢攀取。"

石生上了一疏，乞告假一，往罗田县去祭祖。圣上批准。石生谢珲了恩，星夜往罗田县而来。到了罗田效界，那罗田县的知县却迎二十余里，铺设公馆，馈送下程。石生概不敢当，在一客店内住下。石生祭祖已过，仍回店中，辞别了县主，一早起身而走。县主又送了二十多里，方才回衙。石生从罗田县，往赴浙水。刚才走了两程，又下了一道旨意："浙江布政石茂兰访查有功，准升广东巡抚。"石生接了旨意，务要往那衙门，再赴广东上任。殷莫磐闻得此信，不胜忻喜。

却说秋英与翠容、春芳三个，无事闲谈。管宅门的进来禀道："大老爷高升广东巡抚，红报已到，小的先给太太叩喜。"秋英听说，谔然道："广东与苗民相近，老爷升到那里，战伐之事终不免了。"就把兵书，逐夜留心细看，以预作准备。住不几日，石生回到衙门，把布按两司的事务，一一交代清楚。就择日起身，率领家眷，来到广东上任。一日殷莫磐特来参见，石生请至书房。殷生要行堂参礼，石生断断不肯，仍分宾主而坐。殷生道："卑职得到大人属下，可谓天遂人愿了。"石生答道："你我同榜，兄弟私交也。勿劳王家公义也。不忍以公而忘私，又安敢以私而废公耶。"殷生闻言，凛然而退。回到衙门，小心办事。并不敢少涉奔谒。住有半年，又提升他潮州府的知府。

但不知石生在广东如何？再看下回分解。

却说石生自浙江布政转升了广东巡抚，才到任时，进士王曰灼，亲来看望。春芳向王进士道："我房里缺人使唤，烦哥哥代我买一个送来。"王曰灼应允而去。回到家里，着媒婆寻找不题。却说王诠之妻念氏，原系广州府人。他父亲念照远，贸易黄州，因与王家结亲。为自王诠死后，他两个兄弟俱不成人，吃赌嫖三字全占。五六年间，把家产化了个尽绝。念照远见他女儿既无子嗣，又无养膳，仍旧带回广州去了。那料念氏福薄，回到娘家没过三年，父母双亡。一切家资被他兄弟念小三输净，落的在馆驿里存身。

剩下念氏仍如无根的飘蓬一般。邻里亲戚愿其改适，他却顾惜大体，执意不肯。屡次托媒婆说情，愿卖身为奴。媒婆听得王进士买人的风信，来向念氏说道："你逐日叫俺给你找主，目下抚院大老爷衙内买人服侍。三太太你可愿意去吗？"念氏道："怎么不愿意，但凭大嫂作成。我自有用钱谢你。"媒人贪图用钱，领着念氏到了王进士家，叫他先看一看。王进士见人甚利便，向媒婆道："这人却也去的，问他要多少卖价。"念氏对媒人道："要银六十两。"王进士道："这却也不多，但写文约谁人作主？"媒婆道："他是没丈夫的，又无父母，叫他兄弟念小三来罢。"王进士道："石太太用人甚急，既是情愿，就要当日成交。"媒婆着人到馆驿叫了念小三来，说道："你姐姐卖身卖妥了，同着你写张文约，还有二两银子给你。"念小三正缺钱使，听说这话，喜不自胜。就慨然同着写了一张文约，得银二两走了。把媒人钱打发清楚，就住在王进士宅内。

到了次日，念氏打整打整身面，王进士雇小轿一乘，着人抬送抚院衙门里去。念氏进的宅来，从上而下磕头已毕。就在春芳房里，不离左右，一切应承，无不小心。一日春芳向秋英道："姐姐你看新来的这个妈妈好像个乡绅人家的派头，在此作奴，我甚是不安。"秋英道："你何不问他个详细。"春芳就把念氏叫到秋英房里来。念氏问道："太太有何使唤?"秋英道："别无话说,你进宅已经数日,你的来历,俺还未问你个清白。看你的举止动静,与俺们不相上下。你实说你是什么人家,为何落得这般。"念氏哭着答道："既到了这个地位,说也是多了。"秋英道："你不妨实说。"念氏道："家丑不可外言,说了恐太太们笑话。"秋英道："万属得已谁肯卖身,你实说你是那里人?"念氏禀道："小妇人是黄州府罗田县永宁街上王家的媳妇。公公王有章是个两榜,曾做过京宦。丈夫王诠是个文生,与对门石知府的公子石生为友。见石生之妻房氏颜色绝世,心起不良,逐日谋算,后值石生修河在外,千方百计,竟把房氏娶到家来。是夜王诠死倒在地,房氏并不知那里去了。小妇人有两个小叔,从他哥死以后,把家产化讫,落的小妇人并无依靠。不料回到娘家,又父母双亡。止有一个兄弟,又把家产输尽,目下落的在馆驿里住。小妇人无可奈何,只得卖身宅内,以终余年。万望老爷太太垂怜则个。"

秋英把念氏的一段言语,尽告诉了翠容。翠容大怒道："这是我的冤家对头到了,我一定报报前仇。"秋英道："姐姐差了,那是他男人做的事,与他何涉。这人现今落在咱家,即以你我为主,正该逐事行些方便。如何反提前仇,徒落得自己度量窄小。"翠容悟道："妹子说的极是。再告诉老爷看他怎样?"正说间,石生闯到屋里,问道："你两个方才说的什么?"秋英答道："说的是三太太房里那个妈妈。"石生道："有甚说头?"翠容道："他不是别人,就是你的好朋友王诠的老婆,落得这般了。"石生道："真是他吗?"秋英道："真正是他。"石生向翠容道："据王诠所为,就把这个妇人处死,尚未足泄夫人之恨。但王诠所为,未必是这个妇人的主意。身死家败,妻落人手,如此报应,已觉难堪了。刻薄之事,切不可做。况我当急难时,他曾助银五百,其情未为不厚。至今尚未还他。追想昔日的交情,则他妇人在此为奴,终觉过意不去。二位夫人看该何以相处?"秋英答道："以妾看来死后无仇,这个妇人老爷应该周恤他才是。昔日他曾助银五百,今日就该照数还他,以偿前债。外再助银若干,以尽友情。问他若愿意回籍,差人送去。如此做来,就令王诠有灵应,亦感愧于地下矣。"石生道："二夫人言之有理,下官就依这样做罢。"这正是:

识起一切俗情外,发言尽归款要中。

到了次日,石生同着三位夫人,把念氏叫到跟前,说道："夜日听见太太们说,你是王诠的室人。王诠与本院素系朋友,你可知道吗?"念氏答道："小妇人不知。"石生道："本院就是你对门住的石茂兰。"念氏听说,跪倒在地磕头,央道："亡夫所为,罪

该万死。小妇人但凭太太、老爷尽情发放罢。"石生笑道："娘子请起，本院并无别意。"那念氏那里敢动。三位夫人过去亲手拉起来。石生说道："从前的事再不提了。本院念故人情肠，意欲周济你还家。或广州或罗田，任从你便。"念氏道："大人额外施恩，小女人没世不忘。但广州娘家无人，仍回罗田去罢。"石生道："你既愿回罗田，少住些时，本院就着人送你去。"自此以后，三位夫人，俱以客礼待念氏。并不叫他在房里伺候了。

石生衙内，有个长随，名叫张忠，是罗田县人，甚是老成得托。石生就叫他去送念氏回家。还叫他路过襄阳，禀问胡员外的近安。字请朱良玉、蔡敬符同来衙门照料些事务。宅内设席给念氏饯行。石生叫秋英封银子五百两整，交与念氏。石生道："王兄在日，曾助我银子五百，这五百两银子是还前账的。"外又封银子三百两，说道："这三百银子，是本院分外相帮的。有这八百银子，老嫂尽可坐终余年了。"念氏谢道："照数还债，已觉讨愧。分外相帮，贱妾如何敢当。"三位夫人，又各赠银子二十两，以作路费。念氏起身，三位夫人亲送出宅门，方才回去。时人有诗，赞石生道：

凤怨不藏世所鲜，包荒大度肖坤乾。

帮金克仿赠袍意，遥送几同栈道前。

格外施恩全友道，幽魂负惭在九泉。

莫云偶尔恤孤寡，正为后昆造福田。

却说张忠带着几封家书，同着一个老妈，扶事念氏，扑了正路。当起旱处起旱，当坐船处坐船。不多些时，来到襄阳。张忠下船，各处投字去了。念氏在船上偶一合眼，看见丈夫王诠走入舱中。说道："贤妻你回来了？我生前做的何事，石大人却不记念凤仇。还周济你回家，真使我愧悔无及了。但当异日相报罢。"念氏醒来，心中怨恨王诠，感激石郎。反来复去，甚是不快。适张忠已经回到船来，走的与罗田相近。那张忠雇了轿子，把念氏送还王宅。他两个叔叔，见念氏回来。愁无养膳，意味作难。念氏道："叔叔不必这样，我自有银子养生。"两个小叔惊问道："嫂嫂的银子，从何处得来？莫不是娘家给你的吗？"念氏道："非也。"两个小叔道："既不是娘家给你的，是那里来的银子？"念氏就把自己卖身，并石生还债帮金之事，一一说了。两个小叔感泣道："石大人何盛德若斯也！吾兄生平所为，叫弟等代为渐恶无地矣。"两个兄弟得了他嫂子这宗银子，努力持家。数年以后，家产恢复，子弟亦有入泮发身者。皆石生相激之力也。此是后话，无庸多说。

却说张忠从黄州复归襄阳，请了朱举人、蔡副榜同来到衙中。石生请入内书房相会，叙礼已毕。蔡副榜进内宅看过了秋英，朱举人看过了春芳，出来坐下。蔡副榜道："妹丈大人，吉人天相，近来的福气，倍胜从前了。"朱举人道："惠风善政，一入境来，如雷轰耳。弟亦多为叨光了。"石生答道："小弟材不胜任，全赖二兄相帮。"是夕闲谈之间，说及送念氏回籍一事。朱举人、蔡副榜俱称赞道："如此举行，方见大人的度量。"石生又差人往广州，请了王进士，来到衙门中一会。彼此相见，自不觉畅怀。这蔡副榜合朱举人，石生俱留在衙门，照料些事务。王进士在衙中，住了月余，仍回广州去了。

但不知石生后来官到何处？要知端的，听下回分解。

第十八回　建奇功全家受荣华

　　话说石生在广州做巡抚，忽有边吏来报说：苗寇大发，抢夺人家的钱财，虏掠人家的妻女，声势甚是汹涌，石生不敢隐匿，据实奏知皇上。皇上旨下：特加石茂兰兵部尚书衔，令挂帅印前去平定。石生接旨已过，退入内宅，向秋英夫人道："下官只通文墨，那晓得军旅。一旦身任元戎，何以克称厥职。烦夫人代为平才，下官好再作道理。"秋英答道："朝廷旨无容抗违，臣子职分理应御侮。老爷一去，开国承家，端在此举。安可以英雄态故作懦夫状。战阵之事，贱妾颇悉大略。若不弃嫌，情愿亲操旗鼓，随营办事。"石生大喜道："夫人既有这番韬略，下官才觉放心。"

　　次日，就在演武厅操兵。以秋英为先锋，以左右二营为两队。殷莫磐情愿军前效力，就以他为监军。率领马步兵丁两万余人，分下已定。正是人马强壮，器械鲜明，直往边庭进发。一路行来，俱是秋英究竟了地势，然后扎营。来得与苗寇相近，择了一个高埠去处，安下了营盘。秋英向石生道："苗寇依山靠海，出没无常。今日大军初到，人困马乏。苗寇以逸待劳，夜间必来劫寨。当预作准备。"石生道："号令全凭出自夫人，下官坐镇中间而已。"秋英就把两队人马分为四路埋伏。去大营不过二三里许。寨中只留三二十人藏在一边，候劫寨的风信。苗寇来到营中，见是个空寨，必然抢夺东西。就以放炮为号，四面杀来，必获大胜。分付停当。寨旁有一座小山，秋英同石生躲在山上，远远料望。

　　是夜，苗寇见官兵扎下营寨，商议道："官兵方从远来，必然疲倦。今夜乘黑劫寨，是为上策。"其中有一个头目，叫做赛天王，领了两千人马，暗地闯入官兵寨中。四下一看，并无兵马。只剩得许多器械，就下得马来。这个抢衣甲，那个抢弓箭，你东我西。赛天王也约束不住了。寨中的伏兵见其人乱，放了一声号炮。四面伏兵一齐杀来。苗寇知是中计，出寨急走。早被官兵紧紧围住。左右冲突，再不能出去了。杀到天明，苗寇只落得一二十人，乘间窃逃而去。

秋英石生下山回寨，宰牛杀羊，犒劳军士不题。石生向秋英道："今日之功，建自夫人运筹决胜。苗寇平定应无难矣。"秋英答道："老爷休要矜张。疆场之事，一彼一此，势不两立。苗虽小蠢，断难长甘退舍。"石生闭口无言。却说赛天王领着一二十名败卒，奔回本寨。禀知寨主哪思哩说："官兵神妙不测，难以争胜。"哪思哩道："我只说石巡抚是个白面书生，不谙军务。那料想被他杀的这般尽绝，此仇不报，何以雄据一方，图谋中原呢？"又差人来下战书，石生批道："约于来月十六日会战。"秋英向石生道："苗寇再来，必然统领大众，以图报仇。少有疏忽，尔我恐为所虏。"石生道："这当怎处？"秋英道："老爷放心，贱妾自有运用。"

　　到得那月十六日，黎明时分，秋英着守营寨造一楼车：高三丈有余，坐在上面以便望敌。石生领着左右两队大军，一鼓而出。走了不过十里，望见敌垒了。又向前走了三五里路，已与苗寇对锋。从那阵前闪出一位苗王，身披铠甲，手执铁矛。厉声问道："来将何名？敢侵犯吾境？"石生答道："吾乃巡抚石茂兰。奉命讨贼，速速下马投降，免你一死。"苗王大怒骂道："好死囚，你前日折损我许多的人马，今日又在阵前夸口。看我拿你下马，以报前仇。"摧马挺矛，直取石生。石生终是个文字官，不会厮杀。见苗寇上来的凶猛，料敌他不过，拨马便走，跑不半里，就跌落马下。苗王急忙使矛刺来，忽见一人，把石生背在身上，腾空而去。苗寇一直追赶。秋英在楼车上遥望，败卒将近。把兵符一摆，陡起了一阵黑风，对面看不见人，那苗寇撤身转回。这边金鼓齐鸣。苗寇正摸路时，自相残杀，早已血流满地，尸横遍野。

　　苗王哪思哩回到寨中，与众首领商议道："石督府营内，定有异人。不可以智力相角。莫若暂且投降为妙。众人俱不愿意。却说石生被那个人背到寨后，把石生放在地上。"说道："大人已脱敌难，请缓步回寨去罢。"石生问道："你是何人？幸蒙相救。"那人答道："我乃王诠，蒙大人不念旧恶，周济念氏回籍。无可图报，故特来一救，聊当结草。"说罢，再看不见人了。石生回寨，暂且不提。

　　却说哪思哩与众人计议道："石镜山朝阳洞，有一个百花公主，法能剪纸成兵。请他来相助一阵，或者能制伏官兵，也未可知。"遂立时着人持书去请。那公主拆书一看，慨然应许。率领一万人马而来，与苗寇合为大营。又来搦战。秋英向石生道："出阵不用旁人，待贱妾与殷莫磐，俺两个出去收功罢。"秋英戎装当先，殷莫磐随后，只领五六千人马，径赴阵前。那边百花公主当头，哪思哩殿后。统领数万锐卒，从南杀来。望见官兵寡少，就四下里团团围住。秋英用护罩法把自家的兵马护定，任他左攻

中国禁书文库

幻中游

三二八一

右击，总不能伤损一个。只见苗阵内有人背一箱子，周遭跑走。那兵马越杀越多，不计其数。秋英窥透其术，把兵符向上一摆，忽然一声霹雳，雨如盆倾。那苗兵渐渐减去，落地的多是纸人纸马，被雨一淋，就不能动移了。秋英把兵符又往下一摆，这边的兵马渐觉众多。杀了半个时辰，就有十万天兵，把百花公主、哪思哩两路人马杀的几乎片甲不回。百花公主领着残兵仍归本洞。哪思哩回寨，埋怨道："我要投降，你们不肯。又惹了一场大辱。"有众头目，莫敢发言。

再说秋英回的寨来，殷莫磐问道："此阵虽获大胜，倘苗寇再来为之奈何？"秋英答道："这一阵苗寇俱胆战心惊，不久即来投降了。何烦再动干戈。"果然，次日苗王遣人赍降表来投降。其表曰：

伏惟：圣德同天，无远弗届。异域无识，狡思启疆。兹经大兵所剿，始信王化难越。嗣后愿备远服，共沐皇风。如违纳贡之常，甘受后至之戮。

石生据其降表，奏闻朝廷。圣上准其投降。石生又极力劝化了一番，方才班师。苗王亲送石生百有余里，然后归寨。这正是：

奏捷马敲金镫响，破敌人唱凯歌还。

石生作诗一首，赞秋英道：

兵家岂第论虚孤，帷幄运筹防不虞。

娘子称军惟唐主，妇人夸戎成伯图。

只知男辈多雄略，那料女流有武夫。

簪珥暂当甲胄用，旌旗指处瞻城乌。

却说秋英与石生回了衙门，着人摆上香案默祝，圣母把神书兵符俱各收去。圣上因石生有功，特升兵部尚书，协同内阁办事。诰封秋英为襄武夫人。

奉天承运皇帝诏曰：治道立昌文德，不废夫武功。勋猷大就，男谋必需乎女助。尔蔡氏乃浙江布政使司石茂兰之侧室，凤树芳型，尤多雄略。务效忠于王家，不惮亲操旗鼓。思克相于夫子，罔恤身历疆场。兹尔平苗有功，诰封尔为襄力武夫人。于戏，紫泥焕彩，用标一时之荣。彤管流辉，永垂不朽之誉。

石生赴京上任，谢恩已毕，又请了两付冠诰，封赠翠容、春芳。住有半年，秋英向石生道："人生世上，富贵尚至卿相尊荣极矣。有远虑者，必须急流勇退，方可善全始终。不然树大招风，恐无日不在摇动中也。"石生道："夫人所见极高，下官不久即当告退。"是岁正该会试，石生又主一次大场，收了许多门生，程斤程堃琅俱列门下。

大场已过，遂因脚病，不便动转。告老致仕而还，仍归襄阳居住。

石生思念，发迹虽在襄阳，罗田终系故土。先人坟墓所在，祭扫如何便宜。后翠容生二子，聘胡员外两位孙女。秋英生一子，聘朱良玉之女为妻，春芳生一子，聘蔡敬符之女为妻。石生领着翠容母子仍回罗田。秋英春芳母子，俱住在襄阳。石生一年襄阳，一年罗田，两下往来，甚是如意。嗣后石生四子，俱经高发。朱举人□了词林，蔡敬符中了正科。殷莫磐以随营有功，做了兵备守道，王曰灼做了知府。石生晚年康健，直活到年近百余，方损馆舍。退升这日，天鼓齐鸣。奉旨谥为"武勇公"崇祀□□。翠容二子，一支承祧本宗，一个过继房门。至今石生之后，一支黄州，两支襄阳。石氏后裔，因其先人皆蒙鬼神护佑。买了一处大宅子，就中盖一寺院。前殿是佛祖，中殿是观音，后殿是太白金星。招募僧道，治买祭田。俎豆馨香，四时不绝。石氏人口蕃盛，登鬼科，做显宦者代不乏人。因石生功德之所积也。亦何非鬼神之默助乎。后人有诗总断道：

二气弥纶布太空，何论南朔与西东。

形声超出见闻外，灵爽默浮自流通。

传纪降华事非谬，礼称去禅理堪穷。

人间幻态万千状，总在鬼神运量中。

邓小平藏书

第四篇

狐狸缘全传

[清] 醉月山人 撰

第一回 周太史隐居归仙阙 贤公子祭扫遇妖狐

话说此书乃青石山一段故事。细考此山形势，原在浙西宁波县城外，乃是个清静地方。四面远近虽有些村庄，较那居民稠密、城郭繁华之处，别有一种明秀幽雅气象。因此便引动一位告退的官宦，此人姓周，名斌，字艺全。年将花甲，夫人已故。膝下只有一子，名唤信，号鸿年。年方十八，生的聪明文秀，体态风流。又有一仆，姓李名忠，因他上了年纪，都以老苍头称之；生有一子，名唤延寿，年方十二，亦在周府伺候公子。

这周太史原籍乃金陵人氏，因慕宁波青石山玉润珠肥、山清水秀，便将家眷移在宁波城外太平庄居住，以娱桑榆晚景。自移居之后，即将宦囊置买田宅铺户，以图久远之计。迁来一载有余，周公忽染重病。公子侍奉汤药，日夜勤劳。谁知百方调治，总未痊愈。周公自知阳寿不永，大限难免，便对公子说道："我当初移居至此，原为博览此地山川美景。今乃天禄不永，有限时光，大概有愿难遂。我死之后，你须完我之志，葬于青石山侧，我愿足矣。"言讫瞑目，溘然而逝。正是：

　　　　三寸气在千般用，一旦无常万事休。

公子见父已终，恸哭不止。苍头苦劝，依礼成殓。丧事已毕，公子遵父遗言，葬于青石山深林茂树之间。

公子在家守孝，光阴迅速，不觉过了秋冬，又到清明节令。公子即吩咐苍头买办礼物，好到坟前祭祀。老苍头将物件备妥，公子即更了一身新素服，牵出坐骥，来在太平庄外。这太平庄虽属青石山的地界，却在坟墓之南，离茔地尚有数里之遥。公子乘马，老苍头与延寿相随在后。此时正是二月上旬，天气不寒不暖，但见花红似锦，柳绿含烟，一路美景令人欣赏。主仆三人缓缓而行，直奔青石山的路径而来不表。

从来说深山古洞多住妖魔。这座青石山，虽非三岛五岳之比，亦是浙西省内一个绝妙的境界。真是高通霄汉的奇峰，横锁烟霞之峻岭。却说此山有一嵯岈古洞，因无修行养性的真人居住，洞内便孳生许多妖狐。有一只为首的，乃是九尾玄狐，群妖称他作玉面仙姑。大凡狐之皮毛，都是花斑遍体，白质黑章，取其皮，用刀裁碎，便作各色的皮裘；惟独玄狐，通身一色皆黑，如同熏染貂皮一般，故其价最昂贵。这嵯岈洞九尾玄狐就是黑色，股生九节尾，乃是九千余年的道行，将及万载，黑将变白，因先从面上变起，故名曰玉面。

却说这玉面仙姑，因修炼得有些道术，专在外访那有名的妖魔精怪，或找在一处，讲些修炼工夫；或访来结作姨妹来往。时常变化美女，在外闲游。他有两个最好的干姐妹，修的亦有千年道行，一个在四川，一个在山东。他们三人最是知心，不是你来，就是他往。

这日清明佳节，春光明媚，群狐都动了那素日收敛的春心，强扎挣的野性。一个个言语颠狂，情思迷离，便勾起玉面狐的一团火性。他心中暗想："同类者当此春深，尽都神情显露，我在洞中，倒觉不便。"这九尾狐乃是一洞之主，他见群狐修炼的工夫与往日不同，他并不规劝提醒，倒勾起他的游荡之心，难以按纳，便欲幻化人形，到洞外去消遣。即便吩咐群狐看守洞内，慢慢的走了出来，变绝色女子，下了山径。

也是他的劫数应然，他见外边花香柳媚，万紫千红，蝶舞蜂飞，鸟声呖呖，不由的就动贪恋红尘之心，更觉迷乱本性：情思缠绵，呆邪杏眼。正在思春之际，忽听马蹄响动，抬头顺着声音一望，远远的见有主仆三人：一个年少的乘马，后有一老一少，担笼执盒缓缓相随。玉狐知是祭扫坟茔的。细看马上书生，别有一番景象，与那些山野农夫田园俗子不大相同。他便隐住身形，偷看他主仆三人行路的形景。有赞为证：

山背后，狐精偷眼看：只见那主仆三人走荒郊，后面仆人分老少，马上的郎君比女子姣。美丰姿，貌端庄。地阁圆，天庭饱。鼻方正，梁骨高。清而秀，一对眉毛。相衬那如漆的眸子，更带着两耳垂稍。先天足，根基妙；看后天，栽培好。似傅粉，颜色姣。那一团足壮的精神，在皮肉裹包。青簇簇方巾小，青带儿在脑后飘，紧紧的把头皮儿罩。顶门上嵌一块无瑕美玉，吐放光毫。玉色蓝素罗袍，青圆领在上面罩，系一条灰色绦。打扮得，淡而不艳，素里藏娇。方头靴时样好，端正正把金镫挑。细篆底，用毡包，粉溶溶无点尘泥，不厚也不薄。提丝缰举鞭稍，指甲长天然俏，银合马把素尾摇，稳坐在马鞍桥。一步步不紧不慢，走的逍遥。二仆人，跟着跑，一个老，

一个少。老年人弯着腰，挎了个纸钱包，为利便，把衣襟儿吊，虽然是步下跑，汗淋漓偏带笑，抖精神不服老，走的他吁吁带喘汗透了上黄袍；小儿童多轻妙，抖机灵颠又跑，称顽皮蹲又跳，肩头上把祭礼挑，他还学那惯挑担子的人儿，又着那腰。主仆三人来祭扫，想不到九尾玄狐默地里偷瞧。

且说周公子主仆三人，不多一时早到了那阴宅门首。这些守墓的园丁，已在那里迎接伺候，将公子搀下坐骥，将马系在树上，便让主仆三人到房内。吃茶净面已毕，然后转到阴宅，陈设祭品，供在石桌之上。老苍头划了纸钱，堆上金银锞子。公子跪倒拜墓，用火将纸焚化，不禁两泪交流。思念先人癖好山水，一旦天禄不永故于此处，甚觉可惨可悲，不由愈哭愈恸。苍头与园丁劝解须时，方止住悲声。站起身来，还是抽抽咽咽，向坟头发怔。众人见公子如此，急忙劝往阳宅而去。

谁知这里玉面狐将公子看了个意满心足，乃自忖道："瞧这公子，不惟相貌超群，而且更兼纯孝。大约是珠玑满腹，五内玲珑，日后必然名登金榜，为国栋梁。况且年少英华，定是精神百倍。目如秋水，脸似银盆，足见元阳充足。"这妖狐正看到性至精微之际，主仆与园丁已从面前过去，犹自二目痴呆。直看着公子步入阳宅方转睛，自己叹道："我自居此洞，也时常出来消遣散闷，虽然也见些人物，不是精神暗昧，便是气浊志昏，哪有这出类拔萃之品，温雅齐全之士？倘若与这样人结成恩爱，必定是惜玉怜香。"妖狐想至此处，不禁跃然而动，心旌摇摇，淫情汲汲，遂将数千年修炼之功，一旦付之东洋大海，安心要引诱周信。

你看他做出千般袅娜，万种风流，竟往园中等候。大约这周公子与妖狐合该前生有一段姻缘，事不可解，偏偏周信用饭之后，见天时尚早，又兼爱慕青石山的景致，他便独自一人，步入阴宅后面园内闲玩。但见起造的月牙河石桥似玉，修理的玲珑塔远映明堂；一带长溪四围环绕；两旁大树柳绿松青。树前列石人石马，坟后靠峻岭青山。东有来龙应风水，南风吹送野花香，石牌楼镇西来白虎，内有碑铭，字文俱佳；北有瀑布清泉，水响音清，芳草遍绿。遥看峰峦耸翠，云影徘徊，远黛含烟，树木密密，真是天然入画，景致非常。公子游够多时，顺步行来，忽见太湖石旁恍惚有人弄影。紧走几步仔细一看，乃是个绝色女子。公子一见，不觉吃了一惊，以为深山穷谷乃有如此佳人，真乃是闭月羞花之貌，沉鱼落雁之容。何以见之，有赞为证：

周公子宁神仔细观，真个是丽丽娉娉女娇娥。好风流，真俊俏：鬓儿蓬乌云儿绕，元宝式把两头翘；双凤钗金丝绕，排珠翠带昭君套，对金龙在左右靠，正中间嵌一块明珠放光毫。碧玉环坠耳稍，远黛含新月晓，又宜嗔又宜笑，黑白分明星照。水灵灵好一双杏眼，细弯弯似柳叶的眉毛。截筒般双孔小，如悬胆正且高，相衬那有棱角涂朱似的小樱桃。榴红衫花样巧，三山式把罗裙儿罩。云肩佩穗子飘。春日暖翠袖薄，纤纤玉指把春扇轻摇。体轻盈千般妙，迎风舞杨柳腰。步相沉金莲小，就是那巧笔丹青难画也难描。变化得神形巧，仙家术天然的妙。一任你慧目灵心，也难辨他是个狐妖。

却说周公子看罢妖狐，不觉心猿动转，便生怜爱之情。这正是，酒不醉人人自醉，色不迷人人自迷。

不知周信与玉面狐如何接谈，且听下回分解。

第二回 玉面狐幻化胡小姐
痴公子书室候佳期

词曰：

天上乌飞兔走，人间古往今来，沉吟屈指数英才，许多是非成败，祸福由人取，信邪反正堪哀。少年遇色须戒哉，有过切勿惮改。

话说周公子正自散闷，以解余悲，不期偶然遇一个美人立在太湖石侧，手执纨扇，意静神遐，若有所思的样儿。看来真是翩若惊鸿，宛若游龙。又搭着这有情有趣的时光，无垢无尘的境界，越显得佳人体态风流。

当此之际，就是铜铸的金刚、铁打的罗汉，也便情不自禁，而况周公子正在英年，才情无限，知识已开，未免有嘲风弄月之襟怀，惹草拈花的心性。他便笑吟吟理正衣冠，紧行几步，来至玉狐切近，深深打了一躬，说道："荒园小榭，唐突西施，幸蒙青睐，草木增光。甚愧点，不堪玷辱佳人赏鉴。"玉狐闻言，故作吃惊之态，羞怯之形，用春扇遮面，将身倒退两步，方启朱唇，低声答道："奴家偶尔绣慵，偷闲出户，贪看姣花嫩柳，不觉信步行来。得入芳园，眺览美景，幸遇主人，有失回避。今蒙不施叱逐，为幸多矣。"说罢，站在一旁，用杏眼偷看周生。

公子听他言语典雅，倍加爱慕，故意问道："小娘子闲步至此，宝宅定离不远。不然何以不带梅香，孤身来到敝园之内？请问府上贵姓？尊大人何居？小姐芳名？望赐指示，改日好到宅拜见尊翁，稍尽邻里之谊"。玉狐见周生说话亲切，便知其心已动，乃含笑答道："萍水相逢，何敢周公子拜访？奴家姓胡，小字芸香，原籍乃淮南人氏。自去岁投亲不遇，移居此处，至今不过半载有余。家翁早已去世，现在只有孀居老母，相依度日。今日纱窗刺绣，困倦忽生，丫环午睡正浓，未肯唤醒令伊等相伴，故只身出外散闷。今乃得遇公子，实是三生有幸。又蒙俯问，足见长厚多情。公子坟墓在此，

一定常来。奴家从此倒要不避嫌疑，求公子照顾护佑，则孤弱母女，感情多矣。"

这妖狐故逞媚人之术，真是莺声燕语，呖呖可听。公子又闻这一派言词，更兼妖狐作出许多情态，就似把三魂被他摄去一般，并不详细究问，便把一片虚言当作真事。心内反怜他母女孤单，又贪恋佳人模样，不由的便落在妖狐术内。因忙答道："小姐既系此处邻居，日后未免常来搅扰。适才所言，足徵雅爱，幸蒙不弃，小生敢不惟命。"此时周生已是意马难拴，无奈不敢冒昧，因又言道："小姐立谈多会，未免玉体劳烦。现在我园小轩颇静，请停息片刻，待小生献茶，聊表微意，望小姐见允才好。"

此时妖狐虽欲与周生相觑，又恐有人撞见，查出他的破绽来，乃含笑答道："公子情谊奴家心领，奈奴出门多时，恐老母呼唤不便。速速回去，庶免高堂致问。"周公子听罢，心不自主，心知难以相强，遂带出些许留恋不舍之形。玉狐参透其意，故意为难多会，方说道："既蒙公子不弃，奴家应该听从。无奈此时有许多不便，故不能遂相公之意。果然相公不鄙寒微，诚心相待，请暂且回府。至晚遣开贵介，在书斋坐候，俟初更之际，奴家侍奉老母，小声与丫环等说明，使瞒老母一人，那时情愿不辞奔波，往相公书斋一会，以作倾夜之谈，岂不胜此一时眷恋乎？"

周生尚要再言，只见玉狐已款动金莲，慢舒玉腕，向公子深深道个万福，故意连头不回，竟自去了。

但凡人要遇见美色迷了心窍，便把情理二字不能思想。比如日下，一个闺中民女，黑夜之间，独自一人焉能奔驰五六里荒郊道路，至别人家叙谈？况在此初逢，并没言过门户方向，深宅大院，找到书斋，世界上那有这等情理？总而言之，人若入了死心眼的道路，就有人指示投明弃暗，再也不肯回头。此乃人之懵懂着迷不能免的。故周公子一味被玉狐惑乱，迷住心性，并不细详有此情理没有。眼望着妖狐去后，他便急忙回到阳宅，催苍头叫园丁收拾祭器，备马归家。

你看他一边行走，一边思念今日奇缘，实为得意，恨不能一刻至家，打扫书斋，候胡小姐到来，好与他结成恩爱。想至此间，不觉喜形于色。复又暗想："他乃娇弱美女，三寸凌波，夜晚更深恐不能行走。"念及至此，不觉又是发闷。

从来书呆子作事多露马脚。这老苍头乃是心细之人，见公子回归匆促，在马上又这般形景，未免有些疑心，便暗中低声说道："延寿儿，你看咱公子来时，祭扫坟茔何等悲泣？你可知他在阴宅遇何事故，回头反这等喜悦？"延寿乃轻轻答道："适才坟上祭奠已毕，我见园内桃花开的甚好，欲到树上去折一枝。走至树旁刚要下手，忽听有人细语。猛一抬头，见咱公子与一个极俊的姑娘在太湖石旁边说话呢。哎哟！他们两人真是说的有来有去的。到后来，咱公子作揖，那姑娘也答拜，闹了好大工夫。想是咱公子说话烦琐，见那姑娘竟一溜烟是的走了。剩下咱公子，发了半天愣怔，方回身出离园内。我见到了阳宅，便吩咐速速备马。也不知他们两个有甚么缘故。我恐叫他两人看见不便，连花也未折，便忙忙收拾起身来了。想这光景，咱公子必是与那姑娘拌了嘴，那姑娘赌气回去。不然就是和那姑娘题诗论文，叫那姑娘考短了。便是考短了那姑娘不悦，咱公子也就没趣咧。大约是为这事，在马上又喜悦又发闷的。"

苍头听延寿一片话，不觉的吃了一惊，说："此事有些奇怪。现在此处半是荒冢，并无多少住宅。纵有两家守墓的家眷，不是形容丑陋，便是相貌平常，何曾见有绝色姿容、知书识字之女？况且村上妇女，一见生人早躲的无踪无影，慢说题诗讲文，就是说话尚不知从何处先言，焉能有惊动咱家相公的？即或有之，也不能在人家园内与年少书生攀谈多时、款诉衷情之理。"这老苍头乃是周宅上辈的老家人，周宅之事无一不知。修墓之际，皆他分派，所以这坟地四面居民，未有不晓得的。如今听了延寿儿的言词，满腹猜疑，再也想不出是谁家的女子，一路随着公子前行，也不敢致问。只见公子骑马紧走，已到自家门首。看门的将他搀下马来，竟自进入宅院去了。

你道周宅怎样装修？有赞为证：

这所在，是周宅的院宇，多齐整！看来是匠心费尽了细工夫。芸香院通幽处，月洞门便出入。影壁墙亚似粉涂，汉白玉镶甬路，四方砖把满地铺，一步步成百古。进中庭楼阁屋，栋梁材多硬木。安排好，点缀足，真正是修盖得华丽，精而不粗。深深院，幽香馥。假山堆，名太湖。叠翠形，崎岖处，青簇簇。芭蕉叶相映着四季花、梧桐树。罩纱窗多幽竹，玉阶旁瑶草绿。满庭中，奇葩异卉，仿佛仙都。小书斋，似图书府。启帘椷湘妃竹，翰墨香散满屋。摆设着瑶琴古，列七弦分文武，镌款式有名目，蔡邕题小篆书，金徽灿玉轸足，知音者方能抚。看出处，这物件原来是刻着汉朝的印图。设棋枰随着谱，云南子润如珠，□手谈真不俗。论先后，分宾主，见高低，决胜负，论步位，分心路。得意间，忘情处，学弈术，能开心窍，把忧闷舒。启琅函，册页贮。设案架，堆书处，标着签，分名目。好装潢，无套数。芸香薰，怕虫蠹。亿万卷千百部，校兑清无讹误。看来是三坟五典、上古的奇书。满壁挂古画轴，写成章联成幅。墨山水美人图，称妙手笔力足，点缀好五色涂。配对联书法古，名人迹有印图，真正是丹青的妙笔世间无。靠粉墙，桌案处，摆设精，文玩古。控金钩，把床帐铺，兰麝香锦被褥，鸳鸯枕碧纱橱，真雅致不透俗；看来是，纵然富贵，并不轻浮。

话说周公子回在院内，并不等候老苍头父子来到，他便换了便服，也不用饭吃茶，匆匆的竟奔书斋之内。老苍头后面赶到，忙令延寿儿到书房伺候公子净面，以便用饭。谁知净面已毕，即将延寿遣出，说："你不必在此伺候，如有他事，再行呼唤，无事不必再来。"延寿儿乃系小孩子，乐得的躲开，吃罢饭耍去。此话按下不提。

单说玉狐自花园中许下周生夜晚相会，他便匆匆归入洞府。众妖狐一见，急忙卷起湘帘，接去春扇，俱各含笑迎接。玉狐进入内洞，归了坐位，小妖送上茶来。玉狐擎茶在手，遂向群狐说道："今日洞内有何人到？众姊妹等作何顽耍？"群狐答道："我等并无别事，无非大家闲叙而已。"言罢，众狐又向玉狐问道："今日洞主下山，我等看脸含春色，鼻放毫光，定有遂心如意之事。不然，何以气象如此？如有甚么奇遇，可对我等一言。"

玉狐闻听此言，满面堆欢，说道："近来众妹等眼力颇高，灵明百倍，我方进洞，就看出此次下山定有机缘相凑。我实对妹等说罢，今日愚姐下山，正在郊原散步，忽见坟墓之旁来了主仆三人祭扫。我看其中有一书生，先天真元充实，后天栽培坚壮，满面红光一团秀，真是你我修炼难得的金丹至宝。况且生的品格端正，体态风流。因此，我见他们祭祀毕，便隐在花园之内等候着他。可巧也是天缘，此生又独自在花园内闲玩，我便故意与他撞见。谁知此生更自多情，被我三言两语，说的他实心相信，约定今晚在他书斋相会。"

玉狐从头至尾说了一遍，众妖听说，俱尽欢喜。遂一齐说道："仙姑若得此人朝夕相会，慢慢的盗他真宝，从此不愁大罗神仙之位。这也是仙姑的福气、缘法，方遇得此等机会，实是可喜可贺。"遂吩咐小妖："备办筵席，我等与仙姑增添圣寿。"顷刻间便搬运了许多的佳肴美馔，摆设已毕，众妖把盏，请玉狐上坐，玉狐说道："即承众妹雅意，愚姐只得僭坐了。妹等俱来相陪，咱大家好开怀畅饮。"小妖轮流劝酒，众狐饮宴多时，已是金乌西坠，玉兔东升之候，众狐皆有几分醉意。玉狐恐误相约之事，便吩咐撤去杯盘，吃茶已毕，便辞别众狐，出了洞府，来在青石山高顶之上，对月光先拜了四十八拜，然后张开口吸取明月精华。完了工夫，又到山下涧水之中洗了洗身体，抖净了皮毛的水迹，仍然化成美女，驾起妖云，直奔太平庄周公子的书室而来。

来在窗棂之外按落云头，轻轻的站住，不敢遽然进入。乃用舌尖舔破窗纸，以目往里张看，但见屋内高烧银烛，静悄无声。只见公子在那书案之旁坐着发怔，似有所思。看他那模样，借着灯光，比在花园初遇更添了许多的丰采。怎见得，有赞为证：

这正是：佳人站立纱窗外，舔破窗纸偷看英才。倚书案似发呆，看标格真可爱，借灯光更把那风流衬起来。素方巾头上带，乌油黑遮顶盖，正中间玉一块。宫样袍可体裁，青布镶边儿窄，绣团花分五彩，坎肩儿是一水蓝的颜色，俗名叫月白。腰间系白玉带，透玲珑生光彩，银钮扣相配着护胸怀。镶云履地下排，细粉底轻且快，端正正鼓满充足，一点儿不歪。因守制无绢彩，锦绣服全更改。那知道一身青皂愈显得唇红齿白，两颊粉腮。玉狐隔着纱窗偷看多会，见公子坐在椅上若有所待。观其美貌之处，真是粉装玉琢，犹如锦簇花团。

妖狐此时不觉淫情汲汲，爱欲滋滋，恨不能一时与他鸾交凤友。乃轻轻的在窗外咳嗽了一声。

话说公子自从书斋吃茶、净面已毕，并不似每日在前边院内来与人说笑闲叙，也不唤仆人整理书室，将延寿儿遣开之后，竟自己将书室物件安置了一回。至用饭之时，老苍头亲身请问，他便带出许多不耐烦的样儿。苍头摸不着头绪，以为今日祭扫，身上必定劳碌，遂问道："公子今日身上若不畅快，想吃甚么，可吩咐老奴，好派人去做。"问了几次，并不回答。苍头急忙出离书院，令厨役在书斋摆饭伺候。

那知周信一心想着美貌佳人，将饭胡乱用些便令撤去。厨役将要走时，复又说道："你到前边院内，将锁跨院门的钥匙取来交给我，烹一壶茶送来。你们在前边吃饭去罢，我今日身觉乏倦，需要歇息。如有事，候我呼唤再来。"厨役忙答应，将钥匙与茶放下，便自去了。

这里剩他一人踱来踱去，顺着书院，绕到跨所门边，将门启放，向青石山望了一回，尚无踪影。复又回至书室坐着纳闷，恨不能一刻太阳西坠。又恐黑夜之间，苍苔露冷，鞋弓袜小，难以行走；又恐其老母未寝，阻住无由脱身。心中无限狐疑，搔首踟蹰，无聊之至。思虑盼望，好容易挨至初更之后，仍无人影。无奈何，自己点上银烛，倚靠书案，呆呆的在那里相待。正自发闷，忽听有人咳嗽一声，悄低低的说道："有劳相公久候，恕奴来迟，万勿见怪。"此时周信正在渴想之际，猛听这一派莺声俏语，犹如得了异宝一般。况且，周信又是乍逢美色，其心中之喜真是：

　　胜似洞房花烛夜，强如金榜挂名时。

不知周公子与胡小姐二人果能可成恩爱不能，且听下回分解。

第三回　玉面狐采阳补阴　周公子贪欢致病

诗曰：

窗明几净读书堂，斗转星移漏正长。

独坐含情怀彼美，相思有约赋高唐。

从来国色多怜爱，况遇佳人巧饰装。

莫怪妖狐惑周子，嫦娥且爱年少郎。

话说周公子一闻胡小姐的声音，不觉心中大悦，急忙离坐，开帘迎接，含笑说道："小姐真乃仙人，小生有何德能，风寒月暗，敢劳仙人下降？"玉狐故装体倦身慵，娇模娇样的答道："身在闺中，视一里为遥。今乃奔驰五六里，实在怠惰之甚。"公子一见小姐，此时心内以为天下未有之喜，忙将湘帘打起，说道："书室并无他人，请小姐速进，歇息玉体。"玉狐款动金莲，走入书室，见其中粉饰精工，摆设的诸般齐整，便对着公子福了一福，说："恕奴僭坐。"即在绣帐之内靠床坐定，反装出许多娇羞的样子，不言不语。公子此刻不敢遽然相近，偷眼观瞧。常言道"灯下看美人"，见其打扮的衣服华丽，借灯光一看，较花园乍见时倍添了几分风韵，真是：巧挽乌云天然俊俏，淡施脂粉绝世姿容。更兼假装走的香汗津津，带出娇懒之态，更觉妩媚可爱。此皆妖狐作就的幻术迷人，岂知他自山洞之中，原是披毛的畜类，未从欲到何处，驾起妖云，将身一晃比电还快，顷刻之间能行千里，何况太平庄五六里之遥，便觉不胜受累之理？所以装作这样情形者，恐人看出他的破绽，心生猜疑，便难盗周公子的真元至宝了。

那知周公子贪其美貌，并不究其来由，一见这样光景，怜他走路奔波，心中甚觉不忍，反暗想："胡小姐弱质纤腰，自有生以来，定未受过这等辛苦。而今为我相会，反瞒他老母，悄地而来，更深路远，独自出门，为我用的这等苦心，实在难得。况且月夜之间，倘遇轻薄歹人，不但难免失节受辱，还怕因而废命伤身。如此担惊冒险，真是令人过意不去。"常言说："时来逢益友，运蹇遇佳人。"况周生自与玉狐相遇，已被他幻术拢住，莫说无人指破，即此有人说他是个妖精，见此等美貌多情，公子亦不相信。故此一心迷住，并不察问如何找到此处，由何处进入，一概不提。他见玉狐香汗淋漓，就如桃花带雨一般，连忙深深打了一躬，说是："小姐如此多情，小生将来何以补报？"妖狐闻听，故做戚容，说道："哎哟，我的相公，我母女背井离乡，举目无倚，久仰公子端方朴厚，文雅风流，天幸在园巧遇，得睹尊颜。今夕奴家特来相会，以求公子日后照拂我母女，别无他意。望祈正眼相看，勿为桑中之约，目作淫奔之女，使奴家赧颜一世。不过暂叙片刻之谈，以全园中之信，奴家便告辞。"

公子听罢，不禁心内着急，说道："感蒙小姐光降敝斋，足征雅爱。不意小姐如此说来，想是以小生为不情之人，无义之辈，恐日后忘情负义，有玷小姐，故小姐拒绝如此。倘小姐心中疑虑，我周信情愿对灯盟誓。"妖狐闻言，含笑说道："奴家非不欲与公子相交，特恐公子不能做主，日后倡扬出去，众人见疑，倒觉公子许多不便。况奴观自古男女私约，起初如胶似漆，何等绸缪。及至日久生厌，或一时复有外遇，或父母逼迫结亲，到那时，便将从前之人置之度外。纵有盟誓，无非虚设。倒莫若撇却床笫之交，结作谈文之友，比那终日被情欲所缠之人，岂不更有些意味？适才公子所说对天盟誓，亦无非哄愚人的牙疼咒儿，劝公子不必如此。请公子或是吟诗，或是著棋。奴虽不甚通文，颇愿学之。"

周生此时一派欲意，忽听这些言语，不知妖狐是欲就反推，他便认起真来，说："小姐既然如此，莫若两不相识。难道叫小生剜出心来不成？此时小生惟心可表，如恐日后见弃，小生自愿对天设誓。听与不听，任凭小姐尊意。"妖狐见公子说出急话，知道绝不见疑，复又含笑说道："公子果然见爱，奴家何敢自重其身？但日后休忘今夜之情便了。何必如此着急？"公子见妖狐已有允意，将心放下，走到玉狐身边说道："小姐纵然相信，小生情愿诉诉心怀。"言罢，用手将玉狐搀起，一拉纤腕，周生便先跪倒。玉狐趁着此势，也就随弯就弯的跪下。此刻正是夜深人静，恰好海誓山盟。公子对天达告已毕，二人携手站起，并倚香肩坐在绣帐之内。款语温存了多会，公子复又言道："良夜迢迢，小姐必定行走劳乏。小生有备下的酒肴，请与小姐共酌，不知意下何如？"玉狐并不推辞，说道："公子盛情，敢不承领"？言罢，二人便酌酒谈笑，自在叙情。此时正是风声潇洒人声寂，夜色深沉月色明。三杯之后，玉狐酒淘真性，面放

中国禁书文库

狐狸缘全传

桃花。公子色欲迷心，情如烈火。只见玉狐娇滴滴含笑说道："奴家酒已够了，请公子自饮罢。"公子恨不能有这么一声，急忙将酒撤去，展开罗帏，铺放锦被，二人相携而入，惟恨解带宽衣之缓而已。这一夜你恩我爱，风流情态不必细述，正是：

温柔乡似迷魂阵，既入方知跳出难。

从来欢娱嫌夜短。二人定情之后，堪堪东方将曙，玉狐不待天明，忙着披衣下床，便欲告辞而去。公子说道："天色尚早，何必如此太急？"言罢，复用手将玉狐拉在被内，说："待我与小姐一同起身，小生好去相送。"

常言狐性最淫，他见周生如此重情，复又作出无限风情以媚之，阳台再赴，情不能已。这周生以为得了奇遇，惟恐妖狐之不来，再三约定，二人方穿好衣服，又叙了许多情话，玉狐说道："东方已明，可放奴去罢。不然被人相遇，羞答答怎好见人？"公子此时不知怎样才好，有心留在书室，又恐其不从；有心叫他自走，又怕路上许多不便，真是恋恋不舍，无可如何，遂向玉狐千恩万谢，说道："小姐欲归，小生也不敢相留。但独自行去，小生须得多送几步，才得放心。"玉狐含笑答道："公子何乃聪明一世，懵懂一时？我自己行去，即有人撞见，尚不知我是何人，从何处身。若要公子相送，岂不是将咱么的隐事明明告诉别人么？奴虽女流，自有防身主意，公子倒不必担忧。况奴既失身于公子，自当念念在心，乘隙必定早来。只求公子将跨所门虚掩，免得一时惊人耳目可也。公子亦当谨慎防范，守口如瓶，即宅内之人，亦不可令他们窥见。"公子一一答应了，二人方携手出门。又相叮嘱了几句，玉狐方款步而去。

公子回到书斋，日色已明，他也不顾吃茶净面，便仍卧在绣罗帐内，思想胡小姐如何打扮的艳丽，如何生长的娇美，如何夜里的风情款曲。思想了多时，复又昏昏睡去。及至小延寿捧来脸水伺候，方慢慢唤醒。梳洗吃茶已毕，摆上饭来，公子一面用饭，一面吩咐："从此我要静心用功，尔等非奉呼唤，不必常来书院搅扰。"仆人答应了，对众说道："公子勤学读书，欲图上进。咱么不可再去混他。每日吃茶用饭，令延寿儿端来撤去可也。"

那知公子也并不是欲读书，也并不是要上进，白日在书室闷坐酣眠，黑夜与胡小姐贪欢取乐。宵来昼往，堪堪半载有余。世上有两句俗言，恰合周公子心意："宁在花下死，作鬼亦风流。"

玉狐与周公子交接已久，妖狐见书斋清净，他便不甚隐藏，轻出轻入，毫不介意。周公子贪恋美色，也就诸事不顾，肆意叙情。岂知人之真元已失，未免精神倦怠，便就不似先前那等充实身体。况又旦旦而伐之，岂有不欲火上攻之理？所以人之元阳，乃系一身之宝者，不丧失不但寒暑之气不侵，可以长生寿者，即入修炼之道，体健身轻，亦可容易飞升。不信，八仙之中吕纯阳便可相说。他因自幼不丧精元，故他的道术较别的仙人甚高。这人身的精血，岂不是至宝么？玉狐与周公子相会，亦为的是采取元阳，容易修成大道的心意。无奈周公子不知，反以为最美之事。那知夜夜鸳鸯，朝朝鱼水，便是亡身致病之由。前人有四句诗，可以为戒：

二八佳人体似酥，腰间仗剑斩愚夫。

虽然不见人头落，暗里催君骨髓枯。

闲言休叙，且说玉狐自从得了周公子的真元，又遂了他的淫欲，回到洞中不胜欢喜，以为指日即可修到大罗仙的地位。这些大小妖狐，齐来相贺。一日，由周公子书斋回洞，正在饮酒谈笑之际，忽见小妖来报，说："蜀中凤箫公主到了。"玉狐闻听，急离坐相迎。二妖一见，彼此叙礼已毕，玉狐吩咐再整佳筵，将凤箫公主让在客位，众狐侧坐相陪，大家畅饮闲叙。只见凤箫公主笑盈盈说道："闻听玉姐得一情郎，夜夜欢聚，不但有益修炼之功，而且得遂情欲之乐。今日小妹既来，无别的致贺，借姐姐之酒，奉敬三杯为寿，异日好求姐姐携带，会会得意郎君，不知姐姐意下何如？"玉狐答道："贤妹离此甚远，何由得知最切？"凤箫道："前日妹到云罗妹妹洞内，无事叙谈，因思念姐姐日久不晤，我二人轮指卜算，便知姐姐定有如意喜事。故此小妹特来道贺。"玉狐又道："现今愚姐正为此事作难，敢请贤妹想一最妙主意方好。"凤箫道："你们二人正在得意之际，有甚么为难之处？"玉狐长吁叹道："自今年清明佳节，愚姐出洞闲游，得遇此生上坟祭扫。愚姐见他天庭饱满，地阁方圆，更兼身体伟壮，举止风流。我想：此生日后必定富贵寿考。彼时愚姐凡心一动，故意与他相遇，用幻术将他引诱，用言语将他扣住，密定私约，得以往来。那知与他期会未及一载，便觉骨瘦形消，似有支持不来的样儿。此刻欲要将他丢开，因其情深，又觉不忍。欲要仍与他相缠，又似无益。因此进退两难，故求贤妹为我决断。"凤箫道："据小妹看来，此生既已病体支离，可令其潜心保养，大约此际不致亡身命丧。姐姐亦可从此打破欲网，

三三〇一

斩断情丝，回洞纯修大道。此乃两不相负之法。若是仍然固结不开，有意逗留，恐其中日久生变，倒招祸患。纵然咱有些道术，不甚要紧，常言说，邪不能侵正。莫若此时以忍情绝痴情，及早回头，尚无妨碍。若今日缠绵不悟，到那时梦醒已迟，岂不悔之晚矣？"玉狐听罢，说道："多谢贤妹指教，真是良言金玉。愚姐从此见机而作可也。"说罢，仍又酌酒谈笑。饮至夕阳将落，凤箫道："搅扰了众姐妹多时，日色沉西，小妹已该回洞了。"玉狐答道："知心姐妹，何必客套？不知贤妹此去，何日再会？如见云罗贤妹，可代愚姐问候。贤妹若再来时，祈转请云妹一同到此，咱么大家说笑一日，岂不甚妙。"凤箫道："谨遵姐姐之命。"言罢告辞，乘风而去。

话说玉狐自与周公子相遇，夜夜得遂淫情，今听凤箫公主之言，欲待不往，心中着实的委决不下。况又被酒所困，事思云雨之情，无计奈何，早将适才所说禁欲之话撇至九霄云外。这也是乐极悲生，循环至理，万不能免去祸患。你看他仍旧幻化的秀雅娉婷，打扮的清奇俏丽，身驾妖云直奔周公子的书室。来在窗外，向里窥视，甚是寂静。案上残灯半明，公子尚卧罗帏。玉狐一见，回想初来此处，公子何等精神！书斋何等齐整！今日一看，与先前大不相同。妖狐思及于此，未免叹气自忖，然亦无可如何，只得掀帘进去，乐一日是一日罢了。妖狐走进书斋，轻轻将公子唤醒。

不知二人说些甚么，且听下回分解。

第四回　玉面狐兴心食童男
小延寿摘果妖丧命

诗曰：

> 色作船头气作艄，中间财酒两相交。
>
> 劝君休在船中坐，四面杀人俱是刀。

话说周公子正在梦寐之间，忽听有人声唤，一睁二目，见是胡小姐，便急忙起身说道："敢则贤妹到来，有失迎迓。"言罢，同携素手，挨肩坐下。常言说"酒是色媒人"，玉狐酒兴尚浓，未免春心摇荡，恨不即刻贴胸交股，共效于飞。所以二人并不闲话，即携手入帏，滋情取乐，至五更方止。一宿晚景不必细言。

且说老苍头自从清明之后，因公子吩咐，不奉呼唤不许来进书院。他想："公子必定趁着守孝，要专心诵读。"心中甚喜，故每日只令延寿儿询问，送茶送饭，也就不在其意。乃至日久，不但说未见游山访友，连前面院内也不见出来，且又从未听得读书之声。虽然甚疑，又不敢到书房察问探询。延寿儿说："咱公子终朝不是闷坐，便是睡卧。先前还在书院踱来踱去，这些日子，我见脸面尖瘦，气喘吁吁，总没见他看文章。听他念诗赋似先前那声韵儿，怪好听的。不知道晚上作些甚么，日色老早的便嘱咐我'不必'再来伺候，遂将书院前边这门拴上。你们想想，这可是何缘故呢？"

老苍头听罢延寿儿之话，心中甚是惊疑不定，细思："公子这等形容，必定有由而起。莫非书室有人与他作些勾当不成？然此村中未闻有这等风声妇女。即或清明祭扫之时，有女子与他说话，却又离此甚远，亦难轻易至此。"思来想去，竟揣摸不出头绪。盘算多会，忽然生出个主意来："现在时届中秋，果品已熟，过一两日走到书斋作为请公子到坟祭祀，到那时看他形景如何，再作道理。"遂嘱咐延寿儿："不可竟去贪玩，须用心服侍公子。"言罢，老苍头又去查看地亩场园去了。

哪知公子之病，尚未至极重，其中便又生出祸来。这周公子自从被色迷住，凡宅中大小之事，不但不管，连问也不问，昼则眠思梦想，夜则倚翠偎红。日久天长，那禁得淫欲无度？未免堪堪身形憔悴，神气恍惚，便觉有病入膏肓的样子。然而病至如此，犹不自悟。即偶尔想着禁情节欲、静养几日，及至胡小姐一到，见其湘裙下金莲瘦小，鸳袖下玉笋尖长，绰约艳丽，绝世风姿，情欲便陡然而起，仍然共枕同衾。况妖狐淫荡已极，来必阳台三赴。所以这病只有日添，没有日减之理。

话说此时节近中秋，这周宅后面园内有许多果树，枝上果子大半皆熟。这日周公子自觉形体枯槁，心中火热，忽然想着吃几个果品。可巧延寿儿正来送茶，便急忙叫派人摘了送来。公子自用几枚，余剩的赏了延寿儿。那知延寿儿早就想到园里偷摘果子，因老苍头吩咐过，说："这果子虽然已熟，公子尚未到坟上进鲜致祭，断不准令别人先采摘。"故此令人看守甚严，专候公子吩咐采鲜祭祀。岂知公子被妖所缠，一灵真性迷乱，竟将秋季上坟之事忘了。老苍头候了两日，并无动静。又因听了延寿儿所说之话，不晓公子是何缘故，遂将那看守果品的心意就冷淡了。这延寿儿因先前不得下手，也就罢了。今忽尝着甜头，又见有机会，便想去偷吃。况且这孩子极是嘴馋淘气，天生的爱上树登高。谁知这一摘食果子大不要紧，便从此将小命废去。有《延寿儿赞》可以为证：

小延寿，生来是下流，不因孝母去把果偷。这孩子年纪幼，他的父是苍头，因无娘管教不周，才惯成为王不怕的跳钻猴。而且是模样丑，长了个连本儿不够。小辫顶挽了个鬏花儿，搅的头发往回里勾。那脑袋似蚕豆，顶门儿上觚觚头，虽下雨淋不透。两个眼往里眍，木儿耳相配着前廊后厦的奔娄。眵目糊眼角留；牙焦黄口味臭；清鼻涕向下流，不搽不省常往里抽。满脸上生横肉，不爱洗，泥多厚。有伤痕疤瘌凑，更兼挫脚石一般的麻子是酱稠。短夹袄汗塌透，扯去了两管袖，露两支胳膊肘。老鹳爪两只手。敞着怀，钮不扣。裤儿破腿肚子露，因何撕？为招狗。他那足下鞋，穿着一双踢死牛。真个是生成的姥姥不疼，舅舅不爱。若说起腌臜之人，属他打头。

且说延寿儿见他父亲看守果品之意松了许多，便留心想着去偷摘。这日天色未明，他便醒来，起身溜下床来，轻轻的撬开门，一直奔了后宅果园。此刻，太阳尚未发红，他便顺着树爬上墙头，用手去摘那果子。

谁知书室的妖狐，此刻也要起身，正欲披衣下床，公子也要随着起来。妖狐急忙拦阻，说道："你这几日身体不爽，须温存将养方好。这外边风寒露冷，欠安的身体恐

难禁受。再者天光尚暗，我去后，公子正好锦被高卧，安心稳睡，俟晚间再图欢聚。"公子此时正在困倦，乐得卧而不起。今闻胡小姐之言，点头说道："多蒙小姐体谅，敢不从命！"言罢，玉狐轻轻将门开放，出了书斋。他见四面无人，便在院中款款而行，一面走一面低头打算。看官，你猜玉狐打算甚么？他原想："当初与公子相交，一者为窃采元阳，炼他的金丹；二者公子年少风流，正可常常贪欢取乐。此乃一举两得方遂心愿。"今见公子未及一载体就受伤，交欢之际少气无力，觉得不能满其所欲。因此，心内甚是不悦。他不想公子病由何起，反恨他："太生的虚弱无用，不足耐久，半途而废，枉费了一片心机。世间男子若皆如此，凡我采补者流，几时方到成仙之位？"可见妖精禽兽不与人同，不但不知自反，而且多无恻隐之心。所以妖狐盘算的，是公子既已得病，大略难得痊愈。此刻想将他撇开，再觅相与，又无其人；欲再与他相缠，又不能如意。自忖多会，忽生了个主意，说："有了，我何不在郊原旷野寻两个童男，暂且吃了，以补眼前缺陷。候着此生：或是好了，或是死了，再作计较。"

玉狐想罢，走到书院门边，将要启拴开门，忽听有人拉的树枝响声，他当是有人来查他们的行迹，未免吃了一惊。便忙抬头仔细一看，乃是一个小孩子，不觉心中甚喜，想："适才我欲吃童男，不意未曾寻觅便即撞见，岂非造化？趁着此处无人，将他诓下树来，引到暗处饱餐一顿。"妖狐刚要用计招呼，忽又自忖："想这孩子，并非别人，定是老苍头之子小延寿儿。这孩子生的有些机灵，又系伺候书斋的小厮，倘若将他吃了，老苍头必不干休。那时吵嚷起来，公子必定生疑。不如不睬他，作为未见，我走我的路便了。"那知不巧不成话，小延寿儿应遭此祸。这玉狐用手一扯门拴，偏又响动一声，延寿儿以为看果子的到来，几乎不曾唬的掉下树来。他便手扶树枝，站在墙头，低着脑袋，向四面细看。妖狐此刻正恐怕人看见，听门拴一响，不免也就回首。

他见延寿儿已经瞧见，知道欲进不便，欲退不可。你看他柳眉一蹙，计上心来，袅袅娜娜，走至墙下，悄声说道："你这孩子，还不速速下来！登梯爬高，嫩骨嫩肉要跌着了怎么好？也不怕你们家大人看见。快下来罢！若不听我说，我便告诉你们公子，重重的责你。那时，你可别怨我不好。"这延寿儿正是一心高兴扳枝摘果，惟恐看园的撞见。忽听门拴一响，唬了一跳，低头看去，并不是宅里的人，倒是一个绝色女子，立在墙根之下。只见他翠眉未画，乱挽青丝，仿佛乍睡足的海棠一般。小延寿将要发话询问，忽见款步向前，反吆喝了他几句。此时日色未出，小延寿未曾看得亲切，不知是谁。今相离较近，看见面目似曾相识，又想不起来在何处见过。今听他说话，猛

狐狸缘全传

然醒悟，说："是了，清明祭扫，与我们公子私自说话的，岂不是这个姑娘么？怨不的公子这等虚弱，必是被这姑娘缠住了。我父亲正察不着这个原由咧！他撞见我，不说安安静静的藏避，反倒拿话吓叱我，岂非自找羞辱吗？"

小延寿想罢，将小脸一绷，说道："你这姑娘真不识羞！大清早起你有甚么事情？门尚未启，你怎么进来的？我想你必是昨晚来了，跟我们公子书房睡的。你打量我不认得？今年清明佳节，我们到坟前祭祀去，你和我们公子在花园太湖石旁，眉来眼去，悄语低言，闹了好大工夫。那时我瞧着你们就有些缘故，因碍着我们公子，不肯给你吵嚷。倘若我与你扬说出去，你一个未出阁的姑娘，必定好说不好听的。你也应该自己想想，改了这行径才是。谁知你们倒敞开脸皮闹到我们院里来了。我且问你，离着好几里路是谁送你来的？还是我们公子接你来的？你是初次到此还是来过几次？我想你必是跟我们公子睡了，必定不止来过三五次。你偷着神不知鬼不觉悄不声的走了回去，岂不完了？今儿遇着我，反老着脸，管我上树偷果子吃！难道你偷着跟我们公子勾搭上，就算你是谁的少奶奶，这果子许你管着不成？我是不怕你对我们公子说了呵叱我的。我若恼一恼儿给你喊叫起，惊动出我们宅里的人来，我看你年轻轻的姑娘脸上羞也不羞！"说罢，向着妖狐问道："我说的是也不是？"

看官，你论延寿儿这孩子，外面虽生的不大够本，却是外浊内秀。他竟有这一番思忖，有这么几句话语！那周公子乃是斯文秀士，竟一味的与胡小姐偷香窃玉，论爱说恩，忘了严亲的服制，不详妖媚行踪。较论起来，尚不如延寿有些见识呢。

延寿儿一见是个女子，便思想怎么轻易来在书院之内？事有可疑。无奈，终是未经过事的顽童，虽然猜疑，却未疑到这女子即是妖怪。他想着说些厉害话，先放他走了，慢慢的再对宅里人说明，设法禁止。

那知玉狐听罢，觉着叫他问的无言可对，未免羞恼成怒，怀忌生恨。欲待驾云逃走，恐怕露出行藏。秋波一转，计上心来，想道："我将他留下，定生枝节。莫若将他活活吞在腹内，却倒去了后患。"遂笑吟吟对延寿说道："好孩子，你别嚷。倘真有人来瞧见我，你叫我是活着，是死了呢？岂不叫我怪羞的。我烦你将门开了，我好趁早儿出去。才刚我同你说的是玩话，怕的是你跌下树来摔着。果然你要爱吃果子，今晚我给你带些个来你吃。你可不要对人说就是了。"

从来小孩子爱戴高帽儿，吃软不服硬。延寿儿见妖狐央及他，说的话又柔顺可听，他便信为真情，倒觉不好意思起来，说："姑娘，你等我下去给你开门。"便连忙顺着

墙跳到平地。玉狐此刻不敢怠慢，陡起残害狠毒之心，一恍身形，现出本相，趁势一扑，延寿儿"哎哟"了一声，早唬的魂飞魄散。看官，你道这玉面狐怎样厉害？有赞为证：

这个物，生来的形想真难看，他与那别的走兽不合群。驴儿大，尾九节，身似墨，面如银，最轻巧，赛猢狲，较比那虎豹豺狼灵透万分。处穴洞，啸古林，威假虎，善疑心，郊行见，日色昏，他单劫那小孩子是孤身。尖嘴岔，似血盆，牙若锯齿儿匀。物到口，不囫囵，能把那日月光华往腹里吞。四只爪，赛钢针，曲如钩，快若刃，抓着物，难逃遁。常在那月下传丹，蜷而又伸。眼如灯，瞧着堪，臊气味，人怕闻。多幻化，惯通神，他的那性情善媚还爱迷人。这才是：玉面狐一把原形现，可怜那小延寿命见阎君。

话说小延寿忽见九尾狐这等恶相，早吓的真魂出窍，不省人事。玉狐就势将他扑倒，看了看四面无人，连忙张开巨口，将顽童衔住，复一纵兽形，越过书院的墙垣，落在果木园内树密林深之处，抛在地下，正要用爪去撕扯衣裳，小顽童苏醒过来，忽然"哎哟"一声，便欲伏身而起。妖狐此时怎肯相容，仍又一伸脖子，在咽喉上就是一口。顽童一阵着疼，蹬踹了几下，早就四肢不动，呜乎哀哉。谚云："人不知死，车不知覆"，这延寿儿摘果来时，本是千伶百俐，满心淘气的孩子，今被妖狐一口咬死，扯去衣服，赤条条卧在平地，可怜连动也不动。有赞为证：古

这孩子生来特吊猴，险些儿气坏了那老苍头。素昔顽皮淘气的很，今朝被妖狐把小命儿休。逢异事，来相凑，冤家路，偏邂逅，灾衬临，难逃走。谁叫你无故瞒人来把果偷。想方才，在墙头，逞多能把机灵抖。淫邪事，全说透，难免与妖狐结下冤仇。羞变恼，恨难抛，现原形，张巨口，咬咽喉，难禁受，只落得一派蹬踹紧闭了双眸。赤着身，衣没有，躺在地，无人救。任妖精，吃个够。他的那素日顽皮一旦尽收。魂渺渺，魄悠悠，遭惨死，有谁尤，无非是一堆白骨，血水红流。

这妖狐见顽童已死，忙上前扯去衣裳，用钢针似的利爪先刺破胸膛，然后将肋骨一分，现出了五脏。妖狐一见，满心欢悦，伸进他那尖嘴，把热血吸净，又用两爪捧出五脏，放在嘴岔子里细嚼烂咽。吃罢，将二目钩出，也吞在腹内。真是吃了个美味香。不多一时，将上身食尽。抱着两条小腿，在土坡下去啃。此话暂且不提。

且说老苍头自听公子形容消瘦，几次要到书斋探问，因场园禾稼忙冗无暇。又想着前些日令延寿代行问候，公子尚说过于琐碎；若要亲身找去说话，必定更不耐烦，

狐狸缘全传

所以迟滞下了。可巧这日早晨见延寿儿不在，便自己烹了一壶浓茶用茶盘托住，来至书院门侧。复又自忖："我自己送进书斋，公子不悦，未免招他劳碌、生气。莫若等他将息痊愈，再亲身致问。"想罢，手擎茶盘，仍去找寻延寿儿。在宅里喊叫两次，不见踪迹。忽然说："是了，今日这孩子起的甚早，必定到园里偷果子去了。待我往树上找找他去。"

老苍头一径来至果园，扬着脸满树瞧看，并无踪影。不知不觉来到土坡之下，忽然一阵风起，吹到鼻中一派腥血气味，不禁低头向地下一看，只见鲜血淋漓，白骨狼藉。猛一抬头，忽见那土坡上面有一个驴儿大怪物，在那里捧着人腿啃吃呢！老苍头一见，惊的失魂走魄，"哎哟"了一声，身躯往后一仰，连茶盏一齐栽倒在地。

妖狐此刻正吃的高兴，忽听"咕咚"一声，仿佛有人跌倒之音。忽往下一看，见是老苍头摔在地下。心内想道："这老狗才真真可笑。大约来找他那嘴欠的孩子，见我在此吃了他，便吓倒在地。你偌大年纪，难道说还怕死不成！那知你仙姑不吃这干柴似的老东西。有心将你咬死，于我也无益，不如趁着此时遁归洞府，有谁得知？"他便搋了搋口嘴，抖了抖皮毛，仍驾妖云而去。

这里老苍头苏醒了多时，方缓过气来，强扎挣了会子，好容易才坐起，尚觉骨软筋麻。自己揉了揉昏花二目，复向草坡一望，见妖怪已去，这才略略将心放下。两腿稍微的有了主胫骨儿咧，站将起来，慢慢走到血迹近前，可笑那条小腿尚未啃完。明知亲生儿子被妖怪所害，不觉心中大痛，复又昏迷跌倒。这也是命不该死终难绝气，仍然缓够多时，悠荡过来。你看他如痴似醉，爬起身躯，望着剩下的残骨号哭。

这苍头不由的一见白骨，心中惨恻，捶胸跺脚哭。代叨咕："真可叹，命运乖。从自幼，在周宅，到而今，年衰迈，未伤德，心不坏，不妄为，不贪财，不续弦，怕儿受害。非容易，才拉扯起我的小婴孩。为的是，续香烟，传后代。我若死，他葬埋，不抛露我的尸骸。为甚么，顷刻之间逢了恶灾？莫非是皇天怪？又何妨，我遭害。害了他，何苦来。老天爷错报循环该也不该？"这苍头，哭了个哀，无指望，犯疑猜："想妖物，由何来？这么怪哉！平空里，起祸胎。思公子，无故病，最可异，事儿歪。看来是，妖精一定能变化，日久藏伏在书斋。"

苍头哭了多会，无人劝解，未免自己纳闷。细思此地怎能跑出妖精来呢？正在无可如何，猛然间想起："公子之病生的奇怪。自从扫墓遇见甚么胡小姐之后，便终日不出书房。我想，青石山下并未闻有姓胡的，亦未见有千娇百媚、通文识字的女子，彼时就觉可疑。适才吃延寿儿的明明是个九尾狐狸。狐能变化，公子一定被他迷住。如今将延寿儿吃了，老汉无了收成结果，这却还是小事。倘若妖精再伤了我家公子，断了周氏香烟，岂不是九泉之下难见我那上代的恩主吗？"老苍头想到这里，迷迷糊糊的，也不顾那延寿儿一堆残骨与那茶盘茶盏，一直竟奔了书院，来探公子病势。

及走到书斋门首，尚听不见里边动静。站在台阶之上，知道公子未曾睡醒，轻轻的咳嗽两声，指望惊动起来。那知公子黑夜盘桓，晨眠正在酣际。老苍头心内着急，又走在窗下大声言道："窗头红日已上三竿，请公子梳洗了，好用饭。"周公子一翻身，听了听是苍头说话，便没好气坐起来，使性将被一掀嚷道："有甚么要紧的事，也须等我穿妥衣裳！就是多睡一刻，也可候着，你便来耳根下乱嚷，故意的以老卖老。本来我不愿叫你们进这书院，你偏找来惹气。不知你们是何心意？"

从来虚病之人，肝火盛，又兼欲令智昏，这周公子一见苍头搅了他美寝，并不问长问短，便发出这一派怒话，辜负了苍头之心。苍头因延寿儿被妖狐所害，复恐伤了公子性命，故将疼子之心撇开，特到书房，诉说这宗怪事，劝公子保重自爱。不意将他唤醒，反被嗔叱了几句，真是有冤无处诉去。

不知苍头说些甚么，且听下回分解。

第五回 李苍头忠心劝幼主
周公子计瞒老家人

词曰：

> 自古怀忠义仆，人人皆愿谋求。盛衰兴败只低头，到老节操依旧。
>
> 抛却亲儿被害，孤缠幼主生愁。冤心受叱总天尤，仍是真诚伺候。

话说老苍头听了公子一派怒语，心中又是悲恸，又是难受，欲要分辩几句，又怕冲撞了，反倒添病。无计奈何，只得低声说道："公子不必生恼，说是老奴故意来此搅乱。因老奴有要事禀报，所以将公子惊醒。公子若未睡足，老奴暂且退去可也。"

此时，公子虽一心不悦，然似这等老家人，凤日并无不是之处，若太作威福，自己也过意不去。只得披好衣服，坐在床头，说道："你进来罢，有甚么急事？说说我听。"老苍头忙答应一声，走将进来。但见公子坐在床上，斜跨着引枕，形容大改，面色焦黄。看这光景，已是危殆不堪的样子。老苍头不觉一阵心酸，失声自叹："想不到，我未来书院并无多日，为何形体就这样各别？"

精神少，气带厥；两腮瘦，天庭瘪，满脸上皱文儿叠。黑且暗，光彩缺；似忧愁，无欢悦，比较起从前差了好些。眉稍儿，往下斜；眼珠儿，神光灭；鼻梁儿，青筋凸；嘴唇儿，白似雪。他的那机灵似失，剩了痴呆。倚床坐，身歪列；听声音，软怯怯；衣上钮，还未扣结。看起那两支胳膊，细似麻秸。床上被，未曾叠；汗巾儿，褥下掖；香串儿，一旁撇；绣帐外，横抛着一双福字履的鞋。未说话，喘相接，真可痛，这样邪，大约是眼冒金花行步趔趄。谢苍天，既然绝了我李门后，千万的别再伤了我这糊涂少爷。

老苍头看罢公子，早把痛念延寿儿之心撂在脖子后头，满面含悲说道："我的主人哪，老奴因公子近来性情好生气，暂且躲避几时。想不到病至如此危险。请公子把得病原由可对老奴说明，好速觅名医，先退邪气，再慢慢用心调治。千万莫贪意外奇逢，恋良宵欢会。总以身体为重，方不失公子自幼聪明，生平高洁之志。今若仍为所迷，岂不是聪明反被聪明误了吗？"

这周公子尚不知延寿儿叫妖狐所害，听得苍头之话，句句掇心，有意点他与人私会。他便故将双眉一皱，带怒说道："你真愈发活颠倒了。人食五谷杂粮，谁保不病？这清平世界，咱们这等门第，那里来的邪气？说的一派言词，我一概不懂。我这病也并没甚大关系的，只用清清静静抚养两日，自然而然就好了。你何苦动这一片邪说，大惊小怪的！"公子指这几句话将苍头混过去，那知老苍头听罢言道："公子不必遮瞒老奴，实对公子说罢，今早我烹了一壶茶，欲遣延寿儿来送，呼叫了两声不见踪影。老奴知他必在后边来偷果子，老奴便走到果园找他。刚走至土坡之处，忽见一汪血水，一堆白骨。又一抬头，见极大一个九尾狐，抱着支人腿在那里啃吃，把老奴唬了一跌，昏迷过去。及至醒来，这狐便不见了。我想延寿儿定然被他吃了。咱这宅里素昔本无妖精，怎么他就特意来此吃人呢？老奴想狐能变幻，倘若他再化成人形来惑公子，岂不是病更沉重吗？老奴所以前来禀明，公子好自保身体。岂知公子沉痼如此，叫老奴悲痛交加，心如针刺。公子既说书院并无妖怪，老奴何敢在公子之前欺心撒谎。只求公子守身如玉，从此潜养身心，老奴也就不便分辨此事了。"周公子说："我都知道了，你不必再言，用饭去罢。"

苍头见公子撺他，知道其心仍然不悟。便自己想道："我家公子到底年轻，以忠直之言，反为逆耳。恐劝不成，倒与他添烦。莫若顺情说好话，暂把见妖一事先混过去，以后再作道理，免得此刻病中恼怒我。"想罢，复带笑说道："老奴适才真是活糊涂了，见的不实便来说咱宅里有妖怪。复又一想，俗语说的好：见怪不怪，其怪自败。还是公子圣明，见解高。况且咱这官宦人家，纵有妖魔也不敢入宅搅闹。公子不必厌恶老奴了。常言说："雪中埋物，终须败露。大约延寿儿外边贪玩去了，终久有个回来。老奴一时不见他，心里便觉有些迷糊，两眼昏花，仿佛见神见怪似的。此时公子该用早饭了。老奴派人送来，再去寻他可也。"

这是老苍头一时权变，故责自己出言不慎，把双关的话暗点公子。岂知公子听了冷笑，说道："你如今想过来了？不认准咱宅中有妖怪了？想你在我周家，原是一两辈的老管事，我是你从小儿看着长这么大。你说，甚么事瞒过你呢？如今我有点微恙，必须静心略养几日，并不是做主儿的有甚么作私之处不令你知道。你何苦造一派流言，

中国禁书文库

狐狸缘全传

三三一

什么妖狐变化迷人咧，又什么鲜血白骨咧，说的如此凶恶，叫我担惊受怕，心里不安。纵然有些形迹，你应该暂且不提才是。你未见的确，心中先倒胡想。别瞧我病歪歪的，自然有个正经主意。况延寿儿平日本爱乱跑？不定在何处淘气去呢。假若真是被妖所害，果园必定有他的衣裳在那里。不知你见了甚么生灵骨头，有狗再从你身边过，大睃目糊糊着二目，疑是延寿儿叫妖怪吃了。大早晨的，你便说这许多不祥之话。按我说，你派长工将他找回来就完了。"

看官，你道周公子为何前倨后恭？他因信了老苍头假说自己见妖不实的话，便趁势将书房私约隐起，说些正大光明，素不信邪之言，好使人不疑。这正是他痴情着迷，私心护短，以为强词夺理，就可遮掩过去了。这老苍头早窥破其意，故用好言顺过一时，然后再想方法。两人各有心意。闲言少叙，且说苍头听公子言罢，说："老奴到前边看看去。公子安心养病要紧。"出离书斋，自悲自叹的去了。

公子一见老苍头已去，以为一肚子鬼胎瞒过，也不顾延寿儿找着找不着，仍复卧倒。自己也觉气短神亏，饮食减少。心内："虽知从清明以来与胡小姐缠绕，以至如此，然此乃背人机密之事，胡小姐曾吩咐，不准泄漏。更兼羞口难开，到底不如隐瞒为是。倘若露出形迹来，老苍头必定严锁门户，日夜巡查，岂不断了胡小姐的道路往来？大有不便。莫若等他再来时，找他个错缝儿，嗔唬他一顿，不给他体面，使他永不再进书院才好。然他大约似参透了几分。适才想他说的奇逢欢会，又什么雪埋物终要露这些话，岂是说延寿儿呢？定然他想着胡小姐是妖精，因我说宅内并无妖精，他所以用双关的话点我。虽说这是他忠心美意，未免过于罗唣。我想胡小姐断不能是妖怪。无奈我们二人私会也非正事，他劝我几句也算应该。况自幼曾受先人教训，宜知书达礼，以孝为先。如今双亲辞世，虽无人管，也宜树大自直，独立成家。回忆寒食扫墓，自己实在错误。我常向人讲男女授受不亲，须学鲁男子坐怀不乱，方不枉读书，志在圣贤。那时与胡小姐相遇，若能抽身退步，岂不是正理？反去搭讪，与他交谈。幸这小姐大方，不嗔不恼，更且多情。倘若当日血口喷人，岂非自惹羞耻，招人笑话？现在屈指算来，已有半载来往，我又未探听过，到底不知这小姐是甚等人家。此时虽无人知晓，似这么暮隐而入，朝隐而出，何日是个结局？事已至此，有心将话对苍头说明了，但这话怎好出口？况我自己也辨不准他的真迹。若说他是妖精，那有妖能通文识字、抚琴吟诗这等风雅之理？据我瞧，一定是宦门的小姐，门第如今冷落了。恐日后失身非偶，知我是书香后裔，方忍羞与我相会。这也是有心胸志气的女子。"

常言说道：旁观者清，当局者迷。这周公子原自聪慧，听了苍头之话，却也觉背礼。自愧情虚，思想了一回，原悟过一半来。无奈见闻不广，以为妖精绝不能明通文墨，又兼淫欲私情最难抛绝，故此他认准玉狐是个千金小姐，反说："果园即有妖魔，断不是胡小姐变化的。胡小姐明明绝世佳人，我与他正是郎才女貌，好容易方得丝萝相结，此时岂可负了初心，有背盟誓？果然若能白头相守，亦不枉人生一世。"想罢，依然在销金帐内妥实的睡去了。

不知周公子从此病势如何，且听下回分解。

第六回 众佃户拙计捕妖狐 老苍头收埋寿儿骨

诗曰：

　　从来采补是旁门，邪正之间莫错分。

　　利己损人能得道，谁还苦炼戒贪淫？

　　且说老苍头自从离了书斋，却复站在窗外发闷多时。听了听，公子仍又沉睡。自己悲悲惨惨，慢步出了书院之门，来至前边司事房内。有打扫房屋的仆人见老苍头满面愁容，便问道："你老人家从公子书房下来，有甚么事吗？"苍头说："你且不必问话，速到外边将咱那些长工、佃户尽皆叫来，我有话吩咐。"这仆人答应一声，说："你老人家在此坐着等罢，现在他们有打稻的，有在场里扬簸粮食的，还有在地里收割高粱谷子的。若要去叫，须得许大工夫。莫若将咱那面铜锣筛响，他们一闻锣声，便都来了。"苍头说："这倒很好。"于是，那仆人将锣筛的"鐺""鐺"声响。

　　此时，这些长工、佃户一闻铜锣之声，俱都撂下活计，陆续来至司事房外，见了苍头，一齐问道："咱宅有何急事，此刻筛锣呼唤我等？如今人俱到齐，老管家快将情由说明。我等因你老人家宽厚，素日忠直，即便赴汤蹈火，亦所心愿。"老苍头见众人如此相问，乃长叹一声，说道："叫众位到来并无别事，你们可知咱公子为甚么病的？近来外边可有甚么风声没有？"众人一齐摇头答道："并没听见有甚风声，亦不知因何有病。自三月之后，咱公子性情大改，与从前迥乎两样。先前在书房作完功课，有时便遛？到我们一处，说笑散闷。谁知寒食祭扫回来，反叫人嘱咐我们，不许至书院窥视。从此，他也终无出来，亦未曾与他见面。你老人家大约也知道他有病无病，为何反来问我们呢？"苍头说："众位之话一毫不错。但公子之病你们不知。你等可知咱们这里有妖怪没有呢？"

这些长工佃户一听问妖怪，便都说道："你老人家若找妖怪，咱们这里可是近来闹的很凶，情真必实的，常在人家作耗。但不知这些妖精俱是由那里来的。"有一佃户接话说道："你老人家不信，"用手指着一个长工，"问问他，亲眼见的。咱们这村里贾家，那日也是打稻子，雇了几个佣工的。这贾老大的媳妇同他妹子作饭，将倒下一锅米去，展眼之间一掀锅盖，米水俱无，却跑出满锅的长尾巴蝎子来，向外乱爬。姑嫂二人一齐吓的扑倒在地。贾老大的老娘听见，将他两人搀起，从此便似疯了一般，不是撕衣骂人，就是胡言乱语。你们说，这事奇也不奇？"又一个佃户指着个长工道："你们说的还不算新闻，你们听听咱这位老弟家里，更觉奇怪。"

只见那个年轻的长工说道："大哥不要提我的家务事。"佃户道："这又何必害羞？言亦无妨。"说道，"他本系新娶的娘子，尚未满月，忽于前日半夜里，闻听'哎哟'一声，他连忙就问，不见动静。及点上灯一看，门窗未开，人无踪影。大家寻觅了许久，并不知去向。谁想天明竟在乱草堆上找着了。至今还是着迷是的，常自己弄香，对着青石山乱烧。又自己说，还要作巫治病。你们想，这妖怪如此混闹，这还了得吗？"

众人你言我语，老苍头听罢，说道："你们说的这妖怪虽然搅闹，无非家宅不安罢了，还不至害了人命。似咱宅里，竟被妖精活活的吃了去。"众人听说妖怪吃人，俱都唬了一跳，忙问道："你老人家快说，吃了谁？"苍头道："今日清晨，我因有点闲工夫，煎了一壶浓茶，想给公子送至书房。我自己进去，又怕咱公了见我不悦，无奈去找延寿儿。及找到果园里边，猛抬头一看，见很大一个九尾狐狸，在草坡旁边密树之下，抱着支雪白的小人腿在那里啃呢！登时唬了我一个跟头，及苏醒过来，这狐就不见了。至今延寿儿也不来家用饭，一定这孩子被妖狐吃了。但这狐狸如何跑至宅内呢？我想，咱公子这病也来的蹊跷，清明之时，他曾于坟墓之旁遇一个女子。延寿去折桃花，在树上见他与那女子说了半天话。延寿回来对我一说，彼时我就疑惑那地方离青石山甚近，未免有妖精变化。大约这女子不是正人，况且咱公子从此便不离书院，必是这妖精幻化常来。不然咱公子何故病到如此。这妖见公子精神缺少，再恨延寿常在书院混跑，冲破了机关，一定趁着今早这孩子去摘果子，妖怪就势将他吃了。故此我将众位寻来，一者往四外找找延寿的小衣裳，再者大家想个法儿，或是请个善降妖的将他捉住；或是咱大众将他赶离了书院，免得再伤了公子方好。"

众人听罢，俱忿恨说道："这妖精真是可恶，胆敢青天白日在院里来吃人，这可是要作反。"其中有被妖精搅过的与那胆小的，纵然也是心里恨恼妖精，却无主意。有几个楞头青，便觉无明火起，一齐说道："你老人家不必害怕。我等有个最妙计策，准可拿住妖狐，与延寿报仇，与咱本地除害。"苍头道："你等有何妙法，可将妖精擒住？说说，咱先作个计较。不然，这妖精既能变化，定有神通。你等是些农夫，又不会武艺，又无应手器械，何能与他相持，岂是他的对手？倘若拿不住，得罪了他，闹的更凶了，岂不是自增灾祸。俗语说的好："打不到狐狸惹着一身臊"，这可不是儿戏的。"几个二青头说道："你老不必忒小心，我等将捉狐狸的家伙先说说老管家听。"

我们齐心大奋勇，去找那害物迷人狐狸妖。因村中防贼盗，俱都有枪与刀。这器具，真个妙，农事毕，便演操。杆子多，铁尺饶；流星锤，短链绕；虎头钩，连碾套；还有那一撒手伤人的生铁标。火线枪，最可怕，狐若见，准心焦，不亚似，过山鸟。铁沙子，合火药，全都是，一大包。谁爱拿甚么只管去挑。如不够，莫辞劳，速去找，各处瞧。或木棒，或通条，或拐杖，或铁锹，掏火耙，大铁勺，赶牛鞭，还有那个撑船的篙。我等若凑齐备了，管保精灵无处逃。

"老管家想想，有了这些兵器，你老人家率领上我们，将书院先围个水泄不通。他既迷着咱公子，一定还来书室。那时，暗隐在窗棂之外看着。他如若是人，说话行事自然与妖怪不同。候等他来，老管家只消说几句廉耻话，他一害羞，自然就不来了。若看出是妖精，你老咳嗽一声，我等便一齐下手，将他捉拿。但只一件，你老人家可先对公子说了。不然，他现时病着，倘惊动了岂不见罪？那时我等岂不劳而无功？"

苍头听罢，说道："众位只管竭力擒妖，自有我承当，总不要紧。"于是这些笨汉凑了有二三十个，手执器械一齐说道："你老人家领着我们先到果园，看看何处可以埋伏，就势好找延寿儿衣服。"言罢，有几个性急的便要动身。其中有个多嘴的长工说："你们不用忙，咱们虽有了家伙，老管家还空着手呢。再与他老人家找一件东西拿着方精。"众佃户道："你不用乱谈，咱们年轻力壮的，足可与妖精鏖战。何用老管家动手呢？"那长工说道："我不是叫他老人家擒妖，为的是此刻拿个拐杖，倘咱打了败仗，老管家好跟着跑的快些。不然，走在末后，被妖害了，岂不又是一条人命？"众佃户说："未曾见阵，你先出此不利之言，按律应该推出斩首。"苍头不等他再说，连忙阻住道："你们不可乱说闲话，速跟着我到果园里去罢。"

你看乱哄哄的，你言我语，一直来到鲜血痕迹之处。内中一个佃户道："你们且莫吵嚷，不要惊走了妖怪。须要依我们的计策，听老管家分派。"只听一个长工说道：

"何用等着分派。我先装上鸟枪，点着火线，候着打他。"又有一个长工说："我先拿这单刀，在宽敞处砍个架子，叫妖精瞧见害怕。"那个说："我这扎杆子，善能打野兽。将后手一摆，前手一抖，杆子尖滴溜一转，管教妖精躲不及。"众长工俱要卖弄，老苍头说："你们同我擒妖，也宜养精蓄锐才是。作甚么未见妖怪说这些用不着的话？依我说，咱这果园虽不甚大，四围也有二三里远近，又兼树木森森，焉能看得周到？莫如大众四散分头去察。如若谁见了妖怪，咱这墙下设着一面号锣，将这铜锣响起来，大众便聚一处，并力捕妖，岂不为妙。"众佃户道："还是老管家有见识，说出话来，都有道理，咱们须依令而行。"言罢，一齐散在果木园内，将那邃密隐僻之地，各去搜索了一回，谁也没见妖精的下落。

众人复又聚在一处，对苍头道："你老人家莫非看错了不成？我等找了遍地，也无妖怪的影响。"苍头道："岂有此理。你们不信，现今这里有对证。适才进来，我因不理你，这极惨，所以先同你们找妖怪。尔等既恐我看错了，何妨齐去一看，以验虚实。"于是，老苍头引着众人一齐奔那妖狐吃剩的残骨之处。

走至土坡之下，老苍头一见，不禁放声大哭，说："我的儿呀，你死的好苦也！痛杀我也！"一面哭一面说道："众位可见着这尸骨了？不是我那糊涂孩子是谁？"众佃户也上前看了一回，齐声说道："此事真来的奇异。"内里有宽慰苍头的道："你老人家先不要如此悲啼，据我瞧，此处虽有妖精吃人，未必准是延寿儿。若准是他被害，定有小衣裳撇在这里。咱们大众何妨先去找着衣掌，再定真假。"言罢，早有几个年轻的飞也似的各处查看去了。找了一会，并未见着。

众人正在纳闷，忽有一个长工跑到土坡高处，向四外一望，偶然见那密林柳树上，模模糊糊的似有物件在上挂着。连忙走到近前，爬上树一瞧，果是衣服。即使用手拿下来，到众人之前，连叫带嚷的说道："真是，了不的，果然延寿儿叫狐狸吃了！你们众位来瞧瞧，这不是他的衣裳？方才我由柳树上拿下来的。"众人近前看罢，说道："这事果然是真了。幸尔眼快，找着这衣服。不然，到底还是疑信相半。"

此时，老苍头看了实物，不免见物思人，复又对众哭道："老汉虽是无德，皇天本佑，何必使我断后绝嗣？"言罢，仍是悲哀不止。众佃户等急相解劝，说道："延寿儿既被妖害，论理你老人家固然心疼。无奈死者不能复生，儿女也是强求不来的。你今偌大年纪，倘若哭的有个好歹，岂不更有许多不便。劝你老人家，先办理正事要紧。凶手既是妖怪，大约清官也无法究治。故此也不必呈报请验，惟先将白骨、血迹撮捡起来，买

口棺木装好。这果园里都是净土，就在西北角上按乾向掘个坑将就埋了，然后再想主意，捉拿妖狐报仇，岂不为妙。"

苍头听罢，便擦干了眼泪说："承众位劝解，是怕我为延寿儿哭坏身体。但不知我并非只为延寿儿被妖吃了伤心，所为的咱公子虽然自幼聪明，到底不甚老练。如今病到这等地位，尚不肯自言得病之由。若说是奋志读书劳累如此，断不能面带邪气，羞吐真情。看来明是被妖所迷。我恐公子再要牵缠不悟，未免将来定有不祥。延寿儿既死，尚是小事，倘若公子再有差错，九泉之下怎对故主老爷之面？今蒙众位良言相劝，只可将延寿儿残骨、衣裳埋了，然后破着我这把老骨，咱们再商议除妖报仇。"于是，众人抬棺材的，刨坑的，登时将延寿儿掩埋已毕。

不知老苍头如何商量去捉妖怪，且听下回分解。

第七回 痴公子怒叱苍头
众庄丁定计擒妖

诗曰：

流水姻缘不久长，长忧独卧象牙床。

床空梦醒推鸳枕，枕冷魂消月满窗。

窗外妖狐来窃盗，盗他真宝是元阳。

阳衰阴盛实堪恨，恨把书房作病房。

话说老苍头亲眼看见将延寿儿掩埋已毕，不免又悲痛了一回，对众说道："如今亡的亡，病的病，皆由被妖之害。我与妖精势不两立！求众位仍然帮我商酌，如何办理方妥？"众佃户说道："你老不必着急，咱们今晚大家先捉他一次，如若得胜，那就不必说了。倘若不济，咱这里有一个手段最高的，提起来谁都知道，他原本是个老道打扮，善能画符降妖。现在住居迎喜观内，真似活神仙是的。那时将他请来，准保妖精可除，公子之病也可痊愈。"苍头听罢，说道："这主意却很好。咱们先到前边司事房歇息歇息，吃了晚饭再来书院巡察。"

于是大众出了果园，苍头说："方才延寿儿之事，多蒙众位扶持鼎力。本该治酒酬劳，但因公子之病，不能得暇。俟过日定行补情致谢。"众佃户道："老管家何必如此说。这些事俱是我等应该效力的，何谢之有？"苍头道："公子伤了真元，恐其命在旦夕。今晚咱将书院围裹，倘若拿住妖怪，那就不用说了。若是拿不住，你们说的迎喜观最善捉妖治病的是怎么个称呼？说给我，等明日好找去。"众人道："这方都称他为王半仙。你老若是找他时，他那观外摆着摊子，到那里一探听就可知道了。但这些事你老也须禀明公子，然后竭诚办去方好。"苍头道："众位说的也是。你们先去用饭，候着我去通禀，回来再作道理。"

孤狸缘全传

三三九

说罢，一直来到书斋，掀帘而入。见公子昏昏沉沉，在床上仍是合衣而睡。老苍头猛然一看更觉不堪，真是面如金纸。不禁点头暗叹，一阵心酸，早落下泪来，暗叫："老天那，老天！我上辈主人世代积善，轮到我这幼主，怎么叫他逢这样异灾，病至无可救处。"

老苍头正自默想，忽然见公子似梦里南柯一般，两眼朦胧着，扎挣起身形，东倒西歪的走了几步，用手拉着苍头，含笑说道："小姐这等用心，叫小生"，"叫小生"三字将已出口，老苍头便道："公子，是老奴进来了。那里有小姐敢入书房之理？"周公子这才将眼一睁，方知错误，自悔失言。欲要遮饰，又改不过口来，不觉满脸羞怒，遂拿出那阿公子的气派，发出那娇生惯养的性情，一回身，就赌气坐在椅上，瞪着两眼大声说道："我告诉过你没有？我在这里浓睡，你也可不必进来。你偏赶到此时进来扰乱。你还眼泪汪汪，不知你是怎么个心意，难道说你哭，这病便哭好了么！你不想，我此刻身体不比平日，往往胡言乱语，梦魂不定，再加你常来惊吓，我这病可也就快了。从此你倒少要进我书房，我还安静些。"这周公子梦寐之间，错把苍头当作小姐拉扯，醒悟过来自觉羞愧，故此先给苍头一个雷头风，拿话将苍头压回去，使他不能开口，就可将这错儿掩过去，免的苍头拿话戳他的心病。

谁知那苍头为主之心棒打不回，见公子这等发怒，并不理论，仍是和颜悦色的说道："老奴前来，有话回禀公子。适才因众长工、佃户至果园去找妖怪，妖怪却无踪影。那柳树上却挂着延寿儿的衣服，可见这孩子实是被妖精吃了。这也是老奴命该如此。众人已将他埋在果木园了，老奴特来回禀。不意公子把老奴当小姐称呼，想来公子之病，也是被妖迷惑。不然，公子万不至此虚危。如今隐微既露，性命要紧。公子倒不必羞口难开，快将这本末原由说明了，咱这里好派人寻找妖精。再者，有个迎喜观的老道，人称他为王半仙，此人善能调理沉疴，最能驱除妖孽。将他请来调治也可。"

公子听到这里，甚是不悦，心里想着："若依他们的主意，不用说踏罡步斗、念咒画符的搅乱个坐卧不安，就是明灯蜡烛，昼夜的胡闹，胡小姐也自然不能往来。即使不是妖精，也难至此相会。他儿子叫妖精吃了，说我这病也系妖精闹的，岂不是故意的拆散姻缘？莫若我仍然不吐实话，说些凤不信邪的言词，将老厌物止住，免得胡小姐来不了，不放心。"想罢，便面带不悦，手指着苍头说："你在我周家一两辈子的人，难道说你连规矩记不清？从来不准以邪招邪，信妖信鬼的。延寿儿虽说被害，你准知是何畜类吃了？难道说这一定就是妖怪？如今你领着头儿无事生非，你这是瞧着我不懂甚么，故意不与我相一。这何曾是与我治病，竟是与我追命呢。你这么大岁数，甚事没经炼过？为何将那搂局卖当的老道弄来诬骗银钱？我耳朵一软，岂不叫你们闹个翻江搅海。我是不能依你的。"

这老苍头乃是一片实心为公子治病，有妖精也是眼见的实事，况且延寿被害众人皆知，故老苍头好意来回禀，不料公子仍说出些乖谬之言，也不查问延寿被害原由，只说一些不信邪的话遮盖。苍头明知他是护短，但是忠心为主。后又勉强说道："公子既以正大存心，谅有妖邪也不敢侵犯。还是老奴昏聩，失于检点。公子不必着急，待老奴到前边命厨下或是煎点好汤，或是煮点粥饭，公子好些须多用点饮食，这身子也就健壮的快了。"言罢，老苍头抽身向外而去。

剩下公子，自己暗想："适才机关泄漏，大概被他参透。但他劝我，给我治病，却都是人意，惟有他说我是妖怪缠绕，叫人实在可恼。现在明明如花似玉的美人，偏要说他会变妖怪，在果园吃了延寿儿。据我说，似胡小姐这样娇柔，桃腮樱口，别说一个活人叫他吞了，就是那岔眼的东西，他也未必能咽得下去。况且我们二人虽说私自期会，情深义重，犹如结发夫妻。如此多日，丝毫未见似妖精样式。纵然真是妖怪，他见我与他这等恩爱，绝不能瞒这等严密，不对我明言。他又并无害我的形迹，怎么说他一定是妖精呢？今晚他来时，我且用话盘问，果然察出他是妖精来，再与他好离好散，免的耳常听琐碎之话。他们不说见我有病疑心，反说我被妖精缠绕，真乃岂有此理！"自己想罢，仍仰卧在榻上，闭目养神。

且说苍头来到前面，见众人仍复相聚，便对众言道："方才将请王半仙的话对公子禀明，谁知咱公子执迷不醒，将我呵叱了几句，反说我无事生非。我想，众位吃罢饭暂且散去，将这些鸟枪等物先留在此，候晚上咱再聚齐，背着公子布置妥当，仍然努力擒妖怪。"众人道："这话也可。无奈就怕捉不着倒闹大了。又不令请王半仙，将来何以除根？我们倒给你老人家想了个善全的主意：莫若老管家速速托两个媒人，与公子早早定亲。到那时，将公子搬到外边宅里，有了人陪伴，妖精或者也就不敢来了。即使妖精仍然不退，咱公子正在宴尔新婚，娘子若再美貌，公子果然如意，恋着这个新人，也就许将妖精丢开。那时公子心内冷落了他，省悟过来，自然的就叫找人捉他了。况且，公子也大了，也可以结亲了，趁这机会，却倒两全其美。"苍头听罢："你们众位说的虽然不错，无奈其中仍有不妥之处。咱公子偷着私会的必定十分美丽。倘

若定的亲比不上，公子一定怪罪。再者，他们私自期会的，倘若是人，他见另娶了亲，或者恐人笑话，不敢明来搅闹，虽然吃醋，不过在心里。看起来，公子所与的明是妖狐幻化，妇人吃醋尚不容易阻止，何况妖精本就闹的很乱，再加上醋，岂不更闹的凶了。到那时，公子果然明白，还觉易处，倘若他再帮着捣乱，这事岂不更难办了吗！莫若众位仍先散去，到日落之后，在书院四面围绕。见着妖精，咱就动手。你们说好不好？"众人说："候晚间听老管家分拨就是了。"于是众人仍去各人料理各人活计。

苍头自己不禁心中想道：

延寿儿一死，叫人可怕。这宗事，看来把我害杀。思公子，身长大，淫邪事，破身家。所以我若劝他，谁知他反将恶语来把我压。眼睁睁病势大，无故的说胡话，呼小姐，情由差，虚弱的身子竟将我拉。兄也无，弟也寡，眼珠儿，就是他。老爷死，有谁查？入邪途，把正道岔，明明的一块美玉有了瑕。一听我劝的话，使性子把怒发，几乎的将我骂。真赛过当犬马，并不管人的委曲，胡把错抓。我欲想把手撒，大小事全丢下，不当这老管家倒干净无牵挂。就只是难对恩主付托的意嘉。还得把主意打。谅妖精不肯罢。商量个妥当法，今夜里防备下，等着来相亵狎，好令人冒猛出来把怪物拿。

老苍头自己思想了一回，看了看太阳将落，便忙派人将那些庄汉找至宅内。众人俱已来齐，恰到黄昏时候。遂吩咐众长工、佃户说："尔等诸人，今晚须要分作两班。前半夜巡更的，到后半夜睡觉；后半夜巡更的，前半夜先睡。大家都要留心。如若见着妖怪，暗暗俱都唤醒，好聚在一处。"众庄汉个个俱遵调派，一直来到书院，手拿器械，布散了个严密。这正是：

渔翁抛下针和线，专等游鱼暗上钩。

不知众人能伤着玉狐否，且听下回分解。

第八回 妖狐吐丹唬庄汉 书斋媚语探周生

诗曰：

饱食安居乐矣哉，这场春梦几时回。

若还要醒今当醒，莫待藤枯树倒来。

话说玉狐，天交二鼓之时，从洞中驾起妖云，早来至周宅墙外。刚欲落地，忽然向下一看，不免吃了一惊，心中想道："今日怎与往日大不相同？往日灭灯息烛，鸦雀无声。今夜为何明灯亮烛？莫非公子病重不成？"又仔细一瞧，还有许多的人，手把兵刃，来往巡更喝号。妖狐又一转想，心内明白，说："是了，这必是公子听了苍头之话，心内犯疑，派人捉拿于我。但我虽然盗你的元阳，也是同你情投意合。此时你纵然有病，亦系你自己贪欢取乐，大意而为。如今你却生这个主意。唉！周信哪，我把你这无义狂徒，不知死的冤家，你把仙姑看到那里去了？你仙姑的道术，慢说这几个笨汉，就备下千军万马，又何足惧哉！我今本该追了这些人的性命，无奈家奴犯罪，罪坐家主。我且把这等笨汉打发开，再进书斋，看周信这厮以何言答对我。"

妖狐想罢，便运动了丹田，把口一张，吐出那千年修炼的一粒金丹，随风而变，顷刻间大放毫光。此时那些庄汉正围着书院乱转，猛然间见一轮大火球扑将下来，似欲落在宅内，一个个吓的不知怎好，俱都暗说："奇怪！"这才是：

一颗内丹吐出了口，众人看去甚觉蹊跷。炼他时，工夫到，能护身，无价宝。月色浸，日光照，清风吹，仙露泡，这本是狐狸腹内生产的灵苗。炮制他，费材料：龙脑香，灵芝草，牛中黄，犬中宝，虎豹筋，麟凤爪，蝎子须，长虫脚，他用那文武火炼慢慢的熬。押甲子，轮回妙，合天机，通神道，取阴阳，二气调，六十年来才炼一遭。炼成了，红色娇，如米粒，似胡椒，或能大，或能小，应吐纳，任意招，真是血

帖一般有万丈光毫。这便是妖狐作怪的防身物，就把那巡更的庄人吓了个发毛。

且说玉狐吐出内丹，展眼落在书院之内，乱滚乱入。这些庄汉一见，不知是个什么物件，俱吓的魂飞魄散，撇下器械、梆铃，躲的躲，藏的藏，一齐要奔驰四散，来找老苍头诉说此事。玉狐空中一见，不觉心中暗笑，说："这些无用的村夫！看了一粒金丹，便这样心虚害怕，似这等胆子还捉我，岂非胡闹？不免我趁着他们失魂丧魄之际，收回内丹，按落云头，速进书室。"

你看他，仍幻化了艳丽模样，轻轻走进，站在销金帐外，低声问道："相公可曾安寝了么？贵恙可觉见轻些？"周公子闻是胡小姐声音，忙将二目睁开，挣扎着身体，欲要由榻上迎将下来。玉狐忙移莲步，来到榻前，说："公子不必起身。作甚么多此举动？"于是，二人同榻而坐，公子说道："小生并无好处到小姐身上，蒙小姐夜夜驾入敝斋，香肌玉体，不辞劳乏。小生心里实在感激不尽。无奈这几日小生实是人倦神疲，自觉难以支持。有心不令小姐枉费奔波，又恐辜负小姐热心；有意叫小姐在此居住，又怕众人胡言乱道。现在小生懒散不堪，四肢无力，只得与小姐商量，暂且在府上消遣几日，宽限小生，培养精神，调理病症。俟等贱体稍愈，再造尊府致请，不知小姐心意何如？"

玉狐来时，见些庄汉，便疑公子看破了他的行藏，埋伏下人擒他。正想用话探口气，忽听公子又说了这一片言词。这妖狐心里更不自在起来。遂暗自发恨道："周信哪，你的命犹如在仙姑手内攥着一般。我倒因你情重，未肯叫你一时死在我手。如今你倒说出什么宽限不宽限的话来！仙姑眼看九转金丹成在旦夕，原是借你的真阳修我的大道，又可因此两相取乐，我所以悦色和容，常来欢会。你今既听信旁言，致疑于我，就算改变了心肠，背盟薄幸。你既无情，我便无义，到今日欲要逃命，岂非错想？"

且说玉狐听罢公子之言，心里必然暗恨，却也被情欲所缠，惟恐冤了公子，复又转想："莫非派这些村夫不是公子的主意？不然在面上怎么毫无惊慌之色？待我试探试探他，再辨真假。"想罢，故做忧愁之态，假意含悲说道："唉！我的公子，你既身体欠安，奴家心内未免挂念，欲思不来，心又不忍。故此含羞仍来探望。公子若憎奴家烦絮，奴家焉敢不从公子之命速退？但只更深夜黑，寸步难行，公子且容奴在书斋暂宿一宵，俟明晨即便归去。奴家既为弃置之人，无非从此独处深闺，自怨薄命而已。再也不敢自认情痴来瞧公子，收了我这等妄想罢了。"

说罢，故作悲恸，泪如泉涌。公子见胡小姐满面泪痕，哽咽的连话未曾说完，便躺在他怀里啼哭，不免自己又是后悔，又是怜惜。心中想道："似这等娇生女子，大略从来受过逆耳之言。我说了这么两句不要紧的话，他便如此脸热，真乃闺阁中多情之女。老苍头并没见过他，所以妄说他是妖精。看来那有妖精能这样多情？幸亏他不知这里的人都把他当妖怪，倘然要是知道了，不定怎么气恼，闹个寻死觅活哪！"

且说公子听见玉狐说话可怜，躺到他怀内悲啼，不觉情急心乱，忘了低言悄语，强支着带病身躯，一抖精神，大声说道："我的知心小姐，小生若与你有异心，天诛地灭！快莫要错想起来，宽衣歇息，玉体要紧！"公子此刻，想不到说话声高，那知早惊动了被妖丹吓走的庄汉。这些庄汉自从见了那颗内丹，心中惊惧，来见苍头，近前说道："你老人家看见没有？方才有个大火球落至院内，乱转了会子，又踪影不见。我等不知甚么东西，故此唬的我们同来对老管家说。这事真是有些奇异。"老苍头道："你们不必胆小，仍去巡更密察。手拿着兵器，怕甚么？"

正说到这里，有一佃户说："你们听着，公子书房里嚷呢。我听见有了什么小姐，又什么宽衣睡觉呢！"一个长工说道："咱们先别大惊小怪，果然是妖怪，不要惊走了。莫若先将他们后半夜巡更的一齐唤醒，凑齐了兵刃，装上鸟枪，预备妥当，就可一阵成功。"苍头道："尔等且莫高声，须要机密谨慎为妙。待我将众人唤聚一处，好布散在书院之内。"老苍头分拨已毕，长工、佃户便抖威风，欲要前去动手。老苍头说："你们先别妄动，妖精既在书房，暗暗的先去围住。俟东方将白，妖精必走，那时他一出门，大众一同下手，这叫做攻其不备，大略可以成功，妖精插翅也难飞走，又可免的惊动了公子。千万黑夜之间不要声张，不可莽撞。"众人道："老管家说的最妥，我等遵令。既然如此，你老人家先去养神。鸡鸣后，你老人家再来看我们取胜。"言罢，将书房围了个风雨不透。

且说玉狐听见公子发誓明心，知道这些庄汉不是公子的主意所派。故此他料定这些人纵然知他是妖精，因公子有病，绝不敢入书室来动手捉他。所以将假哭止住，仍与公子说恩说爱。此时周公子并不理论外边有人，遂对玉狐说道："小姐从此不必多心，小生绝不能无情无义。因近来实是气促神亏，衰败特甚。小姐纵然辛苦而来，也甚无益，所以欲小姐忍耐几日。岂知小姐不谅我心，竟错会意呢？"玉狐道："奴家并非错想，乃自顾薄命，不禁伤心耳。想奴亦系名门之女，至今异乡而居，门第零落。偶遇公子人才，不觉心中爱慕，因自乖姆教，赧然仰攀，遂成自献之丑。指望终身有倚，白首同欢，岂知公子中道猜疑，奴乃大失所望。公子妙年才美，结亲定有佳人。奴家犹如白圭之玷，难免秋扇不见指也。"玉狐言罢，公子忙与他并倚香肩，说道："小姐且莫伤心，方才小生言过，日后若有遐弃之处，小生有如皎日！小生偶尔失言，望小姐宽恕则个。倘小姐若有好歹，岂非使小生罪上加罪，辜负小姐深情。"

这公子与玉狐互相谈论，被这些庄汉俱已听明，遂交头接耳的说道："这妖精果然在内，你们听听他说的话！咱公子病到这步田地，他还缠魔呢。咱们千万留心候着，天明了，妖人一露身形，咱就用枪打去，必要捉住，除了根。此时任凭他们说去。咱们就在书房以外掩旗息鼓的听着罢。"且说公子也不息灯，也不安寝。妖狐想着公子也真是病体难支，所以心中说道："纵然苦苦的缠他，亦是无益。莫若待至东方将曙，回伊洞府。"这也是公子命未该绝，所以玉狐有怜惜之意。不然，盗取真元之后，妖狐早使他命赴黄泉矣。此时说话之间，已是鸡声乱唱。忽听玉狐又道："公子暂且自保，奴先告辞而去，俟黄昏后，再来问候金安。"

公子自顾不暇，也不便强留，故此玉狐摇摆着往外便走。这些众庄汉已将苍头请至，现在排布的密似网罗。有几个窗外寻风的，听说里边要走，便暗叫众人防范。玉狐将一启门，众庄汉一齐观看，只见妙丽无比的一个女子由书室冉冉而出。老苍头因救主心切，遂吩咐道："众位快放鸟枪，勿使妖精逃走。"众庄汉答应一声，不敢怠慢，举枪便下手。

不知众人伤着玉狐否，且听下回分解。

第九回 老苍头抢枪打妖狐
化天桥欲瞒众庄客

中国禁书文库

狐狸缘全传

诗曰：

　　酒色财气四堵墙，多少迷人在里藏。

　　人能跳出墙儿外，便是长生不老方。

　　话说老苍头听见房门一响，举目留神，见一绝色女子款款的走将出来。苍头到底是有年纪的人，博闻广见耳，早料定世上绝无这等尤物，所以认准是妖精。看罢，便忙招呼众人举枪动手。那知这些庄汉此刻竟你顾我，我看你，犹如木雕泥塑，直了眼，只是看。

　　你道这些庄汉是怎么？其中有个缘故，凡人少所见者，必多所怪。这人只知种田园，勤稼穑，居在穷乡僻壤之区，何曾见过此等风流人物？所以他们一看，心里倒觉纳罕，竟认作俏丽佳人，反怪苍头错疑，倒全不想是妖精幻化的了。又兼玉狐已明白外边有人算计他，早就心内安排妥当。故此，也不同公子睡觉，说了些情话，便不慌不忙的款动金莲，来到房门之外，稳站书院之中，吐莺声说道："你们这些村夫，真来的愚鲁莽撞，无故拦阻我去路，是何道理？我虽与你家公子相会，是你们公子请我来的。你们公子倘若知道，岂不添病？再者，你们刀儿枪儿拿着，若要将我伤着，难道无故将我打死就算了不成？岂不闻杀人者偿命。你们竟听老管家一面之辞，真算不明白。"这妖狐一面说着话，一面用那秋水一般的两个杏眼来往的撩拨人。看看这个长工，又瞧瞧那个佃户，故做许多媚态，轻盈娇怯，招人怜爱，令人动情。这些庄汉本来一见美貌如此，就活了心，又听了这一派话，未免更觉游移不定，竟不敢举枪勾火，反站着看的发起怔来。岂知这正是妖精变动想就的法术，好令人退去雄勇之心，添上惜玉怜香这意。这些长工、佃户不识其假，反想："这个样儿绝不是妖怪。若是妖物见了这些虎臂熊腰的人，刀枪剑戟之器，早就驾云跑了。看来，这分明是个温婉女子。如此娇嫩，慢说用器械降他，就是大大的一口哈气，料也禁不住。这么好模样儿，别怪咱公子留恋不舍，便是石人见着，也不免动心。况且他们两个合在一处，正是郎才女貌。不知咱老管家是何主意，硬说他是妖精。似这樱桃小口，每日三餐，能用多少？一个延寿会被他吞了？常言：'宁拆十座庙宇，不破一人婚姻。'我们虽系无知，也不可欺压这等的弱女。"

此刻，众佃户等被妖狐媚气所迷，同公子一样的偏想。总不想这女子是妖精幻化来的，所以反倒心软，将捉妖之念置之九霄云外，呆呆的只是胡想。这也是他们到底不甚关心，又惟恐惹出错来。惟独老苍头，他乃一心秉正，惟怕公子受害。他见众人听着妖怪说话之后，仍然不肯动手，便急说道："你们是助我捉妖怪来了，还是帮着发怔来了呢？"众佃户等道："妖怪在那里？"苍头道："你们莫非眼花了，是糊涂了呢？妖精在眼前站着，难道看不见么？"众人道："你老真是气颠倒了，这分明是个女子，怎么偏说他是妖精？难为你老人家也说的出口来。"

玉狐见苍头催促众人下手，他趁着众人尚在犯疑，复又放出撒泼样儿，将双眉一蹙，杏眼含嗔，娇声叱道："你们这些凡夫，料也不识得姑娘，以为我是妖怪。我实对你们说罢，吾并非别个，乃九天神女，上界仙姑。因与你家公子有宿世良缘，故此临凡，特来相会。你等若知好歹，早早回避。若仍痴迷不醒，背谬天机，未免于尔等眼下不利。"你看，真是愚民易哄。这些庄汉先认妖精是个世间美女，而今听说这一派话，又真信是天上的神仙，不但一个个面面相觑，反有几个佃户道："我说这位姑娘如此美丽，原来是仙女下界。我常听老年人说过，古来多有神女临凡，甚么张四姐配崔文瑞，云英嫁裴航，又甚么刘晨、阮肇遇天台仙子，这都是对证。大约咱公子也不是凡人，所以感动仙女降下世。咱们要与仙女动手，岂不是自寻其死。"

老苍头瞧着众庄汉似被妖精所惑，急忙大声嚷道："你们别信妖人花言巧语，被他瞒过。只管着枪去打，有祸老汉抵当。"那知众庄汉信定是天上的仙姑，仍是不肯向前。老苍头此时忠心为主，拼着老命，急便从一个长工手内夺过一杆鸟枪，勾上机，将枪头对准，一捏火，向妖精就点着了。只见一股黑烟，如雷响一般打将下去。妖狐一见，不敢怠慢，连忙一晃身形，腾空而起，只听"铛"的一声，墙砖落下半块，并无沾着妖怪分毫。且说玉狐躲过了鸟枪，纵有法术防身，未免也是害怕。于是故意站在云端，用大话诈吓众人道："尔等凡夫，当真要伤仙姑圣驾，岂得能够。仙姑以慈悲

为心，不肯计较你们。若是一怒，叫尔等俱个倾生。到那时才知你仙姑的手段，可就悔之晚矣。"

言罢，将他拿的一条手帕向空一掷，展眼间化现了一座白玉长桥，真是万丈有余，直通天际。众人抬头，看见妖精已摇摇摆摆，站在桥梁之上。这正是妖狐卖弄他的妖术，令人测摸好生疑。

掷手帕，弄玄虚，化座桥，真正细，高悬在，云端里，好仿佛，上天梯，纵有鲁班手段，也难这等急。一磴磴，台阶似，一步步，层次砌，两边排，栏干密。看来是直通银汉，遮住虹霓。一根根，汉白玉，是谁凿，玲珑体？论雕工，是巧技，有铰角，最精异，是神功，非人力。怎么凡人一见不纳罕惊奇？

且说妖狐用幻术变了一玲珑透剔的长桥，便慢慢升天而去。没后化成一股白烟，随风而散。

众庄汉那知这个障眼法儿，怔科科的向空中看着。妖精去的无影无踪，这方回头对苍头说道："你老人家太也不斟酌，如今得罪了神女，一定复生灾害。我们看还怎么办理？"苍头见众人一口同音，又不好与他们分辨惹气，只得问道："你们到底说他是神仙，是妖怪？你们是被他所惑。"众庄汉不待苍头说定，便一齐道："我们看是真正仙女，方才谁没瞧见，从天上现出一座白玉桥，将他接引上了天咧！即今桥也没咧，仙女也走了。咱们也没了事咧。你老说是妖精，你老自己捉去罢咧。我们不敢逆天而行。咱大家散散罢，凭他老人家一个人闹罢。"又一庄汉说道："将这兵器给他老留下，咱们好走。才刚仙女说过，叫咱不必在这里多事。他与公子了罢宿缘，那时自然仍回上界。若咱们说他是妖怪捉拿他，一惹恼了，恐于咱们大有不利。莫若早些躲开，免的遇见了仙女，难保性命。"言罢，各将器具一扔，哄然散去。

老苍头一见，又气又急，想要发作他们几句，又恐法不责众。无奈，将这些物件自己捡起，来至前边司事房内。一面歇息，心里思虑今日这事："妖怪未曾伤着，不定还来。倘若妖精怪恨在心，拿着公子报仇，老汉岂非自增罪过？况这妖精看着颇有神通，不然众人何至被他迷乱至此？若说他不是妖精，焉有神女吃人之理？不但这事可疑，现在公子病的极虚极弱，他不以神术相救，反夜夜来此欢聚，大约神女仙姑所作所为，绝不若是淫乱。"苍头踌躇了多会，又不敢去与公子商议。自己想着，真是有冤无处诉。正在慨叹，忽然想起一事，说"有了，前日他们说的王老道，不知手段果是何如。既然这等有名，大概有些法术。莫若将他请来，看看是何妖物，剪除了这个祸

中国禁书文库

狐狸缘全传

三三九

根，搭救公子之命。"老苍头忠心耿耿，自己拿定了主意，也不令众人知道，也不骑驴备马，拿起拐杖，先到书斋窗外，听了听公子浓睡。也并不回禀一声，独自一人便一直往迎喜观而去。

不知老苍头将王半仙可能请来不能，且听下回分解。

第十回 嵯岈洞众狐定计 老苍头延师治妖

词曰：

犬马犹然恋主，况于列位生人？为奴护救主人身，深识恩情名分。主虐奴，非正道；奴欺主，是伤伦。能为义仆即忠心，何惮筋劳力尽。

话说老苍头自己踽踽凉凉，一直奔了迎喜观，去请王半仙。这话且按下不表。却说玉狐自从躲过了鸟枪，用手帕化了座通天桥，他便悠悠荡荡的似从桥上而去。岂知这乃他的障眼法，叫凡人看着他是上天去了。其实，他是躲避苍头这一鸟枪，暗中逃遁。你说这妖狐避枪，何不就驾云而去？作什么多这一番罗嗦？众位有所不知，其中有个缘故，这妖精先曾说过，是神女降世，又说有些手段的大话吓人。他若因一鸟枪驾云走的无形无影，恐这些人必疑他被鸟枪所伤，说他不是神女。故此假作从容之态，用这幻术，好令人知他有本领，害怕，从此之后，便可由着他现形来往，再没有人敢拿鸟枪打他了。这乃是妖狐的巧计，欲叫人揣测不来的心意。彼时这玉狐由空中收了手帕，连忙回归洞府。

那些群狐望见，一齐迎接。进入内洞，玉狐虽然坐定，尚是气喘吁吁，香汗渍渍。众狐吃惊问道："洞主今日回来，为何面带惊慌之色？去鬓蓬松，神气不定？莫非大道将成，还有甚么阻隔变异之处？"玉狐道："你等猜的不错。只因我吃了那顽儿延寿，微露了些形迹，周家那老奴才犯了猜疑，背着他们公子，聚集了许多笨汉，手持锋刃，巡更防守，意欲将我捉住报仇。昨晚我用金丹吓住他们，方入了书房。进去一看，周公子实病的不堪，因此亦未与他同寝。这些庄汉俱布散在书斋之外，今早出门，指望用一片大话将这些人俱都唬住。谁知众村夫却倒未敢动手，竟被这个老奴才打了一鸟枪。幸尔我眼快身轻，驾云而起。不然险些儿就伤了我的身体。"

众妖听玉狐说罢，一齐野性发作，带怒说道："这老奴才真是可恶，竟敢伤仙姑圣驾！咱们断不可与他干休善罢。"玉狐道："众姊妹，你们还不知道呢，慢说咱不肯干休善罢，我想这老奴才还更不善罢干休呢。前几日我就闻说迎喜观有个王半仙，善能降妖治病。如今我想着行藏既被老奴才看破，他必去请那王半仙前来捉我。"众狐道："我们也听说过这王半仙，他算的了什么！他所仗的无非口巧舌辩，真本领半点皆无，不过哄骗愚人，诓取财物而已。即便他来，这又何足惧哉！"玉面狐道："你们正知其一，不知其二。这个王半仙虽不可怕，只因他的师傅是大罗神仙，非同小可。此人姓吕字洞宾，道号纯阳子。现在仙家里头就是他闹手。时常遨游人世，度化门徒，连他那大徒弟柳树精的道术都不可限量。如今愚妇、顽童，皆知他的名号，莫不尊崇奉敬，最是不好惹的神仙。倘若咱们伤了他徒弟，他就许不依。一动嗔痴，怕咱不是他的劲敌。故此，我神情不定。"众狐听了这一派话，更动了气，道："仙姑何必长他人锐气，灭自己威风。那吕洞宾虽说道术高广，大概也系单丝不线，孤树不林。咱们洞中现有我等许多的大众，齐心努力，何愁他一个纯阳子？就是十个纯阳子亦是稀松之事。况且到那时再不能取胜，将洞主那些结拜姊妹请来帮助，总可以敌得住他。虽说他是什么大罗神仙，要降伏我等料也费难。再者洞主随身尚有无穷法术，岂不可自立旗枪，纵横山洞？俗语说：'宁打金钟一下，不击铲钹三千。'能够将吕洞宾小道术破了，咱们教中谁还敢正眼相睹？"斋

众狐你言我语，激发的玉狐上了骑虎之势，不觉一阵火性，气忿忿的说道："我想，吕洞宾不来便罢，倘若多管闲事，破着我这千年道术，与他们作神仙的拼一拼，也免的他们日后小看咱们。"言罢，便吩咐一个小妖儿将文房四宝取到，写了一个请帖，上边是：

于明日，谨具洁樽，奉请凤、云二位贤妹驾临敝洞，清酌款叙。幸勿见辞为望。并祈携带防身兵刃为妙。

下写"愚姐玉面姑敛衽拜订"。

写毕，令小妖儿相持而去。玉狐复又言道："王半仙大约一请便来。咱们如今既去与他相抗，你等须要听我分拨，遵我号令。"众狐道："谁敢不听洞主之命？"玉狐道："今晚咱先齐进周宅，在书室之外，隐住身形，到那时听着我呼哨一声，你们再一齐现像。一切衣裳、容貌，务要幻化与我相同，叫他们辨不清白，也好捉弄他们。再者，我俟王半仙来到。看他出口言词如何，若是善言相劝，咱便退回，免的惹气；他若要

自逞其能，胡言乱作，咱就一齐下手，各携一根荆条，轻轻把他先打一顿，给他个没脸营生，叫他丢人。那时，再看他如何办理。咱们也再预备防范可也。"

玉狐吩咐已毕，众妖狐一齐连忙整理衣物，安排齐备。堪堪天色将晚，玉狐遂率领众妖，陆续的驾起妖云，一直的奔到太平庄村内，进了周宅，俱都用隐身法遮住原形，藏在幽僻之处，专等画符念咒的王老道。

且说这个王老道，他本是天真烂熳的一个人，因自幼缺爷少娘，连籍贯、年岁，俱都湮没难考。他在迎喜观出家，原系流落至此。其先，本庙长老看他朴实，所以收留下他，叫他也认识几个字。到后来，因庙内有吕祖仙像，香火最盛，每年至吕祖圣诞之期，进香之人蜂拥蚁聚。

有一年吕祖曾降临尘世，欲要度化众生，可惜这些肉眼凡胎，俱看着是个腌脏老道，也有憎恶的，也有不理论的，惟有王老道，他因自己不爱干净，见了别人不干净，他也不嫌，这也是他的缘法。吕祖在庙内游来游去，并无一个可度之人，正要出庙到别处去，可巧与王老道相遇。这王老道一抬头，见也是个道装打扮的，身上虽然褴褛，却是有些仙风道骨。他便走到近前，说："道兄请了！不知道兄在何宝刹修炼？道号怎么称呼？既来到敝观，请到里边坐坐。咱们既是同教，何不用些斋再去？"说罢，便扯着就走。此刻吕祖也不好推辞，便同他来在庙内。此时正是热闹之际，众人见老道扯进个极脏的老道来。众人俱不愿意。这王老道并不管三七二十一，他便将吕祖让到一张桌上，捧过些斋饭，他坐下陪着叫吃。吕祖见他蠢直诚朴，想道："这个老道虽然鄙陋，倒还忠厚。无奈，似这等人，众人必将他看不到眼里。待我叫众人从此之后俱钦敬钦敬他，也不枉他待我这点诚意。"想罢，便故意对着王老道说："你不必费心。斋我是不用，我有一件事与你商量，不知你肯不肯？"王老道说："甚么事？只管说罢。"吕祖道："我看你到与我合式。我打算收你做个徒弟，不知你意下何如？"这也合该王老道有这点造化，他听吕祖一说，乃随便答道："自是你要愿意，我便认你做师傅，也不算甚么。"说罢，迷迷糊糊的跪下来，对吕祖就叩了个头。站起来说道："师傅，我可是拜咧！日后可要管酒喝，若无酒喝，作无这宗罢。"吕祖也不回答他，站起身来说道："徒儿，你爱喝酒，日后足够你喝。我要去了。"言罢，腾空而起。此时，这些众人一齐暗怒吕祖妄自尊大，说王老道无知，怎么年纪差不多，便与他做徒弟？况且知他是何处来的，这等狂野！众人正在不悦，忽又猛一回头，就不见那个老道了。众人问道："老王，你认的那个新师傅呢？"王老道说："我也不知，一转眼就无哩。"众

人说："这事奇怪，莫非妖精来了？"正在疑惑，只见地下有个柬帖，拿起一看，上写诗四句。诗曰：

> 一剑凌空海色秋，玉皇赐宴紫虚楼。
>
> 今朝欲度红尘客，争奈愚人不点头。

旁边又赘一行细字，乃"山石道人偶题"。众人看罢，有悟过来的便吃惊说道："原来真仙下界！咱们可真是有眼无珠，倒叫老王得了这好处。咱们终日对着圣像焚香叩拜，如今亲眼见着，反不能识。真算咱们枉自伶俐，盲人一般。"众人纷纷言讲，王老道尚怔着两眼，问道："你们说的些什么，我怎么得了好处？你们别这么奚落人。"众人道："不是奚落你。适才你拜的那师傅，乃是吕祖大仙。你看看那柬帖上，'山石道人'乃是个岩字，此乃隐语，不是吕仙是谁？这岂不是你得了好处呢。"王老道又一细想，不觉心内明白过来。你看他，忙着跪在地下，复又叩了两个头，说道："早知师傅是大仙，我跟着去学学那点石化成金的法儿好不好？你老人家怎不言语声就走了哪。"众人见了，也有笑他的，也有说："你起来罢，你既有了神仙师傅，还怕甚么。"

这王老道自己也觉得意之甚，不知要怎么荣耀荣显方好。从此众人吵嚷开了，俱说他是吕祖的弟子。借着这个仙气儿，谁还敢小瞧他。他便也这原因弄神弄鬼，说甚么会捉妖，会算卦，会治病。在迎喜观庙门之外，放下一张桌子，挂着个招牌，终日招的那些愚民拥挤不动的争看。有请他的，得了钱回来，便买些酒菜，与那等闲散人去吃喝。这些人也愿意与他来往，常常的来与他趁摊。所以王老道真是生意兴隆。他见众人信服，每逢有人围看，更假装出那真人不露相的样儿来，不是推聋，便是装哑。不然便行哭，就笑，喜怒无常。有《王道赞》可证：

迎喜观终朝人如蚁，为的是齐来要看吕祖的门徒。山门外，大松树，密阴浓，太阳不入，当地下一张桌儿挖单上铺。有蒲团，无蝇拂，这个摊，真厌恶，黑红笔，尖儿秃，破砚台，满尘土，旧签桶，麻线箍，竹签子，不够数，卦盒儿，糊着布，还乱堆着少尾无头几本破书。低白头，闭着目，两眼角，眵么糊，满脖泥，一脸土，哈拉子，流不住，未睡着，假打呼，招苍蝇，脸上扑，更搭着，擀成毡的乱麻交枪连鬓胡。破道袍，补又补，不亚如，撖油布，无扣襻，露着肚，烂丝绦，系不住，披散开，好几股，结疙瘩，一嘟噜，用线串，还拴着半截没嘴的沙酒壶。这便是王道哄人真面目。

惯弄虚头叫人信服。

这王老道装腔作势，为的是哄这些村傻愚民。这些愚民见他作怪，偏就信他。一设上这摊，便里三层外三层的围着争瞧。而且把他喝了酒的醉话，竟认作点化人的法术，便牢牢记在心里。一传十，十传百，哄扬的各处知名，都以王半仙呼之。所以，这王老道一二年的工夫，真是日日足吃足喝。

俗语说，盛极必衰，泰极生否。这日合当王老道晦气星照命，刚设摆上摊子，招了许多的人，王老道睁眼瞅了瞅。尽是闲散游人，知道不能赚钱，便仍将那酒烧透了两只红眼合上装睡，专等那未会过面的生人来了，好卖弄他的生意。可巧此际老苍头已经寻找至此，只见四面围裹的人甚多，于是分开大众，挤到里边。苍头知他是好喝酒的醉老道，便走至近前，用手将王老道一拍，说道："神仙老爷别睡觉了。我们宅里妖精闹的甚凶，快跟我去捉妖罢。"说罢，拉着就要走。

众人见老苍头冒冒失失，也不施礼，便去扯拉，遂一齐说道："你这老头儿，真不通情理，那有聘请真人这样亵慢的。就是本处官宦，也不敢拿大胳膊来硬压派仙家。你瞅着，真人要不怪你。还不快撒手！"那众人正在叫老苍头放手，忽见王老道已睁开醉眼，哼了一声。

也不知说了些甚么话，且听下回再讲。

第十一回 迎喜观王道捉妖
青石山妖狐斗法

词曰：

> 世上痴人如梦，邪言入耳偏听。道人称道是仙翁，便说咒符灵应。
>
> 一旦逢人聘请，假相露出无能。真仙若是惧妖精，岂不可笑可痛。

话说老苍头扯住王老道，被众人说的将要撒手，只见王老道哼了一声，睁开两只红眼大声说道："我这铁板数，从来不差分厘。我早知你这老头儿，定有很大为难之事。所以从清晨就在这里打坐，专等着你到。我算你家要紧之人，被魔魔住，病的危迫。因我王半仙与你们有缘，应该速去搭救。你这老头儿总算请着了。"老苍头说道："神仙老爷言的一点不错。现在小主人实是病的深沉。"

王老道不待苍头将原由说明，他便又用试探法听口气，问道："你家幼主乃是年轻的人，时令症候，绝不至如此。他这病着实在非儿戏，其中有些奇怪。"老苍头道："谁说不是呢？神仙爷既然算就，又与我们有缘，千万勿要推诿。定祈仙驾俯临，拯救小主之命。方才神仙爷说这病奇怪，他怎么会不奇怪呢？自从今年清明扫墓，小主遇见了个绝色女子，及小主回宅，不知那女子怎么也就来到书斋。两人朝欢暮乐，约有半载。所以小主至今骨细如柴，沉疴在体，小女子尚夜夜来会。还有小儿延寿，到后园摘果，无故被一九尾妖狐吃了，可惨可痛，这是我亲眼见的。如今想尽法儿也擒不住他。并且来来去去，人不知，鬼不觉。小主叫他迷的也不醒悟。昨晚我派了几个庄汉，为的是将妖怪阻住，不知他甚时候早已进了书室之内。今早他将出门，我打了他一鸟枪，也并未伤着。他用手帕化了一条通天桥，竟从桥上而去。他还说他是神女仙姑。到底也辨不准是仙是妖。"王老道又接口说道："一定是妖，非捉不可。"苍头道："我也想着，这美女绝非仙女下界。故此特请神仙爷大施法力，将妖怪提住，好救

我家公子。"

王老道见苍头已经信了他的话，又听说是个公子，心里想着："既这等官宦人家来请，何不装出些作派来？"你看他对着苍头说道："我王半仙也不是吹牛夸口，天下妖怪不用说，准能手到便除。他一听见我的法号，大约先就害怕，欲想逃跑。无奈你家幼主被妖缠迷已久，空画几道符，你拿去将妖退了，怕那病人不能骤然见效。莫若我亲身走一次，两宗事就可以俱无妨碍了。然捉妖治病倒不费难，就怕用的东西过多，有些花费，你们舍不得破钞。再者，我给你们将妖擒住，治好病症，咱们也先说个明白，不然，如今人情反覆的多，过了河便拆桥，看完了经就打老道。我实对老头儿说罢，我是叫人家赚怕了。我今先给你开个单儿，你拿回去同你们公子也商量商量，如要真心情愿，我作神仙的人亦不肯难为你，披给你二成账，叫你也彩彩。常言说，一遭生，两遭熟。倘日后你们再闹妖精，再得大病，我也好拉个主顾。那时还重重的补付你呢。今儿这件事，你只管听我嘱咐办去，我也不能过于自抬声价，留点人情，日后也好见面。"苍头道："神仙爷，我们这一次妖精闹的还天翻地覆，那里禁得再有这样缘故？神仙爷千万别这么照顾了。"王半仙道："就让你家这一次除了根，难道说你们本族、邻里、沾亲代故，就准保不生灾病，不闹妖精吗？你举荐我，我拉扯你，咱们两个一把锁，一把钥匙，谁还来敲咱的杠呢。不是说惟独开方、治病、念咒、捉妖，犹如探囊取物一般，他人料也没有这等手段。谁不知我王半仙是天上的徒弟，敢劫我的生意。"

一面说着，将苍头一按说："你坐下，我跑不了。你等着我给你开个捉妖单子，你好忙回去商议。我在这里听候准信。"老苍头听说要叫他先商量去，连忙说道："神仙爷，不必这等取笑。我门宅中之事，同是老奴做主。一切应用的物件，无不全备。神仙爷只管跟着我去，你老怎么吩咐怎么是。只要治好我的主人，除去妖精怪，情愿千金相谢。我们绝不敢辜负大德，好了疮疤忘了疼痛。日后决不食言。"

王半仙听罢，自己正在盘算，只见旁边有几个那平日给他趁摊贴彩的附耳低言说道："这是咱们这一方的头个财主周宅老管事的。收了摊跟了他去罢。"王道得了主意，望着这些给他贴彩的说："有劳列位，把我的摊子代我收了。贫道好去捉妖救命。"言毕起身，付着与他看，朝这些无考究的人作了半截揖，跟着苍头便走。

顷刻来到周宅，让进大门。王道故意揉了揉他的红眼，向四下一瞅，便嚷说道："厉害！厉害！满院妖气甚重。幸你有些见识，特去请我。若再耽搁几天，必定大祸临

门。"苍头闻听，说："神仙既然看破，先到书房看看我主人之病。"王道摇头说道："你且慢着，你等我把妖怪根基寻找寻找。"说罢，便东瞅西看，满院里摇摆了半天，说："你快找洁净屋子两间，我好请神退妖。"苍头说："我们厅房宽敞，神仙爷同我看看。"王道说："这也罢了。"二人入了厅房，这王道便坐在上面，假装着打坐养神，心里却打算着动什么法儿想他们的银钱。苍头一边侍立，连咳嗽声也不敢。令小厮捧过茶来，恭恭敬敬的放在桌案之上，一声也不言语，仍暗自倒退出来，在门外站立。

老苍头伺候足有一个时辰，王道才伸了伸懒腰，打了个哈什，拿起茶来漱了漱口。老苍头说："神仙老爷醒了么？"王道便一声断喝说道："你真是肉眼凡夫！你打谅这是困觉呢？这是运出我的元神，遍游天下，去查访妖怪的来历。适才到了峨嵋山，去问我们一家王禅老祖，他说不知。我又至水帘洞内去问孙大圣，他也说没有。我想他三个尚然不知，这必不是人间的妖精。我赶着就忙上了天咧。刚到了南天门，又听说玉皇爷卷帘朝散，众天神已各退回。我又奔了蟠桃宫，这还凑巧，幸亏太白李金星在那桃树底下够不着摘桃儿，馋的流哈拉子哪。这太白金星见了我，羞的满脸通红。我说：'这又何妨？不但你老人家爱作这营生，连东方朔、孙悟空他们还来偷吃哪。'太白金星听我说话和气，忙问我有甚么要紧的事，好代我去办。我赶着将咱们这事说了一遍，太白金星说："原来为这点小事。昨儿我已奏过了，那原是棒槌精作耗。当时玉皇大帝就要派天兵天将下界捉他。因又奏过，说：'这点小妖儿作乱，何必劳动天神，浙江迎喜观有个王半仙，他足可捉妖拿怪。'玉皇大帝允奏。可巧我正去寻找妖精来历，太白金星遂将缘由对我说了，我方回来。如今元神已归了壳。你快去将宅里所有的棒槌都拿到我看，认出他来，好画道符，给他贴上，定有效验。"

苍头听罢，说道"世界上从未听说棒槌成精之理。"王半仙道："你们那里得知，这个棒槌往往妇女使他捶衣裳，好打个花点儿，只顾用双槌打的石头吧儿吧儿乱响，听热闹；猛然将棒槌一扬，碰破了鼻子，流出血来，滴在上头，受了日精月华，他便能成精作耗呢。"苍头道："不必论是何妖怪，惟求神仙爷拿住他就是了。你老快将捉妖用的东西告诉我，好去速速备办。"王半仙道："先取文房四宝过来。"小厮听说，急忙捧到桌上。王半仙举笔便写，先要了许多用不着的物件，然后取过两张黄纸，俱都扯成条儿，胡抹乱画，又闹了有两个时辰方完，对着老苍头说道："这符已经画妥，你拿去从上房贴起，凡所有的房子，一个门上一张。贴完了，管保灵应。"苍头道："你老画的这符，都是甚么字，这等乱糊？"王半仙道："这都是老君秘诵的咒语，五雷八

卦灵符，又经玉皇爷阅过、念过，一句一字都不能错。这才又交给掌教元始天尊。天尊又传与天师张道陵。因张天师同我那神仙师傅相好，常来谈道。那时我还年纪不大，张天师瞅着我长的爱人，遂同我师说道：'你这徒弟甚是灵透，将来必成正果。我有秘授宝藏的神符灵咒，从不传人，今儿看你面上，我传了你这徒弟，也不枉咱们相契一场。'言罢，都教给了我。我师傅令我受罢，叩谢已毕，张天师也就去了。我便一遍一遍，一句一句的通学会了。从此我师傅便叫我到各处遨游，捉妖治病，拯救万民，行功积德。我当时又下了许多死工夫，将这符咒温习熟了，才出来救人疾苦。这是我揭心窝的本领，再不传人的法术。无怪你们凡夫不识这等文字，上边有好些位天神哪。"

苍头道："这等说，灵符有这些来历，妖怪一定可捉成了。"忙伸手接将过来，去到各房门上去帖。凡前边宅内房子俱各贴到。此时天色堪堪已晚，老苍头复又举步，欲奔书房，刚走至书院之内，一抬头，见一个女子立在书斋门口。仔细一看，竟是那用鸟枪打的那个仙姑。老苍头不见犹可，一见了这女子，唬的连忙向回里而走。

不知老苍头如何告诉王半仙，且听下回分解。

第十二回　半仙周府粘符箓
众狐荆抽王道人

词曰：

> 狐媚群兴作耗，道人得便忙逃。山川满目路迢遥，仙境伊谁能到。
>
> 无计仍归道院，欲将众友相邀。撞钟击鼓又吹箫，反使妖魔见笑。

话说那玉面狐，自从将众妖安置在僻静之处，他却于周宅用隐身法等候王半仙。等至夕阳将落，老苍头已同王半仙进入大门。玉狐一见，即知道他并无真正法术。遂又跟在他身后，听他说些甚么。只见王半仙胡诌乱画，闹了许多时候，玉狐尽都看在心里。末后，王半仙叫行心院里门上贴符，玉狐即暗来对众狐如此这般说了一遍，复令众狐每一房门站立一个。玉狐却在书斋门外而站，等着王半仙来了好一同下手。这话按下不表。

且说老苍头在别的房门去贴符，未见有妖怪动静，心内念佛，以为这符定有些灵验。及至来到书院门上去贴，猛一抬头，见那被枪打的仙姑在那里站着呢。这苍头一看，吓的心悸身战，即忙复回，跑到王半仙面前，喘气说道："神仙爷，这灵符贴不成了！如何是好？"正说着，忽见先前贴的符，俱一阵风都飘送在王半仙眼前。王半仙连忙问道："你莫非打的面糊不稠，粘贴的不稳吗？你看看，贴上的俱都被风刮下来咧！怨不的你说贴不成咧。"苍头听罢，说道："这事奇异，我方才贴的那几处，粘的甚是结实，怎么就能刮的下来？莫非个个屋内都有了妖怪？"

王半仙道："岂有此理！你再去贴他一回，准保妖精见了便跑。"苍头道："你老别说咧，适才我到书斋，将要拿符去贴，见那女妖在门外站着呢。求神仙爷自己亲手去贴罢。"王半仙道："你这是疑心生暗鬼。那有这等的事，你去贴符，可巧妖精就在那里？"苍头道："我是被妖精唬破了胆咧！这符是你老画的，你老暗念着那咒儿就可以贴上了。我实不敢再去。"王老道此刻亦是骑虎之势，只得仍旧装腔作势的将符要将过来，说道："你这等凡夫真是无用。你瞅着，待我贴去。"言罢，一同苍头往外便走。

及到门槛之外，王半仙向四下里一望，只见这宅内各房门外，俱站着个一样的美貌女子。自己看着，未免心内也是吃惊，想道："这莫非就是妖精？不然贴上的符如何俱都揭将下来？待我不要言语，同这老头子先奔书房，若贴上书房的这张符，回来我就有的说了。"此时老苍头只顾低头前行，并未瞅见这边门外站的女子，遂问王半仙道："我贴的已经刮下，咱是先贴何处呢？"王半仙道："快领着我奔书斋，不要妖怪跑了，再拿就费周折了。"

看官，你知王老道这是怎么个心意？他想着周宅之内绝不能有这许多家眷。即便有这些女子，既为他们家捉妖，岂肯将符揭将下来？他猜度着这些妖精此刻必同离了书斋，至前边宅来搅乱。故此他欲趁这机会先奔书院，就免得遇见妖精了。你看他催着老苍头一齐来至书斋门外，正要叫苍头去刷面糊，他自己去要贴时，忽然从门里袅袅娜娜出来个美人。王半仙看罢，说道："咱们快回避了罢，不要叫妇女冲了我的灵符，你必说我的法术不真。我没对你说过吗？我的符最怕阴人。"

老苍头听说叫回避，猛一抬头，便忙嚷道："神仙爷，不好了，这就是那妖怪！神仙爷快显大法力擒住他，千万不要令他逃跑了！"老苍头甚是着急，只听王半仙说道："你别哄我咧，这分明是你们少奶奶，给你家公子作什么来咧。你叫我拿他当妖怪捉了，你家公子若是知道，不说咱们是玩笑，必说是我调戏有夫之妇。那时，倘若吵嚷起来，不用说我出家人担不起这个名声，还不定得个甚么罪过呢。你真把我瞅傻咧。"

苍头听罢，急的跺脚，说道："神仙爷，别错了主意。这并不是我们少奶奶，这就是缠迷人的妖怪。快些动手罢！"王半仙道："你敢做主么？"苍头道："有了错处，老奴担当。"王半仙道："你既然敢承当，瞅我的罢！"于是，将他那没锋刃的宝剑用手插在背后，又把他戴的那油纸如土似的道冠往上挺了两挺，脑门子上拍了三巴掌，又向东喷了一口气，便直着身子站在书斋门外，口中咕咕哝哝的念诵道："天黄黄，地黄黄，灵符一道吐霞光。二十八宿齐下降，六丁六甲众天罡，快把妖精来擒去，从今后，再不许他们进书房。我奉太上老君命，急如律令敕。"念罢，又要拿符往门框上去贴。

玉面狐便暗用他那细细的一根荆条，轻轻向王半仙手内将那符一挑，往地下一撂。这新刷面糊的黄纸如何不沾了好些沙土？王半仙一见，知是不妥，遂故意嚷道："你看如何？我这符咒极是灵的，凡是妖精一听见我念咒贴符，早躲的无形无影。就是怕逢阴人

中国禁书文库

狐狸缘全传

三三四一

孕妇，一冲了这符便贴不住。我说的话，你一点又不听，只顾拿我取笑儿，把你们带肚儿的少奶奶告诉我是妖精。你瞅瞅，这符贴不上咧。你快叫他们小男妇女的躲开罢。"苍头此刻又是怕，又是急，忙道："我的神仙爷，你老莫错认是取笑儿。他是千真万真的妖怪，我们公子尚未娶亲，那里能有少奶奶？你老只管向着妖精耍戏，可就误了我们小主人的命了。虽说有你老在此，妖精不敢狠闹，也不如快用现成的宝剑将他杀了，除了根。"王半仙道："你也真说的容易。你看看，他长的这等细皮白肉儿，画儿画的这等好看。连我修炼了多少年的道行，心里还觉动火哪，怎好一宝剑将他斩了呢？少不得你们公子叫他闹的成了虚痨。再者，我要将他杀错了，公子不依，谁给偿命？"苍头道："你老杀了，老奴情愿偿命。"王半仙将嘴一撇，说道："这么着，我给你个便宜，你杀了他，我偿命，好不好呢？"苍头着急说道："你老既称神仙，是有法力的。老奴若能杀他，岂肯用千金谢礼奉请有道术的高人呢？你老速用宝剑斩他罢。事后谢仪，毫厘不敢缺少。有了错误，不干你老之事。"

这王半仙有心再推辞，因听着千金礼物，又觉动心。旁边苍头又直逼迫，只得无计奈何，挽了挽破道袍袖，抽出那没刃带锈的剑来，假装怒气冲冲，吹着胡子，鼓着两腮，青筋叠露，咬牙切齿的瞪着两只红眼，嚷道："你们闲人快要躲开，我可要擒妖精咧！这是真杀真砍，别当我是老谣。这剑上可没有眼睛，碰着可不是玩的。"这王半仙一面瞎诈着刺，一面便舞那卷刃不磨的宝剑，去玉狐要动粗鲁。

且说玉狐先前见王半仙这等捣鬼，又是暗笑，又觉暗恨。今又见他要来动手，不免微微的一笑，故意的轻移莲步，往后倒退，慢转柳腰，假做惊慌，说道："你是那里来的野牛鼻子？难道你不知王法？青天白日入人宅院，拿刀弄杖，威吓妇人。大约你要想行凶谋害，讹诈钱财呀！我实对你说罢，你这是困了。你在我跟前，闹这个缘故，岂不是班门弄斧，不知自量？"说着，暗运了丹田一股妖气，照王老道面上一直喷去。王老道觉着难以禁受，"哎哟"了一声，便跌了个倒仰。于是，撂下那宝剑，急忙爬起身来，欲要跑时，却被妖气迷漫，不得能够，遂睁着两个烂红眼，把脑袋往墙上撞，不防备去天灵盖上又碰了个大紫包。自己摸了摸，也不敢嚷疼。无计奈何，只得上前抓着苍头说道："这个黄毛儿丫头真正厉害，你快领着我出去换那锋快的刀去。回来我一定将他剁的煮饽饽馅是的，方出我气。你快找着门，同我走呀！"

说罢，拉着苍头，刚要迈步，此时玉狐那里肯放，只听呼哨了一声，众妖烘然而至，玉狐便吩咐道："这样无知野道实在可恼。众姊妹同来收拾这杂毛儿，别要轻饶恕他，免的他常管闲事，诓骗愚民。"众妖答应一声，齐现了一样的面目形容，打扮的俱是百蝶穿花粉红袍儿，长短、肥瘦一般无二。王半仙一见，唬的就似土块擦屁股，迷了门了，真是：上天找不着路，入地摸不着门，迷离迷糊，站在那里与灯谜一般，贴墙而立，等着挨打。众妖全是满脸怒色，各持一根荆条。玉面狐上前，用手一指，说道："你别装憨咧，你也闹够了，也该我们收拾收拾你咧。"

说罢走过去，便先扯住道袍大领儿。王老道以抵对不敢支持，指望趁势一躺，将妖精撞个跟头，谁知妖精身体灵便，往后一闪，倒把自己摔了个仰八脚子。众妖见他跌倒在地，便去揪胡子的，撕嘴的，捏鼻子的，扯视的，先揉搓了一顿。然后拿起荆棍，一齐向他下半截"刷"、"刷"犹如雨点似的一般乱抽混打。王老道伏在地，四肢朝天，满口里破米糟糠只是乱骂。他见打的不甚很重，愈发不以为事，便放出来那光棍无赖调儿，说道："我把你们这些粉面油头，偷汉子的狐媚子，你们今儿既动了我王老头儿，咱爷们准准的是场官司。先前我看着你们是些女孩儿，嫩皮嫩肉儿，细腰小脚儿，常言说'男不与女斗'，所以我不肯奈何你们。那知你们竟是些臭婆娘淫娃子，大亢的真鸡屎呢。这可真是阴盛阳衰咧。你们生敢成群搭夥玩弄我王半仙。简直的说罢，既要打，可别心虚，绝没有哼哈字。我王老头儿再也不能不是个东西。若不信只管问去。幼年间没有底真，乱儿闯过多哩。爱招事，无人敢比。跌倒了，仍爬起。谁要同我争斗，我便敢与他拼命用刀劈。红通条都不惧，黑鞭子当儿戏，劈柴棍是常挨的，一咬牙便挺过去。不动窝从早晨能骂到日平西。有朋友，就完事，从不会斗经纪。说不了，打官司，衙门口去相抵。真无理，搅出理。四角台上，从来没有受过委屈。到今日，学老实不泼皮，或占卦，或行医，除妖怪，救人迷，迎喜观把身栖。为传名，不需利，我王半仙一生忠厚，倒被你们欺。这掸痒痒的荆条算甚事，指望着有人来劝就算完哩？既打我，咱们已是一场子乱儿事。说不得你们这些臭骨头，直不直？"

且说王老道骂的都是些市俗之话，说的都是些无赖子匪言。众妖一概不懂，只知他是骂人，便又把荆条加上力，抡圆了，没死活只是胡乱抽打。王老道只道先前荆条儿无甚力量，不大理论，所以还能够乱骂。次后觉着有些重势，那两条老腿，便不似起先那样四平八稳在地下放着不动咧，荆棍抽在身上一次，不是蜷回，就是伸去，不是旁闪，就是暗躲，堪堪的擎受不起，意思欲要告饶，又觉难以出口。因抬头瞅了瞅，老苍头一旁站着，离的甚远。只得老着脸说道："你们这些姑娘，难道真把王老头儿打秃了吗？"玉狐听得此话，知他已是禁架不住，遂冷笑说道："你这打不死的杂毛老道，

你不孤立了，你来这里治病，哄人钱财，尚还可恕。你又卖弄会捉妖。你看看这里谁是妖精？如今你既然怕打，暂且饶过你去。倘若仍然不改，再犯到我的手里，我也不费这个事打你，我叫我那些众妹子揪你这老杂毛的胡子。"

玉狐一句一句的数落了他半天，王老道一声也不敢言语。只听玉狐又吩咐道："众姊妹，咱们也将野道打乏了，咱们暂且回去歇息歇息，明日再来理论。"言罢，各将手帕一抖，展眼间俱都不见。

不知王老道如何，且听下回分解。

第十三回 王老道回观邀众友 老苍头书斋搭经台

诗曰：

只为玄门术太低，酿成祸患苦相欺。

顽皮道士遭羞辱，忠义苍头暗惨凄。

宝剑空持无用处，灵符已假便生迷。

群狐大逞妖魔技，须待纯阳到此携。

话说众妖狐闻听洞主吩咐住手，便一齐放下荆条，将各自拿的手帕俱都一抖，借遁光一齐回洞。王老道自觉羞愧，尚不敢抬头，先慢慢的偷眼看了看，一个个俱都不见踪迹，于是放开胆子，复又往四下里仔细一望，方知这些女子已皆去净。此时也不大声儿说话了，一面哼哼着向苍头说道：“今日我可丢了人咧。你也不来劝解一声儿。”

老苍头走至近前，先用手将他搀起，说：“我的道爷，你老还禁的住几荆条。我要将妖精劝恼了，若再打起我来，同你老一样，我可就早见了阎王爷了。快请起来，同我到前边用斋去罢。”王半仙道：“我这嘴脸怎好前去见人？你快将门开放，当个屁放了我罢。”

老苍头听罢，不觉心如刀绞，忙将王老道扯住，说：“如今神仙爷将妖精得罪了，妖精岂肯歇心饶恕我家？我的神仙爷，你老若再去了，谁还能保我们公子之命？今日你老虽然未能降了他们，咱们慢慢的再想主意。常言‘胜败乃是常事’，你老倒不必如此愧怍。回来用斋已毕，奉求你老细细的写一道神疏，至诚向空焚化，哀告上天神圣怜悯老奴的愚衷，把我余生阳寿借与我家公子，我这把朽骨情愿抛残，留下小主人的性命，不灭周氏宗支。你老将此情达告过往神祇，奏与天曹俯垂鉴佑。你老虽体上天好生之德，大发慈悲呢。常言道‘救人一命，胜造七级浮屠’，你老若一撒手而去，不

但周氏断绝香烟，你老见死不救，未免也有过处。况出家人同有善念，你老若从此袖手旁观，我还往何处再能找似你老这等半仙之体去？还求神仙爷竭力搭救我一宅性命罢。"

此际，王老道见苍头凄惨悲声，实在的进退两难。自己心里暗想："妖精大约无别的本领，不过以多为胜。莫若我也多集几个道友，与他们一对一个，就许可以取胜了。"

遂望着苍头说道："你既然这等恳求，我只得仍给你们设法。适才我并不是要走。我想着要掏寻我师傅去，问问他，传授我这些符咒怎么捉妖治病倒不灵，挨打却这么快。倒是教的错了，还是学的差了？我挨顿打倒不要紧，叫人连我师傅的法术都瞅着不高。我若在深山古洞摸着了他，我老爷两个总得嚼会子牙呢。"苍头听说去找他师傅，连忙问道："令师是那位仙长？"王半仙道："你站牢稳了些，要提起我师傅，还唬你一溜跟头哪。"苍头道："是谁这样大名声？"王半仙道："叫甚么，'海里奔'。"苍头没听说过这名儿。王半仙道："不是'海里奔'，莫非是'虎里槟'吧！"苍头道："没有，没有。大概是吕洞宾老祖吧！"王半仙道："是他，是他！我是要试探你认得不认得。你敢则也知道这么一位有字号的好朋友哪。你可老实等着我罢。我找了我师傅来，咱大家夥儿同妖精打场热闹官司，准保万不含乎。我找我师傅可是找去，把妖精可是交给了你咧，要跑了一个，可向你要俩。你放心罢，这一件事全都在我姓王的身上就是咧。"说罢，假装没挨打似的，掸了掸尘土，摔着手一直的便出了周宅后门而去。

一面走，一面低头暗想道："我自身入道院，本来没学过一点法术。可巧今儿晦气，遇着这些恶妖怪，被他们羞辱了一场。早知如此，很不该应允。倘若素日有些功夫，借着纯阳老祖的名声，制服了妖精，不但受周宅千金谢礼，而且还为同道增光，也显自己的名。今反挨了这顿荆棍儿，岂不丢人太甚？这个脸须得想法找回才好。那怕到了观院里，给众道友磕头，也要叫他们帮扶我将妖赶跑了。不然，令外人知道，岂不轻薄于我？这个跟头实在栽的无味。但我到观内不可露受打的样儿，须得这般如此的说去，管保道友必来。"于是慌慌张张，假带满脸怒色，一径入了迎喜观内。

且说这个迎喜观，原是一座老道的长住处。地界宽阔房广多。其中居住的老道，聚集极众，虽无飞升的真仙，却有修炼的道客。此时大众俱在院内讲论道法，只见王老道带怒狼狈而归。大众看着他走至切近，一齐问道："王道友今日出去，生意可好？

为何这等模样回来？"

王老道在路上已经安排妥了主意，今听大众一问，便故意叹气说道："众道友你们猜，周家是怎么宗事？原来竟是些年轻的女子混相窝反。我起初一去，老苍头说妖精闹的甚凶，我便连忙施展法力。那知刚到他们公子书房，便从里面风摆柳似的出来了好几个最美貌的姑娘。我恐是他们的内眷，正要躲开，老苍头说："那就是妖怪，快用宝剑捉罢。"并不是咱们攒细，果然是三头六臂，青脸红发的精灵，那怕咱与他拼了命呢，这都使得。我想几个柔弱女子，怎好与他们相斗？常听人说'男女授受不亲'，咱要与这些小娘们动手动脚，未免叫人瞅薄了。再者又怕染了咱的仙根，故此不肯同他们较量。谁知这周公子竟招的些个会武艺的女孩子，见了我这样年纪，以为可欺，便不知进退起来，暗中给我个冷不防，一齐上前，将我按倒，拿荆条棍倒把我好抽。将我抽急了，将要用宝剑乱砍。他们一展眼睛便都跑了。就象这么白打白散，咱这迎喜观岂不软尽了名头，令人耻笑？所以他们的千金谢礼，我也没要，总得找回这气来。我想我虽衰败无能，我这有法力的师兄弟多着哪。我们一笔写不出两个道字来，他们眼看着我跌了窝脖跟头，再无称愿之理。我回来时，已将这话发了出去。别管怎样，望求众道友有愿去的助我一膀之力，不欲去的帮我个妙计。等着报过这仇来，再与老苍头要谢仪。"

众道听王半仙之话，一齐信以为真，同动了不平之气，一个个发恨说道："咱同是老君门下正派，王道友既然被欺，我等也无光彩。他们别说道教缺少人物，这等任他们放肆。要叫这些女子白期负了，谁还敬咱迎喜观是有名的道院？咱去报仇，也不用与他们对打，等着这几个毛女儿出来，咱大众也不怎样他们，一齐将他们用绳捆上，两人抬一个，全弄在咱这观里来，重重羞辱他们一顿，再将他们放回去，叫他们不好见人。周公子若是知道，也就不要他们了，从此，那病也许好了。咱王道友这脸可就找回来咧。"

有两个年长的道士说道："这么办使不得。这些女子准要是人，仗着道友众多，固可捉的住他们。然要弄在咱道院里来，未免叫人犯疑，说咱们作事不正经。再者，这些女子倘若真是妖精，咱要同他们动手，焉能准保敌得住他们？咱们先问到底的这些女子准是人、准是妖，再作定夺。"王老道听罢，说道："我也辨不很准，要瞅他们一展眼走的那等快，多半是妖精。"众道士说道："若是妖精，更觉可恶咧。他们既然修炼，应该敬重道教。他们见了王道友画符持咒，就当假装惧怕，速行躲避，这才是知时务的妖怪。他们反给道友个没意思，是何道理？如今咱也不必论他是人是妖咧。咱们给他个两全的道儿罢。"王老道听了，忙问："怎个两全的法儿。"众道说："咱们大众俱奔周宅，在他书院令人搭起一坐高台，咱们坐在上面，将《天罡》齐齐整整念七昼夜。这些女子要是人呢，见咱们眼目众多，大约也不敢再进书室；若不是人呢，咱们念的这《天罡》，慢说是妖精，就是得道的仙子也得远离。到那时，没有了别的动静，咱就说仍须大施法力，将妖精与他们剪草除根，好再多受用他们几天。然须先对周宅讲明，每日预备三餐，极要丰盛。你就说，我们俱是请来白帮助的，不图甚么，须得如此。然后，等着咱们回来时，再给王道友叫他们写千两银子的布施。你们说这个道儿好不好呢？"

王老道此刻已将挨荆条的难受撇在度外了，听见众道说的这法儿，又得吃喝，又得财帛，不觉心内暗喜，连忙对大众说道："众位道友既有这等高见，务祈同我走这一次罢。"众道士说道："咱们同是道门枝派，气体相关，不分彼此。王道友只管放心，不必游移，我等一定相帮。事不宜迟，速速到周宅说去罢。"王老道点头，急忙复至周宅。

进了门房，叫人回禀了一声。老苍头闻听，连忙迎接入了客位，问道："神仙爷回来了，可曾请得令师尊下降？"王半仙道："我为你们这事，可大费了力咧。我好容易到了海上仙山之处，找遍了三岛的仙境，末后在蓬莱岛内，方见了我师傅。我还未曾告诉他老人家，我师傅便早知道咧，先叫我坐在个神仙椅上，令仙童给了我一杯仙茶。我师傅对着我说道："徒儿，你原来受了妖精的委屈了。这也是前生造定的因果，该有这场疼痛之灾。本当下凡给你报此仇恨，无奈这几个毛崽子妖精也值不得我身亲临尘界。我今传授你个奇绝法，包管把那些毛妖精唬的他们尿流屁滚，连他姥姥家都认不得了。于是将诀法尽给了我。我忙着磕了个响头。我又想起，这诀法虽然学会，尚不知怎么施展，正想要说：'将用法亦求恩师赐教'，我师又早明白我的心意，乃复行吩咐我道：'你回去，先到周宅派人搭起一座法台，愈高愈好，再叫周宅多备酒肉。你从此可要开荤破戒，将你们观里众道友邀上他十二位，我再赐你一部《天罡经》，连你共十三位，一齐念起。往来念他七昼夜，管把妖精捉净了。'说罢，还叫我'不许索讨钱财。等着完了，只叫周宅主人到观里五道庙前，写五百六十两银子布施。倘或周宅事毕之后负心不给，五道爷自必叫他们受报应，那可不是玩的。徒儿，你可记着。天也不早了，你下山去罢。'我就回来。这都是我师傅嘱咐的话，叫人不可不信。所以我连歇歇腿都没有，就忙找了你来了。"

此时老苍头已是心迷意乱，只得百依百随，忙说道："令师既这等吩咐，岂敢不遵。"便急忙聚集众工人，搭台的搭台，备酒席的备酒席。不好拙比，就仿佛办丧事的一般掉起来。常言说"为人最怕挠头事"，老苍头被妖搅的毫无主见，这王老道之言明明不近情理，他听着竟是实的一样，只求有人捉了妖精，就花费千金也不吝惜。正是所谓'得病乱投医'。

且说众工人将该预备的，件件俱都安排妥当焉，等这些嘴馋的老道好来吃这七天七夜。这王老道见法台搭起，酒席齐整，欣欣然便忙回了迎喜观见众道友，将周宅布置的话，俱都一一说明。众道听了也甚欢喜，以为这好酒席一定吃到嘴里咧。于是，忙差了四个伙工道士，挑着神像、疏表、香烛、供器、法衣、乐器等物，凡应用的，一概全都先送至周宅。随后，王老道领着那十二个道士，拿着踏罡步斗的宝剑一齐来到。又令当伙居道的铺垫在法台上，设摆整齐。

不知众道士如何做作，且听下回分解。

第十四回 群狐大闹撕神像 老祖令召吕真人

词曰：

> 几个雌狐便逞雄，无端作乱弄神通。
>
> 可怜众道难降伏，枉费苍头为主忠。

话说众道齐至周宅，令人在法台设了五个香案，桌儿正当中挂上老君、元始、通天三清神像。案上铺的俱是红毡，圆桌俱是黄缎。摆上炉瓶三式，备下香烛，列上诸天总圣牌位。法台四面悬起三教降世原流画轴，与那六丁、六甲、二十八宿、十二元辰、五雷、四帅、白虎、青龙、天蓬、黑煞、丧门、吊客许多的凶星恶像。又拉上彩绸，挂一百单八对旗幡。所用祭品俱摆在一张洁净桌上。台正中设下一张正印掌教的八宝如意床。床前桌上，放定牒文、敕旨、令牌、宝剑、九环铜铃、三厢手磬、朱笔、黄笺、施食、法水。两旁排开两行桌椅，桌上设放铙、钹、钟、鼓、笙、管、笛、箫。台上左右角儿，也摆两个桌儿，一边放着个黄布包裹，乃是《道德天罡》经卷，一边放着许多应用物件。这放黄包袱的桌旁坐位，是王道查阅众道念的是不是对的坐儿。从来僧道门中，大凡应事的揽头，就是这个坐位，只在上坐着看经，最是个清闲事儿。

且说伙居道士摆毕，这些众道俱大摆的先进了大厅，并不拘泥，一齐就位而坐。老苍头下拜见礼，泡茶饮毕，王半仙便说道："咱们先响响法器，通知通知妖怪。咱大家回来吃了斋，再去念先师的真经。"

说罢，王道先穿了法衣，领着众道冉冉的上了法台，一齐按位坐定，各就所长，将乐器拿起，便吹的吹打的打，犹如念经一样排场。将音乐吹打了几下，王老道便持起铜铃，哗啷声一响，众道一同止住乐器。于是王道宽了法衣，率领众道下了法台，连忙来至大厅，仍然归坐。

老苍头急忙派了厨役，排开桌椅，摆上酒席。众道此时闻着，真是扑鼻喷香，馋的暗暗流涎，恨不能一时到口。正摆齐备，老苍头忙来相让。王半仙道："你不必来让。众道友全是知己，同没讲究，绝不能作客的。"老苍头去后，众道指望任性饱餐，吃个不亦乐乎，那知玉面狐自从将王半仙辱打之后，便归洞去歇息。及至王道叫搭台备酒席之际，玉狐早又派小妖儿巡了风去。所以，众道士响法器时，他早也就率领群狐而来，藏在暗处了。今见众道见了斋这等不堪，实在忍耐不住，便一团火性陡然而起，说道："众姊妹，你们瞧这伙诓嘴吃的杂毛野道真乃不知自羞，令人看着实不可容。"众狐说道："仙姑不要着急。等他们将酒菜吃上两嘴，尝着甜头，咱们再大展法力，闹他个望影而逃。叫这些馋痨道士酒不得饮，菜不得吃，干去难受。"玉狐听罢，说道："这等收拾他们，甚为痛快。"众妖计议已定，各用隐身法遮住身形，等候众道赴席饮酒。

且说众道俱各谦让了半天，方排定坐位，将拿起箸来，夹了菜，喝了两口酒，忽然见一阵旋风，卷土扬沙，刮的天昏地暗。众道士美酒佳肴将到口，一阵风沙起的甚邪：

法台中香烛灭，法器飞，旗幡裂，众神牌全折截。神像儿刮翻元始天尊掌教的老爷。桌椅歪，香案踅，飘朱笔，撕疏牒，箸与杯，满地撒。酒菜中，多尘屑，那饭内泥土更刮了好些。众道士，心胆怕，战兢兢，暗气噎，立不牢，脚趔趄，一个个皱眉登目，似傻如呆。道院饭，粗而劣，早就想，把馋解。这机会，得意惬，为甚么大风刮的这样各别？真是个，活冤孽，眼睁睁，难饱亻亚不亚，一如把命劫。这等摔碎了海碗冰盘，力白矣不。众道正然心痛恨，玉面狐已将神像扯了个尽绝。

且说众妖大展威风，真是刮了个凛烈烈，卷土飞尘，闹的众道有饭难吃，有经难哗。一切供器、法衣、圣像、神牌俱都摔坏，撂在满地，闹了个落花流水。

众妖犹未足性，在法台上闹够了，便又奔了摆酒席之处。只见众道尚在那里瞅着酒菜干生气，那玉面狐又吩咐一声，说道："这些野道未曾吃饱酒饭，众姊妹可将拳脚管饱了他们罢。"于是众妖一齐上前，拧嘴的，揪胡子、扯衣裳的，拳打脚踢，吓的众道东奔西逃，连那茶房与铺垫、伙居道士也有挨挂误打的，故此俱都不敢出头。

老苍头一见众道这等形状，不觉眼含痛泪，忙跪在法台之下，祷告众圣诸神，求公子病痊灾退。这也是忠心所感，义气动天。此时遂感动了上八洞的神仙、掌教的南极寿星老祖。这南极子正在静坐之际，只见一股妖气从下界直冲霄汉。急用慧目一观，早知其意。因想："这些妖狐真乃胆大，怎敢侮弄道门，残毁圣像，妄害人命，采补贪淫，作恶多端，未免可恼可恨。若田妖精这般胡为，不但将来道教令人轻视，而且周信主仆之命谅亦难保。"遂忙叫一声："白鹤童儿何在？"白鹤忙转至老祖面前应道："童儿在此伺候。"老祖吩咐道："你速到庐山之上，诏取纯阳子吕洞宾前来听令。"这才是：

　　白鹤应命把真形现，原来是顶如朱赤，身似雪团，腾空起，入云端，眼慧眼，看人间，叹尘世，特愚顽，利心重，被名缠，岂不知痴心到底也是徒然。总不如，全生命，保真元，超世外，入深山，苦修炼，炼汞铅，功行满，道心坚，祥云绕，瑞气攒，似我这虽非人类还列仙班。玉面狐，错了念，化人身，功非浅，阴阳气，炼成丹，生九尾，数千年，得正果，眼然间。为甚么清明佳节却又思凡？与周信，结姻缘，不勇退，更留连，害人命，罪如山。惊动了，大罗仙，定然是恨把妖魔一刻灭完。工夫废，道行捐，难再去，乐洞天，又不知何日轮回再得转圜。白鹤飞舞空中叹，不多时望见庐山在面前。

　　且说吕祖遨游仙岛，自在逍遥。这日正在庐山闲观山景，忽见白鹤仙童来到。吕祖未待白鹤开言，便知其意，遂言道："仙童至此，大约为妖狐作乱。此事我已知之。我与仙童速行可也。"于是，吕祖随着白鹤仙童，一齐来见寿星老祖。参拜已毕，寿星说道："下界青石山下，群狐作祟。有汝门徒王道，不能降服，反惹的妖狐肆虐，毁坏了圣像、经卷，辱打道教门徒，实系可恼。今遣汝速临尘界，至周宅诛妖馘怪，感醒世人，免致从此道教无人敬重。"

　　纯阳子喏喏连声，便领了寿星老祖法谕，急驾祥云，一直奔了太平庄村内。

　　不知吕祖如何捉拿妖怪，且听下回分解。

第十五回　吕祖金丹救周信
群妖法台见真人

诗曰：

妖魔集众势难当，虽是真人未易降。

仙发慈悲狐逞恶，神凭道理怪凭强。

物如害命多遭劫，罪若通天定受殃。

非是祖师无法力，群阴合聚胜纯阳。

话说众狐见这些无能的老道俱都躲藏，便任意在法台搅乱了个不堪。这话不提，且说纯阳子按落云头，直奔周宅书院。众狐一见大罗神仙来到，不免心中胆怯，忙借遁光回了磋砑古洞。纯阳子上了法台，一见神像、经卷已是践踏残毁，未免在那里心中叹惜。

老苍头忽然见一个道士在台上站定，便忙说道："我的道爷，你快下来罢，妖精刚走了，你怎么又去招惹？"此时王老道因藏在书院墙外柴草垛内，猛然听说妖精已去，便从草堆里连忙钻出，问道："你说甚么哪？"苍头道："你瞅你们那道友，妖精在这里他也不敢上台，妖精将去了也不知，就跑在台上作甚么？"王老道忽抬头一望，不觉哈哈的大笑，说道："老苍头，你快过来磕头罢。这是我师傅来了。"说罢，复又使起他那泼皮性子，破口大骂道："我说你们这些妖崽子跑了哪，原来瞅见我师傅来咧。你们如今倒是回来，咱老爷们到底见个真章儿，较量较量才算。要是这么撕了碎了一跑儿，姓王的不能这么好惹的。非得见个上下不成。"

老苍头见他说的这些话，疯不疯、傻不傻的，忙说道："既令师尊到来，自有擒妖之法，任凭老祖发落便了。"老苍头跪在法台之下，在那里候着。吕祖对着王老道说道："你快躲远些，不必在这里乱嚷。将这些伤了的物件，速派人送至迎喜观去罢，此处一概不用。"于是，王老道忙将这些茶房、伙居道士叫出来，一齐收拾净了，同着众道拜见真人，先回迎喜观去了。

此刻，惟有王老道以为吕祖是他师傅，须在这里伺候，仍然未去。纯阳子见这些器皿送走，遂对苍头说道："山人此来虽然为的降妖，须先救你主人性命要紧。待山人下台，你同着速去观看。"说罢，老苍头引路，一齐来至书房。老苍头将软帘卷起，真是满屋妖气。只见周公子一丝游气，身体枯干，二目紧闭，面色焦黄，悠悠的卧在榻上。凡作仙人的，都是意善心慈，用慧目一看，不由的叹惜说道："年轻的孺子，事务不谙，被妖狐缠的如此，尚不醒悟，未免无知太甚。"

苍头见仙真点头赞叹，以为公子料难救转，不觉泪眼愁眉。吕祖见他忧烦，忙说道："苍头，你不必如此。山人自有妙法搭救。"言罢，便回手取出一个锦袋，擎出一枚仙丹，名为九转还魂丹，递给了苍头，说道："你速用水调化，与你主人灌将下去。"老苍头接到手内，闻得冷森森一阵清香，连忙调好，送到周公子嘴边，拖着灌到腹内。这药真是仙家奥妙，不亚起死回生，登时之间，便回真阳，保住性命。吕祖又对苍头说道："公子之病，已是无碍。再取纸来，给他画道灵符贴在书房门上，日后纵有妖怪，也不敢再来。然从此不可自己胡思乱想，还得静养百日，真体方能复旧还原。"

这周公子自由病深之后，已是命在旦夕，所以王老道捉妖等事，已迷的一概不知。适才因吃了仙丹，腹中邪气散尽，元阳已自保住，虽一时身不自主，心里已明白了许多。今听书室有人说话，便慢慢的睁了睁眼。苍头一见，心中大悦，忙来至公子面前，如此这般，回禀了一遍："如今仙人现在，大约妖怪不敢再至。公子静心保养可也。"周公子听罢，也顾不的歪想，仍然合目而眠。老苍头拨了两名妥当仆人服侍伺候。诸事安排已毕，吕祖仍又吩咐道："苍头，你同山人仍上法台，急令仆人排开坐位，山人好画符，诏取妖狐至此，把这事解合。一者体上天好生之德，再者不伤我道教慈悲之念，三者不碍他万年修炼工夫。"

苍头闻听，忙派人安置停妥，请吕祖又上了法台，预备下朱笔，铺下黄纸。吕祖入了法坐，提笔写道：

纯阳子，谨遵南极仙翁命，为尔妖狐降下方。你等本是披毛类，原许你们恭修把道详。既然得入真门路，便应该遵正去循良。为甚么无故生邪念，因补纯阴去采阳？既然未遇雷击劫，须回洞，改恶于善把身藏。却偏要藕断丝连贪淫欲，恨不能把懵懂书生性命伤。至而今，虽然我门徒得罪你，并未将你怎样伤。尔等毫无忌惮多肆恶，经卷、神牌、残毁实不当。尔等只知利己损人虽得意，岂知是罪大如天自找灭亡。山人此来无别意，写这道解合的牒文尔等细详。若是遵依我教令，山人慈悲尔等不相戕。倘若是痴迷终不悔，山人怒，未免与尔等个恶收场。

吕祖爷书罢牒文，便一声唤道："当方土地何在？"土地连忙应道："小神在此伺候。不知大仙有何法令？"吕祖吩咐道："有一道牒文，尊神可送至青石山下磋矸洞内，传玉面狐前来见我。"土地接了牒文，领命而去。

且说玉面狐率众归入洞府，虽说扎挣不肯害怕，未免总带惊惧之色，坐在内洞，默默无言。别的妖狐见洞主如此，便你言我语商量，说道："仙姑也是几千年得道之体，何论甚么真人不真人呢？既然高兴，残坏了神像、经卷等物，惹下他们，便不怕他们。俗语说'打破了脑袋用扇扇'、'丑媳妇难免见婆婆'、'既作泥鳅，不怕挖眼'，总在洞里藏着，亦是无益。他是真人，也得讲理，莫若出去，看他怎样。他若是以强压弱，咱到底与他见见输赢。难道他是大罗神仙就无短处吗？他当时也行过不正道的事，今日若将咱们赶尽杀绝，他也须得自己想想。"

众狐正在议论纷纷之际，忽听洞外有叫门之声，玉面狐以为吕祖来到，气的脸色焦黄，众妖道："洞主不必生气。吕洞宾今既找上门来欺人，未免不通情理。咱们正是一不作，二不休的时候。洞主想个奈何他的计策，先将他制服，羞辱了他，管保从今以后，道门再不敢轻易临门欺负咱们。即或他不肯干休，再来报仇，大约欲伤咱们也非容易。再者，到那时，料着不能取胜，便想个善全的法儿，躲避了他未迟。"玉面狐听罢，说道："事已至此，就按着这么行便了。"于是，玉狐结束停妥，方令小妖儿开了洞门。此时，土地随着便走将进去，到了洞内，对着妖狐，口称道："仙姑在上，当方土地稽首了。"玉面狐见是本方土地，这方将心放下。

看官，你道土地怎生模样？有赞为证：

见土地稽首哆嗦年衰迈，是一个白发蹀躞老头儿。荷叶巾儿扣顶门，面门儿上起皱纹，白胡须连着鬓儿，搭扣着两道眉儿。奢列着嘴唇儿，满面欢容笑弥嘻儿。躬了腰，控着背儿。上黄袍，是大领儿，香色绦，四头秋火，下腰系白绢裙儿，护膝袜抱着腿儿，登云鞋是圆蝙蝠的前脸，云头在后根儿。手执着过头棍儿，随脚步，能持劲儿，拄着他能歇腿儿，更为是保养路远走的精气神儿。谅土地多大职分儿，不过是管小鬼儿，住的是小庙儿。住家户儿，也尊其位儿，当地下受灰尘儿，头顶着佛爷桌儿。同说他最怕婆儿，就真是他怕婆儿，可总没见他骑过骡儿。土地爷眼望着妖狐说禀事

儿："这是纯阳子亲笔写的牒文儿。"

玉面狐听说有吕祖的一道牒文，连忙令小妖接过，送到面前。玉狐拿在手内，从头至尾看了一遍，又递给众妖互相瞅罢，玉狐对着众妖说道："吕洞宾书写牒文，与咱们前去说合之意，我看并非是要动嗔痴与咱们较量。都是与他徒弟解合，令咱们悔过。这不过给王半仙找找脸罢了。据我想来，这倒很好。趁着周公子未曾丧命，倒不如与他相见，息事罢词，仍自各不相伤，岂不两全其美。"

众妖听罢，俱各摇手说道："不可，不可。洞主岂不闻吕洞宾收柳树精时节，七擒七纵，或硬或软，用无限的机关，方把柳树精制服作门徒。这而今三眼侍者、飞絮真人飘遥海外，放荡天涯，谁不晓得？如今吕洞宾既差土地前来投此牒文，这叫做先礼后兵、调虎离山之计。指望把咱们诓去，先用话语压服。若与他顶撞，再施法术，制服咱们。仙姑断不可信他一束牒文，自己去找耻辱。况牒文上直骂咱们是披毛畜类，并无仙姑暗吃延寿儿一层公案。焉有人命关天之事，牒文上反不提起之理？可见是叶底藏花，虚言相诱。咱不可堕在他术内。"

玉狐听罢，微微笑道："众妹不必多言。洞宾此来，专为经卷、神像一事。他既以礼而来，我也以礼而去。若不分皂白，便去与他相持，未免咱们无礼。等着与他见了面，回来再作区处可也。"言罢，叫小妖儿取过文房四宝，提起笔来，在牒文后面写了八个细字，乃是："即刻便去，当面领教。"书毕，仍将牒文递与土地说："劳动你拿去交与吕纯阳，就说仙姑随后便至。"土地答应一声，接在手内，举步而回。

这些群狐一个个呆呆胆怯，说道："仙姑这事作的未免轻率，千万不要孤身去与吕洞宾会面。想洞主现已修成仙体，岂能受人当面挟制？倘一时言差语错，空身与他斗法，胜不了吕洞宾，这不是负薪投火，自烧其身吗？今既批了牒文，说即刻便去，料难更改。然须商议个万全计策，莫要粗心轻敌方妥。我等想着，洞主若与吕洞宾前去相会，我们大众仍然同走一次，在那里等候。如若是讲合劝解，彼此不伤，作为无事。倘若你们一时反目，我们给他个一哄而上，一齐努力破了他，然后再作定夺。"玉狐被众妖怂恿不过，遂说道："这个主意也是。若有个不测，众妹好一齐帮助。"说罢，玉面狐先换了戎装，众妖打扮的轻衣短袖，更换完毕，齐借遁光，直扑周宅而去。

且说土地自磋矸洞回至法台之上，见了吕祖，呈缴牒文。吕祖接到案上，铺开一看，见牒文后面写着"即刻便去，当面领教"，看罢，不由拈髯微微冷笑，说道："这孽畜真是不知自愧，无理之至。"连忙把牒交掷在一旁，回头对土地说道："有劳尊神往复，且请回位。"土地打了个稽首，归位去讫。吕祖吩咐苍头，将王半仙叫到台上，对众言道："山人不动嗔痴之气，已五百余年。似此妖狐这等狂妄，将字批在牒文之上，定是善者不来，来者不善。未免又要山人动嗔痴了。这也是劫数宜然，料难自免。且待众妖来时，先以好言解释，他们如若执迷不悟，只得再用法术降他们便了。"说罢，又令王老道与苍头："若见妖狐一到，叫他们上法台来见我。"

老苍头与王老道一齐领命，走至门外刚一张望，早见对面来了几个女子。老苍头知是妖怪，却见他们都是月貌花容，天姿国色，改换了戎装，一个个打扮的齐齐整整，真是眉如黛翠，唇似涂朱，眼若秋星，腮含春色，一样装梳美丽，分不出伯仲妍娥。虽然令人瞅着怜爱消魂，淡雅之中却暗藏煞气。故此与人相接，惯能丧命亡身。老苍头看罢，暗说："一个妖精便闹了个翻江搅海，因这王老道，反招出一大群来。也不知这位吕祖师捉得了他们不能？"心中正在暗想，只听王半仙嚷道："妖精同来到了，我先跑罢！不看他们记着仇，再用荆条棍先打我一顿。"

老苍头听他一嚷，忙一抬头，见玉面狐虽然改了戎装，仍是胡小姐模样，花枝招展，已经来在门外。苍头因得罪过他一鸟枪，不免对面一看，也觉心中胆怯。又搭着玉面狐还带着好几个戎装的妖精，怎么能不嗉的害怕？有心要同王老道事先跑了，又怕违了吕祖法令。无奈乍着胆子对妖精说道："吕仙今在法台有请。"众妖见苍头战兢兢的说话，便含笑说道："此来正要会会吕纯阳，你引路领我们前去相见。你就说：'玉面仙姑已至'。"于是，老苍头领着众妖进了大门，转变抹角，来到书院。苍头连忙先到法台之前，说是："回禀祖师，众妖俱到。"吕祖吩咐道："你暂且退后罢。"

只见不多一刻，众妖果然娇模娇样来至法台之下，一个个乱语纷纷。又听玉面狐说道："既然纯阳子以礼相请，众妹等也须遵奉牒文。咱并非惧怕谁，不能不奉元始天尊、太上老君、通天教主、变化三清之义。咱见了洞宾，也要分个次序，这截教、玄门同是一理。"众妖道："我等凭洞主调令便了。"玉面狐率众站在法台之旁，开声叫道："老苍头在那里？你速到台上，就说玉面仙姑在此行礼呢！"老苍头听罢，忙走至吕祖之前，说道："众妖要行礼呢。祖师怎样降他们？"吕祖拈着髯微笑道："你去对他们说去，就说山人在此迎接了。"苍头犹若惊弓之鸟，忙说："小人被妖吓破了胆哩！只为王半仙把小人闹苦了。有话神仙老爷自去说罢，小人肉眼凡夫，再不敢前去与妖说话了。"吕祖道："如此待山人自去便了。"知

不知吕祖见着妖怪何如，且听下回分解。

第十六回 法台上吕祖劝妖狐 半虚空真人斗道法

诗曰：

> 狐媚神能广，神仙法术高。
>
> 欲知谁胜负，邪者自难逃。

话说吕祖大摇大摆，慢慢的走至法台之前，用目观看，只见众妖狐一个个变化打扮的：眉如翠月，肌若凝脂，齿如瓠犀，手似柔荑。脸衬桃花片，鬓堆金凤丝；秋波淡淡妖娆态，春笋纤纤娇媚姿。说甚么汉苑王嫱，说甚么吴宫西施，柳腰微摆鸣金?，莲步轻移动玉肢。月里嫦娥堪比赛，九天仙子亦如斯。戎装巧样藏杀气，无怪凡情为若痴。

此时吕祖来至台前，妖狐也忙抬头而望，只见吕祖爷仙风道骨，儒雅斯文，暗里藏着威严可畏：

戴一顶，九梁巾，绣带垂，掐金线，灿生辉。太极图，居正位，蜀地锦，镶四围，紧扣着那无烦恼的头发，两鬓漆黑。穿一件，赭黄袍，绣立水，八吉祥，藏水内；织金片，龙凤飞，八卦文，阴阳配。这件袍，外道邪魔不敢披。系一条，水火绦，细丝累，蝴蝶钮，鸳鸯穗；真苎麻，绵而翠；淘洗过，天河水；织女编，绕来回，一条线无头尾，仿蛇皮白与黑，为的是，虚拢着无拘束的身儿，不往紧里勒。横担着一口剑号蛾眉，鞘儿窄，藏锋锐，斩妖魔，惊神鬼；在尘凡，还诛尽了丁血斑痕似湘妃泪，又在那老君炉内还炼过几回。足蹬着靴一对，方是头，圆是尾，步青云，绝尘秽，朝玉帝，随班队，赴王母，蟠桃会，不似那化双凫的云鞋任性儿飞。面庞儿也不瘦，也不肥，如古月，有光辉；衬三山，眼与眉，鼻如胆，耳有垂，唇上须，掩着嘴，颏下的长髯墨锭儿黑。八仙中，吕祖虽然不是领袖，较比那七位神仙还时道当为。

吕祖与妖狐彼此看罢，玉面狐已被大仙正气所逼，倒退了几步，方望着台上说道："仙真不必劳动，仍祈请允我等在此伺候便了。"于是吕祖吩咐苍头，叫派人在台下摆上座位，众妖一齐归坐。吕祖也将桌椅令人移在法台之前，方在座位坐定，遂拈须对众妖言道："适发小诏，深幸不违。今山人有几句良言，欲对尔等陈其颠末。不知你等肯听否？"

玉面狐道："既蒙仙真见诏，有甚么吩咐，请说便了。"吕祖道："夫玄门、截教虽非同类，实属一理。太上老君、元始天尊、通天教主，变化三清，本乎一气相传至道。俟后又经历劫数至今。你我之根基虽有人畜之别，你我之功业无毫发之分。莫不本乎人心，合乎天理，以慈悲为修行之正务；以杀害为参悟之戒端。你等素具性灵，久慕人道，礼星拜斗，食露吸风，并非一朝一夕的功夫，脱出皮毛之丑，得化人身之尊。倘能倍加奋勉，何愁身入仙区。乃无故动狂荡之邪心，与周信嘲风弄月；破残害之杀戒，将延寿粉骨碎身；毁天尊之宝卷，撕诸圣之金容。应犯天诛，罪在不赦。山人姑念尔等潜修不易，倘一旦身遭天谴，尽弃前功，深为可惜。故发牒文一道，特诏尔等前来。果能痛改恶愆，尚还不晚。如若心为不然，我山人的道术，谅尔亦所素晓。断不能容留宽恕！"

玉面狐听罢，虽觉无言可答，但听到甚么非类，又甚么脱去皮毛咧，分明是詈他们为畜牲，不觉羞恶之心便难按纳。于是，杏眼含嗔，双蛾紧皱，用手往桌案上一拍，对着吕祖娇音咤叱的说道："吕纯阳你且住口！你说的这些话，未免过觉刻薄。你既用牒文将我等诏来，就应用善言解合。作甚么讲根柢，兜我们的短？扬人之恶，并不隐言。当着我这些同气连枝的众姊妹，竟用这些大言铺派羞辱于我。你想想，这些话叫人听的上听不上？我今日要受了你的这口气，我这玉面仙姑的名儿谁还当个甚么！你未从褒贬我，你也把自己行藏想想，再说别人。你的出身，原是黄门一秀士，赴科场，名落孙山。既读孔孟之书，就不该弃儒入道。大概因着学问浅薄，不敢再奔功名。然既归了道教，应该行些正事，谁知你仍然品行污浊：岳阳楼贪杯滥醉戏牡丹，破了真元，那时你也是犯了天谴，险些儿作不成神仙。幸尔汉钟离给你出了个坏主意，打下了成胎的婴儿，化为乌有，方保住你的性命。难道说你这不是伤害人命，破了杀戒吗？洛阳修桥，观音大士变化美女，在采莲船上歌唱，言'有以金、银、财宝打中者，愿以身归之。'这原是为的蔡状元力孤，工程浩大，故此菩萨设法攒凑财帛，资助鲁班以成功效。你一知道，便陡起邪心，便去把菩萨调戏，以致菩萨一见，飘然遐举。游黄龙寺，你又卖弄法术，无故飞剑去斩黄龙。身列仙班，虽说应该下界度人，但你不是卖墨，便是货药。又用瓦罐贮钱，令凡人看着虽小，到底投之不满。难道你这不是幻术惑人，嗔痴不断吗？你的这生平履历，我看着酒、色、财、气，般般都有。你还是大罗神仙，尚且如此。我虽行的错误，与你并不相干。你说仙姑是邪魔外道，护着你那无用的门徒，你焉知仙姑也不是好惹的呢!"

这妖狐说的一片言词虽属荒唐，亦有毫厘实事，但他将实事说的截头去尾，倒仿佛吕祖真是如此的。岂知吕祖有慧剑三：一断烦恼，二断色欲，三断贪嗔。焉有神仙如吕祖而烦恼、色欲、贪嗔不尽断绝之理？凡玉面狐说的戏牡丹之事，与洛阳桥打采莲船，俱是齐东野人之语，无可考较之言。至于飞剑斩黄龙，更是伪撰妄言，虚无缥缈。不过妖狐觉着对答不来吕祖之话，故杜撰出这等幻异之说，以诬吕祖。那知神仙已是火气消除殆尽，方证无上妙果，再若能有可原谅之处，总是涵养着，不妄动嗔怒之气。所以吕祖听罢这些无影响的话语，仍然不动声色，只是拈髯微笑。暗想："妖狐真是嘴巧、竟敢与我开这一番议论。似此无稽之谈，倒不必与他分辩。我仍把正教、邪教，分析明白，叫他自己斟酌。若能悔过醒悟，就便两免嗔痴。"又对着妖狐说道："玉面狐，你造作谣言，山人也不与你计较。我劝你改过收心，弃邪归正，皆是善意。你果能蠲免了那瓷情纵欲之心，消除了那肆恶逞凶之性，改了截教中之匪气，顺了我存心见性、为善行慈玄门中的道理，自然日后修到了天狐地位。"

这玉面狐听到此处，又不待吕祖说完，便将身站起，说是："好个纯阳子吕洞宾，你倒不必绕着弯儿倚你们是玄门正教，暗讽我们是截教旁门，来拿这话压人。你也不必绕舌，错了念头。你既说仙姑是旁门，索性与你分个胜负，咱们见个高低，看看截教、玄门谁强谁弱便了。"说罢扭项回头说："众妹，你们看这野道实在欺人太甚！咱大众一齐动手，看他有何能为？"

且说这些众狐本是野性不退的妖魔，见吕祖这样说话，早就不怀好意。今听玉面狐吩咐，便齐抖精神，要闹个武不善作。你看一个个紧了紧头上罩的弹花帕，搓拳捋袖，直奔法台。玉面狐更是心中冒火，一纵身形，先来至吕祖法坐之前，踢翻桌案，又往西北上一指，口中念念有词，登时之间起了一阵狂风，尘沙乱滚，烟雾迷漫，满院里乒乒乓乓，真是刮的昏昏黑黑，怒号跳叫，亚似撼天关、摇地轴，指望把真仙眼目迷遮住了，好上前动手。

那知吕祖见妖精如此无理，便一挥手拔出宝剑，按在手中，向乾天一指，叱曰：

"风伯等神，速将此风止息。"那风须臾之间就停住了。这些妖精起了妖风之后，便用遁法腾空，站在云端之上，暗暗的看着吕祖。只见风虽利害，法台并未折倒，吕祖亦仍在那里稳坐。又见他用宝剑一指，风便息了。玉面狐已知破了他的法术，不觉脸上一羞，倍加恼怒，遂大声嚷道："吕洞宾，你敢到空中与仙姑比拼，方算你是仙人领袖。"

吕祖见妖精甚是不知进退，手持锋刃在空中讨战。吕祖一想："这等泼魔，若不与他个利害，终难降伏了事。"于是将身一动，足下便生了几朵金光灿烂的莲花，捧着化身忽忽悠悠，往上而起五彩祥光，来到空中，仍凑合在一处，犹如履平地一般。堪堪离着玉面狐切近，一回手由背上亮出峨眉宝剑，用剑一指，言道："我把你不知死活的畜类，实实可恼。有心将尔等一剑挥为两段，又怕污吾宝剑。"

此时玉面狐见吕祖来至近前亮出宝剑，以为是要厮杀，也听不见吕祖说的话是甚么，便把手中的兵刃迎着吕祖砍来。吕祖连忙用宝剑架住，说道："山人若与尔等动手相拼，大失仙家雅道。"言罢，用手中峨眉剑向着众狐一掷，顷刻间变出无数的峨眉，如剑林一般，将众狐一齐围裹。这些众狐俱恐宝剑伤着，各以兵刃遮架，闹的空中叮当乱响。惟有玉面狐冷笑说道："众妹不必惊恐，此乃凡间剑客之火，不足为奇。待我用术破他便了。"说罢，运动丹田的三昧真火，向四面喷去，飞剑俱不能近，此乃火能克金之故。又连喷了几口，凡变化的众剑，反俱都熔化，只剩了一把峨眉剑的本体，此又是真金不怕火炼之故。

吕祖一见，忙把峨眉剑取在手内，刚要另想别的法术降他，只见玉面狐趁着那野火烧广之势，又把樱桃小口一张，吐出那月下炼成的一粒金丹，随着那三昧真火，一齐喷去，要伤吕祖。这丹乃是妖精炼成的真宝，虽说仙人不惧，也得真的留神。吕祖用慧目一观，只见一片火内裹着有大如明珠一块宝玉，内含着无限光芒，滴溜溜又似风车轮一般回环旋转。吕祖乃唐朝进士，又修成神仙之体，岂有不谙卦理生克之术？知道阴气多，阳气少，阳衰阴盛，惟水乃能克火。但凡间之水恐难敌妖精的真火。想罢，说："有了，我何不将银汉天河之水取来一用？"于是念动真言。仙家法术果然奇妙，展眼之间，半空中波浪滔天，竟把那些狐火妖丹俱都扑灭。

玉面狐见破了他们的丹火，欲想再以法术相较恐怕不能取胜，只得又吩咐道："众妹不必着忙。料这野道也无计奈何咱们。何不将咱的防身法施展出来，再敌这野道？"众狐听罢，各放出腥臊之气，把吕祖围住。凡仙家最怕沾染不正之气，吕祖觉着妖邪

放出恶气，连忙回身躲避。

众狐见吕祖远避，觉着正合其意，遂趁便离了云端，一齐都回了磋砑洞内。吕祖见众妖已去，并不追赶，惟恐邪气冲了身体。忙用天河水沐浴了，然后将水又送回银汉之内，方按落云头。来至周宅法台之上，就便坐下。

不知以后如何，且听下回分解。

第十七回 吕真人净室请天兵
托天王兵临青石山

词曰：

　　却嗔狐媚，特地兴妖作罪。真人虽欲慈悲，妖反不知自悔。违背，违背，神仙也觉无味。无知异类，辜负仙真教诲。天心尚有挽回，妖怪偏不速退。琐碎，琐碎，把天神约会。

　　话说吕祖恐邪气沾身，用天河水净体已毕，仍放还银汉之内。此时众妖已是得便而逃。吕祖按落祥云，落在周宅法台之上。苍头一见，连忙叩头问道："神仙爷在空中与妖精打仗，可将妖精捉净了？"吕祖道："你不必多问，速速去收拾一间洁净房屋，内中放下一桌一椅，再备砚台一块，新笔一支，黄纸一张，净水一盂，杨柳枝数株，长香三炷，素烛一对，一齐预备，送到净室之内听用。"苍头连忙答应，备办俱妥，忙将吕祖引至净室之中，坐在椅上。吕祖复吩咐道："苍头，你可晓谕家下人等，一概不许于窗外喧哗、窃听、偷看，倘若违背，冲撞了天神，可是于自己大无益处。"苍头听罢，忙对众人言明，自去守候公子。

　　这里吕祖闭目定性，约未半刻，便在房内拈香已毕，复又掐诀叠印，念咒画符，又用杨柳枝调钵中净水，遍把尘中俗气挥洒干净，然后在烛前用火将灵符焚化。这一片至诚真心，顷刻感动天上神祇。值日功曹闻着信香之气，不敢怠慢，连忙顺着香气冉冉从空而降，来至吕祖法座之前，拱手躬身而立。你道那值日功曹怎样打扮？有词为证：

　　这尊神躬身站在净室之内，和容悦色，满面堆欢。论起来本不凡，专管查恶与善、忠与奸。每日里，不得闲，尘环中，遨游遍。居此位，忠心正直更有威严。戴一顶累丝冠，珠宝嵌，红真缨微微颤。银盘脸多丰满，眼灿星，鼻悬胆，两撮儿掩口微须在唇上边。穿一件黄金铠套连环，鱼仁之光灿烂宝带紧。挂着剑，左右分；裙两扇，相衬着薄底战靴五彩鲜。启文簿一篇篇，人间事记的全。一件件，每日在天曹启奏一番。

因纯阳祖的信香升上界，请到了值日功曹在香案前。值日功曹立在法座之前，吕祖亦将身站起，说道："无事不敢劳动尊神。今有一道文疏，祈上神投到托塔李天王圣驾之前。"功曹神领命，接过文表，复又回转天庭，将文疏投与天王去了。吕祖见功曹神去后，连忙步出净室，命苍头把香案撤了，打扫法台伺候，待捉住妖怪，好来此审问发落。山人先到青石山去等着天神到来，共围磋䂻古洞。苍头领命去讫。吕祖驾着云头，方离了周宅之内。

且说玉面仙姑自从令众狐齐发腥臊之气，吕祖躲避之时，俱都得便归洞。玉狐来在洞内，自思："今日之事虽然彼此未曾伤碍，大略吕纯阳不肯相容，一定约请天神来此打仗。倘那时，众寡不敌，如何是好？不知小妖儿请的云萝、凤箫二位仙妹为何不来？莫非他们见我所行不正，恐殃及他们身上？然结拜之时曾说过患难扶持。难道此时背盟负约不成？若真如此，世界上凡结拜的兄弟姊妹，全是不关痛痒，有福自享，有祸自挡便了。素日说的甜言蜜语，竟是平安之日为的来往吃喝热闹而已。罢！罢！罢！这些没良心的势力小人。从此我被天神杀了便罢，若是再能有个生发，一定与他们断绝。"

玉狐正在洞内怨恨盼望，忽听小妖儿报道："二位仙姑到了！"玉面狐此时听见来了两个帮手，真是喜从天降一般，慌忙迎接进去，一齐坐定。云萝仙子问道："不知贤姊见招有何吩咐？"玉面狐遂将如何与周公子来往，怒吃延寿，如何辱打王老道，大闹法台，如何得罪吕洞宾，现今他去约请天神，不肯罢休的话，前前后后如此这般说了一遍。云萝听罢，说道："这事据贤姊说来，吕洞宾本来道法颇高，今又邀请天兵天将，大约料难是他们的对手。常言'寡不敌众，弱不敌强'，倘若与他对垒相抗，那时被他擒住，吕洞宾焉肯轻易发放？据愚妹想来，莫若避其锋锐，将众妹等一齐迁在别处。贤姊居在愚妹之洞或凤箫贤妹之洞，痛改前罪。吕洞宾虽知在我们洞内，他晓得仙姊改过自悔，大略不肯再究。等着这事冷淡了，谁还肯再来多管？"凤箫公主亦说道："这主意却很好，倒免的彼此不安。"

此时玉面狐似有允意。这些未修成的众狐仍然野性不退，一齐说道："二位仙姑说的虽然不错，无奈吕洞宾欺人太甚！当面羞辱洞主。我们洞主也是修成的仙体，岂肯白受他野道这口气。常言'他有他的登云法，我有我的入天梯'，我们定与这野道势不两立。”这也是众狐的劫数难逃，所以玉面狐听了这派话，登时火性又复冒起，遂决意说道：“二位仙妹不必相劝。我若一躲避吕洞宾，岂不今天下同类耻笑，丢了我玉面仙姑的声名？求二位仙姑竭平生法术助愚姐一场，与这些毛神见个高低，再作定夺。”

风箫公主、云萝仙子两个听罢，心内虽不乐意，到底同类怜同类。况且既来至此，若不相帮，恐伤了同类义气。故此，觉得不好推辞，只得答道：“诸事听凭仙姊吩咐便了。”言罢，玉面狐连忙说道：“事不宜迟，吕洞宾若将天神请到，必来堵住洞门。咱趁早出去要紧。”于是将那洞内大小群妖以至豺狼獐鹿，俱安排在丛林密树之中，调开队伍，整顿旗枪，专等天兵一到，好去冲锋打仗。这话按下不表。

且说吕祖来至青石山下，远远望见祥云缭绕，瑞霭缤纷，知是天王来到。忙把赭黄袍一抖，两足生云，起在空际迎候。只见天门开处，旌旗招展，托塔天王率领天将天兵，排着队伍，冉冉从天而下。内有六丁、六甲、马、赵、温、刘四面护卫，二郎、哪吒分为左右，十二元辰为后队，二十八宿押阵角。带着天罗地网，各持弓箭刀枪，真是簇簇森森、威威武武。又有一面坐纛大旗拴着豹尾，一齐奔到青石山的境界。

吕祖在云端里看着天神渡过天河，堪堪离得切近，速又复起云头，迎至天王驾前，躬身稽首。天王亦连忙离鞍下马，彼此相见。礼毕，吕祖道：“尘凡下界妖狐作乱，搅扰乾坤，残害民命，毁坏神像，亵辱玄门。贫道因奉南极仙翁法令，动救世之苦心，欲将群妖降伏，致劳天王神威圣驾，故此谨具表文，通诚奉请。”天王道：“下界妖氛甚盛，金星已表奏天庭。玉帝正要诏遣天兵诛馘妖孽，适值监察神值日功曹将上仙牒文捧到。狐媚猖狂，皆由我辈失察之过。适才至玉帝案前请罪，即蒙敕旨，令我等下界擒妖，剿除恶孽，与民除害。请上仙稳坐法坛。降妖乃我等天曹分内之事。”吕祖道：“如此，请天王乘骑便了。”天王道：“便与上仙携手而行，同到青石山界，岂不甚好。”说罢，按落祥云，来在磋硪洞外。

天王于是调开了天将天兵的队伍，先堵挡了妖狐洞门，又吩咐众神在洞外即刻讨战。只见嚷闹了多会，并无妖精的动静。哪吒便走过来回禀天王，说是：“妖精藏在洞内不肯出来，如之奈何？”二郎道：“不如咱先进洞巡察一回，然后绝其巢穴。”哪吒道：“咱就进洞。”二神各持兵器，在洞内周围找了一次，并无妖狐下落。回来将要用火焚洞，忽听密树林中有操演兵刃之声。二郎、哪吒来在高处一望，只见妖精一齐聚在那里排队呢。二郎、哪吒正在看视，有几个小妖也都看见了天神，一齐来至玉面狐近前嚷道：“天兵天将来了，请洞主分拨我等，快出去打仗争战罢。”

玉面狐听罢，正是无可奈何之际，欲罢不能之时，只得出去抗违天命，舍死忘生的与众神交战去了。

不知谁胜谁败，且听下回分解。

第十八回 天兵大战众妖狐
识天机云凤归山

狐狸缘全传

词曰：

　　变化多端，狐媚无羞真不堪。强把神通展，无计外乎天。

　　反惹泼缠，愈增过愆。到头来，雨覆云翻，只落得万年道术一时捐。

　　且说玉面狐凑了些成精的走兽，也是甚么智谋参军，动不动便用计策；也是甚么威武偏将，直不直就要厮杀。巡逻的找了几个快腿的野走狗；作马的寻了些个吃人的饿急狼。兔子摇旗，猴儿开路，一齐乱嚷，各拿防身兵器。簇拥着几个妖狐都是女将打扮，都有千百年的修炼，一个个变化人身，各自有各自的形容，花枝招展，燕语莺声，催领着一群狼虫虎豹，也是旌旗高举，剑戟如林。一团阴气就地乱滚，犹如浓烟密雾，黑漫漫的遮蔽红日，闹嚷嚷的各逞凶威，有如潮涌一般厉害。玉面狐又派云萝、凤箫道："二位仙妹先在旁边掠阵，如若愚姐不能取胜，二位仙妹再相帮扶可也。"凤箫、云萝各自应诺，随在阵后。于是，众狐又相拥玉面狐一齐飞奔对阵。天兵大队摆开阵热，压住阵角。群狐往两边一分，正中显出了玉面狐的容貌。此刻妖狐又是一番模样：直立着两道似蹙非蹙的蛾眉，圆睁一双似水如星的杏眼，包含着一派杀气，铺堆着无限威风。裙下双钩按丁字步儿站住，手中宝剑照八字势儿分开，满面嗔怒，手拿雌雄剑一指，大声叱道："天兵中的领袖，神将内的班头，速去报与李大王、吕洞宾知道，就说玉面仙姑前来讨战。"

　　此时天王与吕祖正在青石山顶之上稳坐，只见众妖乱哄哄的出来讨战，天王便哈哈大笑，说道："这些妖狐如此伎俩，便敢平地起风波，真是无羞无耻，背逆天命，该当万死。狐假虎威，抗拒天将，这等目无法纪，实是死有余辜。待吾神命旗，诏取五雷、四帅，布稠云，展利电，霹雳一声击了，这些众孽畜准保有翅难逃，皮囊化为

灰烬。"

吕祖听罢，连忙摇手，说是："天神休得如此，暂且息怒。这些妖狐虽然抗拒天兵，应该用雷击死。但可怜他万载修行，莫若将他生擒，先审问他一番。他若悔恶向善，便治他个轻罪发落，教他改过自新。他若痴迷不醒，再将他处死不迟。常言'天有好生之德'，求天神体天而行可也。"天王拈髯点首说道："到底上仙慈悲宽恕，度量广大。既然如此，待我令众神兵擒他便了。"说罢，天王将手中宝塔向上一举，塔上第一层金铃响动，乃是诏取丁、甲、元辰的号令，只见六丁、六甲与十二元辰一见金铃摇动，俱都不敢怠慢，迎下山来便要与妖精交战。各物方欲上前抖擞神威，玉面狐见丁、甲、元辰迎将下来，忙传了一声号令说："谁去与这几个天神对敌？"言罢，从背后转过天马狐精与混肷狐精说道："我两个愿去挡这头阵。"玉面狐吩咐道："须要仔细。"二妖说是"晓得"。便跨上异兽，冲出阵来，也不答话，两下里便动起手来。二妖与天神战未五六回合，天神势众，一齐便将两个狐精围裹住了。丁、甲、元辰将要并力擒捉，忽见二妖一齐将嘴张开，运动丹田的阴气，向外乱喷。丁、甲、元辰觉得阴邪之气扑来，俱恐被其所侵，连忙败出阵外躲避了，不敢与妖抵对，抽身归了本位。

两个狐精见天神战败，更加耀武扬威，乱嚷道："有那个毛神再敢出来比拼？"此刻天王在山顶石上坐着观阵，看的真切，不觉心中恼怒，说道："这些泼怪真乃万恶。若这等叫他们容留长智，何时方将他们剿灭得平？"说罢，满脸含嗔，把宝塔高高举起，用力晃了一回，只听十三层宝塔金铃一齐如雷响动。众天神一见，个个惊异，遂率领天兵，两下里分头将妖围住。众妖见天神势众，也破着死命互相乱战。这一阵，真是杀了个天昏地暗。

二郎爷心中大恼，用三尖刀先斩了些獐、狼、豹、鹿，然后冲过阵内，专要将玉面狐生擒活捉。两个并不答话，一齐刀剑并举，各展神通，杀在一处。这一交手，更是历害：

二郎神直用刀砍，玉面狐忙用剑迎。刀砍霜光喷烈火，剑迎锐气起愁云。一个是青石山生成的妖怪，一个是灵霄殿差的天神。那一个逞凶任性欺天律，这一个御害除妖救世心。二神使法身驱雾，狐怪争强地滚尘。两家努力争胜负，恨不能谁将谁来一口吞。

且说二郎神与妖狐大战多时，哪吒同众天神已将群妖首级挥杀了许多，所剩下能变化的众狐唬的魂飞魄散。玉面狐此时也是杀的香汗淋漓，筋骨酸痛，又见众妖伤了甚多，心内一觉恐惧，更是遮架不来。只得吩咐一声，令众妖各运起防身法宝，放了些不正之气，趁便败下阵来，领着众狐逃出重围。小妖死的已是堆积如山，玉面狐看着，不敢恋战，仍复奔了密树林内。

二郎神见玉面狐逃奔丛林密树，仍是不舍，便要追赶。哪吒道："咱们暂且穷寇莫追，待布下天罗地网，再去将他们围绕。不然，此时将他们追急了，可就许逃跑藏起。"二郎道："也是。咱先令丁、甲众神将天罗地网四面密布。"

且说云萝仙子、凤箫公主见玉面狐劝不回头，本心不欲相随打仗。因玉面狐分派了，情面上不好推诿，只得跟着前来掠阵。这两个虽也是与玉面狐同类，然自己颇知纯修苦炼，不肯妄作非为，且能知过去未来之事，若论道行，较玉面狐还高一层，虽也是幻化美女，常出洞游玩，从无迷人害命。今见玉面狐抗拒天神，早料着不能取胜，一定遭擒。所以只管随着阵队，并未曾与天神动手。以后见彼此乱战，云萝仙子早见天神手内持着天罗地网，遂默对凤箫道："玉面仙姊不听良言，恐怕难逃劫数。到那时玉石俱焚，咱两个岂不枉修炼了一场？莫若趁此机会回洞罢。"凤箫公主道："要走，咱便速速起身。不然众天神布上了天罗地网，再要脱离可就难了。"两个商量已定，齐借遁光而去。回至洞内，各自闭洞潜修。以后两个俱修的到了天狐地位。此话按下不表。

且说众天神布妥天罗地网，哪吒道："此时妖狐料必力竭势危。咱布了这四面的罗网，大约一个不能脱逃。趁着此刻他们尚无着落，速去四面围住，与他个卷饼而归。"二郎道："这几个毛狐，何用许多天神动手？待我自己前去，管保手到擒来。"说着，便一直的扑了密树林内。这玉面狐正要率众妖用遁法逃去，忽见二郎爷携着金毛童子、吼天犬、粉翅银雕的神鹰，威风凛凛的去看过来。看官，你道二郎神怎个圣相？有词为证：

二郎爷生来圣像多端正，丰满满的容光亮彩似银。三山帽，朱缨衬，金丝累，珍玉润，扣顶门，压两鬓，双展翅，盘龙滚。起祥光，绕瑞云，天神队，分职品。鹅黄色的飘带在背后分，穿一件淡黄袍紧随身，团龙绣起金鳞；镶领袖回文锦，更衬着百蝶穿花的藕色战裙。系一条丝蛮带缠腰紧，蝴蝶扣穗缤纷，杏黄色似赤金。玉连环夔龙吻，挂宝剑多锋刃，能叫那妖怪邪魔不敢侵。足下蹬战靴新，升云路走天门，随步稳五色分，底儿薄任疾巡，这双靴多行天界不踏世尘。手中擎三尖刀双面刃，双龙缠护口分，斩妖魔临军阵，曾在那水帘洞外大战过猴狲。金毛童是从身，弓是金弹是银，

年纪小正青春，跳蹽蹽架鹰牵犬在后面随跟。

玉面狐看罢清虚妙道二郎神相，不觉的心中惊恐，欲看真魂。

且说二郎爷赶到树林之处，正要着金毛童子放鹰犬捉拿众狐，众狐忽然齐现原形，露出本相，迎近前来，反把二郎爷围住。一个个俱运足阴邪腥臊之气，向二郎神喷吐。二郎神忙睁慧目一看，但见众妖全不似先前娇娆美女之样，俱仍化成奇形异状凶恶的狐身。有几个天马狐，长毛雪白；有几个混肷狐，毛色花斑，金腿挺见，皮毛光亮；乌云豹黑白斑烂；染狸子栽针刺猬一样；烙铁印、倭刀腿、异色酷灰、满地毛团，实在令人难看。二郎神见众妖幻化这等形状，连忙用三尖刀挨次砍去。砍了几个，俱都无骨无血，软微微的竟是些皮毛堆在那里。二郎神心中纳闷，又不知哪是玉面狐的原形。于是令金毛童拽开弓，用银弹子打去。哪知打着了软滑滑的皮毛，反把银弹子碰落。又将铁爪铜嘴喙的神鹰放出去抓时，鹰到跟前，捉住了一个，觉着滑溜溜，无骨无血，虽然掐住，提不起来。鹰又一缓爪，仍然逃跑，反将神鹰羞的飞回来了。金毛童见鹰不能捉拿，复将吼天犬脖卡打开撒去，那知这犬尚未追上众狐，便闻着腥臊气味，并不敢近前，竟又去而复返。

二郎爷虽有神通，无法可使，正在思想主意，哪吒忽从背后转过。二郎一见，忙将适才众狐幻化之相说了一遍。哪吒道："这不算甚奇，这是妖狐用的截教中旁门左道，名曰：'移花接木、抽骨遗囊'。他们运出魂灵，抽去胎骨，专用毫毛皮袋围裹。我等刀砍鹰抓，全伤不着他们的真体。他们用这抽身离魂邪术，无非欲要弃舍了臭皮囊壳，指望得便逃去。从愚见，虽然妖狐这个计策不错，无奈此刻已晚。咱们现撒布了天罗地网，他们也是空用了一番的法术。"二郎道："原来如此。想不到我被这些脱了皮毛、专用虚假的东西难住，空与他们无血骨的皮桶打仗。这些妖精，实在可恼。"说罢，怒发冲冠的道："我非得将他们的尸灵皮斩尽不可。"哪吒道："不必如此着恼，待我将这些毛团一齐葬送了他们的性命。"于是，一伸手从兜肚中一个锦袋里把九龙神火罩取出，托在掌上，口中又将太乙真人传授的六字真言连念了三遍，真是神仙法宝奥妙无穷，那神火罩登时之间骤然向空飞起。

不知这罩落下，众狐可能脱逃不能，且听下回分解。

第十九回　青石山众妖遭焚
玉面狐变蚊脱罩

诗曰：

　　铺地遮天设网罗，妖狐虽媚可如何。

　　二郎变化无穷妙，哪吒神通妙用多。

　　吕祖终须施恻隐，天王欲待斩邪魔。

　　仙姑从此宜深省，日月壶中再炼磨。

　　话说众狐见了二郎神威实可畏，俱都着忙，于是用金蝉脱壳的法儿，脱胎换骨留下皮，欲要乱纷纷的混住二郎，大众得便好将真身暗遁，剩下这毛团皮袋，便可一任残伤。哪知向四面一看，已布下了通天罗网，无法逃遁，未免丧魄惊魂。玉面狐此时觉着难顾众狐，自己思想："何不趁这幻化之际难分难辨，先藏在青石山隐僻之处，歇息歇息再作道理。"想罢，变了一个极微的飞虫，奔往青石山洞后去了。其余这些众狐也想着东窜西遁，无奈天兵已是围绕将来，只得仍在一处相聚。此话按下不表。

　　且说哪吒这九龙神火罩，本是太乙真人炼成的仙家奇宝，因哪吒拜过真人为师，故此将这神罩赐与他。听说这宝物拿在手内，瞅着不足半寸之大，及飞到空中，便有万丈之余。何以见得？有词为证：

　　这神罩，仙家的至宝难窥测。起到空中甚觉神奇，滴溜溜按太极乱转移。遵的是八卦理，炼的是阴阳气，成奇偶，分男女，济与不济，化出了四像才生出两仪。丹炉炼火候齐，论抽添全终始，熔造成不透气，能大小善伸屈，一体有千钧力，虽无翅翼翎毛，能起到空虚。九条龙，盘香势，光不漏，一处集，从上面，至到底，尖是头，圆是尾，按周围，分层次，象一个严丝合缝乱转的螺蛳。火焰飞，金光起，风雷响，闪电急，一层层鱼鳞密，空中响似驱车，就便是金刚体，若被罩住也化为泥。这便是

九龙神罩的真妙用，展眼间，定把群妖俱吓迷。

且说哪吒见众妖聚在一处，忙念咒语，将神罩祭在空中，指望一齐把群妖罩住，再用法力擒捉。谁知睁慧目仔细一看，变化的群狐乱纷纷的，只不见有玉面狐的原形。遂忙起至虚空，又向四面一望，忽见青石山后悬崖之处、石头窿穴有妖气旋绕。看罢，仍落到山坡之下，对众天神道："我知有这天罗地网，妖狐不能远遁。如今这些小妖我已用神火罩在空中将他们罩住。须将九尾狐也诱到此处，一同罩在里面，免的再与他交手。"二郎道："咱须回明了，再去到山上诱他。"哪吒道："我替父王传出号令可也。"于是高声吩咐道："众天神须要各按方向，振起精神，把守这些群狐，勿致散乱窜避。我等要到山崖石穴之中，捉拿九尾妖狐去了。"言罢，身驾祥云，直奔了青石山后，来寻觅九尾妖狐。

且说这玉面狐藏在山窟窿之内，以为众天神闹攘攘的决不理论自己。正想："我虽暗遁出阵来，不知这些众妹已是如何？莫若仍变个飞虫，起在空中看望一回。"想罢，刚要幻化，忽见祥云盖顶，哪吒、二郎堪堪来到面前。妖狐见天神来此搜寻，不觉心中又急又恨。你看他仍变成美女模样，咬牙切齿，用手把雌雄宝剑一分，迎下了山坡，那光景真是要拼命一般。

哪吒见九尾狐下了山坡，忙对二郎道："咱快忙按落云头，我好与他交战，诱他到九龙神火罩下。"说罢，一齐身落平地。玉面狐一见，迎至近前，娇声喝道："毛神休逞威能，欺灭截教。仙姑来也！"说罢，一双玉腕用雌雄剑照着天神竭力砍来。哪吒一见，奋勇当先，骂道："妖狐少要猖獗！看吾神取你的首级。"于是脚下蹬开风火轮，手持火尖枪，看着真是威武无比。怎见得？有词为证：

玉面狐思把天神来抗拒，只见那三太子的威风果是超群。在上界，镇天门，正英年，真斯衬。美丰姿骨格俊，莲花朵化作身，天生就离却游泥不染尘。芙蓉面似银盆，二眸子黑白匀，双眉秀大耳轮，更相衬雪白银牙通红的嘴唇。双丫髻日月分，赤金箍扣顶门，孩儿发黑黑，满脸上常堆着欢悦无有动嗔。荷叶衣双肩衬，水火绦紧束身。系两片水波裙，脚底下大红鞋，登定了风火二轮。火尖枪多锋刃，金刚圈把乾坤镇。混天绫随心运，绣球儿更得劲。真法宝一经施展惯通神。生骨肉本世尊，降魔怪转法轮，灵通广变化真，威声显大将军，玉帝封天师领袖、护驾的亲臣。九龙罩荡浮云，妖魔见冒真魂，若罩住被火焚。这宝物赐给他的原是太乙真人。自幼儿有慧根，移星斗转乾坤，能入海把龙擒，踏盘石吐青云，降了众妖氛，那石矶娘娘的童子还被他殒身。今日里青石山前来交战，定要与玉面仙姑把胜败分。

且说哪吒与玉面狐两个交上手，真是恶战仇敌，难分难解，杀的尘沙滚滚，日月无光。二人且杀且走，玉面狐已来到九龙神火罩下。此时哪吒正想将自身脱开，把罩落下，不料众妖狐看见玉面狐又在那里打仗，便哄的一声，齐都窜将出来助战。众天神先未防备，反被他们冲倒些个天兵。众天神看罢，恐三太子见怪，复又连忙围裹上来，互相乱战。这一次更是厉害，众妖俱破出死命争斗，一个个齐吐妖氛，各放阴气，但见：

冥冥??，比蚩尤迷敌的大雾；昏昏黑黑，例元规活人的飞尘。飞来飞去，却似那汉殿宫中结成的黑块；滚上滚下，又如那泰山崖里吐出的烟云。正是妖狐喷吐阴邪气，千里犹闻臊与腥。

众天神闻着不正之气，俱怕沾染，然又无法可遏。此时吕祖正坐在山石之上，同天王谈笑，忽然也觉闻着腥秽。吕祖便道："这些妖狐又放了腥臊气味。待我用纯阳之气吹散他们的阴气，以止其秽可也。"于是，呼一口仙气吹将出去，便觉腥秽消了许多。

玉面狐见有人破了他们的防身之术，心虚胆怯，恨不能一时将哪吒打败。众狐见他们洞主拼命攻战，也都呐喊踊跃，说道："咱们若要败了，必定死无遗类。须要尽力与这些毛神共决雌雄，千万不可生怯。"玉面狐听罢，更又振起精神，狠命与哪吒抗拒。这场大战，但见又杀的愁云蔽日，杀气漫空，地覆天翻，神愁鬼哭：

神师无边法力，妖精许大神通。一个万仞山中的狐怪舞剑如龙，一个九重天上的太子飞刀似电。一个愤愤威威精神振抖，一个变变化化手段高强。一个呵一口妖气雾涨云迷，一个吹一口仙风天清气爽。一个有狐党狐朋助他耀武，一个有天神天帅助他扬威。一个领狐妹狐姊战真神，恰好似八十万曹兵临赤壁，一个同神兵神将收妖孽，却好似二十八汉将闹昆阳。一个是妖怪中数他作班头，一个是神仙中推他为领袖。一个要为自己争个名声，一个要为生民除却祸害。正是两边齐用力，一样显神机。到头分胜负，毕竟有输赢。

却说玉面狐奋死战住了哪吒，众狐党也俱舍死忘生，混战天兵天将。无奈众狐外势虽然奋力拒捕，终是心中惧怯，不能敌得过众多的天神，被众天神仍然将这些狐党团团裹住。玉面狐此时也被哪吒战的气喘吁吁，披头散发，粉汗淫淫，裙开衣卸。看那光景，已是灰透了贪淫恋爱之心，伤尽了兴妖作怪之性。有心想着夺路逃生，知道

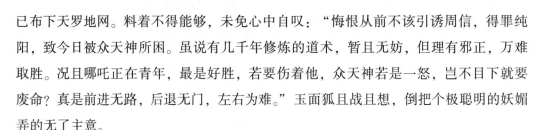

已布下天罗地网。料着不得能够，未免心中自叹："悔恨从前不该引诱周信，得罪纯阳，致今日被众天神所困。虽说有几千年修炼的道术，暂且无妨，但理有邪正，万难取胜。况且哪吒正在青年，最是好胜，若要伤着他，众天神若是一怒，岂不目下就要废命？真是前进无路，后退无门，左右为难。"玉面狐且战且想，倒把个极聪明的妖媚弄的无了主意。

那哪吒的一条火尖枪，原是追魂取命，今见玉面狐双剑松乱，知道他无处逃走，故意的与他来往盘旋，长征耐战，指望叫他无隙腾挪，好用法宝将他罩住，以便擒捉。此时，那神罩在空中如轮乱转，已将所有的妖群狐党尽皆罩在下面。四外是天兵天将围的风雨不透，到底玉面狐修行的年久，根深蒂固，眼快心灵，正在与哪吒招架之际，忽听空中风雷乱响，如连磨驱车。连忙抬头一看，未免吃一大惊，认得这法宝是九龙神火罩，若被罩在底下，顷刻亡身。你看他心急计生，也不顾大小群狐，与哪吒虚砍了两剑，便败下阵来，就势向天神队里一冲，随机应变，变了个小心蚊虫，分开两翅，没命的飞起，逃出神罩的火光之外，落在树梢之上，那里偷眼暗看。

且说哪吒用锐进迟退之法，与玉面狐厮杀多会，见妖狐只有遮架之功，已无还手之力。正想暗念真言，运用法宝，忽然妖精败下阵来，便即不见。心中登时大怒，说道："这些妖狐，真是可恼。不说及早投降，反要化身暗遁。"说罢，连念三遍咒语，催的神罩直往下落，竟把一群狐朋狗友的妖精同罩在里面，片刻工夫，一齐烧死。可怜连根带蔓狐妖辈，罩下须臾被火焚。

不知玉面狐如何下落，且听下回分解。

第二十回 天将妖狐斗变化 神鹰仙犬把妖擒

诗曰：

> 堪叹妖狐枉炼修，虽多变化尚遭囚。
>
> 当时若肯心归正，何至今朝两泪流。

话说玉面狐化了个小小蚊虫，躲在树梢之上，眼瞅着众狐被神火罩俱都罩住，又猛听"哗喇"的一响，这罩落将下去，须臾之间，这些众妖皮囊胎骨俱成灰烬，凑在一堆，随风宛转而散。

玉面狐看罢，惊的魂不附体，眼泪汪汪，失声叹惜："想众姊妹并未惹事生非，都因我遭此再劫，叫我又无法将他们相救。我自己幸变蚊虫，逃出罩外，不然也是顷刻亡身。"玉面狐正在悲叹，忽然被二郎圣目瞅见。二郎爷本有七十二般变化蚊虫，在树上落着，连忙按生制克化之理，一时变化了个蜘蛛，结网欲把蚊虫网住。玉面狐也知是二郎变化赶来，料想难以遁去，将身一幌，又化了个红冠锦翅、长翼飘翎的雉鸡，扇着翅膀，打着鸣儿，直扑蜘蛛，用嘴便。二郎爷也将身形一幌，化了个满银毛、堆金线、嘴尖耳小、利齿灵牙的黄鼠狼，要来咂雉鸡的血脉。妖狐着忙，又化了一条菜花蛇，要缠住黄鼠狼，吃他的脑髓。二郎神与妖狐变化，都按一物降一物的克制。今见玉面狐变化多端，二郎神心内着急，遂化了一个红顶雪毛的白仙鹤，赶上菜花蛇，先用爪踏住头脑，令其缠在腿上，用长嘴要将菜花蛇劚为数段。

玉面狐见二郎变化奇妙，忙一挣撮，仍化现女相，抡动雌雄宝剑，以死相拼，前来决战。二郎神也复了圣相，用三尖刀狠命劈来。战未数合，玉面狐便觉玉腕难抬，抵敌不住。欲想得便逃生，四面八方撒着通天罗网，焉能遁到天地之外？事已至此，若要保全性命，除非仍与天神斗变化，再无别的门路可以延缓时刻。正在踌躇之间，

哪吒也来围住，用火尖枪夹攻。

玉面狐一见，料着一个天神尚难支架，今又添上位，不觉心胆皆裂。急又摇身一变，变了六个婴儿。这六个婴儿号叫六贼，当初曾魔过弥勒佛的金身，亦甚厉害。但见妖狐化的六个婴儿，喜笑怒骂，连哭带喊，就是铁打的心肠，都不忍伤害。二郎神看罢，早知其意，对哪吒太子说道："妖狐这等伎俩，也来哄弄我等，真正可笑。不免咱们与他比较，叫他心服。"二神言罢，齐幌身形，仍按阴阳生克至理，登时化作了六个乳母，一个个大肚子抢墩，敞着衣襟，胸脯上露着两向下垂的 RU 头。常言说"孩子见了呱呱，一齐来叫妈妈；孩子见了乳母，一齐止住痛哭"。二神变的六个乳母赶上前去，便要抱那六个婴儿。

玉面狐见天神识破，恐怕被擒，连忙又改了变化，化了五个恶鬼。这五鬼分五色，按着青、黄、蓝、白、黑，分五字，乃是杀、盗、淫、妄、酒。这五鬼也甚厉害，不论道教、佛门，若是沾惹着这五样是非，便能亏损道法。妖狐变这五鬼，以为天神忌讳，不肯上前，便可设法窃遁。岂知二郎神一见，眼望哪吒太子，带笑说道："妖狐大概力穷技尽，故用这些障眼法鬼混。待我等变化个降鬼之神，暗暗的捉他。"于是二郎爷将身一幌，便化成专食恶鬼的钟馗，左手执着牙笏板，右手托着金镶白玉的酒杯，虬髯乱乍，笑微微的眼望着五鬼，用板便指。哪吒太子见二郎爷化了个醉钟馗，也把身形忙着一幌，变了个武判官形象，犹如火炭朱砂染的一般，天生恨福来迟的恶貌，皱着双眉，瞪着两眼，对着五鬼举着宝剑，真是雄威可怕。

玉面狐见二神变化二判，要捉他变化的五鬼，心里觉着仍难脱身，便又复了蛾眉女相，与二神对垒相敌。二神也复原相，举兵刃努力齐攻。刚刚战了五六回合，玉面狐更觉力软筋麻，实难扎挣，将双蛾一皱，无奈又唪真言，再赌法力。这一变化较从前大有作为。只见：

浓雾遮漫，乾坤墨黑；黄沙滚滚，风卷迷人。雷声响的若山崩地动；雨声响的如瀑布流泉。玉面狐变的是三头连着六背，六只手持着六样刚锋，三个头俱戴着金盔。身体魁伟，穿着铁甲，恶狠狠的直奔了天神队里交锋。

二郎爷见妖狐又改变的如此，便要化作四头八臂的再与斗胜。一旁里哪吒忙道："若与他如此变化，何时是了？待我仍把九龙神罩祭起结果他的性命，岂不省事。"二郎道："不如拿活的，咱好交法旨，亦可究问情由，使万民知晓他的罪恶。"哪吒道："既如此，我上前去捉他。"说罢，便将法身长起六丈，三头六臂，九眼如灯，首戴金轮，大喝一声，风止沙沉，云收雨散。又呵口气，金光罩世，妖气全消。手擎法宝，扑到玉面狐变化之处，用枪便刺。

玉面狐见哪吒又识破他的变化，未免心中忙乱，不敢撄锋近前冲撞。又想："众天神将天罗地网围了个严密，纵然变化，也难脱身。不如化个温柔绝美、绰约凌波的娇女，用媚言望与众天神乞怜，看他们如何捉我。"主意想妥，顷刻仍复成胡小姐的模样，那等好看，真似生来的秋水为神玉为骨，芙蓉如面柳如眉，整注游龙不足比喻。你看他带着娇羞，将要用呖呖春鸟的声音，对着天神献媚说话。那知哪吒、二郎一齐识破这等意见，忙吩咐众天神四围旋绕，又令金毛童动手。金毛童听令，便将金弓扯开，暗暗的对准了，只听"叭"的一声，放出的银弹子恰打在玉面狐的左目上。玉面狐猛一吃惊，两眼一黑，二郎趁着此际，又将吼天神犬放出，赶上去扯住后腿。那铁嘴神鹰早在空中浮着，盘垂着翅，一见神犬拉住妖狐后腿，也忙飞赶下来，两爪抓住脖颈皮肉，一嘴叼着头发，两个鹰犬一齐将妖狐按在山坡之下。可怜玉面狐万载修炼之功，今日落在鹰犬之手，一毫不能扎挣。

且说金毛童见鹰犬捉下妖狐，忙走到跟前，架起神鹰，喝开神犬。众天神一齐来前，用红绒套索将玉面狐牢拴。哪吒、二郎又命天兵撤去通天罗网，吹散了那一天尘氛，现出了光天化日。金毛童牵着玉面狐，二神跟随在后，来见天王。此时玉面狐遭擒被拴，自觉置身无地，一面前行，心中无限酸痛后悔，杏眼含悲："自恨自己错了主意，无故思凡，以至被痴情缠住，邪念丛生。今日看来，这何尝是前生恩爱，直是要命冤家。回思当日若在洞内藏修，何能遇着可怜可爱的周公子？若不与周公子留恋，何致一时怒伤了小延寿性命，羞辱王半仙，撕毁经卷、圣相，吕纯阳请天神下界相捕？可叹众姊妹为我亡身，无故遭劫。从前若听云萝、凤箫二妹之言，何致被捉遇祸？此刻既被缚获，料着一定遭诛，但因不值的缘由情节，竟把一命呜呼！可惜空修了一场，竟成画饼；将成的大道，废在半途。"这玉面狐心内一而二、二而三，逐件的自悔自怨，万种伤情，百般惨痛，未免二目纷纷落泪。哪吒一见，大声叱道："你这无耻的妖狐，有其此际悔恨哭泣，当初何必胡行？快着走罢！"

玉面狐战战兢兢，项带红绒套索，有心不肯被牵而行，又怕哪吒、二郎不允，只得任金毛童拉拉扯扯前来。少顷到了天王之前，二郎与哪吒交令。玉面狐站在旁边，羞答答的偷眼观看天王的圣像，真觉威严齐整。

观圣像，上界的元勋另是一样。他的那仪容齐整带着雄威，面方大赤微微，明星

狐狸缘全传

眼衬浓眉，鼻端正耳轮垂，最美的，须髯五缕墨锭儿黑。戴一顶七宝镶太师盔。盔头
上朱缨缀插豹尾，双凤翅左右飞。顶门上罩一层珍珠？钉金钉，遮且护项在脑后围。
穿一件连环甲鱼鳞萃，螭虎口含玉坠，夔龙式宝剑佩，多锋利藏鞘内，挽手绦双排穗，
更有领绣立蟒的红袍，一半遮藏一半披。一杆枪锋尖锐，手中擎真无对，映日色起光
辉，临军队随心摆舞、任意动挥。托宝塔层层累，十三级金铃缀，响声儿，惊神鬼，
火焰飞，降妖魅。为号令把神催，铃声响孰敢违？但要是一经摇动便起风雷。他本是
总领那三十三天的众神将，翠云宫中的一位帅魁。

却说玉面狐瞻仰天王仪表神威，不觉心中畏惧，战哆嗦的俯伏山坡之下，痛泪交
垂，不敢仰视。

天王记下了二郎、哪吒的功劳，然后向吕祖说道："妖狐就擒，群魔俱灭，从此妖
气净尽，此处清平矣。这个九尾狐交与上仙发落便了。"吕祖答道："多蒙天神大施法
力，广展神通，荡清此方的妖气。仰仗天王的威灵，保全此地的民命。这青石山四面
的百姓，此后安居乐业，都是天王今日降魔的力量所赐。山人毫无功绩，这妖精还是
天王将他判断责罚可也。"天王道："妖狐作耗，扰乱居民，伤残民命，我等上居天宫，
不能查拿，已有失察之过。上仙邀我等下界降妖，乃是我等天曹神将应然之事。至于
定罪行罚，或诛或释，仍应上仙酌量发落。祈上仙不必推辞为是。"吕祖道："适才山
人已吩咐周家苍头打扫法台。山人便与上圣同至周宅，共议妖狐罪案何如？"天王道：
"如此却可。正好叫那些下界凡夫，知道了感荷天恩，不敢为恶。"于是吩咐了天兵天
将排开队伍，簇拥着玉面狐，金毛童仍牵着红绒套索，一齐扑了周宅书院之内。天王
与吕祖也一同起驾。只见满路上祥云缥缈，瑞气缤纷。老苍头捧着香烛，率领众仆人
都跪在大门之外迎接。

不多时，天王与吕祖齐到法台，在正中并肩而坐。众天将一对一对俱在法台之下
围着。只听吕祖吩咐一声说："带妖狐！"金毛童连忙将玉面狐牵在台下。玉面狐将要
跪下，二郎神便走将过来，大声叱道："孽畜！还不与我化现原形。"此时玉面狐吓的
无了筋骨一般，闻听二郎神叱他，急忙忍气吞声，仍化现为狐形模样，抿耳攒蹄的跪
在地上，连动也不敢动。

不知吕祖爷如何审问，且听下回分解。

第二十一回　太平庄真人审妖
李天王回归金阙

词曰：

　　妖狐战败，枉自逞凶作怪，明明有仙真，更有天神在。危殆危殆，险把身形损害。摇尾恳哀，多情周子伤怀。天王欲除害，仙道善门开。合该，合该，今生种下将来。

　　话说玉面狐跪在法台之下，就似人犯王法身无主的样式，低头而伏，连动也不敢动。吕祖见他如此，用手一指，说道："你这孽畜实该诛戮。无故兴邪，采阳补阴，伤害人命，残毁圣像、经卷，与山人抗衡。你想想，山人说你应犯天诛，罪在不赦，是也不是？那延寿儿，老苍头只此一子，你将他吃了，难道你也忍心？周信被你摆弄的，若非山人九转金丹，此时早作短命之鬼。你看看他那虚怯之态，尚在未痊。"说着，又吩咐苍头道："你到书房唤出周信，叫他来看看他这千金小姐。"

　　这周信听苍头叫唤，连忙扶着仆人来到法台之前，双膝跪倒叩头，拜谢神仙除妖救命之恩。拜罢，猛一抬头，不觉唬了一跳。只见红绳拴着一个煞白的脸、九节尾、毛烘烘的狐狸。这九尾狐见周公子，不觉形相带愧，就似恨不能要钻地窟窿是的。你看他虽是披毛戴角的畜类，也会伤心滚泪。那光景，仿佛思量："周公子当初原是气壮神足的风流子弟，如今剩了一把骷髅细骨，皆是因我采补，受了亏损。"满心里虽是后悔心疼话语，却是说不出来。周公子乍一看见，本是一心的害怕。如今又仔细一瞧，项披红绒套索，拴在那里，一堆毛团似的跪着，挼耳受死，摇尾乞怜，那样儿直不及猪狗。又见那二目，泪痕满面，一肚子的羞愧伤情，竟似有无限的留恋悔恨，不能出口的样儿。周公子看罢，心内实在不忍，早把恨怨妖精、惧怕狐狸凶恶的本相置之度外，化为乌有，反生出一种怜惜疼爱之心，竟想当时化胡小姐的模样，那些恩情欢爱：

"今日遭擒如此，虽然难看，大概既能幻化人身，必定还通人性。我何不哀求众神免他一死，也不枉与他同衾相好一场。"

看官，你道这玉面狐见了周公子悲伤落泪，周公子欲与妖狐乞命求情，便仍是情缘不断，冤债未清，割舍不开，循环道理。且说周公子思前想后，于是扎挣着病躯，打叠起至诚心意，向着法台复又磕头，连连哀告道："天神上圣，此事乃是弟子周信年幼无知，引火焚身，开门揖盗，自招其害。既然神圣不究周信违礼犯法，恕弟子苟合私通贪淫之罪，恩赐金丹，得全性命。也求道祖、天神格外施恩，再恕妖狐迷人之小过，表天地好生之大德，免其废命诛首之劫，惜其参星拜斗之功。冤可解而不可结，量神圣必达此理。"说罢，俯首在地，两泪交流。

吕祖听罢，尚未言语，天王便大怒，用手将周信一指，说道："你这无决断的孺子，恋情欲的痴儿，真是愚蒙不讲道理。你得了性命，尚未复旧还原，便忘了妖精害你的仇恨。常言说以直报怨，看你竟是以德报怨。当初妖狐何尝待你有真情实意，你反这么与他讲情。大丈夫从来恩怨分明。妖精与你有杀身之恨，伤害你家婴儿，你应该将他根入骨髓，食其肉寝其皮，才是大丈夫所为。你看看众天神费尽龙虎之力，好容易方将他擒住，你这不知事的呆孺，轻言将他放了。你真是枉读了诗书，呆？之辈。他对着你流泪，这正是猫儿哭鼠假慈悲。你趁早躲开，不必哀怜求告。这等万恶妖邪，诛贼他准保他心服口服。"周公子听了天王之话，并没松放之意，正要再往下哀告，只见天王已将宝剑亮出，唤了一声："丁甲天神，即早与我将妖狐斩首。"众天神忙遵法旨，接过天王宝剑，答应一声，便要将玉狐问斩。唬得九尾狐与周信两泪交流，一齐叩首。周信再三祷告求说道："天神、上圣大发弘慈，饶放妖狐之命罢。"

此时，纯阳大仙见周信与妖狐如此可怜，心中十分不忍，口中说是"善哉，善哉！"忙道："剑下留情。且请天王息怒。"天王见纯阳大仙阻住斩妖，忙道："上仙不必怜他。看这样淫邪滔天之恶，实难饶恕。这周信孺子与他讨情，岂非无知之甚。"吕祖道："周信固是恩怨不明，不合中道。但看他这等恳求，其心真而且诚，尚可原谅怜悯。此乃是藕断丝连的情根缱绻，柳沉絮起的孽债变迁，以后自有应验。从来仙道总以慈悲为主。"

这纯阳老祖到底出家人的心性，慈祥善念，见玉狐有痛自改悔之意，便欲开脱释放，故此讲这天数难移，循环之理，以验前因后果，变迁之道。岂知天王心中不以为然，听罢吕祖之言，说道："上仙若因他们哀告，将妖狐赦放，何以表天理昭彰，轮回报应，以警将来妖怪效尤？上仙若说可怜他修炼的功夫，诛之不忍，悯他此刻悔恨，灭之不安，何不想想老苍头之子被他这恶狐伤害？人命至重，应犯天诛，早就应该诏取应元普化天尊，霹雳一声，劈了这逞邪肆凶的妖怪。如今既擒住他，复赦放去，岂不是无了果报循环的天理？莫若将他诛戮了，以快人心，以昭天道。"吕祖道："上圣说的固是天心正道、报应至理，无奈山人既要释放妖狐，定不敢灭其天理，致延寿儿之命枉死冥途。自然与他解释开了冤孽，令延寿起死回生。"天王道："上仙之言差矣。常言说人死不能复生，何况延寿儿被妖狐害的碎尸粉骨，狼藉不堪，焉能再返人世？"吕祖道："此术在别的教中自然未有，惟我玄教却有这等法术。山人欲学庄周，运玄机的姑莱，点化骷髅之骨，将延寿救活，以免此后冤冤相报。"天王道："上仙虽如此，但到底不合赏善罚恶的至理说。然上仙用术救活了延寿，难道妖狐残毁神像、圣经，迷惑周信，以至九死一生，就不算过恶了？还是将他残灭，以彰天讨，免的将来再有妖魔援此为例，乱作胡行。"吕祖道："上圣不必如此拘泥。焉有妖怪再敢这等兴邪作耗？"天王听罢，并不作声，那意见务要将妖狐除灭，觉得方合天道曲直。

吕祖是修炼过来的大仙，知道修炼工夫不易，所以欲发一片慈心，并非偏护妖狐。彼在法台上谈论，天王是要活除怪，遵神道的赏罚分明；吕祖是欲妖狐改恶从善，彰仙道的方便慈悲。天王与吕祖口角言词之间，似浮露着有些参差不合之意。总而言之，神道与仙道通不能悖违天理。天王奉昊天敕命，欲将九尾狐置之死地，吕祖本当与天王分辩，无奈干碍着天王是自己请来捉妖的天神，不能相与执谬争论。再者天王倘若一怒，执意不从，当时将玉狐斩首，岂不是欲赦其死，更速其死么？那时，纵然可惜他成了丹的大道也无益了。"不如趁着周公子哀怜之际，妖狐未斩之时，将众天神齐送归天，免的天王不依，一怒之间，丧了妖狐性命。"吕祖想罢，于是便忙吩咐苍头："取朱笔、黄纸伺候，待山人画符送圣。"苍头设摆已毕，吕祖将黄笺铺在案上，笔蘸清泉，砚磨朱敕色，闭目含睛，掐诀念咒，秉虔心，按着先天神人法书，便画雷霆牒印。一笔笔字走龙蛇，写罢递给苍头说："速去法台前焚化。"

苍头领命焚讫，只见咪溜溜一股清烟冲空而起，果然仙家敕令神奇奥妙，登时天际稠云铺灭，黑漫漫的遮住世欲之人眼目，忽又一阵雷雨，天神便一齐升天。吕祖在法台控背躬身，送神归位之后，登时祥云四散，众神已到天庭灵霄殿上。天王奏明玉帝，言妖狐已归道教发落。玉皇爷准奏，记下了天王讨妖降怪的功勋，又发下一道诏旨，令太白金星敕命四位功曹，捧到尘界，交纯阳子吕洞宾开读。

太白金星领了御旨，传与值日功曹，功曹神即捧天诏，驾着祥云，径往下界太平庄法台而来。此时吕祖送天神尚未归坐，只见一朵祥云自天而下，降到法台之上。吕祖识是值日功曹，连忙恭身迎接。功曹道："小神奉玉帝敕命，赐上仙保诏。上仙可备香烛，俯伏案下，以听宣读。"吕祖连忙令人备办妥当，跪在香案之下。功曹神捧诏读曰：

人诏纯阳子吕洞宾，卿在尘界之中，梦醒黄粱，积修至道。天经地纬，悉已人通；万法千门，罔不尽历。救灾拔难，除害荡妖，功济生灵，名高玉籍。今妖党既已授首，百姓法此安生。敕卿为中八洞群仙领袖。所余未诛的九尾妖狐，任卿按天律处置。钦哉！诏书到日，信诏奉侍。

功曹神读罢，吕纯阳再拜，受诏已毕，功曹神仍复驾云升天，回缴太白金星，奏明玉帝而去。这话按下不表。

且说托塔天王率众神升天之际，一阵子风云雷雨，众仆人与长工佃户俱都躲在房屋之内去避雷雨。法台之下，只剩了痴情周信与九尾妖狐，跪伏在雨水泥泞之中，淋的身躯如水鸡一般，还兢兢战战向着台上磕头哀告。好容易盼的雨止云收，可巧功曹神又至，更复迟延了多时，那周信尚还不肯起来，只是那里陪着妖狐悲啼。

此时吕祖在法台坐下，见他两个如此缠绵留恋，心中实不忍看。想着："似这等情痴恩爱，纵有利刀慧剑，也难斩断这样的情根。人畜虽然别，看这点真情割舍不开的意思，却与人一样。这光景是，若死须在一处，绝不各自偷生，犹如捉对的蚕蛾，至死不放一般。就是比较起人间的真夫妇来，尚还不及他俩情意恳切呢。莫若山人开一线之路，再看他将来修炼何如。倘若妖狐回头苦炼，向善改恶，山人今日一施恩惠，便可保住了金丹大道。若是仍然不息邪念，再犯了罪恶，那时再行诛灭他不迟。"这是吕祖怜惜修行苦处，恐将玉面狐万载道术一朝消灭，故于天王未去之际，便替玉面狐开通活路。再者，纯阳老祖昔日也系秀才出身，今见周信斯文一脉，不觉也是怜惜，所以先用金丹延他的性命，知道他与玉面狐有前因后果的姻缘，欲成就他两个的感应之数。况且周公子为玉面狐哀求免死，那等真实意，惭恧悲哭的样儿，令人看着悯恻不忍。又见妖狐那光景，已是良心发现，似甚痛惜周公子病体支离。虽有人身、畜类的分别，看他两个却倒一般爱厚恩深。

吕祖爷想罢，把惊醒木一拍，厉声断喝道："你这弄娇媚的妖狐，前者山人用善言将你教化，你反敢违背我的牒文，抗拒我的法命。今天神降世捉你，不说早早投降，你竟敢率众妖前来拒捕，罪犯天条，定难轻赦。今被擒获，尚有何说？"此时玉面狐听着吕祖一问，唬的魂不附体，虽然不能说话，却直是磕头，叩首碰地，如捣蒜一样，那意思也是要求着赦罪不究的样儿，畏惧之甚，眼泪直倾。一旁里周公子惟恐吕祖叫玉面狐伏诛，听罢吕祖之话，便放声大哭，哀求道："祈上仙大开法网，饶放妖狐一死罢！这事是弟子周信枉自读书，自招的祸患，飞蛾投火，自找焚身。妖狐虽然有过，却因弟子而起。上仙剑下留情，恕了妖狐，请将弟子诛戮，弟子无恨怨。我周信今日一死，明日就可转生；倘若是上仙今日斩了妖狐，岂不枉了他数千年的修行，再也无时可补了。"

吕祖本来并无残灭玉狐之心，今又听了周信这派言词，想道："此子说的话，却倒是玄机至理，爽快丈夫。却并不是专贪情欲，偏护狐精，倒是一位仁厚至诚君子之心，不念旧恶之意。看来此子根底不俗，日后一定福禄祯祥，身名荣贵。倒不如山人显显后能，开放了妖狐，救活了延寿，免的因迎喜观道士受辱，令人日后轻视了玄门仙教。"

于是，吕祖望着周信说道："看苦苦的哀乞，自有一定发落处分。你且不必跪着，山人有话相劝于你。"周公子闻听，磕了个头，战摇摇的慢慢爬起，躬身控背，听吕祖吩咐。纯阳老祖一见周信人物整秀，标格不俗，不禁叹惜道："周信，你自清明与妖狐相遇，原是一念之差。从来拈花看草，青春子弟往往皆然。少年儿女时节，不免花前月下；美貌才子佳人，难免伤风败化。何况妖狐最淫之性乎？但人生之精神有限，幽期密约，欢会无穷。岂知淫欲过度，即便病入膏肓，为欢无几，即便亡身废命。似你若不遇山人，岂不几几乎与鬼为邻了？山人劝你从今须要养气读书，光前裕后，发觉悟之心，破色迷之障，痛改前非，尚未为晚。从今后病体一好，休妄动，再不可无故闲游，去惹妖狐。弱身躯，须滋补，调饮食，气养足，莫妄想，把药服，百日后方保精神复旧如初。身体健，再读书，欲潜修，须闭户。文与诗，词与赋，用心思，宜纯熟。须知皇天不负苦功夫。文锦绣，字贯珠，登云路，出泥涂，前程远，志气舒。到那时，功名成就，岂不自如。山人的金石良言你须切记，仿学正心诚意千古的大儒。

却说吕祖吩咐周信已毕，复向玉面狐说道："你这妖狐既然拜斗参星，修行炼道，得化人身，应知法律。虽系周公子与你调情，有失正士之规，你引诱他，有负修炼之正道。然此不过夜去明来，携云握雨，犯了淫戒，还不算你作畜类的大罪恶。似那延寿儿，原是无知的顽童，与你有甚么仇恨干碍之处？你这妖狐竟将他嗑嚼个稀烂，致

使老苍头绝后，孤独无依。你的恶处虽是一言难尽，但别的众过俱尚可恕，惟这一件，你想想，自古及今，杀人者偿命，你既犯了这人命关天的杀戒重情，实是非同小可，便应授首伏诛。"

这玉面狐自从吕祖数落之际，就如世人失了魂一般，昏昏沉沉，不言不语，也不知纯阳剑下饶命不饶。今忽又听提起延寿儿一件公案，更似五雷轰顶，吓的浑身乱战，软瘫在地。大凡畜类，虽不能说话，他要作了歹事，有人处置他，他心里也知是自己过恶，便也能低头领罪。所以玉面狐听着吕祖说的他情实罪当，惟有哽噎悲塞，伏首点头而已。

吕祖爷将妖狐断喝了几句，复又吩咐苍头道："你速去将长工、佃户传来伺候。待山人运展法力，将婴儿救转，与你们解冤释怨。"苍头应命，连忙将众人传唤齐备，敬候纯阳老祖命令。

不知延寿儿可能还阳不能，请看下回分解。

第二十二回 运玄机重生小延寿 怜物命饶放玉面狐

词曰：

> 从来仙道，睛里玄机妙。惜修炼劳劳，赦狐罪不较。莫笑，莫笑，到底真人深奥。纯阳阐教，王道来寻闹，周信悟痴迷，延寿醒了觉。周到，周到，大德重生再造。

话说吕祖见众长工、佃户齐到台前伺候，连忙说道："苍头，你速领尔等到果木园中，将延寿儿之骨细细搜寻齐备，莫要粗心失落一块，凑在一处，捧来送到这里，待山人施展道术。"众人应命，去不多时，便都回转，持着尸骨，一块一块的通交到吕祖之前。吕祖在法台上将三百六十根骨节，按着次序一齐排就；又令人取了一碗净水，先吹了三口仙气，用杨枝洒在尸骨之上；又叫人捧来一撮净土，也放在骨节之中；又令人将他当初扯破的衣裳取来，蒙盖上头。安排已毕，纯阳老祖坐在椅上，闭目合睛，运出了元神，立在云端，睁慧眼四面一看，只见那延寿的真魂，尚在那园墙之外，化成一个旋风儿滴溜溜的乱转呢。

但凡阳间之人，若是寿终天年的，魂魄是悠悠荡荡的，便随着清风散漫。惟这不得其死、夭年暴亡，或是着枪中箭，或是自刎悬梁，一旦的冤怨未明，这口气凝情住，再也不能解化的。气不能解，三魂七魄便不能消，渺渺无个着落。所以他若死在那里，魂魄便在那里团聚不散。这延寿儿本是一肚子冤屈，小小年纪，无故废命，他的魂灵儿飘飘摇摇，总在围墙左右那里啼哭。

吕祖看罢，心中不忍，连声赞叹说："这孩子死的真正可惨！似这样浑身并无筋肉，旋风儿内裹着直挺挺的数根干骨架，直是雪霜白的人幌子一般，实是令人难看。可惜老苍头一生忠直，婴儿反平白的遭屈被害，纵有奇冤，也无处伸诉。若非山人搭救，岂不苦了年老的苍头？小孩子人事不知，便横死在阴界，魂灵不得脱生。看起来，山人之救转孩儿，还是老苍头的忠正之报呢！"吕祖睁慧眼在云端里叹息了一回，复按落祥云，一

抖袍袖，便揽着延寿的阴魂，兜回法台之上，向那一堆白骨仍又一抖，延寿的魂魄附在尸骨，入于壳内。吕祖连忙复归坐位，口念真言。须臾之间，那水土便能合成筋肉，骨节活动，脉络贯通，可见仙家法力如神异。只见延寿先动弹了两次，忽然将衣服用手一推，这孩子竟赤条条精光着身体爬将起来，坐在法台板上，一壁里揉着眼，一壁里要穿他那衣裳。只见复又坐在那里。

这便是仙人起死回生之法，袖里乾坤、包罗万象之能。顷刻间，延寿儿还阳，便能举动行坐。况且延寿又系童子之身，元阳未破，血气又足，故此便觉容易，不似周公子空虚身体，服了九转金丹，还得百日调养。此时，老苍头一见延寿儿复活，喜不自胜，忙着便去与他找衣裳袜履。这话暂且按下。

且说吕祖见延寿已是坐在那里，吕祖用宝剑亮出，把玉面狐一指，叱道："你这孽畜实实可恨。你想想，若非山人来此，两条性命死在你手。虽说周公子自愿与你偎香倚玉，也实因你见他气爽神足，兴了邪念，欲盗他的真元。花言巧语，勾情引诱，每夜偷着找上门来，几个月的工夫，便将他的精气神伤到这步田地，差点儿作了幽冥之鬼。你竟图了你这孽畜的淫兴，几乎断了周氏香烟。王道来捉你，你打我门徒，这还犹可。你不该撕扯神像、真经。天兵下界，你应自投，请命领罪，你反招了一大群山精，与天神相抗。你还逞妖术，施展许多变化，胆大不遵天命，是你自己遭的伏诛之祸，你休屈心恨怨山人。山人若是将你轻放，恐你复生祸害。"言罢，走下法台，说道："我看周公子与你乞怜，暂赦一命。但饶了你这孽畜的死罪，活罪却是难恕。你这几个尾巴，乃一千年修成一个。今已修成九个，再一千年，将十尾修全，黑色化为白色，便可名登天府，身列仙阶。一旦任情胡为，行淫害命，无故将数千年道力化为子虚，岂不可惜？今割去你八条尾巴的灵根，以偿你从前的罪业。与你留下当中的一条，放你再去修炼。倘能自赎前愆，诚心补过，也不枉山人慈悲于你。若是再蹈前辙，那时犯到山人之手，一定诛戮不贷。"言罢，将妖狐八根毛尾一齐割断，疼的个玉面狐两眼泪滴，热汗蒸腾。割毕，将项上红绒套索解落，又用剑把儿在脊背上一敲，玉面狐便就地一滚，仍变作清明闲游胡小姐模样：

真道力，割断了情根之慧剑，玉面狐仍幻化当初玉美人，可容光损，雪白的唇，羞满面，愧填心，秋波涩，眉黛颦。比从前减却了悦色和容的精气神。其心内痛十分，包藏一团的恨不敢萌，吞气忿那样儿谁见过，当初的西子带病捧心。发蓬松，乱云鬓，粉汗湿，衣染尘，惊慌态，战栗身，这一种，含愁模样，更觉可人。玉面狐幻化已毕在台前站，深深拜，感谢真仙留命的厚恩。

却说玉面狐虽然去了八条尾巴，尚可变化人身，故将身一抖，仍化作小姐模样，向着吕祖深深的道了几个万福，谢上仙活命之恩。吕祖说道："玉狐，山人因你有痛自改悔之心，故将你不斩。周公子福田深厚，山人已救他不死。延寿的性命冤屈，山人展运道术，将他起死回生。山人既将他们的性命救度，岂肯独丧你的残生？再者，山人并非私蹓红尘，是奉南极仙翁寿星之命。虽说令山人降妖捉怪，并未明言叫我斩恶除凶，山人何必灭残生命，伤天地好生之德？故此山人与你等排难解围，释冤分怨，全不有伤。你与山人的门徒王道，尚有些个小怨，趁着山人在此，也与你们分说干净。"言罢，回头吩咐仆人："速到迎喜观将王道传来，听候发落。"苍头应命，忙着差人而去。

且说延寿儿见他父亲送到衣服，连忙自己穿上。他也不先给吕祖谢恩磕头，一举首瞧见是那日吃他那个小姐，他便咬牙切齿，大喝："妖精休走！"赶下法台，便用手抓住玉面狐的衣衿。可笑小孩子，真是不知死活，才得了活命，并不理论别的，便满脸嗔怒骂道："你这妖崽子，那一天将我嚼吃了。我早把你的小样认准咧。你打算我不记得你呢？今日可巧咱俩撞见，我也该报报仇了。我虽不能活吃，我也扯你的皮肉，抽你的筋，将你的血熬成豆腐块，喂我们那几个大狗。自古说一报还一报，你想想，无故的为甚么将我吃了？你别说你长的俊俏，我们公子爱你，心疼你，你自找上门来图快乐，有仗恃。我可不能瞧着你俊俏，叫你白害我一回，饶了你。快伸过你那脖子来，我先咬一口，尝尝你这狐狸变化美人的标致肉的咸是淡？你不用假装憨，当作没听见。快快的将白脖子露出来罢。不然，可是你那日怎么整治我，我可也便怎么整治你。难道说你应该是仗着好模样儿，满街上白吃人吗？你自说罢，又在这里要白吃谁呢？"这延寿正在与玉面狐闹的高兴，难分难解之时，只见仆人已众迎喜观将王老道领来。

却说这王半仙自吕祖与狐精在空中斗法力，他一害怕，便跑了。今听周宅遣人找他，以为要答谢他，便慌忙随着仆人而来，走近书院，只见吕祖尚在法台稳坐，便先去对着吕祖打了个稽首，刚要说话，一回头忽见延寿儿按着妖狐在那里乱撕乱扯，玉面狐一声也不言语。你看他，瞧着似觉便宜似的，也跑到近前，趁延寿儿在那里揪着，便挽了挽袖子，抢开五指，照着玉面狐就是一巴掌，打的个玉面狐满脸冒火，批一掌刚去，又要伸手。只听延寿儿怒声说道："你这野道是那里来的？你趁早将巴掌与我撤回去，好多着的呢。你怎么偌大年纪这么浑浊。我揪着，你为何来打？倘打出祸来，算谁的乱儿？象这快活拳，敢则便宜。你趁早躲开，咱似无事。"王半仙道："我与他有仇。"说着，仍要动手。小延寿一见，不觉怒气冲冲说："你这野道真是无礼！索性咱两先试试就完咧。"说着，一伸小手儿，将王道胡子抓住，骂道："我非将你这老杂

毛的胡须揪下来不可。"一使劲，连腮代须真揪下好几根胡子来。王老道觉着疼痛难忍，便大声嚷道："你们真是反咧！饶不谢我，今儿反倒打起我来。我为你们家挨了一顿荆条，你们竟这等谢我。咱们到当官说说理去。"老苍头将延寿吆喝开了，忙过来与他赔礼。那知他明白了是苍头孩子，他更无明火起的闹起，说道："你纵放你儿子揪我，咱两就是先破着这命拼一拼。我瞧着咱两个也却倒人对马对，你们倒看看王老头儿是好惹的不是？"说罢，便抖精神将胡子一挽，解了道袍，摘下道巾，一齐撂在地下，奔着苍头便来动手。

此时，吕祖见王道闹的不雅，连忙断喝，说是："你等休要无礼！延寿也不许罗唣，快快的放手。待山人与你们说说因果，好解释了你等的冤怨。"王老道、延寿儿一齐止住。老苍头与王老道拾起衣巾，劝他穿戴已毕，又替延寿儿作揖赔了不是。王道这才将胡子不挽着了。

吕祖见他们俱都安静，便念了声："善哉，善哉！玉面狐你看见了？天网恢恢，疏而不漏。有因必有果，有感有应。前日你将延寿吃了，今日他要你偿他的性命。你将王道痛打一顿荆条，今日他给你一掌。循环果报，俱有前因，丝毫不错。若不遇山人与尔等分解，你等这些冤仇孽债不知何日方是个了期。如今既已彼此准折，料无干碍了。玉面狐你还归青石山石洞，再去修炼去罢！日后周公子还有借助你处，至那时，再有你两个的奇缘。如今不可再惹事，连累山人有轻放你之过。速速去罢。玉面狐闻听吕祖之话，慌忙跪倒尘埃，恭恭敬敬的向着吕祖稽首而拜。此时已复人身，便能说话，一面跪拜，一面樱唇慢启说道："上仙留命之恩，小畜铭心刻骨，不敢忘慈悲大德。上仙药石良言小畜敢不谨记遵行？有负上仙放生善念，日后定遭雷击之劫。"说着，又深深的福了几福。拜罢吕祖，羞答答的一回头，看见周公子在那里扶着拄杖站着，不觉一阵辛酸，满眼含泪，说道："公子从此须要自己保重。咱俩虽非同类，耳鬓厮磨，算来也有数日之久。自蒙恩爱，足知公子并无憎恶之心。无奈恩爱愈深，所以精神愈损，奴家何尝要结果你的性命？你的家人见你支离危殆，以为是奴安心害你，便备下许多长工佃户谋害于我，一鸟枪几乎将我命丧；又请王半仙来擒拿我，以致奴撕毁神像、经卷，惹恼天仙圣神。那不是为咱俩牵情恋爱使奴造下罪孽通天？可惜我万载将成的大道，一旦化作灰尘。奴若是早早急流勇退，何致今日如此收场？这还亏公子念香火之情，竭力哀求护庇，幸上仙施高厚之德，原情赦放残生。不然，如此房帏细事，连性命保住都难。恨当初，奴家若不被痴情缠绕，焉能含羞忍耻，后悔无及？皆因奴家虽是畜类，也知盟誓俨然，以致牵连招祸，夫复何言？但愿公子将来富贵寿考，福禄绵长。今日代奴乞命深恩，不知何日方能图报？从此谨慎自爱，切莫关情于

奴。"玉面狐正自与周信难分难别,往下诉说,只听吕祖在法台之上一声断喝,说是:"玉面狐不必留连,你今生的情缘与周信已满,还说甚么!快快的与我速退便了。"此时,周公子见玉面狐留恋之情现于声色,心中更是难受。有心想着仍到书斋欢叙一时,又不敢违背仙人法令。今听吕祖催着玉面狐速去,也只得眼含两泪,暗暗的看玉面狐重复拜辞了纯阳老祖,又对着他用秋波转了两转,含情蹙眉而去。

这玉面狐仍借遁光回归洞府,潜心修炼。那知他自与周公子缠绵之后,便不似先前修行那等心静神安,兼着先前众狐俱都残灭,只有自己孤孤伶伶,更是行坐不安,心绪不定。所以仍是常常的化成美女,在外游览山景,可也不敢滋生事端。又每逢想起与周公子那等热情,便就心惊肉跳。又想着:"被天神捉住之时要丧性命,亏了周公子求情乞命,不然已是一死。这样恩情怎能叫我放得下?不如我去轮回一次,转生世间,将这救命恩情补满,再行斩断尘缘,一头向道,苦炼纯修,专心致志,免的此时收不住心猿意马,空受此凄凉况味。"大凡修行之道,最怕情欲二字。若是一被所缠,饶你怎样勉强按捺,也不能担然安定,人与物同是一理。所以,这玉面狐虽想着沉心息虑,到底心中不能熨帖安稳,竟仿佛时时刻刻的有个周公子在心上似的。真是:欲把禅心消此病,破除才尽又重生。玉面狐因此安定主意临凡转世,与周公子再结姻缘,以补此生救命恩情。到后来果然投生于光禄大夫李氏之宅,名唤玉香小姐。仍生了个天姿国色,与周公子结为夫妇十数余年。此是后话,暂且不提。

且说吕祖将玉面狐发放已毕,又对着周公子说道:"山人看你倒不是偏护妖狐,却是怜其数千年修行不易,求着恕其过恶。据此事看来,足见你是忠厚仁人。但你虽然不念旧恶,却应该恩怨分明。妖狐与你无恩,你尚涕泪滂沱,代他跪着求情。似老苍头代你担惊受怕,求人与你治病除妖,舍命祷天,情愿灭自己的余年,增你的寿算;不顾自己亲生之子,为幼主熬药煎汤,跪拜神明;受你呵斥,不惜劳苦,竭力尽心。你这个病消灾退,全亏这样义仆忠直。山人劝你从此须要另眼看待,报他的大德,才是圣人之以直报怨,以德报德,大概你总知道的。莫以他是你奴仆,以为分所当然,这便是你的好处了。"

这周公子自从吕祖吩咐他,吕祖说一句,他忙答应一声。今听吕祖说完,不禁感慨的纷纷流泪,连忙给吕祖恭恭敬敬地叩了头,说道:"弟子周信蒙大仙金丹救活性命,弟子粉骨碎身,也难报天高地厚之德。大仙的玉言,弟子岂敢不遵教令,以取罪愆?"说罢一转身,又向着苍头说道:"我周信年幼无知,糊涂特甚,冷言冷语,辜负你的忠心。望你担待我年轻病迷。我周信若是忘了你的重生的恩德,日后身不发达,子孙不昌。"说着便跪将下去,慌的老苍头连忙来至近前,也就跪下将周公子搀住,说

中国禁书文库

狐狸缘全传

道："公子是要折受死老奴了。老奴受恩主付托，职所应该。效忠尽力，扶持伺候。公子说的这话，行的这礼，叫老奴如何当得起？但愿公子身体康健，功名显达，就不枉老奴受故去的恩主寄托之重了。"说罢，二人一齐站起。

老苍头后又跪下叩拜吕祖，说道："弟子李忠率众佃户长工给大仙叩头。此方若非大仙慈悲，不知妖精闹到何时，害多少人的性命。我李忠只这一子，被妖伤命，若不是大仙大施法力，将婴儿起死回生，岂不断绝我李氏宗支？我的幼主，若非大仙救转，岂不断了周氏香烟？我李忠若非大仙将他二人救活，老奴也只是一命而亡。我三人性命尚存，皆是大仙所赐这余生也。大仙为此处除了一方祸害，百姓俱可从此安定。大仙的深恩似海，大德如山。我们众人无什么报答，但愿大仙的封赠，玉帝早加。晨昏草香一炷，以表我等寸心而已。"说罢，一齐拜跪而起。

老苍头正要令延寿也过来叩谢，只见延寿儿在一旁听了这半天，已知道他的小命是神仙将他搭救还魂，不觉天真发动，号啕大哭，跪倒在地，不住叩头，说道："我延寿儿被妖所吞，敢则是神仙爷将我救转，再返阳世。我这是死去活来，算两世为人。可叹我这小命，若非神仙爷，那里还有我的命去？我是小孩子，心有良心，也无甚么可敬神仙爷，我只得多磕几个头罢了。"说着，将头磕了有数十个方才起来。

众人俱都给吕祖爷叩首谢恩已毕，末了王老道也跪在地下说道："我的师傅，你老若是不来，徒弟可就白挨了妖精的荆棍，竟白叫妖精糟蹋了好酒席，我们全白没吃着。经卷、神像全白叫妖精撕了，徒弟也不过白赔本儿。如今你老将妖狐拿问，割了他的尾巴，给咱们爷们争了光了，给徒弟也出了气啦。徒弟响当当的给师傅磕个响头，叫他们到底瞧着咱爷两个比别人靠近罢。"这王老道嘴里胡嚼乱道，吕祖并不理他，只望着法台下对众人说道："如今妖狐已是灭者灭，降者降。尔等俱得安居乐业，须要好好的各守本分，仰答天恩，不可胡行人事，作恶为非，以致上天降灾。总要以孝、悌、忠、信、礼、义、廉、耻居心。常言说，为善降祥，作恶降殃。尔等自求多福，以乐余庆可也。"言罢，便对王半仙说道："你从此也将你这昏醉沉迷节制节制。既要入道，应该守戒。你看看世界上那有你这样的老道，终日饮酒、食肉？你若能自己谨慎，改去野性，将来尚要度化于你。速回迎喜观修道去罢。山人要缴南极仙翁的法旨去了。"于是吕祖站起身来，叫了一声周信，说是："你祖上的阴德，生代的栽培，俱都甚好，你的根底亦甚不俗。从此果能洗心涤虑，将来必定名登金榜，位列三台，耀祖光宗，封妻荫子。须要谨记吾言，日后俱有应验。"说罢，吕祖离了法台，向外便走，周公子与延寿正要上前扯住，吩咐备斋，吕祖已走的无踪无影。这正是：如野鹤闲云，飘然遐举，去缴了寿星的法令，仍去在阆苑仙山、洞天福地居住去了。

周公子自从吕祖去后，便回到书房抚养身体，过了百日，果然从此目不窥户，至诚读书。三年之后应试，便得了魁元，定了一房亲事，乃系吏部尚书吴大人之女彩雯小姐。这小姐琴、棋、书、画无所不通。周公子自从与这彩雯小姐结成亲，夫妻亦甚相得。但这小姐虽然也生的人才秀丽，到底不及玉面狐幻化之美。这周公子妙年登弟，心满意足，因家业富厚，年纪尚少，不肯便出仕做官，每日在房中与彩雯小姐谈笑吟咏。若是偶然想起先前与玉面狐恩爱，便闷闷不乐。吴小姐也摸不着他的心事，亦不便解劝讯问。过了几年，彩雯小姐生了一男一女，男唤名云佩，女唤名清玉，夫妻二人爱如掌上明珠。此时周公子功名、子女遂心如意，真似富贵神仙。认知泰极生否，乐极生悲，周公子忽然行了几年晦运，闹了个心迷意乱。凡人之运限衰旺，那也是一定之理，万不能躲得过的。此乃后事，不必多叙。

且说老苍头见公子病愈，延寿儿复生，心中甚是感念纯阳老祖，因扫除了一楼净室，立下吕祖牌位，每日清晨沐浴焚香，答谢降妖救命的恩惠仁德。又因王半仙曾为捉妖受打，施了五百两白银，亲身送到迎喜观内，以报妖狐撕毁的那些物件。这王半仙从吕祖去后，他见当时长工、佃户看热闹的百姓人等甚众，恐怕传扬他被妖精辱打，又兼吕祖曾嘱咐他不准妖言惑众，以假术骗人财物，所以他当下并未敢说甚么布施，要多少银，就随着众人散了，出离周宅，回到迎喜观来。今见老苍头来与他送银子，不觉脖子后头都是喜欢。及苍头掏将出来，说道："这是五百两纹银，奉送道爷作个小小的功德便了。"这王半仙听说只送银五百两，登时又哭丧起脸来，将两个酒烧透了的红眼一瞟，说道："这银子都是送我王半仙的，我王半仙为你们捉妖降怪，挨荆棍，忍饥饿，上天请我师傅拘神遣将，还请道友，还叫那妖崽子毁了我们好些器物。你家预备的丰盛好斋，我们还没吃上。这一概的功劳，难道说就值五百两银子？我看你们那家当，五万两都拿的出来。你这么大年纪，难道你还不知'刻薄成家，理无久享'吗？你快收回，我也不用银使用，你心里过的去罢啦。"

老苍头见他这等样式，知道他是嫌少，连忙赔笑说道："这银两本自不多，但此刻宅内不甚方便，求道爷暂且收下。俟老奴主人身体健壮，请他亲身到观里来布施。再多奉补可也。"王半仙听着还来补复，这方又有了笑容，说道："你既这么说，我王半仙先闭闭眼收下就是啦。"老苍头见他收下，回到宅内，禀明公子。复又将延寿找到眼前，吩咐道："你从此须要好好伺候书房，不准在外头仍去淘气乱跑。倘要再叫妖精伤害，那可再也不能死而复生了。"小延寿连忙答应而去。

且说这延寿儿自吕祖将他救转还魂之后，一切模样儿、说话、行事与先大不相同，又安稳，又爱干净，也不去登墙爬树，也不去拜土扬尘，面貌长的甚是清秀，言语对答更加灵透，动作行为全都妥当了许多。而且还知道孝顺，老苍头怎么说他便怎么，绝不似先前那等悖逆。他也知是吕祖将他生死人而肉白骨，每日同着他父亲到吕祖牌位前焚香叩头。真是要较比当初他那样儿有天渊相隔之异。到后来随着周公子读书，也认了许多的字，能会吟诗作赋，帮着周公子办理一切内外之事，无不辛勤谨慎，精明干练。老苍头为他娶了一房媳妇，情性亦甚贤淑。两人也是恩情美满，育女生男。老苍头寿至七十余尚还康健。这是《青石山狐狸缘全传》的收缘。要知周公子求名出仕，彩雯小姐病故，玉面狐转生李玉香与周公子再结前缘，云萝、凤箫二狐落凡投胎，小延寿与老苍头庆寿，吕祖度脱王半仙，周云佩下考招亲，周公子为清玉小姐选婿，玉帝加吕祖封号一切热闹节目甚多。不能一一尽述。看官如不嫌琐屑，请阅《续狐狸缘后传》便见分明。

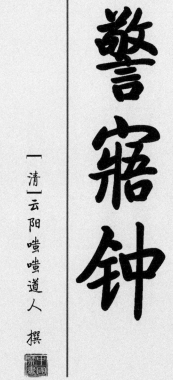

警寤钟

[清]云阳嗤嗤道人 撰

卷一　骨肉欺心宜无始

第一回　伴光头秃奴受累

　　一般父娘生，偏我光又秃。受尽光光气，尝了秃秃辱。日间不见荤，夜里常独宿。到人前要足恭，先要头来缩。若有一些差池，那拳头栗暴，就上这光光秃。

——右调《寄驼梁》

　　兄弟是五伦之一。俗话说，就如手足一般，相帮相扶是决不可少的。就譬如我要与人相打罢，他也是我的一个帮手，再没有他反帮着外人来打我的理。所以古人说："打虎还得亲兄弟。"这岂不是一句证语么！故此人家没有兄弟，还思量要搭个朋友，为何人家既有兄弟，反不和睦，这是何故呢？要不过为着一分家产，恐他分去；再不然就是娶妻不贤，枕边挑唆，各立门户，这还成个甚么人家？总之，这都是愚人之事。

　　那钱财是人挣的，那有满足的时候，多些少些，有何大害。若是命里不该，就连兄弟的与了你，也要天灾人祸的败去。命中若是该有，你就赤手空拳，自有机会起家，这一件是不必在兄弟身上认真的。至于妻子之言，越发不可听。他与我虽是属夫妻，也分不得个你我，却是两姓，晓得甚么疼热？且妇人家那知道理与利害，只一味小见，故此挑拨男人。若男人自己有主见，想一想道：兄弟毕竟是一母所生，同胞骨肉，他就是我，我就是他，焉可分个彼此，使父母在九泉之下，亦不得瞑目。只是这样还要相与朋友，难道兄弟反不如一个朋友不成？假如有一件什么大事，那朋友是救不得急的，毕竟还是兄弟切心。若能如此去一想，枕边之言自不入耳目。何世上不明白的，倒亲朋友而疏兄弟，岂不好笑。要知天也不能容你。如今听在下也将不远的一件，又

真又近的事说来，好大家睡到五更时候，自去想一想何如。

话说江西吉安府龙泉县，有个石贡生，妻柳氏。家资巨富，止生二子，长子名坚金，字爱冰，年纪三旬。为人刻薄，惟利是趋，不愿读书，专业生理，娶妻郁氏，颇称长舌。次子名坚节，字羽仲，年方十三，是贡生末年所生。却生得貌如冠玉，聪明绝伦，十岁就能属文，才学甚高，故此父母就把他习儒。他却与哥哥不同，不好财，不欺善，只是为人卓荦不羁，尖酸滑稽，饮酒恃才，志大气傲。每每读书时，若兴致偶发，则半夜起来，索灯朗读；若兴懒时，直睡到酉戍穿衣，甚有一连几夜不睡，一睡就是几日的。只因他生古怪，父师亦不能箝束。但有一件不足处，自小多病，再不离药罐。

到十四岁上，不幸父母相继而亡。那兽心哥嫂，怀心不良，欲独占家产。托故说父母遗嘱，为他多病，恐年寿短促，竟送他到城外善觉寺出家。拜在当家和尚寂然名下做徒弟，择日披剃，改个法号宗无。

宗无自做和尚，明知哥嫂坏心，他道："钱财自有定数，□□□什么气。譬如我生在一个穷人家，父母不曾遗下东西，难道也去指望不成？"因此绝不在心，连哥嫂家里，也再不回，只在寺中做他的营生。寂然见他伶俐，甚是喜他，请个先生姓田，教他经典。他道："我只会读文章，不会念经典。"任凭督责，他只不睬。寂然恼将起来，将他打上一顿。他蹲在伽蓝殿中哭泣，忽指着伽蓝怒道："和尚们！总是借你这几个泥身哄人，那里在于经典？今日倒叫我抛舍儒书，念这哄人的套本，俱是你们之过。好不好送你到水晶宫，现出本相来，快好好与我叫那个放尿先生回去就罢。"一顿疯张疯致，对着泥神乱嚷一回。走到里面，取笔砚就做了一支曲儿，名《拍拍紧》：

> 和尚头，赛西瓜，和尚形，似鸡巴。今生莫想风流话。师父若认真，徒弟莫睬他，这骗钱的经文休念罢。我本是圣贤门，怎做得无碍挂。若再来向我张牙，恨一声贼向驴，就不做这光乍。

写完又唱了两遍，就将来夹在一本书里，也不管日色晒破纸窗，竟上床睡觉。寂然与先生也没奈何他。

这晚那田先生忽得一梦，梦见伽蓝对他道："你还不快些回去，都堂着恼，连我也怪将起来，莫连累我，不得安身。"先生道："我千难万难，才图得一馆，那有什么都堂？却来叫我回去，断来不得。"伽蓝大怒，向前将田先生兜脸一打，田先生大叫一声，早已疼醒。登时脸上红肿，生起一个大肿毒来，痛不可忍。究竟不知此梦是何缘故？次日，疼痛愈觉难熬，没奈何，果然暂且回家不提。

宗无见先生害了肿毒回家，喜跳非常。自己读了半日文章，因身子困倦，偶然走进师父房中，正遇师父独自一个在那里吃酒。原来寂然是个酒鬼，见他进来，惟恐分他酒吃，便道："先生虽不在，你把经文理理也好，怎就丢在脑后？"宗无也不答应，转身就走，暗自念讼道："不叫我同吃一杯也罢了，怎反唠叨！"遂记恨在心。一日，寺中有一缸荷花盛开，有个外路客人，携酒来赏，请他师徒同坐。宗无假献殷勤，拿过酒壶，就去斟酒。先去斟了客人的，却将茶斟与师父。客人道："师父怎么不斟酒？"宗无连忙接口应道："家师戒律精严，点酒不尝，小僧奉陪罢。"客人认为真实，极口赞道："好位至诚先师，可见真心修行的，自然不同。"急得寂然又不好说不曾受戒，只得勉强应道："不敢。"却一味呆呆的看着他们吃得好不兴头，自己口角甚是流涎，强忍陪坐终席，闷闷而散，心中深恨。恰好东方一个默然和尚，过来玩耍，偶掀开宗无的书来看，却掀出那支曲儿，被寂然瞧见。寂然正无好气，借这引头出气，将宗无又是一顿肥打。

第二日，宗无怀恨默然，有心到东房来闲耍，意思要弄默然个笑话。默然却不在家，但见默然的徒弟宗慧，在佛前念经。宗无问道："师兄在此念的是什么经？"宗慧道："是报恩经。"宗无道："替哪个念的？"宗慧道："还不曾有受主。"宗无笑道："既没有受主，空空念他怎的？"宗慧道："乘闲时节念在那里，待有人出了经钱，就登记在他名下去也是一样。"宗无大笑，猛拿起一个木鱼槌，照宗慧光头上尽力一连打了三下，道："既是如此，你师父昨日得罪我，正要打他，就把这槌登记在他名下去罢！与你无干。"宗慧不曾防他，被打得眼中鬼火直冒，抱着头怪喊起来。宗无道："不要喊，不关你事，我打的是你师父，你何必着急。"宗慧疼得要紧，那里肯住，一手摩头，一手扭着宗无，来告诉寂然。寂然急得走到石家去告诉他哥嫂，他哥嫂原是坏人，恨不得宗无身死，方才快心，一味叫着实狠打。自是寂然得了口气，回来整整琐碎了两日才住。

一日，寂然藏了个旧相识在房中叙情，不知怎的被宗无晓得，悄悄躲在窗前张看。见寂然与婆娘百般肉麻淫弄，好不看得有趣。正看在兴头上，鼻中忽闻得一阵酒香，伸手一摸，果有满满一壶酒，顿在窗前砖头上。他竟然取至自己床前，浅斟慢酌，不消两个时辰，轻轻灌在肚里，一滴不存，依旧将壶送到原处，那知他们还在恋战。宗无量原平常，不觉醉将上来，遂无心再听那声，就回来脱衣而睡。正是：

闭眼不观风流事，只愁魂梦入巫阳。

次早宗无起来，见了师父只是笑。寂然再不想到春色露泄于他，见他笑得有故，猛想道："莫是那壶酒被他偷吃了？"急急去看，却是一把空壶。跌脚道："这个魔怪精，真是活贼，自他进门，就吵得我不得清洁。"因叫宗无问道："这壶酒到那里去了？"宗无道："想是猫儿吃了。"寂然气得失笑道："胡说，猫子那里会吃酒。"宗无道："因他不会吃，故此吃得烂醉的倒在那里。"寂然越发好笑道："真是狗屁，你又怎晓得他吃醉？"宗无笑道："猫子若不醉倒，昨晚怎劳师父打老鼠呢？"寂然倒吃一惊，早知为他所窥，就不敢嚷道。他勉强带笑道："自然是你这弼马瘟偷吃，只好赖个畜生。"说〔时〕就快快进房。暗忖道："怎么就露在这畜生的眼里？诸人犹可，惟有这畜生的嘴儿利害，倘有一些风声走漏出去，不是当耍。这畜生是断然不可再留在寺中的，为祸不浅。不若明日买服毒药来，药死更是干净。"遂打定主意，只得待明日行事不题。

再说那个田先生回家，脸上肿毒，整整害了好些时，还不得完口。一日，因有事下乡会个朋友，直至日色平西方动脚回来。走至月上，才到得善觉寺面前。忽闻路旁坟林之中有人说话，只认做歹人。时寺门已关，遂吓得躲在寺前门楼下石鼓旁边蹲着。闻得林中说道："明日午时，石都堂有难，我们总该去卫护，各要小心在意。"一个答道："正是，倘有差池，我们获罪非小。"几个人齐声应道："此时就已该去。"才闻说得这一声，已见一二十人哄然走来，一个个俱从寺中门缝里挤将进去了。田先生看见，不知是神是鬼，吓得发毛皆竖，雨汗淋漓，没命的飞跑到家。心中暗想："□奇怪！前日梦见伽蓝说甚都堂，却叫我害了一个大肿毒，今日又亲耳听得如此明白。但寺中那有甚人，明日待我到午时去瞧看，谁有甚难，便知分晓。"

次日用完早饭，一径踱到寺中，日已将及，进门却不见一个人来。到后殿，门且关得紧紧。他是熟人熟路，从侧首毛厕边，一个小小侧门迂路转将进去。幸喜门门不曾投声，一推就开。竟进僧房，也不见一人，心中咤异道："他们既到那里去了？好生古怪。"忽闻楼后厢房，隐隐有咳嗽之声，悄悄探头一张，见寂然与道人拿了许多破布，在一只大水缸里洗，旁边又有一堆大灰。那宗无手拿一个大馒头，正待要吃，一眼早已看见先生，忙把馒头笼在袖内，迎将出来，就与先生作揖。才一个揖作下去，那个不知趣的馒头，已从袖中掉出，竟滚有二丈多远，宗无忙去拾时，却被两只狗一口咬着，相争相赶的飞跑而去。宗无大失所望，田先生大笑。那寂然见田先生蓦然走至，吃这一吓非小，登时勃然变色。田先生存心四下走看玩耍，不见动静，好生疑惑。守至下午，也没相干，只得告别而回。行至山门下，只见起先抢馒头的两条狗，直僵

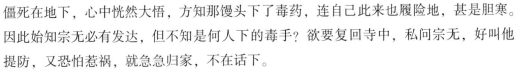

僵死在地下，心中恍然大悟，方知那馒头下了毒药，连自己此来也履险地，甚是胆寒。因此始知宗无必有发达，但不知是何人下的毒手？欲要复回寺中，私问宗无，好叫他提防，又恐怕惹祸，就急急归家，不在话下。

那寂然见宗无不曾中计，深恨田先生不过，正在闷闷不乐，忽有人来报道："师父的两条狗，俱双双死在山门外，不知何故。"众人一齐奔出瞧看，只见口眼耳鼻，俱流鲜血。寂然有病，心知就是那话误伤，忙唤道人拖去埋好。宗无也还不知其中缘故，不放在心。寂然看看道人埋完狗，才转身进内，正遇着施主送了几两银子，叫替他明日在万佛楼，拜一日万佛忏。寂然道："明日赶不及，就约在后日起手罢。"又留他吃了茶，才打发他回去，遂忙忙打点拜忏佛事。不知后事如何，且听下回去分解。

第二回　遇媒根虔婆吃亏

媒婆本是一妖魔，几见经他好事多。
平日花唇惯会笑，折将丑物发人科。

话说寂然打发施主回去，就忙忙收拾打点拜忏之事，请众僧写疏文，是事定当。时天气甚署，到临日请了十二众应付僧埋，早凉拜忏，至日中时候，越发酷热异常。寂然叫宗无切了许多西瓜，送上楼与众和尚吃。众和尚见宗无生得标致，魂魄飘荡，恨不得一碗水吞他下去，你一句我一言，你一把我一捏，将他调戏。宗无大怒，含忍在心，守他们吃完，将西瓜皮收拾干净，惺惺的下楼来。恨道："这班贼秃，如此无礼，待我摆布他一番，才见手段。"遂悄悄将西瓜皮逐个楼梯层层铺满，自己在楼下猛然喊叫道："不好了，楼下火烧起来也！"吓得楼上众和尚，个个争先飞滚的跑将下来，俱踹着西瓜皮，没个不滑拓，总倒撞的跌将下来，一个个皆跌得头破血淋，抱头而哭。宗无大笑，忙来陪礼道："得罪，得罪！是我一时眼花，被日光映照，错认火起，致有此失。不妨，不妨！我有妙药，包管敷上就好。"

寂然闻的吵闹，慌忙进来，见众人俱跌得这般光景，狼狈不堪，询知其故，将宗无痛嚷一顿。又道："既有甚药，还不速去拿来。"宗无随即跑到后园，瞒着众人，摘了若干凤仙花，悄悄捣烂，又寻一块明矾，放在里面，捣得停当，方拿来对众人道："此药是个草药单方，灵效大验，妙不可言。"遂亲自动手，替众人个个敷将起来，连没有破损处也替他敷上，将一个光头整敷满，全不露一点空隙。又分付众人道："切不可擅动，须待他自落药疤，包你一夜全好，不然就要做个破伤风，不是儿戏的。"众人果然依他，包扎停妥。又有闪挫腰的，问道："你有甚方儿，医得腰好。"宗无道："没有甚药方，只有祖遗下一料膏药，贴上就好，寄在一个朋友家中，待我取几张来与你们贴。"众僧道："快些取来。"宗无悄悄到药铺，买了几张催脓烂疖加料的大膏药，又买一条死蜈蚣，烧化为末，撒在膏药上，将来递与闪的道："快快烘了贴上，一昼夜全好，切不可揭动。"众僧敷贴停当，且喜是不出门在念经的，草草念完功课，早早安寝。那些包着头的，倒也一夜安然无事，几个腰疼的，反觉似调脓的一般，患处肿痛痒不可当。熬不得的，只得揭开一看，贴得皮开肉绽，痛痒难过，才知宗无要他。包着头的揭开一看，疼痛难止。查得患处，七红八紫，好似砂壶儿一般。一个个红头赤项，不敢见人，半多月方才如故。却恨宗无作怪，无不咒骂。寂然将他打了顿说："你也没福出家，还了你的舍身纸，快快离山门，任你自去。"宗无欣然拜辞佛像，又拜了师父，与众僧打了问讯，众僧巴不得冤家离眼，任他辞拜，也不答礼。宗无整理原来的衣被，作谢一声，飘然而去。

　　仰天大笑出门去，英雄岂是蓬蒿僧。

寂然众秃去了宗无，挑去心头之刺，拔除眼中之钉，任其饮酒食肉，纵赌宣淫，肆无忌惮。

　　且说宗无出了山门，脱了僧服，穿上俗衣，在邻近亲识人家，住了半月，身边财物用尽，只得将余的衣服当卖。又过半月，那家原是穷民不能相顾，乃劝他道："你如今头发已长，可以归宗，还是回家去的为妙。"羽冲本不欲回家，其如囊空无食，只得依从，却一步懒一步，好一似：

　　苏秦不第归，无颜见兄嫂。

　　进城到家，见了兄嫂，将还俗之事说知。作哥的道："我好好送你出家，你却不守本分，师父不肯能容你，我们也不能顾你一世，你自去寻头路罢！若要再想回家装我的幌子，这是万万不能的，你休做梦。"遂将他逐出，把门关上。时天色已晚，宗无无奈，只得又往寺中去求师父。寂然大发雷霆道："你既还俗，又来缠甚么魂？你已不是我寺中人了，今后若再来时，我只当做盗贼，断送你的性命，你休怨我。"说罢，也将他推出山门，将门紧紧关上；宗无进退无门，天已昏黑，就在山门下蹲了一夜。

　　天明正在没处投奔，恰好那田先生又打那里来，劈头撞见，宗无告诉情由，田先生欣然带他回家，劝道："你不愁无日子过。"遂将自己两次所梦所见，一一对他细说。又道："令兄处既不收留，必挟私心，纵然强他目下权容，未免后边也要多事，反恐有不测。至于寺中，是越发去不得的，幸亏是如此开交，也还造化，不然连性命亦难保全。不若悄悄权在我处，粗茶淡饭的读读书，待你年长些，或是与哥哥当官理论，或是求取功名，那时再相机而动，方是万全之策。"宗无感激拜谢，安心住下，再不出门。田先生又唤妻子杨氏到面前，重新把宗无鬼神佑助之事，向他细细剖悉，嘱他好生照管宗无，我们后来也好靠他过个快活日子。

从此后，宗无蓄发，依旧复了本姓、本名，仍名坚节，字羽冲。原来田先生虽读几句书，却出身微小，妻子杨氏，专一在外替人做媒作保，是个有名惯会脱骗的媒婆。听见老公说羽冲神助之事，他道事属荒唐，只是不信，心中反道："宁添一斗，不添一口，好端端带一个无名小厮来家，作费粮食，着甚来由？"虽不说出，心颇不悦。

过有一年，忽然田先生得了个疯疾，竟瘫在床上，家中食用，就单单靠着媒婆生理。杨氏抱怨道："你带个人来，又不把些事他做做，叫我老人家辛辛苦苦，挣钱养活他。"田先生道："他只会读书，会做什么？"杨氏道："只要他肯，自有不吃力的道路。"原来杨氏同着个孙寡妇，专在大户人家走动，与内眷们买首饰，讨仆妇。他要羽冲装作买主的家人，同来议价，煞定价钱；又装卖主的人，眼同交易，以便争钱，又见得当面无弊。那羽冲见要他在人家穿房入户，与女眷往来，如何不肯。每日跟定二婆子走动，以为得意。或遇人家闺门严肃，仍就把他卖丫鬟一同入内，交易作成，杨氏又得了羽冲的一分中人钱。过了些时，生意稍迟，两个婆子算计，要把羽冲装做女子，卖与一个大户人家。杨氏有田先生挂脚，只叫孙婆出名，另寻个闲汉认作老子，成事时，两个八刀。孙婆空身，逃之夭夭。

羽冲只认作装丫鬟卖首饰，到那家，见了主人，婆子领他在后房坐下。他们在厅写纸兑银，那家大娘子出门，两个仆妇相伴，一个道："官人造化，讨得这个好女子。"一个说："只怕大娘要恼哩！"羽冲见不是话，忙忙走出厅来，见他们在外写纸兑银，大嚷道："我是石贡生的儿子，如何把我装作女子，来卖入大户。"大怒，遂将两人一顿打骂，挣命逃脱。且喜银子未动，说："羽冲是好人。"赏了他几钱银子。来家说杨氏，口推不知，埋怨孙婆作事不的。过了几日，孙婆为着一宗旧帐来会杨氏去讨，羽冲扯着孙婆大怒道："这老猪狗，你做得好事，还敢到这里来。"孙婆笑道："我到作成你好处安身，你自没造化，吵了出来，反抱怨我。"羽冲道："胡说，我是好人家儿女，如何肯卖与人？况且将男作女，一旦事露，岂不连累于我。"孙婆道："怎的连累你，虽无有前面的，却有后面的，也折得过。"羽冲大怒道："这老猪狗一发胡言，我与你到官理论。"一头撞去，将孙婆撞倒，如杀猪的一般叫起来。那杨氏劝不住，闹动街上，许多妇人、男子一齐来看，相劝相扯。孙媒婆那肯住手，羽冲也不放松，钻在他怀内东一头，西一头。孙媒婆大受其亏，搅得骨软筋麻。羽冲真也恶毒，偷个空将孙婆裙带尽力扯断，随手扯下来。孙婆着急，连忙来护时，那条裤子，早已吊下，两只精腿与个屁股，光光全露，又被打翻，仰面朝天的跌在地上。这遭那个鲇鱼嘴也似的老怪物，明明白白献在上面。看的众人齐声大笑，不好意思，俱掩口而走。那孙婆羞得提着裤子，将一手掩着阴门，往屋里飞跑，一味号天哭地，咒骂羽冲。羽冲见他吃

了亏苦，料然清洁，也不去睬他，亏杨氏再三陪情央及，孙婆方含羞出门而出。正是：

　　妇女莫与男敌，动手就要吃亏。

　　再说杨氏见孙婆出了丑回去，一发恼恨羽冲，恰好本地有个桂乡宦家，要讨个小厮陪嫁女儿，杨氏弄个圈套，竟将羽冲卖在他家。只因这一卖有分教，添出许多佳话。且听下回分解。

第三回　陪嫁童妄思佳丽

季布为奴朱氏，卫青作仆曹衙。一朝货与帝王家，金印腰悬斗大。自古
英雄未遇，从前多少波查。有恩须索重酬他，有怨须当谢下。

——右调《西江月》

话说杨氏串同孙婆，又将羽冲卖到桂府。见他幼年美貌，心中甚喜，取名秀童。
桂小姐名唤玉香，许聘本府戚知府之子戚可成为妻。可成少年读书，已成怯症。戚公
已知儿子将危，要娶媳妇过门冲喜。桂公嫁妆甚丰，自不必说，买了二个丫鬟，一个
小厮陪嫁。你道羽冲这番怎肯卖与桂家？只因孙、杨二媒婆，时常引着他来到桂乡宦
家，买首饰，讨丫鬟，都分与中人钱来家帮帖。杨氏使用他，一来见田先生得了不起
之症，料应难在他家久住；二来见戚家是个乡绅，或可借此读书，以展其才；三来又
见桂家新买丫鬟巧云十分姿色可爱，就有个思想天鹅之意，故此将差就错，任其卖与
桂家，所有身银，分毫不要，都送与田先生养老送终，话休絮烦。

且说戚家吉期已到，花灯鼓乐，火炮连天，好不热闹。娶了桂小姐，到戚家去与
大公子花烛拜堂，当饮了交杯，依旧送他在庵中养病。那小姐空担媳妇之名，未得丈
夫之实，每日家独守香闺，且喜少不知愁，还可逍遥自遣。戚太守见秀童美貌，不敢
叫他在庵中服侍大儿子，却叫他在书房服侍小儿子戚化成读书。这戚化成只大得秀童
一岁，只是性格粗疏，一脉不通。戚公请个饱学先生用心教他作文，终久是顽石难雕，
钝铁难化。一日出题，叫化成作文，不知写了几句，便叫秀童泡茶，及至泡将茶来，
早已神疲力倦，口中吃茶，眼睛打盹，把文稿抛在一边。秀童看那题目，是"不得其
酱不食"。遂看他做的破承题，道：

> 菜易于酱胖气，故酱不得则圣人吐之矣。夫酱作料也，多则咸而且苦，
> 少则淡而无味，务在不多不少之间，菜方快口。若有一些酱胖之气，欲求圣
> 人之沾唇而不吐之也，得乎哉！

秀童只看得一个破承，已笑倒在地，顿足揉腹，不能出声。化成道："你想是也看

到得意处也。"秀童越发忍不住笑，又恐怕他吃恼，便接口道："果然做得绝妙，我不觉喜笑发狂。"说罢，又笑。化成快活道："我这文才何如?"秀童捧腹点头道："真乃名士高才，令游夏不能赞一词。"化成喜道："你既是个知音，必然也能会做，何不也作一篇，与我较个胜负。"秀童因久不做文，一时技痒，果然也作一篇，竟不起草，倾刻一挥而就。化成惊讶道："你原来是个快手出身，怎一会就是一篇。"遂取过来看，却一字不懂，连句也捉不过来，只含糊赞道："妙，好。但是草率欠思索些，若再沉心想想下笔，只怕要与我一样的妙呢。"秀童料他不识，正要讲与他听，忽见巧云来叫道："小姐叫你呢。"秀童遂丢了文章，忙忙进内。走到房中，一见小姐，登时魂迷意荡。原来秀童虽然陪嫁过来，却从不曾看见过小姐，今日玉香小姐因要买些物件，才唤他进房分付，故此得觑花容。又见小姐娇滴滴声音，亲口分付买长买短，秀童一发着迷。出来买完东西交付过，回入自己房中，暗暗思想道："好个天姿国色的小姐，我怎么也得这等个妻子，才不枉为人一世。"就越想越爱，情不能置，遂取笔做了十首双叠翠，名《美人十胜》：

美人云鬓一胜

俺的亲，又绕绕青丝似绿云。发髻儿，挽得多风韵，懒戴珠金。懒戴珠金，时花斜插鬓旁轻，到晚来，怎禁得狂风阵。

美人蛾眉二胜

俺的乖，又一线新蟾画不来。笑与颦，总是添人爱，晓傍妆台。晓傍妆台，两弯细柳付多才。淡与浓，全在你调螺黛。

美人星眸三胜

俺的娇，又临去秋波那一瞧。暗垂情，觑杀人年少，顾我魂销。顾我魂消，传情只在眼儿稍。睡朦胧，更有千般俏。

美人绛唇四胜

俺的姨，又一点樱桃怎熟时。正含芳，偏与郎尝滋味，枕畔娇嘘。枕畔

娇嘘，滴滴莺声笑语徐。叫一声，把我魂收去。

美人粉颈五胜

俺的姬，又粉香捏就一蝤蛴。嫩苏苏，还比香腮腻，为盼佳期。为盼佳期，瘦损频将钮扣提。眷娇才，便作回头意。

美人香肩六胜

俺的心，又爱杀香肩玉琢成。恁娇柔，怎耽得相思症，斜倚思情，斜倚思情，半出香闺半倚门。待成双，先咬几个牙齿印。

美人酥乳七胜

俺的肉，又酥胸微突两峰头。怕人瞧，紧把蛟绡口，凤友鸾俦。凤友鸾俦，常傍情郎摸不休。那时节，又恐在窗前漏。

美人柳腰八胜

俺的姑，又一捻腰肢柳不如。趁风前，倚定雕栏处，紧系罗襦。紧系罗襦，闷杀才郎玉手扶。上阳台，摇摆得东风妒。

美人玉笋九胜

俺的妻，又春葱十指赛柔荑。白纤纤，舒出温然玉，携我罗衣。携我罗衣，密约幽欢掐数期。袖儿中，便立下招魂计。

美人金莲十胜

俺的人，又两瓣金莲窄窄轻。美凌波，怎与尘凡混，浅印苔痕。浅印苔痕，举足频勾梦里魂。嘴尖尖，须把双肩衬。

秀童做完，情兴一发难遏。恰好巧云从门首经过，秀童一向见他生得俏丽，久已留心，今日正遇枯渴之时，就慌忙迎进来，将他诱入，色胆洋洋，竟一把搂着。秀童道："来得好，求你暂救一急。"羞得巧云满脸通红，一味死挣，那里得脱身？层层衣服带子，俱被扯断。秀童之手早已伸进怀中，巧云着急道："好好放手，莫待我喊与人知，大家好好开交。"秀童涎着脸再三恳求，那肯放手。巧云年已及笄，云情已动，又见秀童俊雅可人，亦有俯就之意，假意把手一松，早被秀童挨倒床上，扯去裙裤，两物合成一处了。正是：

三生结就鸳鸯侣，一点灵犀透子宫

原来巧云犹是处子，莺声怯怯，几闻于外，幸亏秀童乃是初试黄花，毕竟不是老棘，故此不至十分狼狈。二人匆匆见意，起来时两个衣裤上，俱染得鲜红累累，相视而笑。正在余情不断，忽闻内里大呼秀童，二人遂踉跄而散，不题。

再表化成。当日作文只做得半篇胡说，那中后四股，就求神拜佛，喊叫爹爹、奶奶，也再挣不出一句了。时天色将晚，又一心贪玩，遂把自己做的前半篇誊好，却要将秀童文内后半篇凑上，又不知他的中股是那里话头，没奈何拿来，从前至尾，逐个字一数，总算一算共该多少字，就平中分开，却将后半篇不管是起句尾句，是也字是哉字，只照所算之数写起，整整一字不改，誊完竟送与先生看。那先生看了前半篇，又气又好笑，口中乱骂：胡说，狗屁不绝。提起笔来一顿乱叉，及看到中间，不但气不能接，且摸头不着。再细心一看，才知是半句起头，且又是一个起股，却做得甚好，一直看至中后四股，愈看愈好，不觉击节叹赏，因失笑道："这个畜生，不知那里抄写程文，乱来塞责。"又思量道："若是刻文，我怎未见？难道我把这样好文，竟做了败选不成。"遂忙唤化成问道："你后半篇文字，必是程文，是那里抄来的？"化成道："是我肚里做出的新文，不是什么程文。"先生道："胡说。那有前半篇放屁，后半幅烧香的？好好直说，还不打你，若再瞒赖，决不饶你。"化成见先生识破，就不敢支吾，只得说道："后半幅是小厮秀童做的。"先生越发不信，就要取板子吓他，却值戚公进来，先生言其所以，戚公取文一看，见前边的烂胡说，也不禁失笑，将儿子一顿肥骂；看看后面半篇，啧啧称好。问化成道："这是何人之文，被你写来。"化成道："委实是秀童做的。"戚公也不能信，化成道："秀童未死，何不唤他来一问便知。"戚公大为惊，还半疑半信，连声呼唤秀童。

秀童正与巧云才完了风流事，一闻叫唤，二人忙踉跄奔出。秀童走到戚公面前，戚公笑容可掬问道："你昨日替二相公做文的么"秀童应道："不曾。"戚公道："但说不妨，我不责备你。"秀童道："做是偶然做了一篇，却不曾替二相公做。适间之作，还在二相公身边。"戚公就唤儿子取他原稿，细细看阅，着实称赏，胸中还有些疑惑，不能深信，就同先生当面出个题目考他。秀童这遭要显手段，用心想一想，也不脱稿，瞬息又挥成一篇。戚公见他笔不停留，文不加点，顷刻完篇，已觉骇异，颇有几分喜色。及看了这篇文字，比前那一篇更胜十分，不觉心服，大惊大喜道："若据这文才浑厚，不但是两榜中人，且大有受用，决非下流教靠之人，其中必有缘故。"遂带秀童进内，与夫人共相盘问他家乡来历。秀童尽以实告，又求切勿外扬，惟恐哥嫂得知，又生他意。戚公夫妇甚是怜悯，就分付他服侍，却与二相公做个伴读，不必又听杂役。

自此秀童只在书房听唤，他倒也有自知之明，料想小姐是今生今世不能得到他受用的，故此将这个无益妄想撇下，若遇着情不能释时，便将巧云聊当小姐，在暗中叙叙，所以倒得安心自在。那先生见他有这样才学，也不把他作小厮看待，反着实敬重爱恤他，又叫他有暇时，也尽着读书，再不阻挠他。秀童竟学问越进越长了。不知后事竟是如何，且听下回分解。

第四回　代笔子到手功名

中国禁书文库

伟人藏禁书

借枝培植望花开，究竟功名属有才。

本是无心求富贵，谁知富贵逼人来。

　　话分两头，再表秀童的哥哥石爱冰，与郁氏在家，自从逐出兄弟之后，竟置之不理，并不访访他在那处安身，一味得他不在眼前，愈觉欢喜，夫妇心中快活不过。爱冰依旧出门生理，载着一船货物，要到南直一带发卖，由长江而行。一日无风静浪，正行得安稳，忽江中钻起两个猪婆龙来，爱冰是出过门素常见惯的，也不在心。忽然东边又钻出一阵，西边又钻出百千，顷刻间，满江水面上，摆得乌黑，竟不知有几千百万只在水面浮来，渐渐浮至爱冰船旁。爱冰与船家连道："不好，不好！快些收港。"不曾说得两声，船底下已浮起四五十个猪婆龙，将嘴轻轻一拱，登时船底朝天，是物落水。幸亏一个船家善水，抢在一块板上，乱喊救人，才招呼得几只渔船来，将爱冰与众人救起，一个未损。但是，那些宝货已尽数发脱与水晶宫内，爱冰止逃得一个性命，又没盘缠，一路讨饭回家。来到自己原居，只见是一片火烧红地，吓得魂不附体。忙去寻访妻子，却见郁氏焦头烂额的从邻家哭将出来，诉道："昨晚一些火烛没有，不知怎的就平空烧将起来，连被也抢不出一条来，却只单单烧了我们一家，连我也几乎烧死。你怎这般光景的回来？"爱冰大哭，也将覆舟之事说起，二人痛哭不止。正是：

老妻在火星庙内几死，丈夫从水晶宫里逃生。

　　原来石家虽富，俱是浮物营运，并无寸土之田，爱冰被水火两次玩耍，竟玩得精光，夫妇二人又没处栖身，暂屈破庙一乐。爱冰与郁氏算计，有宗帐在处州，不若二人同去取讨，还够做些小营生。郁氏无奈，只得依允，夫妇一头讨饭来到处州，寻主家住下。主人怜他落难，尽心与他讨帐，不想本处年荒，陈帐难讨，讨得来只够二人吃用。主人家甚不过意道："这讨来只够盘缠，且是所欠不多，讨完时，何以度日？不若依我，且靠在一个财主家种田过活。"石爱冰少时，也曾做过庄稼，夫妻二人倒也会做，当下主人领到大户人家，佃他几亩田耕种，牛只耕具俱全，借石饭米他吃，到收成日还他。余外主佃均分，半年辛苦半年闲，只得将就度日。正是：

明知不是伴，事急且相随。

且说秀童在戚府与化成甚是相投，就是戚公夫妇只把他作子侄看待，每日家与化成平起平落，好衣美食。若得空时，便与巧云一叙，好不快活。不料戚公大儿子戚可成之病，恹恹不起，不上半年，卒于僧舍。戚公夫妇与桂乡宦悲痛不止，从厚殡葬，只苦了桂小姐，做了半年活孤孀，如今竟要作真孤孀了。正是：

生前未结鸳鸯锦，死后空啼杜宇红。

不题小姐之事。

且说戚公自从没了大儿子，一发上心要管教小儿子，争奈玩心不改，钝质如初，虽有父亲与秀童整日与他讲解，终成朽木难雕。一日，科考将临，府县要考童生，不免叫秀童顶替。府县俱是案首，戚公大喜，只候宗师按临，准备儿子准学。不想宗师甚是利害，考时十名一连查对年貌无弊，方许放进。有一名诈冒，十名都不许进场，还要枷号重责，不论公卿之子一般责治。戚公无奈，只得向府县讨情，说有个亲侄才来，求他汇送入院，把秀童改名戚必成。进场时，一人一个卷子，领了题目，必成一挥而就，悄悄递与化成誊写，也将必成做他一做，一则可消遣，二则省得要带白卷子出去，又耽干系。遂低着头将必成的那一卷，一真一草也登时做完，侧着头看一看化成的卷子，还没有誊写完，又守有好一会，方才写毕。二人交了卷，恰好头牌开门，遂欣然踱出。

歇上两天，宗师发出复试案来，却又是两名该取。戚公方知秀童连那一卷鬼名，也做在里头，到复试之期，也只说不过应点之事，对对笔迹而已，故不把放在心上，且由他二人同去燥燥脾，况秀童进去又可以壮壮化成的胆。待到进学之际，只将必成推个病亡便罢。谁知二人进到院中，宗师甚是得意这两卷文字，又见俱是十四五岁的幼童，越发欢喜，就唤到案棹边，当面复试。另出一个试题是："童子六七人。"又赏了许多果饼，安慰他用心作文。化成还不知利害，只是愁自己做不出的苦，倒是秀童反替他耽着一把冷汗，甚是忧心，没奈何只得将必成的一卷，自己冒认着匆匆做完，送在宗师面前。宗师见他敏捷，第一个是他先来交卷，就唤他站立案旁面看，着实称扬，拍案叫快，就取笔在卷面上写了"取进神童"四个字。因问道："你是戚祈庵什么人？"秀童不好说是小厮，只得权应道："是螟蛉之子，排行第三。"宗师又勉励他道："你文才可中得的，切不可因得一领青衿自足，回去竟要用心读书，本院自与你一名科举进场。"秀童谢了一声，又归本位，坐着呆守化成。望着他才做得两行，心下好不着急。宗师原爱这两卷，见秀童这一卷已完，那一卷还不来交，心内诧异，偶抬头一看，见只写得两行草稿，遂等不得，叫先取来看。却只得一个破承题，上写着道：

　　童子六七人
　　以细人之多，其妙也非常矣。夫童子乃细人乎。吾知其妙也，必然矣。
而点之所取，谅必有果子哄之之法耳。

　　宗师看了大笑，拍案大怒道："这等胡说，还拿来见我。可见前日之作，显然有弊，本院也不细究，只将你敲断两腿，枷号两月，问你个不读书之罪罢！"正要行刑，那秀童吓得着慌，竟不顾利害，跑来跪下痛哭，情愿替打。宗师又动了一个怜才之念，便发放化成道："本待敲你个半死，姑看你父亲与兄弟面上，饶你这狗腿，回去读他二三十年书，再来观场与考罢了。"遂大喝一声，逐出。秀童就领着化成，忙忙出来。化成吓得尿屎齐来，脸如白纸，戚公闻知，也惊得魂魄飞扬。化成回家，竟惊吓了一场大病，险些上殡，闲话休赘。

　　且说到发案之日，必成竟是案首入学，且以儒士许送进场。过了两天，又值学里迎送新秀才，戚公因秀童是宗师得意取得案首，不好不到，恐怕推托反要查究弄出事。没奈何，只得将错就错，认为第三公子，分付家人称他做三相公，一般也送他进过学，迎将家来，淡淡了事。只有玉香小姐，见陪嫁小厮进学，心中又奇又喜，笑腹疼；更有巧云，越发喜欢不过。戚公夫妇因为儿子受辱，体面不雅，反闷闷不悦，没得遮盖，只得转拿必成出色掩饰人的耳目，也做戏饮酒，忙忙过了些时。

　　转眼场期将近，戚公夫妇一索做个好人，愈加从厚，就如亲子一般，是事替他备办，毫不要他费心。又拨了几个家人服侍，一路轩轩昂昂，到省下场。到临三场完毕，发榜时，必成竟中了第三名举人。在省中谢座师，会同年，公事忙毕，就回家拜谢戚公夫妇，又到龙泉本县，去拜谢桂公夫妻。旧主人主母桂公，这老人家见面，执手大笑，必成也以子侄礼拜见。次日就到哥嫂家来。谁知连房屋也没有了。询问邻人，俱说他自被回禄之后，就不知去向。必成吃惊叹息，又去拜望田先生，那先生已于上年三月间归世了。只存扬氏一人，双目已瞽，坐在家中，饥寒穷苦，十分难过。闻得来看他的新举人，就是那个吃闲饭的小厮，又惊又羞又喜，没得掩丑，就倚着告诉苦楚，

悲悲咽咽，哭将起来。必成劝慰，当时备了祭礼，到田先生坟上哭奠一番，反赠了杨氏三十金，送他为养老之资，遂仍旧回到桂家，住有数天，才动身归家，别却戚公与夫人，匆匆进京会试。及完却场事，却又中了进士，殿在三甲，好不得意。待过忙完，就选了浙江处州府青田县知县，领凭出京，先到家拜见戚公夫妇，欲要请他同到任所报恩，戚公夫妇苦苦辞了。必成意欲问戚公与夫人讨巧云随去，惟恐桂小姐不肯，又不好自己启齿。正在踌躇，恰好桂公闻得必成回家，亲来贺他。必成心中暗喜道："好了，待明日且央他去说巧云之事。"遂放开怀抱不题。

再说戚公见桂亲翁到家，忽提起一事，对夫人商议道："我想儿子已死，少年媳妇留在家不是个了局，今日必成既认为义子，且又发达，何不一索结些恩惠，叫必成感激我二人。待我明日竟对桂亲家说，将媳妇许配了必成，却依旧还是我们的媳妇了，你道何如？"夫人甚喜。次日戚公果然去说，桂公欣然应允，戚夫人随即去唤必成来，对他说明。那必成正为巧云事尚恐小姐作难，今闻将桂小姐竟许他为妻，险些连魂魄也喜散了，不觉竟要乐得发狂起来。戚公因他凭限迫促，遂忙忙择个吉日，将桂老夫人也接将来，结彩悬红，替必成毕姻，仍将巧〔云〕陪嫁。正是：

昔为轿后人，今作床上客。

当日大吹大擂，贺客盈门，本府官员无不登门贺喜，满堂戏酒，直闹至更深方散。必成忙忙进房，搂着桂小姐，笑嘻嘻的上床去挂新红了。这一夜之乐，比中举中进士还更美十分。怎见得：

含羞解扣带笑吹灯，一个游蜂狂蝶，等不得循规蹈矩，一个嫩蕊娇花，耐不得雨骤风狂。生辣辣，灵犀深透；急煎煎，血染郎裳。

次早，必成见桂小姐新红点点，一段娇羞，愈加疼爱。待过三朝，就别却戚公夫妇与丈人丈母，带着玉香小姐与巧云，一同匆匆到任。未及两月，又求了小姐之情，将巧云也立为侧室。

一日在堂上审事，审到一件佃户挂欠租豆，反殴辱主人之事。及将佃户带进来时，原来不是别人，却就是那个最疼兄弟的爱冰哥哥。必成心内大惊，且喜竟毫无介怀之意，立刻退堂，将哥哥接进，二人相抱大哭。必成问他怎的在此，嫂嫂在那里？爱冰见官是兄弟，觍然无地，哭诉情由。又道："近因台州那主人帐目还清，我与你嫂嫂坐

中国禁书文库

警寤钟

三四一三

吃山空，又没得盘缠，亏那主人家有个亲戚在这里，就荐我来替他种田养生。近因手头甚空，将租米吃去若干，所以挂欠他些许，他就送我到官。今日幸亏天有眼睛，叫你做了官，使我遇着是你，不然我今日这场苦刑，怎么挨得过去？可怜你嫂嫂还在他家愁死。"说罢大哭。必成再三劝慰，即刻差人打轿将郁氏接进衙去，吓得那家登时请死。必成也不究理，又替哥哥赔偿他租米之数，用好言宽慰而去。这郁氏进衙，见叔叔做了官，又羞又喜，登时将那一片坏心，改变了一片婆心，一味撮臀捧屁，惟恐奉承不周。必成领桂小姐与巧云重新拜见哥嫂，也将前前后后的事情细细告诉，就留哥嫂在衙中居住，全不记念前仇。

在任三年，连生二子，因他做官清廉，政声大树，抚按荐举，朝廷来行取进京，时必成才二十二岁。又复了自己本姓，回去祭过祖，就捐千金起个伽蓝庙，报答佑佐庇助之恩。那寂然和尚，吓得逃往别处，不知下落。羽冲也不究问，匆匆又收拾进京做官，数年之间，已做到御史官级，一直做到都堂，一夕无疾而终。

卷二　陌路施恩反有终

第五回　负侠气拔刀还救

本来面目少人知，一片忠肝说向谁。救伊行，不皱眉，从今相见休回避。
暗室无欺，见义即为，反笑人间总是痴。空血气，枉男儿怎把良心昧。

右调《五更风》

丈夫七尺之躯，生于世上，若不做几件好事，与禽兽何异。就是禽兽也不枉生，那禽兽中最做小者，莫如鸡犬，鸡能司晨，犬能司户，他还领着两件好事，焉可人儿不如鸡犬乎！若委说无权无势，不能大有作为，至于阴德之事，做他几件，也不枉生于世。不然，这耽名无实之身，立在世上何用？也不必无事生事去做，只消存心行善，遇着就为，即头头是道。我不去捐人害人，寻人之短，挑人之衅；凡事逆来顺受好，反只是含忍，是非一味不争，不与物为忤，这人自守的好事。若遇人有难就去排分，逢人争斗就去解劝，即如最小的事。譬如人家有鸡鹅物牲口，掉在毛厕里，我也去替他捞起来。凡此等之事，俱是力量做得来的，这是为人的好事。只此两途，若时刻放在心上，便是我的大受用，才了得我在世上的一个干净身子。而况受用还不止此。那天公再不负人，见你如此厚道，他就厚道起来，若不报之于你自身，必报之于你子孙，受用无穷。这样最便宜极有利钱的生意，不知世人为甚么还不肯去做？我实不解。世人若不信我的言语，我且拿事还不远，众所共闻的，一个最正要紧之人，无心中做了几件，可以不做的事，到后来得个小小报应的事情，慢慢说来。看官们听了！教看官们信却我的言语，那时节在下与看官们，大家勉励，做他几桩好事。

话说山西太原府五台县，有个偷儿，本姓岑，绰号唤做云里手，年纪三十一岁，

父亲已亡，只有老母傅氏孀居，年近六旬。云里手并无兄弟、妻子，为人极孝，颇有义气，至于武艺手段，也是百中之一的。他从十数岁上，就能飞檐走壁，神捷异常。却有一件好处，若到人家偷时，再不一鼓而擒，只百取其一。他立心道："我既为此下流之事，不过为养老母，若把别人辛苦上挣的钱财，尽入我的囊中，叫他家父母妻子不得聊生，岂不伤天害理？况我还有这个手艺，寻得活钱，觅得饭吃。若是他们没有这两贯买命钱，就做穷民无告了。且左右人家又多，只拚我些力气走是，何必单在伤惠。"故此人家明晓得他是这贵行生意，一则怕他手段利害，不敢惹他；二则见他有点良心，也不恼他。他逢人也不隐瞒，公然自称为"云里手"，倒也两安无事。

迩来身子有些不快，不曾出门做得生意，家中竟柴米两缺。因到街上访得一家姓马，是县里有名的快手，颇有食水，打帐到晚去下手。回至半路，遇见一个相士，名唤毒眼神仙，一把扭住道："你好大胆，怎明欺城市没有人物，却公然白日出来闲走看人家门户，你怎逃得的我眼睛，且与你同往县里讲讲。"云里手大惊，那相士扯他到僻静处，笑道："不须惊恐，聊作戏耳。"两人大笑，云里手就邀他至茶馆一叙，求他细详终身。毒眼看了一回，连连跌足叹道："苦也，苦也！据足下堂堂相貌，为人忠心侠义，只是吃亏这双鼠眼带斜，满脸俱是鹰纹黄气，必主饿死。足下急急改业营生，切不可再作梁上君子。"云里手点头唯唯，二人谈上一会，各别而去。云里手闷闷回来，于路想道："除此之外，别无生理，我若该饿死就改业也是免不得，只索听凭天命罢了。"惟恐母亲晓得烦恼，在他面前提也不提。到晚上带了一把斧子，弄个手段，竟至马快手家床底下伏着，专待人静时动手。把眼悄悄一张，房中并不见一个男人，只有一个标致妇人，与个年老婆子张着。那妇人吃完晚饭，洗了脚手，将一更天气，那妇人打发那婆子先睡，自己只呆呆坐着，若有所待。外边已打二鼓，还不睡觉，云里手等得好不心焦。少刻，听得门上剥偬的掸了两下，那妇人咳嗽一声，忙将门开了，见一个男子进来。云里手暗忖道："这个想就是马快手。"遂将眼暗暗张看，只见那男子与妇人也不说话，两个慌慌张张，一顿搂搂抱抱，就在床沿上动掸起来，匆匆了事。妇人说道："昨日与你商商的事，我已拾收停当，今日断不可再迟。"那人道："我已约下船只，只你丈夫回来，做个了当，就与你一帆风，永远的快活。"正说时，听得门外又有人敲门，这男子就躲在柜后暗处，这妇人才去开门。只见一个长大汉子，吃得烂醉如泥，一撞一跌的进来，就往床上一倒，妇人忙替他脱衣改带，服侍他睡好，顷刻睡熟。那妇人忙将手招那先来的男子，云里手早已明白。没有一盏茶时候，只听得床上吼吼声响，床也摇得动，伸头一张，只见那妇人骑在睡的醉汉身上，同那男子下手绞把。将近危急，云里手大怒，拔出腰间斧子，猛向前照那男子顶门只一斧，打个尚飱。那妇人正待要喊，也被一斧做了红西施，嫁鬼判。

云里手将那醉汉救醒，转身就走。那汉因这一绞，倒吃他将酒绞醒了，忙将那云里手扯住，跪下道："我被淫妇奸贼谋害，蒙兄活命大恩，未曾报得。请问恩人，何以得到我家，特来相救？我明日还要同到县里，表明大德，以权报万一，怎么便就要去？请问恩人高姓贵名，住居何处？"云里手道："实不相欺，我本姓岑，绰号云里手，因有些不明白生意，故此黑夜藏入尊兄房间，得以拔刀相助。"遂将晚上妇人如何淫荡算计，到后如何下手，我如何相救，一一告明。不觉道："兄想就是马大爷了。"那人道："不敢。"云里手道："我做这个生意，也不便见官，多承厚情，还求替我遮盖贱名。小弟得马大爷长做个朋友，把双眼略略看觑就够了。微末小子，何足挂齿。"说罢，要去。马快手再四款留道："兄是义士，些小形迹，何必避忌，到官也不妨，包兄还有重赏。"云里手坚辞不肯，马快手遂取几两银子送他，道："兄既不肯露高，小弟亦不敢相强，此菲薄之意，权表寸心，容明日事定后慢慢叩府报答。"云里手却之不得，遂权领告别而回。这马快手发时喊破地方说："捉奸杀死。"自去出首埋葬不题。正是：

　　　　谁道贼心毒，更毒妇人心。

再说云里手回家，对母亲说知，傅氏埋怨道："你虽救得一个人，倒杀了两个人的性命，岂不伤阴德。以后出个不要行凶，将斧子与我，不许你带出去。"云里手是个孝顺人，依母言语，将斧头递与母亲道："谨遵母言，但斧柄上有孩儿名字，记号在上，切不可借出门。"傅氏点头收好。到日中，〔马快手〕亲自登门拜谢，又送礼物，自此时常往来，倒做了生死之交，不在话下。

过了几天，云里手闻城外天水庵和尚极富，就去探他。约有二鼓，就去庵里，却见几个秃驴与一起强盗分赃，遂悄悄伏在神柜上，看他分多分少。及分到一个皮匣，那些强盗笑道："你看那官儿的诏敕，都是我们取来，教他连官也做不成。"内中一个和尚劈手抢过道："管他娘事，且拿与我包包银子。"就拿来将银包好。少刻分完，遂各散去。这些和尚将物件藏好，俱各安寝。那云里手看期轻轻连囊取去，待城门一开，忙忙至家，同母亲打开检看。黄白累累；又开一包，那张诏敕还好好卷在外面。展开一看，却是钦差颁诏御史黄嘉朔。因笑对母亲道："这官儿失去物件还不打紧，失了这本东西，连身家性命也不可保，此时不知怎样寻死呢。"傅氏道："既如此，我们要他也没用处，何不送还他做件好事，也可折你的罪过。"云里手道："我做这事，怎好出头，万一惹到自己身上，祸事非小，且这官儿不知在那个地方，叫我那里去寻他。"母

子商议不妥，也就丢开。

到第三日，云里手有事出城，忽见马快手在一只大船上与人说话。云里手就住脚守他，半日才回。云里手叫道："马大爷何事在此？"马快手道："再莫讲起，连日为钦差黄御史在乌泥岗被劫，县里着我缉拿，每日一比，甚是紧急。"云里手道："那只大船，就是黄御史的么？"马快手道："正是。贤弟也放在心上访访，若访着时，大家讨个喜封儿买酒吃。"云里手含糊答应，两下各别。云里手一路回来，暗自踌躇道："我要将那话儿送去，又恐惹祸来，若不送去，他们就拿到强盗也是枉然。"心中左思右想，倒弄得进退两难，闷闷回家，想了一夜，不能决断。次日，忽想道："若不送还他，黄宅一家性命，就是我断送了，况我一团好意送去，他难道反难为我不成！就是他没有仁心，自有天理，如应相士之言，只当饿死，还留个美名在世上。若待他缉访败露时，不但他不见情，我就拂理不清，倒弄在浑水里，岂不是个必死无疑？"遂决意送还。才细对母亲说知，傅氏甚喜。

云里手即去寻马快手，挽他同去。那里寻的着，只得独自出城，来到大船遂问道："这船可是黄钦差老爷的么？"早有一个管家应声问道："你是那里来的，有何话说？"云里手道："我有一件要紧事，要见老爷，求为通报。"那管官果然禀知，就带进中堂。云里手跪道："老爷可是讳嘉朔么？"黄公见他问名，知有缘故，忙扯他起来，道："学生就是，你是那里差来？"云里手道："乞去从人，有话禀上。"黄公将家人叱退，云里手从怀中取出送上道："这可是老爷的么？"黄公看见大喜道："你从那里得来？"云里手遂将自己名姓，与天水庵得诏之由细说。黄公喜道："原来是位义士，一发难得。"忙与他施礼坐谈。马快手来至，见云里手与黄公坐谈，不解其故，云里手迎出道："马大爷，你在何处来？"马快手道："我为黄公的事，今日方略略有些影，特来报知。"因对黄公道："今日偶过天水庵吃烟，寻纸点火，在墙洞扯出半张破纸，却是半截封条，写着'御史黄'三字。未知可是老爷的物？特来求老爷龙眼一认。"黄公看了道："这封条果是本衙的，可见云义士不欺我也。"马快手询知其故，大惊大喜，就要云里手去做眼拿人。云里手不肯道："我只为黄公一家性命，故冒利害而来，若因此同做眼拿人，决不敢从命。"马快手见云里手不从，亦不敢强他。

再说黄公得回了诏敕，不胜欣喜，忽想起财物，要遣马快手缉盗究追。云里手乃劝道："老爷失盗，独诏敕惟重，今既得回，其余物何足要紧。若欲缉盗再追，恐真贼不获，移累无干之人，这岂不又是小的之罪过，反为不美，求老爷垂仁罢却，免再缉追为是。"未知黄公肯否，且听下回分解。

第六回　发婆心驱鬼却妻

豪侠知名挖壁时，伏梁相遇莫相疑。

满腔热血空回去，还恨人间不义儿。

接说云里手再三劝黄公不要追求缉盗，黄公矍然起敬道："不意草茅中有此盛德好人，足见存心忠厚。"话尚未完，马快手道："说那里话，自古道：'纵一恶，则害百善。'此事也不敢主张，我也不把岑兄出头，只拿这封条去禀知，凭本官主意便了。"黄公道："此说亦是。"遂取十两银子，两匹丝绸赠与云里手，叫他遇便到京中来，还有薄赠。云里手拜谢而去。当日马快手竟禀知本官，将强盗与和尚，个个拿住。黄公在知县面前也不题起云里手之事，话休絮烦。

且说云里手到家，母子俱各畅快。一日，云里手又偷至一家，姓伍名继芳，是个举人。同父亲进京会试，家中只有一个继母李氏，一个妻子何氏，婆媳二人素不相投。云里手进去，这夜正值二人大闹，云里手伏在他卧房梁上，瞧着那媳妇只是哭泣，尽着那鬼婆婆骂进骂出，嚷得翻天动地，闹至半夜才止。众人俱渐渐睡尽，有两个丫环，也和衣睡熟在床后地上，止有那少年媳妇，还独自一个坐着痛哭。云里手守的好不耐烦，恨不得跳下来叫他去睡，待我好自己窃取物件。正在心焦，忽抬头见对面梁上一个穿红女子，脸如白纸，披头散发，舌头拖在唇外，手中拿着许多似绳非绳的几十个圆圈盘弄，照着那哭泣的女人头上，忽然戏下，忽然收上，忽戏下一两个，或戏下百十个，一路从梁间直挂到地上。收收放放，令人看得眼花缭乱，倒玩得有趣。那妇人越哭得悲苦，这女子的圈儿越玩得有趣，一会又跳下地来，朝着那何氏磕头礼拜，似有所求，一面又对着何氏而哭，一会又向何氏脸上吹气呵嘘，百般侮弄。那何氏一发哭得激切，云里手只目不转睛瞧着，猛然想悟道："哦，是了。这孽障必是个吊死鬼，待我看他怎样的迷人。"说不了，又见那女子拿着一个大圈，朝着何氏点头，叫他钻进去。那何氏忽住了哭，痴眉定睛瞧着他半响不则声。猛取一条裹脚带在手，那女子就急急先走近床前，用手指着床上横梁，做系绳之状招他。何氏果然走来，将欲系绳，忽被床头鼠声一吓，何氏似有悔意，复走回坐着，重新哭泣。那女子仍照前引诱，见何氏不动，竟却手去扯。何氏复又昏迷，随他而走，又被甚物一绊，复惊转坐哭。如

此数回，何氏虽不动身，却哭声渐低，渐渐痴呆，不比前有主意。时口中只念："死了罢，活他怎的？"那女子一发拜求甚急，扯着何氏对面连呵数口气，何氏连打几个寒噤，这遭竟跟他到床前去系裹脚带。那女子忙替他系牢，又将一个圈儿帮在上面，自己将头伸进去，又钻出来，如此数回，才来推何氏钻进。

何氏正待要钻，云里手大喝一声，凭空就跳下来，将何氏一把抱住，却昏昏沉沉。那穿红女子竟作人言，大哭大骂而去。那房中两个丫鬟早已惊醒，忙走来，劈头撞见个穿红女，吓得大喊："有鬼！"合家人惊得跑来，个个撞见这个女冉冉的走出去，都骇得胆战心寒，一齐跑至大娘房中，又见一个男子抱着大娘，又是一吓。云里手道："不须着忙，我是救你家人的。"这何氏亦早已醒，那恶婆子也吓得骚尿直流，跑进房，媳妇二人感激云里手。问他姓名，因何至此？云里手亦以实告，又将那鬼形状细说，众人俱毛骨耸然，道："怪的我们方才俱见有个穿红女子出去。"何氏也道："我初只恨命苦，不过负气，口说吊死罢，原不曾实心走这条拙路。不知怎一时，就不由我作主，竟寻了短见，临时不知怎样动手，只闻有人一声喝，我方如梦中惊醒，略有知觉。若非义士救我，我此时已在黄泉路了。"说罢，大哭。云里手劝道："已后切不可说失志话，你说出虽不打紧，就惹邪鬼相随，每每弄假成真，不是当要的。"因将好言劝他婆媳和睦。说罢，就要告回。婆媳二〔人〕取两包银子奉谢，道："待会试的回家，还欲重重报恩。"云里手忙止道："我只喜敛藏，不喜显迹，你相公回家切勿来谢，今日领此盛情就够了。不要又惊天动地，令我反不快活。"时天色微明，急急辞出。

行至太平桥，只见一个少年标致女子，浑身烂湿，一个白发老者搂着痛哭。云里手上前去问，那老者哭诉道："老汉姓窦，只生这女儿，因欠孟乡宦二十两银子，他动了呈子，当官追比，老汉没处那措，将女儿抵他拥松一肩。谁知一进他门，他奶奶见我女儿有些容貌，不肯留在家中，竟不由老汉作主，将女儿要转卖他家做妾，偿他银子，说在今日成交。老汉苦急，昨日到伍举人家，是我一门亲戚，求他一个计较，谁知他进京会试，父子俱不在家，依旧空回。今早思量急迫，只得去求他婆媳，不想女儿出来投水，恰好撞见救起，若今日没银还他，我女儿又执性不肯嫁人做小，自然是死。他若有些差池，连我老性命，只好伴他见阎王罢了。"说完又哭。云里手恻然不忍道："不必烦恼，也不必去求伍家，我身边偶带些须在此，不知可够你公事否？"遂取两包银子一称，恰好二十两。慨然递与他道："造化还够你事，你拿去赎出女儿，以后宁可饿死冻杀，切不可借下债来。"窦老父女双双跪下拜谢，云里手一把扯起。窦老道："恩人高姓，住在何方？老汉好来叩谢。""我姓岑，号云里手，住在双井巷，在家日子少。"正欲别去，忽孟家有几家人寻来，云里手又对家人面前，替窦老说了许多公

道话，央烦那些管家，在主人前替窦老赞助一言。说毕，将手一拱而去。

云里手欢天喜地回来，才进门，忽见母亲啼哭，云里手大惊，忙跪下问为何事，傅氏道："昨晚不知那个滑贼，乘我睡着，将我们一向辛苦之物席卷而去，故此苦楚。"云里手笑容劝道："原来是失贼，这什么大事，也去恼他？母亲不须忧苦，我们原是这路上来，还打这路上去，正合俗语道：'汤里来，水里去。'正是理之反复，母亲过虑了。打甚么紧？拚两夜工夫，依旧有的，莫要苦坏身子。我今日替母亲已积个大大阴德在那里，保佑你百年长寿呢。"云里手恐怕母亲气苦不去，查失物件，反将昨晚与今早之委曲备细告诉，要使母亲忘怀。傅氏果然欢喜，登时解颐。云里手见母亲有了喜色，方去煮饭，又同母亲吃完，才悄悄去查所失之物，真也偷得刻毒，去得干净，不但财物一空，连那斧子也偷去。幸亏几斗米，两个柴不曾偷去，不然就应了毒眼神仙之口。云里手还怕母亲不能释然，整整一日，不敢出门，只在家中相伴谈笑，分外装出欢喜容貌，只要母亲心下快活。

将近下午时分，早间那个窦老领着女儿来拜谢，见云里手没有妻小，窦老就要把女儿许他，以报救济大恩。云里手不肯道："我早间实出一片至诚，怜你二人落难，故此相援，今日你若把令爱与我为妻，岂不是像个有心做的事，连我一段热肠，反化为冰雪也。"窦老道："不是这等说。假如今早不遇恩人相救，我父女焉得残生，此时尚不知死所，且小女亦要嫁人，又那里去择这样好女婿。况我与恩人未做亲之前，还陌路施大恩于老朽，若做成了亲，我小女之得所不想可知，连老朽亦有个靠山，强如在人家为婢为妾。"因向傅氏道："求老奶奶立室主意，莫负老朽一点苦心。"窦氏也感激，情愿嫁云里手为妻子。窦氏道："既恩人不愿，想有些嫌我猥鄙，陋质不堪正配，愿为恩人之妾，以作犬马之报。再万不得，甘为侍妾，服侍孝奶奶天年，也是甘心。"说罢，流泪。

傅氏见二人情切，对儿子道："既蒙厚爱，我儿不消执性，做亲是件好事，恭敬不如从命罢。"云里手道："母亲言语怎敢不依，但孩儿名行也就要立。今做这营生，已自不肖，若再不顾名节，真是废人了，这断从不得。"窦老见他立意不允，哭将起来。窦氏道："爹爹不必自苦，娶不娶由他，嫁不嫁在我，恩人虽不允从，我们却已出口，料无一女许两家之理。我们且回，孩儿誓不嫁人，愿在守恩人之节，恩人料不肯到我家，容另日只接婆婆到家，慢慢报恩罢。"窦老称善，就要告别。傅氏不舍，执窦氏手流泪道："我儿执性，此事尚容缓处。"窦氏道："夫妇原不定在同衾，要一言为定，就可终身矢志。妾虽居家，却已是婆婆媳妇，改日少不得来接婆婆到家奉事。"各依依而别。正是：

万般俱属皮毛意，惟有恩义系人心。

连日无话，一日，云里手见家中空虚，忽想道："前日窦老说，那孟乡宦他既放债逼人，自不是良善之财，我何不往他家走走，难道他家掯人的血肉，不该去去打个抽丰么？"算计已定，到晚竟往孟家来。不知偷的什么东西，且听下回分解。

第七回　为拿贼反因脱贼

捉贼因何逸贼，天心亦合人心。只缘阴德鬼神钦，提拔英雄出困。城是前日真中颇假，今朝假内俱真。真真假假实难明，反把真名放遁。

————右调《西江月》

这云里手来到孟家，从后门进去，时已二鼓，人俱睡得静悄悄。他摸出火筒一照，他家墙垣皆插天壁，立就显个手段，轻轻溜进。才进得两三重门户，鼻中只闻得烟火气，触得眼泪直滚，忍不住要打喷嚏。心中焦躁道："却不作怪，难道他家种烟防贼？若如此，果吃他防着了。委实这个防法绝妙，令人一刻难熬。"再将火筒一照，但见满屋涨得烟气腾腾，就如烧闷灶一般，罩得人眼不能开，难辨东西南北。云里手道："烟气触得难过，待我先灭了这烟，再慢慢动手。"就摸来摸去，摸到一间厨房内，一发触得利害难当，险些将眼睛熏瞎。举眼一看，见一大堆草烟飞雾涨已近，焰焰火起，连停柱也烘烘的，烧着了半个。云里手道："他家好不小心，这火烛岂是耍的，不是我来，干净一个人家，俱要烧掉了。"幸亏有满满一大缸水，就摸件家伙，尽着乱浇。浇有一顿饭时，方才泼熄，自己弄得浑身是烂湿湿的，灰泥粘满。暗忖道："我这一身湿衣粘手粘脚，如何进去行事？罢，罢！只当是他家请我来替他救火的，也是做了一场好汉，待我留个大名与他，叫他家念我一声。"遂拿火筒照着打一个小草把，醮地下湿灰，在墙上写一行道："救火者，乃云里手也。"才写得完，忽听里面开门，有人喊道："那里起烟，分付人快去查看火烛。"云里手料有人出来，遂飞身越墙而出。于路失笑道："我屡次好没利市，偏生七头八脑，撞着不是救人，就是救火，人家倒不曾偷的，自己家中倒失了贼。今日又弄了一身肮脏回来，真是遭他娘的捧头瘟。"

遂急急回家，换了衣服，心中纳闷，到街坊上走走，撞见向日那毒眼神仙，就邀他到僻静处，再求细细一相。那相士忽称奇叫怪道："老兄不但不能饿死，且有功名美妇之喜。重重叠见，然非正路，俱是你偷的来，这遭倒亏你一偷。"就连声赞道："偷的好，偷的好！"云里手问道："何以见得？"相士道："莫怪我说，尊相满脸俱是贼纹，如今贼纹中间着许多阴德纹，相交相扯，间什不分，岂不是因偷积德。但饿纹黄气虽一些不见，却变做青红之色，必主官府虚惊。依我愚见，老兄不若改业营生，莫走条路为妙。"云里手道："不致大害么？"相士道："一些不妨，今日小弟有事，不及深谈，门兄细详，待兄发迹之时，造府领赏罢。"把手一拱去了。云里手倒不以有好处为喜，反以官府口舌为忧，一发垂头纳闷，懒懒踱回，恰好遇着马快手走来，马快手道："云兄，怎的有不娱之色？"云里手将相士之言告诉。马快手道："渺茫之言，何足深信，但兄这行生意，也不是永远做的，亦可为虑。我一向事忙，未曾料理得到你，今日悄闲，正来与你设个长策，你不必再入此门，我有几十两银子，你拿来开个柴米铺，若生意淡薄，我一文不要还；若生意兴头时，你慢慢还我不迟。在我莫言报恩，在你只当暂借，大家忘于形迹之外，才像个知己。"云里手再三不肯，马快手不悦起来，云里手方才收下，与母亲算计，数日之间，果然开起门来，罚誓再不入穿逾之门。不过三天，窦家又来要接傅氏婆婆，云里手立心不肯，决意辞断。正是：

　　宁为义侠人，不作风流客。

　　话分两头。看官，你道前日偷云里手的贼是谁？原来也是本地一个有名积滑偷儿，叫做"见人躲"。这见人躲自从偷却云里手之后，得了醋头，无日不偷，每每带着云里手那把斧子防身，没一夜不去掏摸些须。一日，也垂羡孟乡宦富厚，也要去分些肥水。这夜正值他家做戏请客，见人躲乘人忙乱之际，一直溜进，正在撬门，恰值孟乡宦进来更衣撞着，被家人向前拿住。先打个臭死，又搜出一把斧子来，正钻着要送官，孟乡宦偶看斧头柄上刻着"云里手"三个字，忙唤家人解放，道："原来就是云里手，这是个义士，又是个好贼，不要难为他。"因向见人躲道："前日亏你救火，却不曾得我一些东西，一向要寻你酬劳，不知你住在那里？且闻你得是小人中的君子，见义即为，处处传扬，向日窦老之事，又难为你圆成，一发难得，方才仓卒之间，不曾细辨，多有得罪。"叫快取酒食与他压惊，又赏了他一锭银子，仍将斧子还他，好好放他出门而去。

　　见人躲一路喜道："造化，造化！今日若非他错认云里手，几乎性命难保。"又失笑道："他即做贼，我亦做贼，都是一样，偏又称他什么好贼，却像偷他心上快活一般。怎又这样敬他，又道处处传扬？真是奇事。莫管他，我以后只将他贵名，做个护身符，自万无一失。"因此他的胆一发大了。一日偷到一个大乡宦吴吏部家里，正值吴吏部在房中与夫人饮酒，不知他怎么弄个手段，撬开一根天窗明瓦椽子，悄悄伏在梁上。暗守直至三鼓将尽，还不得他睡，自己倒守得困倦起来。只是要打盹，再熬不住，不知不觉瞌睡上来，猛向前一撞，险些跌下来。连忙折住身子，不妨腰间那把斧子脱

下，正正掉在一个铜盆上，打得叮当，把吴吏部众人吓上一跳，一齐哄然大喊："有人伏在梁上。"那见人躲吓得半死，飞往屋上一窜，没命的跑脱。吴吏部着人追赶，并无踪迹，次早拿起斧子一看，见名字在上，即动一张告捕呈子，连斧子一并送县。

知县即刻差人缉拿，登时将云里手拿到县前。马快手因有别差，正在茶馆与人吃茶，一闻此信，惊得飞星赶来。见已解至县门，没法解救，遂附云里手耳边嘱道："这事非小，你进去，只抵死莫认自己绰号，我在外边寻路救你。这是万万认不得，谨记在心，要紧。"云里手含泪道："多蒙指教，杀身难忘，若我有些差池，老母在家，全赖仁〔兄〕照管，不致饥寒，我死亦瞑目。"说罢，同众人进去。县主问道："你就叫做云里〔手〕么？你盗了吴乡绅多少物件，好好招来，免受刑罚。"云里手道："小的不晓什么云里手，自来素守法律，并不曾盗甚吴乡绅物件，这是那里说起。"县主道："你这贼嘴还要抵赖，本县把个证据与你。"随将斧子掷下，道："你去看来！"云里手看了，方知是向日被盗去之物，故作不解之状，说："这斧子不知是那个的？柄上现有记号，爷爷照号查出便知。"县主道："云里手是你名字，难道斧子又是别人的么？"云里手道："小的名唤张三，并不是云里手，求青天老爷细察。"县主发怒道："我晓你这贼骨头不打不招。"遂擎签正待动刑，忽报府里太爷有紧急公事，请老爷会叙，请即刻起马。县主看了来文，分付名下人，将云里手寄监，待回发落。正是：

虽因府里有公事，毕竟天公救善人。

再说见人躲那晚从吴吏部家逃出，惊得半死，连日不敢出门，过有两三日，事已冷淡，他道："想是那家也闻得云里手的大名，故此置之不论。"依旧出来摸索，却溜进一个典当铺，甚是得手。背着一捆衣服往外正走，不防里面跑出三四条狼狗，连肉带骨的紧紧咬住不放，见人躲痛不可忍，跌倒地上死挣，惊动铺中人，一齐起来轻轻捉住。见人躲着急道："不得无礼乱动，我是有名的云里手。"众人笑道："莫说你是云里手，就是云里脚，也不能走脱，你既自〔报〕名字，我们也不打你，只到明日送官处治。"次早五鼓，恰好县主回来坐堂，就提云里手来审。正在严审，外边又说解进一个云里手进来，那县主诧异，叫带进来同审。县主问见人躲道："你是云里手么？"见人躲见官府口气和软，认为好意，忙应道："犯人是云里手。"县主又问云里手道："你委实不是云里手么？"云里手道："小的叫做张三，是人人知道的，委真不是云里手，求爷爷明镜照察。"县主暗道："早是不曾加刑，岂不是个冤枉。"还不放心，又问见人躲道："你果系云里手么？"见人躲道："犯人果是云里手，名字是假不得的，外边人没个不晓得犯人的贱名，不敢欺瞒爷爷。"县主连叫三声，他连应三声。县主遂吩咐将张三逐出，赏他银子，慰他监中辛苦。

云里手磕了两个头，公然大模大样的走出来。县主因为屈了张三，一团怒气俱放在云里手身上，将桌案一拍，厉声问见人躲道："你这奴才，也是恶贯满盈，今日自现。"遂掣签要打。见人躲见官府忽然变了卦，方才着忙，连连喊道："犯人不是云里手。"县主见他重新改口抵赖，勃然大怒，叫将斧子与他验看。见人躲才知前事也来发作，懊悔不过，不觉失虚沉吟。县主见他哑口无言，一发认为真实，便冷笑道："也不论你是云里手与不是云里手，难道今日典铺中之事，你还赖得去么?"见人躲一发得答应不来，县主就丢下六枝签来，将他打了三十大毛板，寄监再审定罪，不题。

这云里手出得县门，马快手接着，这喜非常，遂携手回家。不知后事竟是如何，且听下回分解。

第八回　因有情倒认无情

两处怀恩一处酬，错将好事锁眉头。

当原何不明言故，省却当权书乱投。

话说云里手同马快手欣欣喜喜回家，一进门傅氏接着儿子，就如天上掉下个月亮来，母子二人抱头大哭。马快手道："莫要哭泣，且商议正事。目今虽然出来，倘然审出那个贼情由，必然又要追究到你的根苗，你母子快些拾收，权到我家去躲避一两日，待事定再处。"云里手遂领了母亲，到马快手家住下。次日，马快手回来说："好了，官府已将那贼定了招，拟事已平定。"稍停两日，云里手依旧开张店面，过有年半光景，果然一毫无事。

忽一日，马快手匆匆走来对云里手道："祸事，祸事！昨日本县新县主到任，是南边人姓李，不知为着何事，他一下轿就问你的名字，必非好意，你与他有仇隙否？"云里手道："他既是南边人，我与他风马牛不相及，有甚仇隙。"马快手道："这又奇怪，昨日口气已有拿你之意，你快寻个所在，避他一避。"云里手惊慌与母亲商量，到窦老家去避难，遂忙忙走至窦家，那知门窗封锁，并无一人。去问左右人家，俱说他进京投亲未归，只得回来。事急无奈，又商议奔伍家去逃灾。原来伍家父子俱中进士，父亲已入翰林，儿子做了吏部主事，在京做官，连家眷也接进京，依旧空回。急得走奔没路，马快手道："事急了，还到我家住下，只是房屋浅小，恐藏躲不稳，然比你这里料还好些。"云里手复又将母亲迁进马家不题。正是：

闭门家里坐，祸从天上来。

且说这新县主姓李，一日□因，见云里手一案，忽记上心来道："原是已经系囚。"就立刻差人提到后堂严审。李县主道："云里手，你做过多少年贼盗了？我在京时也闻知你的名字，好好说上来。"见人躲道："青天爷爷呀！犯人名唤见人躲，不是个云里手，那云里手果然做贼多年，犯人只在典铺中做得一次，就犯案拿下，不想前任老爷将云里手的罪过，总放在犯人的身上，望县主细访便如。"李县主见他不认，拍案大怒，再三严审。犯人只得将冒认缘故说出，李县主也知果然不是，一发要访云里手。

说道："你既认得云里手家中，即差人押你去将他捉将来，我□□你的罪过，你可去么?"见人躲道："犯人就去。"李县主遂差两人领着他同去。

见人躲领两个差人，竟到云里手家中，却已不在，见人躲就去问人，有个多嘴的说道："他领的本钱多分是马快手家的，多分迁在那里去居住。"那同来两个差人，是新上卯的，不认的马快手。同见人躲访至马家，马快手又出差去了，三人即齐踹门而进。见人躲认得傅氏，先一把扯住，同他要儿子，傅氏回："不在家。"见人躲对差人道："他既不肯教儿子见面，我们拿将他去见官，拶他起来，不怕他儿子不出来。"三人就动手来捉傅氏。那云里手正躲在一张大柜里，听得要捉他母亲去，心内惊慌，就挺身出来道："列位，不要惊坏我老母，有甚事我自与你见官，诸事全休。"遂安慰了母亲，竟一同进县。

李县主道："你是云里手么?"云里手料只遭断瞒不过，拼着性命，战战兢兢的答道："小的就是。"李县主就笑容可掬的分付掩门，忙下来搀起道："义士请起。"云里手摸头不着，倒吃一吓。李县主笑道："不须张惶，伍家婆媳可是义士相救的么?"云里手道："不敢，正是小的。"李县主道："前日本县在京时，伍年兄亲自道及义士许多好处，他感激异常，梦寐不置，再三托我照拂；又带了五十两盘费，托我着人送你进京；本县前日一到就问，只因没人晓得义士居址，今日因见人躲一案干连义士，方才晓得。欲来奉请，又恐有冒名者溢窃大名，故此行权，多有得罪。"遂重新与他更衣施礼，就要留在衙中吃酒。云里手辞道："还有老母在家，不知老爷呼唤情由，求老爷原谅不恭之罪。"李县主道："不妨，我就着人去安慰。"

正说间，忽闻外边堂鼓击得乱响，不知是甚么紧事，慌得李知县忙出堂来。

却说按院差官到县提人，拿出信票一看，上写着："速提云里手，即刻解报，毋得违缓。"李县主看了，暗暗叫苦，心中好不惊慌，没做理会。看官，你道这是何故? 原来云里手才被捉拿出门，马快手已后脚回家，闻知大惊，即刻转身就往县来打听消息。才走里路，忽撞着两个人承差打扮，问马快手道："你这里有位云里手住在何方?"马快手道："兄是那里来的? 问他怎的?"那二人道："我们是本省黄按院老爷差来请他的。"马快手道："你老爷请他去做什么?"二人道："闻得我老爷上年出差，经过这里，受他什么还救的恩惠，如今已做了本省按台，昨日出巡在嶂县，故此差我二人飞马来请他同去相会，烦兄领我去。"马快手方记将起来，就是前年还诏救之事，心中大喜，就忙邀二人到家，将云里手适才被本县拿去之事，告知二人。二人惊道："既是如此，我二人速去禀知本院老爷，好来救他。"马快手道："等二位去而复来，只恐本县施刑，云里手未免吃亏，岂不误事! 二位可有空头信票在身么?"二人道："有得。"马

快手道："莫若拿一张信票，填写云里手的姓名，二位即刻赶到县里，只说院里老爷即刻提他，我如飞赶至崞县，禀知你老爷知道，方能有济。"二人道："此法果妙。"各人就分头行去。

故此两个差官，就到县堂击鼓要人，李县主吓得没摆布，只得含糊应道："待本县缉拿就是。"差官晓得在他衙门，那里肯一刻迟缓，立等催迫。李县主托故要到后堂，定计回复。差官恐有失错，紧紧跟着，那肯放松。李县主急得无奈，假意出签子，发捕役拿人，指望掩过差官耳目，就好回复上司。那知催得紧急，李县主只道他要诈个包儿，遂送若干礼物程仪，二人又不肯受，一味要人，从早晨直缠至晚，还不肯放松。忽又到了两个差官，催提越发紧急，这遭却真是按院印信批文，着紧亲提。却是马快手去报信，黄按院恐云里手有失，就差人兼程赶来催提，还不放心，又差四人接脚出门。李县主正在委曲庇护，转眼又是四人，来到大声发作，要扭县主同去回话。李县主无可奈何，只得含泪将云里手放出，又做一道申文，说云里手有若干义侠，非梁上之流，求按院开释。众差官簇拥着云里手，忙忙上路而去。这李县主着急，忙将此信写一封书，连夜差人进京报与伍吏部知道。次日，将云里手母亲悄悄接进衙中安顿，又差人到崞县打听吉凶信息，不题。

再说云里手陡见按院来提，不知是那里火起，暗苦道："这遭罢了。"惊得昏昏沉沉，同众人来崞县，带进察院，只见按院下阶相迎，笑道："还相认得么？"云里手又出其不意，抬头一看，见是向年那个钦差黄御史，便笑逐颜开，忙跪下见礼。黄按院慌扯住施礼道："休行此礼，今日接你来，正为报恩之地。"两人就携手相谈，甚是相得。云里手又谈及李县〔主〕为他之事，按君大笑道："原来俱谈左了。"当晚云里手就与按君抵足而谈。次日，云里手就烦马快手寄信回来，安慰老母，兼谢李县主之德。过有数天，将云里手填个书吏行头，放在考察内，特等第一名。加上许多褒奖，例当资部之语，正要着人送他进京，考选个前程。恰□伍吏部见了李知县之书，星夜写书遣人到黄按台处讨情，就要接云里手与傅氏进京。黄按院笑对云里手道："此必是李知县前日见我提你进院，他不知情节，写书进京，故有此举，来得正好。"遂备千金，赠与云里手，送他进京，作考选之资。临行又眷眷不舍道："我不久任满，亦来京相会也。"云里手感谢深恩，洒泪而别。回家就去谢李县主，接了母亲登程。李县主除伍家五十两之外，亦有所赠，又差马快手送他同去，一路无话。

直至京中，伍吏部就接进私衙住下，伍吏部合家感激拜谢，自不必说；次日，就打发马快手回家。过有数天，伍吏部忽对云里手母子道："男大须婚，若没有妻室，就不成个人家。我有一头好亲事，久已替你留心定下，明日是个黄道吉日，意欲替你们

中国禁书文库

警寤钟

毕姻，你意下如何？"云里手母子感谢不尽。次日，伍吏部结彩挂红，诸事齐备，早晨就求铺房妆奁，约有千金之盛，竟如一个大家行事一般。却件件俱从伍吏部家中发出，他母子不解其故。及到吉时，连新人也从伍家内里抬出，大吹大擂的拜了堂，合过卺，将新人盖袱揭开一看，只见袅袅婷婷，娇娇滴滴的一个美艳女子，却不是别人，就是那窦老的女儿。云里手母子甚为惊骇，忙问其故，窦氏道："伍家是我一门远亲，向年父亲因为没有生计，特来投奔，蒙他夫人贤惠，慨然留住，又欲与我说亲。我说妾已心许恩人，设誓终身不嫁。伍吏部越发欢喜，遂倾倒囊橐，老早替我备下这许多妆奁，专待恩人来完他心愿。不幸去年七月老父仙逝，又蒙他殡葬，诸事俱系他料理，真是恩德如山，报答不尽。"云里手母子闻得窦老已亡，好生伤悼。正说得兴头，外边又请上席，宾朋满座，直闹至半夜方才而散。云里手方才洞房，与新人交颈。正是：

> 连日灯花添喜气，鸳鸯被底试新红。

云里手连日新婚燕尔，乐不可言，不上半月去考选行头，又亏伍吏部之力，竟以特等考授招讨司经历，领凭上任。数年之间，连生三子，官至金事，时与伍吏部父子、马快手三家，世世往来不绝云。

卷三　杭逆子泥刀遗臭

第九回　一碗饭千磨百折

求生儿，望儿长，生长何曾见孝亲。及早看破，枉作马牛身。那晓儿痛痒，母担心，推干就湿备劳辛。才离怀抱，便成忤逆人。

　　　　　　　　　　　　　　——右调《戴霜行》

　　人在世上穿衣吃饭，读书做生意，这个身子俱是父母把我的，所以天地惟父母惟尊。故为人的，凭他什么大小事可以缓的，惟有这个"孝"字，是缓不得。何也？人生年纪不过六十七十而已，惟父母的年岁，日短一日。他为我十月怀胎，三年乳哺，推干就湿，担饥受寒，耗费了多少精血，吃尽了多少辛苦，一心只望儿子长大，再不想到自己日子。及守得儿子长大时，自己年纪已过去一半，可见父母之苦恼，为子的该时时伤心怜念，刻刻着意体贴他。若儿子再不把个快活日子与他，真就是第一个丧良心，极没天理了，故此神天也不容他。目今有件异事，真是人人切齿，个个怀怒，在下恨不得食其肉，而寝其皮。这事止可以耳闻，不可以目见，叫在下做的，吓得连笔也不敢下，而且也不忍下，安实骇然得紧，若不是有人亲见，真正说来叫人也不信。且待慢慢写出来，大家痛骂他几句，替在下出了一口闷气。

　　话说扬州府泰兴县城外，有个脚头，姓杭名童，年纪三十五岁，颇有膂力，生性凶狠，不孝不义，暴戾异常。父亲早丧，母亲屠氏，年纪六旬孀居，一味茹斋念佛。妻柳氏已亡，遗下一女，年方一周两岁，取名叫做遗姑。杭童爱之如宝，每日只是屠氏抱在手里，若有啼哭，则杭童竟就将母亲乱嚷乱叫，故此转是这老人家的一点难星。这杭童每日靠着两个肩头，在外挑担营生，但有一件毛病，若挣的一钱银子，倒要吃去九分半银子酒，只好将半分银子买了五个饶饼，带与母亲做一日的茶饭。可怜他母亲还要分两个与这孙女儿充饥，自己只吃得三个，就过了一天。还亏天慈念这老人家，转保佑他儿子生意日兴一日。这杭童良心发现，也渐渐买柴籴米，可为破格相看。只是又添了这老人家一点难星，侵早起来，就要煮饭，服事儿子吃了出门。手中抱着遗姑，又要上来看锅，又要底下烧火，抱上抱下，好不费力。欲要放他略略坐，又是恐怕啼哭，惹儿子焦躁，就要淘气，故此宁可受些饥饿，不受这样苦楚。杭童却直睡到日出，母亲有得没得，尽着自己一顿肥攘，抹抹嘴，拿着担绳就走。或过半日，或过一会，不管迟早回来，就要吃饭。若是饭尚未煮，就拍桌打凳，碗盏碟子打得雪片相似，好不好连母亲这皱皮老骨头上，也还奉承他两拳。屠氏畏之如虎，遂老早将饭煮好等他，他偏又不回，及回时饭又冷了，杭童又嚷道：“一日爬起来，只是吃饭过日子，老早把饭煮在锅里，安心把冷的我吃。”直一吃他骂个不亦乐乎。他若有时在那里吃了酒，或吃过饭，回家见家中煮饭等他，又道：“不做人家，省一顿也罢了，难道限定一顿不可少！就是要煮，也不必煮这许多。”遂又闹到半死才住。真正叫人家早不是，迟不是，煮不是，不煮又不是，弄得刻刻担着小心，只等儿子回来，好好吃了去，方才放心。再一会，又要愁那第二顿，岂不是活活受罪。

一日，杭童有个朋友过生日，要去拜寿，没有分资，向母亲要五分银子。屠氏道："可怜，可怜！我的银子那里来？整整有好几年，没有见他的面了。"杭童急得没法。屠氏见儿子急了，便道："你急也没用，且把衬挂子拿去当来，救你眼下的急罢。"遂一头说，一头就将身上穿的衬衣，热扑扑的脱下，递与儿子，杭童笑逐颜生，接了在手中，欣然出门而去。这屠氏在家念了一会佛，正要拿米做饭，忽转一念道："今日儿子去替人家做寿，自然要留酒饭，他的饭可以不煮，莫要煮多了，惹他心中不快活。"遂省下几合米，只做几碗粥，把干的捞与遗姑吃，自己却吃了两碗稀汤，度过一日。到晚，只见杭童饮得烂醉如泥，跌跌撞撞的回来，进门就要饭吃。屠氏道："你醉这样还要饭吃，好好睡罢。我早间就料你有酒吃，不曾煮你的饭。"杭童横睁一双眼睛道："人家不过请我吃酒，难道反包你饭！你怎不煮我的，我不管你，只有得饭，与我吃便罢。"屠氏陪笑道："好儿子，好哥哥，不要难为我老人家，是我不是，不曾煮的，待我明日起早些煮与你吃罢。"杭童怪嚷道："甚么难为？怎的就叫做难为？你还没有见过难为哩。"屠氏见他叫嚷，连忙道："不要嚷，不要嚷，待我如今就去煮与你吃，下锅就是饭，打甚么紧，莫要又淘闲气。"杭童跳起来道："淘甚么闲气！好老货，好老骨头，老不死，好个待你去煮，好自在性儿。谁叫你勒马过桥，谁耐烦守你，守你煮出来时，倒好天亮，我只立刻要吃，若迟一些儿，叫你老不死看手段。"就将拳头伸得

多高，在他脸上一晃，气得屠氏眼泪鼻涕的哭泣道："我是越老越拙，将要入土的人，你只管作贱我怎的？还留我老性命，多服事你几年，帮你挣个家当，娶房媳妇，你就慢慢享福。我虽一时服事不到，却是你的母亲，你怎左过来嚷，右过来骂？你日后也要生儿育女，那有个像你，只怕到你头上，你又熬不得了。你不要欺心太过，我已年过六十，知道还有几日在世上过活，你却只管认真。"杭童恶恨恨的一声道："你道我欺心，说我作贱，左右是欺心作贱了。"猛向前兜脸一掌，将这老人家打了一个翻斛斗，杭童又赶去又是一脚，踢个满地滚，连遗姑也跌在地上。屠氏跌得昏昏，扒得起来只是哭。杭童恃着酒力，骂个痛快，方才上床，口中还喃喃的不住，直至睡熟才罢。屠氏毕竟是个老人家，耐事，悲悲戚戚哭上一会，领着遗姑也去睡。正是：

　　　　虎恶不吃儿，母慈不恨子。

　　说这杭童睡在床上，忽见父亲满面怒气，走来骂道："你这不孝畜生！母亲年老不想孝顺，反百般忤逆，开口就骂，动手就打，怎么母亲都是你打骂得的？昨日灶君忿怒，出牒奏与上界，已遣雷部明日殛你。"说到此处，就呜呜哭道："你这畜生！死不足惜，只是我家门不幸，生下你忤逆不孝，绝我宗嗣，我好恨也。"杭童听罢，吓是扯住父亲哭道："爹爹，孩儿罪本该死，但从今改过，望爹爹怎么救得孩儿性命？"父亲道："这是天帝敕命，谁能挽回，我怎么救得你？"杭童害怕，只是扯着父亲号哭求救。父亲道："我昨见观音菩萨慈悲律上，有一款说道：'阳世忤逆不孝，必遭雷谴。'若父母心上不愿儿死，搂儿怀中，儿跪地下，吮乳三下，雷神毋得施刑，当奏还敕旨，聊示儆戒，以待其改过自新。若父母心中不愿儿生，则雷神速殛，毋得纵恶。你今既然改过，还须求你母亲，方能救得。你谨记在心，毋得自误，我去也。"杭童一把扯住道："爹爹，你一向在那里，怎今日才回来，连忙又要去？"父亲哭道："孩儿，你一点真性，果然昏迷殆尽。我已归世，与你来诀冥司，目我在生无过，收我在善恶司掌刑。你母亲亦是善人，不久亦有好处，你从今改心孝顺他才是，我去也。"杭童又扯住道："爹爹，既有好处，须带孩儿同去，快活快活。"父亲哭道："这是你去不得。"将手一推而去，杭童大叫一声，早已哭醒，却是南柯一梦。

　　睁眼一看，已见母亲在锅上烧火煮饭，耳中听得鸡声乱啼，暗自念道："好笑，怎做这样个没搭煞的幻梦。"仔细想想梦中光景，又怕道："从父亲去世几年，自不梦见一遭，偏是昨晚偶然骂了母亲几声，打了一下，就做没缘故的梦？却也奇怪，莫要古怪，有些古怪么？"遂一骨碌爬下床来，开门看一看天色，见还有月色，万里无云，疏星几点，东方渐渐发白。忽转一念，自己失笑道："我真好痴，母亲不是今日才打过的，怎以前不见说有天雷，等到如今，才说甚么雷殛？况这样天色，那里有雷？就有雷，不过是阴阳博激之声，那里会当真打人？这梦也不过是酒气冲心，神昏意乱，故此乱梦颠倒，岂不是狗屁胡说！"转身进来，见母亲手抱遗姑烧火，毕竟心虚，走去对母亲说："天色尚早，不须着忙，待我来煮饭。"屠氏想道："他从来再不起早，只固睡着，怎么今日如此知礼，好将起来。想是悔恨昨晚行凶，自不过意，故此回头，这还有些良心。"遂应道："饭已将熟，只是昨晚遗姑被你吓了，身上有些热气，你先吃了饭出门做生意，待我随后安顿饭，同遗姑吃就是。你可先吃完好去做生意。"不知此去生意如何，且听下回分解。

伟人藏禁书

第十回　两声雷九死一生

湛湛青天不可欺，举头三尺有神知。

劝君莫把生身负，及听轰轰悔是迟。

再说杭童吃完饭，出门做生意，果然生意茂盛。走去就遇着一船绿豆客人正要发行，他就领头去挑，一直挑至日中，豆还有半船。正挑得兴头，忽闻街上人说道："天要变了。"杭童就抬头一看，只见鲜红日头，被一朵乌云罩住，心中有些疑惑，道："一个绝好晴天，怎的登时变下来？"遂将箩担放下，向客人道："我腹中甚饥，去吃了饭，才来再挑。"客人着急道："天色已变，就急急的赶着挑，还怕落下雨来，怎么迟得一刻。待你们挑完，我另把几分银子与你们买酒吃，只要你们快些替我挑。"杭童只得又去挑。再抬头一看，见天上云生四角，雷声隐隐，心内大疑，只是撒撒的乱挑，觉得有些胆寒。又放下箩担，道："委实饥饿得紧，待我回去吃一口就来。"客人道："顾不得你，我恨不得再寻几个人来挑，那里还有得让你去？你难道没眼睛，你也抬起头来看看，这是个什么天色，也不该说去的两个字。"杭童见说叫他看看天色，越发毛骨竦然，那里还敢抬头去看？低着头只是要走。客人发急道："你这人好不晓事，天是这样个光景，还只管不顾死活要走，你若饥得慌，我先买两个烧饼，来与你点着饥。"随即就叫主人家，买上数十个烧饼，来与他众人们吃。众人各拿几个，做三两口吃得精光，他拿两个在手，动也不曾动，连外边芝麻也不曾少却一颗。这烧饼好似是个对头一般，那里吃是下一口？料然不能放他脱身，没奈何放下烧饼，又去挑了两担。顷刻间，天色渐渐黑了下来，耳中只听得雷声轰轰，渐渐响得高，来得紧，却像只在他头顶上旋。着实害怕道："这遭断来不得，你就不要挑钱与我，也是小事，你就打死我，也不能从命。"竟丢下箩担竟走，客人死命扯住，只不肯放。天上忽又打了一闪，越发眼花缭乱。杭童急了，怒嚷道："我除不要你钱便罢，怎只管揸住我，难道我是你买到的家人，注定该替你挑完的。"遂一交睡在地下，发赖道："你来打死我罢。"客人见他这个赖腔，不要强他，只得放手，杭童脱身扒起就走。

才转过脚，走上两三步远，愈听得雷声响动，旋来旋去，正正的在他顶门上响，一发慌张。正待要跑，面前叠连几个闪电，猛然豁喇喇一声响亮，半空中起了个大霹

雳，如碎磁声震得山摇地动。杭童吓了一跌，扒起身就鼻中闻得硫黄焰硝气味，触入眼中；只见遍地火光，渐渐绕到身上来，惊得魂不附体，抱着头飞跑至家。见母亲抱着遗姑正站在门口，连忙跪在地上，扯着母亲衣服哭道："母亲救我！母亲快些救我！"把屠氏吓上一跳。那屠氏正在门首望着儿子回来吃饭，见他这般光景，忙扯他进门，问道："你为着何事，这等慌张？"杭童大哭道："如今天雷要来打我，求母亲救孩儿一条狗命。"遂将父亲梦中言语告诉。又道："孩儿从今改过，再不敢无状，母亲快解怀来。"说犹未了，猛然大雨倾盆，雷闪愈急，屠氏吓得慌忙，把遗姑放下，将怀解开，搂抱儿子在怀大哭。杭童忙跪下舐乳。霎时雷声闪电，如雨点般在屋上，与门外乱响乱闪，打得屋上砖瓦片片飞扬，烟雾罩住房屋。忽然响闹中，门外滚进一个大火团来，就地一个霹雳，振得屋也摇了两摇，满屋火球乱滚，硫黄扑鼻。那雷声闪电，只在屠氏身上左右前后头顶，团团旋绕，好不怕人。杭童心胆皆碎，惊得跪在母亲怀中，只是舐乳，口中喊："亲妈妈救我。"屠氏亦吓是死紧的搂着儿子，再不放松，也一味哭叫道："雷公爷爷，可怜我年老止得一子，望神天老爷救我儿子的贱生。"那雷电越响亮的凶险，险些把一间房屋震倒。忽然一个大闪，几乎连心胆俱照将出来。随闪就是一团火球，竟滚进屠氏怀中，就怀中起了个霹雳，将杭童头发烧得精光，俨像有人擒拿他一般。杭童大喊，紧紧钻在母亲胁下，屠氏拚命只紧紧抱着，口内念佛保佑。转眼怀中那个火球，复又滚出，在地上滚了两滚，又猛然一个大电，接脚就是一个大霹雳，如天崩地塌之声，竟将屋内一壁后墙打倒。遂寂然无声，风息雾散，满室清明。霎时外边雨也住了，依旧红日当空，只是硫黄气味方圆数里尽闻，三日方止。

屠氏见雷电已去，才将儿子放出，虽不曾要死，却烧得焦头烂额，屠氏身上与胸前，却一些未损，真也奇怪。杭童与母亲出来一看，只见自己屋上，砖瓦片片粉碎，房屋木料俱烧得半焦，地上砖头石块，堆如山积。望望人家屋上，却毫厘未损，再回头看看自己住屋，连房子也歪在半边，吓得不由不胆战心惊。正是：

> 不孝儿孙休忤逆，但看今日是何形。

杭童感激母亲，跪下磕了几个头，叩谢活命之恩。在家调理了几日，收拾好墙屋，才出门依旧去做生意。倒亏雷神之力，果然发个狠，整整就好了半年，不与母亲淘气，不当做的也去做做，不当叫时也去叫声，竟如一个大孝之人。

谁知心性不长，虽然一时勉强，却恶性入骨，再不能改，日复一日，事久就冷，他竟渐渐忘怀，又没个人好日日题他说天雷要打。母亲又到底是疼他的，见他受过一番苦恼，心转怜念，凡事只是忍耐让他，他却依然将旧时手段，不知不觉又尽数搬出。

一日，买了斤肉来家，要请个朋友，叫母亲整治。屠氏道："我吃斋的人，怕弄荤腥，就是弄出来，也不中吃，还是你自己整治的好。"杭童满心不快道："不弄便罢，何必琐碎，求人不如求己，难道你不整治，我们就吃不成了？"遂忿然自己去动手。屠氏却在锅下烧火，及至肉好，杭童先盛起一小碗道："待我落下些，留着明日吃饭。"随手放在一张破厨柜里，然后再盛起锅内的。又热上一壶酒，不一会请将客来，大家大嚼。这屠氏抱着遗姑，在锅上热酒，遗姑因要肉吃，只是乱哭乱喊。屠氏瞒着儿子，开了厨柜，悄悄偷了一片肉，递在他手中，方才住声。要关厨柜门，忽听得儿子乱嚷酒冷，叫快暖热的来。屠氏遂忙来烧火暖酒，竟忘却关柜。不知那里走来个猫子，公然走来，老实的紧，钻入柜内独乐，将一碗杭童的性命，偏背享得光光，还怕你招怪，又替你把碗儿洗得干干净净，才伸腰作谢而去。

屠氏那里知道，一心趱着热酒，弄得手忙脚乱。将遗姑手中一片肉，失手挨落地下，粘了一团的灰。那遗姑这这小人儿却也可恶，转会学老子行事，就兜屠氏脸上连抓了两把，自己反杀嚏的喊哭起来。任凭屠氏百般哄诱，再哄不住。杭童听见女儿啼哭，跑将来反把母亲一顿肥骂，亏众人苦劝方住。屠氏恐众人笑话，不敢哭泣，含着眼泪坐在锅下。那遗姑还不住哭，屠氏没法，又抱他到柜边来，指望再偷一片与他，见柜门大开，便道："早是起来看看，怎么就忘关柜门？"就慌忙走近前一看，倒有一只雪白的碗，那里有半点骨头？屠氏惊吓道："闻得他说，要留到明日吃饭的，怎连忙又拿去吃起来？这些客也尝过了，人家请你，还该装个斯文体面，怎菜也要添添，岂不好笑。"遂不放在心上，将柜关好，那遗姑还哭声未绝，指着窗外说："猫子来。"屠氏回头一看，只见房檐上，一个大黄猫，吃饱立在房上狂叫，还思量把些余汤余汁，与他凑饱一般。屠氏猛然想起，说："不好了，我的老性命葬送在这畜生身上了。"不知后事竟是如何，且听下回分解。

第十一回　活太岁惊心破胆

作福何由作不祥，不祥之事必成殃。人伦惟孝先为本，失此焉能把祸禳。
你到空着急，莫心忙，当初谁教你虐亲娘。饶君就有捶娘手，难遣今朝太
岁王。

——右调《鹧鸪天》

说这屠氏猛然见个大猫，忽吃一惊道："那碗肉，莫是这个业畜偷吃？若送在这畜
生肚里不打紧，明日又要连累我淘气。"不觉就掉下泪来，闷闷昏昏，好生烦恼；呆呆
坐着，守众人吃完酒出门，几次欲上前问问儿子，又恐他嚷骂，几次又缩住了口，不
敢问他。那杭童名虽请客，只当请了自己，客人散时还不曾有一点酒气，自己倒灌的
稀醉。送了客去，回来倒身就睡。屠氏晚饭也没有心肠去吃，只喂饱遗姑，收拾完锅
灶碗去，也就上床，越想越愁，那里睡得着，整整一夜没有合一合眼。

到次日起来煮饭，杭童对母亲道："将昨日那碗肉，替我蒸在饭上。"屠氏好不着
慌，惊问道："我昨日开柜，只见个空碗，只说又是你拿去添与人吃酒，这等看起来，
像是被那瘟猫吃了。"杭童登时暴躁如雷，跳下床来，狠嚷道："你一日爬起来，做些
什么事？柜也不肯关关，只好烧灰罢了！怪道昨日不肯整治，我就晓得你看不得我吃，
你料道与自己没分，故此不管闲事，由这孽障吃去，方才快得你的捞心。天下人坏，
坏不过你的恶心肠，这斋还要吃他怎的？这佛还要念他何用？老早现你年把世，跑你
的老路，还是正经事。"骂得这老人家闭口无言，垂头堕泪。杭童恼得饭也未曾吃，叹
气出门。屠氏心中苦楚，一面哭，一面领着遗姑，坐在后边一块园地上向日。

忽见一个女尼走来问讯道："老菩萨见礼了。"屠氏忙答礼道："阿弥陀佛，师父是
那个宝庵的？"女尼道："贫僧从上天竺来此，特来化老菩萨，结个大大的人缘。"屠氏
道："我家淡薄，结不起个缘，师父莫怪。师父要结什么个人缘，若是我老身有的，尽
着奉上。"女尼道："贫僧不化你银钱布帛，不化你柴米斋饭，单化你怀中所抱的小孙
女，做个徒弟。"屠氏道："我只得这个孙女，怎么使得。"女尼道："贫僧非无故来
化，只目此女，命当寿夭；又因老菩萨行善，不忍惨苦，故此化你，结个人缘。"屠氏
再三不肯，女尼道："既是不愿，贫僧告辞了。"遂向着遗姑与屠氏点了两点头，连声

叹道："可怜，可怜!"一路叹息而去。屠氏也不在心上。

那遗姑可煞作怪。起初一见女尼走至，将脸藏在屠氏怀内，再不敢一动；及女尼去了，才敢伸出头来玩耍，又要往地上去扒。屠氏将他坐地上，自己拿着一串数珠，喃喃念佛。那遗姑在地上扒来扒去，欢喜异常。扒到前边，看见一堆松泥，将手去扒，竟吃他扒下一个深坑，忽然扒出一个东西，小女儿心上骇怕，大声啼哭起来。屠氏正低着头一心念佛，听得遗姑哭泣，猛抬头，见他扒去有一丈多远，在个泥堆边啼哭，慌忙跑去将他抱起转身。忽见塘内一件物事，仔细一观，却是一个肉饼，其形黄色，扁而又圆，没有头足，满身有千万个眼孔，或伸或缩，在那里动。屠氏不知何物，也吓得脚软。恰好杭童回来去瞧看，见还有半个还在土中，遂将泥土扒开，掘将出来，竟有一个簸箕大。心中奇异，将脚去踏上两脚，其物甚软缩起来，只有拳头大，伸开时就如个大团簸样。杭童道："这是个什么业畜，待我结果了他的性命。"就拿起扁担尽力去打。不打则罢，他去打时，打一下大一围，打两下大两围，不曾打得十来下，其物登时长得有半亩的田大小，吓得杭童口中乱喊，丢下〔扁〕担忙走不迭。屠氏抱着遗姑也急急飞走，早惊得街上许多人来看。只见其物依还照旧，如个团簸大小，只是个个眼孔中出泥，众人俱不识得，你猜我疑，只远远站开不敢惹他。

杭童有了众人，壮着胆，复又走将来，就卖弄手段道："列位一个不要动脚，待我叫这奇物变个样你看。"就踏大步走上前，举起扁担，着力一连打了一二十下，其物比前更是不同，长得又圆又平，又高又大，竟如个小小土山一般，众人一齐骇然大声喊叫。杭童道："列位不要乱嚷，待我到他背上去玩玩。"遂将身一跳，竟站在其物背上，只是其物软如烂泥，两脚齐齐陷住，随脚消长。杭童提起脚来，那东西就随脚长起来；杭童踢下脚去，那东西也随脚软下去。杭童初意只说是件好玩的东西，一个高兴上去，还指望显个能，及上去时连脚也不能动一动，又不能下来。正在着急，那东西忽然将身拱起，把杭童捧得高高的，只一扭，早把杭童一个倒栽葱直撞下来，几乎跌死。众人忙将他扶起，看时已跌得头破血淋，好生狼狈。屠氏心中肉疼，眼泪汪汪忙扶他回去了。

众人心内害怕，欲去报官，内中有个年高老者道："莫忙，这是多大事，也欲去惊动官府。我间壁有个极有学问的高秀才，博古通今，无所不晓，待老汉去请他来看看。他读的书多，或者认得也不可知。"老者说完，就顷刻去将那高秀才约了来，举眼便大惊道："啊呀呀，是那个作此大祸？这事非同小可，快些用土掩埋。"众人道："这是什么东西，怎这般利害。"高秀才道："《鸿书傅议》上说道：其形如肉，其色颇黄，无头无足，有眼千行，可大可小，扁而不方。随年安向，犯之遭殃。其物也是名太岁，

这就是他。快买分纸马安他。"众人闻知是太岁，俱吓得飞跑，还亏这老者胆大，请分纸马磕头祷祝。但见那太岁眼中吐出若干泥来，登时将自己身子掩好，老者与高秀才俱各回去，不题。正是：

祸福无门，惟人自招。

再表杭童回家，将头扎缚起来，疼痛不止，反抱怨母亲道："好端端要出门去闯魂，惹出这样事来，带累我吃这等苦楚。"唠叨叨直怨骂到晚。闻得说是太岁，也暗暗惊恐。到临睡时，掀开被来，却不作怪，早间那个肉饼儿，好好盖在被中。惊得没做理会，就连席子来卷卷，往门外一掷，回来尚兀自心中怯怯，连睡也不敢去睡。坐了半会，走起身要小解，才动脚就踢着一块稀软的东西，忙点灯一照，却又是那个肉饼，越发魂胆俱丧。急转身要摆布他，出去又踏着一块。再照时，却另有一块，连连退脚，不防后边又是一块。硬着胆把眼四下一望，谁知遍地都是这件东西。若大若小，滚来滚去，不知有几千百块，脚脚踢的俱是。骇得雨汗淋漓，见没处下脚，忙向床一跳，幸喜床上却没有，遂将衣服脱下，权做席子，扯过被来，连头紧紧盖着，再也不敢则声。不一会，睡梦中只觉身子压得重不可当，好不难过，用力挣醒，伸手往肚子上一摸，却摸着一块软痴痴冰冷的东西，贴在肚子上。料道："就是那件怪物。"慌忙跳起身来，大喊："快点灯来救命。"屠氏从梦中惊醒，忙起身点灯。才下床，就踹着软物，及走时踢脚绊手，俱是稀软的东西。屠氏道："地上是些什么东西，又软又多？叫我好生难走。"抬头见桌上灯还未曾熄，向前俯明，低头看见满地肉饼，吓得战做一团。那杭童乘亮再把床上一看，但见堆砌累累肉球，登时毛骨竦然，若有个地洞，也钻下去了。一会忽遗姑也叫喊起来，屠氏拚命去瞧，看原来也是一个肉球，盖在他脸上，遂忙将遗姑扯进来抱在怀中，母子孙三人这一夜，一直弄至天晓，不曾的睡。

次早，杭童顾不得害怕，只得动手将满屋中肉饼，拾在箩内，挑送出去。就整整挑了有十几担，越搬越有，直挑至日中，方才挑完。且喜眼前清净，那知到晚又有比昨更多。次日，复又打扫出去。如此一连几日，日里送出，晚上就来，吵得家中没有一刻宁静。不知竟如何得去，且听下回分解。

第十二回　泥周仓怒气填胸

中国禁书文库

警寤钟

佚劳怎忍试霜锋，白发堪怜带颈红。

怒激泥身亦发指，可知咫尺有虚空。

　　再说杭童家中，日日被太岁吵得鸡犬不宁，到第三日上，杭童与母亲才打扫得肉球方完。家伙还不曾放下，那遗姑独自一个坐在床上打盹，往前一撞，跌下床来，竟哭得僵死，不能出声。屠氏忙去抱起，见头上已跌起一个大瘤，杭童看见心疼，嚷母亲道："为甚不放他坐好，把他倒这一个大瘤，你人心是肉做的，亏你活这一把年纪，总是多过了的，你若不然意他，何不将来吃他肚里，却是这样黑心！零碎磨灭他，倒这个田地。"屠氏见遗姑跌狈，心中已自不舍，将欲堕泪，再经儿子钻心的言语，一场嚷骂，气得苦不能伸，遂呜呜咽咽哭将起来。杭童一发焦躁，正待发作，恰好一个伙计来寻他去说话，才赦了母亲，同他出门而去。

　　屠氏是闹惯了的，伤心一会也就丢开，心内还念着儿子，不曾吃得饭出门，愁他饥饿，意欲煮饭，家中偶然缺米，且待儿子回来去买。因无事做，就带着遗姑闲耍，忽间壁一个邻居为母亲生日，家中做善事，怜念屠氏年老家贫，又是个斋道人，着人送了一碗什炒素菜与他。屠氏笑容可掬，千恩万谢的收下，打发来人去了。才拿过菜来要吃，又转一念道："我儿久不曾见些菜面，待他回家同吃罢。"遂连碗顿在锅前烟柜头上，又与遗姑在日色中闲耍。偶见遗姑身上爬出两个臭虫来，遂将自己衣服与被，细细找看，那知线缝里，竟如麦麸一般，挨排摆着，东移西爬，应接不暇。猛发个狠道："怎捉得这许多，待我烧他一锅滚水，烫死他才得干净。"遂放满一锅水，一手抱着遗姑，一手烧火，霎时烧得飞滚，放遗姑坐着。待去舀水，那遗姑如杀人也似的哭将起来，那里肯坐，只得又抱起来。灶前一只手抱着遗姑，一只手掀开锅盖舀水。才将锅掀开，不想那遗姑看见一碗素菜在烟柜上，意欲去够取，尽力猛向前一荐，屠氏膊子一酸，那里留折得住，早已扑通的一声，当当掉在滚水锅里，把滚水溅得屠氏满头满脸。屠氏不顾疼痛，忙去捞时，那遗姑喊也不曾喊得一声，已煮得稀烂。正是：

只因不孝生身母，故教报应熟孩儿。

　　屠氏吓得魂也不在身上，心疼得扑簌簌泪下道："我的亲肉呀！"才哭得一声，猛跌脚捶胸道："想我的老性命，也是到今日了，儿子回来，这场打骂怎么了得？"正愁哭间，听得门外脚步响，料是儿子回来，心中大惧，遂忙忙一直奔出门外，劈头正撞着儿子回来。杭童问道："你到那里去？"屠氏战战兢兢低着头，只是走，口中答道："我到间壁人家讨个火来。"一头说，一头飞路去了。杭童诧异，也不在心上，慢慢踱进门来，远望锅内热气腾腾，暗道："既已煮饭，怎又讨火？"走向前一看，见个煮熟孩儿正是遗姑，吃这一惊不小，登时心头火起，捶胸大怒，拿了一把厨刀，赶出门来。抬头一望，远见母亲走进一个关帝庙中，遂身越也似赶将来。一口气已跑至庙门，那屠氏见儿子赶至，心忙意乱，一时没处躲，就往周仓神座下一钻。这杭童早已接脚赶至，手起一刀，竟将母亲砍死。正待转身要走，那个泥塑周仓忽然大怒，举起手中泥刀往下一劈，将杭童早劈做两半个，就提着杭童半个尸首，泥身竟走出山门外站着。居民看见骇异，不敢近前。有胆大的向前一看，认得是杭童。又跑进庙中去，只见杭童的母亲也杀在地下，再看杭童那半个尸骸，手中尚兀自拿着一把厨刀，刀口有血，才知为他杀母，怒触神明，以致泥神杀人，遂急去报官。
　　官府亲来验看，无不骇然，又到杭童家中一看，见锅中一个女儿，煮得化在里面，却不解其故，忽一个女尼进来，如此这般的缘故，细细说出，方才知其原由详细。那女尼又说道："贫僧数日前也曾来救他，欲化这个孽种，他却又不肯，真是天地间一桩恶劫！但如今屠氏虽遭此逆子毒手，他又却在好处去享福了。"众人还欲向前去细问情由，只见那女尼将身子一闪，早已不见，竟不知是仙是神。众人遂捐资买材，将屠氏尸首盛殓埋讫，又将杭童尸骨，也将棺木盛好欲去埋。不想一埋入土，登时就有雷闪齐至，将棺提出土上，劈得粉碎。换棺三次，连遭雷劈三次。过有七天，民居人听得一夜雷雨大作，次日起来，已不见杭童尸首，竟不知提到那里去了。众人嗟叹不绝，又去抬周仓进庙。谁知就如生根的一般，那里扛抬得动一动？甚至添有几百人用尽平生力去抬，也不要想得他进庙。官府闻知，亲来拜请，再令多人去扛，也不能一动。遂将山门改为一殿，单单服事周仓一位泥身在内，却于前边另起一座山门，香火比前更盛云。

卷四　海烈妇米椁流芳

第十三回　贤德妇失岁得糠

自古红颜岂是稀，欲得彗心实难期。爱丈夫，莫失志，愿他多读几本书，恨却年荒怎支持。相保守，不忍离，辛辛苦苦何人知。甘心把糟糠来度饥，只叹薄命不逢时。

——右调《忆娇娘》

娶妇原在取德为先，若以德行不甚要紧，而一味欲求其花容玉貌，苟一旦侥幸，以为得偶佳人，喜不自胜，此乃妄人之想，何足为法。盖妇人有色则骄傲无忌，心思莫测；更有一种痴迷丈夫，见其窈窕可爱，他若一举一动，则敬之如神明，畏之如雷霆，致意奉承，要使他快乐。故枕边之际，花言巧语，淫唆百般，彼以为佳音啧啧，洗耳而听，不能辨其是非。勿谓一句挑拨，就是百千句的挑拨，再无不入耳之理。若是有德之妇，端庄净一只是爱丈人勤读窗前，自己又克尽妇职，临事不苟，若有一句挑拨，竟是他的仇敌一般，还道是不入耳之语，颇觉厌听。若再加之以丈夫之弱，自己容貌之美，又无公婆拘束，儿女碍眼，值遇有可苟之境，挑逗之人，自无不入于邪者。所以到后边，少不得不是被入骗卖为娼，就是被人拿住送官，轻则打死，重则凌迟碎割，有个甚的好结局？然而此乃淫污卑贱之妇所为，亦不概见。大约中平之妇居多，也不节烈也不歪邪的，十有八九。至于心如铁石，志若霜柏，惜名节顾廉耻，可生可杀而身不可辱者，十有其一。若是皎皎如月，飒飒如风，耳不闻邪，目必睹正，

略有所犯，如断臂截肌，视死如归，魂杀奸人，自己忘生而决烈者，盖亦罕见。斯人在世则千古名香，在冥则为正神。可见妇女节操贞烈，虽替丈夫争气，却是他自己的无穷受用，越发该咬钉嚼铁的节烈起来才是。如今也件现在不远的事说来，好替天下女人家长些志气，立些脊骨。

话说江南徐州府有一秀才，姓陈名有量，年纪二十五岁，父母双亡，并无兄弟。素性孱懦，为人质朴；娶妻海氏，年二十岁，亦徐州人也。生得真有沉鱼落雁之容，羞花闭月之貌，妇德女工，无不具备。自十六上上嫁与有量，足不知户，声不闻外，有量家贫如洗，日不能给，全赖海氏做些针指，供给丈夫读书。每晚有量课业，海氏就坐在旁边，不是绩麻，就是做鞋缝衣，同丈夫做伴。丈夫读至三更，他也至三更；丈夫读至五鼓，他也到五鼓。若是有量要老早睡觉，他便劝道："你我无甚指望，全望书里博个功名，焉可贪眠懒惰。"就是丈夫读完书上床，他还将手中生活做完了，方才安睡。一到天色微明，就先起来，做他女工，直至日出，料知丈夫将近起来，他才去烧脸水，煮早粥，毫不要丈夫费心。虽隆冬酷暑，风晨雨夕，无不如是，再没有一点怨苦之意。

有时有量自不过意，对他哭道："我自恨读了这几句穿不得、吃不得烂穷书，致你不停针，夜不住剪，劳劳碌碌，耽饥受寒。是人吃不得的苦，俱是你受尽，反叫我安居肆业，真是我为男子的，万不如你。我何忍累你如此受苦，我寸心碎裂。你从今不要眠迟起早，万一天该绝我，宁可大家俱死，何苦教你一人受罪。"海氏反笑劝道："说那里话。自古道：'不是一番寒彻骨，怎得梅花扑鼻香。'且贫者士之常。你看自古得志扬名的，那一个不从困苦中得来？况执臼炊爨，缝补缉纺，妇职所宜，这是妾本等之事，你不要管我，你只一心读书，不要灰了志气。"夫妇相劝相慰，一个单管读书，一个专心针指，倒也浓补了几年，虽不能十分饱暖，却也不至十分饥寒。

谁知天不凑巧，到这年上赤旱焦土，徐州颗粒无收，饥饿而死者，填满道路，有量家中，全靠着海氏作个指尖上度日。如此年岁，家家还顾不过嘴来，那闲钱买做生活？就是间或有几家没奈何要做的，也都省俭，十件只做一件了。海氏见生活没得做，又不能作无米之炊，要对丈夫说，又恐分他读书的心，要不对他说，委实不能存济。一会又思量道："他又没处生发，就是对他说也没用，徒然添他在内烦恼。"遂隐忍不言，一味自己苦熬。每日在针头上寻得升把大麦，将来磨成侹子，煮成粥，与丈夫吃，把丈夫吃不了的，自己还不敢动，依旧盖好，留与丈夫作第二顿。自己却瞒着丈夫，

在厨房将滚水调糠，慢慢吞咽，死挨度命。

一日，有量因要砚水，不见妻子，自己到厨房来取，望见妻子手捧一碗黄饭，在那里吃，见他来，忙将碗向锅底下一藏。有量看在眼里，只作不知，心内想道："他吃得是什么东西？见我来就藏起，难道这等艰难，家中有米不成！料来不过是倕子饭，这些东西是你辛苦上挣来的，原该你多受用些，你吃些罢了，何必瞒藏。"又转一念道："他素常不是这样人，怎今日做些形状，全不像他做的事。"一头取水，一头心上不快，不觉失手将个水壶跌于地下打的粉碎。有量连声叫道："可惜，可惜！"海氏看见，恐丈夫烦恼，直来劝道："物数当然，何必介意，我梳盒中有个油碟儿，倒也雅致，堪为水池，你拿去盛水，我另寻个粗碟儿用罢。"有量正欲设法他进去，便乘机答道："正好你去拿来与我擦洗干净。"海氏遂欣然去取。有量待妻转身，就急急往锅底取出那碗饭来一看，原来是一碗湿糠，好不伤心可怜，不觉失声大哭。海氏拿着碟子正走，忽听得丈夫哭声，急忙跑来，见丈夫识破，反吓得没做理会。有量见妻子一发疼痛伤心，见前搂抱痛哭，海氏亦放声哭泣。有量哭道："我一向睡在鼓里，若非今日看见，怎知你这般苦楚。"因又取起糠来一看，泪如涌泉道："你看这样东西，怎么下得喉咙，好痛心也。"说罢，又哭。海氏含泪苦劝方止。自此每食有量决要妻子同吃，再不肯相离。

看看日窘一日，甚至两日不能一餐，海氏与丈夫算计道："只此苦挨不是长法，若再束手，两人必然饿死。我有一堂叔，在松江府为守备，还有一侄海永潮，在江阴为营兵，不知那一路近些，同你去投奔他，再作区处。"有量道："毕竟是守备来路大些，莫管远近，还是到松江去罢。"二人计议已定，将住房权典出数金做盘费，夫妇二人一同登舟，一路无辞。

及到松江，谁知海守备已调官别省，二人进退两难，好不烦恼。海氏道："不得了，加船家些银子，再往江阴去罢。"有量点首，即日开船，不数日又到江阴。有量入城访问，果然一问就着。夫妇二人同至海永潮家中，只见四壁萧然，亦甚寒冷。永潮情意甚好，只是手底空乏，不能周济，每每竭力支撑，仅仅只够完一日食用，到后来连一日食用也还忙不来。海氏夫妻见如此光景，自不过意，那里还坐得住，只得告辞回去。永潮意欲再留他住几天，又因自己艰难，力不能敷，遂向朋友处借了数金赠他道："本欲扳留姑娘、姑夫住住，只因家中凉薄，恐反见慢，转又得罪。些须菲意，权奉为路资，容另日再来相迎，一并为情罢。"二人收讫，再三致谢而别。

行至常州，舟人因本处封船，死不肯去，二人没法，只得登岸换舟，那里有半只船影？寻上一日，才寻得一只，瓢大的破船，开口要八两松纹，方才肯去，把有量吓得缩颈伸舌而回。与海氏商议道："目今船价甚贵，那有许多银子雇船，况徐州米珠薪贵之时，你我纵然到家，也难过活。且喜此处米粮柴草还贱，不若在此权住两月，再图计不迟。"夫妻二人左右商量，再没法处，遂赁一间小小茅屋住下。正是：

　　在家千日好，出外一时难。

海氏见房屋浅小不能藏身，又恐出头露面，招惹是非，每日只是闭门而坐，深为敛藏。然开门闭户，拿长接短，怎么掩藏得许多。一日，有量从外回来，海氏正开门放丈夫前内，只见一个人贼头鼠脑的站在对门，把一双眼一直望着门里。海氏看见有人，慌忙将门掩上。转身忽见丈夫面有醉容，笑问道："恭喜今日小狗儿跌在毛缸里，开开尿运，你在那里吃酒来？酒钱出在何处？"有量喜得一声笑，手舞足蹈，说出这个缘故来。有分教：

　　只因一席酒，做了离恨杯。

不知有何吉凶，且听下回分解。

第十四回　奸谋鬼赔钱折贴

人妇缘何欲强求，资财费尽又蒙羞。

话头空与流传笑，反替深闺添算筹。

话说有量吃得醉醺醺回来，海氏问是那里吃得酒，有量嘻嘻的笑道："说也好笑。今早无事，偶在街上闲踱，遇着一个姓杨的，虽是酒家出身，为人甚是和气。说谈一会，就邀我去吃杯酒。我再三不肯，他道与我是邻居，一向少情，今日幸会，正好做个相与。我见他美情难却，故此领他一杯见意。不想他只不动手，就整整吃这一日，席间谈吐，又蒙他许多好意思，真是有义气，有肝胆的好人。我不意在此间遇着一个知己，你道奇也不奇？"海氏道："一面不相识的人，怎便将酒请你，恐其中必有甚缘故呢，你也不该造次扰他。"有量道："你太多心了。我看他做人忠厚，一见如故，决是个好人。他又不贪图我财，不奉承我势，有甚缘故不当人子，莫要屈杀人心。但是我白白吃他，又复不起一个席，好生有愧。"海氏听说，也不在心上，夫妻二人，欢天喜地说说笑笑，不在话下。

看官你道那请他吃酒的是谁？原来这姓杨的排行第二，是个酒家奴。走堂第一，量酒无双，为人心地不端，奸诡异常。每到冬春间，便临河开个酒店，延结漕船上这些运卒。偶然一日，窥见海氏，生得花枝一般的娇媚，魂迷意恋，日日走来窥觑，怎奈他家这两扇不知趣的牢门，时刻关着，再不能看个痛快。忽暗想道："除非与他交好，方可入门，况他丈夫在路途又是个贫穷之士，若再把些银米借贷他，不怕他不上我的套子。"画策停当，走出门来，正打帐买个帖儿去拜有量，做个入门诀，恰好劈头撞着。有量在街上闲耍，正中奸谋，遂上前扳谈一会，又邀至店中，聊饮三杯，把几句义侠之言，打动有量。有量是个老实人，听他一片乱言胡说，信为好人，果然满肚皮竟装做着"感激"二字，故此回来，在海氏面前夸奖他许多好处。海氏是妇人家，又不曾见过那个人的面长面短，那里晓得，听见丈夫说得天花乱坠，信以为真，也就丢开再不盘问。

从此有量与杨二往来甚密，凡有量家中柴米一时短少，杨二时时周济，外又借贷数金与有量，叫他营运营运，做个日生钱，却逐日来贼头贼脑的思量窥探海氏。不知这海氏素性贞静，虽认他做义侠好人，却更敛形藏迹，深为避匿；杨二终究没法，与

他款接，又暗自计算道："我只这样往来，几时几月能成，不若与他丈夫结为兄弟，假托亲热，要见嫂嫂。待见面时，看个机会，于中取事，自无不妥。"于是又与有量在关帝庙歃血为盟，结拜有量为兄，果然以叔嫂礼，得常见海氏了。正是：

不是一番寒热计，怎能半面见娘行。

杨二遂日日在海氏面前张嘴骗舌，一会嫂嫂长，一会嫂嫂短，叫得好不亲热。海氏也只道杨二是个真心实意的好人，及如亲叔一般相待。一日，杨二知有量不在家，假意只作不知，一冒的走进门来，说寻哥哥说话。就一屁股坐在凳上，再不动身，把一双贼眼，呆呆放在海氏身上，越望不能定情。海氏是日常见惯的，也不留心防他，见他不动身，认做坐守丈夫说话。不好意思，走去烧一壶茶，拿一只茶钟，放在桌上道："你哥哥不在家，有慢叔叔，请自己用一杯清茶罢。"杨二忙起身来接道："怎敢劳动亲嫂，真叫我点水难消。我在此正渴得紧，就是一点甘露也没有这样的好。"海氏听得话不投机，红涨了脸，变色缩退。杨二又笑道："嫂嫂这等青春，怎么耐得这样淡薄？我看哥哥全不念嫂嫂这番清苦。倒也好笑，我做愚叔的，倒时刻把嫂嫂放在心头，着实挂念，恨不得将嫂嫂接家去过几天，又恐哥哥不肯。"海氏只不则声。一会又道："若把我做了哥哥，有这等一位西施也似的嫂嫂，就日里夜里的跪拜敬奉，如菩萨一般供养，还不希罕呢。可笑哥哥爬起来，只晓得读这两句没用的死书，竟是痴人。"海氏心内十分恼怒，还勉强忍住，也不则声。杨二见他不招揽，暗自着急道："碎我！只当晓了这半日的胡说，他竟像个哑巴也似的金口也不开一开，我自己倒老大有些没趣起来。说不得我如今老着脸且坐，再挑他几句，看他如何？"遂大着胆，走向前，嘻着一张嘴正待开言，那海氏满腔怒气，正按捺不住，见他动脚，就心头火起，勃然大怒，厉声道："休得出言无状，屁口触人！我们眼不识人，误与狗彘来往，好不知分时，不识时务，还不跑你那狗路！今后若再走至我门口闯魂，枭了你的狗皮，打断你的狗腿。"杨二见他大声骂詈，入骨的叱逐，吓得魂不附体，又羞又怕，抱头鼠窜，急急跑出，缩颈而奔。飞也似的一直奔至家中。心头上突突的乱跳，把舌头伸了两伸，道："好利害女子，好凶逾妇人。那样个温柔模样，怎这等个恁赖性子，几乎把我胆也吓碎。"又跌足道："这个凶妇料然断不可再犯，我就做个断门锭也罢了。只是我一向与他丈夫交往为何，且白花花去了若干酒食米粮，又吃他借去几两松纹，这是那里说起，那里晦气。他又是个穷鬼，怎么有得还我；真是人该倒灶，就撞着这不凑趣的冤魂，莫说我明日不敢上他门去取讨，今日他丈夫回来晓得，只怕他明日还要上我门来吵闹

哩!"遂整整的愁了一夜,不曾合眼,第二日还躲在家里不敢出头。

那知海氏虽然贞烈,却有德性,恐对丈夫说知,未免就要生事,一则在逆旅穷途;二则丈夫是个柔弱书生,恐反为人所笑;三则恐传扬开去,名声不雅。故此丈夫回家,他却一言不吐,只作无意中劝丈夫道:"杨二是酒奴小人,毕竟是个市井奸险,外貌虽恭,内怀不轨,这样人相与他无益,还该远他为是。以后凡是这种人,不但不可带他家来,你连话也不该与他说,我们如今在客途患难之中,你若再与这等匪类相交,就难保无祸,你须谨慎要紧。"有量心中不以为然,也只点头唯唯而已。正是:

> 莫信直中直,须防仁不仁。

说这杨二怀着鬼胎,把门闭得紧紧的,坐在家里,惟恐有量来与他寻闹。捱至第三日,天色平亮,他暗自哝俫道:"靠天造化,若再今日不见动弹,就没事了。"正说不完,忽门上乒乒乓乓敲得乱响。心中着忙道:"不好,不好!我是死也,定是那话发作,我说今日定挨不过,怎处,怎处?"登时胆战心惊,弄得开门不好,不开门又不好。又听得外边叫道:"杨二老,怎这时还不起来做生意?"杨二再侧耳一听,认得音声是漕船上运卒林显瑞,始放心走出开他进来,复又将门关上。

原来这林显瑞是漕船上卒魁,极其不良,最为无赖,与杨二甚厚,颇其习狎。因连日河中水涸,船滞未行,每日只与杨二宿娼醉酒,赌博弄人。这两日以有事未会,今日特来寻杨二小饮。显瑞见了杨二笑道:"两日不见,你怎就瘦了。"杨二哼哼的装做病容道:"再莫说起。我连日得了个虚心病,几时害死。"显瑞笑道:"这个症候,果然就有此奇幻,既是如此,我就与你起病。"二人遂取两碟小菜,几壶热酒,就在榻前对饮。吃得半酣,杨二心犹在海氏,又放不下那些所去之物,肚里打稿儿,思量事若不成,怎生设个计较,转央林显瑞去取。心里这般想着,却也无心贪饮,显瑞勉强相劝,刚饮得一杯落肚,猛听得门外有人叩响,说道:"二哥在家么?"这一声分明是陈有量的声音,杨二说:"这事有些作怪了。"又听得门响之声,吓得大惊非小,不知的确是谁,且听下回分解。

第十五回　哄上船从今一着

鬼蜮舞智，蛇虺逞能，巧安排设尽了圈圈阵。船儿已登，月儿又升，怕只怕，他那冰霜性。拜神天，多帮衬，只叫他时把舱门倚，频将窗户凭。待区区轻轻巧巧，做个钻舱进。

——右调《平江咽》

接说杨二忽听敲得门响，问时，却似陈有量声音。吃这一惊不小，再侧耳细听，果然一毫不差。杨二吓得浑发战，脸上就如蜡纸也似的黄，连声叫道："不好也，我的虚心病发了。"倒把显瑞老大一吓，忙问道："好端端的吃酒，怎一会就发起病来？"杨二忙摇手道："不要高声，我的病就在门外。"显瑞见如此形状，失笑道："外边不过是个人罢了，难道是个勾死鬼不成？任凭有甚么大事，有我在不妨，待我出去打发他。"杨二忙扯住，附耳说道："此人是适才所言那话之夫也，我昨日在他家那人面前偶然戏言，今日必然是来起火。非是我怕他，但这是个穷鬼，惹他则甚。"显瑞大笑道："还说你是个老在行呢！自古道'撒手不为奸。'而况止说得两句趣话么，不打紧他，我开他进来，看他是怎么样的起火。"遂将门启开，只见有量笑嘻嘻走将进来，与显瑞拱一拱手道："杨二弟可在家么？"杨二只得出来相见。看见有量满脸笑容，不像个来寻闹的，方才放心。有量向杨二道："这两日怎不过来走走，缘何脸上觉有些黄瘦？"因见桌上有酒肴，便道："像是这酒淘碌坏了身子，以后还该节饮为是。"杨二接口道："连朝有些小恙，今日才好些，蒙林兄沽一壶与我起病，若不嫌残，同饮三杯何如？"有量道："林兄乍会，怎好相扰。"显瑞道："论理不该轻亵，大家脱俗些罢。"三人于是同饮。有量向杨二道："我有钱把程色银子，买不得米，你有纹银可照银水兑换几分与我。"杨二沉吟半响，答道："银子放在我处，今日且吃酒，明日来换把你，如何？"有量点头应允，又饮数杯先告别而去。

杨二与显瑞复又坐下痛饮。杨二见有量情怀如故，料已没事，心中甚喜。又见显瑞是个色鬼，腰间又有几两现物，因暗忖道："我一向所去之物，正没处取偿，何不就出在此人身上。"便心生一计，向显瑞笑道："看这穷鬼不出，倒有那样个好妻子。老兄你若不信，明早就他这钱把银子上，〔管〕教你饱看了一眼何如？"显瑞狂喜道：

"足见老兄爱厚深情，碎身难报，但是怎的得见的法子？"杨二定计道："此银他不过是买米，明早只须如此如此，管教你对面一见，你道可好么？"显瑞鼓掌道："妙，妙，妙！"显瑞当晚就在杨二处同宿，一宵无话。

次早，有量来取银子，杨二道："我身边也没有纹银，你既要买米，我有个熟店，我去竟替你买米，不但包你便宜，好不好还要教他管你送到家哩。你在此略略坐坐，我替你去买了就来。"有量甚喜，果然坐下守候。显瑞向杨二道："我也陪你去走走。"二人出门买了一斗米，一齐同望海氏家来。只离有三两家门首，杨二将手指着道："那间小小草屋内，即阿娇所贮之处也。我不便同你去，恐他认得反为不美，你自己去来，我在此等你。"显瑞遂背着那米去叩门道："陈相公叫我送米来的，开了门。"只听得娇滴滴声音答应道："有劳你顿在门口罢。"显瑞早已苏了半边，却悄悄躲在一壁。那海氏只道来人已去，遂开门出来取米，早被显瑞看个亲切。海氏见他还在，忙将米提进，随手把门慌慌闩紧。

这显瑞一见海氏果然生得美丽，登时如雪狮子向火，身子就麻住做一堆，魂魄荡然，竟不忍离他门口，还亏杨二跑来，一把拖着就走，说道："林兄，怎这样不老成，这成个什么光景？岂不被人看出破绽来，就事不谐矣。"显瑞笑道："我的魂灵已被他勾将去了，止存个空身子在这里，那里还由得我自己做主。不是你来扯，我若再停一会，只怕连这个空身子，也要软化得没影也。"杨二笑道："这一见打甚么要紧，就如此着魔，我不敢欺。不是我夸嘴说我还有本事，叫他到你船上来，不但图个萍水相逢，还可以做你的老婆呢。"显瑞喜得跳道："我的老爷，我的爹爹，你若能周全此事，我没齿不忘，时刻跪在升子里拜你。"杨二道："不须性急，此非说话之所，回去与你细细商量。"二人至家，对有量道："何如？我的说话不差，才买了一斗米，已着人送至尊府，不但便宜，又省兄许多气力。"有量感谢不尽，遂起身告别回去，不题。正是：

只为人忠厚，反为鬼所愚。

显瑞恨不得此事速成，见有量动〔身〕出去，就连忙向杨二求计。杨二道："他夫妇归心甚切，若教他搭在你船上，顺路回家，自然乐从。且他丈夫只一味晓得读两句呆书，穷不可言；又借下若干银两，你若拚得几两银子，只说聘他做个书算先生，就包你必妥，万无一失。"显瑞欣然道："果然妙计，虽陈平、张良亦不能出于你之上。"遂取银三两递与杨二，再三嘱咐道："即此可作聘金，求速妥为妙，小弟暂且告别，少刻再来讨信。"

杨二送他出门，又吃完早饭，袖着银子，且打帐主法去会有量说话。恰好看见有量在街上买柴，杨二忙叫个人替他送柴家去，自己携着有量的手，同到店中说道："弟今日替兄谋算归计，倒有个绝好机会在此，极是顺便，且又有利益，适才那个林兄，做人极有侠气，腰中甚富，他要寻个写算先生，托弟代访。弟思哥哥在此未免艰辛，不若早回故乡，再作区处。是以竭力推荐，已经说妥。他情愿出聘金三两，嫂嫂就可趁着便船回去，又不消担干系，又不要花盘费，自自在在的一直到家，岂不两便，好不安稳快活。不知哥哥意下何如？"有量听得可以回家，又不用盘费，喜欢不过，惟恐不成，那里去细细存察！极口致谢应诺不迭。杨二遂将三两银子取出，与他过过目，道："这就是聘金，我前日替你转借的债负，他日日来催讨，左右是要清楚的，你何不算算还了他，也好大家丢手，省得他们又来咕聒。"有量道："也说得是，就如今算算也罢。"杨二遂某处该多少，某人该若干，一顿盘算，将三两银子算得精光。还道："某人还欠他几分，怎么处也罢，待我替你还了他罢，只当送兄买果子吃。"有量反感激他厚情，即刻又同到船上与显瑞定个期约，当面招会过。正是：

只因一着错，弄得满盘空。

有量依旧捏着一双空手回来，对海氏说知，海氏心中疑惑起来。问："那姓林的是何等样人，你可原认得他么？"有量道："他是送漕船运卒，与杨二老是契交，你可放心，不必多虑。"海氏闻得是杨二之友，大惊道："杨二不是个好人，他相与的，自然也非正路之辈，切不可上他的船，快把银子还他。"有量道："银子已还与别人，怎么处？"海氏着急道："若如此落入圈套，你怎么主意到这个田地。"不觉泪流满面，几至失声。有量方才着慌，时已无可奈何，只落道："待我再去追还这些银子，退还他便了。"遂急去寻着杨二，说要追银退还之事。杨二睁目嚷道："这样便宜事作成了，你还口齿不一，银皆还与别人，怎么追得转来。你若退时，趁早拿出三两头退还他，他有了银子，怕不寻出个书算来！却单单看上了你？你快些作法，若迟到明日，就要讨他发话，连我也没趣了。"有量弄得进退两难，只得垂头踱回。

那杨二飞也似去对显瑞说知，教快如此如此而行。遂怂恿本卫转禀粮官，诬有量受雇不赴，耽误漕粮，差役立押。显瑞又纠集同伙诸人，一哄至海氏家中，不由分说，竟迫协海氏登舟。不知后事如何，却怎生模样，且听下回去分解。

第十六回　明归神亘古千秋

从夫去国即遭殃，青冢柔魂也断肠。

孩稚亦能说海氏，趋祠拜倒叫贞娘。

话说有量见银子已落人手，回家与海氏正没摆布，忽见显瑞领着许多人，吵至家中，说他受雇不赴，误运漕粮，当得何罪？竟不把他夫妻开口，立刻逼胁海氏上船，放在第三舱安下。海氏愁容泪眼，甚是可怜，虽事处万分无奈，并无一言报怨丈夫，只是愈加韬敛，再不露一些头面。一连几天，显瑞左计右算，竟不能一见。走去怨怅杨二道："你还允我做夫妻，如今要看看也不能够。"杨二道："毕竟是怕丈夫碍眼，你何不调他开去，事就可为。"显瑞笑道："此说大通。"遂回去将二十两银子，对有量道："烦你到苏州替我买些苦缆家伙，若买得相巧，所有余下来的银两，都送与你酬劳，誓不改口。"

有量为利所动，满口应诺。进舱与海氏说别，海氏料是设的计策，心内大惊。忙止道："你我离井背乡，只茕茕二人相依，还怕人算计，你怎好远去？况我是年少女人，落在这只船上，不知是祸是福，你若有此行，我举目无亲，只身无靠，譬如羊坐虎牢，危可立待，切不可去！"言罢，悲哭不胜。有量道："悬弧四方，男儿壮志，大丈夫周流天下，求名图利亦人之常情，岂可拘拘系于一处。且我到苏州，不过三五日，即便回来，这显瑞亦是老实之人，你何必多心致疑？料亦无甚大事。"海氏哭道："你怎不知利害？莫说三五日，只消你前脚出门，我后脚遭殃，是亦未可知。你想此处是个什么所在？却丢我一人在此，万万不可乱动。"有量满心只认做没事，又说道："那个男子汉不出门，怎说得这等怕人！自古说道'许人一诺，千金难移。'我既对他说了，再无不去之理。但我虽然外去，想显瑞诸人青天白日，亦未敢行横于你。设若有不测之事，你操持坚守，自己保重，他也何法以处，况我转眼就回，有何妨碍？我包管你得没事。"海氏又大哭道："你若决意要去，宁可带我同去，你我自做夫妻，从不曾一日相抛。情愿生死同在一处，今日决难相离。"遂扯住丈夫衣服，哭泣酸心，哀声

凄楚。有量见海氏这样光景，亦觉动情伤心，恋恋不舍，又再慰了一番。外边显瑞见有量许久不出来，恐事有反卦，即催喊登舟。却进舱将有量扯出，扶上一只小船，如飞的去了。海氏痛心哭倒舱中，好不伤心。正是：

　　无计留君住，伤心只自知。

　　再说运粮旧例，每年祭金龙四大王，定演神戏。次日，恰值做戏之期，显瑞就欲于是日挑拨海氏。绝早起来刑牲，叫长年蓝九捧盘盛血。蓝九失手将盘一侧，把血拨在满地，显瑞大怒，将蓝九揪过来打了一个臭死。蓝九被打头青脸肿，敢怒而不敢言。显瑞心怀不悦道："我今日一天好事，全在这一本戏上成功，侵早就被这狗头失手，弄了一身秽物，好没利市。也罢，一索不要忌讳。"遂将戏场做在船旁紧靠海氏舱口，不远先备一桌齐整酒席，唤那两个相好的舟妇，送去与海氏，说是"颂神惠"。海氏闭门不纳，一味峻拒。显瑞又将帘子挂在舱门口，令二妇请他看戏。海氏一发不肯一顾，把门关得如铁桶相似。显瑞大失所望，越发着迷。

　　次日又去怨怅杨二道："他连戏也不肯出来看，莫说想做夫妻，就只指望做个萍水相逢，还料然不能，岂不枉费我许多物料。"杨二亦讥笑道："那里有个女来就男的事。你何不进他舱去下手，我只能弄的他上你的船，至于上手之事，我怎能帮助得你。你好不聪明，你是一个有力量的男子汉，反不能制一个柔弱女子么？"显瑞点首笑道："兄言大是有理。"就忙忙回来，取白银五锭，令二妇进舱款款对海氏说道："林郎多致娘子些须微物，权奉娘子一笑，待另日再制首饰珠帛，替娘子妆戴。"海氏大怒，拿起银子，就向舱外一掷，大声骂道："该死奴才，坐牢强盗，好生无状！谁在我面前，敢轻薄嚼舌！"骂得性起，连两个妇人也被他一顿臭骂，吓得夹着一泡骚尿，飞奔出来。显瑞亦甚骇〔然〕，又私忖道："骑虎之势也怕不得许多，只得要强做了。"

　　于是到半夜里，将舱板撬开，钻将进去，只望乘他睡熟，掩其不备，就好行强。那知海氏端端正正坐在里面，见显瑞进来，遂大喊："杀人。"同船诸人虽然听得，都畏怕显瑞，不敢则声，显瑞见他叫喊，全然不怕，竟奔海氏用力乱扯，海氏尽力号叫。呼喊愈急，惊动邻船，众人一齐声张道："林某莫要弄出事来，不是当耍的。"显瑞见已惊破多人，意气阻丧，自料决然难妥，方才放手，索兴而回。心内十分不快，只得匆匆安寝。正是：

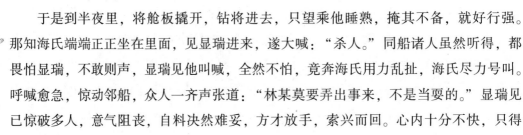

掬尽西江水，难洗满面羞。

显瑞虽然出来没趣睡觉，一心却还听着海氏舱中，耳中微闻哭苦命亲夫数声，以后渐渐哭得声低，哀哀凄惨。再停一会，又闻剳劤之声，显瑞忙唤二妇去看时，已自投缳瞑目，时乃六年正月二十七日事也。显瑞彷徨失措，忙将尸骸藏在米中，等待过江时，好抛入江里。又恐漏消息，遂禁住船上人，不许上岸。过了几天，显瑞与兄弟林四商议道："有量目今将好回来，倘然要起人来怎么处？"林四画策道："可悬十两银子，做个信约，若船上有那个能去杀了有量回来。除此之外，还谢他十金。"显瑞依计而行。果然登时有人应募，却是蓝九欣然愿去，除杀有量。显瑞大喜，再三嘱咐缜密，务在必妥回来，还有重谢。蓝九道："这事打什么紧，包管停当，不劳耽心。"遂拿着信约银子，悄悄上岸。

打了一个幌，一直竟奔到监兑理刑朱公处出首。朱公大惊，怕张扬出去，致恶贼逃之，立刻传经历缪君国瑞，亲拿恶贼。缪公极有作为，但出首之人藏躲。粮舟人多，不知林显瑞在那只船上。忙到官衙，取兑粮簿籍一查，上载：某月日卫官审潘遄下旗丁林显瑞米若干。缪君遂急出城去，见雷卫官，时已二鼓，雷卫官从梦中惊醒出来，接见缪公，对他道："适奉上司严檄，某船藏匿逃人，特来查勘。"雷卫官倒吃了一吓，即刻同至某船，叫船上人俱来点名。点至显瑞，缪公道："这就是逃人，与我锁起来。"众人惊愕，显瑞尚昂昂雄辩，只见蓝九从灯影中跳出执证，显瑞已知为其所卖，吓得哑口无言。缪公遂连夜送监。次早，显瑞令人将白金私献缪公，求他缓狱。缪公将献金之人，重责三十板，将银掷出，随即到船上验尸。蓝九就往米中爬出，缪公领众人上前一看，只见玉色柔肤勃勃如生，面貌一些未改，脸上泪痕还在，衣服虽然鹑结，却裤与裙连，裙与衣连，里外上下，互相交缀，兜底密缝。乃是他丈夫去后，恐有奸人暗算，自己细细连缝的。当时看的人，就如山拥，无不啧啧叹异。缪公分付掩好，不可轻露贞肌，当日合城官府俱来看视，忙催棺盛殓。理刑朱公回衙，将显瑞痛责四十并一夹棍，定成斩罪。当时显瑞百般谋算，教兄弟林四，到某处投牒，说运难于更替；到某处诉辩，说海氏苑于反口〔与〕显瑞无干。朱公坚执不听，做成死招，申详上司。林四闻知，〔当〕头一闷，捶胸跌脚在淮安饭店，吐血数升而死。显瑞计穷，方〔才〕追悔，深恨杨二害他，断不令他独生，遂将杨二唆哄之毒，海氏前后贞烈之状，偏（遍）告同狱，所以一发流传甚悉。正是：

天作孽犹可为，自作孽不可活。

　　再说有量在苏州，忽得一梦，梦见妻子抱住他哭道："我的苦命亲夫！你从今以后，再休想见你妻子了。我已被人陷害，身入黄泉，我仇贼不日亦死，你还在此做甚？你可速速回家，带我幽魂回去。我于冥冥之中，自常随你，你亦不必苦楚，我自恨命薄，不能与你白头相守，半路相舍，心如刀割。你须另娶别室，家门保重为是。"言罢，哽咽而去。有量从睡梦中惊醒，甚是骇异，即刻收拾到来，乃显瑞下狱之第三日也。抚棺痛哭，死去更醒。正哭间，恰值江阴营兵侄海永潮，亦得一梦，故此同日赶至，捶胸大恸，遂一齐进城连告杨二。时杨二正逃避在外，左逃右逃，只是不得走离常州，早被差人拿获，扭解送官。才到城门，只见那看的众人动了公忿，忽听得一声喊，众人俱向前拳打脚踢，砖头棒槌如雨点般，一齐乱下，将杨二登时打做个肉饼儿，竟不分出个头足了。差人只得空手去回复本官。

　　那常州一府官长士民，莫不到海氏棺前一吊，诗文累积成山，何服子余连樵负板，以及婴儿妇女，无不趋棺叹息。有前进士赵正安，率子侄并耆老周时南等，到棺前欲传像议祀，启棺一看，时已七十余日，容貌如生，色不萎腐。邑庠瞿懋昭捐地以葬，医学牛以端为首，募构立祠，旬日立办。今祠在龙嘴。过有数月，理刑朱公已请下旨意，将显瑞枭首正法。众人犹将瓦砾，一齐打得稀烂，人人称快。海氏自立祠之日脚，托梦邑中乡老，日日神灵赫曜，香火日上一日云。

章台柳

［清］不題撰人 撰

第一回　李侠士豪情赠骑
唐明皇御幸春游

词曰：

华堂春色浓于酒，花插盈头杯在手。百年三万六千场，人世难逢开笑口。青天高明闲搔首，眼底英雄谁更有？试歌垂柳觅章台，昔日青青今在否？——右调《玉楼春》

诗曰：

李王孙仙游浊世，许中丞义合良缘。

柳夫人章台名擅，韩君平禁苑诗传。

话说唐朝天宝年间，有一才子，姓韩名翃字君平，本贯邓州南阳人氏。生得颜如宋玉，貌似潘安，儒雅风流，性情洒落，胸藏五车之书，口擅八叉之技，学压班马，才冲斗牛。但家室萧条，尚未婚配。只为应试礼部，因而流寓京师。囊橐已空，衣食莫给。幸遇长安城中一个李王孙，散财结客，置驿邀宾。犹如孟尝君，不亚孔北海。与韩生萍水相逢，却相交甚契。但他的真名真姓，总不肯道出，一概称为李王孙。大约是有托而逃的光景，韩生亦不能深究，惟有朝朝把臂，日日谈心，总不厌倦。一日，当二月中旬，春和景丽，残梅洒雪，细柳餐风，意欲约李王孙携他家乐，郊外一游。恰好李生来访，让至斋中，分宾主坐定。韩生道："小弟蒙兄矜爱，诸般周济，高厚之德，何以报之。"李生道："我们义气相投，斯文契合，另是一种神交，岂同那世上一等悭酸的，惟知锦上添花，谁肯雪里送炭。以后这些感激套话，韩兄再不要提起，才是吾辈相处哩。此时花朝在迩，风景渐和，欲到春郊闲游，一开吟兴如何？"韩生道："正有此心，至期敬当如约。"李生道："韩兄，你抱此才学，不久待诏金门。但这时节，内廷专宠，边将擅兵，眼见天下多事了。你既学成文武器，自当卖与帝王家。但不知遇主何年，不胜翘望。"正说话间，忽见小厮牵一骏马，向李生道："郎君马在此了。"李生道："韩兄，小生不惜千金，买得此马，你试一赏鉴。"韩生道："果然好马。你看他竹批双耳，镜夹方瞳，我再赞他一诗何如？"李生道："愿闻。"韩生随口

题道：

鸳鸯赭白齿新齐，晚日花中散碧蹄。

玉勒乍回初喷沫，金鞭欲下不成嘶。

李生夸道："真乃佳作，如爱此马即当进上。"韩生道："既欲共之，只得留下。多谢了。"李生道："苍头，把这马送到韩相公厩中去。"苍头应声去了。韩生道："李兄，我们到门前闲玩一回何如？"李生道："使得。"二人刚出门来，只见一伙人，携着笙管笛箫，急忙而过。韩、李二生问道："你们那里去的？"众人道："我们是御前供奉人，皇帝爷与贵妃娘娘，要往乐游园赏春，如今去教坊司点名哩。"二生道："原来如此。"随后又一班人，慌慌张张，各执乐器而走。二人又问道："你们往何处去的？"乐人道："我们是杨相国家乐人，相国爷与诸姨们，要游秦川，如今去府中点名哩。"二生道："却又如此。"李生向韩生道："往年天子行幸，赐长安士民，大酺三日。我们虽不得侍驾，也去游玩一番。今日暂别，至期同行，请了。"正是：

蓬莱阁下是天家，上路新回白鼻䯀。

急管昼催平乐酒，春衣夜宿杜陵花。

且说内使高力士，现授右监门卫将军之职，殿头供奉班首，宣传是唐明皇最宠信的内使。到了花朝，早来伺候。说："今日圣上同贵妃娘娘行幸曲江，闻得国舅和那虢国夫人们，也去游赏。或者中道相逢，又不知几多恩泽哩。"道言未了，只见有两个宫娥笑嘻嘻走将来。却是怎的？不免前去问他："宫娥，御驾今日游春，此时贵妃娘娘，像是未动身。你道圣上如何却这般宠他？"宫娥道："高公公怪他不得，去年重阳，我随去绣岭宫登高，娘娘醉了，我也就戴他在头上哩。"高力士道："调谎，娘娘若醉了，不知多少人扶着，怎么戴在你头上？"老宫娥道："听他扯淡，他折得一枝醉杨妃菊花，戴在头上，说是娘娘一般。"高力士道："这算不得。"小宫娥道："我前几日，春色困人，略与娘娘睡一睡，委的是好。"高力士道："一发胡柴，娘娘如何与你睡？"老宫娥道："他赖风月，前日在书几上，偷得本郭舍人《壶谱》投了个'杨妃春睡'，就说与娘娘一睡。"高力士道："如何算得呀！"

隐隐闻得脚声。"想是圣驾来了，我在此伺候，你们且速避去。"宫娥道："使得。"只见圣上与贵妃同至。明皇向贵妃道："朕与卿遇此月夕花晨，正好天行云从。"贵妃道："臣妾愿同观瞻。"高力士跪倒说："百花院采得千叶绯桃进献。"明皇道："妃子，此花既可销恨，又足助娇，朕与你戴上何如？"随将花戴于鬓边，说："果然鲜花，更添秀色。"高力士禀道："奴婢奏上，早已传旨，銮驾司列仗，光禄司排筵，金吾卫清道，宜春苑演乐，俱各齐备。"唐明皇道："启驾前行。"只听那外厢，群呼万岁，声到龙耳。分付道："金吾官，不得惊动都人，由他瞻仰。"众应道："领旨。"又谕高力士道："传旨到曲江南苑去。"高力士道："领旨。"只见銮驾凤辇，一拥而去。

且说国舅与虢、秦二夫人，一簇男女，往秦川进发。一路上说笑欢腾，香气盈陌，锦绣迷目。只顾游玩，尽有落翠遗钿的，也有失帕抛巾的。惹得那观人夸他富贵，羡他豪盛，声满花尘。忽听杨国忠分付道："家奴们，你们五家，每家一队，不可混杂。"众人应道："晓得。"又向前一望问道："那一片绿的，是何处？"众役道："是秦川。"分付道："催往前去。"众应道："晓得。"这且不表。

却说圣驾正行，闻得一声喧哗，问道："是何处喧嚷？"高力士奏道："是杨丞相、大姨八妹们游春到此，朝谒圣驾。"唐明皇道："传他进见。"那杨国忠得旨，近前跪倒："臣杨国忠见驾。"二位夫人跪下说："臣妾虢国、秦国见驾。"唐明皇道："卿等平身，今日之游，乐乎？"三人齐答道："陛下恩波，俯及臣等，乐事仰同。"唐明皇道："今春乍雨乍晴，不寒不暖，真好天气。"两位夫人道："陛下元德格天，圣母徽仪应地，自当雨师效驾，风后扫尘。"唐明皇道："可命梨园子弟，与谢阿蛮、王大娘辈，各随本技，一路承应前去。"高力士将旨传出，只听哗嘣嘣琵琶声、支支笛儿、骨冬冬羯鼓、悠扬扬玉箫，一派笙管齐鸣，许多筝琴并奏，忙杀了梨园子弟，累坏了歌舞娇娘，轰动了一街两巷，共去观瞻。慌张了老叟幼童，齐来窥探。果是繁华，真个热闹。高力士方敢奏道："日御暂停，夜筵已启，请圣驾回宫。"杨国忠和虢、秦二夫人说："臣等趋送。"唐明皇道："不消了。"只见圣驾一拥回去。杨丞相等亦催回府去了。这正是：

古来徒羡横汾赏，今日宸游圣藻雄。

章台柳

第二回　章台愁锁怀春女　曲院欣逢悄意郎

话说李王孙改名藏姓，旁人总不知道来历。家有万贯，地有千顷，使奴唤婢，结客宴宾，极是豪侠一流。家中有爱姬柳氏，却是他自幼养育起来的，安于章台别墅。手下有个心腹侍婢，名唤轻娥。一日，当花朝时候，不免有些春愁，怎见得：

柳含烟，花蘸雨，春色已如许。绣户罗帏，探取起还未。他侍娇倩人扶，懒听人唤，是何处流莺双语。

——调《祝英台》

柳姬道："奴家柳氏，长安人也，从小养育在李生家。他交游任侠，声色自娱。奴家年方二八，尚在待年。我女侍数人，只有轻娥粗通文义，颇识人情，却也那晓我心事来。"轻娥道："姐姐你清歌善舞，尽可博欢，有此才貌，将来自然嫁个俊俏才郎，有什么心事来。"柳姬道："我性厌繁华，情耽文墨，况且我郎君暂称豪俊，每爱仙游，那桃夭之期，知在何日。这些时，日暖风恬，花明柳媚，好恼人的春色也。"轻娥道："门色初高，晓妆久待。双鸾镜，九凤钗，燕脂螺黛，俱在此了。我看你星眸半掩，笑靥懒开，还像是春梦未醒的光景。你梳妆起来，我与你再把眉儿重描一描。呀，到似一段春愁扫不开的模样。"柳姬梳妆已毕。"那杏子衫，茱萸带，凌波罗袜、镂麝金裙，也都在此了。可试穿一穿。"柳姬穿完，说："我且下阶行行，可好看么？"轻娥道："只是围带宽些，想是腰肢瘦损了些。"柳姬道："那画阑杆外，簇簇摇摇的是甚东西？"轻娥道："这是云影和那花荫。你看这豆蔻花，就是我姐姐模样。再看这满床丝竹，已被尘埋。想你近来，弦管也都生疏了。姐姐这两日不到门前那银塘上，草都青了。我看你许多幽怀，何日得金屏射雀，才得欢容。"柳姬道："我便是李家人了，如何能有那日。"轻娥道："我们游玩半日，天色将暮，且与你回绣阁去罢。"正是：

细树含残影，春闺散晚香。

到了次日，柳姬起来，梳妆已罢，忽想起一事，说："轻娥，我曾许法灵寺绣幡一挂，前几日绣得大半，没情没绪，又丢下了。今日清闲，乘此春和，正好做完，你再添些香去，烹茶来。"轻娥道："姐姐，牙尺剪刀，金针彩线，俱安在阁子上，沉水香也放在炉里了。我再去烹茶拿来。"柳姬才把幡儿拿起，绣了一回。说道："奴家如此虔心，或有灵应，也不可知。"只见轻娥走来，说："姐姐，茶在此，你的幡绣完了，先挂起来看看。"随将幡悬上，说："呀，你看光彩迷目，锦色迎人，好一挂幡儿。"柳姬道："轻娥，后日是黄道吉日，你可去法灵寺，寻悟空老师，办些香水挂在佛前。"轻娥道："晓得。"柳姬道："我前日教你曲儿，你记得么？"轻娥道："这几日姐姐不去理会，轻娥也忘记了。"柳姬道："趁着无聊，试再教你一番。"重新又教唱数回。轻娥道："多谢姐姐指教。你看，春气余寒，转添愁绪。那红楼之外，浓李落梅，都是些长安仕女，与你倚阑遥望则个。"柳姬一探，说道："你看，轩车映日过，箫管逐风来。"轻娥道："姐姐，若非邯郸友，便是洛阳才，待我把帘儿卷起。"忽听一片马嘶，说："姐姐，那西郊头一个少年郎，骑着匹马，敢打从此间过哩。"柳姬道："是那骑紫骝的白面郎么？把帘儿放下来。"

且说韩生游春回来，经过此处。说："这是章台之下，方才楼上的人儿，想在此了。"因下马来，分付小厮："你且牵马回去，我随后步来。"小厮应声去了，韩生道："门开在此，待我窥看。呀，有这般好楼阁哩。雕阑十二，真个好观。"听得楼上说："姐姐，那碧桃花开得烂熳也。"说完笑了一声。韩生道："可谓一笑东风放碧桃了。"轻娥道："门外为何犬吠？我去看来。"下楼来，见了韩生在那里探望。"呀，是谁家郎君，辄敢到此。"韩生道："便是瑶池蓬岛，也须有路。"轻娥道："谁引你来的？纵瑶池有路，恐无青鸟。"韩生道："小娘子就是王母使者了。"轻娥道："咈，你错想三偷阿母桃了。"韩生道："小娘子，岂不闻，'青青子衿，悠悠我心'。"轻娥道："我又不是郑康成家婢，谁与你诗云子曰。"韩生道："小生寻春，郊外迷路到此，愿借琼浆，以慰消渴。"轻娥道："且不要忙，我去问姐姐，肯时擎一瓯与你。""姐姐，门外便是那骑马的少年郎在此，你嫁得这般一个也勾了。"柳姬道："这丫头是甚说话来。"轻娥道："他道是'青青子衿，悠悠我心'。"柳姬道："他可知道'岂不夙夜，谓行多露'吗？"轻娥道："茶借他一杯也无妨。"柳姬道："你与他有甚往来？"轻娥出外道："快去，快去，偏你会说诗，我姐姐道：'岂不夙夜，谓行多露'哩。"韩生道："借茶何如？"轻娥道："他说了，你与他有甚往来。"竟自转去，说："姐姐，我们掩上门自去也。"正是："日暮且归去，江城未可邀。"

却说韩生，自忖道："这是我邻近人家，到不知有这般绝色。好令人惊魂动魄，须索打听一番便了。"

第三回 佛殿中欣传玉合
幽闺里巧露机关

话说法灵寺，有许多尼僧住持。每日里有那士人随喜的，也有女眷们还愿的，来来往往，甚是热闹。到人散之后，未免也有些偷情的勾当，从来女庵中断无清净的。有词为证：

身如杨柳面如花，削发披缁学出家。道是佛胎容易结，年年生个小呱呱。

——右调《诵子令》

其中有两个小尼，一个名唤法云，一个名唤慧月，清晨起来，开门洒扫。法云说："师弟我这法灵寺，是先朝长孙娘娘盖造的，香火最盛，如今春明景和，多有烧香仕女，随喜官员，都要来此。师父下山去了，且与你打扫殿堂，开门等候则个。"

且说轻娥领了柳姬之命，迤逦行来，说："此间已是法灵寺。只听得鸣钟击鼓，想禅师们都在殿上了。不免径入。列位师父万福。"法云道："呀，柳娘子家轻娥姐，为何到此？"轻娥道："我姐姐向日许下佛前绣幡一挂，今日特还前愿，命我来此，拜上老师父，酌水焚香，通个意旨。"法云道："家师不在荒山，我们就此行事。"随将法器动了一回，说："轻娥姐拈香，待我宣疏跪读：窃以金仙出世，启震旦于东方。宝律披文，衍恒河于西界。仰凭法力，缔结良缘。南瞻部洲，大唐国长安，李门柳氏，向许本寺世尊座下，绣幡一挂，今遣侍女轻娥，持赍信香，拜还前件。伏愿韦驮尊者主盟，忍辱仙人普化，过去未来兼现在，明证三生，多福多寿亦多男，消除百难。又愿轻娥，就为厮养妇，也偕鸾凤之欢。若近主人翁，常踏鹭鹚之步。"轻娥道："佛前休得取笑。"慧月道："好好，幡挂起了，再与你祝赞祝赞。四天神女献花来，八部龙王大会斋。小姐今春还捉对，轻娥明岁定怀胎。"轻娥道："经上那里说怀胎。"慧月道："我念的胎骨经。"礼佛已毕。"师兄，你去收拾，我陪轻娥姐阁上廊下行行。"法云道："使得。"慧月说："轻娥姐，随我来。你看，这是潮音阁。那是诸位禅院，转去就是回廊。"轻娥道："果是幽清。"慧月道："山门下又有人来也。"

却说韩生，偶然闲步，经过禅林，说："你看，朱门半开，已到法灵寺了。那前面有一女娘，见了我，怎生若惊欲避。却是半面低回，又似恼还喜的光景，却是为何？呀，我那里曾遇他。"想了一想："似红楼下那女子一般。且住，天下有这等厮像的么？"那边轻娥亦低头暗想，说道："郎君像曾见来。"韩生迎着道："小娘子拜揖。"轻娥道："相公万福。"慧月道："韩相公，荒山募缘疏头，要请大笔。古人云，不看僧面看佛面，就是你家孔圣人，也重我们。"韩生道："怎见得？"慧月道："你不见孔圣人叫做仲尼。"韩生道："使不得，呵佛骂祖。"慧月道："师兄取茶，再不见来，我催一催去，你们坐坐。"韩生道："小娘子，记得小生那里相遇来？"轻娥道："今偶相逢，原无半面。"韩生道："数日前寻春郊外，章台之下，红楼之上，曾遇小娘子来。"轻娥道："你说曾到章台，可知此间从何处去？"韩生道："在柳市南头。小生那日借一杯茶，兀自不肯，就把门儿锁上了，也太绝情。且问小娘子，何事到此？"轻娥道："为挂幡而来。"韩生道："原来为此。敢问宅上小姐无恙么？"轻娥道："承问何为？"韩生道："小生居址，原与章台相近，虽非西第之宾，实慕东家之子。"轻娥道："相公差了令头，只似想做春梦也。我姐姐冰清玉洁，莫认东家之女。"韩生道："小生马上遥望，尚未分明，像也不见何如。"轻娥道："我家姐姐貌如西子，色比王嫱，正当二八之年，堪称窈窕之女。"韩生道："果然这般，敢是未成人哩。攀话良久，到不曾动问小娘子谁家宅眷？"轻娥道："妾是万岁街李王孙家女郎。"韩生道："呀，原来是我好友家。失敬了。"轻娥道："适闻长老叫韩相公，敢是与我郎君相契的韩君平么？"韩生道："就是小生。"轻娥道："郎君常道相公才貌来。"韩生道："多承奖饰。那红楼上小姐是谁？"轻娥道："便是李王孙柳姬，因他性好幽闲，别居在此。"韩生："是人传的章台柳么？"轻娥道："正是。"韩生道："如此小生枉劳神了。你小姐年已在时了，李郎怎生只放闲他？"轻娥道："相公又来劳神，他好事也只在这早晚了。"法云走来道："你们在此话长哩。"韩生道："长老，小生有一个小玉合，原是族中韩休相国家的，欲托令师换数百文钱，以为杖头之费。"法云接看道："好玉合。轻娥姐，你看，气吐白虹，文雕彩凤。虽然径寸，便是连城。"轻娥道："我姐姐妆奁中，玉导金篦都已有了，正少个玉合儿。"韩生道："便奉小姐，聊充膏沐。"轻娥道："自当奉价。"韩生道："小娘子告别了。长老拜上令师，改日再访。"法云道："多慢多慢。"轻娥亦道谢而归。正是：

细蕊浓花满目班，忽闻春尽强登山。

因游竹院逢僧话，偷得浮生半日闲。

话说柳姬，打发轻娥挂幡去后，独坐无聊，说："轻娥料想也就回来，我且在绣帘下等候片时。"只听得外面有人说话，一个问："往韩君平家从那边去？"那个答道："柳营西去便是。"少迟，又有一个问信的说："俺是高常侍，去访韩相公。王摩诘员外、孟浩然山人去了么？"有人应道："有两位过柳营去了。"柳姬俱听在耳中。"呀，又是访韩君平的。那韩生在长安作客，末路依人。幸他们前犹多长者之车。有此才学，愁不名登天榜。得与他婚配，真好福分。我想起李郎，珠围翠拥，何惜我一人。虽有此意但怎好说出口来。你看那飞絮横空，香尘扑地，好春色都辜负也。吾闻'士羞自献，女愧无媒'。罢罢，我终是笼中之鸟，那能自由。不免少睡片时。"

且说轻娥转回，说："姐姐晚妆未毕，怎生就睡去。"候了一时，柳姬醒来道："轻娥，你回来了。"轻娥道："是，幡已挂完，倒得一个好信来。"柳姬道："有甚好信？"轻娥道："你道那日红楼下那郎君是谁，就是东邻韩君平。"柳姬道："早知是他，借杯茶与他吃也罢了。"轻娥道："如今也尚未迟。"柳姬道："他认的你么？"轻娥道："那一双俊眼儿就认得。再三问姐姐起居。"柳姬道："这丫头，问我做甚。"轻娥道："姐姐，还有一件东西儿。谢了我，方与你看。"柳姬道："我也不要看他。"轻娥道："啊呀，姐姐好乔作衙。"随将玉合拿出，递与柳姬。柳姬接过来一看，说："好个玉合儿。"轻娥道："与温家玉镜一般。"柳姬道："玉镜是结婚的故事，说他怎的。"轻娥道："姐姐，我家李郎，虽是豪侠，你在此也不过选伎征歌，那里是出头的勾当。倘随着韩君平，早讨个夫荣妻贵。纵然不能，郎才女貌，却也相当。"柳姬道："李郎负气爱才，最重韩生，无所吝惜。只是我原非□女，他也难同弃妻，如何使得。"轻娥道："姐姐事不可料。"柳姬道："哎，这话也休提了。李郎说今日来看我，还不见到，你且去门前伺候。"轻娥道："晓得。"

果然李生走来，问道："你姐姐在那里？"轻娥报道："郎君来了。"李生见了柳姬，说："你好生妆裹，数日后要会客哩。"柳姬道："天气困人，这早晚好生体倦。有的是他们一班弦管，好省我了。"李生道："我这番宴客，不是他们好承应的。"柳姬道："是谁？"李生道："是韩君平秀才。"柳姬道："韩君平一穷士耳。"李生道："你那晓得，他虽穷士，是当今一个大才子哩。近有寒食诗，都谱入御前供奉了。"柳姬道："可是那'春城无处不飞花'的诗么？"李生道："便是。"柳姬道："清新俊逸，庾、鲍不过此。"李生道："你在此数载，一向深藏，似这般人，也该一见。"柳姬

章台柳

道："豪客贵人，郎君不教妾一见，而见一穷士，真高义也。那韩秀才家徒四壁，并无个当垆丽人，我郎君所不足者，非财也；况且后房玉立，有女如云，又能黄金结客，最心许者，惟韩生一人。看那韩生，所与游多名士，必非久贫贱之人。"李生背身说道："这妮子倒是个女英雄。自古道：'凌霄之姿，安能作人耳目之玩乎。'我有道理。"转身说道："柳姬，韩君平仆马之费，我尽输与他。只是一件，凭他这般才貌，必须得个丽人。只今谁有似你的。"柳姬道："呀，郎君不用多疑，终须石见水清，休猜有女怀春。"李生道："你且安心，还是去么？"柳姬道："郎君有命，妾须强行。"李生道："如此我去，其日，你只到春明园来。不要送了。"正是：

桂山留上客，兰室命娇娃。

轻娥道："姐姐你听得郎君说么？"柳姬道："轻娥，你好轻信。"轻娥道："大丈夫一言为定，那有不真的理。只是韩生忒贫些。"柳姬道："这何足病，你且看他人地，岂有韩夫子而长贫贱者乎。我只虑他薄幸。"轻娥道："敢或有大娘子，也不可知。料他不做薄幸。"柳姬道："轻娥，适才那玉合做甚？我不曾问你。"轻娥道："这也是韩君平的，他客囊亏乏，将来托悟空师父转卖，是我袖来与姐姐。"韩君平说道："就奉姐姐，聊充膏沐。"柳姬道："那有这话，你且送钱十千，为取酒之资。"轻娥道："我有计了。只做送钱与他，因便探他事体何如？"柳姬道："你总来闲在此，这也使得。"不知李生肯把柳姬赠韩君平否？且听后回分解。

第四回　侯节度新蒙敕授　轻姚婢细问根由

话说平卢帅府，气象雄威，兵甲齐整。一日，大开辕门，鼓吹升帐。主帅坐于虎皮椅上，说："下官姓侯名希夷，营川人也。身长七尺，学敌万人，从戎十载，仅得副将平卢。一月前，因那王元志之子，殒身部下，共推我为节度。押衙许俊，义烈超群，骁勇绝世。他道是，六师无主，众意所归，劝我权且俯从，以安反侧。我就遣他，具表奏闻去了。近闻安禄山这厮，善得虏情，将窥神器，不时窃发，须要预防。日下狼烟暂静，把军士们操练一番。中军官那里?"有人转上，说："中军官叩见。"侯节度道："今日开操，你到将台上传令，中军操鼓寨旗，四面分营结队，务要首尾相应。步伐整齐，违者以军法从事。"中军道："得令。"出去宣传已毕，又分付道："中军官，再传令，务要旗帜鲜明，戈矛犀利，弓弯满月，马逐奔虹。违者以军法从事。"中军道："得令。"又出外宣述一番。望见许押衙捧着敕书下来，慌忙摆香案迎接。押衙下马，进了辕门，来至堂上。说："圣旨已到，跪听宣读。皇帝敕摄平卢节度使侯希夷，顷者，祸降平卢，变生肘腋，共戕若主，归命于卿，尔即暂授本官，毋兹狂狡。虽少嫌于专制，实有利于国家。尔奏以闻，朕心加悦。今就授尔为平卢节度使，兼御史大夫。尔其益懋忠贞，作先敌忾，乃眷西顾，守在四邻。押衙许俊，面阙之日，进阶二级，别有敕行。钦哉勿怨，谢恩。"侯节度谢恩起来，押衙上前打恭说："久违麾下，恭喜主帅。"侯节度道："惧难胜任，何喜之有。许押衙，一路上多劳苦你了。闻范阳禄山，颇有异志。"许俊道："范阳与此处，地相接踵，灾近剥肤。有倚主帅在上，料不患他。"侯节度道："许押衙，军士们今日我已操演一场，自后，你可常监督他，定要精强，须同甘苦。其不用命者，付军正司治之。"许俊道："领钧旨。"随各退去。

真个王师非乐战，果然士子慎佳兵。

今朝莫负卢龙塞，他日归邀麟阁名。

且说韩生，闻知柳姬就是李生畜养的，把那妄想心肠消归无有，每日在旅馆，未免寂寞。忽发叹道："我韩君平从来慷慨，不会凄凉，近年却另是一番光景。想我风流出众，才

气无双，不能寻个倾城佳人，与他匹配。到如今，功名未就，四海漂零，如何是好。"当此春景融和，不奈乡心忽动。正是：

自在残花轻似梦，无边丝雨细如愁。

猛听门外，娇滴滴声音，行来叩门。"待我开门，看是何人？呀，原来是李家女郎。"轻娥道："相公，你在此何干？"韩生道："我这里昼眠。"轻娥道："莫非中酒？"韩生道："何尝中酒。"轻娥道："非关水酒，定是伤春。"韩生道："我那里伤春来。"轻娥道："前拿去玉合，姐姐奉价十千，以为取酒之资。"韩生道："这是平乐价了，女郎请坐。"轻娥道："相公是郎君契友，怎生好坐。"韩生道："女郎原是大人家风范，况且柳夫人有命，道不得个敬主及使么。"轻娥道："僭了。相公客舍萧条，何以娱目？"韩生道："归思甚浓，马首东矣。"轻娥道："一向与我郎君相处，到不曾晓得相公行藏。敢问几时到此？"韩生道："淹留已久。"轻娥道："莫非寻亲？或是访友么？"韩生道："李郎与我倾盖相与，承他过盼，是没有的。"轻娥道："家里中馈，自然是闺秀佳丽的了。"韩生道："室中尚无人哩。"轻娥道："莫非秦楼楚馆，有些牵连，故此久留么？"韩生道："不欺女郎说，闲花野草，也不到小生眼底。"轻娥道："久别故园，又无妻室，未免太孤冷了。"韩生道："小生青年，不愁佳丽。"轻娥道："只怕就有好消息了。"韩生道："只怕仙宫锁定嫦娥，不容人相见，却怎奈何。即如你家小姐，倒似嫦娥，谁近得他。"轻娥道："韩相公，你未必近得他，他却说你不远哩。"韩生道："愿闻其详。"轻娥道："姐姐常对我说，韩夫子岂久贫贱之人。"韩生道："这般说，李王孙有孟尝君之贤，柳夫人就是僖大夫之妇了。"轻娥道："他还说得你好哩。"韩生道："一发见教罢。"轻娥道："他说你词藻尤华。"韩生道："这是夸我才学。"轻娥道："说你丰姿俊逸。"韩生道："天生如此。"轻娥道："你好不识夸。"韩生道："小生就话答话，休要认真。"轻娥道："他还说你相如四壁，却少丽人当垆。"韩生道："小姐也想到当垆上了？"轻娥道："我小姐颇有此意。我来透漏消息。"韩生道："此是小姐美意，你郎君何如？"轻娥道："料我郎君，虽无粉黛三千，不少金钗十二，尚堪换马，何况赠君。"韩生道："虽如此说，只是小生与李郎，礼则宾主，契合弟兄。极欲揽子之祛，无奈夺人之席。也多难了。女郎，你多多致谢小姐，只恐此生无以为报。"轻娥道："相公耐心，就是李郎，也有几分在意了。我且回去，自有分晓。"韩生道："不送了。"此时不禁喜出望外，惟有专听好消息也。下卷分解。

第五回 韩氏子明园配柳
李家郎弃产寻仙

话说李王孙，已欲将柳姬归于韩生，但未曾说明。这日，因想起生平作为，说道："我虽变迹埋名，还要弃家访道，诸事俱在不论。惟有柳姬，才色绝伦，前对我说，韩郎现在困苦，终非贫贱。这妮子所见，到与我同。我今日设酒春明园，就把柳姬与他，遂了心愿。然后把家产交付他们，岂不是好。"因叫苍头来道："我昨日分付你，打点庖人乐部，想俱齐备，可去接柳娘子先到春明园。我自寻韩相公来。"苍头应命去了，李生道："人生都为这一个情字，惹出多少无明烦恼。俺早已打破此关了。我且去寻韩生。柳姬想也就来了。"按下不表。

且说轻娥，要回复信音，走到章台，见门锁了。"定是姐姐不在。我且到春明园去看。行已到此。那花径中遮遮掩掩走来的，多是我姐姐。"柳姬看见轻娥，说："你回来了，我今日妆束的可好看么？"轻娥道："鬓儿梳得绝精，只是安璜不正些，我且与你正正。适才那韩生，好生致意。早承鸾信，愿偕凤占。姐姐，他并未结婚，亦无外宿。"柳姬道："住口，前话只好你知我知，郎君自去邀韩相公，想必就到。我们一壁厢候他便了。"只见李生携着韩生手，一同走来。见了柳姬道："你过来见韩相公。"柳姬向前，道了万福，韩生回礼道："这就是章台柳么？"李生道："正是，他久深居，今特荐上客耳。"韩生道："李兄名园，不殊金谷，丽人何减绿珠。仗此花神，愿得青春无恙，白首同归，何幸如之。"柳姬道："相公与郎君，可俱称玉堂之宾，奈妾愧石家之妇何。"李生道："叫乐人承应。"轻娥拂席，柳姬把盏。"韩兄，你寒食佳篇，柳姬近来颇习，试歌一番。"柳姬歌罢，韩生道："李兄聆音，不数四时子夜，绝胜举国阳春。"李生道："待我手奉一杯，韩兄请酒。柳姬，我久不见你舞了，好一折腰，试他垂手。"柳姬遂起身舞了一回。韩生夸道："看他如花前翠带从风，似树下霓裳出月，真个舞的绝伦。"李生道："当真的，把酒移到瑶光台，我们从金波桥过去。"小厮们遂将酒筵移去，又复安坐。李生道："我再敬一杯。韩郎，你名士无双。柳姬，你佳人独立。一个赤绳未系，一个□的犹存，自合双飞，真难再得，便相配偶，不必

三四七一

迟疑。轻娥掌烛,柳姬送酒。酒来,我代你们一祝。"将酒对天,酬后说:"祝此二人,佳期之后,天长地久,夫贵妻荣。"韩生道:"李兄,他虽未抱衾禂,已在小星之列。小生后来乌鹊,敢分明月之栖。"李生道:"你两人恰好一对儿,何容推辞。大丈夫相遇,于杯酒之间,一言契合,尚许以死,何况一女子乎。"韩生道:"大德大报知己诚难,安可复西子之施,夺人之好。"柳姬道:"妾方待年,并无过愆,何故相弃。"李生道:"柳姬,你差了。你就是仙女,也有个吹箫碧落,怕不做悔药青天。"轻娥道:"姐姐他相女配夫,韩郎他为君择妇,佳人才子,正好成双。趁此吉日良辰,莫误花烛。"李生道:"韩郎、柳姬,你们当此星月之前,花烛之下,誓同结发,都莫负心。"只见韩生、柳姬跪下,各祝一番。起来,李生方分付苍头:"将鼓乐、花烛送到园中西西洞房去。"韩生向李王孙深深打了一恭,说:"小生拜谢。"李生道:"义气相与,何谢之有。韩兄三日之后,同柳姬到俺宅中,还有一言相告。"韩生说:"遵谕。"李生作别回去,韩生方向柳姬道:"娘子,我与你红楼偶逢,喜随同根之愿。"柳姬道:"当日将无永绝,今生何意为欢。"

此夜,轻娥走来说:"韩郎,你那得闲坐,快入洞房去。姐姐请行,这事替不得你的。韩郎走来,我教你个七字经儿。道是'软款温柔不识羞',我替你们带过门去。"却背地说道:"他两个遂了心,却怎生发付我来。"正是:一样玉壶传漏去,南宫夜短北宫长。竟自去了。

韩生打发轻娥去后,方才紧闭绣房,把烛移向床前,宽去大衣。柳姬亦卸下妆饰,仅留内衣不去。同入罗帏,香腮相猥,〔下省150字〕交头而卧,叙起从前爱慕之情,相思之境。到了半夜时分,听玉漏频催,金鸡将唱,方才睡去。

正是欢娱嫌夜短,不同寂寞恨更长。

且说李生,到了三日之后,想起前言,说:"俺一向不乐人间情欲,寻仙方外。只有柳姬撒他不下,又已配与韩君平。前约他夫妇三日之后,过俺宅中,早着轻娥请去。待他来时,这几十万家计,尽付与他,俺便飘然长往了。韩郎,韩郎,你怎知俺数十年前,曾为名将,北征突厥,西讨吐番,后来却混迹屠沽,逃名花酒。到今日好似一场大梦也。"正说话间,忽见韩生夫妇走来。李生道:"韩兄,你们来了,俺检点些小家计,大约有数十万,家童数百人,都已在此。今日就交付你们,俺从此去矣。"韩生、柳姬同道:"呀,却为何这般说起?"李生道:"韩兄,俺与你都是英雄辈,一诺无爽,不必再让。"柳姬道:"怎受这许多。"李生道:"柳姬,你知俺是豪爽的人,怎做的守钱虏。"韩生道:"李兄纵要寻仙,再住几时,去也未迟。"李生道:"迟了,迟了。"韩生道:"李兄,我那件不受你惠来,既

赠仆马，又付家赀，你却孤另飘零，如何使得。"李生道："韩兄，这些腐物，岂足以系我心。听我说来，俺也曾登台拜将。"韩生道："原来李兄身曾为将了，到头来却如何？"李生道："我就长揖谢了公卿，混迹市中，聊寄色酒，不用姓名。"柳姬道："如今却又何为？"李生道："你看我白发渐渐盈头，到底落个臭皮囊。我如今要游历名山，寻求修炼之法。骑鹤升天，才是我下生快乐哩。"轻娥道："郎君我虽婢子，性亦好仙。"李生道："轻娥肯从俺去么？你纵不是仙才，亦非凡骨。姓做个秦宫毛女，梁家玉清，数年之间，到是你先会俺哩。"轻娥道："郎君此去，云水浮踪，寄迹要在何方？"李生道："俺多在终、华二山了。"韩生与柳姬不觉凄然泪下道："你定要去了，相见之期，今生未卜。待俺执一杯相别。"李生道："将酒拿来，饮上几杯。去后，这酒做用不着了。倘得正果，恐难到旧家门哩，俺就此去也。"仰天大笑出门去，却伴青云入翠微。柳姬道："呀，他就长揖而去，你何不追之再致一言。"韩生道："不是。此豪达行为，适已备言之矣，勿复致讶。纵挽之亦不回来了。"柳姬道："真是无可奈何。相公资用颇给，室家有人，日月蹉跎，功名在意。"韩生道："天子行幸将归，尚须春试。礼部侍郎杨渡，他常知我才名，我便应试去也。"正是：

人无回意似波澜，琴有离声为一弹。

纵使空门再相见，还如秋月水中看。

第六回 沙番归顺禄山逆
韩生登荣柳氏欢

话说有一吐番大将，名唤沙吒利，蒙赞普擢他镇守河陇。他虽为番将，却最爱中华。何以见得，曾说道："近日来被唐朝哥舒翰攻拔诸城，尽收故地。郡浇河于积石，军神策于临洮。国中苏毗，又已归降，封土赐姓。俺想起那日，辞胡佐汉，由余从戎入秦。这都是用夏变夷，到落得画图标史。俺身留番地，心慕华风，愿备外藩，将称内属，且与部将乞力斤一商。把都儿，唤乞力斤来帐中议事。"不多一时，乞力斤进来禀见。沙吒利道："乞力斤，俺意欲散离戎部，归附唐朝。倘列雁臣，犹胜鸟使。你道如何？"乞力斤道："大唐统接帝王，西戎亲本甥舅，合有金鹅之献，以代铜马之图。只是要力修表章，得预朝请方好。"沙吒利道："俺意正如此。"一面修表，收拾那玉带金皿，作进贡之物。"劳你前往长安一行。"乞力斤道："小将便须速行。此时长安，已是三月了。"沙吒利道："秦中花鸟已应阑。"乞力斤道："塞外风沙犹自寒。"沙吒利道："夜听胡笳折杨柳，教人气尽忆长安。你早去速回。"乞力斤道："这个自然，小将去也。"

看官，你看这沙吒利辞胡归唐，尚是正策。可笑安禄山，现为东平郡王，唐明皇待他何等宠荣，他偏另有一番肠胃。却说他来历：他本是营州胡人，姓康名轧荦，幼蒙张守珪养为己子，后来累官做平卢节度，兼柳城太守。天宝初年入朝称旨，唐天子坐他金鸡大障，起第京师，又拜杨贵妃为母，出入宫掖，即令总领范阳三道，进封东平郡王，恩宠极矣。他偏妄想道："俺生多异相，难道只位极人臣。况且那海内无兵，朝中多故，正是天与不取，反受其殃。俺帐下番汉各兵之外，又有那契丹落河八千人，家奴善弓矢者数百人。日前曾遣人，筑雄城于范阳之北，又遣人员，锦绣数万，以佐军赀，想俱完备。曳落河，你们近来勇力何如？俺指日就要渡河入洛了。"曳落河道："我们日日演习的。"禄山道："家奴，你们近来弓矢如何？"家奴道："我们弓矢习熟了。"禄山道："叫筑雄武城的，那城果是何如？"应道："如金汤之固，尽可保障。"又问："那买的锦绣服色何如？"应道："俱各鲜明，霞□霜毡无数，组练还有三千。"禄山道："你们成功之日，都有重赏。"众人道："多谢王爷。"

禄山道："数日前何千牛与俺说，平卢一带，虽则属俺节制，那侯希夷是个不良的人，倘或俺直入中原，哥舒翰提潼关之众，侯希夷统河北之兵，以蹑其后，却不做腹背受敌，进退无门。俺已命高尚，修一书，遣中人韩朝敍去说他连和便了。"你看，禄山这等行事，正是：

昼暗狐狸得势，天阴魑魅持权。

不能流芳百世，亦当遗臭万年。

且说韩生应试，尚未有佳音。那柳姬向轻娥道："韩郎今日南宫引奏，北阙敷言，不知他文福何如？"轻娥道："姐姐常说，韩郎才貌，岂久贫贱之人，自然就有佳音了。"柳姬道："说便这般说，你见那显达的，几个有才貌来。"正说话间，只见奚奴急忙走来，说："相公喜得高第了。"柳姬道："奚奴，你见谁来？"奚奴道："小人亲在午门外见的，只有俺相公年少，主上赐名探花使，特敕京兆府仪从鼓乐送归第哩。"柳姬道："他如今在那里？"奚奴道："如今赴琼林宴，到曲江题名去了。"柳姬道："你还去接相公。"奚奴道："是。"曲江院里题名处，十九人中最少年。轻娥道："姐姐，你好喜也。"柳姬道："也只偶然，何足为喜。你且去排个夜筵，待相公回来作庆。"轻娥道："知道了。"

只听外面一片喧嚷，鼓乐连天，送韩探花到了门前。韩生下马，转进后宅。柳姬道："相公恭喜。"韩生道："小生偶应凤举，夫人亦有鸾封，正当同欢。"柳姬道："相公，可惜李郎不见你有今日。"韩生道："我正在念他，只是他已尘垢浮名，糠秕浊世，看着我们，犹如浮鸥在海中，宛雏视腐鼠了。"柳姬道："正是，早已命轻娥设筵后阁，且少叙一回。"按下韩生夫妇欢庆不表，再听下回陈言。

第七回 斩逆使侯公拒间
初聱第员外参谋

话说侯节度，奉敕实授平卢，操演精勤，不肯少懈。一日闲坐，说："俺节镇数年，所喜胡尘不动，日羽停飞，此皆主上之威，及诸将校之力也。"许俊向前说道："闻得安禄山招军买马，积草屯粮。又闻得多进骆驼犬马，以蛊上心。日前献媚玉乐器以谄妃子，真个是狐媚方深，豕心难化。肘腋之变，只在旦夕了。"侯节度道："有如高见。他必有细作往来探听，俺们须要谨防。"正说话间，报有安禄山中人请见。侯节度道："我们方才议他，却好就有人来。着他进见。"只见一人走上说："中人韩朝敫，叩见。"侯节度道："你是东平王差来的，可有书么？"中人道："未曾有书。只怕军情泄漏，遣小官口代天言。"侯节度道："怎么叫做天言？大意何如？"中人道："大意欲兴晋阳之师，以清君侧之恶。元帅若能互相攡角效力，则天下不足平矣。"侯节度道："差了，差了。当今天衢清朗，社稷永长，女谒虽行，王纲犹振，何损桓公之霸，敢借晋阳之名"。中人道："俺大王功高赏薄，以此不安。他有这般勇略，怎肯置身人下。古今霸王之主，也都是及时成功。"侯节度道："哎，他已封东平王了。"中人道："我主就要亲提霜甲，一扫天狼哩。"侯节度道："他自作张罢了，怎的污及于我。他既废人伦，又昧天道，窃恐神人不容。"中人道："你要问天道么，这是月晕围参的时候了。"侯节度道："便是霸王之业，岂就容易成得。"许俊道："上官，俺元帅忠良报国，岂肯为此。"中人道："唐家多少功臣宿将，有甚明白处。"侯节度怒道："哇，我从军白发三千丈，报国丹心一寸长，决不受人蛊惑。"中人道："你若不见从，他一定移兵相击，怕当他不过哩。识时务者为俊杰。侯元帅再请三思。"侯节度大怒道："哇，这厮好无状。叫刀猞手，推出辕门，枭首示众。"众军应道："是。"遂把中人绑去，霎时斩了，献上首来。许俊道："元帅，这厮斩讫，贼必先加兵于我了。"侯节度道："虞侯，俺如今幕下少人，闻得金部员外韩君平，文武兼备，才力俱壮，遣人去长安，把禄山反状奏闻，就辟他为书记便了。"许俊道："如此极好。"正是：

家散万金酬士死，身留一剑答君恩。

渔阳老将多回席，鲁国诸生半在门。

且说韩生，得中探花郎，又新授金部员外。柳姬心满意足，打发韩生五更上朝去了。直睡到日上三杆，方才起身。说："相公此时，还不见回来？"轻娥听得马鸣，说："相公想就回来了。我预备茶去。"只见韩生，冠带齐整，众仆跟随，回到宅第。说："当置的，把朝衣解去。"院子应道："晓得。"韩生道："我方乘月出朝，到家却早见日上了。"转入屋内时，见了柳姬说："夫人，你晓妆完了？"柳姬道："鬓儿好么？"韩生道："梳得好看。你为何双眉未画？"柳姬道："留待君归，作京兆故事。"韩生道："我与你画来。"画后，抱着香腮，亲了一亲。柳姬道："这是甚样子，可像个官人们么。"韩生道："依你说，纱帽底下，到会俗了人了。"轻娥恰好走来，说："相公，夫人，茶来了。"柳姬道："我们去园子边行行。"夫妇起身同去。韩生道："穿着这洞儿过去。"二人过了洞外。韩生代柳姬整衣罢，说："天气乍暄，待脱衣着。"柳姬道："轻娥，把衣接去，可将酒移到水楼上去。"轻娥道："晓得。"柳姬道："妾有一言，愿陈郎君。"韩生道："试说何妨。"柳姬道："荣名及亲，昔人所尚，岂可眷恋妾身而不归省。况且器具资用，足以俟君之来也。"韩生道："夫人，桑梓久违，岂不思念。今得寸进，不久也要给假还乡了。"柳姬道："我和你俱喜少年，为欢有日，请勿内顾，决意前行才是。"韩生道："如此即当卜日起程便了。"

忽见奚奴来报道："相公，那安禄山意要谋反，使人去说平卢节度侯希夷，侯节度斩了来使，奏闻圣上，要请相公为书记。圣上就着相公，去参他军事，因便体察安禄山反状，即日就要动身了。"韩生道："呀，如何是好。你可去打点行装，领着随行军校，都到青门外伺候。"奚奴道："晓得。"柳姬道："方言吉锦，又得星轺，却不是两得其便。大丈夫正当立功边陲，安可系情儿女。妾有玉剑一口，赠君佩之。"韩生道："我此番虽属壮行，终多离恨。我无别物赠你，只有这帕上几点眼泪儿，是痛肠中出的。"柳姬闻言，不觉泣下，说："轻娥置酒在青门外。"轻娥道："知道了。"遂一拥同往青门。

到了那边，轻娥说："夫人，酒在此。"柳姬道："古今送别，多唱阳关。我试歌阳关送酒罢。"不觉滴滴泪滚。韩生道："你方才何等慷慨，到如今也泪下了。听你歌儿，虽说娇娇滴滴，内带多少切切凄凄。正是：思深应带别，声断似兼秋。岐路风将远，关山月共愁。古今边塞，多唱关山，我也歌关山一曲，送你一杯。"歌罢，谓柳姬道："归觅菱花，莫不是徐德言与乐昌公主一段公案么。"柳姬道："相公不须疑虑，自后妾当罢妆，一意相待。"韩生道："只怕你腰肢渐瘦了。"柳姬道："我还有几句话嘱咐你。只恐白碛沙寒，绿鬓流霜哩。"韩生道："我不久就回，少要相忆。"柳姬道："我还送你一程，到渭河相别。"又复前去。奚奴道："渭河已到，请相公行了罢。"轻娥道："日色将晚，夫人别了罢。"只见韩生与柳姬，交拜起来。那些众军，捧敕列队，说："小的们，随老爷去河北，在此久等。"韩生道："叫捧敕官先行，军校们照队前进。"

一拥行讫，落下柳姬与轻娥，犹自目送多时。又见一官军，飞马回来道："韩爷差小官，拜上夫人，请就回车。"柳夫人道："拜上韩爷，边庭之事，务必留心，不须念我。"那官答道："晓得。"竟策马回旋。柳姬同轻娥亦洒泪而归。正是：

世上万般伤意事，无非死别与生离。

第八回
果老仙偈言指教
法灵寺祝赞平安

话说八仙之中，有位张果，现称九霄仙伯。看官你听我说他来历，便知端委。生本尧时，历经唐代，名题仙籍，职掌天曹，寓身汾晋之间，栖志蓬瑶之上。三辰默运，刑和璞不见其形；万劫常通，师夜光莫穷其算。放骡兽戏朝元殿，真看挥手如神。骑驴每过赵州桥，须信回头即道。正是：

紫烟衣上绣春云，青隐山书小篆文。

明月在天将凤管，夜深吹向玉宸君。

他一向隐在中条，这日说道："前几日云头起处，望见那长安城中，有个李王孙。原系仙都散史，到今来谪限将满，功行未圆，他已弃家到此，指点他去西岳华山，金天部下，修真炼性。又还须虔诚度物，来往人间，方可上升，复归本位。且分付山神土地，多设魔难，试他一番。"正是：

欲寻仙路近，须辨道心坚。

且说李王孙，自从那日，别了韩生夫妇，出的门来，各处寻访，随地栖迟。说："俺弃家求道，云游到此，闻得那通玄先生张果，向隐中条，意在访他。"一路来，千峰蔽日，万嶂凝云，或闻牧唱樵歌，只有兽蹄鸟迹。"这是中条山了。呀，急律律的无影无形，半明半暗，好一阵风也。呀，原来一只金睛白额虎来了，怎生是好。你看，萧萧岭外风生，凄凄树梢雾起，中途遇此，不觉魄落魂飞，怎么处。哎，我闻昔人，投岩喂虎，不过为道。还向前去，也则凭他。你看，他却张牙怒呼，摇头肆舞，竟自去了。谢得灵圣，虎到走了。呀，又见那阴云四合，腥风满耳，却为何来？呀，是山中神鬼都来了，怎生的好。你看，他三头六臂，朱睛绀发，神儿惊顾，鬼儿群趋。且往，吾闻山鬼伎俩有限，至人不见不闻，也则凭他。正自穿林乱呼，吹灯暗舞，噫，幸喜那边有人来了。那山鬼何故退去？"这人道："李生，你来了么？要寻通玄先生，则我便是。"李王孙闻听，慌忙跪拜在地。说："既蒙圣恩，使弟子枯骨，复见光明，刻骨铭心，愿随云驾。"果仙道："李生，你道心虽固，仙骨未全，

更须炼性修真，还要虔成度物。"李王孙道："愿赐一言，终身佩服。"果仙道："你试听者，夫大道守真，三品为则，以一为度，以正为德。子能知一，万事将毕。"李王孙谢道："敬领真言。"忽听一片仙乐之声，远远望见金童玉女，持着节儿走来。他说道："云卧留丹壑，天书降紫泥，群仙已集蓬莱上宫，请先生赴天池会，论五元真人，神游记事。"果仙道："如此俺就去也。"李王孙道："弟子拜送。"果仙道："还有两言，你再听者，待后来有人来访我。"李王孙道："弟子愿闻。"果仙道："遇华则止，遇侯则行。后会有期，珍重珍重。"言完，方随金童玉女而去。李王孙道："你看玉盖金铃，朱裳翠佩，乘云西去，冉冉如飞。俺本意要往终南、太华，今日先生说遇华则止，一定是华山了。又说是遇侯则行，这却不晓其义，想日后自有验处。问得华山是金天氏所掌，云台道观，好生灵异。须索那里去也。正是：得道从来相见难，又闻东去幸仙坛。

先生去后身须老，乞与贫儒换骨丹。

且说安禄山，自称大燕皇帝。那日新坐朝堂，说："随驾官，拿平天冠来朕戴。呀，这冠戴的不自在，御制几句来赞他：平天冠，平天冠，压得头疼眼又酸。有朝打碎天灵盖，要做光头其实难。"随驾官道："好一个服周之冕。"禄山大笑说："这是秀才官，只有那四书学问。拿衮衣来朕穿。衣上花花斑斑是甚东西？"随驾官道："是云廷十二章。"禄山道："这衣穿得不自在，也御制几句赞他：十二章，十二章，鲍老当筵笑郭郎。若教鲍老当筵舞，舞袖郎当转更长。"随驾官道："又道是服之不衷。"禄山又笑道："这官儿诌来诌去，还记得左氏摘奇，且休闲说。俺既登宝位，速传羽书，以讨杨氏为名，河北之地，望风瓦解。如今先下东都，长驱西入，百万江山，在吾掌握矣。众将官，就此起兵前去。你看这洛阳地面，人不知兵，势犹卷席。好喜，好喜。将校们，此去潼关，是长安要隘。闻得哥舒翰镇守。他只欺吐番部落，怎当得俺的前锋，不日就攻破了。"声声腾腾而进，且按下不表。

再将法灵寺事，试说一番。话说悟空老尼，却是安心修行的，一日他说道："俺自到这寺中，白马驮经，黄龙说法，禅心久定。僧腊已高，当此长夏清闲，且自安禅打坐。"正是：白日无来客，青山独坐禅。他有两个徒弟走来。大徒弟法云说："呀，师父又在此入定了。我们且试他一试。我做个白衣大士。我是白衣大士。你那老尼姑，法行虽全，宿缘犹在。下界固然扰扰，西方也只漫漫。此间最近渭水，可去寻八十岁的姜太公，结本来之眷属，完未了之姻亲。"慧月鼓掌，笑了一番说："我便做鸠摩罗什。那老尼姑听者，我是鸠摩罗什，偶有欲障，必须妇人。天帝敕我与你一交，即生二子。"大家又笑了一回，说弄的他好。只见老尼醒来，说："徒弟那里。"法云、慧月道："徒弟在此，等师父出定。"老尼道："我心

已如死灰，何以革囊见试。定是你这两个捣甚鬼了。"法云道："师父不要骂，动了嗔心，要变白蛇哩。"老尼道："你两个佛口蛇心。你且去殿上伺候，怕有客来，好生支应。或是女客来也，与他相见。"法云道："晓得。呀，果然有人来了。"只见轻娥道："夫人，这是法灵寺，早有小尼相候了。"法云、慧月接将前来，柳姬问道："令师在么?"法云答道："待我去报知师父，柳娘子们在此。"老尼出来，迎接相见道："何缘莲驾下及花宫。"柳姬道："专侍清谈，兼伸私祷。"老尼道："李王孙一向好么?"柳姬道："李王孙早已弃家访道去了。弟子已嫁与韩君平。韩郎也叨领科名，官授金部员外，参军河北去了。我们今日到此，烧一炷香，保佑他。"老尼道："原来恁地，老僧全然不知。且请到殿上去。"柳姬道："相去咫尺，兀自不知。"老尼说道："这是大雄宝殿，请夫人拈香。"只见柳姬跪下，祝道："长安善女柳氏，顶礼诸天。奴婿韩翊，他如今出塞佐戎，凭如来保佑，令他早归，并祈成功。"祝罢，轻娥道："我也烧一炷香，愿我相公与夫人，连理共枝，比目以行，早早归来，以图完聚。"祝完，遂在殿上共谈。这且按下不表。

却说沙府中一个院子，他说："俺奉老爷之命，赍一炷香，到这法灵寺来。此是。山门下了有人么?"法云道："沙大叔何来?"院子道："且见你师父。"见了老尼便说道："老师父，俺老爷前因太奶奶病，许了本寺的香愿，如今全愈，因往陇西巡边，不得自来，着我代还。"老尼说道："大叔请到殿上去拈香。"这院子，上的殿来，跪下拜祝道："主人骠骑大将军沙吒利，因太夫人有病，全仗圣力得保平安。"祝赞已毕，起的身来，把老尼唤在背地问道："这几位娘子，也是来烧香的么?"老尼答道："便是。"院子便说道："前日我家老爷托老师父寻个房中人，老师父只说没有。似这般一位娘子，再要怎生好。"老尼道："他是韩员外家柳夫人。近因他员外远出，到此间烧香。京城中女子，那里有这般好的。"便叫法云、慧月："陪大叔茶堂去告茶。"院子辞道："俺就回去，不扰茶了。"院子去后，柳姬便问道："这是那家的?"老尼道："这是沙将军府中人。将军常托我觅个专房，且他家大奶奶好不利害哩。我出家人，那管这闲事。"柳姬道："轻娥，我家的马，前日说卖与沙府中，敢就是他家。"轻娥道："多便是了。"老尼道："夫人请到方丈去闲话。"柳姬道："弟子有一语，请叩大师：比如一切有为，何为正法? 三千大界，何界安身?"老尼答道："夫人，是身非身，是法非法。三千大界，尽属恒沙。一切有为，皆如无为。试观见在，便见来生。"柳姬谢道："多承指教，弟子言下有悟了。"老尼道："你看这世上的人，尘踪难定，总是虚花，徒劳此生耳。"轻娥道："夫人你看，这寺中分外清静。"柳姬道："我们今日到此，也是前因。"老尼道："夫人请到禅堂一游。从西廊下走去静些。"轻娥道："老师父，是甚么香得好。"柳姬道："桃李还是旃檀？触鼻幽香。"轻娥道："堂外海榴花开了。"柳姬道：
"果然照眼分明。"老尼道："那松下是翻经台。"柳姬道："层台玉砌，上栽青松。"轻娥道：
"夫人，天色日晚，上车去罢。你看那斜阳映着浮屠，影儿半侧，暮鸦投林，鸣蝉息树了。"
柳姬道："大师，就此相别。"老尼道："夫人请进。"轻娥道："却早月又上了。"老尼道：
"夫人，前时相公常到荒山。"轻娥道："那玉合儿也在此与我。"老尼道："但愿相公早早荣
归，再与夫人随喜。恕不送了。"下卷分解。

第九回　韩参军东会青州
　　　　　唐陛下西迁蜀地

　　话说韩君平，奉敕参谋平卢节度，兼访范阳消息。持着节，一路行来。说道："谁知安禄山果然反了，先收河北，直破东都。况我家在清池，料他松菊之间，都成荆棘之地。侯节度又援兵从海上去了。我今既已许国，安得顾身，只得追向前去。"

　　且说侯节度，对许虞侯说："你看，反了安禄山这厮，河北一带，尽为贼有，俺且拔兵到此，以避其锋。前去辟韩员外为书记，他不知可来否？如今意欲泛海，径至青州，你道如何？"许虞侯道："主帅此去，借淄青之师，挫江淮之阨，再图一举，可保万全。"侯节度道："如此便从海路去。"正行之时，只见后面有一官员，持节而来。许虞侯问道："后来官长是谁？"韩员外答道："是韩翊，奉诏参军。"许虞侯道："启主帅，韩员外到了。"侯节度道："快请相见。"韩员外参拜，侯节度答拜。说："久慕兰芳，幸披芝宇。"韩员外道："忝参莲幕，自愧蓬枢。"许虞侯道："参军拜揖。"韩员外道："将军拜揖。"侯节度道："这是虞侯许俊。"韩员外道："虞侯，你名在五陵，豪侠之雄。"许俊道："员外，你诏从三殿，文章之伯。"侯节度道："韩参军，贼党纵横，驿途劳险。"韩员外道："特由间道追及前麾。"侯节度道："许虞侯，你可从陆路前去，探青州事体，到海岸来相会。俺们祭过海神，就开船了。"许虞侯道："小将即行，主帅前途保重。"遂催马而去。侯节度道："俺差人去看海上水势，想必回也。"军校回来禀道："禀爷爷，海势极平，不必过虑。"侯节度便叫"水手伺候，作速开船便了。"众水手应了一声，遂解缆放舟而行。侯节度向韩员外道："参军，下官誓不与此贼俱生。"韩员外道："吾闻太平之世，海不扬波，安有今日。"侯节度道："古今治少乱多，以此孟博登车，祖生击楫。"韩员外道："元帅，下官一路来，不胜去国之思，又作无家之别。名虽星使，迹类波臣。"侯节度道："汉朝管宁，也由此渡辽避乱。"韩员外道："我们奔走□□，到是他全名高节。望见城郭楼台，想是青州了。"侯节度道："这是海市，一到日中，尽消灭了。"韩员外道："人生浮华，也都如此。想起那齐桓五伯，犹思共主。鲁连匹夫，尚不事秦。望元帅乃心王室，永作纯臣。"侯节度道："承教承

中国禁书文库

章台柳

教。"正说话间，只见许虞侯领着军校走来相见。说："可喜主帅参军，布帆无恙。"侯节度问道："青州事体如何？"许虞侯道："冠带三千，河山十二，真用武之国也。朝廷又已有诏，主帅仍以平卢节度，兼领淄青，专等人城开读。"侯节度道："君命既临，须当趋进便了。"按下不表。

且说，唐明皇，每岁避暑，俱在骊山，清凉幽雅，别是一番境界。正是：

人皆苦炎热，我爱夏日长。

好风自南来，殿阁生微凉。

一日闲坐，向贵妃道："妃子，朕与你行幸骊山，多在秋后。今年来此避暑，别有一种佳处。"贵妃道："妾身方浴汤泉，十分困倦。"唐明皇道："看你浴后，光似凝脂，润如灿玉，淡汝铺粉，凉思满襟。呀，殿前花落苔新，想是一番朝雨了。"宫娥道："玉床银簟都设在此。"明皇道："你浴后困倦，少睡片时。"贵妃道："尊旨了。"见那贵妃，徜徉床上。唐明皇道："宫娥把团扇来，轻轻扇着娘娘。"宫娥道："晓得。"看那沙边鹡鸰戏得好，明皇道："任他鸱勒戏得好，怎胜这鸳鸯被底眠。"宫娥道："奏爷爷，娘娘身上出血了。"唐明皇道："痴婢子，娘娘汗是红的。"贵妃醒觉，说是"何物惊醒我？"宫娥道："是那柳上新蝉。"贵妃道："我方睡去，又早亭午也。"高力士禀道："午宴排在芙蓉殿了。"只见唐明皇与贵妃同到殿中，高力士说道："进水晶藕。"宫娥道："进绿沉瓜。"贵妃问道："点点滴滴是珍珠泉么？"唐明皇道："这是疏龙激水做成的。"贵妃道："真好凉景。"唐明皇道："叫内侍宫娥，都去放舟采莲，要唱个采莲歌儿。"众人应道："晓得。"只见放舟的放舟，举棹的举棹，此唱彼和，雅韵满耳。唐明皇道："这俨然是江南风景了。"只见贵妃起身道："妾已醉了，且停酒罢。"忽听马蹄飞走，铜铃齐响，有一探子走到宫门，说："报，报，报。"内侍上前阻道："圣驾正与贵妃娘娘在华清宫饮宴，天大的事，也明日来报。"探子道："军情紧急，这般时候还不许俺们见，俺撞进宫门去。"竟行撞进，说："报子叩头。"唐明皇道："这厮急急忙忙，来报甚事？"报子道："小校是郭子仪、李光弼差来，报安禄山反信的。"唐明皇道："却怎生说？快些，快些。"探子道："那安禄山带甲百万，拥将数千，收河北之地图，鸣洛阳之天鼓，好不猖獗哩。"唐明皇道："敢大半是胡兵么？"探子道："金戈铁骑，番汉俱有。"唐明皇道："他无故起兵，以何者为名？"探子道："还说道，娘娘和杨国舅们身上哩。他说道，牝鸡生乱，雄狐肆奸。"唐明皇道："如今那兵在何处？"探子道："僭位东都，做大燕皇帝了。"明皇道："长安与东都，只隔潼关，有哥舒翰领着朔方健儿，料也没事么？"探子道："做官的大家蒙蔽，还不晓得潼关已破。关陇以东，都是贼据

了。"唐明皇道："那一路吏民何如?"探子道："逃的逃，死的死，贼兵不日攻长安城了。"唐明皇道："这报子辛苦，内库支赏与他。"探子道："叩谢御赏。"起来去了。

唐明皇道："高力士，你可传旨，即日驾幸蜀中。传位太子，诏郭子仪为兵马大元帅，李光弼、侯希夷等副之。各立忠勋，刻期恢复。"高力士道："领旨。"贵妃道："宫娥们，可收理锦幄钿车，妆奁乐器，从驾西行。"宫娥应去，贵妃跪倒，说："贱妾蒙陛下厚恩，渔阳之变，子实兵端，何惜一死，以谢天下。"唐明皇扶起说："妃子，他原是借名你们，奈龙运偶遭阳九，料狙智不过朝三，暂尔迁岐，终当兴汉。"高力士领着众军校奏道："边信更严，敌氛甚恶，就请发驾。"只见鸾驾一拥前去。高力士道："蜀都是锦绣之乡，花鸟之地，请宽圣怀。"唐明皇道："高力士，怎忘得长安。"贵妃道："肠已九回，那堪杜鹃彻耳。"高力士道："娘娘当指日还宫，不须悲泣。"唐明皇道："来到何处?"高力士道："前面是马嵬了。"唐明皇道："天晚驻驾。"百官有赴行在者，即许随侍，高力士道："承旨。"正是：

月殿真妃下彩烟，渔阳追肤及汤泉。

君王指点新丰树，几度亲留七宝鞭。

第十回 因避乱柳娘祝发 怜娇眷长老收徒

话说柳姬，闻得兵变，正在惊慌。轻娥走来报道："夫人，城中人都说安禄山反了，已夺东都，杀入潼关来了，我们何处避好？"柳姬道："轻娥，相公久在行间，京城忽生兵变，似我治容，恐遭毒手，想起法灵寺，最近长安，老尼又是旧识，到不如剪发毁容，投禅寄迹。天倘见怜，贼散之后，再得会丈夫一面。就不然，也好保身全节了。"轻娥道："夫人所见极是，轻娥也愿随行。"柳姬道："又一件，这般兵荒时岁，寺中供斋甚难。我前日烧香，见那熙阳观，只隔数里，且是女观。你去做个道姑，早晚往来，岂不两便。"轻娥道："既然如此，我办了镜子剪刀在此，再到门前打听贼信报你。"正是：宁为太平犬，莫作离乱人。又有词为证：

万户伤心生野烟，千门空对旧河山，红衣落尽暗香残。几处胡笳明月夜，何人倚剑白云天，百年多在别离间。

——右调《浣溪沙》

且说柳姬，对镜子把头发破开，拿在手中，长叹一声，说："头发，不是我独亏你，古人也有那披发佯狂、断发文身的。只我自丈夫去后，久不治妆。一种妖娆，万般憔悴，纵使人见，安得似前。我还要剪你为尼，这是我过虑了。"你看，竟把发儿剪下。"头发，我既剪了你，只可恨结发人，今成两处了。"轻娥疾忙走来，说："夫人，贼已薄城，圣驾奔蜀了。我便做道姑去，纵不能跨鹤，且伴鸾栖便了。又闻得相公与侯节度，泛海去青州了。夫人，你把伽帽缁衣，扮起来看。"柳姬只得换了衣帽，轻娥道："夫人就是佛前天女一般。"柳姬道："你把星冠羽衣扮起来看。"轻娥也改了道姑模样。柳姬道："轻娥，你就似王母前头许飞琼。"轻娥指着夫人道："你真是天女，若献花枝。"柳姬亦指着轻娥道："你赛飞琼，宛赴瑶池。轻娥，惟那玉合儿，是相公当日原赠的，须带随身。其余家计，费用将完，纵有些许，也顾不得了。"只听外面喊叫声急。轻娥道："夫人消息甚紧，快出门去罢。"柳姬是未曾外行之人，也不得不随从而逃。按下不表。

且说安禄山，统领大兵，势如破竹，一路上羯鼓羌歌，喧喧嚷嚷。禄山不觉仰天大笑道："军校们，且喜那陇地俱平，长安已近，唐皇逃去蜀中了。大家奋勇入城，论功行赏。"众军闻听，俱各欢腾而进。只见那避乱的，不论男女老幼，一齐奔忙。其时柳姬、轻娥亦夹杂在内，随出城来。柳姬道："轻娥，贼兵想已入城，闻说是孤寡僧道都不杀害，我们速向前去。"又听一片喧哗，倍觉惊怕。两人正在同行，忽被惊唬，竟冲散了。听得禄山分付众官，扈驾入紫宸殿，梨园乐部，都到凝碧池供奉。众应领旨而去。可怜那王子宫女，一簇一攒，也随乱人奔行，犹如丧家之狗。

且说柳姬行去，被游兵一冲，各自逃避，早不见了轻娥，因叫道："轻娥在那里?"并没人答应。便想道："我且寻法灵寺便了。"那轻娥被兵冲散，也来寻找柳姬。说："夫人，夫人呀，何处去了。"此非久停之处，想起"李王孙行时，说只在终华二山，只得那里寻他，再作理会。我快去也。"再说柳姬，心慌意忙，行了许久时候，说："且喜贼锋渐远，这月明中，望见那朱甍画栋，多是法灵寺了。"趱行前去。"呀，此间已到山门了。"门掩在此，叫声开门，内里间道："是谁叩门?"柳姬道："可喜有人应了。"只见小尼执灯，同老尼走来，说道："像是个女僧么?"开门见了道："果然一位师兄，这时候从那里到此?"柳姬道："特来奉投上方。"小尼道："好宝相，敢是一位活菩萨么。"老尼道："师兄莫怪我说，你不似惯出家的。"小尼道："你们月下谈心，我取茶来。"老尼道："师兄，年来行脚，请示同门。"柳姬道："师父听启，一言难尽。只因胡尘乍惊，家缘都罄，愿寄空门，聊度此生。"老尼道："只怕你剃头不剃心哩。"柳姬道："如今也都罢了。"老尼道："可原有丈夫么?"柳姬道："不敢相瞒，先曾有夫来，奈何远征未归。"老尼道："我左顾右盼，你到像是柳夫人，怎么至此?"柳姬道："师父，弟子就是柳氏了。"老尼道："呀，原来果是夫人，我晓得你意；只因那月貌花容，怕有些风吹草动，因此剪发出家了。这寺中粗茶淡饭，且度时光。员外不日荣归了，自然夫妻团圆。"柳姬道："我已无家可归，那有这个日子。师父升座，待弟子拜礼，请赐法名。"老尼道："老僧原是悟空，夫人便名做非空罢。明日以后，只做师弟相称了。"柳姬道："多谢师父。"正是：

乱离无处不伤情，半夜中峰有謦声。

愿得远公知姓字，焚香洗钵过余生。

第十一回　华山上逢婢谈旧
幕府中寄诗遣奴

话说李王孙，自到华山，日日做些修炼工夫，久惯也渐成自然了。一日说道："俺径入中条，见张果尊师，他叫我纳新吐故，却老还童，来这华山云台观做个羽人。明星夜礼灵药，朝修绿简丹文。指日形骸欲委，青天白日冲霄，羽翼将生。住此数年，不觉又是初秋了。且自散步闲行，也可乘时观化。这华山，真好景物。你看，三峰如绣，一片残霞斜日，果是丹邱所在。俺想游仙的人，自有几多乐处。比如那尘世中搅搅扰扰，迫迫忙忙，一霎荣华，千年富贵，都只好做话柄了。这搭儿瀑布飞流，青松夹道，将蒲团打坐一回。正是：科头箕踞长松下，白眼看他世上人。呀，远远的望见人来，且自回观去也。"起身要走，恰好轻娥走来相访，说："这边有个道人，待去问他。"见了李王孙，说："仙长稽首。"李王孙道："道姑何来？"轻娥道："数年前，有个李王孙，在这华山么？"李生道："这里没有什么李王孙，既别数年，想多不在了。他原是何人？"轻娥道："他是青门隐名杰士，有句话不好说。仙长到大像李王孙。"李生道："你是何人？"轻娥道："是他侍女轻娥。"李王孙道："我说你也像他。"轻娥道："呀，这等说仙长是李王孙了。"李王孙道："韩君平和柳姬何在？你为何道妆起来？"轻娥道："王孙尚自不知。韩相公次年及第，官授金部员外。因去平卢参军，安禄山这贼，攻破长安，夫人犹恐不免，剪发为尼，我也做道姑了。"李王孙道："怎么你一人来呢？"轻娥道："当时要一投法灵寺，一投熙阳观，行至中途，游兵冲散，我特来华山相访，欲托余生，兼寻前约。"李王孙道："原来恁的大乱了。我这山中人，那里晓得。正是：尚不知有汉，又安知有魏晋乎。哎，韩君平，韩君平，你既得佳丽，又享科名，何等荣华，到今却两下飘零，不如我萧然无累了。我住在云台观，此去数里，有个莲花庵，都是女冠，你可从柳姬姓柳，那里入道去好。"轻娥道："我倒幸遇王孙，尚有栖身之处，不知我夫人流落何方？"李王孙道："道家清淡，你敢还想着当时哩。"轻娥道："物极则哀，花落必残也。一意清修了。"轻娥道："就此别了。"李王孙道："待我过几日，到庵来看你。"正是：

头白金章未在身，唯将云鹤自相亲。

舞衣施尽余香在，一饭胡麻度几春。

且说韩君平参军侯节度，已经数载，那暇想及家事。一日偶尔说道："幸喜太子早践鸿基，禄山已遭猿难，两京光复，大驾西还。只是那长安破后，宫殿灰飞，士民星散，知我柳姬存否何如？哎，纵免他璧碎珠沉，少不得云孤月寡，风尘荏苒。音书绝关塞，萧萧行路难。"忽见侯节度行来，只得上前相见，说"元帅拜揖。"侯节度道："参军拜揖。"韩君平道："元帅，可喜长安已平，多想朝元有待。"侯节度道："参军，下官遁守东隅，师徒左次，坐观贼败，生戴君仇。何如泛五湖之舟，归南冈之步。"韩参军道："元帅青徐施警，海甸晏安，此皆由节度先声制人，洪威及远。即令那三方多难，余孽犹存。闻得李太尉又代郭令公为将了。元帅就露表请朝，连兵讨贼，岂不是身名俱泰，终始两全。"侯节度道："承教承教，下官便振旅长驱，参军望同心犄角。"参军道："愿依大树，一借前筹。"侯节度道："权且告别。"韩参军送节度去后，说道："我数日间又要从侯节度赴义河阳，长安渐近。先遣一介西行，讨问柳姬所在。这般乱后，纵好，也只留得一身了。如今把个练囊，盛着白金百两，权寄他为朝夕之费。哎，柳姬，柳姬，想起你来，且都不要说别的。只你那窈窕的身儿，温存的性儿，也就有无穷想处。我与你在家时，少什么唱随，管几多风韵。我就把此意吟成一诗，题在练囊之上。"遂沉吟一霎，写道："章台柳，章台柳，昔时青青今在否？纵使长条似旧垂，也应攀折他人手。"诗已题了。"想我柳姬，到渭河相别，眉峰锁黛，泪雨成珠。道是若逢江上使，须寄陇头人。我别去数年，那泪痕点点滴滴，尚在那衫儿上，却才寄得这一封书，叫他怎不怨我。"不觉泣下。"只一件，这几年长安城中，闾里成墟，门庭易主，知可寻得他着么？奚奴那里？"奚奴道："有，相公有何使令？"韩参军道："我命你去长安，寻访夫人消息。"奚奴道："盗贼纵横，关途阻塞，怕还去不得哩。"韩参军道："长安久已平复了。只是我羁身王事，不能早归。这里有白金百两，先寄夫人用度。咳，昔日秋胡的妻，怨其夫怀金陌上，投水而死。我却不是那般人。这练囊上，是寄夫人的一首诗。"奚奴道："相公不久还朝，且少忧忆。小人去长安，一定寻个下落。"韩参军道："奚奴，早去早回，到洛阳城来会我。"奚奴道："理会得，俺去也。"正是：

洛阳城里见秋风，欲作家书意万重。

复恐匆匆说不尽，行人临发又开封。

第十二回 奚奴问息逢尼院 光弼功成奏凯歌

话说轻娥在莲花庵修行，真是：雾卷黄罗帔，雪雕白玉冠，野烟溪洞冷，林月石桥寒。因想起前事，说："向为兵乱，与夫人中途相失，来到华山。得遇李王孙，就此庵中做了道姑，不觉又是数载。想我夫人，虽曾削发为尼，不知当时得到法灵寺否？我纵然游方之外，岂无恋主之情，这几时好生放他不下。闻得昔时神僧杯渡，列仙御风，相见何难。今日我还不能到此境地，等与李王孙说，我还下山去，到长安近处，访个消息，却不是好。"把轻娥欲下山访柳姬消息按下不题。

且说那柳姬，托身法灵寺中，想起韩郎，说道："他参军河北，近说转徙山东，多只为王事贤劳，贼徒猖獗，因此尺书不及，一价无闻。哎，我寄迹在此，就是你有个人来，教他何处寻我。想我两人，拈成一段风流，也亏杀李王孙周全。但百年无多，不能常常厮守，思想起来，觅什么封侯。前番兵乱，便是杨妃，也死在马嵬，真是薄命佳人，竟将金钿虚投碧海了。我如今暗藏机彀，暂向空门，只是我累这头发了。你看转轮藏中，有经在此，且翻一翻。"按下柳姬看经不表。

且说奚奴，持着练囊走来，说："俺相公着我到长安访柳夫人消息，这长安兵荒之后，真个是第宅皆新主，衣冠异昔时，那里去寻他。听得一路人说法灵寺那里，有个尼姑，姿色双绝，原是官宦人家，到像俺夫人的行径。俺一直投这里来。呀，那禅堂上一个尼姑翻经，果然与夫人一般，且竟去问他。"进了禅堂，说："柳夫人，韩相公有信在此。"柳姬道："客官何来？是甚柳夫人呢？"奚奴道："夫人你怎忘了，小人是奚奴，相公特遣来寻访夫人。"柳姬仔细一认，说："呀，果是奚奴。"含着眼泪问道："相公好么？"奚奴道："相公平安，小人来城里城外，都已走遍。偶来此处，不意得遇夫人。"柳姬道："你还想寻章台旧第么？万分不能了。"奚奴道："相公寄来练囊，书就在上面。囊里有白金百两。"柳姬接来一看，原来是一首诗。念了一遍，说："哎，这却说差了。纵使长条似旧，怎猜做陌头垂柳。他只道我还似当时哩，那知道，腰细渐渐惊秋了。相公一向在何处？敢他也忆着长安么？"奚奴道："相公参谋淄青，长安不见，每日生愁。今烽火少停，故此遣小人，赍百金，特地相投。"柳姬道："我出家人，要这金来何用。"奚奴道："权作斋供，相公回来，另有区处。"柳姬落泪道："知他几时回归？"奚奴道："且免愁烦，归期只在清秋了。相公颙望回报，夫人作速写书。"柳姬道："我也把鲛绡一幅，写诗一首答他。"悲吟一回说："我这首诗，管着许多心事，新怨旧愁俱在中，写道：'杨柳枝，芳菲节，所恨年年赠离别。一叶随风忽报秋，使君来时岂堪折'。"奚奴道："看你这样文才，何减苏蕙，只是俺相公须不比窦安南。相公近在河阳，夫人不如去那里相会。"柳姬道："这般时候，我孤身怎么去得。奚奴，你把这鲛绡带去罢。"奚奴道："小人去就对相公说，夫人别后，梦断双蛾，犹如春后之柳了。"柳姬道："到他来时，知我可还么？"奚奴道："小人晓得，叫我相公早办归身就了。又一件要紧事，似你才貌，就是剪发毁形，犹恐招人耳目。比如那六祖，隐于猎家，一十九年，今后更要深藏些才是。"柳姬道："你说的极是。只怕你相公要淹留哩。"奚奴道："相公也只无奈，小人去了。"柳姬道："你再说与相公，休虑我消瘦，虽现出家，却不知愁。"奚奴道："晓得，俺去也。"忽老尼走来，说道："师弟，你自入寺来，颇能摆落，今日却为何啼哭？"柳姬道："韩郎遣信到此，不觉故态复萌，情缘难断。"老尼道："这练囊是他寄来的么？"柳姬道："正是。"老尼道："你将何物答他？"柳姬道："他寄我白金百两，囊上是一首诗。也寄一首诗答他。"老尼道："将近授衣时候，你何不寄征衣去。"柳姬道："纵欲缝裳，知他近来肥瘦如何？"老尼道："相公既有信来，便不忘你，也就归了。"正说话间，只见沙府中沙虫儿到来，说道："老师父，沙府太奶奶生日，要诵莲花经。闻你有个新来徒弟非空师父，请你二人到府中去。"只见柳姬扯过老尼，背地说道："师兄，还是去好不去好？"老尼道："太奶奶平日好善，他老爷原是吐番大将，归顺我朝，近日立功陇西，十分得宠，怎生违得他。"柳姬道："如此领教。"老尼转身道："大叔，拜上太奶奶，自当奉命。"沙虫儿道："俺回复去便了？"转过法云、慧月两个徒弟来说："你们在此做甚？"老尼道："这囊中是韩员外寄他夫人的白金百两，你们可收进去。"法云道："待我来拿一拿。"拿起，却跌倒在地。说："不好了，我怎么动弹不得。"慧月说："你从来强健，今却怎的。"法云道："这叫做财多身弱。"慧月说："待我来拿。"也倒在地，说："不好了，我待要死，快买抄板。"法云道："却怎的这般说？"慧月道："这叫做财旺升官。呀，这囊上原有字，我们若识得的，就收这银子。"法云道："拿来我识。"故意沉吟一时，说："金子是我的。"慧月道："你一字不识，怎生要这金子。"法云道："一字不识的，才有金子哩。"老尼道："休罗唣，随我去罢。"按下不表。

且说李太尉，代郭子仪为统兵大元帅，坐整龙骧，雄开虎帐，平定那些鼠窃，如反掌之易，甚是威烈，行见凯歌欢畅了。正是：

卷旗生风喜气新，早持龙节静边尘。

汉家天子图麟阁，身是当今第一人。

他坐在帐中，说道："下官李光弼，本营州人也。屡以战功，晋位司徒，近如太尉。只为国家多难，禄山始平，思明复起。如今史朝义也已弑父称尊，河洛悉为战场，幽燕是他营窟。蒙主上命俺总统六师，讨平诸镇。李抱玉那里？"李抱玉应道："有。"李太尉道："俺取径陈留，你可潜薄河阳。闻得侯节度韩参军部兵，自淄青赴义，但得诸君如此，贼不足平矣。待他来时，再作计议。"

只见侯节度统领军兵，将近大营。侯节度道："此间是太尉营前。将校们通报，侯节度等到此。"小军报进。李太尉道："疾忙请进。"侯节度同韩参军进营，参见已毕。侯节度道："闻得太尉代郭令公，军麾不动，气象一新。真在玉帐之中，图上金城之略。"李太尉道："节度东方留守，可当节制之师。参军西第称宾，足具先谋之伐。"侯节度道："愿依左律，一效中鼙。"李太尉道："下官刻期进兵，专侯诸君见顾。节度帐下，有虞侯许俊，义勇之士，何不相从。"侯节度道："下官带来临淄十万户，即墨五千人，是他为殿，以此来迟。"李太尉道："下官料此贼，一战必败。败则必奔幽州，已遣仆固□等伏兵追击。前哨官，可传令许虞侯，径提一支兵去助他，不须来此。"众军传令已毕，李太尉道："俺们即此拔营，前到横水，会回纥朔方兵。倘遇贼来，即便接战。众军一齐排队前去。"众应道："得令。"

且说史朝义营中，亦议迎敌。田承嗣走到帐前禀见。史朝义道："田将军，李光弼师次洛阳，又新来个侯希夷，他们部伍，十分严整，好生提防。"田承嗣道："不妨，不妨。输了他也少不得你个平顶冠。"史朝义道"却怎么说？"田承嗣道："你去了头，自然平顶了。"史朝义道："你也少不得封个并肩王。"田承嗣道："却怎么说？"史朝义道："你去了头，却就并肩了。"田承嗣道："都好利市，只管杀向前去。"正遇天朝前哨。

李太尉分付："上前打话。"众军喝道："俺这里是李太尉、侯节度亲自领兵。"那边军也应道："俺这里是大燕史皇帝，亲自领兵。"只听官营中銮铃响处，说："李抱玉当先出马。"那贼营中彩旗分处，说："田承嗣当先出马。"两人战了数合，田承嗣败阵而走。只见侯节度出营说："你那反贼，敢晓得侯希夷么。"史朝义出马说："待朕决战侯节度。呀，唐事已去，天命在吾，何用多言。"战了几个回合，史朝义败阵而逃。侯节度道："俺们作速追去，务诛此贼。"李太尉拦阻道："且住，穷寇勿追，穷兽勿逐。俺们只提大师，徐蹑其后。又一说，怕他诈败，或有伏兵。须若大敌之临，莫作中军之好。按辔徐徐前去，再作道理。"只见许虞侯迎来说："太尉，许俊参见。"李太尉道："许虞侯你来了，史朝义今在何处？"许俊道："史朝义自前败去，欲还幽州，仆固□和小将等追及渔阳，他就医巫阁祠下缢死。降将李怀仙，传首京师去了。雍王及仆固□元帅们，伫候太尉早临，调停河北东都事体。"侯节度等说道："太尉妙算，允服舆情。"李太尉道："侯节度，你可同韩参军，遍传露布，先到长安。下官调停事毕，即与李将军，改入国之军容，举饮□之旷典。"侯节度道："谨依尊命。"李太尉道："就此别了。"正是：双旌过易水，千骑入幽州。只见太尉与李抱玉，领着大队而去了。侯节度向韩参军道："河阳之役，予有微功，皆由参军指训。"韩员外道："元帅、虞侯，如此元功，自宜懋赏。"侯节度分付道："将士们，班师回朝。"众人应道："得令。"俱各欢腾而归。正是：

月蚀西方破敌时，及瓜归日未应迟。

斩胡血变黄河水，枭首常悬白鹊旗。

话说沙吒利，投顺唐朝，屡立战功，竟承茅土。如今宝应皇帝，好生爱他，已封为归义王了；他偏最溺酒色。何以见得，那日静坐府中，说："俺虽是番将，烟花心性，风月襟怀，府中颇有数十房侍儿，却少一两人可意。长安城中，只有那章台柳，色艳无双，才情第一，到落在韩翊之手。向年俺院子，曾在法灵寺见来，访得他近入此寺为尼，改名非空了。俺母一向好佛，前遣沙虫儿去说，太奶奶请到府中诵经，他畏俺的势，许着就来。倘若来时，却也不问原由，只要从俺。沙虫儿这般时候，如何还不见到？"沙虫儿道："他敢就到。只是一件，俗语说得好，一来莫惹油头，二来莫惹光头。他先是油，后是光的，不要惹他。"沙吒利道："胡说，光则光着他，由则由得我。"沙虫儿道："还有一件，这风流行中，当以情亲，莫以势压。老爷要近他，也放温存些。"沙吒利道："俺家自有制度，你且去府门前打听。"沙虫儿道："晓得。"

且说老尼与柳姬，清早起来，说昨日之约，只得前去。迤逦行来，到沙府门前了，小心进去。柳姬道："此来势不自由，事出无奈，全望师兄调停，同来同去。"老尼道："凭他怎生，决不可说出你相公来。"柳姬道："知道。"沙虫儿见了，说："二位师父请进。"老尼与柳姬进来。见了沙王，只得叩头，起来站立。沙吒利道："你这是悟空老尼，那就是非空的么？"老尼与柳姬同道便是。沙吒利道："看他虽是禅踪，自然冶态，正是那天生尤物，世不虚名。小尼姑，你方在妙年，空门冷落，不若在俺府中，吃些安乐茶饭如何？"柳姬道："尘世无缘，禅心久习，难从尊命，请勿多言。"沙吒利道："女奴们，只管捧妆奁来与他。"柳姬道："我已断发，将何饰妆。"沙吒利道："不是哦，你是个吹笙鼓瑟的佳人，辜负俺惜玉怜香的子弟。"老尼道："哎，老爷你后宫翠绕珠围，尽多娇娥，那少这一个人，尚望老爷垂怜。"沙吒利道："那老尼，还要劝他才是。"老尼道："贫僧是老年的人了。况他是少年清修的人，我也难为主张。"沙吒利大怒道："把老尼与我扯出去。"只见柳姬抱定老尼，放声哭泣，说："师兄，事当如何？俺是决不从命的。"老尼道："他别是一般人，怎好劝

得。”沙虫儿向前，强把老尼扯出去了。沙吒利道：“俺方才是怪那老尼，不是怪你。你既有这般丽色，却怎好错过芳年。看你容如满月，肤似凝霜，芙容帐冷，衾枕单怯，如何消受的。”柳姬背身说道：“我那韩郎呀，那知我今日遇此强徒，惟有一死相酬，别无生计了。”沙虫儿道：“你转心从了老爷吧!”柳姬道：“我衷怀耿烈，岂肯轻从，休生妄想。”只见沙虫儿慌忙上来，说：“奶奶走来了。”唬得沙吒利，离位跪接。柳姬在旁却不知是何缘故。只见一个白发老姬走来，说：“你们为甚事在此，大惊小怪。”沙吒利道：“呀，原来是母亲。”叫沙虫儿：“你怎么说是奶奶来，弄我吃一大惊。”沙虫儿道：“小的也说是太奶奶。”沙吒利道：“以后太字要说高些，好做定心丸。母亲，这是法灵寺尼姑，孩儿唤来，服侍母亲诵经。”柳姬见了太奶奶，只得稽首。说：“闻得见招，速来赴命。奈将军太相凌逼，小尼坚不肯从，幸接慈颜，愿求解脱。”太奶奶道：“原来恁的，看你愁恨郁结，叫我慈悲顿生。”柳姬道：“为今之计，不如死休。”太奶奶道：“你快不要如此，只你一人独归，又恐中道打变，且传坏我将军声名。料想女工是你本等，且随我去绣几尊佛，再作区处。”柳姬背身说道：“定计潜设，也未可定。我有个道理，他若强来邀盟，我只得金篦刺血了。”太奶奶道：“孩儿，你听他说么。”沙吒利道：“母亲作成孩儿娶这房小媳妇罢。”忽听得内院喊声一片，说：“外边是那来的个娇滴滴声音？”沙虫儿道：“老爷，不好了，这真正奶奶来了，”太奶奶道：“孩儿，你又惹媳妇性子了。”沙吒利着慌道：“母亲，可救一救。”太奶奶道：“尼姑便随我去。”柳姬道：“情知不是伴，事急且相随。”那时，跟着太奶奶，转向后宅去了。沙吒利道：“沙虫儿，几乎弄出事来。”沙虫儿道：“老爷，怎么太奶奶不怕怎的专怕奶奶呢？”沙吒利道：“这孩子，你不晓得老婆的厉害。”沙虫儿道：“老爷你长长大大，千军万马，一些不怕，小小一个奶奶，到是这等怕他。”沙吒利道：“又不晓得，蜘蛛吞象，海青拿天鹅，这都是大怕小。”沙虫儿鼓掌大笑道：“做官的人怕老婆，有许多解说。老爷为这尼姑，费尽心计，又打脱了。你可自叹几句，小的也续两句何如？”沙吒利道：“狗才，你也会对句么？待我说来：狗受热油又怕，蚕无桑叶空思。”沙虫儿道：“老爷休怪，待小人续韵：吼动河东狮子，惊回海底鸥儿。”沙吒利道：“狗才，也会调嘴，可恶可恶，随我进来。”按下不表。

且说李王孙，在云台观修行，果是真境幽栖。正当高秋暮景时候，只见白苹风起天末，红果色标林间。他说道：“俺自弃家来此，将及二十余年，真个车马绝尘，只与渔樵为友。数日前，韩君平有个书来，道是目今见访，就卜他出处的事。他与俺原系金石之交，况负烟霞之性。既非俗品，又是旧友，倘若来时，未免相见。道童那里?”只见一个道童，吃得醉

醺醺，走来说道："道童，道童，剔透玲珑，常参北斗，别号南风。师父稽首。"李王孙道："你怎生这般醉了？"道童道："师父，小官们那里不吃几杯酒。自古道，南风之薰兮。"李王孙道："师长之前，好生不敬。"道童道："自古道，南风不竞。"李王孙道："休得胡说。韩参军说来相访，你去门前伺候，来时通报。"道童道："晓得。"

　　且说韩将军，领着军卒们，往华山行来。说："左右的，前面有个牧童，问他云台观在何处。"众军问了一声，那牧童道："转过那松林便是了。"只得转弯抹角，迤逦行去。忽抬头，看见匾字，说"这是云台观了。"问那道童："李真人在家么？"道童道："松下问童子，言师采药去。"韩参军道："今在何处？"道童说："只在此山中，云深不知处。"韩参军道："休得取笑，你去说，韩君平相访。"道童说："敢是韩参军么？我去报来。"道童转去，韩参军分付众军道："你们都到山前伺候，不可在此打搅。"众军应声回避去了。李王孙迎出说道："韩兄，请禅堂里坐。"坐定说："你高掇巍科，远参名镇，可喜可喜。"韩参军道："我等碌碌，因人成事，至如李兄所谓安石不起，其如苍生何。当今贼党虽平，皇舆未正，李兄虽守箕山之节，岂忘魏阙之心么？"李王孙道："韩兄，故人知君，君不知故人了。我已唤醒黄粱，如何又迷蝴蝶。你说当今的人么，犹如蝇集蚁聚，怎挂齿牙？惟有峰头玉版，鼎中金屑，才是吾愿哩。"韩参军道："下官以小人之心，度君子之腹，敬闻嘉命，顿悟前非。与兄相别数十年来，劳攘风尘，渐渐鬓添白发，也就要辞了阙廷，愿随仙驾，觅个升天之策了。"李王孙道："韩兄，你又差了。看你尘缘未了，才略有余，先毕运筹，方宜辟谷。此时候，正当展拓雄心，一腔热血，腰间宝剑，谁为脱去。还宜持节功业，觅个万里封侯。到老年来，俺才传你仙诀哩。韩兄。你从行后，问得阃中信息么？"韩参军道："向曾遣人寻访，尚未回来。"李王孙道："柳夫人落发为尼，轻娥也来莲花庵做道姑了。"韩参军道："轻娥如今在么？"李王孙道："数月前下山，去寻问柳姬了。"韩参军道："原来如此。"二人攀话不表。

　　且说奚奴，得了回书，急忙前来。说："小人出得长安，闻知相公先已回朝。到华山下，又说在云台观了。"进得观来，却见主人在坐。说："小人访问夫人信息，却在法灵寺为尼了，讨得回书在此。"韩参军道："我已知道，回书前路去看。李兄，王程有限，不得久留，就此拜别了。"正是：欢逢一旦成悲别，再把仙缘云外结。李王孙道："韩兄，你若再来，只恐路□天台空万叠了。请了。"众军已迎接参军，排队而去。正是：

　　　怨别自惊千里外，论交却忆十年时。

第十四回 沙王府主婢欢遇 通政门合囊互投

说话沙府中一个侍女，承主人之命，教他劝柳姬顺从的意思。他说："俺是服侍新夫人的，这夫人闻得原有丈夫，不知怎的，在法灵寺为尼。俺老爷诱他到府，坚志不从，几番寻死。太奶奶收在身边，同他卧起，老爷只索无奈。他虽在府里数年，镜中窥影，常常含啼。槛外将花，何能共笑。却正是：龙悲别剑，鹤怨离琴。怎怪得他。昨日老爷分付俺，再三劝解，且待出来试说一回。"

却说柳姬，剪发为尼，原为守节。不幸诱禁沙府，多蒙太夫人垂念，未致失身。近来逼他改妆，虽在蓄发，其实含愁，有长相思一词，描写他近日景况：

朝有时，暮有时，潮水犹知日两回。人生常别离。来有时，去有时，燕子犹知秋后归。君归无定期。

柳姬盼望韩郎早归，那一日不在心头，旁人何由得知。那女侍见柳姬出来，上前说道："夫人，你只不从俺老爷罢了，却这般愁闷怎的。俺府中金浆玉馔，绣闼锦衾，好生受用。老爷教我劝你，从他也罢。"柳姬道："女奴，你怎知道，玉馔金浆，都成鸩毒；锦衾绣闼，便是狂牢。教我如何不闷。"女侍道："叫府中乐师们，承应一番解闷好么？"柳姬道："也都是游童艳妇之词，谁要听他。你去门前看，或有尼姑叫他诵些经，若是道姑唱个道情儿也好。"女侍道："待我出去看来。"不题。

且说轻娥下了华山，游到长安。他说道："俺寻访柳夫人消息，谁知兵火之后，法灵寺也都毁了；闻说韩员外尚未回朝，待俺再到长安城中，试看一看。"才到城里，适经过沙府，被那侍女瞧见，说道："是好一位仙姑也，不免问他一声。道姑，你如此仙品，可有什么道术么？"轻娥道："设咒水，谈剑术，还有天符哩。"女侍道："你住何处？"轻娥道："俺列在金天仗，也曾投玉女壶。"女侍道："这是华山来的了。"轻娥道："敢问这是何第？"女侍道："这是沙王府，你且在此相候。"转进内宅，说："夫人，门外有个道姑，自华山来的。"柳姬道："记得李王孙别时曾说，只在终华二山。这道姑或者知他踪迹，唤他进来。"女侍

出去，把道姑领来。柳姬望见，说："呀，道姑到似我轻娥。"轻娥进见。亦惊讶道："这夫人到似我家柳夫人。且把几句话探他便了。"柳姬分付女侍："你去取茶来与道姑吃。"女侍道："晓得。"竟自去了。柳姬问道："道姑，你是从幼出家？是在嫁出家的？"轻娥道："常侍香阁，曾伴绿珠。"柳姬道："依你说，是人家女郎了。主人什么名字？"轻娥道："皆称王孙，并无真名。主人是李王孙，还有个侍姬来。"柳姬道："他又姓甚？"轻娥道："姓柳，因僻居章台，故皆呼为章台柳。"柳姬道："后来怎么？"轻娥道："李王孙把这柳姬配与韩君平，竟入华山。后来韩君平官拜员外，也出塞参军了。"柳姬道："你却如何？"轻娥道："小道与他柳姬，为戎马冲散，两地分离。"柳姬道："呀，你敢是轻娥？"轻娥道："你敢就是柳夫人么？"二人抱头悲感，不敢高声。轻娥道："各处寻访，不料在此相遇。"柳姬道："你在华山，会李王孙么？"轻娥道："王孙在云台观。轻娥就在莲花庵。"柳姬道："你们都在华山，玉山青鸟，仙使难通，那知有今日之会。"轻娥道："你当时分散，还到法灵寺否？"柳姬道："那时投入法门，幸蒙悟空老师父收留。如今静守数年，才得音书一寄。"轻娥道："相公书来，是怎生说？"柳姬道："他惟问道：别后长条还在无？"轻娥道："你如今在府中，却安乐了。"柳姬道："说那里话，被他计诱至此，我朝夕只与太夫人相处。"轻娥道："哎，沙将军，你错用心了。"柳姬道："轻娥，你今在名山洞府，饮露餐霞，大强似我了。"轻娥道："夫人，转眼一别，又是十数年。"柳姬道："你住此伴我几时，再候韩郎信息如何？"轻娥道："贫道既游方外，岂能复入人间。况这府中人多，倘或露形，反不全美。"柳姬不觉泪下，说："就要去了么？"轻娥道："夫人，轻娥告别了。相公有日归来，你且宁耐。"正是：

黄鹤有心留不住，白云何事独相亲。

且说韩君平，从军回来，说："下官新从入觐，仍以本官擢升御史。前得柳姬回信，说在法灵寺中。只是长安再经吐番之变，知他竟是如何？方才谢恩已毕，且自乘晓出城，访他下落，多少是好。呀，这是章台之下。当初与他相遇，正在此间。今日知在何处？我再到别外寻问便了。"

且说柳姬，在沙府数载，虽能全节，终是偷生。说道："昨闻得青州将佐，近已入朝，想我韩郎亦在数内，他却怎知我陷身在此。且这沙将军，朝廷好不宠幸。就是知道，也不敢申言。今日府中女伴们约我闲游，我虽没这情绪，或者在外讨个信儿也不见得。"却说一个女侍走来，说："启夫人，车已驾了，他们都出延秋门去。"柳姬道："也出延秋门去罢。"遂上了车儿，行了多时，女侍道："这来到金沟上了，夫人你虽守志不从，外人都道你专房

之宠哩。"柳姬道："哎，韩郎闻得，只道我真个如此，却难分辩。"二人在车中谈论不题。

且说韩生寻来，说道："我才到法灵寺，大半烧残。那老尼也不知去向，何况柳姬。这是我不合久留在外了。不免再往别处寻问。"

柳姬的车儿也复行来。说道："自古说，兵凶战危，韩郎知他在么？"正说话间，韩生急忙走来，说："这到龙首冈上，望着那骏牛驾着车儿，两个女奴在后，我且稍住，随着他行。呀，那车中女子，似我柳姬一般。"柳姬亦惊疑道："呀，那路边立的，就似我韩郎一般。且开帘看来。"问道："道旁立者，得非韩员外乎？"韩生道："便是韩翊。车中得非柳夫人乎？"柳姬道："是了，天哪，……"不觉得婆娑泪下。韩生问道："你为何却在此间？"柳姬道："妾今陷身沙府。非不能死，正图郎君一见。还寻个出头日子。"韩生方欲举步向前，再说一两句话儿。院子拦阻道："哦，闲人不得近前。"韩生逡巡一会，不敢前进，柳姬道："今日同行有人，难诉衷曲，明早到通政里门来，切莫爽约，就此去也。"只见仆夫催着车儿去了。韩生道："柳姬怎生就去了，天杀的那驾车牛儿，他偏这般快法。呀，原来遗下许多花钿。也是你头上物件，我且收拾回去。"

且说那前行的车儿，已入延秋门里。女侍道："他们车儿先去了，天色已晚，可速追去。"柳姬道："已到府门，怎好下泪。只得忍耐，再作理会。"进了沙府，一宿晚景不题。

到了次日清晨，苍头起来，见了女奴，说："夫人夜来分付，驾车伺候，车已驾了。原来夫人自有丈夫，昨日出城，恰好遇见，怪道他死不肯从哩。俺老爷那知他心里事来。"女奴道："呀，夫人来了，我们一壁立地，伺候便了。"柳姬昨日见了韩生，虽然约会，却一宿不曾睡着。次日极早，束妆齐备，他说道："妾身昨日出游，不意龙首冈上，果然遇着韩郎。眼见得咫尺天涯，真个神留足住。今日约他来通政里门，再图一会。夜来分付苍头，依旧驾车伺候。料不误也。"女奴道："夫人今日往何处走？"柳姬道："往通政里门去。"女奴道："车已驾矣，就请夫人上车。"柳姬上车坐稳，催促前去不题。

且说韩生，昨日得见柳姬，不能明白入沙府原由，到愁闷了一宵。黎明起来说："龙首冈得遇柳姬，原来落在沙府，又已蓄发了。看他容消色沮，决不是弃旧怜新的。约我今早到通政里门再会，只索前去。呀，我来得太早门还未开，他还未到么。"言犹未了，"你看，那边有一车儿来了，想便是他，我且立候。"却说柳姬早已遥遥望见，待到跟前，说："韩郎来了，真信人也。"韩生道："柳姬真个到此，你好多情。我想起我家故事：昔日吴王之女紫玉，欲从韩重，竟不得遂而死。你不记南山之诗乎？那诗上说：'南山有鸟，雌失其雄。'你可能效紫玉否？"柳姬道："妾还记得君家一事：昔日韩冯之妻，为宋王所夺，赋诗

见志，相继而死，有双冢鸳鸯之异。妾得一见，死有何难。但愿韩郎别选高门，再图后事，勿以妾为念。且试问君，向日题诗鲛绡，今尚在否？"韩生拿出来说："鲛绡在此。"将鲛绡投去。"不如还你，免致相思。我初时与你的玉合儿可在么？"柳姬将合取出说："玉合现存。"遂将帕儿包了，亦向韩生投去。韩生道："便留你处也罢了。"柳姬道："睹物伤情，反觉不美。"二人正然说话，女奴向前说道："夫人请回，老爷一定有人察访。"苍头亦插嘴道："相公揩了眼泪，别处去哭罢。"柳姬垂泪道："当遂永诀，愿置诚念。"话未了，苍头们策牛而去。落下韩生，怅望一回，说道："呀，他又则去了。看他轻袖摇摇，香车辚辚，情断意迷，去如惊鹿。待我看这玉合儿，原来一幅轻素，结着个同心，又着些香膏在内，分外光莹。但做不得连城再返了。"

忽见公差走来，说："禀韩爷，小的是淄青帅府差来的，后日列位老爷合乐酒楼，请老爷同赴。"韩生道："只恐有事，不得来了。"公差道："众老爷曾说，韩爷一人不至，一席为之不欢，还望赴临。"韩生道："我知道了，先去拜上。"公差应声去讫。韩生道："哎，所喜将佐凯还，朝廷晏乐。只我，有去帷之叹，怎能免向隅之悲。好不苦也。"这正是：

公子王孙逐后尘，绿珠垂泪湿罗巾。

侯门一入深似海，从此萧郎是路人。

不知韩君平还能与柳姬重圆否？下回分解。

第十五回　许虞侯计归完璧
　　　　　沙将军疏还紫骝

　　话说李王孙，道装行来，说："俺自与韩君平相别，才是秋暮，忽已冬深，竟不知他与柳姬相会否？前日轻娥来约俺，同下山去。轻娥从舟，俺便游陆。一路来，寒威乍敛，积雪渐开，好一片清景也。轻娥行时，约在西岸相候，俺早到此，他还未来。呀，那边有人泊舟了。"

　　轻娥才下舟来，即遇王孙，向前稽首已毕，李王孙道："你来了，舟中雪景好么？"轻娥道："夜乘剡水放轻身，绝胜骑驴上灞桥。"李王孙道："且喜长安城近，此时早朝初散了。俺与你各寻庵庙且住，再探韩君平事体如何。"轻娥道，正是：

　　一别心知两地秋，寒鸦飞尽水悠悠。

　　山中旧宅无人住，来往风尘共白头。

　　话说长安城中，那些伶人官妓，知道奏凯老爷们聚会，俱来伺候。老伶道："俺们教坊人等在此，承应淄青将佐，合乐酒楼。官妓们，你们乐器齐备么？"女妓道："俱已完备，你们有甚好乐府么？"伶人道："有的是将进酒、临高台、君马黄、雉子璁，这都是盛世之音，军中之乐，"女妓道："你就做一篇将进酒看。"伶人道："君不见黄河之水天上来，奔流到海不复回。"女妓道："呀，这是李太白的诗，你怎么抄他。"又一个女妓向伶人道："你便抄本朝乐府，做一个酒楼行罢。"伶人道："忆昔洛阳董糟邱，为余天津桥南造酒楼。"女妓道："这也是李太白的诗，你如何又抄他。"伶人道："咳，李太白的诗，我们便抄不得，如今人抄得李沧溟几个字，就说做诗哩。"老伶人笑道："这叫做'活剥杜工部，生吞李义山'。"小伶人道："又道是，'老虎口中讨脆骨，死人项下刮残盘'。呀，远远的望见一簇人马，有两位老爷来了，我们作乐迎候。"

　　却说韦巡官与韩员外，乘马同来。韩员外道："韦员使，俺们淄青将佐，今日合乐酒楼，与你须索走遭也。行来此间，许虞侯还不见到，且待他来者。"话犹未了，许虞侯远远行来。说："且喜西征奏凯，国泰民安，圣上赐长安大酺五日。俺这将佐们，相邀合乐酒楼。

迤逦行来，只见那鼓乐喧阗，烟花缭绕，是好一座酒楼也。你看他，宝阁雕阑，云日交辉，许多佳致。"进了酒楼，见了韦韩二公，说道："下官来迟，休得见怪。"遂各拜揖。韩员外道："俺们先谢过圣恩，方许饮酒。"许俊道："这个自然。"只听乐声齐奏。韦巡使道："下官僭长，先把盏了。"安坐已定，又各交错把盏。只见韩员外含泪不语。韦巡使道："韩员外风流谈笑，绝自可人，今日却为何惨然不乐呢？"官妓们送酒。却见韩员外仍旧停杯不饮，只带忧戚。许虞侯挺身离坐说："俊虽不才，颇以义烈自许，倘可效用，决不辞劳。"韩员外道："我的悲感，也只为同林宿鸟两处分飞。"许虞侯道："说起是尊夫人的事了。乐人们，都退去后楼听用。"乐人妓子，俱各回避。韩员外才说道："不欺虞侯，向年参军出塞，家姬柳氏，留寓京师。后因禄山兵变，削发为尼。下官归朝，到法灵寺寻他不遇，回至京城，东南龙首冈上，却向车中遇见，原来落在沙府了。相约次日，通政里门，再得一面，从此诀矣。"许虞侯道："如此小事，左右的备马来。"众军应道："晓得。"许虞侯道："愿得足下数字，以为凭信。"韩员外连忙作书一封，递与虞侯。虞侯收好，说："当立致之，你们且自饮酒。"只见虞侯脱了冠带，换上戎服。韦巡使道："好，好，腰间佩双鞭似月，坐下车匹马如云。越显得雄威八面，却胜他猛将千群。"虞侯上了马，说："俺此去非同小可也，你们准备喜筵便了。"韦巡使道："好义气的人，就则去也。"韩员外道："去则去，未知他事体如何，我们到后楼待他。"正是：青龙与白虎同行，吉凶事全然未保。按下不题。

却说沙吒利欲领姬妾们同去行猎，众军禀道："启老爷，到何处打围去？"沙吒利道："西郊外去。"只见军校们答应一声一拥前去。那许虞侯气忿忿急慌慌，见他过去说："方才见沙吒利这厮打猎去了。趁此机会，正好前去。"

却说沙府存留军士们，他说道："俺老爷早间去打猎了，这位新夫人，苦不肯去，分付俺们把守着门。望见夫人走来也。"想柳姬心中有事，散步闲庭，也是无聊景况。垂泪说道："俺禁锁重门，我那百年恩爱，何日团圆。"忽见一将走来说："报，报，报，将军坠马，势且不救，要见夫人一面哩。"柳姬道："你是什么人？将军召我做什么？"许虞侯背面，将书交于柳姬。柳姬接过看完，不觉泣下说："我那韩郎哦。"许虞侯说："住声，作急的上马去也。"遂把柳姬抱在马上，飞奔而去。

那厢韦巡使，陪着饮酒，说："员外放心，就有好音也。"韩员外道："银瓶落井，恐怕空汲哩。"正说未了，远望见一马，驮着佳人，飞驰前来。韩员外道："呀，许虞侯早则来也。"虞侯走快些，一霎时到了楼边。虞侯扶柳姬下马，才说道："以君之灵，幸不辱命。"柳姬见了韩生，抱头相哭。一回，韩生拭了眼泪，向虞侯拜揖道："多谢虞侯，下官去璧复还，破镜再合。只是一件，沙吒利那厮恩宠殊等，立见祸生。诸公何以处之？"许虞侯道："俺们明日，把此事启知主帅，今晚且送韩员外夫人到馆中去，叫乐人们承应者。沙吒利，沙吒利，这才子佳人直闪杀你了。我们各回，明日再作理会。"不题。

却说沙吒利，打围回来，方知柳夫人被人劫去。他大怒道："石门好物不坚牢，彩云易散琉璃脆。俺道这两句，有个缘由。只为那章台柳，千方百计弄到府中。谁知是一位古古怪怪，不通情的小娘子，又遇着个遮遮护护不凑趣的太夫人，趁着那吉吉刮刮做冤家的王奶奶，辜负杀俺个标标致致惯风月的大将军。以此吃他白白的住了几年，昨日又被一个人轻轻的借去一用。千军万马，只做飞尘。铁壁铜墙，犹如平地。早已差沙虫儿打听来报，好多一会儿，这时想必到也。"

却说沙虫儿，一路上笑说道："可笑俺老爷，平空的弄甚柳夫人到府里，准准的寡头醋吃了百来瓶，活活的干相思害了十几顿，刺刺的葡萄架倒了千数遭。枉费辛勤，没些巴臂。近日又被个人忽的赚去，好生吃恼。着俺打听信来，就回复他。"进的府中，说："小的回来了。"沙吒利道："信息如何？"沙虫儿道："恭喜，照旧随着韩员外。"沙吒利道："到俺府里的是谁？"沙虫儿道："日前淄青部将，赴宴酒楼，韩员外席上说起事因，内中有一个虞侯许俊，将他手书，飞马请去了。"沙吒利道："他怎知在俺府里？"沙虫儿道："原来那夫人出游时，中途遇见，闻得人说，像甚么玉合儿，从车中投与他。"沙吒利道："他们再待怎生？"沙虫儿道："小人来时，他们却见侯节度，像要动本哩。"沙吒利怒道："这厮安敢无礼。想俺在唐朝，颇叨恩宠，他便怎么。"沙虫儿道："且请息怒，老爷若先奏本，反惹事端。况这夫人，原是韩员外的。如今去了，只叫做物归其主。老爷要先奏时，只说是近方晓得，送归原夫。也道他在府数年，完名全节。若是如此，非但盛德远传，亦且圣心加悦，请自尊裁。"沙吒利道："这孩子也说得是。俺向年买韩员外家的马，唤做如意骝，一发进献罢了。"沙虫儿道："这等更好，或朝廷把这马，转赐韩员外，他夫妇是一马一鞍，老爷只落得见鞍思马了。"沙吒利道："胡说，就是这样办理。"不题，下回分解。

第十六回　尚书郎议奏丹陛
方外人同蒙敕封

　　话说侯希夷由淄青入觐，仰蒙圣恩，加授检校工部尚书，图像凌烟，赐封万户，未归本镇，暂寓神京。今早面圣回朝，他说："闻得昨日俺部将们，合晏酒楼，许虞侯飞马到沙府中，夺取一女子，付与韩员外。又说这女子，原是韩员外家内君，真奇事也。待他来时，须问端的。左右的，韩员外、许虞侯一到，速来通报。"

　　却说许虞侯、韩员外同到帅府，有人通报进去。相见已毕，各自坐定。侯节度问道："闻得许虞侯，从酒楼宴会，作一奇事，果然有么？"许虞侯道："是有。"侯节度道："员外，请闻其详。"韩员外道："下官参军去后，遭禄山兵变，拙姬便暂寄空门。"侯节度道："原来尊夫人落发为尼了。后来如何？"韩员外道："被那沙吒利计诱到府，家姬誓死不从。幸遇他老母，向留身畔。日前下官入京，偶逢车中。"侯节度道："相逢时说甚来？"韩员外道："备说前由，又自车中投一玉合，从此遂别。若非许虞侯，安能携归。"侯节度道："虞侯你把酒楼中始末，试说一番。"许虞侯道："那日，一席之间，惟有韩员外惨然不乐。问其原由，俺便单身飞马前去。"侯节度道："却怎能进他府中？"许虞侯道："只说他将军坠马，要见夫人，一时闯入，众军披靡，方才扶他上马，竟夺回归。"侯节度道："异哉，异哉。此吾平生所事，君乃能之。员外，夫人尊姓？"韩员外道："姓柳，李王孙待年之姬，却归下官。那王孙，又将家资几十万，尽数相让，竟入华山寻仙去了。"侯节度道："又一奇事。俺便须具奏，此事亦当上闻。况今朝廷盖造先天观，也得一位高真，掌管教事，便到华山迎他。"韩员外道："日前有书，约这几时下山。倘若来时，多在玄都观内。"侯节度道："如此就去相访。俺闻报时，曾撰一奏章，只待诸君问明，然后奏上，且读请教。"韩、许同道："愿闻。"侯节度念道："金部员外郎兼御史韩翊，久列参佐，累彰勋功。顷从乡赋，有姬柳氏，阻绝凶寇，依正名尼。将军沙吒利，凶恣挠法，凭试微功，驱有志之姬，干无为之政。臣部将兼御史中丞许俊，族本幽蓟，雄心勇决，却夺柳氏，归于韩翊。义切中抱，虽昭感激之诚。事不先闻，固乏训齐之令。大略是如此了。"韩员外道："多谢主帅。"

正说话时，忽见公差来禀，说："小的是中书省差来的，韩爷已升驾部郎中，知制诰，是御笔亲点出的。又遣中使，特召韩爷，来早面对哩。"侯节度道："恭喜乔迁，兼承昼接。"韩员外道："才薄望轻，恐无此事。"侯节度道："员外且别，来早进别。许虞侯你可随俺入朝。"许虞侯道：谨领。"各自散去不题。

却说柳姬完归，他说："俺自陷沙府，一意捐生，不意得遇许虞侯，复脱重围，顿还旧好。闻得侯节度，也将此事奏闻。早间韦巡官报说相公新拜驾部郎中知制诰，朝廷特遣中使引对御前。此时，想多回朝也。"

却说韩员外回朝，分付把马牵到后槽去。进得内宅，柳姬道："闻得相公又有新擢，可喜可喜。"韩员外道："近日制诰缺人，中书凡两进名，御笔批出道：这韩翊，原来有个江淮刺史。却与下官同名。御笔又亲写下官寒食诗：'春城无处不飞花，寒食东风御柳斜，日暮汉宫传蜡烛，青烟散入五侯家。'道是与此韩翊，方知是的。"柳姬道："闻得这诗向在御前供奉了。方才那马，像原是我家的。"韩员外道："这马乃是沙将军所献，赐名如意骝。今早面对时，宫里因请下官调马诗，就便赐与。"柳姬道："敢是看李王孙调马的诗么？"韩员外道："正是。此马不知为何归在沙府？"柳姬道："相公行后，妆资尽费，也将此马卖了。"韩员外道："与你钿车惜别，玉合初投，已道今世不能复会，岂料浦珠重圆，我和你岂容易到今日的么。"柳姬道："相公新欢重整，往事多惭，所谓思之又思，果然痛定犹痛。"韩员外道："夫人，适闻李王孙、轻娥俱已下山，想必就到。"

话说李王孙、轻娥同来相访，说"门上的通报，有李王孙、柳道姑来见。"众人道："即便请进。"韩生、柳姬早已接迎。柳姬道："王孙别来，所喜道体清佳，玄宗大恨。"王孙道："夫人别来，所喜节传哀鹄，缘合孤鸾。"韩员外道："轻娥，那日李兄许你是东宫毛女，梁家玉清，果应其言，不负所志。"轻娥道："相公夫人既仍谐宿世之因，须早结来生之果。"韩员外道："李兄自华山相别，不觉白日如流。侯节度道来相访，曾一面否？"王孙道："节度曾来，因知韩兄与柳夫人之事。他要举俺为先天观主，俺也许了。"韩员外道："李兄为何许他？"王孙道："俺昔出家，初见张果尊师，他命俺虔诚度物，来往人间。临别之时，又传两句真言，道是'遇华则止，遇侯则行'。以此久往华山，今偶遇着侯节度，正相符合，以此许他。"韩员外道："轻娥，你方外的人，休拘前礼。"便请坐了。李兄，今日除夕，且逢立春，嘉会不常，旧知咸集，大家少叙一回。看酒来。"

饮过数巡，报道："侯老爷来了。"众位离坐迎接，俱各相见。韩员外道："这便是家姬柳氏，通家之义，理当出妻。"侯节度道："韩君你诗传徽省，夫人你名播兰阃，已遇好文

之时，又遂合欢之愿，特来奉贺。"韩君夫妇同道："多谢，多谢。"王孙向侯公道："昨承光降。"节度道："幸接清辉。"王孙指轻娥道："这道姑是昨说的轻娥了。"侯节度道："下官领教之后，一并奏闻。因留许虞侯守候玉音，少刻定到。"

众报道："圣旨到了，快排香案。"只见许俊捧旨到庭，说："圣旨已到，跪听宣读。皇帝诏曰：'朕惟昭明大节，实关王化之原。宏奖名流，式畅玄风之旨。天□宜广，圣德益彰。咨尔驾部郎韩翊，可授中书舍人，仍知制诰。柳氏智占卫足，才敏挥毫，赵璧终完，南金愈砺，封昌黎郡夫人，仍归韩翊。王孙李赐号混元道人，主持失天观事。侍女轻娥，可赐号通德先生，岁给禄米。工部尚书侯希夷，久著元勋，进封淮阳王，实封二千户。中丞许俊出拜关东观察使。骠骑将军沙吒利，取其悔过，合有议功，赐钱二百万。呜乎，光天所复，咸沾湛露之仁。太岳维高，须竭纤埃之报。允承骏命，丕阐鸿猷。谢恩'。"群呼万岁万万岁。谢恩已毕，韩员外道："自揣微生，忝致嘉命，皆由主帅吹嘘，中丞汲引。"侯公、许虞侯道："好说，好说。"韩员外道："李兄，你向无名字，圣上何以知之。"王孙道："贫道初名李翼，出将有功，尝为李林甫所排，告归隐迹，后来入道，改名李筌。"节度道："下官昨日问知，因而具奏。我们今日，俱授荣封，理当循环庆贺便了。"正是：

璧月团团玉树新，尊前歌舞醉留春。

试翻剪雪裁云句，且作拈花弄柳人。